『삼국유사』 다시 읽기 2

『삼국유사』 다시 읽기 2
「가락국기」: 너와 나의 뿌리를 찾아서

초판1쇄 인쇄 2021년 11월 5일
초판1쇄 발행 2021년 11월 15일

지 은 이 서정목
펴 낸 이 최종숙

책임편집 임애정
편   집 이태곤 권분옥 문선희 강윤경
디 자 인 안혜진 최선주 이경진
마 케 팅 박태훈 안현진

펴 낸 곳 글누림출판사/ 서울시 서초구 동광로46길 6-6 문창빌딩 2층(우-06589)
전   화 02-3409-2055 FAX 02-3409-2059
이 메 일 nurim3888@hanmail.net
홈페이지 www.geulnurim.co.kr
블 로 그 blog.naver.com/geulnurim
북트레블러 post.naver.com/geulnurim
등   록 2005년 10월 5일 제303-2005-000038호

ISBN 978-89-6327-642-7 94800
        978-89-6327-351-8(세트)
정가 38,000원

『삼국유사』 다시 읽기

2

「가락국기」:
너와 나의
뿌리를 찾아서

• • • 서정목 지음

글누림

신라 왕실 김씨와 가락 왕실 김씨, 허씨는 어디에서 왔을까? 이 책은 이들의 유래와 한반도 이주 과정을 밝히는 것을 목표로 한다. 나아가 이 책의 내용을 바탕으로 이어지는 책에서 이 두 집안 사이의 동맹과 배신에 의한 애증 관계를 통하여 통일 신라의 멸망을 설명하는 근본 원인을 찾으려고 한다.

2009년 4월 24일 조선일보 '만물상'에는 김태익 논설위원이 쓴 「신라 김씨와 흉노 왕자」라는 글이 실렸다. 그 글의 일부를 인용한다.

중국 사서(史書)에는 김알지가 경주 계림의 금궤에서 태어났다는 해보다 200년 앞서 한(漢)나라에 김씨 성을 가진 제후가 있었다는 기록이 나온다. 지금의 간쑤성 일대를 지배하던 흉노족 왕 휴도의 왕자로 태어났으나 한무제(漢武帝)에게 나라가 망한 뒤 그의 말치기가 됐던 김일제(BC 134-BC 86)다. 무제는 김일제의 비범함을 발견하고 그를 고속 승진시켜 투후(투 지방을 다스리는 제후)에 임명하고 김(金)이라는 성을 하사했다. 김일제는 세계 최초의 김씨였던 셈이다.

국내 학계 일각에서는 이 김일제의 후손이 한나라에서 승승장구하다가 나중에 왕망의 반한(反漢) 세력에 가담, 멸문지경을 당하자 한반도로 피신해 신라의 지배 세력이 됐다는 가설을 펴왔다. 김일제의 7대손 김성한이 신라 김씨의 시조 김알지이며 김일제의 동생 김윤의 5대손 김탕이 가야 김수로왕이 됐다는 것이다. 신라 30대 문무왕 비문(碑文)의 왕실 계보에 '투후'라는 말이 나오는 것도 김일제와 신라 김씨 왕실의 혈연관계를 뒷받침하는 근거가 됐다.

당나라 때 시안(西安)에서 죽은 신라 귀족 여인의 비문에 "(신라) 김씨 조상이 김일제"라고 쓰여 있는 것을 부산외대 권덕영 교수가 중국 현지에서 찾아내 엊그제 공개했다. 김일제와 김알지의 관계는 더 밝혀야 할 숙제가 많겠지만 적어도 9세기 무렵 신라 지배층이 자기들 시조를 흉노의 왕자로 믿고 있었던 것은 분명해졌다. 먼 옛날 중앙아시아 초원을 질주했던 유목의 기억이 천 년 넘게 잊혔다가 되살아나는 듯하다. <김태익(2009), 「신라 김씨와 흉노 왕자」, 조선일보(2009.4.24.), 만물상.>

이때 나는 해마다 '고전문헌해독'이라는 과목에서 『삼국유사』 권 제2 「기이 제2」, 「가락국기」와 「구지가」를 역사적, 문학적으로 해석하는 곤혹스러운 일을 하고 있었다. 수강생 가운데는 고교 때 국어, 국사 선생님들께 여러 가지 이야기를 들은 학생들도 있었고, 김씨, 허씨여서 집안 어른들께 자기 집안 족보에 관하여 잘 배운 학생들도 있었다. 그들이나 일간 신문에 실린 저런 글을 읽은 학생들이 '김씨가 흉노족 후예라는 설에 대해서는 어떻게 생각하십니까?'라고 물으면 참 막막해졌다. 지금도 대부분의 고교 문학 교과서와 대학 교양국어 책에 「구지가」가 실려 있어서 국어 선생님들은 그와 관련하여 「가락국기」를 언급하지 않을 수 없다.

나는 2009년 이후 매년 저 글을 복사하여 수강생들에게 읽히며 이런 연구의 필요성을 강조하였다. 그러나 아직 이런 연구가 본격적으로 이루어진 바는 없고, 고향에 살아 있는 이 설화를 알면서도 그냥 '나 몰라라.' 하고 죽기에는 내가 국어국문학계에 입은 은혜가 너무 크다. 최소한의 주견이라도 갖추어야 했다.

「가락국기」에는 납득할 수 없는 일들이 더러 있다. 그 중 하나는 김수로왕과 허 왕후가 김해의 장유 지사리 배필정고개 아래에서 만나 혼인할 때의 나이이다. 그 기록은 허 왕후가 서기 189년에 157세로, 김수로왕은 10년 뒤인 199년에 158세로 승하하였다고 한다. 그러면 48년 7월 28일 혼인할 때 허 왕후의 나이는 16세이고 김수로왕의 나이는 7세가 된다. 허 왕후는 아홉 살 연하의 남자와 혼인한 것일까? 그러나 이듬해에 태자 거등공이 태어났다. 그러니 일곱 살 어린이가 열여섯 살 처녀를 잉태시켰다는 이 기록을 누가 믿으려 하겠는가?

김수로왕이 199년에 158세로 승하하였다는 계산은 어떻게 나왔는가? 그것은 서기 42년 3월 초 그가 구지봉에 '출현'한 시점을 '출생'한 시점이라고 착각하고 헤아렸기 때문이다. 42년에 출생하였다고 보면 199년에 158세가 된다. 그러나 「가락국기」는 김수로왕의 '출현'을 묘사하고 있지 '출생'을 그리고 있지 않다. 김수로왕은 거북처럼 생긴 분산분성산(盆城山)의 머리에 해당하는 구지봉에서 황금 알로 출현하여 이튿날 새벽 아이로 변하였고 보름 만에 왕위에 올랐다. 그 하룻밤 사이에 무슨 일이 일어났겠는가? 황금색 비단으로 만든 인조 알 6개 속에 들어 있던 김씨 아이들이 황금색 비단을 풀고 알 밖으로 나왔다. 「가락국기」는 이렇게 해석되게 적었을 뿐이다. 기록이 잘못된 것이 아니라 기록을 잘못 해석한 것이다. 누가? 이 출현을 '탄강'이라고 표현한 이들이다. 탄강이라니? 누가 하늘에서 탄생하여 지구로 내려올 수 있다는 말인가? 그러니 이 이야기는 가락국 건국사가 아니고 아무도 믿지 않는 가락국 건국 신화가 되었다.

김수로는 경남 김해 구봉(龜峰), 분산(盆山), 구산(龜山)의 거북 머리 봉우리[구수봉(龜首峰), 구지봉(龜旨峯)]에 나타난 서기 42년보다 10년은 더 전인 32년쯤에 이 세상 어딘가에서 태어났을 것이다. 김씨 집안 어른들이 42년의 출현을 출생으로 보이게 꾸민 것이다. 48년 7월 27일 망산도에 도착한 허황옥과 이튿날 배필정고개 아래 천막에서 첫날밤을 보낼 때 그는 열일곱 살이 넘었을 것이다. 17세 넘은 총각과 16세 처녀가 천막에서 함께 잠을 자면 이듬해에 아기가 태어나지. 김수로왕이 가락 김씨의 첫 할아버지이고 맏아들 거등공이 김씨 성과 왕위를 이었다. 허씨는 어머니의 성을 물려받은 그들의 두 아들의 후손이다.

서기 60년{또는 65년}에 김알지가 서라벌의 계림에 나타났다. 여섯 개의 인조 알을 풀고 나온 아이들이 6가야를 접수하기 시작한 때로부터 18년{또는 23년}이 흐른 뒤이다. 한 세대가 흘렀다. 이 아이는 왜 황금 함 속에 누워 흰 닭이 우는 계림의 나뭇가지에 걸려 있었을까? 흰 닭은 누가 가져다 놓았을까? 서라벌에는 분산도, 거북 머리 봉우리도, 망산도도 없었다. 계림이라는 지형지물에 맞게 아이를 황금 함 속에 넣어 나무에 올려 둠으로써 신성한 수목을 타고 하늘의 아들이 탄생 강림한 모습이 연출되었다. 그가 신라 김씨의 첫 할아버지이다.

금관가야 마지막 왕 구충왕의 증손자 김유신이 김춘추에게 여동생(?) 문희를 소개하여 법민이 태어났다. 태종무열왕과 문무왕, 김유신이 무열왕의 딸 고타소가 죽은 원한을 갚으러 당나라와 손잡고 백제를 멸망시키고, 연개소문의 아들들이 분열하여 자중지란에 빠진 고구려를 멸망시켰다. 통일 신라는 신라 김씨, 가락 김씨 이 두 집안의 공동 지분 위에 서 있다.

『삼국유사』에서 이 두 집안의 애증의 갈등을 적은 기록은 권 제1 「기이 제1」 「미추왕 죽엽군」이다. 김유신의 혼령이 미추임금의 능에 들어가 "지난 경신년에 내 후손이 죄 없이 죽임을 당했다. 나는 이제 더 이상 이 나라를 지키는 데에 힘을 쏟지 않겠다." 하였다. 미추임금의 혼령이 세 번이나 말렸다. 김유신의 혼령은 세 번 다 거부하고 신라를 떠났다. 통일 신라 멸망의 근저에는 신라 김씨에게 배신당한 가락 김씨의 원한이 깔려 있다.

이 기록들의 현대적 해석을 위하여 김씨, 허씨의 정체에 대한 긴 탐구 과정이 있었다. 현재로서는 그들이 대륙에서 벌어진 정권 쟁탈전에서 패배하고 한반도로 건너온 유이민들, 디아스포라일 것이라고 추정할 수밖에 없다. 「가락국기」에 적힌 세계 고대사 최고난도 수수께끼의 하나 '금관가야의 수립', 그것을 푸는 열쇠는 동북아시아 여러 문헌과 현장 곳곳에 흩어져 있다.

『한서』에는 기원전 120년 한나라에 온 유목민[Nomad] 흉노제국의 번왕 휴저왕(休屠王)의 태자 투후(秺侯) 김일제(金日磾)가 있다. 그의 존재는 『한서』 권6 「무제기」 제6에서 1번 언급되었고 『한서』 권7 「소제기」 제7에서도 1번 언급되었다. 『한서』 권68 「곽광김일제전」 제38에는 그의 가문에 대한 자세한 정보가 들어 있다. 김일제의 후사는 큰아들 2대 김상(賞)에서 끊어졌다. 서기 4년에 왕망이 자신의 이종사촌인 김당(當, 김일제의 둘째 아들 2대 김건의 손자, 4대)로 하여금 김상의 뒤를 이어 투후를 물려받아 김일제의 후사를 잇게 하였다. 김당의 아버지는 이름이 전하지 않는다. 김당이 투후 김일제의 증손이다.

문무왕 비문은 '투후의 제천지윤이 7대를 이어왔다[秅侯祭天之胤傳七葉].' 고 하였다. 대륙에서 7대까지 태어나고, 8대부터는 이 땅에서 태어났다는 말이 다. 대륙에서 김당의 아들(5대), 손자(6대), 증손자(7대)까지 태어났다. 김알지는 이 땅에 와서 태어났다. 그가 투후 김일제의 8대일 것이다.

그 비문은 또 '15대조 성한왕이 하늘로부터 내려와 신령스러운 선악에 태어 나 시작하였다[十五代祖星漢王降質圓穹誕靈仙岳肇臨].'고 적었다. 성한왕이 누구일까? 문무왕의 15대조가 김알지일 수는 없다. 김알지가 나타난 60년{또는 65년}으로부터 문무왕이 즉위한 661년까지는 약 600년이 흘렀다. 600년이면 1 세대를 30년으로 잡아도 20대가 이어질 정도의 세월이다. 김알지 출현 후로 202년이 더 흘러 262년에 김알지의 7대 미추임금이 신라 11대 석씨 조분임금의 사위이자 12대 첨해임금의 처남 자격으로 신라 왕위에 올랐다. 13대 미추임금 이 문무왕의 15대조 성한왕이다. 그를 왜 성한왕이라 적었는지는 아직 모른다.

문무왕은 「가락국기」에서 김수로왕이 자신의 외가 15대조라고 하였다. 그러 나 이것도 잘못된 것이다. 수로왕이 즉위한 42년으로부터 문무왕이 즉위한 661 년까지는 620년이 경과하였다. 30년을 1세대로 쳐도 620년이면 21대가 이어질 만한 세월이다. 수로왕이 158년, 거등왕이 55년, 도합 213년을 두 왕이 다스릴 수는 없다. 213년은 7명의 왕이 다스릴 만한 세월이다. 현재 전하는 가락 왕실 의 세계는 5대 정도가 실전된 것임을 알 수 있다.

그 외에도 『한서』 권68 「곽광김일제전」 제38에는 한 선제의 첫 황후 허평군 의 아버지 평은후 허광한과 김일제의 아우 김윤의 아들인 도성후 김안상(安上) 의 친분, 서기 9년부터 23년까지 존재했던 왕망의 신나라에서의 투후 김당, 도 성후 김흠(欽), 시중 김섭(涉)과 그 아들 도성후 김탕(湯) 등의 역할이 자세히 적 혀 있다. 그러나 『한서』에서 이렇게 뚜렷한 김일제 후손들의 족적은 『후한서』 에서는 거의 보이지 않는다. 왜 그런 것일까? 그것은 『후한서』에는 김씨의 열전 이 하나도 없기 때문이다.

김씨들은 왜『후한서』에 열전을 남기지 못했을까? 그것은 그들이 역적으로 몰려 후한 광무제의 토벌 대상이 되었기 때문이다. 투후 김당은 서기 9년 전한을 멸망시키고 신나라를 세운 왕망의 이종사촌이다. 23년 왕망이 살해된 후 김씨들은 후한 군대에 쫓겨 장안을 떠나 서쪽으로 도망치면서 처절하게 저항하였다. 그 저항의 흔적이『후한서』권1「광무제기」제1에 '金湯失險'으로 1번 기록되었고 다른 성을 가진 인물들의 열전에 보일 듯 말 듯 적혀 있다.

　『후한서』권1 하「광무제기」제1 하의 '찬(贊)'에는 '金湯失險 車書共道'라는 문장이 있다. 뒤 절은 '수레와 책이 같아졌다. 천하가 통일되었다.'는 말이다. 앞 절은 '주어+타동사+목적어'이다. '金湯'이 인명이라야 '김탕이 험지를 잃고, 천하가 후한으로 통일되었다.'는 말이 된다.

　『후한서』의 이 문장 주에는, '『전서＝한서』에 이르기를, 金城湯池 不可攻矣[무쇠로 된 성벽, 끓는 물로 된 해자를 가진 견고한 성은 공격할 수 없다. 金以諭堅 湯取其熱[금으로 견고함을 비유하고 탕은 그 열을 취하였다]. 光武所擊 皆失其險固也[광무가 공격하니 모두 그 험하고 견고함을 잃었다].『예기』에 이르기를, 天下車同軌 書同文[천하는, 수레가 궤도가 같아지고 책이 글자가 같아졌다].'고 하였다. '김탕'에 관하여『한서』「괴통전(蒯通傳)」에서 전거를 찾아 '금성탕지'라고 주석을 단 것이다.

　『후한서』의 주석은 당나라 측천무후의 차자 장회태자 이현(賢)이 당대의 학자들을 모아 작성한 것이다. 그 주석의 나머지 내용은 모두 옳을지는 몰라도 이것은 옳지 않다. 이 문장의 金湯 자리는 '失險하는' 동작 서술어의 주어 자리로서 인명이 올 자리이지 무생물인 '금성탕지'가 올 자리가 아니다. 문맥 의미로도 금성탕지는 올 수 없다. '금성탕지가 험하고 견고함을 잃었다.'는 말은 사리에 어긋난다. 금성탕지는 인공이라 언젠가는 무너지게 마련이고, 험지는 자연이라 영원히 남는다. 지금도 무릉도원에는 금성탕지는 없고 험지는 남아 있다.

　내가 전거를 든다면『한서』권68「곽광김일제전」제38의 한 선제가 '薨 賜

冢塋杜陵[(김안상) 사후 두릉에 묘지를 내려주었다.]'와 『후한서』 권13 「외효공손술열전」 제3의 '杜陵金丹之屬爲賓客[두릉의 김단지속은 빈객이 되었다.]'와 『후한서』 권15 「이왕등래열전」 제5의 '斬囂守將金梁因保其城[외효의 수비 장수 김량을 참수하고 그 성을 확보하였다.]'와 『후한서』 권23 「두융열전」 제13의 '以排金門者衆矣[김문을 배척하는 자가 무리를 이루었다.]'를 들 것이다. 그리고 '김탕은 김안상의 증손자로 왕망의 신나라에서 고위직을 지내고 후한 광무제에게 쫓겨 두릉의 김단을 찾아가서 그 일족이 외효의 빈객으로 서주에 머무르고 있었다. 외효의 부하 장수 두융이 후한 광무제에게 항복할 때 김문을 배척한 무리가 많았다. 외효의 패망 후 김씨들은 성도의 공손술에게로 갔다.'고 주석을 달 것이다. 이 주석의 핵심은 '金과 杜陵'이다.

'金湯'은 인명 '김탕'이지 '금성탕지'가 아니다. 한나라 마지막 도성후 김탕이 김일제의 동생 김윤의 5대로, 도성후는 김안상-김상(常)-김흠-김탕으로 가계가 이어졌다. 왕망의 이모집의 작은집으로 왕망과 함께 신나라를 경영한 그 집안이, 후한의 서방 정벌이 시작되자 서쪽으로 이동하여 최후까지 저항하였다. 그 김탕이 일족들과 함께 도피하여 농우의 외효에게 의탁하였다. 서기 33년에 농우의 외효가 죽었다. 그의 빈객으로 있던 두릉의 김단의 일족들은 촉군 성도의 자칭 천자 공손술의 성가 왕국에 의탁하였을 것이다. 후한 광무제의 '득롱망촉(得隴望蜀)'은 이 상황을 표현한 것이다. 36년에 후한 유수의 군대에 사천성 성도의 공손술의 성가 왕국이 패망하였다. 40년대에는 사천성 남군에서 만족들이 연이어 반란을 일으켰다. 47년에는 대규모의 만족들을 강하(江夏)로 강제 이주시켰다. 101년에 사천성 무현(巫縣)에서 모반한 만족의 우두머리는 허성(許聖)이었다. 옛 보주(普州, 지금의 안악현(安岳縣))에는 허씨 집성촌이 있다고 한다(김병모(2008) 등 참고).

42년 3월에 김수로가 11세 정도의 나이로 김해 거북 머리 봉우리에 출현하였다. 48년 7월 27일 보주로부터 온 허황옥이 창원 진해 용원의 망산도 유주암에 배를 매었다. 김해 허 왕후의 능비에는 '駕洛國 首露王妃 普州太后 許氏陵'이라고 새겨져 있다. 용원에는 '大駕洛國 太祖王妃 普州太后 許氏 維舟之地'라는 비석이 있고, 장유 지사리의 홍국사에는 '駕洛國太祖王迎后遺墟碑'가 서 있다. 수로왕릉 정문에는 쌍어문양이 있다. 쌍어문양은 인도 간지스강 가의 옛 도시 아요디아 등에 있으며 허황옥과 관련된 곳에는 쌍어문양이 있다(김병모(2008) 등 참고).

저 김씨들이 파군의 허씨 지역을 거쳐 김해에 와서 손자 김수로를 내세워 가락국을 접수하였을 것이다. '金湯失險'의 '김탕'은 '금성탕지'가 아니라 김수로왕의 할아버지의 이름이다. 김탕과 김수로왕 사이에는 김수로왕의 아버지가 있다. 김탕이 김윤의 5대이므로 6대 아버지, 7대 김수로왕까지는 대륙에서 태어났다. 8대 거등왕은 허황옥이 용원을 거쳐 김해에 온 뒤 이 땅에서 49년에 태어났다. 그렇다면 김수로와 김알지는 15촌 숙질간이 되는 셈이다.

이제 이 땅의 국어, 국사 선생님들이 「구지가」와 「가락국기」를 가르칠 때 기댈 수 있는 작은 언덕이 하나 마련되었다. 그러나 이 언덕은 너무나 허약하다. 더 깊은 연구가 이루어져 민족의 정체성에 대한 논의가 객관적 토론을 거쳐 충분한 학술적 논거 위에 서기를 바라는 마음 간절하다. 이 정체성이 확립되어야 스마트 폰을 들고 5대양 6대주를 누비며 '새 노마드의 삶'을 살고 있는 우리 아이들의 유랑 기질, 음률 재능, 창의성, 권력 추구 본능이 선조들의 웅혼한 기마 유목 개척 정신에서 유래하는 것임을 알 수 있다. 이 재능을 살리는 것, 그것이 이 땅의 어른들, 지도자들이 할 일이다. 이 책이 그 밑거름이 되기를 소망한다.

2021년 9월 7일
저자 적음

제7장 문무왕의 15대조 성한왕_407

제8장 논의의 요약_451

제1장

「가락국기」: 신화인가 역사인가

「가락국기」: 신화인가 역사인가

1. 이 땅 최초의 김씨와 허씨

이 땅에 가장 먼저 나타난 김씨는 누구인가? 이 땅에 가장 먼저 나타난 허씨는 누구인가? 이 이야기를 통하여 우리는 무엇을 깨달을 것인가? 이 세상의 일들을 이해하는 데에 이런 옛날이야기는 무슨 도움을 줄 것인가? 미리 다음과 같이 답한다.

이 땅에 가장 먼저 출현한 김씨는 김수로라고 기록되어 있다.[1] 김수로는 서기 42년 임인년[신라 유리임금 19년, 후한 건무 18년] 3월에 경남 김해의 구지봉에 나타났다. 그리고 그 달 보름에 가락국 정권을 인수하였다. 나타난 지 보름밖에 되지 않은 아이가 정권을 접수하여 왕이 된다? 이것이 과연 가능한 일일까?

가야인 9간들이 수로왕에게 왕비를 맞이하라고 권고한 날짜는 서기 48년 무신년[신라 유리임금 25년, 후한 건무 24년] 7월 27일이다. 이때 수로왕

---

1) 이 표현은 김수로가 이 땅에 최초로 나타난 김씨가 아니라는 것을 함의한다. 그의 할아버지와 그 일족이 함께 나타났지만 어른들은 숨어 있고 아이를 앞에 내세웠다.

은 "내 배필은 하늘이 정해 줄 것이니 그대들은 염려 말라." 하고 유천간 등에게 "가벼운 배와 준마를 거느리고 망산도(望山島)로 가라." 하였다. 42년 3월 초에 출현하고 그 달 보름에 즉위하여 이제 겨우 일곱 살(?)로 보이는 수로왕이 어떻게 제 아내를 하늘이 정해 줄 것이라고 할 수 있었을까? 그리고 그 아내가 그 날 망산도로 올 것을 어떻게 알았을까?

〈**망산도(望山島)**: 옛 경상남도 창원군 웅동면 용원리에 있는 200평 남짓한 작은 돌섬이다. 서기 48년 7월 27일(음력) 가야 사람들이 횃불을 들었더니 뱃사공들이 배를 내려 달려왔다고 했다. 이곳에서 보주에서 온 뱃사공들과 가야인들이 첫 조우한 것이다. 그러니 이 섬의 바위가 배를 맨 유주암이다. 허황옥은 여기에 배를 매고 선상에서 하룻밤을 묵었다. 이튿날 아침 신부는 작은 배로 갈아타고 주포로 올라가서 처음으로 이 땅에 발을 디뎠다. 거기서 가마를 타고 능현궁 현과 두동고개를 넘어 지사리에 가서 배필 김수로를 만나 첫날밤을 보내었다. 48년 7월 28일이었다. 2020년 11월 12일 저녁, 서쪽에서 바라본 이 작은 섬은 마치 한 마리 거북이 막 물에 들어서서 바다를 향하여 긴 항해를 시작하는 듯한 신비로운 형상을 하고 있었다. 스마트 폰의 이 사진을 보여 주자 초등학교 3학년 김해 김씨 손녀는 '거북이다.'고 소리쳤다. 碧海가 箱패컨테이너밭이 되었지만 이 섬만은 영원히 그대로 보존하기를 후손들에게 당부한다.〉

곧 이어 48년 7월 27일 저녁 아유타국(阿踰陀國) 공주 허황옥(許黃玉)이 약혼자를 찾아 경남 창원 웅동 용원에 있는 망산도로 배를 몰고 들어왔다. 이 땅에 가장 먼저 나타난 허씨는 이 허황옥인 것이다. 아유타국은 어디이며 그녀는 이 뱃길을 어떻게 알고 긴 항해를 거쳐서 이 땅에 도달하였을까?

이 이야기는 얼핏 보아도 수상한 점들을 꽤 포함하고 있다. 이 책은 이 수상한 점들에 관한 조사 기록이다. 이 이야기 속에는 사실과 다른 내용이 들어 있을 수도 있다. 그 사실이라 하기 어려운 내용들을 지적하고 그것이 그렇게 된 까닭들을 밝혀서 실재하였던 사실을 재구해 내는 것, 그것이 이 책의 목표이다.

이 세상은 참과 거짓으로 이루어져 있다. 참인지, 거짓인지 판단하기 어려운 중간 지대도 많다. 따라서 역사 기록은 참을 적은 것도 있고 거짓을 적은 것도 있다. 참만 아니라 거짓의 기록도 남길 수밖에 없는 것이 왕실의 숙명이다. 왕실은 인간이면서 인간이기를 부정해야 남을 지배할 수 있는 모순적 운명을 타고났다. 그러므로 어느 시대, 어느 대륙에서나 현명한 이들은 왕실의 내부 사정에 대하여 말하지 않았고 그 속에 들어가기를 꺼렸다.[2]

김수로왕과 허황옥은 48년 7월 28일 경남 김해 장유 지사리의 배필정 고개 아래 유궁(천막)에서 첫날밤을 보내었다. 이 신비로운 결혼은 신화처

---

[2] 허유(許由)는 요 임금이 보위를 물려주려 하자 귀가 더럽혀졌다고 영천(潁川)에서 귀를 씻은 뒤 기산(箕山)으로 들어가 은거하였다. 송아지를 끌고 물을 먹이러 왔던 소보(巢父)는 이 말을 듣고 귀 씻은 물 상류로 가서 물을 먹였다. 사마천(司馬遷)은, 흉노의 포위 속에서 부득이하게 항복한 이릉 장군을 변호하다가 무제의 노여움을 샀다. 사형과 궁형 가운데 궁형을 자청하여 기원전 99년 궁형을 당하였다. 그는 『사기』 완성을 위하여 목숨을 부지한 것이다. 『史記』 완성 2년 후 사마천은 죽었다.

럼 남아 『삼국유사』 권 제2 「기이 제2」 「가락국기」에 연면히 전하여 온
다. 나는 어릴 때 김해 김씨가 주민의 대다수인 거제도, 가덕도 등에서 이
혼인 이야기를 수도 없이 들으며 살아왔다.

　이 설화에 대한 나의 해석은 30여 년의 강의에서 가장 많은 변화를 겪
은 것이라 할 만하다. 그 30여 년 동안 대한민국의 국민들은 학문적 여행
이든 관광 여행이든 전 세계를 누비며 자유롭게 돌아다녔다. 1980년부터
개방화 정책으로 해외여행이 자유로워졌다. 이 과정에서 온 세상을, 특히
1990년대에 무너진 공산주의 구소련의 중앙아시아, 시베리아, 2000년대
에 중국의 각지를 돌아다니며 수많은 학자, 기자들이 우물 안을 벗어나서
탁 트인 시각으로 세계의 역사와 국제정치 역학 관계를 바라보는 지적 담
론을 쏟아내었다.

　그 주제들 가운데 나에게 가장 흥미로웠던 것은 김병모 교수의 '김수로
왕과 허황옥' 등을 비롯한 강연의 보주태후와 쌍어문양, 그리고 문무왕
비문에 나오는 '투후(秺侯)'가 흉노제국의 서방을 다스린[居西] 휴저왕의
태자이며 한 무제가 어린 후계자 소제를 보좌할 것을 부탁한 고명지신(顧
命之臣) 김일제(金日磾)라는 정보였다. 나는 이 둘을 연결하여 한반도에서
가장 미스테리한 두 왕국, 황금의 나라 신라와 철의 제국 가락국의 관계
를 알기 쉽게 설명하는 것을 남은 생애 최대의 과업으로 삼았다.[3]

---

3) 이 일은 나에게는 특별한 의미를 가진다. 나는 거제도에서 국민학교 1학년부터 3학년
　까지 다녔다. 1955년부터 1957년까지이다. 그때 거제도에는 6.25 동란의 포로수용소와
　피란민수용소가 설치되어 있었다. 포로수용소는 남쪽 신현에 있었고 피란민수용소는
　북쪽 장승포와 옥포 사이에 있었다. 그때 그 피란민 아이들이 다니던 학교가 내가 다
　닌 아주국민학교이다. 1951년 1.4후퇴[서울을 다시 공산군에게 빼앗긴 날이다.]라고 알
　려진 1950년 12월 흥남 철수 때 미국 배 메르디스 빅토리[Meredith Victory] 호를 타고
　12월 25일 거제도 장승포에 온 아이들과 선생님들이 있던 학교이다. 처음에는 교사(校
　舍) 없이 바닷가 몽돌 밭에서 소나무에 칠판을 걸어 놓고 수업을 하였다. 그 학교 아이
　들 가운데 경상도 아이들은 김씨가 많았다. 그 후 창원의 지귀국민학교를 거쳐 가덕도

왜? 그 일은 바로 '너와 나의 뿌리'를 찾아가는 길이기 때문이다. 김수로가 김씨로서 이 땅에 가장 먼저 나타났고 허황옥이 허씨로서 이 땅에 가장 먼저 나타났다면 그들은 바로 이 땅의 김씨, 허씨의 시조(始祖)가 된다. 이 땅의 김씨와 허씨는 대부분 그들의 후손이다.4) 그런데 그 밖의 성을 가진 이들 가운데 윗대 조상에 김씨 할머니가 한 분도 없는 이가 있을 수 있을까? 아마 없을 것이다. 자신의 윗대 조상 할머니에는 김씨도 1명도 없고 허씨도 1명도 없는 이가 있다면 그런 이는 이 '너' 속에 들어가지 않는다. 그런 이는 자신의 뿌리를 이 책이 아닌 다른 데서 찾으면 된다.

비록 김씨나 허씨가 아니더라도, 조상들 가운데 김씨나 허씨 할머니가 한 분이라도 있는 이는 자신의 핏속에 흐르는 이 희한한 DNA가 어디서 왔는지 알아야 할 필요가 있다. 이 희한한 DNA의 핵심은 유랑 기질, 음률 재능, 창의성, 권력 추구의 본능이다. 대부분의 왕조의 건국 시조가 하늘에서 내려오거나 어디에선가 흘러온 인물이었고 그를 둘러싼 사람들은 기상천외한 방법으로 왕권을 접수하였다. 삼국 시대 이래 중요한 정쟁의 중심에 김씨가 한 명도 없었던 시대가 있었을까? 찾기 어려울 것이다.

'뿌리', 아프리카에서 노예로 잡혀온 그들도 자신의 뿌리를 알기 위하여 거슬러, 거슬러 검은 대륙으로 갔다. 연어가 남대천을 오르고, 키치칸을 거슬러 알을 낳고 정액을 뿌리러 가듯이. 은어도 바다에서 섬진강, 낙

의 천가국민학교로 전학을 갔다. 천가국민학교에는 고아원에서 다니는 전쟁고아 학생들이 많았다. 거제도와 가덕도에서 놀란 것은 이씨, 정씨, 박씨, 배씨, 서씨가 주축인 내가 자란 지역과는 달리 원주민들에 김씨가 매우 많다는 것이었다. 그리고 김씨 아이들은 대체로 강인하고 우수하였다.

4) 김수로 이전에 토착 김씨가 있었다는 주장이 있을 수 있다. 현존 학설들은 기본적으로 이러한 바탕 위에 서 있다. 만약 그런 김씨가 있었다면 그들은 가락국 왕실이나 신라 왕실과는 관련 없는 성씨이다. 이 책의 김씨는 기록에 나타난 가락국 김씨 왕실과 신라 김씨 왕실의 김씨를 가리킨다.

동강, 대장천을 거슬러 올라 알을 낳고 수정을 한다. 자신의 뿌리를 알고 싶은 이는 이 책의 안내에 따라 『삼국사기』와 『삼국유사』, 『사기』, 『한서』, 『후한서』 등을 읽으면 된다.

육지에서 가덕도로 들어가는 도선(渡船: 나룻배)는 용원에서 출발한다. 그런데 그 용원에 '大駕洛國 太祖王妃 普州太后 許氏 維舟之地'라 새긴 비석이 있다. 그리고 그 동네에는 김수로왕과 허 왕후의 혼인에 대한 이야기가 신화처럼 숨을 쉬고 있다.5)

나는 우리나라의 허씨들이 허 왕후의 후예라는 것, 그리고 허 왕후는 인도 북부의 아유타국[아요디아]에서 동방으로 신랑감을 찾아 긴 항해에 나섰다는 것을 믿고 살았다. 허씨들은 인도 북부를 정복한 페르시아의 유목민 아리아인들의 후예이기 때문에 유럽인과 가까울 수밖에 없다는 잠정적인 가설도 세워 두었다.

그러나 대한민국의 현존 학문 체계 아래에서 이런 믿음은 어디에도 발붙이기 어렵다. 「가락국기」는 건국 신화라는 이름 아래 꾸며낸 이야기로 처리되고 김수로, 허황옥의 실재는 의심의 대상이 된다. 실재를 부인하지 않는다 하더라도 그들이 대륙에서 왔다는 것은 인정되기 어렵다. 김수로가 흉노제국의 후예라는 생각을 하는 이도 별로 없다. 허황옥이 사천성 보주에서 왔다는 것을 인정하는 학자도 몇 명 없다. 이미 알타이어와 한국어의 관계를 논하는 것은 넘어서기 어려운 수준에 도달해 있다. 『삼국

---

5) 나는 대학에 입학한 이후 이 설화, 가락국 태조 수로왕비 보주태후 허씨에 관하여 공부하고 가르치는 일이 내가 해야 하는 일 가운데 가장 중요한 일이라고 생각하며 살았다. 왜냐하면 인천 이씨[김해 허씨의 분파 성] 집안이 나의 진외가이기 때문이었다. 진외가, 아버지의 외가. 나는 전학 가는 학교마다 아이들이 코쟁이[미국인]라고 별명 붙이던 아버지의 그 훤칠한 키와 큰 코, 하얀 피부, 음주가무의 재능이 어디에서 온 것인지 궁금하였다.

사기』, 『삼국유사』에 나오는 이상한 한자로 적힌 지명, 인명, 관직명들이 흉노어라고 주장하면 국어학계는 어떻게 생각할까? 나로서는 이보다 더 위험한 일도 없다. 내가 우리 조상의 한 지류, 허씨에 대하여 말하기 위해서는 현존 학문 체계를 벗어나서 새로운 학문 체계 수립에 도전하는 수밖에 없다.

내가 도전 대상으로 삼은 현존 학문 체계는 바로 내가 배운 학문 체계이다. 나는 나의 낡은 관념에 도전하는 것이지 다른 어느 누구의 생각을 비판하는 것이 아니다. 현존 학문 체계의 대표적 견해라 할 적절한 학설을 들고 싶어서 여러 문헌들을 점검하였다. 그러나 이 작업의 성격상 딱 맞는 예를 찾지 못하였다. 할 수 없이 나를 가르치신 선생님의 저서에서 「가락국기」와 「구지가」에 대한 기술을 인용하여 이에 관한 우리 시대의 보편적 인식이 어떠한지를 보이기로 한다.[6]

(1) a. 거북아 거북아/ 네 머리를 내놓아라/ 만약 내놓지 않으면/ 너를 구워서 먹겠다./ 龜何龜何 首其現也 若不現也 燔灼而喫也./

b. 이것은 『우리에게 임금을 내려달라』는 뜻의 위압적이고 명령적인 노래이다. 고대민족의 주술적인 노래일수록 강요와 협박의 성격을 띠고 있다. 이 노래를 삼백여명의 민중이 미친듯이 춤을 추며 불러댔다. 이윽고, 하늘로부터 자색의 끈(紫繩)이 드리우더니 구지봉에 닿았다. 끈에는 붉은 천에 싸인 황금의 상자가 달려 있었다. 그 상자를 열어보니 황금 알(卵) 여섯 개가 마치 둥근 해처럼 가지런히 담겨 있었다. 민중들은 모두 놀랐으나 즐거웠다. 환성이 온 가락국에 울렸다. 그러면서

6) 직접 배운 선생님의 책이라 조심스럽다. 선생님의 책이 가까운 곳에 있었기 때문에 생긴 일이다. 전반적으로 「가락국기」, 특히 수로왕의 출현을 신비롭게 해석하고 있다. 불과 1979년 전 일인데 마치 아득한 고대의 일처럼 읽힌다. '신화인가, 역사인가?'의 갈림길에 섰다. 1979년 전이면 역사 시대이다.

도 하늘에서 내려온 기적의 알에 경배하기를 그치지 않았다. 추장들은 민중을 해산시키고 금상자를 높은 자리에 모셔 두었다.

c. 며칠 후 그 알들은 한결같이 귀여운 동자로 변했다. 그 중의 제일 큰 남자가 수로왕이요, 나머지 다섯 동자도 왕이 되었다. 이들이 곧 6가야의 왕들이다. 수로왕이란 『머리를 내놓았다.』고 해서 지어진 이름이라고 『삼국유사』는 풀이하고 있다.

d. 수로왕의 신화는 여기에서 머무르지 않고 또 그의 결혼까지 이야기하고 있다. 수로왕의 비는 아유타나라의 공주로 배를 타고 가락국에 왔다.

e. 하늘에서 하강한 난생의 제왕이 바다 건너에서 온 이국의 공주와 혼인하였다는 이 신화는 여러 가지의 신화적 자료를 간직하고 있다. 천손하강의 영웅의 탄생이 난생과 겹쳐 있다는 사실이라든가, 배를 타고 바다를 건너 온 여인과 산에 하강한 남자의 혼인이 뜻하는 것 등은 신화학에 여러 가지 문제점을 던져 주고 있다. ---중략--- 그런데 이 신화와 함께 전하고 있는 「구지가」가 국문학사상 유일무이의 서사시이다. 서사시는 개인의 창작이 아닌 민중의 것이며, 주관적이 아닌 객관성을 띤, 목적의식이 강한 것을 그 특징으로 삼고 있다. ---중략---

f. 첫째로 거북은 무엇을 상징하는가이다. 어떤 분은 「검」 곧 신으로 풀이한다. 그래서 『거북아 거북아』를 『검하 검하』 곧 『신이여 신이여, 우리에게 머리(우두머리, 군주)를 내어 놓으라』는 뜻이 된다는 것이다. 그 신은 구지봉의 산신일 수도 있고, 또 구지봉은 가락국의 성소였기 때문에 이런 신앙은 가능하였을 것이다.[7]

또 다른 해석은, 이 노래를 역시 전형적인 주언(呪言)으로 보는데, 거북은 신을 상징하는 것이 아니라 犧牲(희생)이라는 것이다. 곧, 원시 민족의 영신제(迎神祭) 같은 절차에서 가장 중추가 되는 희생무용(犧牲舞踊)에서 노래 불리워진 것이 「구지가」라는 것이다.[8]

---

7) 박지홍(1957), 「구지가연구」, 『국어국문학』 65, 국어국문학회, 3-17.
8) 김열규(1961), 「가락국기고-원시연극의 형태에 관련하여」, 『국어국문학지』 3, 부산대

끝으로, 좀 독특하면서도 이색적인 해석을 더 소개하겠다. 「龜」즉 「거북」은 예로부터 신령스런 동물로 알려졌고 또 「장수의 동물」로 믿어졌다. 『거북의 목을 나타내라』는 「목」은 생명의 상징이다. 그러니, 『신령스러운 생명의 근원을 나타내라』는 뜻이라고 해석한다. 좀 더 구체적으로 설명하면, 거북의 목은 남성의 성기(남근)를 은유한 것으로(거북 목의 형태상의 유사성도 그러하거니와) 보고, 이 노래의 제작 동기는 원시 사회에 있어서 여성이 남성을 유혹하는 수단이었고, 거북의 목은 phallic symbol로 해석해 보는 것이다. 그러면, 『구워 먹겠다』의 번작은 어떻게 해석하는가. 이는 불을 상징하는데, 원시인들의 격렬한 욕정이 깃들인 여자의 성기를 은유한 것으로 본다. 따라서, 「구지가」의 성립은 가락국 건국 이전으로 거슬러 올라가 원시인들의 성욕에 대한 강렬하고도 소박한 표현에서 찾아볼 수 있고, 이 노래가 시대를 따라 내려오다가 그 주문적인 기능이 건국 신화에 끼어들었다고 해석한다.9)

g. 이와 같이, 이 노래는 여러 가지의 해석이 가능하다. 따라서, 지금까지 정설은 없고 또 정설이 쉽게 확립될 수도 없다. 오직 문헌에 전하는 만큼 문헌위주의 해석이 타당하냐, 또는 원시인들의 소박한 생활을 토대로 보는 인류학적 방법이 타당하냐의 원칙적인 방법론이 문제되겠지만 이런 전문적인 분석과 비판은 본고의 목적이 아니기에 더 언급하지 않겠다. 그러나, 건국 신화 속에 서식한 이 주술적인 노래의 해석은 앞으로 더 연구의 여지가 있다는 것을 간과할 수는 없다.<장덕순(1975 초판, 1991 제7판), 『한국문학사』, 동화문화사, 68-69.>

(1)에는 '하늘에서 알이 든 황금 상자가 달린 끈이 내려왔다.' 「구지가」는 민중이 창작한 서사시이다.' '거북의 머리는 신이나 희생, 또는 남성

국어국문학회, 7-16.
9) 정병욱(1967), 「한국시가문학사 상」, 『한국문화사대계』 권5, 고려대 민족문화연구소, 704-770.

성기를 상징한다.' '「가락국기」는 건국 신화이다.' 등의 증명과 반증이 불가능해 보이는 명제들이 들어 있다. 더욱이 이 4가지 명제는 「가락국기」의 문면에서 확인되지 않는다. '황금 상자가 달린 끈', '「구지가」는 민중이 창작한 서사시', '거북 머리는 신이나, 희생, 또는 남근', '「가락국기」는 건국 신화' 등은 사실이 아니다.

「가락국기」를 잘 읽어 보면 '끈에는 상자가 달려 있지 않았고', '민중은 숨은 사람들이 시키는 대로 「구지가」를 따라 불렀을 뿐이며', '나타난 것은 남근이 아니라 아이들이고', '수로는 나라를 세운 것이 아니라 정권을 접수한 것이다.' 그러니 선생님도 '이 주술적인 노래의 해석은 앞으로 더 연구의 여지가 있다.'고 하였다.

그런데 '문헌 위주의 해석이 타당하냐? --- 인류학적 방법이 타당하냐?'를 제기하고 있다. 이 무슨 말씀이신가? 문헌 기록을 해석하는데 문헌 위주의 해석이 타당하지 인류학적 방법이 타당하겠는가? 여기에 도전할 것인가, 말 것인가? 특히 나를 가르치신 선생님들의 '여성이 남성을 유혹하는 수단', '제의에 바친 희생'의 해석에 도전할 것인가 말 것인가?

그러나 이 도전을 이루어내기에는 나의 배움은 너무 좁았고 내 공부는 너무 얕았다. 내가 살아온 세상은 현존 학문 체계를 한 걸음도 벗어나지 못하는 온실 속의 세상이었다. 내 능력으로는 감당이 되지 않는 일이었다. 그렇지만 이제 더 이상 미룰 수도 기다릴 수도 없는 상황에 도달하였다. 비록 내 주장이 사문난적(斯文亂賊)으로 몰려서 국어국문학계에서 배척의 대상이 되더라도 할 말을 하기로 결심하였다.10) 평생 동안 생각해 온 것

---

10) '사문난적'은 '공자의 유교 경전[斯文]에 반란을 일으키는 역적이다.'의 뜻이다. 원래는 유교 경전을 원뜻대로 해석하지 않고 달리 해석한 육상산, 왕양명 등의 유파를 비난하듯 칭한 말이다. 그러나 조선 후기 노론 거두 송시열은 주자의 해석을 벗어나 경전을 해석하는 소론 윤휴, 윤선거, 윤증 등을 그렇게 비난하였다. 내 관점에서는

들을 정리하고 남은 일들은 후세들에게 맡기기로 한다.

나는 학부 시절부터 저 해석들을 납득할 수 없었다. 용원의 망산도에 남아 있는 허황옥의 도래 설화와 구지봉의 수로왕 출현 설화를 연결하여 타당한 학설을 창안할 길은 없을까? 어릴 때의 로망, 왕이 되면 먼 데서 공주가 찾아온다는 이 김씨와 허씨의 만남은 만들어 낸 이야기에 지나지 않는 것일까? 서기 42년 땅속에 묻힌 황금 합자(盒子)에 든 황금 알에서 나온 김수로와 60년{또는 65년}에 황금 함에 누워서 흰 닭 우는 계림의 나뭇가지에 걸린 모습으로 나타난 김알지를 관련지어 설명할 길은 없는 것일까?

현존 학문 체계 내에서 이 수상한 기록들을 최대한으로 수용하고 그 기록들을 현존 학문 체계 내에서 어떻게 해석할 것인가를 모색해야 한다. '가야는 인도에 있던 나라이다.' '삼국은 한반도가 아니라 대륙에 있었다.' '백제의 영토는 양자강까지 미치었다.' 그런 가설들은 증명되기 어렵다.[11] 최대한 문헌 기록을 존중하고, 세계 여러 종족의 역사를 살펴보아 그 시대 사람들의 보편적 삶의 모습에 비추어 볼 때 이 땅에서 벌어진 역사는 어떠했을지를 추정해야 한다. 이 작업이 이루어지지 않으면 우리 고대사는 영원히 어둠에서 벗어나지 못할 것이다.

30년 이상 '교양국어'에서 「구지가」, 학부 '원전판독/고전문헌해독'에서 「가락국기」를 가르치면서 나는 매년 이 주제를 논의하지 않을 수 없었다.

주자가 사문난적이다. 유교 경전을 원뜻대로 해석해야지 왜 주자 마음대로 해석해? 「가락국기」, 「구지가」도 문헌 원전대로 해석해야지 국문학자 마음대로 해석하면 안 된다. 문헌이 어찌 『삼국유사』뿐이겠는가? 『삼국사기』도, 『사기』, 『한서』, 『후한서』, 불경도 있다. 그 모든 문헌에 충실하게 「가락국기」, 「구지가」를 해석해야 한다.

11) 먼 훗날 뉴햄프셔 주의 Berlin, Hanover라는 도시 이름을 보고 '야, 히틀러의 제3 제국은 북아메리카에 있었다.'고 주장하는 사람이 나올 수도 있다. 인도에도 가야가 있고 대륙에도 금성이 있으며 전 세계 구석구석에 같은 이름을 가진 땅은 쌔고 쌨다.

처음 1980년대에 가르친 것은, 다들 그러듯이 '이것은 신화이고 김수로, 김알지도 신화적 인물이고, 허 왕후가 아유타국의 공주라는 것도 믿을 수 없는 이야기일 것이다.'이었다. 그런 말들은 다 신라 왕실과 가락 왕실이 자신들의 선조를 신성화하여 왕가를 특별하게 보이려 지어낸 것일 거라고 하였다.[12]

신문왕이 문무왕의 비를 세울 때 자기 조상들을 거짓으로 꾸몄을까? 가락국의 후예들이 자신들의 할머니를 인도에서 온 분처럼 꾸민 것은 불교 전래 후에 자신들의 가계를 신성화하기 위한 방책일까? 그러나 그것을 증명할 수 있는 증거는 단 하나도 없다. 그런 말은 결코 역사적 사실, 세계사적 흐름과 부합하지 않고, 현존하는 역사적 유물들에 의하여 증명되지도 않으며, 무엇보다도 경남 남해안에 널리 퍼진 민간전승과도 전혀 어울리지 않는다.

불과 2000년도 안 되는 1979년 전의 일이다. 신화시대라면 역사 기록 이전 시대가 되어야 하지 않겠는가? 삼황오제(三皇五帝)도 아니고 아마테라스 오미카미[日照大神]도 아니다. 이미 대륙에서는 한 무제가 서역 여러 나라들과 동맹을 맺기 위하여 기원전 139년 장건(張騫)을 서방 세계로 파견하고, 기원전 129년부터 흉노족을 고비사막 밖으로 몰아내고 있었다. 왕소군이 흉노 호한야(呼韓邪) 선우에게 시집간 해가 기원전 33년이다.

김수로가 5명의 김씨 아이들과 같이 김해에 나타난 것은 서기 42년이고, 허황옥이 약혼자를 찾아온 것은 서기 48년이다. 김수로, 허황옥이 혼

---

12) 이른바 정설이다. 누가 세웠을까? 2020년 11월 12일 김수로왕릉의 관광해설사 김 선생은 이 정설대로 해설하고 다른 이야기도 있지만 이렇게 하는 것이 지침이라고 하였다. 어린 학생들도 대상으로 하니까 어쩌겠는가? 나는 이 정설이 조선 유교 사회를 거치면서 주창되어 국문학계의 「가락국기」 독해, 특히 「구지가」 해설의 실패로부터 나온 가설이라고 본다. 이 가설은 학문적으로 증명될 가능성이 거의 없다.

인한 날은 서기 48년 7월 28일이다. 김알지가 계림에 나타난 때는 서기 60년대이다. 이 이야기들, 특히 '김/허 혼인 동맹'을 역사적 사실로 증명하지 못한다면 가야사 연구는 출발할 수도 없다.

해마다 반복된 강의가 이어지면서 1990년대에는 고향에 있는 허황옥이 배를 맨 땅[維舟之地]와 망산도(望山島), 주포(主浦)가 점점 무게를 지니게 되었다. '가락국에 무엇인가가 있다. 김씨에게 무엇인가가 있다. 허황옥이 약혼자를 찾아 창원 웅동의 용원에 오는 것이 지어낸 이야기일 수는 없다.'는 생각이 강화되어 갔다. 도대체 허황옥의 부모는 김수로가 가락국 왕이 된 것을 어떻게 알고 네 배필을 찾아 동방으로 가라고 했을까? 무슨 인연이 맺어졌을까? 그런 의문을 제기하는 데에 초점이 모아졌다.

더욱이 지금 그 땅은 형체를 알아 볼 수 없을 만치 변하였다. 용원에 가서 망산도를 한 번 보라.[13] 누가 그곳이 허황옥이 큰 배를 타고 긴 항해를 거쳐 도달한 김씨, 허씨의 성지(聖地)라는 것을 눈치나 채겠는가? 그 바다의 모습을 그렇게 변화시켰어야만 부산 제2항만 건설이 가능했을까? 좀 더 남겼어도 되지 않았을까. 그러니 지금 그 현장에 대한 증언을 해 두지 않으면 다음 세대는 아무 것도 할 수 없게 될지도 모른다.

---

13) 미국 매사추세츠 주의 보스턴 근교에는 Plymouth Rock이 있다. William Bradford가 이끄는 청교도들이 1620년 처음 발을 디딘 돌이란다. 네이티브 아메리칸들을 밀어낸 출발지이다. 거기엔 May Flower도 복제해 두었다. 그곳이 꼭 가 보아야 할 세계 역사 유적 1001에 들어간다. 청교도들의 초기 정착생활을 재현한 민속촌 Plymouth Plantation 과 그곳엔 여름이 되면 온 세계에서 몰려온 관광객으로 발 디딜 틈이 없다. 나는 그 날을 꿈꾼다. 처음 배를 맨 이곳에 큰 배를 재현하여 July Bride[7월의 신부]라 이름하고, 처음 발을 디딘 주포 나루터에 가볍고 작은 배를 재현하여, 플리머스 락에 발 딛기보다 1572년 전에 16세 소녀가, 가락국 왕이 되었다는 17세쯤의 약혼자를 찾아와서 가락 김씨와 허씨, 인천 이씨들의 첫 할머니가 되었다는 이 유적이, 꼭 가 보아야 할 역사 유적 1002에 들어가는 그 날을. 이 땅에 사는 어느 누구도 김씨, 허씨의 피를 떠나서는 자신의 조상을 논의할 수 없다.

그러다가 2000년대에 들어서면서 문무왕 비문이 사고의 중심에 놓이게 되었다. 문무왕 비문은 신라 김씨 왕족의 먼 조상을 흉노제국의 번왕 휴저왕(休屠王)의 태자 투후(秺侯) 김일제(金日磾)라 하고 있다. '투후 제천지윤(祭天之胤)이 7대를 이어왔다.'와 '15대조 성한왕(星漢王)이 하늘에서 내려와 신령스러운 산에서 시작하였다.'가 핵심 문장이다.

도대체 '투후 제천지윤이 7대를 이어왔다.'란 무슨 말인가? 세계의 역사에서 투후는, 김일제와 그의 아들 김상(賞), 그리고 증손자 김당(當) 3명뿐이다. 그들이 투 지방의 제후로 책봉되었다. 그 외에는 투후가 없다. 그들이 7대를 이어왔다. 투 지방은 현재의 산동성 성무현이라고 한다. 바다를 건너오면 잠시면 오겠구나. 그들의 후손이 김수로와 김알지라는 말이지. 그런데 왜 김수로는 황금 합자(盒子) 속의 거북 알 형태로 이 땅에 오고 김알지는 황금 함(櫃) 속의 아이로 나타났을까?

문무왕의 15대조 성한왕은 누구일까? 흔히들 문무왕의 15대조는 김알지이거나 그 아들 김세한이라고 말한다. 그러나 그렇지 않다. 김알지는 서기 60년{또는 65년}에 계림에 나타났다. 문무왕은 625년에 출생하여 661년에 왕위에 올랐다. 알지로부터 문무왕까지 줄 잡아 600년이 흘렀다. 600년 동안 15대가 이어오려면 1대는 평균 40년이 되어야 한다. 할아버지가 40세에 아버지를 낳고, 아버지가 또 40세에 아들을 낳고, 아들이 또 40세에 손자를 낳고, 손자가 또 40세에 증손자를 낳고, 그렇게 15번을 반복하여야 600년이 흐른다. 이것은 기적 같은 일이다.[14] 그 시대는 평균

---

14) 이 기적 같은 일을 그대로 적어 두고 있는 것이 「가락국기」의 금관가야 수로왕 후계 왕들의 족보이다. 평균 49년을 재임한 왕들이 10대 구충왕까지 490년을 다스린 것으로 적었다. 그러고도 모자라니 초대 수로왕이 158년을 다스렸다고 조절하였다. 수로왕이 승하한 199년에 나이가 158세라 했으니 이 왕은 태어나면서부터 나라를 다스렸다. 2대 거등왕은 49년생이다. 수로왕이 승하한 199년에 151세이고 55년을 다스린 후

15세에 혼인하고 20세면 이미 아이를 낳던 때이다. 한 세대를 25-30년으로 잡아도 너무 길게 잡았다는 느낌이 드는 시대이다. 문무왕의 15대조는 절대로 김알지나 김세한이 될 수 없다.

문무왕의 15대조는 서기 262년에 왕위에 오르는 최초의 김씨 신라 왕 13대 미추임금이다. 그로부터 문무왕 즉위년인 661년은 400년 후이다. 25-30세가 1세대라고 상정하면 15대는 375년-450년의 세월이 흐른다. 척 보아도 문무왕의 15대조는 알지나 세한이 아니라 미추임금이다. 그러니 '15대조 성한왕이 하늘에서 선악에 내려와 시작하였다.'는 말은 '김알지의 출현'을 말하는 것이 아니고 '김씨가 최초로 왕업을 시작한 미추임금의 즉위'를 말하는 것이다. 그러니 '미추왕 죽엽군' 설화도 생긴다.

그리고 아유타국(아요디아)의 허황옥이 김수로를 찾아오는 것에 대한 가설을 (2)처럼 엉터리로 세우고는 멋지다고 자화자찬하며 지내고 있었다.

(2) a. 인도에서 아유타국이 망하고 한나라 장안에 볼모로 와 있던 아유타국의 왕족들이 돌아갈 조국을 잃었다. 흉노제국의 번왕 왕족 김일제의 후손들도 계속 장안에 살았다. 그때 김수로의 아버지와 허황옥의 아버지가 어린 자녀를 두고 혼인시키기로 약속하였을 것이다.
b. 왕망의 신나라에 대한 후한 광무제 유수의 반란이 일어나 신나라가 망하게 되자 허씨들은 자기들의 고향으로 돌아가다가 보주에 눌러 앉고, 김씨들은 산동반도에서 배를 타고 한반도 동남쪽으로 왔다. 그러니 허황옥의 부모는 가락국이 건국되었다는 소문을 듣고 딸에게 그곳으로 찾아가라 말할 수 있었을 것이다. <저자>

그리고 2009년에 '대당고김씨부인묘명(大唐故金氏夫人墓銘)'이 알려졌

205세에 승하하였다는 계산이 나온다. 이런 기록들을 어떻게 해석해야 할 것인가?

다.15) 문무왕 비문의 기록에 관한 궁금증은 더 커졌다.

이 정도가 2014년 정년퇴직할 때까지의 강의 내용이었다. 그런데 이 논지의 가장 큰 약점은 인도에서 아유타국이 있던 때[기원전 6-5세기]와 중국에서 한나라가 있던 때[전한 기원전 206년-서기 8년, 후한 서기 25-220년] 사이의 시간적 거리가 너무 먼 것이었다. 더욱이 투후 김일제가 한나라에 잡혀온 때는 기원전 120년이고 그의 후손들이 중심 세력이 되었을 왕망의 신나라가 멸망한 때는 서기 23년이다. 아유타국 왕자의 후예들과 흉노 제국 왕자의 후예들이 한나라 장안에서 만나는 것은 불가능한 일이었다.

이러니 이 이야기를 어떻게 가르쳐야 할 것인가? 이 땅의 어느 누구도 혈연상으로 김씨와 완전히 절연될 수는 없을 것이다. 이 땅의 김씨들에게, 그리고 앞으로 태어날 김씨의 피를 이어받은 후예들에게 이 이야기를 어떻게 가르치라고 지침을 줄 것인가?

앞으로 이 문제를 나보다 더 깊이, 오래 생각하여 역사적 사실, 참역사에 가까이 다가갈 분이 나오겠는가? 그때까지 기다렸다가 그 분의 의견에 따라 가르칠 것인가? 그런데 주어진 시간이 얼마 남지 않았다. 더욱이 전

---

15) 이 묘명은 1954년 산시성 시안시 교외에서 출토되어 현재 시안시 비림박물관에 소장되어 있다. 864년 5월 29일 32세로 사망한 김씨 부인에 관한 자세한 사항과 김씨의 유래, 김씨 부인의 선조 등에 관하여 적고 있다. 김씨 부인은 김충의(金忠義)의 손녀이고 김공량(金公諒){또는 김공 량}의 딸이다. 이 묘명은 김씨의 먼 선조에 관하여 '遠祖諱日磾自龍庭貴命西漢仕武帝愼名節陟拜侍中常侍封秺亭侯自秺亭侯已降七葉면 조상 휘 일제는 용정으로부터 서한에 귀명하여 무제 때에 벼슬을 하였다. 신중하고 절의가 있어 시중과 상시에 제수되고 투정후로 책봉되었다. 투정후 이래로 7대를 전하였다.'고 적었다. 김일제가 투정후로 책봉되었고 그로부터 7대가 전하였다는 내용이 문무왕 비문과 『한서』 권68 「곽광김일제전」 제38의 내용과 동일하다. 용정(龍庭)은 흉노 조정을 뜻한다. 동아시아의 많은 설화들이 용과 관련되어 있다. 문무왕도 동해 용이 되고 싶어 하였다. 이 묘명은 부산외대의 권덕영 교수가 2009년 5월 9일의 한국고대사학회 제108회 정기발표회에서 국내에 알렸다. 국사학계에서는 이러한 신라 김씨의 뿌리 의식은 관념상의 것일 뿐 역사적 사실일 가능성은 거의 없다고 본다. 무슨 근거로 그렇게 생각하는 것일까? 논증한 글도 찾기 어렵다.

에도 그런 분이 없었는데 앞으로 언제 그런 이가 나올지 알 수도 없다. 시대도 변하여 앞으로 한국학이 우리 시대처럼 자유롭게 발전할 것이라는 기대도 할 수 없다. 평생 한국학계에 몸 담았으니 후손들이 읽을 진실에 가까이 가는 글 한 줄이라도 남기고 이승을 떠나야 하지 않겠는가?

그리하여 정년퇴직 후 2020년에 이르기까지 『사기』, 『한서』, 『후한서』, 『구당서』, 『신당서』, 『인도사』 등을 읽으면서, 중국, 인도, 동남아, 일본, 중앙아시아, 남북아메리카, 유럽, 지중해, 터키 등 온 세계를 여행하면서, 이 문제를 풀 수 있는 길을 찾아 헤매었다. 어디를 가나 머릿속으로는 허황옥, 김수로, 김알지를 생각하였고, 어느 곳에 들르더라도 그곳의 선주민들은 누구였으며 오늘날 살고 있는 정복자들은 언제, 어디서 옮겨 왔는가를 추구하였다.

피의 혼효에 대한 소름 돋는 듯한 영감을 얻은 곳은 중앙아시아, 남북미, 동유럽, 북유럽 지역이었고, 유이민과 선주민의 자연스러운 혼효의 예를 볼 수 있었던 곳은 대마도, 구주 지역이었다. 특히 남미 마추픽추의 잉카와 북유럽 수오미의 피정복 혼혈이 가슴 아팠다. 어쩌면 그곳에서 백인들에게 정복당하여 절멸되고 혼혈 종족만 남긴 선주민들은 머리가 검은 동양계 종족이었을지도 모른다.

그 결과 이 혼인에 관한 생각의 핵심 내용이 바뀌었다. 그 바뀐 생각은 이 설화를, 물길[水路]를 중심으로 고대 동아시아의 국제 정치 흐름 속에서, 그리고 인류 삶의 세계 보편적 모습인 정복에 따른 동화, 융합과 절멸을 피하여 도피한 디아[Dia-: -을 넘어, 이산(離散)], 스포라[Spora: 씨를 뿌리다, 파종(播種)]의 다른 지역 정착 과정이라는 세계사적 흐름 속에서 해석해야 한다는 것이었다.

2. 신화가 아니라 역사이다

특별히 이 책에서 새롭게 주장하는 내용은 신나라를 토벌하고 후한을 세우는 광무제 유수에게 끝까지 저항한 지역이 사천성이라는 사실에 토대를 둔 것이다. 그 사천성 성도에 있던 공손술(公孫述)의 성가(成家) 왕국이 서기 36년에 토벌된 후에야 비로소 후한이 천하를 통일하고 안정을 이루었다고 인정받았다.

공손술은 왕망의 신나라에서 도강 졸정(導江卒正, 촉군 태수)를 지낸 인물이다.16) 그는 왕망의 신나라가 멸망한 후 서기 24년 사천성 일대에 성가 왕국을 건설하여 스스로 천자라 칭하면서 후한 광무제와 천하를 양분하고 자웅을 다투었다.

김수로는, 사천성 성도 공손술의 성가 왕국이 패망한 서기 36년[건무 12년]으로부터 6년 정도 흐른 뒤인 42년에 김해에 나타났다. 성가 왕국의 패망과 김수로의 가락 출현, 이 두 역사적 사건의 연대는 아무 관련이 없는 우연의 일치일까?

---

16) 공손술은 섬서성 부풍인이다. 서/전한의 외척 왕망이 신나라를 건국하고 제위에 오르면서 서기 14-19년 동안 왕망에 의하여 촉군의 태수, 즉 도강 졸정으로 임명되어 사천성 임공을 통치하였다. 왕망은 촉군을 고쳐서 도강이라 부르고 태수를 졸정이라 하였대王莽改蜀郡曰導江 太守曰卒正]. 임공은 지금(당나라 때)의 공주현이다[臨邛今邛州縣也]. 23년 신나라가 멸망하자 한나라에 사자를 보내어 촉군 태수 겸 익주목을 제수받았다. 이후 성도, 파군, 광한군을 점령하고 24년 자립하여 촉왕이 되었다. 25년 궁전에 용이 출현하여 공손제(公孫帝) 세 글자를 쓰고 날아갔다는 풍문을 만들어 여론 몰이를 한 후 서기 25년 4월 성도에서 국호를 성가, 연호를 용흥(龍興)으로 하여 개국하였다. 전성기에는 촉군, 파군, 광한군, 건위군, 월수군, 한중군 전체와 무도군, 남군의 일부 지역을 장악하고 동/후한에 맞섰으나 12년만인 서기 36년에 멸망하였다. 후한이 망한 후 삼국이 쟁패할 때 다시 유비가 제갈량과 더불어 이 땅을 점거하여 촉한을 세우고 조조, 사마의, 손권과 맞섰다. 당나라 현종이 안사의 난을 피하여 양귀비를 죽이고 도망간 서촉은 비운의 땅이다. 그곳에 무릉도원이 있다.

나아가 공손술이 차지한 촉(蜀) 땅과 서방 정벌에 나선 후한 광무제의 군대가 거점으로 삼은 장안[서/전한의 수도, 동/후한의 수도는 낙양] 사이에는 농우(隴右), 농서(隴西) 지방이 있다.17) 후한 광무제가 말한 득롱망촉(得隴望蜀)의 고사성어를 낳은 지역이다. 이 지역에는 낙양의 후한 광무제와 성도의 성가 왕국의 공손제 사이에서 간 보기하며 제3 지대를 형성하여 새로운 천하 건설을 시도한 자칭 서주 상장군 외효(隗囂)가 있었다. 그가 죽은 해가 서기 33년[건무 9년]이고 그 아들 외순(純)이 후한에 항복한 해가 서기 34년이다. (3)에서 보듯이 외효의 빈객으로는 두릉(杜陵)의 김단지속(金丹之屬)이 있었고, (4)에서 보듯이 외효의 약양성 수비 장수로 김량(金梁)이 있었다.

(3) a. (서기 23년) 경시제가 패망하자 삼보의 노인들과 사대부들이 모두 외효에게로 가 의탁하였다.

b. 외효는 소박 겸손하여 선비를 공경하고 좋아하여 몸을 기울여 응접하고 포의로 교유하였다. 이전 왕망의 평하 대윤장 안곡공이 장아대부가 되었고, 평릉 범준이 사우가 되었으며, 조병, 소형, 정흥이 제주가 되었고, 신도강, 두림이 지서가 되었으며, 양광, 왕준, 주종 및 평양인 행순, 아양인 왕첩, 장릉인 왕원이 대장군이 되었다. 두릉의 김단지속

17) 조선 시대 시문에 隴西(농서)라는 지명이 더러 나온다. 황해도 서흥(瑞興)의 옛 이름이다. 고려 6대 임금 성종이 명명하였다. 이 서흥을 『삼국사기』 권 제37 「잡지 제6」 「지리 4」에는 '五谷郡 一云 于次吞忽'이라 적었다. 고구려의 '于次吞忽'이었는데 신라 경덕왕 때 五谷郡으로 개명하였다는 말이다. 『삼국사기』 권 제9 「신라본기 제9」 「경덕왕」 21년조[762년]에도 '五谷城'으로 적었다. 『삼국사기』 권 제37 「잡지 제6」 「지리 4」에는 '買忽—云水城', '水谷城郡一云買旦忽'이라 적었다. 고구려어에서 '다섯[五]'를 뜻하는 단어가 [uch], '골, 실[谷]'을 뜻하는 단어가 [tan], '재[城]'을 뜻하는 단어가 [hol], '물'을 뜻하는 단어가 [mai]에 가까웠음을 알 수 있다[이기문(1998:43-47)). 신라어에서 '골[谷]'을 뜻하는 단어는 [sil]이다. '밤실'은 '栗谷'으로, '범실'은 '虎谷'으로 적었다. 동북아시아 언어 고구려어와 서북아시아 언어 계통을 이은 신라어 사이에 차이가 있었음을 알 수 있다.

<u>은 빈객이 되었다[杜陵金丹之屬爲賓客]</u>. 이로 하여 이름 진 서주가 산동에 소문이 났다. <『후한서』 권13 「외효공손술열전」 제3>

두릉의 김단지속이란 무엇인가? 두릉은 김윤의 아들 도성후 김안상이 죽었을 때 한 선제가 묘지를 내려준 곳이다.[18] '김단의 屬', '屬은 무리, 붙이, 딸린 권속(眷屬)을 의미한다.' 흔히 '친속, 가속'이라는 말로 많이 사용된다. 빈객(賓客)은 귀한 손님이다. 김단은 왜 식솔, 가족들을 거느리고 외효의 귀한 손님이 되었을까? 외효는 선비를 대접할 줄 알았다. 이전에 왕망 밑에 있던 벼슬아치들을 받아들여 고위직으로 일자리를 만들어 주었다. 김씨들이야말로 왕망의 이모집 인척들로서 후한 유수에게 쫓기고 있는 선비들이다. 김단은 김윤, 김안상의 후예가 아닐까? 그들은 왕망의 신나라에서 가장 우대받은 인척이다. 이로 하여 진(震) 서주가 산동에 소문이 났다는 것은 또 무슨 말일까? 진단(震檀)은 고래로 우리나라의 다른 이름이다. 산동은 김씨의 봉국인 秺[투, 산동성 성무현]이 있는 지역이다. 산동[투]에 사는 흉노족들에게 서주와 동질성을 느끼게 했다는 말일까?

(4) a. 서기 32년[건무 8년] 봄에 내흡이 정로장군 제준과 함께 약양을 습격하였다.

b. 외효의 수비 장수 김량을 참수하고 그 성을 확보하였다. <『후한서』 권15 「이왕등래열전」 제5>

---

18) 두릉은 도성후 김안상의 무덤이 있는 곳이다. 그곳에는 김안상의 후예들이 있을 수 있다. '두릉의 김단'은 김단이 김안상의 후예임을 뜻한다. 두릉은 후한 광무제에게 쫓긴 김안상의 증손자 김탕이 찾아갈 수 있는 가장 적합한 도피처이다. 김단의 일족들이 서주 대장군 외효의 빈객이 되어 있었던 것은 확실하다. 그 김단의 일족 속에 김탕의 일족도 들어 있었을 가능성은 얼마나 될까? 『한서』 권68 「곽광김일제전」 제38의 김안상에 관한 기술을 참고하기 바란다(제2장 제2절). 이 책의 가설이 증명된다면 가락 김씨들은 두릉에 한 번 가 보는 것도 좋을 것 같다. 어디인지 모르지만.

김량(金梁)은 왜 외효의 약양 수비 장수가 되어 광무제가 보낸 내흡에게 목이 달아났는가? 그가 죽은 때는 서기 32년이다. 외효가 죽기 전 해이다. 즉, 김씨가 패전하면서 외효도 패망의 길로 접어든 것이다. 이 두 김씨, 김단과 김량은 김수로, 김알지와 아무 관련이 없는 이들일까? 관련이 없을 수도 있지만 밀접한 관련이 있을 수도 있다.

(5)는 외효의 수하였던 두융(竇融)이 후한 광무제에게 항복한 사실을 논한 글이다. 그 속에 '김문(金門)을 배척하는 자가 무리를 이루었다.'가 있다. 이 '김문'은 무엇을 의미하는 것일까? 이 기록은 서기 32년의 일을 논한 것이다. 두융이 후한 광무제에게 항복한 뒤 외효도 울화병이 들어 33년에 죽었다.

(5) (서기 32년) 논하여 말한다. 건무 초에 영웅호걸이 사방에 요란하였다. 범 놀란 소리가 연이어 울렸고 성으로 둘러싼 이들이 서로 바라보았다. 곤궁하여 나날이 먹을 것이 부족하였다. 이로써 김문을 배척하는 자가 무리를 이루었다[以排金門者衆矣]. 무릇 두터운 품성과 관대한 적중함이 인에 가깝다. --- <『후한서』 권23 「두융열전」 제13>

그리고 그 사천성 남군에서 (6)에서 보듯이 서기 40년대에 만족(蠻族)의 반란이 연이어 일어났다. 47년의 반란 후에는 7천명의 만족들이 강하[현재의 우한(武漢)]으로 강제 이주되었다. 그리고 (7b)에서 보듯이 서기 101년의 모반의 중심에는 허성(許聖)이 있었다. 사천성 남군의 보주(普州), 현재의 사천성 안악현에는 허씨들이 집성촌을 이루어 지금도 살고 있다고 한다(김병모(2008)).

(6) a. 서기 42년[건무 18년] 봄 2월 촉군 수장 사흠이 모반하여 대사

마 오한에게 2장군을 거느리고 가서 토벌하게 하여 성도를 포위하였다. --- 가을 7월 오한이 성도를 함락시키고 사흠 등을 참수하였다.

b. 43년[건무 19년] 봄 정월 요상한 무당 단신, 부진 등이 원무에 의거하여 모반하였다. 태중대부 장궁을 보내어 포위하였다. 여름 4월 원무를 함락하고 단신, 부진 등을 목 베었다. --- 9월 서남이가 익주군에 쳐들어왔다. 무위장군 유상을 보내어 토벌하였다.

c. 45년[건무 21년] 봄 정월 무위장군 유상이 익주 오랑캐를 파하고 평정하였다.

d. 47년[건무 23년] 봄 정월 남군의 만족이 반란을 일으켜 무위장군 유상을 보내어 토파하고 그 종족을 강하로 이주시켰다. 12월 무릉 만족이 모반 군현을 약탈하여 유상을 보내어 토벌하게 하였는데 원수에서 싸우다 유상의 군사가 패배 전멸하였다.

e. 48년[건무 24년] 가을 7월 무릉 만족이 임원을 침략하여 알자 이숭, 중산태수 마성을 보내어 만족을 토벌하게 하였으나 이기지 못하였다. 이에 복파장군 마원이 4장군을 거느리고 가서 토벌하였다. <『후한서』권1 하「광무제기」제1 하>

(6a)의 42년 봄 2월 촉군 수비 장수 사흠이 모반하여 대사마 오한에게 성도가 포위된 바로 그 해는 무슨 해인가? 그 해는 3월에 김수로와 5명의 김씨 아이들이 김해 구지봉에 나타난 해이다. 이 반란은 후한의 입장에서 적은 것이다. 그러나 만족들의 입장에서는 신나라 군대와 그 군대를 지휘했던 왕씨, 허씨, 김씨들을 도와 신나라를 회복함으로써 자신들의 땅, 나라를 지키려는 전쟁을 벌인 것이라 할 수 있다.

(7) a. 서기 47년[건무 23년]에 이르러 남군 저산의 만족 뇌천 등이 모반을 시작하여 국민을 약탈하여 무위장군 유상에게 만여명을 거느리고 가서 토벌 격파하고 그 종족 7000여명을 강하 경계 안으로 이주시

컸다.

b. 서기 101년[화제 영원 13년], 무현의 만족 허성 등이 군의 세금 징수가 균형을 잃었다고 원한을 품고 드디어 둔취하여 배반하였다[和帝永元十三年巫蠻許聖等 以郡收稅不均 懷怨恨遂屯聚反叛]. 이듬해 여름 사자를 보내어 형주 여러 군의 군사 만여 명을 독려하여 토벌하게 하였다. 허성 등이 험하고 좁은 땅에 기대어 오래 파하지 못하였다. 여러 부대가 길을 나누어 함께 진격하여, 혹은 파군, 어복 등의 여러 길로 공격하니 만족이 이에 흩어져 달아났다. 두목을 참수하고 승기를 타서 추격하여 허성 등을 크게 깨트렸다. 허성 등이 항복을 구걸하여 다시 모두 강하로 이주시켰다. <『후한서』 권86 「남만서남이열전」 제76>

(7a)의 47년에 남군 저산의 만족 뇌천 등이 모반하여 무위장군 유상이 1만여 명을 거느리고 와서 토벌하고 그 종족 7천여 명을 강하 경계 안으로 이주시킨 지 1년 뒤인 48년에 무슨 일이 일어났는가? 그 해, 48년 7월 27일 허황옥이 탄 배가 가덕도와 용원 사이의 물길에 나타났다.

이 모든 것은 우연히 비슷한 시기에 일어난 일들일까? 이 일들은 모두 각각의 일일까? 아무 인과관계가 없는 일들이 비슷한 시기에 일어날 수는 있다. 그러나 남은 기록과 유물들, 그리고 설화들은 나로 하여금 저 김씨와 이 김씨, 그리고 저 허씨와 이 허씨가 관련이 있을 것이라는 가설을 세울 수밖에 없도록 몰아붙인다. 이 가설은 내 상상력의 결과가 아니다.

『삼국유사』에서 신라 김씨와 가락 김씨의 관계를 가장 잘 보여 주는 기록은 권 제1 「기이 제1」 「미추왕 죽엽군」이다. 이 기록은 두 가지 이야기로 구성되어 있다. 하나는 14대 유리왕 때인 서기 297년, 이서국과 싸우고 있는 신라군을 귀에 댓잎을 꽂고 도운 귀신 군대 이야기이고, 다른 하나는 36대 혜공왕 때인 서기 779년 미추왕릉에서 김유신의 혼령이 노하여 울부짖었다는 이야기이다. 이 두 이야기는 왜 500년 가까운 시간의 간격을 건너뛰어 한 곳에 기록되어 있는 것일까? 그것은 이 두 이야기가 김씨 신라 왕실의 시작과 끝, 즉 흥망을 가장 잘 보여 주는 수미의 관계에 있기 때문이다. 얼른 읽으면 귀신 이야기처럼 보여 가볍게 볼 소지가 있다. 그러나 이 기록의 상징성은 엄청난 의미를 지닌다. 이 기록은 김씨 신라 왕실의 성립과 멸망을 가장 잘 보여 주는 정치사적 기록이다.

통일 신라는 신라 김씨 왕실과 가락 김씨 왕실이 힘을 합쳐 이룬 나라이다. 이 두 김씨의 관계를 아는 것이 미추왕릉에서 김유신 장군의 혼령이 노한 이야기를 제대로 이해하는 데에 매우 중요하다. 이 두 집안의 관계에 대하여 알기 위해서는 「문무왕 비문」, 『삼국유사』, 『삼국사기』, 『한서』, 『후한서』 등에 대한 검토가 필요하다. 특히 『삼국유사』의 권 제2 「기이 제2」, 「가락국기」와 권 제1 「기이 제1」 「김알지 탈해왕대」에 대한 세계사적 해석이 필요하다.19)

『삼국유사』, 『삼국사기』는 교양 필독서에 올라 있어 누구나 쉽게 접할 수 있었다. 그러나 『한서』, 『후한서』 등은 일반 독자가 그 내용에 접근하기가 쉽지 않았다. 이제 『후한서』 번역서가 나오고, 『한서』 번역도 완료되어 일반인도 비교적 쉽게 이 역사적 사실들에 접근할 수 있게 되었다. 그런 책들을 통하여 우리 선조들의 역사적 족적을 다른 나라들에서는 어떻게 보는지 참고할 필요도 있을 것이다.

이제 우리도 우리 역사를 한반도에 가두어 둘 것이 아니라 세계 역사의 일부가 되게 풀어 주어야 한다. 한국사의 특수성만 강조할 것이 아니라

---

19) 이 두 집안이 흉노제국(匈奴帝國)의 서쪽 변왕[거서간(居西干)] 휴저왕(休屠王)의 태자 김일제(金日磾)와 그의 아우 김윤(金倫)의 후손으로 원래 같은 집안이라는 것이 이 책의 중요 가설 중 하나이다. 그런데 어떻게 하여 이 흉노족의 후손들이 한반도의 동남쪽에 와서 정권을 접수하고 왕이 되었을까?

특수성 못지않게 인류가 걸어온 보편적 삶의 토대 위에서 한국사를 설명하려는 세계사적 보편성을 갖추어야 한다.

인류의 역사는 전쟁의 역사이다. 동서고금을 막론하고 모든 전쟁은 땅, 여자, 물자를 약탈하는 과정이다. 그 과정은 '정복과 살육에 의한 멸족, 노예화 그리고 피의 혼효(混淆)에 의한 동화'로 구체화된다. 전쟁에서 패배한 피정복지의 여자는 전쟁에서 이긴 전사들에게 상으로 주어졌다. 전쟁에서 진 종족의 미망인은 남편을 죽인 적 종족의 아이를 낳아야 하였다. 이른바 인종 청소이다. 이 말은 한 종족을 절멸시킨다는 뜻이다.

이 과정의 대표적 사례가 중남미 인디오의 역사이다. 불과 1개 중대 병력의 스페인 정복 군대에 의하여 무너진 잉카 제국의 후손들이 얼마나 잔인하게 학살되었는가? 마추픽추에 가서 절멸된 그들의 마지막 저항의 몸부림을 보라. 백인들과 혼효된 남미의 혼혈 종족들, 메스티조, 카스티조, 촐로 등이 안고 있는 문제가 얼마나 복잡한가?[20]

인도는 또 어떤가? 수천 년 계속된 카스트 제도가 아직도 완고하게 작동한다. 그것은 유목 종족 아리아인들이 인도 북부를 정복하여 그곳의 농경민 드라비다족, 타밀족을 남으로 몰아내는 과정에서 정복자가 피정복자를 효율적으로 부리기 위해서 만든 제도이다. 그때 한번 정복당한 드라비다족, 타밀족의 후예들은 선조들 잘못 덕분으로 대대손손 수드라, 불가촉천민으로 살았고 앞으로도 얼마나 더 노예처럼 살아야 할지 모른다.

모스타르의 스타리모스트[옛날 다리]로 상징되는 동유럽 내전의 원인인 종교 문제와 인종 문제도 정복 유목민 훈족, 몽골족, 투르크족의 종족 이동과 정복으로부터 야기된 것이다. 북아메리카의 흑백 문제, 네이티브 아

---

20) 유럽인과 선주민 사이에 난 5:5 혼혈 종족을 메스티조(mestizo), 토인 1/4:유럽인 3/4을 카스티조(castizo), 토인 3/4:유럽인 1/4을 촐로(cholo) 등으로 구분하여 부른다.

메리칸의 문제도, 중국과 구소련 내의 소수 종족들의 문제도 다 정복과 살육, 노예화, 동화의 과정에서 일어나는 알력이다.

이때 살아남기 위하여 자신의 땅을 적에게 내어주고 떠나야 하는 디아스포라가 진행된다. 디아스포라, 남의 땅에 가서 씨를 뿌리는 일이 벌어지는 것이다. 그것이 피의 혼효이다. 여자는 혼혈 아이를 낳으면 헌 종족의 아내가 아니라 새 종족의 어머니가 된다. 그렇게 선조들이 잃은 땅을 되찾겠다는 염원의 가장 처절한 예가 팔레스타인 땅의 이스라엘 건국이다. 어떤 종족도 스스로를 지킬 힘이 없으면 주변 강대국에 정복당하여 살육되거나 노예화되어 동화되기 마련이다.

먼 옛날, 먼 나라 이야기라 착각하지 말라. 우리 바로 곁에도 선조들이 떠나온 땅을 되찾겠다는 야무진 꿈을 품고 사는 종족이 있다. 우리도 선조들이 빼앗긴 땅을 되찾아야 하는 운명을 지닌 종족이다. 더욱이 20세기 초에 경험했듯이 자칫 잘못하여 또 다시 종족이 정복된 역사를 만들어 후손에게 물려주면 영원히 못난 선조의 누명을 벗을 수 없다. 강하지 않으면 언제 또 이 아름다운 땅, 여자들을 한족이나 왜족, 슬라브족, 투르크족, 몽골족, 여진족 등 다른 종족에게 넘겨주고 나라 없는 망국인의 한을 씹으며 전 세계에 유랑할 운명이 될지 모르는 것이 이 종족의 운명이다.

제 2 장

김씨는 어디에서 왔을까

김씨는 어디에서 왔을까

1. 이 세상 최초의 김씨

김수로는 대륙에서 신나라가 망하고 후한이 서던 시기인 서기 30-40년 대에 이 땅에 왔다. 김알지는 서기 60년(또는 65년)에 나타났다.[1] 김알지 는 김수로가 올 때 같이 온 인물의 후손이거나 그 후에 온 집안의 후손이 다. 김수로의 출현은 문헌 기록에서 비교적 상세한 근거를 찾을 수 있지 만 김알지의 출현은 그렇지 못하다.

그런데 그들은 어디에서 온 것일까? 하늘에서? 바다에서? 땅 밑에서? 인간이 땅 밑에서 올 수 있는가? 인간은 땅 밑으로 들어갈 운명이지 땅 밑에서 올 수는 없다. 새가 아닌 한 정상적인 인간이, 비행기도, 우주선도, 비행접시도 없던 시대에 하늘에서 지구로 올 수는 없는 일이다. 그러면 그들은 다른 땅 위에서나 바다에서 왔다. 그 밖의 다른 곳에서 왔을 가능 성은 거의 0에 가깝다. 그러나 바다는 인간이 사는 곳이 아니다. 그들은

---

[1] 김알지의 출현 시점에 대해서는 서로 다른 두 가지 기록이 있다. 『삼국사기』에서는 서 기 65년이고, 『삼국유사』에서는 서기 60년이다.

어딘가 다른 땅에서 살다가 바다를 통하여 이 땅에 온 것이다.

문무왕 비문의 이해

김씨의 유래를 논의하는 출발 자료는 문무왕[재위 661년-681년]의 비문이다. 681년 경에 새겨진 문무왕 비는 두 개의 큰 조각이 남아 있다. 현재 국립경주박물관에 전시되어 있다.

이 비문에는 (1)과 같은 글자들이 있다. 이 글자들은 신라 왕실 김씨의 먼 선조를 기록한 것이다.

(1) a. 君靈源自夐[멀 형]繼昌基於火官之后峻構方隆由是克 --- 枝載生英異秺侯祭天之胤傳七葉以[투후의 제천지윤이 7대를 전하였다.]
    b. 十五代祖星漢王降質圓穹誕靈仙岳肇臨[15대조 성한왕이 하늘로부터 내려와 신령스러운 선악에 태어나 시작하였다. <「문무왕 비문」>

(1a)에서 알 수 있는 것은 '秺侯祭天之胤傳七葉[투후의 제천지윤이 7대를 전하였다.]'는 말이다. 그 밖의 말들은 알기 어렵다. 앞부분은 문무왕의 조상이 멀리 화관지후(火官之后: 순임금)에서 나왔다는 말이다. '秺侯(투후), 祭天之胤[하늘에 제사 지내는 후손]이라?' 투후란 무엇인가? 투 지방의 제후이다. 이 말을 알려면 『한서』를 읽어야 한다.2)

---

2) 『한서』에서 투후는 김일제이다. 흉노제국 휴저왕의 태자이다. 그는 기원전 86년 투후로 책봉되었다. 그의 아들 상(賞)이 뒤를 이었으나 후사가 없어 봉국이 끊어졌다. 김일제의 아우 김윤(倫)의 아들 김안상(安上)은 도성후로 책봉되었다. 그의 아들 김상(常)이 이었으나 역시 후사가 없었다. 서기 4년 전한 실권자 왕망(王莽)이 김일제의 증손자 김당(當)을 김일제의 후사로 삼아 투후를 이어받게 하였다. 김당이 왕망의 이종사촌이었다. 김안상의 손자 김흠(欽)에게는 도성후를 이어받게 하였다. 김흠이 죽은 후 김탕(湯)이 도성후를 이어받았다. 서기 9년 왕망이 신나라를 세웠다. 왕망은 23년에 유수에게 패망하였다. 유수는 25년 후한 황제가 되었다. 후한이 사천성 성도 공손술의 성가 왕

(1b)는 번역 그대로 문무왕의 15대조 성한왕이 하늘로부터 신령스러운 산에 내려와서 시작하였다는 말이다. 문무왕의 15대조는 헤아리기 쉽지 않다. 흔히 김알지이거나 김알지의 아들 세한(勢漢)이라 한다. 틀린 말이다. 13대 미추임금 이후의 왕통과 혈통의 대수를 면밀하게 헤아리지 않아서 생긴 일이다. 문무왕의 15대조는 미추임금이다.

〈**문무왕 비:** '투후의 제천지윤이 7대를 전하였다.' '15대조 성한왕이 하늘로부터 신령스러운 선 악에 태어나 시작하였다.'고 하였다.〉

국을 토벌한 해는 36년이다. 『후한서』에는 40년대에 사천성에서 만족이 연이어 반란을 일으킨다. 47년 반란 후 강하로 대거 강제 이주 당하였다. 서기 42년 3월 김수로가 김해에 나타났다. 48년 7월 27일 보주태후 허황옥이 창원 진해 웅동의 용원에 나타났다. 이 부부는 언제, 어디서 이 먼 곳에서 만나기로 인연을 맺었을까? 60년{또는 65년} 에 김알지가 경주의 계림에 나타났다.

반고(班固)의 『한서(漢書)』에서 최초로 투후(秺侯)로 책봉된 이는 김일제(金日磾, 기원전 134-기원전 86)이다. 그가 이 세상 최초의 투후이다. 김일제는 흉노제국의 번왕인 휴저왕의 태자이다. 그가 한 무제로부터 김씨성을 하사받았다. 그가 기록상으로는 이 세상 최초의 김씨인 것이다.

한나라가 건국되기 전부터 만리장성 너머에는 유목민[Nomad] 흉노제국이 있어 중원을 위협하였다. 한 고조 유방은 건국 후 흉노를 정벌하러 갔다가 백등산(白登山)에서 포위되어 전멸 위기에 처했으나 흉노 선우의 아내에게 뇌물을 주고 풀려났다. 한나라는 그 후로 해마다 조공을 바치고 공녀를 보내어 그들을 달래고 있었다. 한 무제는 이러한 관계를 끝내려 하였다.3) 무제는 흉노를 공격하기에 앞서 고비사막 너머에 있는 서역 나라들과 동맹을 맺고자 하였다. 원교근공의 전략에 따라 가까이 있는 흉노를 치려고 멀리 있는 나라들과 손을 잡는 것이다. 이 일을 위하여 기원전 139년에 장건(張騫)이 서역으로 갔다. 13년 만에 귀국한 장건이 서역 사정을 알려 주자 무제는 다시 장건을 파견하여 오손과 동맹을 맺었다.

무제는 기원전 129년부터 위청(衛靑), 곽거병(霍去病) 등에게 흉노제국을 공격하게 하였다. 이 전쟁에서 계속 패전한 흉노제국의 번왕인 혼야왕과 휴저왕은 선우가 처형하려고 소환하자 한나라에 항복할 것을 의논하였다. 휴저왕이 망설이자 혼야왕은 휴저왕을 죽이고 휴저왕의 왕비 연지[閼氏]와 태자 일제, 그리고 왕자 윤(倫)을 곽거병에게 포로로 넘겨주었다.

---

3) 한 무제 유철(劉徹, 기원전 156년-87년)은 한나라 7대 황제이다. 기원전 141년에 16세의 나이로 즉위하였다. 그는 경제의 11번째 아들이고 후궁 소생이었다. 그가 즉위하는 데에는 어머니의 권모술수가 작용하였다. 그의 어머니 왕씨[효경황후]는 경제의 누이 장 공주의 딸과 유철을 혼인시킨 후 장 공주와 힘을 합쳐 황태자와 그의 모친 율희를 모함하여 황태자가 폐위되고 결국 자살하게 만들었다. 그리고 경제와 사이가 좋았던 경제의 아우 양왕을 함정에 빠트려 황위 계승 후보에서 탈락시켰다. 유철은 이렇게 비열한 왕위 다툼을 거쳐 즉위하여 54년 동안 재위하고 기원전 87년 6월 사망하였다.

이 전쟁 결과로 김일제가 한나라에 온 일과 그가 망하라의 모반을 진압한 일은 『한서』 권6 「무제기」 제6에 (2a, b)처럼 적혀 있다. 「무제기」에서 김일제와 관련된 기록은 이것뿐이다. 그리고 『한서』 권7 「소제기」 제7 즉위 시에 (2c)가 기록되어 있다.

(2) a. 기원전 120년 가을 흉노 혼야왕이 <u>휴저왕</u>을 죽이고 무리 도합 4만여명을 아울러 거느리고 항복하여 왔다. 5속국을 설치하여 그에 살게 하고 그 땅을 무위군, 주천군이라 하였다.
b. 기원전 88년 여름 유월 시중 복야 망하라가 아우 중합후 통과 더불어 모반하였다. 시중 부마도위 <u>김일제</u>와 봉거도위 곽광, 기도위 상관걸이 토벌하였다. <『한서』 권6 「무제기」 제6>
c. 대장군 곽광이 정권을 잡아 영상서사가 되고 거기장군 <u>김일제</u>, 좌장군 상관걸이 보좌하였다. <『한서』 권7 「소제기」 제7>

혼야왕은 수하 종족들과 휴저왕의 부하들을 이끌고 곽거병에게 항복하였다. 이때 혼야왕이 거느리고 온 흉노족 인구가 4만 명에 달하였다. 이 가운데 휴저왕의 세력은 얼마나 되었을까? 중요한 것은 휴저왕의 왕비와 두 아들만 온 것이 아니라 그 부하 병력의 대규모 이주가 이루어졌다는 것이다. 자발적 디아스포라가 아니라 끌려온 강제 이주이다. 그들은 장안까지 온 것이 아니고 고향 가까운 변방 지역에 머물러 살았다. 그 지역에 한나라는 무위군, 주천군을 설치하였다. 나중에 장액, 돈황을 증설하여 하서 4군이라 불렀다.[4] 이 지역이 한나라 흉노의 본거지가 되었다. 얄궂게

---

4) 무위(武威)군은 곽거병의 무공을 기리는 이름이다. 주천(酒泉)군은 곽거병이 무제로부터 하사받은 술 한 병을 샘에 풀어 모든 군사에게 한 잔씩 마시게 하고는 우리 모두 황제의 하사주를 나누어 마셨다고 하며 군사의 사기를 돋우었다는 데서 유래한 이름이다. 대단한 쇼이다. 무위시에는 김일제의 석상이 있고 천마가 제비를 딛고 달리는 마답비

도 곽거병의 이복아우 곽광(霍光)과 김일제의 전기가 『한서』 권68에 한 권으로 묶여 있다.

한나라는 기원전 108년 왕검성을 함락시켜 (고)조선을 멸망시켰다.[5] 기원전 104년에는 이광리가 대완을 정복하였다.

위청, 곽거병의 정벌 후 흉노제국은 귀족들 사이의 권력 쟁탈전으로 세력이 약화되었다. 심지어 다섯 선우로 나뉘어 내부 싸움을 그치지 않았다. 그 중에 호한야(呼韓邪) 선우가 형 질지(郅支) 선우에게 패하여 위기에 몰리자 한나라와 화의할 생각을 하고 장안으로 한 선제를 만나러 왔다. 선제는 후대하였다. 흉노와 한 사이에 '세세대대 서로 침범하지 않는다.'는 우호맹약이 맺어졌다.

기원전 48년 한나라는 선제가 죽고 원제가 즉위하였다. 세 번째로 장안에 온 호한야는 한나라의 사위가 되어 친선을 강화하겠다는 뜻을 표하였

연(馬踏飛燕) 상이 나왔다. 나중에 장예[장액(張掖: 흉노의 팔을 묶고 한족의 겨드랑이를 크게 편 땅이라는 이름의 '무지개 산'으로 유명한 장액과 돈황을 추가로 설치하여 하서 4군이라 불렀다. 흔히 하서회랑(河西回廊), 하서주랑(河西走廊)이라고 한다.

감숙성의 이 지역에서 서북쪽으로 나아가면 신장 위구르 자치구[동터기스탄]이 있고 그 서쪽으로 아프가니스탄, 타지키스탄, 키르키즈스탄, 카자흐스탄이 중국과 국경을 맞대고 있다. 영국, 러시아, 구소련, 미국이 모두 패전하여 쫓겨난 땅, 아프가니스탄이 페르시아나 천축으로 향하는 교역의 요로에 있다. 2000년 이상 정복되지 않은 종족들이 아직도 유목 생활을 하고 있는 곳이다.

5) 이때 (고)조선의 국민들이 많이 유이민이 되어 남쪽으로 오거나 바다를 건너 섬나라로 갔다. 제1차 조선족 디아스포라이다. 대마도에는 '우미사치[海幸] 야마사치[山幸] 설화'가 전해온다. 낚시를 생업으로 하는 형과 사냥을 생업으로 하는 아우가 살고 있었다. 이들이 일본 천황가의 친가이다. 형과 아우는 생업을 서로 바꾸어서 해 보기로 하였다. 형은 산으로 사냥을 떠나고 아우는 바다로 낚시를 나갔다. 아우가 형의 낚시 도구를 빌려서 바다에 가서 낚시를 하다가 물고기에게 낚시를 빼앗겼다. 형은 원래의 자기 낚시 도구를 돌려달라고 독촉하였다. 아우는 낚시를 찾으러 바다 속으로 들어갔다가 용궁까지 갔다. 이 용궁이 지금 와타즈미[和多都美] 신사의 5개 도리이가 바다 속으로 뻗어 있는 아소만 지역이다. 밀물이 들면 2m나 물에 잠기는 도리이도 있다. 아우는 거기서 3년을 머물렀다. 그 3년 동안 그는 용왕의 딸 도요타마히메노 미코토[豊玉姬命]와 혼인하였다. 선주민과 유이민 사이의 피의 혼효이다.

다. 원제는 후궁 가운데 적절한 이를 물색하여 시집보내기로 하였다. 왕소군(王昭君, 王明君)이 자원하여 흉노 선우 호한야에게 시집갔다. 왕소군은 영호 연지[閼氏]로 봉해졌고 아들인 이도지아사(伊屠智牙師)는 뒤에 우일축왕(右日逐王)이 되었다. 호한야 선우가 죽고 나서 흉노족의 풍습에 따라 호한야의 아들 복주루약제(復株累若鞮)의 여자가 되어 딸 둘을 낳았다. 새로 선우가 된 복주루약제는 호한야의 본처가 낳은 아들이었다. 아버지가 죽으면 아들이 아버지의 여자를 취하는 흉노족의 혼습을 엿볼 수 있는 사례이다.6)

왕소군을 소재로 한 (3a)의 '春來不似春'만이 유명하다. 잘 읽어 보라. 어느 것이 주제인지. 남자들이 못나면 여인네가 나라를 구하러 다른 종족의 첩이 되어 고향을 떠난다. 이백의 한 구절 (3b)는 더욱 직설적이다.

(3) a. 漢道方全盛 [한나라는 바야흐로 전성기여서]
      朝廷足武臣 [조정에 무신들이 가득하건만]
      何須薄命妾 [어찌하여 꼭 박명한 이 여인이]
      辛苦事和親 [흉노와 화친하는 이 고생을 떠맡아야 하나]

---

6) 왕소군(기원전 52년-기원전 20년 추정)은 남군 자귀 출신이다. 이름은 장(嬙). 진나라 황제 사마소의 昭를 피휘하여 王明君이라고도 한다. 화공 모연수가 초상화를 예쁘게 그리지 않아 원제의 눈에 뜨이지 않고 총애를 입지 못하였다. 뇌물을 주지 않아서이다. 왕소군이 흉노 땅으로 간 뒤 원제는 모연수를 죽였다. 호한야 선우가 죽고 본처 아들의 여자가 되는 처지가 되었을 때 한나라로 돌아가겠다고 하였다. 그때 황제 성제는 흉노 땅에서는 흉노 풍습을 따르라 하고 한나라로 오는 것을 허하지 않았다. 4대 미녀의 하나이다. 춘추시대 월나라 미녀로 오왕 부차에게 보내진 서시(西施)는 오나라를 멸망시키는 첩자 역할을 하였다. 별명은 침어(沈魚), 그녀를 보면 물고기도 가라앉았다. 한나라의 왕소군은 흉노를 악화시켰다. 별명은 낙안(落雁), 그녀를 보면 기러기도 떨어졌다. 삼국시대의 초선은 여포를 녹였다. 별명은 폐월(閉月), 달조차 부끄러워 구름 속에 숨었다. 마지막 미인은 당 현종의 정부이자 며느리였던 양귀비, 안록산의 난을 유발시켜 당나라를 망쳤다. 별명은 꽃도 부끄러워하여 수화(羞花), '沈魚落雁 閉月羞花'라고 한다. 나라를 기울게 한 경국지색(傾國之色)들이다.

揜가릴 엄淚辭丹鳳 [눈물 감추며 단봉(궁전)을 하직하고]
銜재갈 함悲向白龍 [비통함을 깨물고 백제성으로 향하네]
單于浪驚喜 [선우가 놀라 기쁨이 넘쳐흐르니]
無復舊時容 [다시는 옛 모습 볼 수 없으리]

胡地無花草 [오랑캐 땅 꽃과 풀 없으니]
春來不似春 [봄 와도 봄 같지 않네]
自然衣帶緩 [허리끈 절로 느슨하니]
非是爲腰身 [이 허리 살 뺀 탓 아니라네]
<『전당시』 권 제100, 동방규 「昭君怨」>

b. 昭君拂玉鞍 [왕소군은 옥안장을 치켜올리며]
上馬啼紅頰 [말에 오르고, 눈물은 붉은 뺨에 흘러내리네]
今日漢宮人 [오늘은 한나라 궁인]
明朝胡地妾 [내일 아침이면 흉노 땅의 첩]
<이백, 「昭君怨」 일부>

이후로 한나라는 질지 선우를 뒤이은 북흉노와 호한야 선우를 뒤이은 남흉노를 철저히 분리하여 통제하였다. Divide and Rule의 원리는 영원한 진리이다. 한족이 주변의 종족을 분열시켜 그들끼리 싸우게 하며 지배하는 것은 오래 된 전통이다.

후한은 남흉노를 조공국으로 삼아 변방을 지키는 우군으로 삼고, 북흉노는 철저히 대립하며 절멸시켜 나갔다. 이이제이(以夷制夷)의 책략이다. 이렇게 초원에서 쫓겨난 북흉노는 서쪽으로 이동하여 훈족의 유럽 정착을 야기한 것으로 보인다.7) 동유럽 곳곳에 훈족의 디아스포라를 형성하고 있

7) 헝가리 부다페스트의 성 이슈트반 성당에 들렀을 때 그곳에 전시된 황금 팔찌를 차고

는 황화(黃禍)의 시작이다.

무제가 보낸 곽거병에게 포로로 잡혀 온 휴저왕의 왕비 연지[閼智]와 태자 일제, 그리고 왕자 윤(倫)의 인생은 어떻게 전개되었을까? 그들의 삶의 흔적은 『한서』 권68에 선명하게 적혀 있다.

2. 「곽광김일제전」의 이해

투후 김일제, 도성후 김안상, 평은후 허광한

김일제와 그의 후손들에 관하여 전해 오는 기록은 『한서』 권68 「곽광김일제전(霍光金日磾傳)」 제38이다. 이 「곽광김일제전」의 앞 부분은 '곽광'의 전기이다. 이는 모두 번역하지 않고 이 책에 필요한 내용만 요약하여 제시한다.

> (4) a. 곽광은 곽거병(霍去病)의 이복동생이다. 곽거병의 아버지 곽중유는 젊은 날 평양후 조수의 집안에 파견 근무할 때 조수의 여종 위소아와 사통하여 곽거병을 낳았다. 그 후 파견 근무가 끝나고 돌아와 부인을 맞아 곽광을 낳았다. 위소아의 동생 위자부가 7대 무제의 총애를 받아 황후가 되자 곽거병이 황후의 조카로서 귀하게 되었다. 흉노 정벌의 공을 세운 곽거병이 아우 곽광을 장안으로 데려와 출세의 기회를 마련해 주었다.
> b. 곽광은 김일제와 손잡고 상관걸, 망하라, 강충 등과 권력을 다투며 무제 사후 어린 황제 8대 소제가 다스리는 전한 말기의 정국을 주

있는 헝가리 초대 국왕 이슈트반의 미라 손목을 보고 나도 모르게 눈시울이 젖어온 것은 그들도 김씨였을 것이라는 생각 때문이었을까?

도해 나갔다. 곽광은 30년 무제를 섬기고 10년 소제를 보필한 후 기원전 74년 창읍왕의 즉위와 폐위를 주도하였다.

c. 허광한(許廣漢, ?-기원전 61년)은 젊을 때 폐황제 9대 창읍왕의 낭을 지냈는데 남의 안장을 훔친 것으로 오해되어 궁형을 받고 환관이 되었다. 상관걸의 모반 때 범인을 묶을 밧줄을 잃어버려 쫓겨나 액정(掖庭: 후궁. 황명 전달 및 궁궐관리 관서)에 있었다.

d. 이때 액정에는 무제 때 반란을 일으킨 태자 유거(劉據)의 손자 유병이[劉病已, 詢(순), 기원전 91-49]가 살고 있었다. 허광한은 액정에서 유병이와 같은 관사에서 살았다. 허광한의 딸 허평군은 14-5세였는데 유병이와 혼인하였다. 혼인한 이듬해 허평군은 아들 유석[劉奭, 기원전 75년-33년]을 낳았다.

e. 기원전 74년 곽광은 태후를 설득하여 창읍왕을 폐위시켰다. 그리고는 유병이를 즉위시켰다. 10대 선제(宣帝)이다. 선제의 아버지는 유진(進)이다. 유병이가 황제가 되자 허평군은 후궁이 되었다. 대신들은 곽광의 딸이 황후가 될 것으로 생각하였으나 헌 칼을 가져오라는 선제의 말을 듣고 그 마음을 알아차려 허평군을 황후로 세울 것을 주창하여 허후가 황후[공애황후]가 되었다. 그러나 곽광은 허광한을 열후에 봉하지 않고 창성군으로 봉하였다. 곽광의 딸 곽성군은 후궁이 되었다. 곽광의 아내 현(顯)은 딸을 황후로 만들기 위하여 여자 의사 순우연을 사주하여 허 황후를 독살하였다. 곽광 생시에는 묻혔던 이 사건이 지절 2년[기원전 67년] 곽광이 죽은 후에 불거지고 선제를 암살하려던 현과 곽광의 집안은 멸족되었다.

f. 외손자 유석(奭)이 태자가 되자 비로소 지절 3년 여름 태자의 외조부 허광한이 평은후(平恩侯)에 봉해졌다. 기원전 33년 선제가 죽고 유석이 11대 원제로 즉위하였다. 허씨와 사씨의 외척세도가 정권을 장악하였다. 평은후와 시중 김안상 등은 궁중에 무시로 출입하였다.

뒤에 나오는 (5e)를 보면 곽광은 그의 또 다른 딸을 김일제의 아들 투후 김상에게 출가시켰다. 곽씨와 김씨가 사돈이 된 것이다. 그러나 곽씨 집안이 모반할 것 같은 낌새를 느끼고 김상은 이혼하였다. 곽씨와 김씨가 틀어졌다. 또 김윤의 아들 김안상은 곽씨 집안이 모반하였을 때 그 진압에 공을 세움으로써 도성후에 봉해졌다.

선제(宣帝)가 즉위하여 허평군을 황후로 삼음으로써 곽씨와 허씨가 황후 자리를 놓고 대립하였다. 선제의 총애를 받던 김안상은 허광한과 친하였다. 김씨가 곽씨와 틀어졌으니 역시 곽씨와 틀어진 허씨와 김씨가 친한 것은 당연한 일이다. 곽광의 아내 현이 여자 의사 순우연을 사주하여 허황후를 독살하고 자신의 딸을 후궁에서 황후로 올렸다. 이 사건이 발각되고 코너에 몰린 곽광의 아내 현은 선제 암살을 기도하였다. 이 모반의 실패로 곽광 집안은 멸족되었다.

김씨와 허씨는 공고한 유대를 맺었다. 김씨와 허씨는 대대로 고위직을 이어갔다. 특히 김윤의 아들인 김안상과 허광한이 매우 친하였다.

김일제, 김윤의 후손들

'김일제의 전기'는 (5)에서 대부분을 번역하여 제시한다. 번역은 최근 완역된 이한우 역(2020:458-469)를 기준으로 하고 원문과 대조하여 필요한 경우 저자가 손질하였다.[8]

    (5) a. 김일제[9]는 자가 옹숙으로 본래 흉노 휴저[10]왕의 태자였다. 무

---

8) 이하의 『한서』 번역도 이 책을 기준으로 하였다. 이 번역문에서 '상'은 천자를 가리키는 '上', 김일제의 큰아들을 가리키는 '賞', 김윤의 손자를 가리키는 '常'이 있다. 필요할 때 한자를 병기하였다.

9) '磾音丁奚反'이라는 주가 붙어 있다. 磾의 음은 丁의 'ㅈ'과 奚의 'ㅐ'의 反切(반절)이라 하였으니 [재에 가깝다. 반절은 주로 외국어를 적을 때, 흔히 쓰이는 한자 둘의 성모

제 원수 연간[기원전 122-기원전 117]에 표기장군 곽거병이 군사를 이끌고 흉노의 오른쪽 땅을 쳐서 많은 사람을 목 베고, 휴저왕이 하늘에 제사 지내는 금인[祭天金人]을 획득하였다. 그 여름에 표기(장군)이 다시 서쪽으로 가 거연을 지나 기련산을 공격하여 크게 이기고 적들을 사로잡았다. 이에 선우는, 서방에 웅거하다가[居西方] 한나라에 크게 패한 혼11)야왕과 휴저왕을 미워하여 불러 죽이려고 하였다. 혼야와 휴저는 두려움에 떨며 한나라에 투항할 것을 모의하였다. 휴저왕이 망설이자[後悔] 혼야왕은 그를 죽이고 그 무리들을 함께 이끌고 한나라에 투항하였다. (한나라는) 혼야왕을 봉해 열후로 삼았다. 일제는 아버지가 투항하지 않으려다가 살해되었기 때문에 어머니 연지[閼氏],12) 아우 윤(倫)과 함께 관노비가 되어 황문(黃門)에 보내어져 말을 길렀는데 이때 나이 14세였다.

b. 오랜 시간이 흘러 무제가 연회를 갖던 중에 말을 둘러보는데 후궁들이 옆에 가득하였다. 일제 등 수십 명이 말을 끌고서 전(殿) 아래를 지나가는데 후궁들을 몰래 훔쳐보지 않는 이가 없었으나 일제 홀로 감히 그렇게 하지 않았다. 일제는 키가 8척 2촌[23.1cm×8.2=189.42cm]이고 용모도 심히 엄숙했으며 그가 기르는 말 또한 살지고 보기 좋아서 상(上)은 기이하게 여겨 이것저것 물어보았고 일제는 본래의 상황을 잘 갖춰서 대답하였다. 상은 그가 특출하다고 여겨서 그 날로 목욕을 하고 의관을 갖추게 하고 제수하여 마감으로 삼았다. (얼마 후에) 승진해 시중, 부마도위, 광록대부에 올랐다. 일제가 이미 (무제와) 친근해졌으나

[초성]과 운모[중성+종성]을 이용하여 그 발음을 나타내는 방법을 말한다. 최세진의『훈몽자회』에는 훈민정음을 반절이라고 하였다. 훈민정음이 읽자국어든 외국어든을 적기 위한 수단임을 잘 보여준다.
10) 屠의 음은 儲(저)라고 주가 붙어 있다.
11) '昆音下門反'이라는 주가 붙어 있다. 昆의 음은 'ㅎ'과 'ㄴ'의 합, 즉 혼에 가깝다.
12) 아마 흉노어로는 '연지'이고 그것을 한자로 적은 것이 '閼氏(알지)'일 것이다. 흉노제국 선우의 비가 '연지'라는 이름을 대대로 물려받은 것으로 보인다. 김알지의 이름과 비슷한 음을 가졌을 것이다.

일찍이 허물이 없어 상은 그를 더욱 믿고 아껴서 상(賞)으로 내려준 것이 수천 금이고, 궐 밖을 나갈 때는 참승(驂乘)하였고[13] 들어와서는 좌우에서 모셨다. 귀척들은 대부분 몰래 원망하여, 폐하께서는 망령되이 오랑캐 아이 하나를 얻어서는 도리어 그 아이를 귀중하게 여기시는구나 하였다. 상은 이를 듣고 그를 더욱 두터이 하였다.

c. 일제의 어머니는 두 아들을 가르치고 일깨움에 있어 심히 법도가 있었는데 상(上)은 이를 듣고서 아름답게 여겼다. 어머니가 병으로 죽자 조서를 내려 감천궁에 그림을 그려 붙이도록 하고 제목을 '휴저왕 연지'라고 하였다. 일제는 그 그림을 볼 때마다 늘 절을 하고 그 그림을 향해 눈물을 흘린 다음에야 마침내 발걸음을 옮겼다. (상은) 일제의 아들 둘을 모두 아꼈는데 황제를 위한 농아(弄兒)가 되어 늘 곁에 있었다. 농아는 간혹 뒤에 가서 상의 목덜미를 껴안았는데 일제가 앞에 있다가 그것을 보고는 눈을 부라렸다. 농아는 달아나며 울면서 말하기를 늙은이가 화가 났다 하였다. 상이 일제에게 이르기를, 어찌 우리 농아에게 화를 내었는가 하였다. 그 후에 농아가 커서도 매사에 조심하지 않고 전(殿) 아래에서 궁인들과 희롱하니 일제가 마침내 그것을 보고 그 음란함을 싫어해 드디어 농아를 죽였다. 농아는 곧 일제의 맏아들이다. 상이 이를 듣고 크게 화를 내자 일제는 머리를 조아리며 사죄하고 농아를 죽이게 된 정황을 갖추어 아뢰었다. 상은 크게 슬퍼하며 그를 위해 울고서 그때부터 일제를 마음속으로 공경하게 되었다.

d. 처음에 망하리(莽何羅)는 강충(江充)과 사이가 좋았다. 충이 위(衛) 태자를 패망에 이르게 하자 하라의 동생 통은 태자를 파할 때 온 힘을 다해 싸워 작위를 받았다.[14] 뒤에 상이 태자의 원통함을 알고 마침내

13) 참승(驂乘)은 어가의 오른쪽에 앉아 왼쪽에 앉은 윗분을 모시는 것을 말한다. 마차를 모는 마부기 가운데에 앉으므로 수레의 무게 중심을 잡는 역할도 한다. 황제와 아주 가까운 신하만이 할 수 있다. 현대의 수행 비서에 가깝다. 배승(陪乘)이라고도 한다.
14) 기원전 91년에 무제의 여(戾) 태자 유거(據)가 역모를 꾸민다는 모함을 받자 처벌 전에 선수를 쳐서 실제로 반란을 일으켰다가 실패하고 자살하였다. 유거의 아우 창읍애 왕 유박(髆)이 후계자가 되었으나 기원전 88년에 병사하고, 기원전 87년 2월 무제의

충의 종족과 당여들을 주멸하였다. 하라 형제는 화가 자신들에게 미칠까 두려워하여 드디어 모의하여 역란을 꾸몄다. 일제는 사람의 속마음을 읽는 데에 비상한 재주가 있었다. 마음속으로 그들을 의심하여 몰래 홀로 그들의 동정을 위아래로 살폈다. 하라 또한 일제의 뜻을 알아 그 때문에 오랫동안 역란을 실행에 옮길 수 없었다. 이때 상이 (감천궁 옆에 있는) 임광궁에 행차하였는데 일제는 병에 걸려 궁궐 내 작은 처소에 누워 있었다. 망하라는 통 및 막내 동생 안성과 황명을 고쳐 밤에 출동해 사자를 죽이고 군사를 일으켰다. 다음날 아침 상이 아직 일어나지 않았는데 하라는 어딘가 밖으로부터 침입해 들어왔다. 일제는 측간으로 몸을 피했는데 심장이 뛰었고 선 채로 들어가 안에 들어가서 앉았다. 그 순간 하라는 소매에서 번뜩이는 흰 칼을 꺼내어 동쪽 곁채 위에 서 있다가 일제를 보고서는 낯빛이 변해 천자가 자는 곳으로 달려들어가려다가 거문고에 걸려 넘어졌다. 일제는 하라를 꽉 붙잡을 수 있었고 그 틈을 타서 망하라가 반란을 일으켰다고 전파하였다. 상은 놀라 일어났고 좌우에서 칼을 뽑아 그를 치려했는데 상은 그들 속에 일제가 있는 것을 알고는 치지 말라고 하였다. 일제가 하라의 멱살을 잡고 전 아래로 내던지니 그를 잡을 수 있었다. 끝까지 조사하여 모두 복주하였다. 이로 하여 일제는 충효의 절의를 만천하에 드러내었다.

e. 일제는 스스로 좌우에 있으면서 눈에 거슬리지 않은 것이 수십년이었다. 궁녀를 내려주어 궐 밖으로 데려나가게 하였지만 감히 가까이 하지 않았다. 상은 그의 딸을 궐 안으로 데려와 후궁으로 삼으려 했지만 기꺼이 따르지 않았다. 그의 독실하고 삼감이 이와 같아 상(上)은 그를 더욱 기특하게 여겼다. 상이 병 나자 곽광에게 어린 임금을 보필할 것을 부탁하였지만 광은 일제에게 양보했다. 이에 일제가 말하기를, '신은 외국인인 데다가 또 흉노로 하여금 한나라를 가볍게 여기게 할

막내아들인 유불릉(弗陵)이 태자로 책봉되었다. 이때 곽광, 상관걸, 김일제, 상홍양, 전천추 등이 탁고지신이 되었다. 유불릉은 구악부인 조씨 소생이다. 무제는 어린 태자에게 젊은 어머니가 있으면 외척이 발호한다고 구악부인을 자살시켰다.

수 있습니다.' 하였다. 이에 곽광의 보좌역이 되었다. 광은 자신의 딸을 주어 일제의 사자(嗣子) 김상(賞)의 아내로 삼게 하였다. 처음 무제는 유조를 통하여 망하라를 토벌한 공이 있으니 일제를 투후(秺[15]侯)에 봉하게 하였다. 일제는 새로 즉위한 제[昭帝]가 아직 어려 책봉을 받지 않았다.[16] 정사를 보좌한 지 1년여가 지나 병으로 어려움을 겪게 되자 대장군 곽광은 일제를 봉할 것을 건의해 누워서 인수를 받았다. 하루가 지나 죽으니 장례용품과 무덤 쓸 땅을 내려주고 가벼운 수레와 갑옷 입은 군인을 보내어 군진이 무릉에 이르렀고 시호를 내려 경후(敬侯)라 하였다.

f. 일제의 두 아들 김상(賞)과 김건(建)은 모두 시중이 되었고 소제(昭帝)와 거의 동년배라 일어나고 눕는 것을 같이 하였다. 상은 봉거, 건은 부마도위가 되었다. 상은 후의 작위를 이어받아 2개의 인끈을 허리에 찼다. 상(上)이 곽 장군에게 말하였다. 김씨 형제 2인 모두 인끈을 2개 찰 수 있게 해 줄 수 없는가? 곽광이 대답하기를, 상(賞)은 아버지를 이어받아 후가 된 것뿐입니다. 상(上)이 웃으며 말하기를, 후(를 줄 권한)이 나와 장군에게 있는 것 아닌가? 광이 말하기를, 선제(先帝)의 약속이 있기에 공로가 있어야 후에 봉할 수 있습니다. 이때 나이는 모두 8, 9세였다. 선제(宣帝)가 즉위하자[17] 상(賞)은 태복이 되었고 곽씨에게 모

<hr>

15) 秺의 음은 丁故凤丁의 'ㅈ'과 故의 'ㅗ'의 反切(반절)이다.] 하였으니 [조, 쥐에 가깝다.
16) 소제(孝昭皇帝)는 기원전 87년 3월 8세에 즉위하였다. 기원전 86년에 김일제는 죽었다. 곽광과 상관걸은 사돈이 되어 가까웠다. 그러나 소제의 황후로 자신들의 손녀를 넣으면서 틈이 생겼다. 상관걸은 손녀를 황후로 넣으려 했지만 곽광은 외손녀가 너무 어리다고 반대하였다. 기원전 80년 상관걸 등은, 곽광을 죽이고 소제를 폐위하여 연왕을 옹립하려는 음모를 개장공주와 함께 꾸몄다. 그러나 그 음모가 실패하여 상관걸, 그 아들 상관안, 상홍양은 삼족이 멸하고 연왕과 개장공주는 자결하였다. 기원전 74년 6월 소제는 21살의 나이로 요절하였다.
17) 기원전 74년에 소제가 죽자 곽광 등은 창읍애왕 유박(髆)의 아들인 창읍왕 유해[賀, 무제의 손자를 황제로 세웠다. 그러나 유하는 음란을 일삼아서 27일 만에 곽광 등이 태후 효소황휘[곽광의 외손녀를 앞세워 폐위시켰다. 무제의 여(戾) 태자 유거(據)의 손자인 유병이[病已 또는 詢이 18세로 즉위하여 황제가 되었다. 한 중종 효선황제이다. 아버지는 유진(進)이다. 할아버지의 모반인 무고지화(巫蠱之禍) 때 강보에 쌓인 유

반을 일으킬 만한 싹이 보이자 글을 올려 아내 곽씨와 이혼할 것을 청하였다. 상(上)도 몸소 그것을 안타깝게 여겼다. 상(賞) 혼자만 죄를 면할 수 있었다. 원제(元帝) 때 광록훈이 되었다. 죽고 아들이 없어 봉국이 없어졌다. 원시(元始) 연간[서기 1년~서기 5년]에 끊어진 집안을 이어주고 건(建)의 손자 김당(當)을 봉해 투후로 삼고 김일제(日磾)의 후사를 받들게 하였다.[18]

g. 처음 일제가 데리고 함께 투항했던 동생 김윤(倫)은 자가 소경이고 황문랑이 되었으나 일찍 죽었다. 일제의 두 아들은 귀하게 되었으나 손자들은 쇠하였다. 반면 윤의 후사는 드디어 성대해져 아들 안상(安上)이 비로소 귀하게 되어 후에 봉해졌다.

h. 김안상은 자가 자후(子侯)로 어려서 시중이 되었으며 성품은 독실하고 지략이 있어 선제(宣帝)가 아꼈다. 초왕 연수가 반란을 일으키려는 것을 미연에 막은 공로가 있어 관내후의 작위를 받았고 식읍은 300호였다. 뒤에 곽씨들이 반란을 일으키자 안상은 명령을 전해 궁궐의 크고 작은 문을 막아 곽씨의 친속들이 궐내에 들어올 수 없게 한 공로가 있어 봉해져 도성후(都成侯)가 되었고 건장위에 이르렀다. 죽으니 묘지를 두릉에 내려주었고[薨 賜冢塋 杜陵] 시호를 경후(敬侯)라 하였다.[19]

순은 감옥에 있었다. 뒤에 조모 사양제(史良娣)가 거두어 길렀다. 기원전 74~48년의 재위 기간 동안 대외적으로 북흉노를 격파하고, 서역 36국과 남흉노를 복속시켰다. 대내적으로는 기원전 68년 곽광이 병사하자 곽씨 일족을 멸족시키고 친정을 하여 지방행정제도를 정비하고 상평창을 설치하여 빈민을 구제하였다. 현명한 황제로 평가된다. 그는 제위에 오르기 전 민간에 살면서 국민들의 삶의 고단함을 알았고 탐관오리들의 비행도 알았다. 특히 민간에 살 때 맞이한 첫부인 허광한(許廣漢)의 딸 허평군을 끝까지 지켜서 황후로 삼았다. 곽광의 처 현은 자신의 딸 곽성군을 황후로 올리기 위하여 허 황후를 독살하였다. 이런 일들로 하여 한 무제의 일등공신 곽거병의 아우 곽광 집안은 멸족되었다.

18) 허광환의 사위인 선제가 사망한 후 허 황후의 아들인 원제가 기원전 48~33년까지 재위하였다. 원제 때 황후인 왕씨 집안과 외할아버지 허광한, 그 조카 허기(嘉) 등이 득세하였다. 왕 황후의 아들인 성제, 원제의 손자 애제, 평제를 거치면서 왕씨들의 세력은 더 커져서 왕망이 나오기에 이르렀다. 원시 연간[서기 1~5년]은 평제 시기이다. 평제는 왕망의 사위이다.

19) 한 선제가 김안상이 죽은 후 그 무덤 터를 두릉(杜陵)에 하사하였다. 두릉은 어디일

네 아들이 있었는데 김상(常), 창(敞), 잠(岑), 명(明)이다.

i. 김잠과 김명은 모두 여러 관서의 중랑장이 되었고 상(常)은 광록대부가 되었다. 원제가 태자로 있을 때 김창(敞)은 중서자가 되어 총애를 받았고 제가 즉위하자 기도위 광록대부 중랑장 시중이 되었다. 원제가 붕하자 전례에 따라 근신들은 모두 능에 따라가 원랑이 되었는데 창은 그 집안이 대대로 충효하였다는 명성이 있어 태후가 조서를 내려 궁중에 머물게 하여 성제(成帝)를 모시게 했고 봉거 수형도위로 삼았다가 위위에까지 이르렀다. 창은 인간됨이 바르고 곧아 감히 천자의 안색을 범해 가면서 간언을 올렸기에 좌우의 신하들이 그를 꺼렸고 상(上) 또한 어려워하였다. 창이 심한 병에 걸리자 상(上)이 사자를 보내어 원하는 바가 무엇인지 물으니 동생 김잠(岑)을 부탁하였다. 상은 잠을 불러 제수하여 (외국인 접대를 맡는 홍려 소속의) 사주객으로 삼았다. 창의 아들 김섭(涉)은 본래 좌조문서 담당 관애였는데 상(上)은 섭을 제수하여 시중으로 삼고 천자의 행차에 대기하여 황손 전용 녹거에 섭을 싣고 아버지 위위의 관사에 보내주었다. (창이) 곧 바로 졸하였다. 창의 세 아들은 섭, 삼(參), 요(饒)다.

j. 김섭은 경술에 밝고 검소하며 절의가 있어 여러 유자들이 그를 칭송했다. 성제 때 시중 기도위가 되었고 삼보(三輔) 지역에 있는 호기(胡騎)와 월기(越騎)를 통솔하였다. 애제(哀帝)가 즉위하자 봉거도위가 되었고 장신소부에 이르렀다. 김삼은 흉노에 사신으로 다녀왔고 흉노중랑장, 월기교위, 관내도위, 그리고 안정과 동해 두 군의 태수가 되었다. 김요(饒)는 월기교위가 되었다.

k. 김섭의 두 아들 김탕(湯)과 융(融)은 모두 시중, 제조, 장대부가 되었다. 또 섭의 종부제(從父弟) 김흠(欽)은 명경과로 천거되어 태자 문대부가 되었고 애제가 즉위하자 태중대부 급사중이 되었고 흠의 종부제

까? 처음 김일제, 김윤이 한 무제에게 항복해 올 때 데리고 온 흉노족 무리들이 머물러 산 무위군, 주천군 지역일 가능성이 크다. 나중에 세운 장액, 돈황과 함께 하서 사군으로 불리었다. 지금의 감숙성 무위시 근방 일대이다. 흉노족의 옛 근거지이다.

천(遷)은 상서령이 되어 형제가 권력을 쥐었다. 제의 할머니 부(傳)태후가 붕하자 흠은 장송을 주관하는 일을 맡았고 직무를 잘 해내어 발탁되어 태산과 홍농 두 군의 태수가 되어 위엄과 명성을 떨쳤다. 평제(平帝)가 즉위하자 불려가 대사마 사직과 경조윤을 지냈다. 제의 나이가 어렸기 때문에 인물을 잘 골라서 스승과 벗을 두었는데 대사도 공광(孔光)은 경술에 밝고 행실이 고결하여 스승이 되어 공씨사(孔氏師)로 불리었고, 경조윤 김흠은 집안이 대대로 충효로 이름 나 벗이 되어 김씨우(金氏友)로 불리었다. 옮겨서 광록대부 시중이 되었는데 작질은 중2000석이었고 도성후에 봉해졌다.

　l. 이때 왕망(王莽)은 새로 평제의 외가 위씨들을 주살하고 예법에 밝은 소부 종백봉(宗伯鳳, 宗伯: 姓)을 불러들여 남의 후사를 잇는 일의 떳떳한 절차를 설명하게 하고 공경, 장군, 시중, 조정 신하로 하여금 모두 듣게 할 것을 건의하였다. 이는 안으로는 평제를 겁박하고 밖으로는 국민들의 논란을 막으려는 것이었다.[20] 김흠은 집안 형제인 투후(秺侯) 김당(當)과 함께 봉해졌다. 처음에 당의 증조부인 일제는 봉국을 아들 절후(節侯) 김상(賞)에게 전해주었고, 흠의 조부 김안상은 아들 이후(夷侯) 김상(常)에게 전해주었으나 모두 자식이 없어 봉국이 끊어졌다. 그러므로 왕망(莽)은 김흠과 김당을 봉하여 그들의 뒤를 받들게 한 것이다[故莽封欽當奉其後]. 김당의 어머니 남은 곧 망의 어머니 공현군의 동복 동생이다[當母南卽莽母功顯君同産弟也]. 당은 남 대행(大行)을 높여서 태부인이라고 불렀다. 흠은 이런 인연으로 인해 당에게 일러 말하기를, 이번 조서에는 일제의 공로는 진술하고 있지만 김상(賞)의 일은 없다. 김당은 손자의 명의로 되어 있지만 실은 증조부인 김일제를 계승하고 있기 때문에 마땅히 아버지[아무개?[某], 남(南)의 남편]과 할아버지[김건(建)]을 위하여 사당을 세워야 한다. (명목상의 아버지인) 김상(賞)은 옛날의 국군(國君)이기 때문에 대부로 하여금 그 제사를 주관하도록

---

20) 원제의 손자인 애제의 후사를, 같은 원제의 손자인 평제가 이은 것이 남의 후사 잇기에 어긋난다는 비판을 받은 것이다.

해야 한다 하였다. 이때 견한(甄邯)이 옆에서 이 말을 듣고 있다가 조정 한가운데서 김흠을 질책하고 이어 그를 탄핵하여 말하기를, 흠은 요행히 경술에 능통하다 하여 자급을 뛰어 넘어 뽑혀서 유악(帷幄: 천자)을 모시게 되어 거듭 두터운 은총을 입어 후에 봉해져 작급을 이어받았으니, 성조(聖朝)에는 대대로 남의 후사가 되는 마땅한 절차가 있다는 것을 알고 있을 것입니다. 예전에 고 정도태후(定陶太后)가 예의 근본을 어기고 하늘의 뜻을 거스른 일을 만나는 바람에 효애(孝哀: 애제(哀帝))께서는 그 복을 제대로 누리지 못하였고 근래에는 여관(呂寬)과 위보(衛寶)가 다시 간사한 모의를 꾸며 반역에 이르렀다가 모두 복주되었습니다. --- 중략 --- 손자가 할아버지를 잇는 것은 정통이 끊어져 제사의 중한 임무를 맡는 일입니다. 김상(賞)은 일제의 뒤를 이어받아 그 후에 국군(國君)이 되어 대종으로서 중한 임무를 맡게 되었으니 이것이 예에서 말하는 조부를 높이기 때문에 종(宗)손을 공경한다고 하는 것으로 대종이란 끊어져서는 안 되는 것입니다. 김흠(欽)은 스스로 김당(當)과 함께 후(侯)에 제수되어 뒤를 잇는 은의를 똑같이 해야 한다는 것을 알고 있기 때문에 여러 차례 궁중과 성중에서 큰 소리로 김당에게 들으라는 듯이 말한 것입니다. 김당이 만약 그 말대로 행동에 옮기게 되면 김흠 또한 아버지 김명(明)을 위해 사당을 세워 이후(夷侯) 김상(常)의 사당에 제사를 지내려 하지 않을 것입니다. 그 진퇴와 이상한 말들은 자못 많은 이들의 마음을 미혹시키고 나라의 큰 기강을 어지럽혀 화란의 근원을 열고 선조를 무함하는 불효를 저지른 것이니 죄가 이보다 클 수는 없습니다. 더욱이 대신이라면 마땅히 해서는 안 될 일이니 크게 불경하다고 하겠습니다. 투후 김당은 어머니 남을 높여 태부인이라 했으니 예를 잃어 불경을 저질렀다 할 것입니다 하였다. 왕망(莽)은 이를 태후에게 아뢰었고 태후는 이를 사보, 공경대부, 박사, 의랑에게 내려 보내니 모두 김흠은 적당한 때에 죄에 나아가야 할 것입니다고 말했다. 알자가 김흠을 불러와 조옥에 나아가게 하니 흠은 자살하였다. 견한(邯)은 이로 하여 국체의 기강을 세우고 사사로이 아첨하는 바가 없으며 충효가 현저하게 드러났다고 하여 1000호를 더 봉해 주었다. 장신소부 김섭(涉)의 아들 우조 김탕(湯)을 고쳐 봉해 도성후(都成侯)로 삼았다. 김탕은 봉작을 받는 날 감히 집으로 돌아가지 않고 (도성휘김안상(安上)]의 저택으로 가서) 남의 후사를 잇는 일의 마땅한 절차를 밝게 보여주었다. 더 봉해 준 다음에 망은 흠의 동생 김준(遵)을 써서 후에 봉했는데 구경(九卿)의 자리를 역임하였다.

   m. 찬하여 말하기를, ---중략--- 김일제는 오랑캐 인으로 자기 나라가 망하여 한나라 궁궐에서 노예 생활을 했지만 독실하고 삼감으로써 군주의 눈에 들어 충성스러움과 신의를 스스로 드러내어 공적으로 상장(上將)이 되었고 봉국을 후사에게 전하여 자손들은 대대로 충효를 가졌다는 명성을 들었고 7대에 걸쳐 궁중에서 모셨으니 얼마나 성대한가? 본래 휴저왕이 금인을 만들어 천주에게 제사를 지냈는데 그로 인해 김씨의 성을 주었다고 한다[本以休屠作金人爲祭天主 故因賜姓金氏云]. <『한서』 권68 「곽광김일제전」 제38>

김일제와 그의 아우 김윤의 후손들이 한나라 무제 때부터 전한 멸망 시기까지에 활동한 내용이 들어 있다. 한 마디로 줄이면 '황제들의 신임을 받아 최고의 권세를 누렸다.'가 된다.

한 무제는 정복당하여 항복해 온 이 충직한 흉노족의 왕자에게 김씨 성(姓)을 하사하였다. 이 세상 최초의 김씨이다. 휴저왕이 금인(金人)을 가지고 하늘에 제사 지냈던 일에서 비롯하여 '金'을 성으로 삼았다고 한다. 문무왕 비문 (1a)의 '祭天之胤[제천지윤]'은 이를 가리키는 말로 보인다.

문무왕, 신문왕은 자신들의 선조가 흉노 왕족이었음을 알고 있었다. 그들은 금을 숭상하는 문화를 지녔다. 그들의 근거지가 알타이[金] 산맥 근방의 대초원 지대였으니 가장 적절한 성을 지어 준 것이다. 초원에 가뭄이 들어 풀이 마르고 말과 양이 죽어가서 먹을 것이 부족하면 여지없이 기마부대를 이끌고 황하 유역의 중원을 침략하여 식량과 여자를 약탈해 갔던 그 용맹한 종족 흉노족의 후예에게 金은 잘 어울리는 성이다.

기원전 87년 무제가 죽을 때 김일제를 투후(秺侯)에 책봉하는 조서를 내렸다. 황제의 위를 이은 소제(昭帝)가 이를 시행하려 할 때, 김일제는 새로 즉위한 소제가 너무 어리다고 투후로 책봉되기를 사양하였다. 김일제가 몸져 누웠을 때 소제가 다시 투후를 내렸고 김일제는 인수(印綬)를 받은 지 하루 만에 죽었다. 기원전 86년 8월이었다. 투는 오늘날의 산동성의 성무현을 가리킨다고 한다. 김일제가 죽은 후 그의 작위는 큰아들 김상(金賞)에게로 이어졌다. 김상을 절후(節侯)라 한다.

(5f)에는 전한 최고 현제 선제[宣帝, 재위 기원전 74년-49년] 때의 일이 적혀 있다. 김일제의 아들 투후 김상이 태복이 되었고, 김윤의 아들 김안상이 곽씨 집안의 모반을 막아낸 공로로 도성후로 봉해졌다. 그런데 김상은 곽씨 집안이 모반할 낌새를 느끼고 곽광의 딸과 이혼하였다.

선제의 첫 황후는 허광한(許廣漢)의 딸인 허평군이다. 허평군이 곽광의 아내 현(顯)의 사주로 여의(女醫) 순우연(淳于衍)에게 독살되고 곽광의 딸인 곽성군이 황후가 되었다. 이를 보면 황후 자리를 놓고 허씨와 곽광의 세력이 대립하여 정쟁을 벌인 것으로 보인다. 곽거병이 흉노 정벌에 공을 세워 무제 이래 최고 권력을 행사한 그 집안은 곽광 사후에 곽광의 아내 현이 선제 암살을 모의하다가 멸족되었다.

그 후 김일제의 아들 김상(賞)과 김윤의 손자 김상(常)에게 아들이 없어 봉국(封國)이 폐지되었다. 그런데 전한 후기의 실권자 왕망(王莽)이 서기 4년에 이 두 집안에 양자를 들임으로써 봉국을 이어가려고 시도하였다. 왕망의 어머니 공현군(功顯君)과 김당(金當)의 어머니 남(南)이 동복 자매지간이다. 왕망은 이종사촌인 김당을 투후에 봉하여, 증조부 김일제와 큰할아버지 김상(賞)의 후사를 잇게 한다는 명분 아래 세력을 키우려 한 것으로 보인다. 이종사촌 왕망이 권력 실세가 되어 평제를 즉위시키고 사위로 삼은 덕택에 김당은 더불어 귀하게 된 것이다.

김당의 8촌인 김흠도 할아버지 도성후 김안상의 후사를 이었다. 그의 큰아버지 상(常)에게 아들이 없어 도성후의 대가 끊어져 있었다. 김흠이 김당에게 친아버지 김건의 사당을 지으라고 권하는 것을 견한이 비판하자 흠이 자살하였다. 김흠이 죽은 후 흠의 조카 김탕이 도성후를 이어받았다.

이로써 김씨 집안은 전한 말기에 왕망의 집안에 이어 제2의 가문이 되었다. 서기 5년에 왕망은 사위 평제를 독살하였다. 이제 김씨들은 왕망과 운명 공동체가 되었다. 김씨, 외척 허씨, 외척 왕씨로 이루어진 견고한 세력 집단이 전한 말기를 지배하고 있었다.

(5)에서 설명하고 있는 김일제와 김윤, 이 두 집안의 족보를 정리하면 (6)과 같이 된다. 이름 앞의 숫자는 대수(代數)이다.

(6a)에서 김당(當)이 김일제의 후사를 이으면서 투후가 된 시기는 (5f)를 보면 왕망의 사위 평제(平帝) 때이다. 김당의 아버지 이름은 전해 오지 않고 어머니 이름 '남(南)'만 전해 온다. 이때 왕망은 김윤의 증손자 김흠(欽)을 역시 큰아버지 김상(常)의 후사를 잇게 하여 도성후(都成侯)로 봉하였다. 그는 김씨우(金氏友)로 불릴 정도로 황제와 가까웠다. (6b)의 김흠이 도성후에 봉해진 것도 (5l)을 보면 같은 평제 때인 서기 4년이다.

(6)에 제시한 족보에서 우리의 관심을 끄는 세대는 4대와 5대이다. 김일제는 기원전 120년 14세의 나이로 한나라에 끌려왔다. 김일제는 기원전 134년생이다. 김윤은 기원 전 130년 경에 출생하였을 것이다. 한 세대를

25년으로 잡고 5대를 거치면 125년이 흐른다. 서기 5년경에 6대가 태어난다. 서기 10년대이면 5대는 30대, 4대는 50대의 나이가 된다. 4대가 벼슬길에서 절정에 이를 나이이다.

(6) a. 1일제[투휴]--2상(賞)[투휴]--3없음----4당[건의 손자, 투휴]
　　　　 2건(建)--3??[부인 남(南)]--4당(當)[투휴]
　　 b. 1윤-2안상[도성휴]-3상(常)[이휴]-4흠[명의 아들, 도성휴]-5
　　　　　　　　　　　탕섭의 아들, 도성휴
　　　　 3창(敞)------4섭(涉)----5탕(湯)[도성휴]
　　　　　　　　　　　　5융(融)
　　　　　　　　　4삼(參)
　　　　　　　　　4요(饒)
　　　　 3잠(岑)------4천(遷)
　　　　 3명(明)------4흠(欽)[도성휴]
　　　　　　　　 4준(遵)[후, 9경(卿)]

　　서기 10년대에서 20년대를 거치며 30년대, 이 시기 대륙의 역사는 전한이 망하고 신나라가 서고[서기 9년], 신나라가 망하고[서기 23년], 후한이 서는[서기 25년] 풍운의 시대가 전개된다. 서기 30년대에는 농우, 농서의 외효(隗囂) 대 후한의 군대, 촉군 성도 공손술의 성가 왕국 대 후한의 군대, 그리고 서기 40년대에는 파군, 촉군, 남군의 만족 대 후한의 군대가 영일이 없는 전쟁을 벌이고 있는 시기이다. 이 시기 이 집안의 4대 김당, 김천, 김준, 그리고 5대 김탕, 김융은 어떻게 이 풍파를 헤쳐 나갔을까?
　　그런데 김당으로 하여금 김일제의 후사를 잇게 하는 것은 양자들이기 원칙에 어긋난다. 실제로는 당이 김일제의 증손자인데 아버지는 후가 아니었으니 큰할아버지 상(賞)을 아버지처럼 하여 투후에 책봉된 것이다. 그러면 증조부가 조부가 되니 합리적인 양자 대잇기라 하기 어렵다. 견한(甄邯)이 지적하고 있는 것은 이 문제이다. 이는 원제의 손자인 평제가, 역시 원제의 손자인 애제의 뒤를 이어 황제가 된 것의 반대 경우가 되어 평제의 황위 계승 정통성에 문제를 제기하는 논제가 되었다.

견한은 또 (6b)의 김흠(欽)이 김당에게 '친할아버지[김건(建)], 아버지[??]의 사당을 지어야 한다.'고 하는 것은 흠 자신도 친아버지 김명(明)을 모시고 양아버지 김상(常)의 제사를 안 모시려 하는 것'이라고 탄핵하여 흠이 자살하였다. 이어서 5대인 김탕(湯)이 도성후가 되었다. 흠의 아우 준(遵)도 후가 되고 9경(卿, 장관급)을 역임하였다. 이들이 김윤의 4, 5대이다.

(5m)에서 '7대에 걸쳐 궁중에서 모셨다[七世內侍].'고 했다. 이 7대는 이들이 모신 전한의 황제들을 뜻한다. 9대는 27일 만에 폐위된 창읍왕 유하이다.

(7) a. 7대 무제[재위 기원전 141년-87년]

b. 8대 소제[재위 기원전 87년-74년]

c. 10대 선제[재위 기원전 74년-49년, 첫 황후: 허광한의 딸, 둘째 황후: 곽광의 딸]

d. 11대 원제[재위 기원전 49년-33년, 황후: 왕망의 고모]

e. 12대 성제[재위 기원전 33년-7년, 첫 황후: 허가(嘉)의 딸, 조비연의 모함으로 폐비됨]

f. 13대 애제[재위 기원전 7년-서기 1년, 원제의 손자]

g. 14대 평제[재위 서기 1년-5년, 원제의 손자, 황후: 왕망의 딸]

이에 비추어 (6)의 7대를 추정해 보는 것도 가능할 것이다. 4대인 김당의 아들, 손자, 증손자까지가 7대가 된다. 5대인 김탕의 경우는 아들, 손자까지가 7대가 된다. '투후의 제천지윤이 7대를 전하였다.'는 문무왕 비문과 관련된 문헌 근거이다. 이 말은 7대까지가 대륙에서 태어났다는 것이다. 8대는 대륙에서 태어나지 않고 한반도에서 태어났다.

681년 7월 1일 문무왕 사후 비문을 작성한 이들은 『한서』 권68 「곽광 김일제전」 제38을 보고 있었을 것이다. 아니면 외우고 있거나. 이들은 자신들이 북적(北狄), 견융(犬戎)으로 불리던 종족들이 살던 땅을 떠나[Dia-: -을 넘어] 한나라에 끌려와서 사는[Spora: 씨를 뿌리다] 흉노제국의 후예임을 알고 있었다. 아니면 관념상으로라도 그렇게 생각했을 것이다.

제일 중요한 것은 왕망과 김당이 이종사촌이라는 점이다.[21] 왕망은 서기 8년 12월 전한을 멸망시키고 9년에 신나라를 세웠다. 왕망의 신나라의 흥망과 김일제, 김윤의 후손들의 운명이 연결되어 흘러갈 수밖에 없다. 이 족보상의 인물들의 후예들은 어떻게 되었을까?

3. 왕망의 신나라와 김씨들의 향방

왕망(王莽)은 산동 출생이다.[22] 기원전 48년 10대 선제가 사망한 후에

---

21) 흔히 왕망이 김당의 이모부라고 한 문건들이 있지만 착각으로 보인다. '當母南卽莽母功顯君同産弟也당의 어머니 남은 망의 어머니 공현군과 같은 어머니가 낳은 아우이다.'를 보면 둘의 어머니가 자매이다. 그러니 왕망과 김당은 이종사촌이다.

22) 김일제가 후로 봉해진 투 지방은 산동성 성무현으로 알려져 있다. 김씨와 왕씨의 인연이 단지 왕망의 어머니 공현군과 김당의 어머니 남이 자매지간이라는 것에만 있는지 아니면 다른 인연도 있는지가 고려의 대상이 된다. 기본적으로 흉노족 김씨는 석가씨처럼 순혈을 유지하기 위하여 김씨끼리만 혼인하는 혼습을 가지고 있었다. 신라 김씨도 그러하다. 공현군과 남의 성이 무엇인지가 가장 궁금하다. 그들이 김씨일 가

그 아들인 태자 유석(劉奭)이 즉위하여 11대 원제(元帝)가 되었다. 원제의 황후가 왕정군(王政君)으로 그의 형제들이 왕봉(王鳳), 왕만(王曼) 등이다. 왕망(王莽)은 왕만의 둘째 아들이다. 그러니 원제의 황후 왕정군은 왕망의 고모이다.[23] 왕비가 된 딸을 둔 왕비의 친정이 권세를 누리는 것은 언제, 어디서나 마찬가지이다.

유석은 태자 시절 아내 사마 양제를 잃고 의기소침해 있었다. 그때 왕정군이 후궁으로서 운 좋게 하룻밤의 통정으로 아들 유오(劉驁)를 낳았다. 선제가 못마땅하게 여기던 유석은 그 아들 덕에 황제가 되었다. 왕정군도 아들 유오 덕에 황후에 올랐다.

이때 왕봉이 득세하여 집안 전체에서 10명의 후(侯)와 5명의 대사마가 나왔다. 왕정군의 형제 가운데 왕만만이 일찍 죽어 후가 되지 못하였다. 왕만의 둘째 아들인 왕망은 다른 친척들과는 달리 가난하여 겸손하고 성실하였다.

기원전 32년 유오가 즉위하여 12대 성제가 되었다. 왕정군은 태후가 되었다. 허광한의 조카 평은후 허가(許嘉)의 딸이 성제의 황후가 되었다. 선제의 황후 허평군의 친정 조카딸이다. 이 허 황후는 조비연의 참소로 성제에 의하여 폐비되었다. 한나라에서 허씨 황후들이 수난을 당하였다.

왕 황후의 아들 성제(成帝)가 즉위하자 황후의 친정 오빠 왕봉(王鳳)이 대사마 대장군 영상서사가 되어 정권을 한손에 쥐었다. 왕봉이 병이 들자 왕망은 극진히 간호하였다. 이때 여러 명사들과 더불어 (6b)의 시중 김섭(金涉)이 왕망을 황제에게 좋게 말하여 신도후(新都侯)가 되는 데 도움을

능성이 배제되지 않는다. 그러면 그들의 남편도 김씨일 수 있다. 이 말은 왕망이 김씨일 수도 있다는 것을 함의한다. 어딘가에 흔적이 있을 것이다.

23) 『한서』 권97 「외척전」 제67, 권98 「원후전」 제68, 권99 「왕망전」 제69 등을 참고하기 바란다.

주었다.[24] 이에 대한 보답으로 왕망은 훗날 신나라 황제가 된 뒤에 김섭의 아들을 남(男(爵))으로 삼았다. 왕망은 기원전 16년에 신도후가 되었다. 그 뒤 기원전 8년 38세에 재상이라 할 수 있는 대사마가 되었다.

성제가 사망하고 원제의 손자 13대 애제가 기원전 7년에 즉위하였다. 애제는 왕씨를 권좌에서 축출하고 외척 부씨(傅氏)와 정씨(丁氏)를 기용하여 정사를 보좌하게 하였다. 애제는 동현이라는 사내아이를 총애하였다. 함께 자다가 일어나면서 동현이 깰까 봐 소매를 잘랐다는 '단수(斷袖)'라는 유명한 말을 남겼다. 단수는 동성애의 상징어이다.

기원전 1년 애제가 사망하자 태황태후 왕정군이 왕망을 대사마로 삼고 원제의 손자 유간(術)을 즉위시켰다. 12대 평제이다. 원제의 손자가 원제의 손자의 황위를 이었으니 양자들이기에 어긋났다. 이 명분을 어긴 탓으로 평제는 결국 독살되었다. 한나라의 비극적 운명이다.

왕망은 9살의 평제(平帝)에게 자기의 딸을 황후로 들였다. 그리고 평제의 어머니 위(偉)씨를 비롯한 외척 세력을 모두 숙청하고 이를 말리는 자신의 아들 왕우(王宇)도 독살하였다.[25] 왕망은 서기 5년 사위 평제를 독살하였다. 그는 황제의 생일 축하연에서 독을 탄 술잔을 평제에게 올렸다. 그 술을 마신 평제는 며칠 후 중병에 걸려 죽었다. 겨우 14살이었고 자식이 없었다. 그로써 원제의 후손은 완전히 끊어졌다.

---

24) 김섭의 친아들이 김탕이다. 왕망과 김탕의 관계도 좋았을 것이다.

25) 이 이야기를 들은 봉맹(逢萌)이 친구에게 '삼강(三綱)이 끊어졌으니 우리들에게도 재앙이 미칠 것이다.'고 말하고 의관을 벗어[解衣冠] 성문에 걸고[掛] '인륜이 끊어진 세상'을 등지고 가족을 이끌고 바다 건너 요동으로 숨어들었다. '괘관(掛冠)'의 고사이다<『후한서』「봉맹전」>. 그도 이 땅으로 온 것일까? 그러나 직(職)을 버리고 불의에 항거한 사람은 극소수이고 수많은 간신배들은 '한나라를 안정시켰다'는 뜻으로 왕망을 '안한공(安漢公)'으로 책봉할 것을 황태후에게 주청하였다. '한나라를 평안하게 하였다.'니? 그리하여 결국 한나라는 망하고 신나라가 섰다.

왕망이 신나라를 세우다

평제의 후계자를, 왕망은 10대 선제의 증손자 53명을 다 제치고 그 아랫대인 현손 가운데에서 골랐다. 선제의 증손자는 결국 원제의 손자인 애제, 평제와 같은 대이므로 양자 들이기에 어긋난다. 그리하여 선제의 현손 가운데 가장 어린 영(嬰)을 골랐다. 2살배기 아기였다. 왕망은 이 유자(孺子) 유영(劉嬰)을 세우고 (8)과 같은 일을 거치며 가(假: 대리)황제, 섭(攝)황제가 되었다. 이듬해에 연호를 고쳤다[거섭 원년]. 거섭 원년 3월 영을 세워 황태자로 삼았다.

(8) a. 서기 5년[평제 원시 5년] 그 달[12월]에 전 휘광(前輝光) 사효(謝囂)가 아뢰기를, "무공(武功) 현장 맹통(孟通)이 우물을 파다가 흰 돌을 얻었는데 위는 둥글고 아래는 방형이었습니다. 그 돌에 붉은 글씨로 '안한공 망은 황제가 되라[安漢公莽爲皇帝].'고 쓰여 있었습니다." 부명이 일어난 것은 이로부터 시작되었다. 망이 여러 공들로 하여금 태후에게 아뢰도록 하니 태후가 "이는 천하를 속이려는 것이니 시행할 수 없다."고 하였다. --- 중략 --- 결국 태후는 이를 허락하였고 순 등은 즉시 함께 태후로 하여금 아래와 같은 조서를 내리도록 했다. '--- 이에 안한공으로 하여금 천자의 자리를 거섭하게 해 주공의 고사처럼 하도록 하고 ---' <『한서』 권 99 상 「왕망전」 제69 상>

b. 서기 9년[시건국 원년] 정월 초하루에 왕망은 공, 후, 경사를 거느리고 황태후의 옥새와 인끈[璽韍]을 받들어 태황태후에게 올리고 부명에 순종해 한나라라는 칭호를 없앴다.

c. 왕망은 마침내 유자 영에게 책명하여 말하기를 --- "너를 봉해 정안공으로 삼으니 영원히 신나라 황실의 빈객이 되거라. 아, 하늘의 아름다운 뜻을 공경해 가서 너의 자리를 잘 지켜 나의 명을 저버리는 일이 없도록 해야 할 것이다."

d. 태보 후승 승양후 견한을 대사마 및 승신공으로 삼고, 비진후 왕심(尋)을 대사도 및 장신공으로 삼고, 보병장군 성도후 왕읍(邑)을 대사공 및 융신공으로 삼았는데 이들이 삼공이었다. <『한서』 권99 중 「왕망전」 제69 중>

그 밖에도 이 시기에는 (9)와 유사한 부명들이 나타났다. 모두 사기술이다. 거짓으로 천하를 속이고 황제의 자리에 올라 제 친족과 부하들에게 온갖 벼슬을 다 주고 있으니 천하가 그를 따를 리 없었다. 민심은 이반하고 각지에서 반란군이 일어났다.

(9) a. 광요후 유경이 제군의 새 우물 출현을 알림
    b. 거기장군 호운이 파군의 석우(石牛) 출현을 알림
    c. 태보 속관 장홍이 부풍의 옹석(雍石)의 글 출현 알림 등등

서기 8년 12월 유영을 정안공으로 책봉하여 몰아낸 후 한나라를 멸망시키고 신(新)나라를 세웠다[신실시건국(新室始建國) 원년]. 한 고조 유방의 건국부터 신나라 이전까지 210년 동안을 전/서한이라 한다. 장안이 수도이다. 왕망이 거짓 부명으로 전/서한을 멸망시키고 스스로 신나라를 개국하여 황제의 자리에 오르는 이 권모술수의 과정을 옆에서 지켜 본 이들이 있었다. 누구일까? 왕망의 이종사촌 투후 김당과 김당의 친척 도성후 김흠, 김탕, 그리고 경(卿)을 지낸 김준(邁) 등이었다.

김당은 서기 4년에 김일제의 아들 김상(賞)의 뒤를 이어 투후로 책봉되었다. 그리고 김당의 8촌인 김흠이 김윤의 손자 도성후 김상(常)의 뒤를 이어 도성후로 책봉되었다. 김흠이 죽은 후에 그의 5촌 조카 김탕이 도성후를 이어받았다. 김흠의 아우 김준은 후가 되어 경[장관급]을 역임하였다.

김일제의 증손자 김당과 김윤의 증손자 김준, 김천, 현손 김탕, 김융은 왕망이 9살짜리 아이 유간을 황제 평제로 만들고 자신의 딸을 황후로 삼아 황제를 사위로 삼는 것도 보았고, 14살짜리 사위 평제를 독살하고 2살짜리 유영을 황태자로 세우는 것도 보았고, 돌에 '安漢公莽爲皇帝'라는 글을 써서 '안한공 망은 황제가 되라.'는 가짜 신탁을 만들어내는 것도 보았고, 익주에 명하여 흰 꿩을 바치게 하여 상서로움이 나타났다고 하는 것도 보았다. 어린 아이나 허수아비를 최고 통치자로 세우면 정치하기 쉽다는 것도 알았고, 부패하고 썩은 옛 조정의 황제를 독주를 먹여 죽이고 황제의 자리를 빼앗으면 새로운 나라를 건설하게 된다는 것도 알았다.

유수가 민란에 가담하다

서기 22년 한나라 고조의 9세손인 남양의 호족 유수(劉秀, 후한 세조 광무제)가 형 유연(劉縯, 자 伯升)과 함께 민란에 가담하였다. 이 민란은 결국 왕망의 군대와 유수의 군대 사이의 싸움이다. 이 전쟁의 진행 과정을 적고 있는 것이 『후한서』권1 「광무제기」제1이고, 그 시대에 활약하였던 인물들의 「열전」이다. 『한서』권6 「무제기」에 들어 있는 정보가 『한서』권68 「곽광김일제전」의 정보보다 풍부하지 못하듯이, 당연히 『후한서』권1 「광무제기」에 들어 있는 정보보다는 여러 인물의 「열전」에 들어 있는 정보가 더 풍부하다.

「제기(帝紀)」는 황제의 활동을 중심으로 적는다. 신하들의 일은 아주 중요한 것만 기록된다. 역사의 디테일은 「열전」에 들어 있다.26) 그러나 김

---

26) 「제기(帝紀)」의 '紀'는 '벼리 기'이다. '벼리 綱'과 같다. '벼리'는 '그물의 위쪽 코를 꿰어 놓은 줄'이다. 일의 뼈대가 되는 줄거리이다. 그러니 『삼국사기』의 「신라본기」, 「태종무열왕」조에는 655년 정월에 백제군에게 패배한 것은 기록되었으나 김흠운에 관

씨들 가운데 누구도 『후한서』에 「열전」을 남기지 못하였다. 그러니 『한서』 「곽광김일제전」과 같은 상세한 정보가 『후한서』에는 없다. 이것이 김씨의 족적이 역사에서 사라진 것처럼 보이는 이유이다. 다른 이들의 「열전」을 보면서 그 속에서 김씨의 흔적을 찾는 수밖에 없다.

왕망의 신나라 패망

『후한서』에서 광무제 유수의 군대와 신나라 왕망의 군대가 벌인 전쟁 가운데 몇 장면만 소개한다. (10)은 광무제 유수의 민란을 적고 있는 『후한서』의 첫머리이다. 이 책에서의 『후한서』 번역은 장은수(2014)와 진기환(2018)을 기준으로 하고 필요한 경우 저자가 조정하였다.

(10) a. 왕망 말기에 천하가 매년 재난과 황충이 들고 도적들이 봉기하였다.

b. 서기 22년[지황 3년] 남양에 흉년과 기근이 들어 제가의 빈객들이 많이 작은 도둑이 되었다. 광무가 관리를 피하여 신야로 가 완에서 양곡을 팔았다. 완 사람 이통 등이 도참으로 광무를 설득하기를, 유씨가 다시 일어나고 이씨가 돕는다 하였다. 광무가 처음에는 감당하지 않았으나 홀로 생각하기를, 형 백승이 평소에 경객들과 연결되었으니 필히 대사를 일으킬 것이고, 왕망의 패망 징조가 이미 있어 천하가 혼란에 빠질 것이라 하였다. 드디어 더불어 모의를 정하여 이에 병기와 쇠뇌를 사들였다. (광무는) 10월 이통, 종제 질 등과 더불어 완 땅에서 봉기하

한 언급이 아예 없다. 그러나 『삼국사기』의 「열전」 「김흠운」 조는 그를 무열왕의 반자(半子)라고 함으로써 그가 요석공주의 남편임을 적고 있다. 본기는 역사의 대강만 적는다. 역사의 디테일은 「열전」을 보아야 알 수 있다. 『후한서』의 「광무제기」와 「외효공손술열전」, 「두융열전」, 「이왕등래열전」 등의 관계도 『한서』의 「무제기」와 「곽광김일제전」의 차이와 같다.

였으니 그때 나이 28세였다.

b. 11월 혜성이 장수 자리에 있었다. 광무가 드디어 빈객을 거느리고 용릉으로 돌아왔다. 이때 백승은 이미 무리를 모아 군사를 일으켰다. 처음에 여러 집안의 자제들이 두려워 모두 도망하여 스스로 숨어 말하기를, 백승이 우리를 죽이겠다 하였다. 광무가 장군복을 입은 것을 보고 모두 놀라 말하기를, 근후한 인물도 역시 거병하였다 하고 이에 스스로 편안해졌다. --- 백승이 이때 신시, 평림 병을 불러 그 우두머리 왕봉, 진목과 더불어 서쪽으로 장취를 공격하였다. 광무는 처음에 소를 타고 싸웠는데 신야위를 죽여 그 말을 빼앗아 타고 나아가 당자향을 도륙하고 또 호양위를 죽였다. 군대 내에서 재물을 나누는 것이 균형을 잃어 (신시, 평림의) 무리가 원한을 품고 반발하며 여러 유씨들을 공격하려 하였다. 광무가 집안 인물들이 획득한 물건을 거두어 모두 그들에게 주었다. 무리들이 이에 기뻐하였다. 나아가 극양을 함락하고 왕망의 전대대부 견부, 속정 양구사와 소장안에서 전쟁을 벌였는데 한나라 군이 대패하고 돌아와 극양에 주둔하였다.

c. 서기 23년[경시 원년] 정월 갑자 초하루 한나라 군대는 다시 견부, 양구사와 비수 서쪽에서 싸워 크게 무찌르고 견부와 양구사를 목 베었다. 백승은 또 왕망의 납언장군 엄우, 질종장군 진무를 육양에서 쳐부수고 나아가 완성을 포위하였다. <『후한서』 권1 상 「광무제기」 제1 상>

민란을 일으킨 반군은 서기 23년[신라 남해차차웅 20년, 유 성공(劉聖公) 경시(更始) 원년] 2월 유 성공 현(玄)을 천자로 세우고 왕망 군대와 전쟁을 벌여나간다. 이제 반군과 관군이 뒤바뀌었다. 민란을 일으킨 유수의 반란군은 황제의 관군이 되었고 왕망을 따르던 신나라 관군은 반란군이 되었다. 그 핵심 요인은 '劉氏'라는 명분이었다. 모든 정쟁은 명분을 잡아야 이긴다. 그것도 커다란 명분을. 세상은 이렇게 집권자가 바뀜에 따라 적폐와 공권력이 바뀌는 것이다.

유수는 신나라 군대와 치열한 내전을 치르며 대륙을 정복해 나갔다. 이 때까지는 왕망의 군대가 유수의 군대와 대등하게 전쟁을 벌이고 있고 (10b)에서 보듯이 유수의 군대가 패하기도 하였다. 이런 전쟁은 누가 반란을 일으킨 자인가에 의하여 판가름 난다. 정통성을 갖춘 황제를 죽이고 새 나라 신나라를 건국한 자들은 어떻든 반란군이다. 그 반란군을 제위를 찬탈한 군대라고 몰아붙이며 민심을 얻어 정정당당하게 반란군에 맞서 싸우면 아무리 소수 병력이라도 국민들은 명분을 등에 업고 있는 그 명분군의 편을 들게 되어 있다.

더욱이 왕망은 부명을 이용한 거짓 사기술로 황제의 자리를 찬탈한 후에 세금을 올리고, 매년 화폐를 개혁하여 여러 가지 화폐를 유통시키고, 토지를 국유화하여 매매를 금하였다. 관제를 옛날식으로 돌리고 지명과 관직 이름 바꾸기를 좋아하여 조변석개로 법령을 바꾸었다. 거기에 형벌 집행이 가혹하고 연이어 흉년이 들어 국민들의 삶이 도탄에 빠졌다.

국민이 편 들지 않으면 어떤 정권도 성공할 수 없다. 유수는 전국의 인재들을 받아들이고 세금을 낮추며 적장들을 회유하여 투항하게 하는 등 덕치를 베풀었다. 국민이 유수의 편을 들고 그가 가는 곳마다 부로들이 환대하였다.

(11) a. (서기 23년) 2월 신사일 유 성공을 천자로 세우고 백승을 대사도로 하고 광무를 태상편장군으로 하였다.
b. 3월 광무는 따로 여러 장군과 더불어 곤양, 정릉, 간을 순시하였다. 소, 말, 재물을 많이 취득하여 곡식 수십만 곡을 식량으로 완으로 보내었다.

c. 왕망은 견부와 양구사의 죽음과 한나라 황제[경시]가 섰다는 말을 들고 크게 두려워하여 대사도 왕심, 대사공 왕읍에게 군사 100맨그 중 갑사 42만 명]을 거느리고 가게 하였다. 5월에 영천에 이르러 다시 엄우와 진무가 합세하였다. 그 전에 왕망은 천하에 병법에 통달한 자를 모집하여 63개 분야 수백 명을 나란히 군대의 관리로 삼아 병사를 선발 훈련하여 용맹한 군사를 모았다. ---- 진과 한 이래 출동하는 군사의 왕성함이 이러한 적이 일찍이 없었다.

d. 광무는 수천의 군사를 거느리고 양관에서 왕망 군을 맞아 싸웠다. 여러 장수가 왕심과 왕읍의 군사가 성한 것을 보고 달아나 곤양에 들어가 모두 공포에 떨며 처자를 염려하여 여러 성으로 흩어져 가려 하였다. 광무가 말하기를, 지금 군사와 군량이 이미 적고 바깥의 적은 강대하다. 힘을 다해 방어한다면 공을 세울 수 있으나 흩어진다면 지킬 수 없다. 또 완성을 함락하지 못하여 서로 도울 수도 없다. 곤양이 함락된다면 하루 만에 여러 부대가 죽을 것이다. 지금 한 마음으로 함께 공명을 이룰 생각을 하지 않고 반대로 처자와 재물 따위를 지키려 하는가 하였다. 여러 장수들이 노하여 말하기를, 유 장군이 어찌 감히 이와 같을 수 있는가 하였다. 광무는 웃으며 일어났다. 척후 기병이 와서 말하기를 대군이 또 성의 북쪽에 이르렀는데 군대가 수백 리에 펼쳐졌으며 그 뒤를 볼 수 없다고 하였다. 그러자 여러 장수들이 서둘러 서로 말하기를, 다시 유 장군을 청하여 군사 계책을 논의하자 하였다. 광무는 또 그림으로 그려 성패를 말하였다. 제장들이 우려하면서도 모두 좋다고 하였다. 그때 성 안에는 겨우 8, 9천 명 정도가 있었다. 광무는 이에 위국상공 왕봉, 정위대장군 왕상으로 하여금 머물러 지키게 하고, 밤에 스스로 표기대장군 종조, 오위장군 이일 등 13명의 기병을 거느리고 성의 남군으로 나가서 외부에서 군사를 모았다. 그때 왕망의 군사로 성 밖에 집결한 자가 10만에 가까워 광무는 거의 밖에 나오지도 못할 뻔하였다. 이미 언과 정릉에 이르러 여러 영병에서 징발하려 했는데 여러 장수들은 재화를 탐하여 나누어 머무르며 지키려고 하였다. 광무

가 말하기를, 지금 우리가 적을 격파한다면 진기한 보물이 1만 배나 많아지고 큰 공을 세울 수 있지만 만약 패배한다면 목이 오히려 남아 있지 못하거늘 재물을 가진들 무얼 하겠는가. 무리가 이에 따랐다.

e. 엄우가 왕읍을 설득하여 말하기를, 곤양성은 작으나 굳으며 지금 가짜로 천자를 칭하는 자가 완에 있으니 대군으로 빨리 공격하면 저들은 틀림없이 패주할 것이고 완이 패하면 곤양은 저절로 항복할 것이라 하였다. 왕읍이 말하기를, 내가 전에 호아장군으로 적의를 포위하여 앉아서 생포하지 못했다 하여 견책을 받았소 지금 100만의 군사를 거느리고도 성을 함락시키지 못한다면 무어라 하겠는가. 드디어 수십 겹으로 포위하고 1백개가 넘는 망루를 나열하고 10여 길이나 되는 운차로 성 안을 감시하게 하였는데 기치가 들판을 덮고 흙먼지가 하늘에 닿았으며 북과 징소리가 수백 리까지 들렸다. 땅굴을 파기도 하고 수레로 성문을 들이받기도 하고 쇠뇌를 마구 쏘아 화살이 비 오듯 하여 성 안에서는 문을 지고 물을 길었다. 왕봉 등은 항복을 구걸하였으나 불허하였다. 왕심과 왕읍은 곧 큰 공을 세울 수 있다고 의기가 더욱 넘쳤다. 밤에 유성이 영중에 떨어졌고 낮에는 산이 무너지는 듯한 형상의 구름이 군영에 떨어지더니 지척에서 흩어지자 관리와 군사들이 모두 땅에 엎드리어 눌렀다.

f. 6월 기묘일에 광무는 드디어 영부와 함께 진격하는데 스스로 보병 기병 천여 명을 거느리고 대군의 4, 5리 앞에 가서 진을 쳤다. 왕심과 왕읍 역시 병사 수천을 보내어 맞서 싸웠다. 광무가 분전하면서 수십 명을 목 베었다. 여러 부장들이 기뻐 말하기를, 유 장군은 평소 적은 적을 보면 겁먹은 듯 하지만 지금 대적을 보고는 용감하여 심히 이상하니 또 다시 전진하여 장군을 돕기를 청한다 하였다. 광무가 다시 전진하고 왕심과 왕읍 군이 퇴각하자 여러 부장들이 함께 승세를 타고 수백에서 천여 명을 목 베고 연승하면서 드디어 전진하였다.

g. 그때 백승은 완을 점령한 지 3일이 지났지만 광무는 아직 몰랐기 때문에 이에 성 안으로 거짓으로 완 아래에 군대가 도착하였다는 글을

보내면서 일부러 그 글을 떨어트리게 하였다. 왕심, 왕읍이 그것을 얻고서도 좋아하지 않았다. 여러 장수들은 이미 여러 번 싸웠기에 담력이 더 강해져 1당 백 아닌 자가 없었다. 광무는 죽음을 두려워하지 않는 자 3천 명을 거느리고 성의 서쪽 강에서부터 적진 중심을 공격했는데 왕심과 왕읍의 군진이 흩어지자 예기를 타고 붕괴시켜 드디어 왕심을 죽였다. 성 안에서도 북을 치며 출전하여 안팎에서 합세하니 고함이 천지를 진동하며 왕망의 군대는 크게 무너지고 달아나는 군사가 서로 올라타거나 밟히며 1백여 리를 달아났다. 큰 벼락과 바람을 만나 지붕 기와가 다 날고 비가 퍼 붓듯이 쏟아져서 치천이 넘치자 호랑이와 표범들도 다 다리를 떨었고 군졸들은 다투어 물에 뛰어드니 익사자가 만 명 이상이라 물이 흐르지 못하였다. 왕읍과 엄우, 진무는 가벼운 말을 타고 죽은 자를 밟고 물을 건너 도망쳤다. 군량이나 치중, 전차, 갑주, 보물을 모두 거두었으나 헤아릴 수 없었고 한 달을 넘겨도 다 할 수가 없어 나머지를 태우기도 하였다.

h. 광무는 인하여 다시 순행하여 영양을 평정하였다. 백승이 경시에게 죽임을 당하자 광무는 부성으로부터 완으로 찾아와 사죄하였다. 사도의 관속들이 광무를 맞아 조문했지만 광무는 사적인 말을 나눌 수 없었고 깊이 자신의 잘못이라 하였다. 곤양에서 이긴 공을 자신의 것으로 하지 않았으며, 또 백승을 위한 상복도 입지 않고 먹고 마시며 말하고 웃는 것도 평소와 같이 하였다. 경시제는 이에 부끄럽게 생각하여 광무를 파로대장군으로 삼고 무신후에 봉하였다.

i. 9월 경술, 삼보*{三輔(삼보)는 京兆(경조), 左馮翊(좌풍익), 右扶風(우부풍)을 말한다.}*의 호걸들이 함께 왕망을 죽여 머리를 가지고 완으로 찾아왔다. <『후한서』 권1 상 「광무제기」 제1 상>

광무제를 유명하게 만든 곤양 전투이다. 소수의 병력으로 왕심, 왕읍의 백만 대군을 무찔렀다. 과장이 있는 것 같지만 그것도 새 황제를 만들기 위한 위인 만들기 권모술수이니까 덮고 가자.

문제는 (11i)에서 보는 왕망의 죽음이다. 좀 허망하게 왕망이 죽었다. 그의 죽음은『한서』권99 하,「왕망전」제69 하에 (12)처럼 자세하게 적혀 있다. 거의 폐인이 되다시피 하여 술과 미약, 여자에 취하여 죽음을 자초하고 있다.

(12) a. (서기 23년[지황 4년]) 10월 --- 병사들이 전각 안으로 들어와 소리쳤다. '반노 왕망은 어디에 있는가?' 어떤 미인이 방에서 나와 말했다. '점대에 있습니다.' 대규모 병사들이 쫓아가서 그곳을 수백 겹으로 둘러쌌다. 대 위에서 오히려 활을 쏘며 대항했으나 화살이 다하자 짧은 칼로 접전을 벌였다.

b. 2일 기유일 --- 상현(商縣)인 두오(杜吳)가 망을 죽이고 그 인끈을 차지하였다. 교위인 동해 사람 공빈취(公賓就)는 전에 대행치례를 지냈는데 두오를 보자 인끈의 주인이 어디 있는지 물었다. 두오가 말했다. '방 안 서북쪽 모퉁이에 있습니다.' 공빈취는 왕망을 알아보고서 망의 목을 베었다. 군인들은 왕망의 몸을 베어서 마디마디 해체하고 뼈를 발라내고 살을 저몄는데 서로 다투다가 죽은 자가 수십 명이나 되었다. 공빈취는 망의 머리를 가지고 왕헌에게 갔다. 왕헌은 스스로 한나라 대장군이라 부르면서 성안에 있는 병사 수십만 명을 모두 자기에게 소속시키고 동궁을 거처로 삼아 왕망의 후궁을 아내로 삼고 망의 수레와 복장을 사용하였다.

c. 6일 계축일에 이송과 등엽이 장안으로 들어왔고 장군 조맹과 신도건 역시 도착했는데 왕헌이 획득한 새수(璽綬)를 위에 바치지 않고 많은 궁녀를 끼고서 천자의 북과 깃발을 사용하고 있으므로 그를 잡아 목 베었다. 왕망의 목을 역전의 전거로 경시제 유현에게 보내어 완성의 저잣거리에 망의 목을 내거니 국민들은 함께 망의 목을 치고 때렸으며 어떤 이는 죽은 망의 혀를 잘라서 먹었다. <『한서』권99 하,「왕망전」

신나라는 (11)에서 보듯이 대패하였다. (11c)에 나오는 100만 군사를 거느리고 이 싸움을 벌인 왕심(尋), 왕읍(邑)은 『한서』 권99 「왕망전」 제69에 왕망의 심복으로 나오는 인물들이다. 왕심이 죽자 기마군 42만을 포함하여 100만 대군을 거느린 왕망의 신나라 군대도 오합지졸처럼 뿔뿔이 흩어져 분산될 뿐이었다.

(11i)와 (12b)에서 왕망이 장안의 미앙궁(未央宮)에서 두오에게 찔려 죽었다. 신나라는 건국한 지 15년 만인 서기 23년에 멸망하였다. (13b)에서는 한단에 나라를 세우고 천자에 오른 왕랑도 죽었다.

> (13) a. (서기 23년) 경시가 낙양에 이르러 이에 광무를 파로장군 행대사마사로 하였다. 10월에 절을 가지고 황하를 건너 주군을 진무하고 --- 왕망의 가혹한 정치를 제거하고 한의 관명을 부활시키니 관리와 국민들이 기뻐하여 다투어 쇠고기와 술을 가지고 노고를 환영하였다.
>
> b. 나아가 한단에 이르렀다. 옛 조나라 유왕의 아들인 유림(劉林)이 광무를 설득하여 말하기를, 적미가 지금 하동에 있으니 물만 끌어대면 100만 무리가 물고기가 되게 할 수 있다 하였다. 광무가 답하지 않고 진정으로 갔다. 유림은 이에 점쟁이 왕랑을 성제의 아들 유자여라 속이고 12월 왕랑을 세워 천자로 삼고 한단에 도읍하였다. 드디어 사자를 보내어 군국을 항복하라 하였다. (서기 24년[경시 2년]) 5월 갑진 그 (한단)성을 함락하고 왕랑을 목 베었다.
>
> c. 경시가 옥절을 가진 시어사를 보내어 광무를 소왕으로 책립하고 군사를 파하고 행재소로 올 것을 명하였다. 광무는 하북이 평정되지 않았다고 사양하고 나아가지 않았다. 이로부터 경시에게 두 마음을 품기 시작하였다. 이때 장안은 정치가 어지럽고 사방이 배반하였다. 양왕 유

영은 회양에서 전명하고, 공손술은 파촉 왕을 칭하였고, 이헌은 자립하여 회남 왕이 되었고, 진풍은 초려 왕이라 자호하고, 장보는 낭야를에서 일으나고, 동헌은 동해에서 일어나고, 연잠은 한중에서 일어나고, 전융은 이릉에서 일어났다. --- 각자 부곡을 거느리고 무리 도합 수백만인의 도둑으로 약탈하였다.

d. 광무는 이들을 공격하려 하였다. 먼저 오한을 보내어 북에서 10군병을 징발하게 하였다. 유주목 묘증이 복종하지 않아 오한은 묘증을 참하고 그 무리를 징발하였다.

e. 가을 광무는 동마를 교(鄡: 苦堯反)에서 공격하였다. 오한은 말을타고 돌격하여 청양에서 마주쳤다. 적수가 도전해 왔으나 광무는 견고한 병영을 스스로 지켰다.

f. 청독 10여만 명이 사견에 있어서 광무가 진격하여 크게 쳐부수어무리가 모두 뿔뿔이 도망쳤다. 오한과 잠팽을 시켜 업에서 사궁을 죽이게 하였다.

g. 청독, 적미 도적이 함곡관에 들어 경시제를 공격하였다. 광무는이에 등우에게 6비장과 군사를 이끌고 서쪽으로 보내어 경시를 도와적미의 난을 평정하게 하였다. 이때 경시는 대사마 주유, 무음왕 이질등을 낙양에 둔치게 하였다. 광무는 또 풍이로 하여금 맹진을 지킴으로써 막게 하였다. <『후한서』 권1 상 「광무제기」 제1 상>

왕망도 왕랑도 죽었다. 그러나 천하 대란은 아직 진행형이다. 적미 농민군과의 전쟁, 사천성의 공손술(公孫述)과의 전쟁이 계속되었다. 『후한서』에서 광무제의 군대와 적미 농민군, 공손술의 군대와의 전쟁 몇 장면을보기로 한다.

(14) a. 서기 25년[건무 원년] 봄 정월, 평릉인 방망이 전 유자 유영을천자로 세웠다. 경시는 승상 이송을 보내어 공격하여 목을 베었다.

b. 여름 4월 공손술이 천자를 자칭하였다.

c. 6월 기미 (광무가) 황제 위에 즉위하였다. 연기를 피워 하늘에 알리고 육종에 제물을 바치고 여러 신에 망제를 지냈다. 그 축문에 이르기를, 황천의 상제와 후토의 신지께서 돌보아 주시고 천명을 내려 유수에게 국민을 맡기어 부모가 되라 하나 유수는 감당할 수 없습니다. 수하 신하들이 모여 입을 맞추지도 않았지만 한 말로, 왕망이 제위를 찬탈하여 유수가 분노하여 군사를 일으켜 왕심, 왕읍을 곤양에서 파하고 왕랑을 죽였습니다. 하북에서 동마가 나오고 천하가 평정되었으며 해내가 은혜를 입었습니다. 위로는 천지지심에 합당하고 아래로는 국민이 돌아옵니다. 참기에 이르기를, 유수가 군사를 일으켜 부도한 자를 잡았으니 묘금은 덕을 닦아 천자가 되라고 하였습니다. 유수는 오히려 고사하기를 두 번, 세 번에 이르렀습니다. 무리가 모두 말하기를, 황천대명은 지체할 수 없으니 감히 받들지 않을 수 없습니다. 이에 연호를 건무로 하고 천하를 대사하고 호현을 고읍현으로 고쳤다.

d. 이 달에 적미가 유분자를 천자로 세웠다.

e. 갑자일에 전장군 등우가 경시를 공격하였다. 정국공 왕광이 안읍에서 크게 쳐부수고 그 장수 유균을 목 베었다.

f. 9월 적미가 장안에 들어가고 경시는 고릉으로 도망갔다. 신미일에 (광무가) 조서를 내려 말하기를, 경시가 패망하여 성을 버리고 도주하여 처자식이 벌거벗은 채 도로에 유랑하게 하였다. 짐은 심히 민망하다. 이제 경시를 회양왕으로 봉한다. 관리로서 감히 도적 해가 있는 자는 대역죄와 같이 한다.

g. 11월 유영이 스스로 천자를 칭하였다.

h. 이 해[건무 4년]에 정서대장군 풍이가 공손술의 장수 정언과 진창에서 싸워 격파하였다. <『후한서』 권1 상 「광무제기」 제1 상>

(14a)에서 방망이 유자 영을 천자로 세웠다. (14b)에서 공손술이 스스로

천자를 칭하였다. 후한 광무제 유수가 천자에 오르기 전에 이미 공손술은 천자가 된 것이다. 공손술은 처음 왕망을 섬겨 도강 졸정(導江卒正, 촉군 태수)를 지냈다. 서기 24년 면죽(綿竹)에서 녹림군(綠林軍)을 공격해 저지하고 자립하여 촉왕(蜀王)이 된 뒤 성도에 도읍을 정하였다. 촉과 파(巴)를 평정하고 촉과 파의 부를 기반으로 세력을 불려서 25년에 스스로 천자라 일컬으며 국호를 성가(成家)라 하였다.

(14c)에서는 유수도 황제가 되었다. 유수는 25년 6월 22일 하북성 호성(鄗城)에서 경시제로부터 독립하여 스스로 황제의 위에 올라 그 해를 건무(建武) 원년으로 정하였다. 전한 고조 유방의 9세손이 다시 한을 세운 것이다.

(14e)에서는 적미군이 유분자를 천자로 세웠다. (14f)에서 유수가 그동안 받들고 있던 천자 경시제 유현을 폐위하였다. (14g)에서 유영도 천자가 되었다. 천자가 여러 명이다. 천하가 대란에 빠진 것이다. (14f)가 가장 인상적이다. 황제로 올려놓은 경시제가 적미 농민군에게 패망하여 처자식을 헐벗은 채 길에 유랑하게 하였다. 당연히 쫓아내어야지.

왕망이 죽고 신나라가 패망한 것은 서기 23년이다. 후한의 광무제 유수가 즉위한 해는 서기 25년이다. 그 2년 동안 유수가 경시제를 황제로 받들고 있었기 때문이었다.

외효의 빈객 김단지속

새로 황제가 된 유수는 여러 지역의 토호 군과 치열한 전쟁을 계속하였다. 이 전쟁은 서기 36년[건무 12년] 광무제의 부하 오한과 장궁이 사천성 성도(成都)를 함락시켜 공손술의 성가 왕국을 멸망시킬 때까지 계속되었다. 민중봉기 후 무려 14년, 황제로 즉위한 지 12년 만인 서기 36년에 후한 광무제가 대륙을 통일한 것으로 역사는 기록하고 있다.

『후한서』에서 30년대 초반에 벌어진 광무제 군대와 공손술 군대와의 전쟁을 살펴보기로 한다.

(15) a. 서기 30년[건무 6년] 3월 공손술이 장수 임만을 보내어 남군을 노략질하였다. 호아대장군 개연 등 7장군을 보내어 농도를 따라 공손술을 토벌하였다. 5월 --- 외효가 모반하였다. 개연 등이 외효와 농, 저에서 싸웠으나 여러 장수가 패하였다. 6월 --- 대군 태수 유흥이 노방의 장수 가람을 고류에서 공격하였으나 전사하였다. 전장군 이통을 보내어 2장군을 거느리고 공손술의 장수와 서성에서 싸워 격파하였다. 12월 --- 외효가 장수 행순을 보내어 부풍을 노략질하여 정서대장군 풍이가 막아 격파하였다.

b. 31년[건무 7년] 3월 공손술이 외효를 책립하여 삭령왕으로 삼았다. --- 외효가 안정을 노략질하여 정서대장군 풍이와 정로장군 제준이 공격하여 물리쳤다. <『후한서』 권1 하 「광무제기」 제1 하>

공손술과 손잡고 후한 광무제 군대와 맞서 싸운 장군 가운데 가장 우뚝한 이가 외효(隗囂)이다. 광무제가 공손술을 정벌할 때 가장 애를 먹은 지역이 농(隴), 저(阺) 지방이다. 『후한서』 권13 「외효공손술열전」 제3의 일부를 (16)에 다시 인용한다.

(16) a. 경시제가 패망하자 삼보*{지명}*의 노인들과 사대부들이 모두 외효에게 돌아갔다.

b. 외효는 소박 겸손하여 선비를 공경하고 좋아하여 몸을 기울여 응접하고 포의로 교유하였다. 이전 왕망의 평하 대윤장 안곡공이 장야대

부가 되었고, 평릉 범준이 사우가 되었으며, 조병, 소형, 정흥이 제주가 되었고, 신도강, 두림이 지서가 되었으며, 양광, 왕준, 주종 및 평양인 행순, 아양인 왕첩, 장릉인 왕원이 대장군이 되었다.

    c. 두릉의 김단지속은 빈객이 되었대[杜陵金丹之屬爲賓客]. 이로 하여 이름 진 서주가 산동에 소문이 났대[由此名震西州聞於山東]. <『후한서』 권13「외효공손술열전」제3>

이 시기 삼보의 부로들이 (16a)에서 보듯이 외효(隗囂)에게 많이 의탁하였다. 그리고 (16b)에서 보면 왕망의 신나라 고위층들이 많이 외효에게 벼슬을 살았다. (16c)의 두릉의 김단(金丹)의 가속이 외효에게 빈객으로 머무르고 있었다는 기록이 눈을 끈다. 두릉은 한 선제 때 도성후로 책봉된 김안상이 죽자 그에게 황제가 묘지로 내려 준 땅이다. 김안상은 김일제의 아우 김윤의 아들이다. 두릉 김단이라 함은, 김단이 김윤 집안의 후손일 것을 뜻한다. 이 김단에게 왕망 세력이었다가 왕망이 패망하고 난 후 쫓겨난 김탕이 찾아갔을 것이다. 김단, 김탕 등은 외효에게 의탁하고 있었던 것이다.

이 김씨 세력을 품고 있는 한 외효는 후한 광무제에게 항복하기 어렵다. 후한 광무제는 전한 황위를 야비한 술수로 찬탈한 왕망, 그리고 그에게 부역한 무리들을 살려 둘 수 없는 처지였다. 외효는 처음에는 한나라와 대척적일 이유가 없었다. 심지어 그의 부하 중에는 후한 광무제 유수에게 항복한 두융도 있었다. 외효는 김씨와 유씨 사이에서 김씨를 선택한 것이다. 그리고 후한과 공손술의 성가 왕국 사이에서 김씨와 더불어 제3의 제국을 수립할 원대한 꿈, 이루어질 수 없는 꿈을 품었다.

    (17) a. 32년[건무 8년] 봄 정월 중랑장 내흡이 약양을 습격하였다. 외

효의 수장을 죽이고 그 성을 점거하였다. 여름 4월 --- 외효가 내흡을 공격하였으나 이기지 못하였다.

　b. 윤달에 황제가 친히 외효를 정벌하려 하였다. 하서태수 대장군 두융이 5군 태수를 거느리고 고평에서 거가와 만났다. 농우가 무너지자 외효는 서성으로 도망쳤다. 대사마 오한, 정남대장군 잠팽이 포위하였다. 나아가 (제가) 상규에 갔으나 (외효가) 항복하지 않았다. 호아대장군 개연과 건위대장군 경합이 공격하였다. 11월 --- 공손술이 군사를 보내어 외효를 구원하려 하였다. 오한, 개연 등이 장안으로 환군하였다. 천수, 농서가 다시 모반하여 외효에게 돌아갔다.

　c. 33년[건무 9년] 봄 정월 외효가 병으로 죽었다. 그 장수 왕원, 주종이 다시 외효의 아들 외순을 왕으로 삼았다.

　d. 34년[건무 10년] 봄 정월 대사마 오한이 포로장군 왕패 등 5장군을 거느리고 고류에서 가람을 공격하였다. 흉노가 기병을 보내어 가람을 구원하러 와 여러 장군이 더불어 싸워 물리쳤다. 여름 정서대장군 풍이가 공손술의 장수 조광을 천수에서 파하고 목 베었다. 정서대장군 풍이도 죽었다. 6월 중랑장 내흡이 양무장군 마성을 거느리고 공손술의 장수 왕원을 파하였다. 겨울 10월 중랑장 내흡 등이 외순을 낙문에서 대파하였다. 그 장수 왕원이 촉으로 도망쳤다. 외순과 주종이 항복하고 농우가 평정되었다. <『후한서』 권1 하 「광무제기」 제1 하>

(17a)는 서기 32년에 광무제가 내흡(來歙)을 보내어 외효를 정벌하는 전쟁을 묘사하고 있다. 그때 내흡이 외효의 수장을 죽인 기록이 있다. 그런데 그때 내흡에게 죽은 수장이 (18b)에서 보면 '김량(金梁)'이다. 이 인물이 우리가 찾는 김씨와 아무 관련이 없는 것일까? 그럴 수도 있다. 그러나 외효의 수하 장수에 김씨가 있었다는 것은 공교롭다.

(17b)에서 농우, 농서를 두고 후한 유수의 여러 장수가 외효에게 고전

하고 있다. 촉의 공손술이 외효를 구원하였다. (17c)에서 외효가 죽었다. (17d)에서 외효의 아들 외순이 항복하고 농우가 유수의 손에 들어갔다. 외효의 장수 왕원은 촉의 공손술에게로 도망갔다.

(18) a. 서기 32년[건무 8년] 봄에 내흡이 정로장군 제준과 약양을 습격하였다. 준은 도중에 병으로 돌아오고 정병을 나누어 흡을 따르게 하여 도합 2천여인이 산을 베고 길을 열어 번수로부터 회중을 거쳐 약양에 이르렀다.

b. 외효의 수비 장수 김량을 참수하고 그 성을 확보하였다[斬囂守將 金梁 因保其城]. 외효는 크게 놀라 말하기를, 어찌 그리 신이로운가. 이에 병력 수만인을 거느리고 약양을 포위하였다. 산을 베고 둑을 쌓아 격수를 관성하였다. 흡은 장졸들과 죽음을 각오하고 지켰으나 화살이 떨어졌다. --- 외효의 예공이 다하였다. 봄부터 가을에 이르러 그 사졸은 지쳤다. 황제가 이에 관동병을 크게 일으켜 스스로 농에 올라오려 하였다. 외효의 무리가 달아나고 포위가 풀렸다. <『후한서』 권15 「이왕등래열전」 제5>

서기 30년대 초에 외효의 빈객으로 있는 두릉의 김단의 가속들, 그리고 32년 약양에서 외효의 수비 장수로 있다가 목이 달아난 김량, 이 두 김씨가 김일제나 김윤과 관련이 있다는 것을 증명할 수 있을까? 참으로 가냘픈 한 증거는 두릉이다.[27] 이들과 42년에 김해에 나타난 김수로, 그리고 60년[또는 65년]에 경주에 나타난 김알지와는 전혀 관련이 없는 것일까? 한반도에 나타난 김씨들은 하늘에서 떨어진 김씨일까? 그럴 리가 없다.

---

27) '두릉의 김단', 이 문제에 관심을 가진 김씨는 누구든지 중국에 가면 두릉을 찾고 그 두릉에서 김안상의 묘를 찾고 그 후손들이 지금 어디에서 살고 있는지 확인해 보기 바란다.

외효(隗囂)는 서기 33년[건무 9년]에 울화병으로 죽었다. 그 아들 외순(純)이 후한에 항복한 해가 서기 34년이다. 그 후 김단지속은 어디로 몸을 의탁하였을까? 그들이 갈 곳은 어디였을까? 왕원이 촉의 공손술에게 갔듯이 그들도 갈 곳은 공손술의 성도밖에 없었을 것이다.

외효가 광무제를 배신하고 공손술에게 가는 선택을 한 데에는 그의 밑에 와 있던 구 왕망 세력이 한 몫을 한 것으로 보인다. 23년 왕망이 멸망했을 때 농서, 농우, 무도, 금성, 무위, 장액, 주천, 돈황을 지배하였던 외효는 24년 경시제 유현에게 가서 우장군, 어사대부가 되었다.[28] 그러나 곧 경시제와 틀어져 고향으로 돌아갔다.

그런데 무위, 주천 지역은 앞에서 본 대로 한 무제가 항복해 온 흉노 번왕 혼야왕의 국민과 죽은 휴저왕의 국민이 머물러 살도록 해 준 땅이다. 곽거병에 의하여 장안으로 끌려온 김일제 나라의 국민들도 이곳에 살고 있었다. 이곳은 한나라로 옮겨온 흉노족의 디아스포라 지역이다.

(2') a. 기원전 120년[원수(元狩) 三年] 가을 흉노 혼야왕이 휴저왕을 죽이고 그 병력 4만여명을 아울러 거느리고 항복하여 왔다. 5속국을 설치하여 그에 살게 하고 그 땅을 무위군, 주천군이라 하였다. <『한서』 권6 「무제기」 제6>

서기 25년 9월 경시제가 피살되었다. 삼보의 사대부들의 지지를 받던 외효는 하서에 할거하고 있던 두융에게도 장군의 인수를 내려 자신의 세력 아래 두었다. 27년 광무와 손잡은 외효는 공손술을 공격하였다. 30년 광무는 외효의 지배 아래 있는 농서를 경유하여 공손술을 공격하려 하였

---

28) 지금의 감숙성 무위시에는 말과 함께 서 있는 김일제의 석상이 있고, 말이 나는 제비를 밟고 달리는 마답비연(馬踏飛燕) 석상도 있다. 김일제가 마신(馬神)이다.

다. 그러나 외효는 이를 허락하지 않았다. 이때 왜 외효는 광무와 틀어졌을까?

(19)에서 보듯이 내흡의 책략으로 외효의 심복 왕준(王遵)이 광무에게 항복하였다. 그리고 왕준은 전 주인 외효를 광무에게 항복하도록 설득하였다. 그러나 외효는 끝까지 항복하지 않았다. 이 선택이 결국 그를 패망의 길로 이끌었다. 그것은 외효의 밑에 있다가 광무제에게로 간 두융(竇融)이 누린 영화와 비교해 보면 잘 알 수 있다. 중원을 지배한 자가 천하를 지배한다. 중원을 버리고 서쪽 골짜기로 들어간 자는 결국 거기서 우물 안 개구리가 되는 것이다.

(19) a. 황제가 내흡에게 영을 내려 글로써 왕준을 부르게 하였다. 준이 이에 가속과 동으로 경사로 찾아왔다. (광무는) 태중대부를 제수하고 향의후로 봉하였다.
b. 서기 32년(건무 8년) 봄 내흡은 산길로 습격하여 약양성을 얻었다. --- 왕준은 외효가 필멸할 것을 알고 우한과 더불어 옛터로 갈 올바른 뜻이 있다는 것을 알았다. 글로써 깨우쳐 말하기를, 준은 외왕과 더불어 한을 위하여 피를 마시고 맹서하여 범 아가리를 거쳐 사지를 밟기를 십수년이 되었소 그때 주락낙양 이서에 통일된 바가 없었소 --- 왕의 장수와 관리들은 오래 못갈 곳에 모여 사는 무리이오 사람마다 곁을 치는 착하지 않은 꾀만 쓰고자 하오 --- 무릇 지자는 위태로움을 보면 변란을 생각하고 현자는 진흙을 택하지 않는 바이오 <『후한서』 권13 「외효공손술열전」 제3>

광무는 외효가 천하를 통일하여 한을 부흥시키려는 것이 아니라 공손술과 후한 사이에서 제3 지대를 찾고 있다는 것을 눈치 채고 적으로 간주하기 시작하였다. 31년 외효는 공손술에게 복속하여 삭녕왕에 봉해졌다.

이제 구 왕망 세력들은 공손술의 성가 왕국과 손잡을 수밖에 없었다. 김씨들도 더 서쪽으로 이동하였을 것이다. 서기 33년 외효는 결국 울화 속에 병으로 죽었다.[29]

배신자 두융과 배김문(排金門)

이 외효와 대조적인 거취를 보인 인물로 두융(竇融)이 있다. 외효와 두융, 이 두 인물의 인생 역정을 보면 그 시기 천하가 어떻게 돌아갔는지 어느 정도 짐작할 수 있다. 두융은 왕망을 섬기다가 신나라가 패망한 후 경시제에게 항복하였다. 경시제가 망하자 외효의 장군이 되었다. 그리고 외효를 배신하고 광무제에게 항복하여 기주 목사를 지내고 36년에는 대사공에 이를 정도로 대우받았다. 난세에 외효는 절의를 지켰고 두융은 버들가지 같이 살았다. 후한, 이긴 자의 관점에서 보면, '외효는 미련하게 나쁜

---

29) 왕망이 죽고 천하가 공손술과 유수의 세력 다툼으로 양분되자 서주의 상장군 외효(隗囂[五高反, 오가 원 발음이다.])는 둘 중 어느 쪽과 연합할지 저울질하기 시작하였다. '노익장(老益壯)'의 어원으로 유명한 마원(馬援)은 공손술과 친하였다. 외효는 마원을 공손술에게 보내어 정탐하게 하였다. 공손술은 마원을 만나 주지 않다가 화려하게 꾸민 상좌에 앉아 음식을 씹으며 거드름을 피우면서 마원에게 '그대가 나의 부하가 된다면 대장군을 시켜 주겠네.' 하였다. 『후한서』권 제24 「마원열전」제14에는 마원이 깨우쳐 이르기를, '천하의 자웅이 정해지지 않았는데 공손술은 음식을 뱉고 나라 선비를 맞이하러 달려 나와 더불어 성패를 도모하려 하지는 않고 우인형처럼 변폭만 꾸미고 있으니 이 자가 어찌 천하의 선비를 오래 머물러 두기에 족하다 하리오?' 고로 사양하고 가서 외효에게 이르기를, '자양공손술의 재는 우물 안 개구리일 따름으로 스스로 망령되이 존귀하고 크며 동방 진출에 전념할 것 같지 않다.'고 공손술의 패망 원인이 선비를 잘 대접하지 못한 데 있다고 하였다. 마원은 후에 광무제에게 합류하여 복파장군으로 베트남의 경칙 자매를 정벌하는 등 충성하였다. 이런 마원의 충고를 듣고도 광무제를 버리고 공손술에게로 간 외효의 판단은 어디에서 온 것일까? 그의 수하에 깃든 구 왕망 세력, 김씨 세력의 힘이 작용하고 있었던 것이 아닐까? 공손술은 서기 36년 성도에서 광무제의 후한 군에게 대패하였다. 제일 중요한 선비 대접은 뒤로 미루고 겉모습이나 꾸미고 있다가 나라를 잃은 것을 일러 수식변폭(修飾邊幅)이라 한다.

주공을 끝까지 섬겼고, 두융은 지혜롭게 현군을 선택하여 주공으로 삼아 자손대대 떵떵거리고 살았다.'이다. 처음 주인을 잘 만나야 한다. 싫으면 주인이 되고.

(20c)에는 도성후 김안상의 손자 김천(遷)에 관한 기록이 보인다. 그러나 이 기록은 (20b)에서 보는 대로 서기 32년 두융이 광무제에게 투항한 후에 있었던 일이어서 김천이 어디에 소속되어 있는지 분명하게 말하기 어렵다. 김천은 내내 광무제의 시중으로 일하고 있었던 것일까, 아니면 두융과 한 패가 되어 있다가 광무제에게 간 것일까?

(20d)의 '排金門[김문을 배척하다]'도 구체적으로 무엇을 말하는 것인지 불분명하다. 현재로서는 두융과 더불어 외효에게 의탁한 김씨들이 있었고 두융이 후한에 항복함으로써 많은 무리가 김씨 집안을 배척하였다고 볼 수밖에 없다. 그 문맥에 김일제의 아우 김윤의 아들 김안상의 손자 김천이 등장하는 것이 이를 보여 준다.

(20) a. 서기 32년[건무 8년] 여름 (천자의) 거가가 외효를 정벌하러 서쪽으로 갔다. 두융이 5군 태수 및 강족 포로 소월씨 등 보병 기마 수만과 치중[군량 등을 실은 수레] 5000여량을 거느리고 고평 제1성에서 대군과 만났다. 두융은 먼저 종사를 보내어 회견의 예의 갖춤을 물었다. --- 황제는 두융이 먼저 예의를 묻는다 듣고 심히 좋게 생각하였다. 백료들에게 널리 알리고 고평애 술을 차리고 두융 등을 불러 특수 예의로 대우하여 만났다. 아우 두우를 제수하여 봉거도위로 삼고 4촌 동생 두사를 태중대부로 삼았다. 드디어 함께 진군하니 외효 무리가 크게 무너지고 성읍이 모두 항복하였다. 황제는 두융의 공을 높이 평가했다. 교서를 내려 안풍, 양천, 교(안), 안풍 4현으로써 두융을 봉하여 안풍후로 책봉하였다. 아우 두우는 현친후가 되었다. 드디어 여러 장수를

차례로 봉하였다. 무봉장군 축증은 조의후가 되었고 무위태수 양통은
성의후가 되었으며, 장액태수 사포는 포의후가 되었고, 금성태수 고균
은 보의후가 되었고, 주천태수 신융은 부의후가 되었다. 봉작이 끝나고
가마를 타고 동쪽으로 갔다. 두융 등은 서쪽 진으로 보내어 돌아갔다.
두융이 형제가 나란히 작위를 받는 것이 구전방면(?) 두려워 스스로 편
안하지 못하여 여러 번 글을 올려 대체할 것을 구하였다. 조서로 답하
기를, 내가 장군과 더불어 좌우 손과 귀인데 여러 번 겸양하여 물리면
어찌 이리 남의 뜻을 못 깨닫는가. 사민을 거두기에 부지런하고 부곡을
떠나지 않게 하라.

　b. 농촉 평정에 이르러, 두융이 5군 태수와 더불어 경사를 섬기겠다
고 아뢰었음을 조서로 내렸다. 관속과 빈객이 뒤 따라 가마 수천 량에
타고 말, 소, 양이 들을 덮었다. 두융이 도착하여 낙양성문에서 보고 양
주목 장액속국도위 안풍후 인수를 올렸다. 조서를 내려 사자를 보내어
후의 인수를 돌려주었다. 이끌어 보고 제후 위에 나아갔다. 상으로 은
총을 주고 경사를 기울여 움직이기 몇 달, 기주목을 제수하였다. 10여
일 후 또 대사공으로 옮겼다. 두융은 스스로 옛 신하가 아니므로 일단
입조하고 공신의 오른쪽에 섰다. 소집된 조회마다 나아가 보고 용모와
말, 기운이 매우 겸손하기 심하였다. 황제가 이를 더욱 친근히 여겼다.

　c. 두융은 소심해서 오래 스스로 불안하여 여러 번 작위를 사양하였
다. 시중 김천*{김천은 안상의 증손이다.[30] 김안상은 일제의 아우 윤의
아들이다. 천은 애제 때에 상서령이 되었다. 『한서』를 보라.}*이 구달
하기를 지성으로 하였다[融小心久不自安數辭讓爵位　因侍中金遷*{金遷
安上之曾孫　安上曰磾弟倫之子　遷哀帝時爲尙書令　見前書}*口達至誠].

---

30) 이 주석은 틀렸다. 증손이 아니고 손자이다. 김천(遷)은 김명(明)의 아들인 김흠(欽)의
　　종부제(從父弟, 4촌)이다. 김안상의 아들들이 상(常), 창(敞), 잠(岑), 명(明)이고 명의 아
　　들이 흠이다. 상(常)은 아들이 없고, 창의 아들은 섭, 삼, 요이며, 명의 아들은 흠, 준
　　이다. 그러니 김천은 김잠의 아들이다. '김안상-김잠-김천'으로 이어졌고 '김안상-김
　　명-김흠'으로 이어졌다. 그러므로 김천은 김안상(安上)의 증손자가 아니고 손자이다.

d. 논하여 말한다. 건무 초에 영웅호걸이 사방에 요란하였다. 범 놀란 소리가 연이어 울렸고 성으로 둘러싼 이들이 서로 바라보았다. 곤궁하여 나날이 먹을 것이 부족하였다. 이로써 김문을 배척하는 자가 무리를 이루었다[以排金門者衆矣]. 무릇 후덕한 성품과 관대한 적중이 인에 가깝다. --- 〈『후한서』 권23 「두융열전」 제13〉

두융의 후손은 후한에서 대대로 높은 벼슬을 지내었고 증손녀 장덕황후는 78년에 후한 제3대 황제 장제의 황후가 되었다. 제4대 화제(목종) 때는 태후 섭정으로 일문이 권세를 누렸다. 그렇게 32년에 두융이 5군 태수를 거느리고 광무제에게 넘어간 후 33년에 외효도 울화병으로 죽고 34년에 그 아들 외순이 후한에 항복하였다.

공손술의 패망

드디어 농우, 농서 지방을 획득한 광무제는 촉을 바라보게 되었다[得隴望蜀].

(21) a. 35년[건무 11년] 윤 3월에 정남대장군 잠팽이 3장군을 거느리고 공손술의 장수 전융, 임만과 형문에서 싸워 대파하고 임만을 사로잡았다. 위로장군 풍준이 강주에서 전융을 포위하였다. 잠팽이 수군을 거느리고 공손술을 토벌하여 파군을 평정하였다. 6월 중랑장 내흡이 양무장군 마성을 거느리고 하변에서 공손술의 장수 왕원, 환안을 쳤다. 환안이 첩자를 보내어 중랑장 내흡을 찔러 죽였다. 황제는 친히 공손술을 정벌하려 하였다. 가을 7월 사흘 이상 장안에서 숙영하였다. 8월에 잠팽이 황석에서 공손술의 장수 후단을 격파하였다. 보위장군 장궁이 심수에서 공손술의 장수 연잠과 싸워 대파하였다. 왕원이 항복하였다. 겨울 10월 --- 공손술이 첩자를 보내어 정남대장군 잠팽을 찔러 죽였

다. 12월 대사마 오한이 수군을 거느리고 공손술을 토벌하였다.

  b. 36년[건무 12년] 봄 정월 대사마 오한이 공손술의 장군 사흥과 무양에서 싸워 참수하였다. 3월 계유 조서를 내려 농촉민으로서 납치되어 노비가 되었다고 스스로 소송을 제기한 자 및 옥관이 알리지 않은 자 일체를 면하여 서인으로 해 주었다. 여름 당으로 남행할 때 감로가 내렸다. 6월 황룡이 동아에 나타났다. 가을 7월 위로장군 풍준이 강주를 함락시키고 전융을 사로잡았다. 9월 오한이 공손술의 장군 사풍을 광도[익줘]에서 대파하고 목 베었다. 보위장군 장궁이 배성을 함락하고 공손회[공손술의 아위]를 참수하였다. 대사공 이통을 파면하였다. 겨울 11월 무인일에 오한과 장궁이 성도에서 공손술과 싸워 대파하였다. 공손술이 상처를 입고 밤에 죽었다. 신사일에 오한은 성도를 도륙내고 공손술의 종족 및 연잠 등을 멸족[夷]하였다. <『후한서』 권1 하 「광무제기」 제1 하>

『후한서』를 보면 이 도륙은 (22)에서 보듯이 공손술이 광무제의 중랑장 내흡과 정남대장군 잠팽을 암살한 데 대하여 오한이 분노하여 동지의 원수를 갚은 것으로 되어 있다.

  (22) a. 35년 --- 6월 공손술의 장수 환안이 첩자를 보내어 중랑장 내흡을 찔러 죽였다.
  b. 겨울 10월 --- 공손술이 첩자를 보내어 정남대장군 잠팽을 찔러 죽였다. <『후한서』 권1 하 「광무제기」 제1 하>

광무제는 적의 항복을 받아 마음으로 복속하게 하는 정책을 취하였다. 그런데 오한은 분노를 참지 못하고 잔인하게 성도를 도륙한 것이다. 이렇게 서기 30년대 초반을 거치면서 후한 광무제는 공손술의 성가 왕국을 정벌하고 천하 통일을 이루었다.

만족의 저항 전쟁

그러나 그 전쟁이 끝난 것은 아니었다. 서기 40년대에도 사천성 성도 근방에서는 계속하여 만(蠻)족의 반란이 일어나고 있다. 42년, 43년, 45년, 그리고 드디어 47년에는 남군의 만족이 반란을 일으켜 무위장군 유상이 진압하고 7000명을 강하(江夏: 현재의 우한(武漢))으로 강제이주까지 시켰다.[31] 그런데 이 종족은 (24b)에서 보듯이 허씨이다. 이 서남방의 반란은 왜 일어났을까? 그들은 공손술과 관련이 없을까? 왕망 세력이나 허광한, 김씨들과는 아무 관련이 없는 것일까?

> (23) a. 서기 42년[건무 18년] 봄 2월, 촉군 수장 사흠이 모반하여 대사마 오한이 2장군을 거느리고 가서 토벌하게 하였다. 성도를 포위하였다. 3월 복파장군 마원에게 누선장군 단지 등을 거느리고 가서 교지의 적 징측 등을 공격하게 하였다. 가을 7월 오한이 성도를 함락시키고 사흠 등을 참수하였다. 임술에 익주의 사형 이하의 죄를 사하였다.
>
> b. 43년[건무 19년] 봄 정월 요사스런 무당 단신, 전진 등이 원무에 의거하여 모반하였다. 태중대부 장궁을 보내어 포위하였다. 여름 4월 원무를 함락하고 단신, 전진 등을 목 베었다. 복파장군 마원이 교지를 함락시키고 경칙 등을 목 베었다. 인하여 구진적 도양 등을 격파하여 항복받았다. 9월 서남이가 익주군에 쳐들어왔다. 무위장군 유상을 보내어 토벌하였다. 월취태수 임귀가 모반하여 12월에 유상이 임귀를 습격

---

31) 김병모(2008)은 이 반란이 불평등 조세 때문에 일어난 것으로 보고 이 강제 이주 후 서기 48년에 허황옥이 강하를 떠나 김해로 왔다고 하였다. 보주에서 출발하였을지 강하에서 출발하였을지는 논의의 여지가 있다. 후한 수립 후의 한나라 정세와 김씨와 허씨의 관계를 고려하면 더 나아간 탐구가 필요한 것으로 보인다.

하여 목 베어 죽였다.

c. 45년[건무 21년] 봄 정월 무위장군 유상이 익주 오랑캐를 파하고 평정하였다.

d. 47년[건무 23년] 봄 정월, 남군의 만족이 반란을 일으켜 무위장군 유상을 보내어 토파하고 그 종족을 강하로 이주시켰다. 12월 무릉 만족이 모반 군현을 약탈하여 유상을 보내어 토벌하게 하였는데 원수에서 싸우다 유상의 군사가 패배 전멸하였다.

e. 49년[건무 24년] 가을 7월 무릉 만족이 임원을 침략하여 알자 이숭, 중산태수 마성을 보내어 만족을 토벌하게 하였으나 이기지 못하였다. 이에 복파장군 마원이 4장군을 거느리고 가서 토벌하였다.

f. 50년[건무 25년] 봄 정월, 복파장군 마원 등이 임원에서 무릉 만족을 파하였다. 겨울 10월 모반한 만족이 모두 항복하였다.

g. 52년[건무 27년] 익주군 주변의 만이들이 종족들을 거느리고 내속하였다. <『후한서』 권1 하 「광무제기」 제1 하>

(23b)의 교지는 베트남이다. 교지지나. 그때 베트남에는 경칙 자매가 여왕으로 나라를 다스리고 있었다. 거기를 치고 있다. 강한 만족을 치기 위하여 그 배후를 먼저 제거한 것이다. 이렇게 남쪽 지방의 만족이 그치지 않고 반란을 일으키는 것이 이상하여 『후한서』 권86 「남만서남이열전[南蠻西南夷列傳]」 제76을 살펴보았다. 그런데 거기에는 이 끈질긴 모반의 주체가 비교적 분명하게 드러나 있었다.

(24a)는 『후한서』 권1 하 「광무제기」 제1 하의 (23d)와 동일한 사실을 적었다. 남군 저산의 만족 뇌천을 격파하고 강하로 이주시켰다는 것이다. 우리의 눈을 번쩍 뜨이게 하는 것은 (24b)이다. 여기에 '허성(許聖)'이 등장한다. 그러나 연대가 너무 늦은 101년이다. 6-70년 전 40년대의 전쟁에도 허씨나 김씨가 등장하였으면 얼마나 좋을까?

(24) a. 서기 47년[건무 23년]에 이르러 남군 저산의 만족 뇌천 등이 모반을 시작하여 국민을 약탈하여 무위장군 유상에게 만여명을 거느리고 가서 토벌 격파하고 그 종족 7000여 명을 강하 경계 안으로 이주시켰다. 지금 면중 만족이 이들이다.

b. 서기 101년[화제 영원 13년], 무현의 <u>만족 허성</u> 등이 군의 세금 징수가 균형을 잃었다고 원한을 품고 드디어 둔취하여 배반하였다. 이듬해 여름 사자를 보내어 형주 여러 군의 군사 만여 명을 독려하여 토벌하게 하였다. 허성 등이 험하고 좁은 땅에 기대어 오래 파하지 못하였다. 여러 부대가 길을 나누어 함께 진격하여, 혹은 파군, 어복 등의 여러 길로 공격하니 만족이 이에 흩어져 달아났다. 그 두목을 참수하고 승기를 타서 추격하여 허성 등을 크게 깨트렸다. 허성 등이 항복을 구걸하여 다시 모두 강하로 이주시켰다.

c. 서기 169년[영제 건령 2년] 영제 건령 2년 강하 만족이 모반하여 주군이 토평하였다.

d. 서기 180년[광화 3년] 강하군 만족이 다시 반란을 일으켜 여강의 적 황양과 서로 연결하여 10여 만 명이 공격하여 4현을 무너뜨리고 도적의 환란이 수년 동안 계속되었다. 여강태수 육강이 토벌 격파하니 나머지는 모두 항복하고 흩어졌다. <『후한서』 권 86 「남만서남이열전」 제76>

서기 36년에 공손술이 토벌되었다. 그리고 광무제는 천하를 통일한 것으로 기록되었다. 그러나 남군에서는 만족의 반란이 계속되었다. 서기 101년에는 허성(許聖)이 반란을 일으켰다. 40년대 초에 연이어 반란을 일으킨 만족들도 허씨일 가능성이 크다. 남군 저산(潒山)의 허씨들은 47년에 7천명이 양자강 유역의 강하군으로 이주되었다.[32] 이들이 공손술의 성가

---

32) 이 강제 이주 후 남군 저산에는 누가 살게 되었을까? 당연히 한족이 살게 된다. 이 자명한 진리를 잊지 말라. 현재 지명은 무엇이고, 보주(普州)와는 얼마나 떨어진 곳일까?

왕국과 손잡은 세력일 것이다. 공손술에게 의탁한 신나라 왕망 세력과 김씨도 이들과 무관하다 하기 어렵다. 이들도 최후까지 저항했던 것으로 볼 수 있다. 이 허씨가 문제를 해결하는 열쇠이다.

이 전쟁은 한족이 서남의 만족을 정복하는 전쟁이고 만족으로서는 한족의 정복 전쟁에 끝까지 저항하여 종족의 정통성, 자주성을 지키려 한 것이다. 이것은 반란이 아니라 쳐들어온 외적인 한족에 대항하여 자기 땅, 자기 여자를 지키려 한 독립 전쟁이다. 이 전쟁에서 만족이 패하여 천혜의 험준한 요새 장가계, 원가계가 품고 있는 무릉계곡이 한족의 것이 되었다. 그곳의 토가족(土家族)은 마지막 한 명까지 저항하였다고 전해오고 있다. 그렇게 변방으로 도망간 신나라 세력과 만족의 연합체를 겨우 진압하고 비로소 후한은 안정이 되었다. 후한 광무제는 서기 56년[건무 32년]에 중원(中元)으로 연호를 바꾸었다. 그리고 이듬해인 57년에 죽었다.

김씨들은 이 전쟁에서 중립을 지켰을까? 그럴 리가 없다. 그들은 말 타고 양 키우며 초원을 지키다가 여차하면 활 쏘고 칼 휘두르며 중원으로 침노하여 여자와 양식을 약탈해 가는 전쟁의 명수였다. 더욱이 (5)에서 보았듯이 김일제의 작은 아들 김건의 손자인 김당(金當)이 왕망과 이종사촌이었다. 김당의 생모 남(南)이 왕망의 생모 공현군(功顯君)의 동복동생이다. 왕망의 덕택으로 김당과 그 일족들도 귀하게 되었다. 김당은 서기 4년[신라 남해차차웅 즉위 원년, 전한 평제 원시 4년] 갑자년에 큰할아버지 김상을 끝으로 끊어졌던 투후 작위를 다시 받아 증조부 김일제와 큰할아버지 김상의 제사를 지내게 되었다. 김당이 투후 김일제의 4대이다.

특히 (6)의 도성후 김안상이 (4)에서 보았듯이 선제의 황후 허평군의 아버지 평은후 허광한과 친하였다. 이 김씨와 허씨 사이에 혼인으로 맺어진

연줄은 없는 것일까? 허광한은 사천성 남군, 파군, 무현의 허씨 일족들과 무슨 관계가 있을까? 온갖 상상이 다 떠오르지만 추리할 근거가 없다.

왕망이 처음 신도후를 받을 때, 황제에게 왕망을 좋게 말하여 그 일을 성사시킨 시중 김섭(涉)은 김안상의 손자이다. 김섭의 아들 김탕(金湯)이 왕망에 의하여 김흠에 이어 도성후에 봉해졌다. 이들은 누가 보아도 왕망의 신나라 편에 섰을 인척들이다. 그런데 그들이 중립을 지켰을 리야 없지 않은가? 성도의 성가 왕국이 기껏 도강 졸정[촉군 태수] 정도를 지낸 공손술에 의하여 통치되었을까? 하나의 나라를 통치하려면 황제 곁에서 시중도 하면서 국정 운영 술수도 배우고 제후가 되어 작은 지방 정부라도 운영해 보아야 할 것 아닌가? 공손술의 배후에 누가 있었을까?

익주, 촉군, 파군, 남군, 무현 등의 만족 군대의 사령관은 누구일까? 그들이 후한 군대와 맞서 저렇게 오랫동안 험지를 요새로 하여 진지전을 전개한 전술은 어디에서 나온 것일까? 더욱이 후한의 무위장군 유상의 군대가 무릉의 만족에게 전멸되었다. 제대로 된 군사 전략, 전술가도 없이 만족만으로 후한의 정규군을 전멸시키는 것이 가능할까? 이 만족들의 배후에는 누가 있는 것일까?

30년대 초반에 농우, 농서 지방의 서주 대장군 외효에게 구 왕망 세력과 김단의 가속, 김량 등이 의탁하고 있었음은 확인된다. 외효가 죽고 그 아들 외순이 광무제에게 항복하였을 때 왕망의 장군 왕원이 공손술에게로 도망갔다. 구 왕망 세력이 촉군 성도의 공손술에게 의탁하였을 것도 합리적 추론이라 할 수 있다. 그리고 36년에 성도가 함락되었다. 이 전쟁에서 이긴 오한은 성도의 공손씨와 연씨를 도륙하였다. 멸속시킨 것이다. 혹시 김씨나 구 왕망 세력은 도륙되지 않았을까? 도륙의 대상은 되었을 것이다.

여기서 '문무왕 비문'과 「가락국기」의 '허황옥 도래설'을 얼마나 신뢰할 것인가 하는 문제가 생긴다. '투후 제천지윤이 7대를 이어왔다.'가 과연 사실을 적은 것일까? 신문왕 시대에 조상들을 미화하기 위하여 끌어다 붙인 것일까? 「가락국기」에서 허황옥이 아유타국으로부터 왔다는 것은 불교 전래 후 가락 왕실이 끌어다 붙인 억지 역사 왜곡일까? 이 역사 조작설은 과연 증명될 수 있는 것일까? 확률은 반반일까? 증명할 방법도 없고 근거도 없다.

원래 여기서 멈추는 것이 온당하다. 그러나 그러면 영원히 이 논제는 더 이상 발전하지 못한다. 그러니 이제부터는 추리의 세계이고 상상의 세계이다. 혹시 이들에 관한 기록은 지워진 것이 아닐까? 대륙에서는 이긴 자가 자기에게 유리한 기록만 남긴다는 역사 기록의 속성에 따라. 이 땅에서는 흉노족의 후예라는 것을 지우기 위하여.[33]

신나라 왕망의 이모집인 김당, 김준, 김탕의 집안은 어떻게 되었을까? 흉노족의 후예로서 말 기르기와 말 타기의 챔피언인 이 무사 집안이 순순히 유수에게 굴복하였을 리가 없다. 아마도 유수의 반란군에 맞서 싸웠을 것이다. 왕망의 인척으로 신나라 군대가 되어 반란군과 맞서 싸우던 김씨

---

33) 태종무열왕비, 신문왕비, 성덕왕비의 비신이 흔적도 없이 파괴되어 땅 속에 파묻힌 까닭은 무엇일까? 문무왕비가 사라졌다가 여염집 빨랫돌로 다시 나타난 사연의 이면에 들어 있는 진실은 무엇일까? 그 비신들에는 틀림없이 '투후 제천지윤이 7대를 이어왔다.'가 있었을 것이다. 투후가 무엇인지는 『한서』를 읽은 선비들은 다 안다. 사마천의 『사기』, 반고의 『한서』는 전통사회에서 필독 교양서였다. 투후를 알면 자신의 피가 흉노족과 연결된다는 것을 알게 된다. 흉노족의 피, 그것이 부끄러운 일일까? 유라시아 대륙을 호령한 유목 종족 셋을 들라면 흉노제국, 몽골제국, 돌궐제국의 중심 종족이다. 피의 혼효는 세계사상으로 당연하고 자연스러운 일이다. 세종이 한글을 지으면서 새외의 종족들이 제 문자를 가지고 있다는 것을 말하고 있다. 그것이 '나랏말이 중국말과 달라'이다. 유목 기마종족의 피와 혼효되었다는 것은 자랑스러운 일이다. 순혈을 주장하던 석가씨는 다 절멸하였다. 살아남은 것은 혼혈아들이다. 제 피와 같은 피와만 혼인해서야 어찌 종족을 이어갈 수 있겠는가?

가 이제 반란군이었다가 관군이 된 후한 광무제 유수 군대의 정벌의 대상
이 된 것이다. 이들이 사천성까지 쫓겨 갔을지, 그 전에 투 지방인 산동성
으로 갔을지, 아니면 다른 곳으로 갔을지 알 수 없다. 보통은 망해 가는
나라의 핵심 세력과 함께 변경의 끝까지 도망치면서 저항하는 것이 고대
왕국의 귀족들, 특히 무사 집안의 행태이다. 현대에도 그런 일은 흔히 일
어난다.[34]

이 세상 어딘가에는 김씨와 허씨가 한나라 장안에서나 사천성 남군에
서 아들, 딸을 교환하여 혼인시키는 혼맥을 맺었다는 흔적이 있을 것이
다.[35] 김윤-김안상-김상-김흠의 후사를 이은 도성후 김탕의 일족은 허씨
들과 함께 움직였을 것이다.

가장 타당한 추리는 그들과 연고가 있는 곳으로 갔다고 하는 것이다.
서기 40년대에 그 김씨들과 연고가 있는 곳은 어디일까? 흉노제국이 있던
초원 하서회랑(河西回廊) 지역이 그들의 연고지일까? 기원전 120년대, 즉

---

34) 1917년 3월 2일 로마노프 왕조의 니콜라이 2세가 폐위되었다. 마지막 황제는 1918년
7월 17일 붉은 혁명군에 의하여 예카테린부르크에서 가족과 함께 처형되기까지 연금
당한 채 지냈다. 차르 시대의 귀족들은 백군을 형성하여 공산 빨간 군대에 맞서 긴긴
내전을 치르며 동방으로 이동해 왔다. 1994년 사할린에서 만난 어느 학교 경비원은
영어를 구사하였다. 어디서 배웠느냐고 물었더니 집에서 할머니에게 배웠다고 답하
였다. 그리고 할머니는 불어, 독일어도 말할 수 있었다고 자랑하였다. 할머니가 어떤
분인가 했더니, 자기들은 코사크 족이고 원래 우크라이나의 돈 강 유역에 살았는데
용맹한 기마병이어서 러시아 황실의 근위병이 되었고 혁명전쟁 때 마지막까지 저항
하며 사할린까지 쫓겨 왔다고 하였다. 이들이 흑룡강아무르강변 하얼빈에 '돈 까페'
를 차렸고 경성여학교 영어 선생을 하던 이효석은 그 까페를 '고향'처럼 찾았다. 평
창 이효석 문학관에 '까페 동'이 있는 이유이다. 한 나라가 망하고 새 나라가 설 때
헌 나라의 귀족들은 마지막까지 저항하게 되어 있다. 어차피 죽기 때문이다. 신나라
가 망하면서 후한 광무제에게 쫓긴 신나라 귀족들도 사천까지 가서 저항하였을 것이다.
35) 누구든 도성후 김안상의 후예인 김탕과 평은후 허광한의 후예인 허모씨가 함께 사천
성 남군의 보주로 가서 그곳의 만족 허씨들과 손잡고 후한 광무제에게 저항하였다는
문헌 기록을 찾는다면 그는 이 수수께끼에서 가장 중요한 열쇠를 찾은 것이다. 그런
기록을 가지고 있을 제1 후보는 장가계, 원가계의 토가족이다.

160여년 전에 패전한 할아버지의 왕비와 왕자들이 포로로 잡혀왔던 고향 땅, 그러나 그곳은 이미 남흉노는 한나라에 복속하였고 북흉노는 계속 서쪽으로 쫓기어 가서 그들 종족의 영역이 아니었다. 그들도 한나라 조정에서 높은 벼슬을 살면서 문명화되고 한족화되어 다시 유목민화할 수도 없었을 것이다. 가까이 있는 데서 피난처를 구할 수밖에 없었다.

2000년의 비밀 '金湯失險(김탕실험)'

어딘가에 그렇게 도망친 김씨의 흔적이 있을 줄 알았다. 이 증거를 찾느라『후한서』를 다 뒤적였다. 그러나 찾기가 힘들었다. 그런데 고유명사로 보이는 '金湯' 두 글자가『후한서』권1 하「광무제기」제1 하의 '찬왈(贊曰)' 하고 시작되는 시(詩) 속에 들어 있었다. 아, 그 시 속에 '金湯'이 살아남아 있다니, 세상에.

그 시의 한 문장이 (25a)이다. 나는 이 문장이 '김탕의 군대가 무릉 만족과 더불어 사천 남군의 험지 장가계, 원가계의 무릉도원을 요새로 삼아 후한 광무제 유수와 맞서 싸우던 전쟁에서 패배하고 천하가 통일된 것'을 뜻하는 줄로 알았다.

(25) a. 金湯失險 車書共道[김탕이 험지를 잃고 수레와 책이 같은 길이 되었다].[36)

b. 金湯失險 車書共道[견고한 성벽, 뜨거운 해자를 가진 성이 험지를 잃고 천하가 통일되었다.] *{前書曰 金城湯池 不可攻矣 金以諭堅 湯取

---

36) 이 구절에 대한 최근의 번역은 다음과 같다. 장은수(2014:142): '금탕이라도 그 험난함을 잃어 [마침내 수레와 글이 한가지로 되었다.' 진기환(2018:219~220): '요새도 무너지고 천하는 하나로 통합되었다.' 진기환(2018)은 '金城湯池 같은 요새지가 (광무제의 공격으로) 모두 다 함락되었다는 뜻'이라 주석을 달았다.

其熱 光武所擊 皆失其險固也 禮記曰 天下車同軌 書同文}*[*{전서(=『한서』)에 말하기를, 금성탕지는 공격할 수 없다. 금은 견고함을 비유하고 탕은 그 뜨거움을 취한 것이다. 광무가 공격한 바 모두 그 험하고 견고함을 잃었다. 『예기』에 말하기를, 천하의 수레는 바퀴 간격이 같아지고 책은 글이 같아졌다}*].

그러나 그 책은 (25b)처럼 『한서』 권 45 「괴통전」 제15에서 전거를 가져와 주석을 달고,[37] "金湯은 『한서』의 '金城湯池'로서, '金으로 견고함을 나타내고 湯은 그 열을 취한 것'이니 '광무가 공격한 바 되어 다 그 험하고 견고한 곳을 잃었다.'는 말이다."고 설명한다.

이 말이 어(語)가 성설(成說)하는가? 척 보아도 말이 안 된다. '금성탕지가 어떻게 험지를 소유하였다가 잃을 수 있다는 말인가?' '험지가 금성탕지를 잃을 수는 있어도 금성탕지는 절대로 험지를 잃을 수 없다.' 금성탕지는 인공이라 유한하고 험지는 자연이라 무한하다. '사람 삶은 유한하고 자연은 무한하다.' 금성탕지가 험지를 잃어 험지는 없고 금성탕지만 남은

---

37) 『한서』 권45 「괴통전(蒯通傳)」 열전 제15에 '金城湯池'가 나온다. 무쇠로 쌓은 성벽[金城]과 끓는 물로 된 해자를 두른[湯池] 난공불락의 성, 철옹성을 뜻한다. 괴통은 원명이 괴철(蒯徹)로 한 무제의 이름 유철(劉徹)을 피휘하여 괴통으로 적은 것이다. 그는 범양현령 서공(徐公)을 설득하여 무신(武臣)에게 항복하게 하면서 '금성탕지는 불가공의(不可攻矣)'라 하고 싸우지 말고 항복받는 것이 상책임을 말한 모사이다. 한신의 책사로서 한신에게 유방 밑에 있지 말고 자립하여 항우와 더불어 천하를 삼분하여 쟁패할 것을 진언하였다. 그러나 한신은 듣지 않고 계속 유방 밑에서 한나라 건국을 도왔고 결국 토사구팽 되었다. 그 후 괴통은 유방에게 죽을 뻔했으나 미치광이처럼 살다가 사라졌다. 그런 인간이 한 말 '금성탕지'가 왜 『후한서』 광무제의 공덕을 기리는 '찬(贊)'에 들어오겠는가? 이 시구의 '김탕'은 절대로 '금성탕지'가 아니다. 이 김탕은 김윤-김안상-김상-김흠(양자)-김탕(양자)로 이어진 마지막 도성후 김탕의 이름이다. 그의 생부 김섭은 왕망이 신도후가 되는 데에 결정적 도움을 주었다. 이 집안은 왕망의 절친이고 신나라의 기둥이다. 그가 마지막까지 사천의 무릉, 남군에서 허씨 토가족들을 거느리고 저항한 뒤 흔적 없이 사라졌을 것이다. 그가 그 험한 요새를 잃은 뒤에야 비로소 천하가 통일될 수 있었을 것이다.

예가 전 세계에 하나라도 있는가? 장가계의 무릉도원에 가 보라. 김탕이 험지에 진을 치고 후한과 맞서 싸우던 그곳엔 오늘도 험지만 무성하게 남았고 금성탕지는 흔적도 없이 사라졌다. 어떻게 금성탕지가 험지를 잃는다는 말인가?

『후한서』의 金과 湯에 관한 이 주석은 말이 안 된다. 어불성설인 것이다. 이 주석이 틀린 것임을 보여 주는 증거들을 나열해 보자. 그 증거의 수는 밤새워 논의하여도 될 정도이다.

첫째 증거는, 이 시구 '金湯失險'이 등장하는 문맥이다. 문헌 해석에서 가장 중요한 것은 기록 그 자체이다. 해석 대상 어구나 문장이 어떤 문맥에 등장하는지를 제일 무겁게 생각해야 한다. 모든 어구, 문장은 디스코스[Discourse], 대화 맥락, 문맥의 흐름 속에서만 그 의미를 가진다. 화용론[Pragmatics]의 제1 원칙이다. 어떠한 말도 문맥을 떠나면 사용될 때의 뜻을 잃어버리고 형해만 남은 증류수 같은 의미만 가진다. 그런 의미는 실제의 의미가 아니다.

이 '金湯'은 어떤 문맥에 등장하는가? (26)은 '金湯'이 등장하는 시 전체와 그것을 번역한 것이다. 중요한 대목에는 주석도 *{   }* 속에 인용하였다. 이 시의 내용은 『후한서』 권1 상, 하 「광무제기」 제1 상, 하의 산문 기록을 보고 유수의 공적을 운문으로 칭송한 찬시이다.

(26) 贊曰[찬하여 말하기를],
　a. 炎正中微 大盜移國[한실이 중간에 약해져 대도가 나라를 훔쳤다.
　九縣飆回 三精霧塞[온 세상에 광풍 불고 일월성신은 안개로 덮였다.
　人厭淫詐 神思反德[국민은 음습한 사기술에 물렸고 신은 덕으로 돌아갈 것을 생각하였다.

光武誕命 靈貺自甄[광무가 큰 명을 받아 영황을 스스로 밝혔다.

沈幾先物 深略緯文[일에 앞서 기미를 읽고 다스림을 깊이 생각하여 세상을 바로잡고 문덕을 세웠다.

b. 尋邑百萬 貔虎爲群[왕심 왕읍의 백만대군도 (광무가) 비호처럼 들이치니 흩어지는 무리가 되었다. *{貔執夷虎屬也[비는 집이로 범 종류이다. 書曰： 如虎如貔 言甚猛勇也[『서경』에 이르기를 여호여비는 매우 용맹함을 의미한다.}*

長轂雷野 高鋒彗雲[전차 소리가 우레처럼 들판을 울렸고 높이 솟은 칼끝은 구름을 쓸어버리는 듯하였다.

c. 英威旣振 新都自焚[영이한 위세를 이미 떨치니 신도후는 스스로 불타 죽었다. *{王莽初封爲新都侯[왕망이 당초에 신도후로 봉해졌다. 『사기』는 말하기를[史記曰], 周武王伐紂 紂衣其寶玉自焚而死[주 무왕이 은나라 주왕을 토벌할 때 주왕이 보옥갑옷을 입고 스스로 불 타 죽었다고 하였다. 莽雖被殺 滅亡與紂同[왕망이 비록 피살되었으나 멸망한 것은 주와 같다. 故假以言之[고로 가탁하여 말한 것이다.}*

d. 虔劉庸代 紛紜梁趙[(공손술의) 용과 (노방의) 대가 죽음의 땅으로 변하고 (유영의) 양나라 (왕랑의) 조나라 땅이 난리를 일으켰다. *{虔劉皆殺也[건과 유는 모두 죽이다는 뜻이다. 左傳曰『좌전』에 이르기를], 虔劉我邊垂[아변수를 죽였다 했다.[38] 謂公孫述稱帝於庸蜀[공손술이 용, 촉에서 황제를 참칭한 것을 이른다. 盧芳據代郡也[노방은 대군에 의거하였다. 紛紜諭亂也[분운은 난리를 비유한 것이다. 梁謂劉永 趙謂王郎也[양은 (자칭 천자) 유영을 이르고 조는 (자칭 천자) 왕랑이다.}*

e. 三河未澄 四關重擾[하북, 하남, 하동이 맑아지지 않았고 네 관이 심히 어지러웠다. *{三河河南河北河東也[삼하는 하남, 하북, 하동이다.

---

38) 여기서 '劉字'는 '죽이다'의 뜻이다. 이른바 '卯金刂 劉'. '토끼 김을 칼로 ---?' 저 글자 속에 '金 자'와 '칼 刂'가 들어 있는 것이 자꾸 마음에 걸린다. 어떻든 신나라를 멸망시키고 선 劉씨의 후한은 신나라 최대 귀족 가문인 王씨와 金씨, 許씨, 그리고 公孫씨를 도륙하지 않고는 천하를 통일했다는 말을 들을 수 없었다.

未澄謂朱鮪等據洛(州)[陽] 未歸光武也[맑지 못하다는 주유 등이 낙양에 의거하여 광무에게 귀순하지 않았음을 말한다. 四關謂長安四塞之國[네 관은 장안 한의 네 변방 속국을 일컫는다. 重擾謂更始已定關中 劉盆子 入關殺更始 發掘諸陵也[심히 어지러웠다는 경시가 이미 관중에 자리 잡고 유분자가 관에 들어가 경시를 죽이고 여러 능을 파헤쳤음을 일컫는다.}*

　f. 神旌乃顧 遞行天討[신의 깃발이 돌아보고 번갈아 하늘의 토벌을 행하였다. *{周禮曰[『주례』에 이르기를], 析羽爲旌 稱神者 猶言神兵神筭也[깃털을 나누어 정기로 만드는 것은 신을 칭하는 자는 오히려 신병신산을 말하는 것과 같다. 詩云乃眷西顧[『시경』에서 말하기를 내 권 서고하고, 書云 天討有罪也[『서경』에 말하기를 하늘은 죄 있는 자를 토벌한다 하였다.}*

　g. 金湯失險 車書共道[김탕이 험지를 잃고 천하가 통일되었다.

　h. 靈慶旣啓 人謀咸贊[영경이 이미 인도하고 인간의 꾀가 같이 도왔다. 明明廟謨 赳赳雄斷[조정의 정책은 밝고도 밝았고 용단은 굳세었다. 於赫有命 系隆我漢[빛나도다. 천명이시여, 우리 한나라를 대대로 융성하게 하소서]. <『후한서』 권1 하 「광무제기」 제1 하>

이 시구 (26g) 앞에는 (26b-e)와 같은 시구들이 놓여 있다. (26b)는 서기 23년 왕망이 살아 있을 때 왕심, 왕읍에게 갑사[기병] 42만을 포함한 100만 군사를 거느리고 가서 유수의 군대와 싸우게 하였으나, 서기 25년 왕망이 제위를 찬탈하여 유수가 분노하여 군사를 일으켜 저 앞에서 본 대로 왕심, 왕읍을 곤양에서 파하고 왕심을 죽였다는 내용을 읊은 것이다. (26c)는 왕망의 피살을 읊은 것이다. 왕망은 당초에 김탕의 아버지 김섭의 도움을 받아 신도후로 책봉되었었다. (26d)는 공손술, 노방, 유영, 왕랑이 반란을 일으켜 스스로 황제의 위에 오른 것을 읊었다. (26e)는 삼하의 주유가 모반하여 있고 네 관의 유분자가 경시제를 죽이고 왕릉들을 파헤치는 분탕질을 하고 있음을 나타낸다.

이 시구들은 모두 후한 광무제가 천하를 통일하기 전에 반군들과 벌인 전투의 승리를 칭송한 것이거나 어지러운 세상을 읊은 것이다. 후한 광무제가 싸웠던 적들은 왕망의 신나라, 적미군, 공손술의 성가 왕국, 노방, 왕랑, 유영, 주유, 유분자 등이다. 그리고 (26f)는 드디어 신의 깃발을 들고 죄 있는 자들을 토벌하러 나섰음을 읊었다.

그런데 무릉의 만족 허씨들[그 속에 김씨도 들어 있었을 것이다.]과의 싸움이 이 시에는 구체적으로 드러나 있지 않다. 마지막에 고전을 면치 못한 무릉 만족과의 전쟁을 묘사한 대목이 유독 이 시에는 없는 것이다.

그러나 (26g)의 '金湯'을 이 책처럼 '사람의 이름'으로 보는 순간, 그 모든 것은 질서정연해진다. 천하통일의 마지막 관문, 그것은 김탕이 지휘하는 무릉의 만족과의 전쟁인 것이다. 장가계, 원가계의 토가족 허씨들과 흉노제국의 후예 김씨들이 마지막 한 명까지 끝까지 저항하였다.

둘째, '금성탕지가 험지를 잃었다.'는 것은 사리에 맞지 않는다. '금성탕지가 험지를 잃으면 어떻게 되는가?' '금성탕지가 험지를 잃어' 금성탕지는 남고, 험지는 잃어버리는 그런 상황은 절대로 벌어지지 않는다. 험지는 금성탕지 속에 들어 있지 않다. 험지에 금성탕지를 쌓았을 뿐이다. 험지 속에 금성탕지가 들어 있는 것이다. 그러므로 금성탕지는 잃어버려도 험지는 남는다. 험지는 영원한 것이고, 금성탕지는 아무리 굳세어도 지키는 자 가운데 배신자가 하나라도 나와 성문의 빗장을 뽑아주면 끝장난다. 배신자를 키우면 아무리 금성탕지라도 속절없이 무너진다. 트로이 목마에 병사들을 태워 들여보낸 적군도 있다. 세작은 관운장의 군대도 못 당한다.

그리고 후대는 다시 그 험지에 금성탕지를 쌓는다. 후한이 망하고 삼국시대가 되어 촉한의 제갈량이 남만의 맹획을 칠종칠금(七縱七擒)할 때에도 그 험지는 그대로 남아 있었다. 만족이 무릉도원 높은 산과 깊은 계곡을 금성탕지로 삼아 끝까지 촉한에 맞서면 제갈량 아니라 공명의 할애비가 와도 그곳을 함락시킬 수 없다. 그런 강적을 등 뒤에 두고는 사마의와 건곤일척의 패권 다툼을 벌일 수 없다는 것을 제갈공명은 누구보다 잘 알았다. 함락시킬 수 없는 금성탕지는 공격하지 말고 항복을 유도해야지. 그것도 일곱 번씩 놓아 주면서라도 마음속으로 승복하게 만들어야지. 공명은 『한서』「괴통전(蒯通傳)』의 '金城湯池 不可攻矣'를 가장 잘 실천한 전략가이다.

셋째, '금성탕지'가 좋은 말인가? 이 말이 최초로 등장한 곳은 『한서』 권 45 「괴통전」 제15이다. 진시황이 죽고 그 아들 호해가 어리석어 진나라가 망하였다. 무신(武臣)이 사방의 성들을 함락시키고 도륙하고 있었다. 범양 현령 서공(徐公)은 죽음이 두려웠다. 그래서 한신의 책사 괴통을 불러 의논하였다. 괴통은 서공과 짜고서 무신에게 '금성탕지'는 공격하지 말고 항복시키는 것이 좋다고 간언하였다. 그리하여 무신은 서공에게 항복하라고 하였고 서공은 그 계책에 따라 날름 항복하고 대우를 받았다. 이리하여 주변의 성주들도 따라서 항복하였다. 괴통과 서공은 책임 있는 지도자가 전쟁을 피하고 적에게 항복하여 국민들을 노예로 방치하는 악습을 만든 놈들이다. 김상헌과 최명길, 황윤길과 김성일, 황현과 이완용, 그것이 인간의 본모습이다. '금성탕지'는 좋은 말이 아니다. 주화파의 핑계이다. 이런 어구를 후한 광무제의 혁혁한 전공을 칭송하는 시에 썼을 리가 없다.

넷째, 만약 이 '김탕'이 '금성탕지'의 줄인 말이라면 후한 광무제 유수는 괴통보다도 어리석은 이이다. 성도의 공손술도 항복을 받지 왜 함락시켜 멸족을 시키는가? 남군, 파군, 촉군 이른바 파촉의 만족들도 항복을 받지 왜 끝까지 한 명이 남을 때까지 싸워 죽이는가? 무슨 원수가 그렇게 진하게 맺혔는가? 어리석은 정신 이상 사이코패스 황제들을 세우고 농락하여 전한을 망치고 신나라를 세운 왕망이야 '그렇다' 치자. 나머지는 먹고 살기 위하여 신나라에 벼슬 산 죄밖에 더 있는가? '금성탕지'는 그런 말이다. 쳐들어가는 자는 전쟁을 벌이지 말고 항복을 받고, 적국의 침입을 받은 자는 끝까지 저항하지 말고 항복하여 목숨을 건지는 것이 최상책이다. 그런 의미를 가진 말이다. 이 '금성탕지'가 어찌 신나라 잔존 세력을 철저히 괴멸시키고, 먼 조상 때 나누어진 못난 친척의 유씨 황실을 재건하려는 모진 마음을 먹고 천하를 도륙한 후한 광무제 유수의 행실을 찬양하는 시 속에 들어올 수 있겠는가? 하기야 그도 두융처럼 항복하는 적장들을 우대하기는 하였다.

다섯째, '금성탕지'는 어디에 쌓는가? 평원 지대에 쌓는다. 성벽을 철처럼 견고하게 철옹성으로 쌓고 성 둘레를 못을 파서 물을 끌어들인다. 그 물을 뜨거운 물로 한다. 끓이나? 온천인가? 이 물이 못에 고여 있으려면 그 성은 평평한 평지에 있어야 한다. 애초에 이 말이 나올 때의 『한서』의 「괴통전」의 범양현은 평지에 있었을까? 험지에 있었을까? 사천성 만족 반군과 후한 군대가 싸운 무릉계곡은 험지인가 평지인가? 모름지기 철벽 성을 쌓고 뜨거운 물을 채운 해자를 만드는 곳은 그 땅이 기름져서 지켜야 할 가치가 있을 때 하는 일이다. 그 비옥한 땅을 지키기 위하여 평지에 금성탕지를 쌓고 목숨을 걸고 최후까지 침략군에 맞서는 곳이 금성탕지이다. 험지는 성을 쌓기도 힘들고 해자를 만들기도 어렵다. 물이 고여 있을 정도면 이미 험지가 아니다. 그러므로 험지에 금성을 쌓고 해자를 파서 끓는 물로 채운다는 것은 불가능하고 불필요한 일이다. 험지에서 코너에 몰리면 다른 험지로 도망가는 것이 상책이다.

여섯째, '금성탕지가 험지를 잃었다.'는 무엇보다 이어지는 '車書共道'와 전혀 어울리지 않는 시구이다. 이 '김탕실험'에 이어지는 시구는 '車書共道'이다. 이 말은『예기』가 말한 대로 '수레가 같은 궤도[바퀴 사이 간격의 표준화된 규격]을 갖게 되고 책이 같은 글을 사용하게 되었다.'는 뜻으로 '천하가 하나의 군주 아래로 통일되었다.'는 말이다.39) 그러므로 후구에서 천하가 통일되려면 전구에서 천하가 나누어져 있어야 하고 그 나누어진 천하의 한 쪽을 차지한 군대가 전쟁에 져서 패망하여야 한다. 그 패망을 나타내는 말이 '실험'이다. '험지에 터 잡은 요새를 잃었다.'는 말이다. '金湯失險 車書共道'는 여지없이 '김탕이 이끈 사천성 만족 반군이 험한 요새를 잃고 진압되어 천하가 후한으로 통일되었다.'는 말이다. '금성탕지가 험지를 잃는다.'고 천하가 통일되지 않는다. 금성탕지가 험지만 잃고 평원을 갖고 있으면 천하가 통일된 것이겠는가? 천하가 통일되려면 평원의 금성탕지든, 산악의 험난한 요새이든 모든 적을 다 죽이든가 항복시켜야 한다. 그러므로 '천하가 통일되었다.'는 후구가 따라오려면, 그 전구는 당연히 '모든 반군이 다 토벌되고 산악으로 숨어들어 마지막 남은 김탕마저 험지를 잃고'가 되어야 시든 산문이든 말이 성립된다.

일곱째, '金湯失險 車書共道', 이 말보다 후한 광무제의 업적을 더 높

---

39)『중용』에는 '천자가 아니면 예를 논하지 못하고 법도를 짓지 못하며 글을 고증하지 못한다[非天子 不議禮 不制度 不考文. 이제 천하는, 수레는 궤도의 규격이 같아졌고 책은 문자가 같아졌으며 행실은 윤리가 같아졌다[今天下 車同軌 書同文 行同倫.'가 있다. '同文同軌'는 한글 창제에 반대한 최만리 상소문에서 조선과 명나라가 한 나라가 되었음을 표현하는 데에도 사용되었다. 여러 문헌의 전거를 들어가면서 밴드에서 이 논의를 함께 해 준 최두환 형을 비롯한 고교 동기 여러분들께 고마움을 표한다.

이 칭송할 말이 따로 있겠는가? 그가 한 일은 왕망의 신나라와 그 잔적들을 토벌하고 천하에 劉氏(유씨)의 나라를 회복하는 일이었다. 劉氏. 그 유씨를 부흥시키기 위해서 유수는 왕씨와 김씨, 허씨를 절멸시켜야 하였다. 그들도 이름을 잊을 만큼 '金湯'은 철저히 그 나라 역사에서 지워진 인물이 되었던 것일까? 역적이니까. 아니면 요동으로 도망친 김일제, 김윤의 후손들인 김당, 김탕을 일부러 모르는 척하려 했을까? 그들을 다 토벌하려면 후한이 망할 정도의 힘을 쏟아야 했으니까.

여덟째, 통사론의 관점에서 보면 문장 '金湯失險'에서 '失'은 타동사이며 '險'은 목적어이다. '험지를 잃다'라는 서술어는 행동주[agent] 의미역을 그 주어에 주게 된다. 주어가 행동주 의미역을 받으므로 그 주어는 유정명사여야 한다. 그 주어가 '金湯'이다. '김탕'은 유정명사여야 하지 '금성탕지' 같은 무정명사이면 안 된다. 의미론적으로는 '失險'을 하려면 '험지에 있는 요새를 점령한' 강한 군대의 장수가 있어야 한다. 험지에 진을 치고 신출귀몰하게 게릴라전을 벌여서, 쳐들어온 후한 유수의 군대를 전멸시키기도 하는 명장이 있어야 하는 것이다. 그래야 그 장수가 험지의 요새를 잃고 항복하거나 죽거나 도망하여 후한 광무제가 천하를 통일하게 되지. 金湯은 험지를 잃어버린 명장을 가리키는 말이 되어야 한다. 이 '김탕'은 '금성탕지'의 준말이 아니라 그냥 '김탕'이란 인명이다. 성은 김이요, 이름은 그 멋진 '요순우탕(堯舜禹湯)'에서 따온 '湯'이다.

아홉째, 이 주석 작업을 주관한 인물은 당나라 고종의 황태자 장회태자 이현(李賢)이다. 학식이 뛰어난 그가 천하의 학자들을 모아 여러 고전에 주석을 붙였다. 그의 『후한서』 주석은 가장 권위 있는 주석서로 장회주로 알려져 있다. 『후한서』의 모본으로 친다. 그러나 이현은 김탕이 산 시대

서기 30년대로부터 650년도 더 지난 당나라 측천무후 때인 684년에 죽었다. 정쟁에 휘말려 모반을 일으킨 그는 684년[신라 신문왕 4년] 2월 29세에 귀양지 사천성 파군(巴郡)에서 돌연 자살[혹은 어머니 측천무후에 의하여 자살 당함]하였다. 그가 김탕과 후한의 전쟁을 제대로 알았겠는가? 더욱이 주석 작업은 21세 때인 675년 장대인 등과 함께 하였다. 그 나이에 정확하게 알기 어려웠을 것이다. 이미 620여 년 전의 일이다.

그것을 고전에서 전거를 찾아 주석을 달려니 『한서』의 '금성탕지'밖에 없었다. '금성탕지가 험지를 잃었다?' '금성탕지'는 그냥 보통명사로 '무쇠로 성벽을 쌓고 끓는 물로 해자를 채운 함락하기 어려운 견고한 철옹성'일 따름이다. 그런 철옹성이 무슨 험지를 잃겠는가? 그 이현이, 김씨들이 무더기로 죽었을 사천성 파군으로 귀양 갔다는 것도 공교롭다. 이현은 사천성 파군에서 귀양살이 할 때 그곳 토가족이 처절하게 '마지막 한 명까지 싸웠다.'는 말을 못 들었을까?[40]

그 뒤에 이들은 어떻게 되었을까? 사천성에서는 전쟁에 이기지 못하면 그 땅에서 살 수 없다. 그런데 후한 유상의 군대를 전멸시키기는 하였지만 궁극적 승리를 취하기에는 역부족이다. 마원과의 전쟁에서도 후한 군대를 괴롭히기는 하였지만 승리한다는 것은 불가능한 일이다.

투후 김당은 이종사촌 왕망이 장안의 미앙궁에서 피살된 뒤에 어디로 갔을까? 흔적이 없다. 증조부 김일제, 큰할아버지 김상의 후사를 잇기 위

---

40) 2016년 4월 17일부터 21일까지 고교 동기생들과의 장가계, 원가계 관광 여행에서 이상하게 토가족, 최후의 1인까지 싸운 용맹스러운 종족이 그 땅에 살았다는 이야기가 무슨 운명의 계시처럼 뇌리에 박혔다. 그 토가족을 지휘하여 침략 군대와 맞서 싸운 장군이 이 김탕일 것이다. '김탕실험'은 '김탕이 험지를 잃었다.'는 말이다. 험지만 잃었지 항복도, 죽지도 않았다. 다만 목숨을 건지러 더 살기 좋은 땅으로 도피하였을 뿐이다. 배를 타고 그들은 boat people이 된 것이다. 그 김탕이 가락 김씨의 먼 조상 김수로왕의 할아버지일 것이다.

하여 자신이 이어받은 봉국인 투(秺) 지방으로 갔을까? 모른다. 투 지방은 산동성 성무현으로 알려져 있다.

산동성의 김씨들은 싸운 흔적도 없다. 아마 역적 왕망의 이종사촌으로 엮이어 지명 수배되어 도망 다니기에 급급하였을 것이다. 정치 전쟁에서 지면 이 꼴이 된다. 죽거나 요행히 살아도 노비가 되는 길밖에 없다.

왜 이들의 이름은 '金湯失險' 외에는 나오지 않는 것일까? 산문을 보고 읊은 운문에 들어 있는 것을 보면 산문에도 있지 않았을까? 그런데 劉씨들에게는 그들이 왕망의 편에 섰다는 것이 너무 뼈아팠을 것이다. 전한 시대 최대로 혜택 받은 집안이다. 그런데 배신을 해? 그러니 그 '김탕'을 '금성탕지'의 준말이라고 주석을 달고 있지. 650년 전의 일이었으니까.

그렇지 않다면 광무제 유수가 치를 떨 정도로 고전을 면치 못한 김씨와의 전쟁을 적어 두는 것이 썩 자랑스러운 일이 못 되었을 것이다. 패전도 많았을 것이니까. 그 지긋지긋한 기억을 지웠을 것이다. 더욱이 이 김씨들은 항복도, 전사도 하지 않았다. 사라져 버렸다. 그리고 저 딴 세상에 가서 왕이 되었다. 그들을 정복하러 갈 여력도 없었다. 그러면 차라리 없었던 것으로 해 버리는 것이 낫지 않았겠는가?

안 그러면 『한서』 「곽광김일제전」에 그렇게 자세히 적힌 김씨들의 행적이 『후한서』 권1 상, 하 「광무제기」 제1 상, 하의 산문에는 전혀 나타나지 않는 이유를 설명할 수 없다. 그러나 『후한서』의 열전들 「외효공손술열전」, 「이등왕래열전」, 「두융열전」에는 김단(丹), 김량(梁), 김천(遷)의 이름이 적혀 있고 '김문(金門)'이라는 말도 나온다. 김천은 '김일제의 아우 김윤의 아들인 김안상의 증손*{사실은 손자}*이다.'는 주가 붙어 있기도 하다. 역사는 이긴 자가 적는다. 남아 있는 모든 역사 기록은 이겨서 살아

남은 자들과 그 후손들이, 지고 죽은 자들을 불의로 몰고 심지어 그 성과 이름마저 말살해 버리는 과정을 거쳐서 이루어진 것이다.

요약하면 『후한서』권1 하 「광무제기」제1 하의 '金湯失險 車書共道'에 대한 당나라 장회태자 이현의 저 주석은 틀린 것이다. 그 주석은 이 '金湯'을 '金城湯池'라고 풀이함으로써 '견고한 성이 험지를 잃었다.'는 해석이 나오게 하였다. 그러나 이 해석은 사리에 맞지 않는다. '견고한 성은 무너져도 험지는 영원히 남는다.' 아무리 견고한 성도 그것은 인간이 만든 것이다. 아무리 시시한 험지라도 그것은 자연이 만든 것이다. 인간은 자연을 이길 수 없다. 금성탕지는 남고 험지는 잃어버리는 일은 절대로 일어나지 않는다. 험지에 쌓은 금성탕지는 남았는데 험지는 잃어버려 없어진 사례가 단 하나라도 있는가?

'車書共道'는 후한 유수의 천하 통일을 칭송한 시구이다. 그 앞에는 왕망의 신나라의 멸망을 읊은 '英威旣振 新都自焚'이 있고, 공손술의 성가왕국의 패망과 서촉 험지 만족들의 반란을 적은 '虜劉庸代 紛紜梁趙'가 있다. 이에 이어지는 말은 당연히 사천성에서 최후까지 유수의 군대에 맞섰던 김탕의 패전이어야 한다. 그것이 '金湯失險 車書共道[김탕이 험지를 잃고 천하가 통일되었다.'로 표현된 것이라고 나는 생각한다.

김수로왕의 할아버지 金湯(김탕)

이제 후한 광무제 유수에게 끝까지 저항한 세력 속에 김씨, 특히 김수로의 할아버지 金湯(김탕)이 있었다고 해도 될까? 그리고 마지막까지 사천성 남군, 촉군, 파군, 무릉, 무현 등에 가서 허씨와 손잡고 후한 광무제에게 저항한 김씨의 손자가 가락국 정권을 접수하여 왕이 되었다는 소식을 듣고 허씨의 딸이 서기 48년 7월 27일 온갖 진기한 보석과 패물을 가득 싣고 와서 창원 진해 웅동 용원의 망산도에 배를 맨 것을 역사적 사실로 받아들여도 될까? 그 김씨의 손자가 김수로이고 허씨의 딸이 허황옥일까?

다시 사실의 세계이다. 이 도망자들과 관련이 있을지 없을지 모르지만 7명의 김씨와 1명의 허씨가 한반도의 동남 지방에 나타났다는 기록을 남겼다. 김씨는 김수로, 5명의 성명 미상의 아이들, 그리고 시일이 좀 지나 나타난 김알지, 허씨는 허황옥이다. 허씨의 경우는,「가락국기」가, 있었던 일이었음을 증언해 준다. 김알지의 경우도, 문무왕 비문이, 있었던 일이었음을 증언해 준다. 김수로왕의 경우는『후한서』의 '金湯失險 車書共道' 외에 확실한 물증이 없고 심증만 있다. 이 증거만으로도 주장할 수는 있지만 그래도 그것이 김탕이 김해로 왔다는 증거까지는 되지 않는다. 신나라의 김씨와 가락 김씨가 관련이 있을 가능성은 몇 %나 될까?41)

중요한 사실은 이 아이들이나 처녀 허황옥이 혼자서나, 아이들만 온 것이 아니라는 점이다. 그들을 데리고 와서 인조 알 속에 넣어 황금빛 보에 싸고 황금 합자에 넣어 구지봉에 묻은 할아버지, 아버지들, 아저씨들, 그리고 아이를 황금 함에 넣어 나무에 얹어 놓고 흰 닭을 울게 하는 할아버지, 아버지, 아저씨들, 그리고 허황옥의 경우는 오빠도 있었고 잉신도 있었고, 고향으로 돌아간 뱃사공 15인도 있었다. 그들은 무리로 온 것이다.

---

41) 여기가 이 책이 역사 기술인지, 소설인지를 판가름하는 길목이다. 역사 기술이면 있었던 일이어야 하고 있었던 일이 아니면 소설이다. 나는 '소설 쓰시네.' 소리를 귀에 못이 박히게 들으며 이 이야기를 이어왔다. 죽을 때까지 연구자이고 싶었지만 이 김씨, 허씨 때문에 공상 역사 소설이라고 평가받더라도 이 이야기를 써서 남기고 싶었다. 사실 연구서인가, 소설인가의 차이가 무슨 의미가 있겠는가? 연구서라는 역사 연구서, 문학 연구서, 심지어 인문학 중 가장 과학적이라는 국어 연구서조차도 어느 순간 사실인지 아닌지 모르는 이야기를 하는 단계가 얼마나 많은가? 그리고 그 연구자의 상상의 산물이 먼 훗날 진리로 밝혀지는 일도 또한 얼마나 많은가?

6명의 아이를 데리고 온 무리는 500여 척의 배를 거느리고 오지 않았을까?

허황옥이 사천성 보주에서 한반도로 온 것은 확실하다. 그렇다면 허씨와 함께 움직였을 김탕의 후예들도 사천성에서 왔을 가능성이 조금은 있다. 김씨는 서기 42년에 나타났고 허씨는 48년에 왔다. 18년{또는 23년} 뒤인 서기 60년{또는 65년}에 김알지가 계림에 나타났다.

신라 김씨와 이 땅의 김씨가 관련이 있다고 가정하고, 7대까지 이어졌다고 하니 그 대수가 어떻게 되는지 재미삼아 헤아려 보자. 물론 상상의 세계와 사실이 뒤범벅이 되어 있다.

김당이 4대, 그의 아들이 5대, 손자가 6대, 증손자가 7대이다. 김당이 서기 4년에 투후를 이어받았다. 그의 아들은 10년대쯤, 손자는 30년대 중반, 증손자는 50년대쯤에 성인이 된다. 50년대쯤에 성인이 된 증손자의 아들 8대는 50년대 말~60년대 초에 태어나게 되어 있다? 어디에서? 서라벌 계림 근방이지 않을까?

서기 60년{또는 65년}에 김알지가 계림에 나타났다. '흰 꿩[白雉]'가 아니라 '흰 닭[白鷄]'와 더불어. 서라벌에서는 '흰 꿩'을 못 구했을까? 익주에서 올 때 한 마리 잡아 올 것을. 연대라도 완전히 어긋나서 엉뚱한 공상을 하지 않게 해 주었으면 오죽 좋으랴.

김일제는 기원전 134년생이다. 그의 후손들인 큰집은 (27a)처럼 이어졌다. 한 세대를 대략 25년으로 잡으면 7대까지 175년이 흘렀다. 대략 서기 50년대에 8대가 시작된다. 이 8대, 즉 김당의 현손이 김알지일 것이다. 김알지가 계림에 나타나서 (신라 김씨를) 시작하였다. 신라 김씨의 시작이다. 그러나 이 이가 문무왕의 15대조 성한왕인 것은 아니다(후술).

(27) a. 1대 김일제[투휘]-2대 김상[투휘], 김건-3대 ???-4대 김당[투휘]

-5대 ???-6대 ???-7대 ???-8대 김알지

   b. 1대 김윤(시중)-2대 김안상(安上)[도성후(都成侯), 경후(敬侯)]-3대 김
   상(常)[이후(夷侯)]-4대 김흠(欽)[양자, 도성휘, 4대 김준(遵)[후, 9경]-5대
   김탕(湯)[김섭(涉)의 아들, 양자, 도성휘-6대 ???-7대 김수로-8대 김거등

  형 김일제, 어머니 연지[閼氏]와 함께 곽거병에게 포로로 잡혀 온 시중
김윤(金倫)의 후예인 작은집도 (5b)에서 보았듯이 크게 번성하여 (27b)처
럼 5대까지 이어졌다. 서기 4년에 4대 김흠이 도성후를 이었고, 그가 자
살하자 이어서 그의 조카 5대 김탕이 도성후를 이었다.

  김윤은 기원전 136년생쯤 된다. 한 대를 대략 25년으로 보고 탕의 아들
6대까지는 150년이 흘렀다. 대략 서기 20년대에 7대가 시작된다. 김탕의
손자가 바로 김윤의 7대이다. 다시 ---상상의 세계--- 그 7대가 김수로
일 것이다. 그가 가락 김씨의 시조이다. 김수로왕은 빠르면 서기 20년대
생이고 늦으면 서기 30년대생일 것이다.

  김수로는 김알지의 15촌 아저씨가 될 것이다. 할아버지들이 김해 구지
봉에서는 손자들을 거북이 알처럼 만든 인공 구조물 속에 넣어 마치 지하
에서 난생한 것처럼 신성화하였다. 서라벌 계림에서는 손자를 황금 함에
넣어 나무에 걸어 두고 흰 닭을 이용함으로써 하늘의 아들[천자, 탱리고도]
가 새의 알에서 태어나 계림의 신성한 나무에 강림한 것처럼 신성화하였
을 것이다.42) 얼마나 멋진 권모술수이고 탁월한 연출인가? 이제 다시 사
실의 세계로 간다.

---

42) 주나라에서는 흰 꿩[白雉]가 나타난 것을 상서로 보았다. 왕망은 익주 오랑캐에게 흰
  꿩을 보내오게 하였다. 흰 닭[白鷄]는 어쩐지 흰 꿩을 떠올리게 한다. 그래서 '꿩 대신
  닭'이라는 말이 생겼나?

제3장

허씨는 어디에서 왔을까

허씨는 어디에서 왔을까

1. 아유타국은 어디인가

한반도에 가장 먼저 나타난 허씨는 누구인가? 금관가야 김수로왕의 왕후인 허황옥이다. 그녀는 남편감을 찾아 먼 항해를 거쳐 이 땅에 정착하여 동화되는 디아스포라의 전형적인 모습을 보인다. 이렇게 여인이 흘러들어와 그 땅에 선주하고 있던 남자와 혼인하여 새로운 혼혈 종족을 만들어내는 것, 그것은 인류 보편적 족적이다.[1]

---

1) 흘러들어온 유이민이나 정복족과 선주민이 결합하여 하나의 세력을 형성하고 새로운 나라를 세우는 일이 대부분의 고대 국가 건국 설화의 구조를 이룬다. 히코호호데미노 미코토[彦火火出見命]와 바다 속에서 혼인한 도요타마히메노 미코토는 어느 날 아이를 낳는다고 산실로 들어갔다. 아내는 남편에게 절대로 산실을 들여다보지 말라는 엄중한 경고를 내렸다. 아내가 무사히 해산을 하는지 궁금증을 참지 못한 남편은 몰래 산실을 훔쳐보았다. 그곳에는 커다란 뱀이 아이를 낳고 있었다. 해산을 마친 아내는 내 정체를 네가 알았으니 나는 더 이상 너와 살 수 없다고 하고는 도로 바다 속으로 떠났다. 영원한 이별이다. 도요타마히메노 미코토는 다시는 만날 수 없는 슬픈 운명적 이별을 상징하는 캐릭터의 근원이다. 흘러들어온 여성이 선주족 남성과 결합하여 트기 왕족을 만들어 놓고 자신은 떠나버리는 구조이다. 이들이 낳은 아들 우가야후기아에즈노 미코토[鸕鷀草葺不合命]와 그의 이모 다마요리히메노 미코토[玉依命]가 혼인하였다. 그들의 넷째 아들이 일본 초대 천황 신무(神武)천황이다. 도요타마히메노 미코토는 어디에서 흘러온 것일까? 일본 천황의 외가는 뱀으로 상징되는 종족이다. 이들은 어디에서 대마

김수로왕의 왕후 허황옥과 수로왕을 비롯한 5명의 아이들이 이 땅에 나타난 기록이 바로 『삼국유사』 권 제2 「기이 제2」 「가락국기」이다. 김씨, 허씨들의 유래를 논의하기 위해서는 「가락국기」를 검토해야 한다.

보주태후 허씨

가락국 수로왕비 허황옥을 가리키는 말에 '보주태후(普州太后)'라는 말이 있다. 이 말은 (1)에서 보듯이 우리 땅 두 군데에 남아 있다.

(1) a. 駕洛國首露王妃 普州太后許氏陵(가락국 수로왕비 보주태후 허씨릉)

b. 大駕洛國太祖王妃 普州太后許氏維舟之地(대가락국 태조왕비 보주태후 허씨 유주지지)

(1a)는 김해 허 왕후의 능비에 새겨진 글자이다. '普州(보주)'만 이상할 뿐 나머지는 이상할 것이 없다.[2]

(1b)는 약혼자 김수로왕을 찾아온 아유타국의 공주 16살 허황옥이 배를 매었다고 전해 오는 창원 웅동 용원에 있는 유주각의 비문이다. '유주지지'는 '배를 맨 땅'이라는 뜻이다. 이 비석은 대한제국 융희 2년[1908년]에

도에 온 것일까? 여자가 흘러들어온 것은 가락과 대마도가 같다. 그러나 한쪽은 동화되었고 다른 한쪽은 떠났다.

2) 허왕후릉이 189년에 조성되었음은 『삼국유사』 권 제2 「기이 제2」 「가락국기」에 있다(후술). '보주태후'라는 시호는 1469년[예종 원년]의 『경상도속찬지리지』에 기록되어 있다. 조선 초기의 『경상도지리지』 「김해도호부 영이지적」에는 허 왕후를 '남천축국 공주'라고 하였고, 1530년[중종 25년]의 『신증동국여지승람』에서는 허 왕후가 아유타국의 왕녀라는 전승과 남천축국의 왕녀라는 전승 두 가지가 있다고 하였다. 이 능비의 비문은 1646년[인조 24년] 허적(許積)이 지었다. 가비라국을 천축국으로 보면 초기 아유타국은 남천축국에 해당한다.

세워졌으니 김해의 허 왕후릉비를 보고 보주태후라 했을 것이다. 보주가 지명으로 사용된 것은 분명하다.

〈**가락국 수로왕비 보주태후 허씨릉:** 분산성으로부터 구지봉으로 흘러내린 맥의 2/3 지점 남향 기슭에 있다. 한 마리 거북이 서쪽으로 향하여 기어가는 듯한 산세는 구수봉을 머리로 분산성을 몸통 끝으로 하는 듯하다. 어깨 부분에 허왕후릉이 있다.〉

허황옥을 왜 보주태후라고 부르는 것일까? 이것은 택호(宅號)를 붙이는 원리와 같다. 우리 전통 사회에서는 여인네들에게 '사촌댁', '태동댁', '병동댁', '냉천댁', '석산댁', '분성댁', '전골댁' 등의 별칭을 붙였다. 이를 택호라 하는데 대체로 시집오기 전에 살던 고향 마을이나 고을의 이름을 이용한다. '보주'는 허 왕후가 시집오기 전에 살던 땅 이름인 것이다.[3]

〈유주각: 창원시 진해구 웅동 용원에 있다. 뚜렷하게 보이는 '普州', 이 말이 무슨 말일까? 평생을 가슴 속에 담고 살면서 무거운 짐이 되었던 ? 하나를 이 책을 통하여 지운다. 허황옥은 그 사이 내 마음 속에 깃들인 인간의 본모습이 되어 있었다. 우리는 누구나 결국 '고향'을 잃은 디아스포라로 이승에서 살다가 어느 날 훌쩍 고향으로 떠나는 것이 아닐까? 그러나 고향이니, '離鄕(이향)'이니, '저승'이니 그런 것 다 인간이 지어낸 것이다. 영혼이 없는 지금의 인간은 짐승과 다름없어 전 세계를 떠도는 동물의 일종일 뿐이다. 흉노족도, 허씨족도, 석가족도, 인간이 살다가 죽는 것이나 소 한 마리가 살다가 도살장, 푸줏간에서 이승을 떠나는 것이나 똑같지 않은가?〉

보주를 허황옥이 가락국에 오기 전에 살던 고을이라고 했을 때 그 보주는 어디인가? 그런데 허황옥은 첫날밤에 김수로왕에게 자신을 소개하면서 (2)와 같이 말하고 있다.

---

3) 보주는 현재의 사천성 안악현(四川省 安岳縣)의 옛 이름이다. 양자강 상류이다. 이곳엔 지금도 허씨들이 집성촌을 이루며 살고 있고 허황옥이 그 마을에서 출생하였다는 기록이 남아 있다고 한다(김병모(2008) 참고). 진위 여부를 가려야 할 것이다.

(2) 저는 아유타국의 공주입니다. 성은 허, 이름은 황옥이고 나이는 2
x8[16]세입니다[妾是阿踰陁國公主也. 姓許名黃玉. 年二八矣]. <『삼국유사』
권 제2 「기이 제2」 「가락국기」>

보주는 어디이고 아유타국은 어디일까? 허황옥이 보주라 불리는 고을
에 살았고 아유타국의 공주이려면, 보주와 아유타국은 같은 곳일 수밖에
없다. 보주는 어디이고 그곳을 아유타국이라고 부르는 까닭은 무엇일까?
아니면 아유타국 공주를 보주태후라고 불렀으니 아유타국을 보주라고 부
르는 이유는 무엇인가? 그 한 마디가 부족하여 이렇게 애를 먹인다.

기원전 180년대에 아요디아를 떠났다

인도는 기원전 15세기에 유목민[Nomad] 아리아인들이 들어와 인더스,
간지스강 유역에 정착 생활을 시작하였다.[4] 선주족인 농경민 드라비다인,
타밀인은 남쪽으로 쫓겨 갔다. 아리아인들은 인도 북부에 16개의 영역 국
가를 건설하고 피정복 선주민들을 지배하기 위하여 카스트 제도를 확립하
였다.[5] 당연히 자신들이 브라만이 되고 무사 계층을 크샤트리아로 한 것
으로 보인다. 그들은 자신들을 신성화하기 위하여 브라만교를 창안하고

---

4) 이하의 기술은 조길태(2000), 『인도사』, 민음사, 곽철환(2003), 『시공불교사전』, 시공사
   등의 저작과 인터넷의 여러 글들을 참조하여 요약한 것이다. 저자의 무지로 인한 부정
   확한 정보도 있을 수 있다.
5) 아리아인들은 인도-유럽어족에 속하는 말들의 조상이 되는 언어를 사용한 것으로 상
   정된 고대 종족이다. 중앙아시아 초원지대를 중심으로 남으로는 인도, 서로는 유럽 중
   부, 동으로는 중국 서부에까지 분포한 여러 종족들의 기원으로 상정되었다. 아리아인
   이라는 명칭은 산스크리트어와 페르시아어에서 '고귀한 자'라는 뜻이다. 고대 그리스
   에서는 중앙아시아와 인더스강 사이의 지역과 거기에 사는 이들을 아리아나, 아리아노
   이 등으로 지칭하였다. 현대에는 이란이 아리아인의 계승자라는 의식이 강하다. 히틀
   러는 게르만 족을 포함한 아리아인이 인종적으로 우수하므로 그 순수 혈통을 지키기
   위하여 다른 인종을 절멸하려 하였다. 희생된 대표적 인종이 유태인과 치갠집씨이다.

신봉하였다.

허황옥의 종족인 허씨들은 인도 북부 불교 발상지 근처에 기원전 6-5세기에 존재하였던 한 도시 국가의 왕족으로 보인다. 카스트[바르나] 상으로는 크샤트리아로 보인다. 그 도시 국가는 코살라국[Kosala, 憍薩羅國]의 속국인 아요디아[Ayodhya, 阿踰陀國]이다.6) 코살라국의 초기 수도가 아요디아였다. 코살라국이 수도를 슈라바스티[Sravasti, 舍衛城]으로 옮긴 후에 아요디아에는 작은 도시 국가가 남아 있었다.

갠지스 강 중부 유역의 코살라국은 카시[Kashi[빛의 도시], 拘尸城], 또는 바라나시[Varanasi[두 강 바라나[Varana]와 아시[Asi] 사이에 위치한다는 뜻]]을 수도로 하던 카시국[拘尸國] 또는 바라나국[Varana, 波羅奈國]을 정복하여 북인도를 제패하고 현재의 우타르 프라데시(Uttar Pradesh) 주의 동북부를 차지하였다. 그리하여 코살라국은 갠지스 강 동쪽 유역의 마가다국[Magadha, 摩竭陀國]과 국경을 맞대게 되었다. 코살라국의 프라세나짓트왕[Prasenajit, 波斯匿王]은 석가모니의 교설(敎說)에 감복하여 불교도가 되었다.

마가다국은 앙가국[Anga, 鴦伽國]을 합병하고 비옥한 토지로부터의 풍요와 빔비사라왕[Bimbisara, 頻婆娑羅王]의 독실한 불교 신앙으로 갠지스강 유역의 최대 강국으로 성장하였다. 빔비사라왕은 석가모니보다 5살 아래였다. 15세에 즉위하였고 31세에 석가모니에 귀의하여 37년 동안 친구처럼 지냈다.

코살라국의 후기 수도 슈라바스티에는 수달장자[Sudatta, 須達長者, 給孤

---

6) 아요디아는 인도 북부 우타르 프라데시 주에 있는 오래된 도시이다. 갠지스 강의 지류인 고그라(Gogra, Ghaghara) 강변에 있으며 힌두교 7성지 중의 하나이다. 갠지스, 자무나 두 강의 상류 유역에 아리아인이 건설한 군소 도시국가가 이합 집산하여 쟁패한 후 16개 영역국가가 성립되었다. 그 16대국 가운데 코살라국, 카시국 또는 바라나국, 마가다국 등이 강국이었다.

獨長子]가 기타태자[Jeta, 祇陀太子]의 동산을 구입하여 석가모니에게 보시한 기원정사[Jetavana, 祇園精舍]가 있다. 카시국의 수도였던 바라나시 인근에는 녹야원[Migadaya, 鹿野苑]이 있다. 마가다국의 수도 라자그리하[Rajagaha, 王舍城] 주변에는 국왕 빔비사라가 세존을 위하여 마련해 준 죽림정사(竹林精舍)가 있다. 『석보상절』에서 이런 내용을 읽던 관악 캠퍼스의 초기 시대, 그 때 우리는 얼마나 젊고 싱싱하였던가?

처음에는 코살라국 프라세나짓트왕의 누이 데비가 마가다국의 빔비사라왕의 왕비였기 때문에 두 나라는 사이가 좋았다. 빔비사라왕은 바라나시 땅을 얻기 위해 코살라국의 데비 공주와 정략결혼을 하였다. 데비 공주는 지참금으로 바라나시[Varanasi]를 가지고 왔다.

석가모니도 프라세나짓트왕도, 빔비사라왕도 노년에는 각각 제자와 아들들에게 배신당하는 쓰라림을 겪었다. 석가모니의 4촌 형제인 제자 데와닷다[Devadatta, 堤婆達多]는 부처의 교단을 빼앗으려 하였으나 실패하였다. 석가모니의 친구 두 왕의 노후는 더 비참하였다. 빔비사라왕의 아들 아자타샷투[Ajatasattu, 阿闍世王]는 16살이 되던 해에 아버지를 칼로 위협하여 폐위시키고 지하의 감옥에 유폐시켜 버렸다. 프라세나짓트왕도 반란을 일으킨 아들 비두다바[Vidudabha, 毘瑠璃王]에게 왕위를 빼앗겼다.

코살라국의 프라세나짓트왕은 석가모니와 친해진 후 가비라국[Kapila, 迦毗羅國]의 석가족과 혼맥을 맺기로 하였다.7) 그는 가비라국에 자신의

7) 머리 빛이 누런 선인(仙人)이 이 나라에서 도리를 닦았으므로 가비라국(迦毘羅國)이라고 한다. 『삼국유사』 권 제3 「탑상 제3」 「황룡사구층탑」은, 자장법사가 643년에 당나라에서 돌아와 선덕여왕에게 당나라 오대산 문수에게 설법을 받았다고 하면서 문수의 말을 전하기를 '너희 국왕은 천축 찰리종족[크샤트리아, 석가씨의 왕인데 이미 불기를 받았으므로 남다른 인연이 있으며 동이의 공공족과는 같지 않다.'고 하였다고 했다. 이를 보면 가비라국 석가씨와 신라 김씨 왕족이 오래 전 새외(塞外)의 대륙에서 인연을 맺었음을 알 수 있다. 내 짐작에 이들은 몽골족으로 몽고반점이 있었을 것이다. 흉노족

왕비 감으로 석가씨 처녀를 보내 줄 것을 요청하였다. 그러나 순혈을 지키기 위하여 석가씨끼리만 혼인하는 가비라국은 석가씨 처녀를 보낼 수 없었다.8) 그리하여 석가모니 대신 왕위에 오른 사촌 마하나마왕과 하녀 사이에서 태어난 딸을 석가씨라고 속여서 보내었다. 그녀가 비사바카티야이다. 비사바카티야와 프라세나짓트왕 사이에서 비두다바가 태어났다.

비두다바는 8세 때 외가인 가비라국에 왔다가 새 건물의 낙성식에서 뛰어놀며 귀족들이 모일 장소에 들어갔다. 이에 석가씨들이 하녀의 아들은 들어올 수 없다고 막았다.9) 이로써 어머니의 출신 성분을 알게 된 비두다바는 아버지와 석가씨들을 원망하여 석가씨를 멸족시킬 결심을 하였다. 그 후 비두다바는 아버지가 석가모니를 만나러 가고 성을 비운 사이 반란을 일으켜 스스로 왕이 되었다. 프라세나짓트왕은 마가다국의 아자타샷투의 도움을 얻기 위해 왕사성으로 갔는데 밤이 깊어 성문이 닫혀 성 밖에서 탈진하여 죽었다. 비두다바왕은 가비라국을 정복하여 석가족을 멸족시켰다. 그리고 이복형 기타태자를 이 전쟁에 협력하지 않는다고 죽었다. 석가모니는 절멸된 친척들의 주검들을 보고 '회자정리(會者定離), 생자필멸(生者必滅)'을 설파하였다. 모든 것은 업보이다.

마가다국 빔비사라왕의 첫 왕비 데비는 아들을 낳지 못하였다. 왕은 두 번째 왕비로 미인인 케미를 들였다. 왕은 케미를 총애하였다. 데비 왕비는 가슴이 타들어 갔다. 케미는 부처의 가르침에 따라 출가하였다. 총애하는

의 일파가 서남쪽으로 이동하여 인도 북부 네팔로 들어갔음을 알 수 있다.
8) 이 혼습은 신라 성골의 혼인 풍습과 비슷하다. 삼촌과 조카딸이 혼인하는 것을 주축으로 하는 신라 김씨들의 혼인 풍습도 순혈을 유지하기 위한 것이기 때문이다.
9) 이 계급은 어쩐지 김씨 신라의 골품제를 연상시킨다. 석가씨의 순혈 유지를 위한 족내혼이 문제의 근원이었다. 하녀의 딸을 거짓 석가씨로 속여서 시집보낸 것 자체가 잘못되었다. 거짓말로 남을 속인 업보를 어찌 피할 수 있겠는가?

왕비를 내어보낸 빔비사라는 많은 후궁들과 무분별한 관계를 맺었다. 그러나 후궁이 낳은 아들은 어머니의 신분이 낮음을 이유로 하여 후계자로 삼지 않았다. 빔비사라왕은 아들을 낳기 위하여 세 번째 왕비를 맞았다. 그 왕비가 베데히[Vedehi, 韋提希] 왕비이다. 나이 40에 가까운 빔비사라는 후궁에게서 태어난 아바야 왕자가 장성하였지만 후계자를 정하지 못하고 베데히 왕비가 아들을 낳기만 기다렸다.

점성술사들은 설산에서 청정하게 수도한 선인이 왕자로 태어날 것이라 예언하였고 그 선인은 수명이 3년 남았다고 하였다. 3년을 기다리지 못한 빔비사라는 자객을 보내어 선인을 죽였다. 베데히 왕비가 임신을 하였고 아자타샷투 왕자가 태어났다. 선인의 복수가 두려워진 빔비사라는 갓난 왕자를 왕궁의 창문에서 떨어뜨려 죽이려 하였다. 요행히 살아남은 왕자는 아버지에게 알 수 없는 증오를 느꼈다. 아자타샷투는 설산 선인이었던 전생의 원한을 갚으러 16살이 되던 해에 아버지를 칼로 위협하여 폐위시키고 지하의 감옥에 유폐시켰다.

아자타샷투왕이 왕위에 오른 뒤 코살라국과 마가다국은 간지스강 중부 유역의 패권을 놓고 전쟁을 벌이기 시작하였다. 기원전 492년부터 장기간에 걸친 두 나라의 패권 다툼에서 코살라국이 패배하였다. 코살라국은 기원전 476년에 마가다국에 합병되었다. 마가다국은 샤이슈나가 왕조를 거쳐 기원전 345년 마하파드마 난다가 세운 난다 왕조가 지배하였다.

그 후 마가다국은 기원전 321년경 찬드라 굽타[Chandragupta, 재위 기원전 322년-기원전 298년]에 의하여 멸망하고 마우리아[Maurya, 孔雀] 제국[기원전 322년-기원전 185년{또는 180년}경]으로 통합되었다. 찬드라 굽타의 손자 아소카왕[Asoka, 阿育王, 재위 기원전 268년-기원전 232년]은 마우리아 제국의 세 번째 황제로 인도 반도의 대부분을 정복하여 통일 제국을 세웠다. 그는 오랜 정복 전쟁의 비참함에 염증을 느끼고 불교를 전 세계에 포교하려는 야심찬 활동을 벌였다.[10] 마우리아 제국은 아소카왕의 사망으로 세력을 잃고 기원전 185년{또는 180년}경 최후의 황제인 브리하드라타 마우리아[Brihadratha Maurya]가 군 사령관[세나파티, Senapati] 푸샤미트라 슝가[슝가 제국의 시조]에게 살해되고 멸망하였다.

푸샤미트라 슝가[Pushyamitra Shunga]는 비디샤 지역을 다스리던 브라만 계열의 토호 가문에서 태어났다. 그는 기원전 185년{또는 180년}에 쿠데타를 일으켜 마우리아 제국의 삼랏[황제]인 브리하드라타를 죽인 후 자신의 고향인 비디샤를 수도로 정하고 삼랏으로 즉위하여 슝가 제국[기원전 185년~기원전 73년]을 개창하였다. 슝가 제국은 북인도 서부에 위치하였던 야바나계 왕국들을 정벌하였으며 야바나인들에게 승리할 때마다 브라만교의 대규모 의식인 아슈바메다를 거행하였다. 그리고 마누 법전 편찬을 시도하는 등 브라만교를 적극적으로 후원하며, 불교도들을 박해하고 브라만과 그 문화를 존중하였다.[11]

---

10) 김병모(2008)은 70명에 달하는 아소카왕의 왕자들이 국외로 나가 포교를 하였고, 그 중 한 왕자가 차마고도를 넘어 사천성 남군의 보주에 자리 잡았을 것으로 보고 있다. 그렇게 보면 허황옥이 말하는 '저는 아유타국의 공주입니다.'는 말을 설명하기가 어려워진다. 만약 허황옥이 아소카왕의 왕자의 후예라면 '저는 아유타국의 공주입니다.'가 아니라 '저는 마우리아 제국의 공주입니다.'라고 말해야 할 것이기 때문이다. 제일 좋기는 인도에서 불교를 탄압한 국가의 성립 후에 넘어갔다고 보는 것이다. 특히 아요디아의 불교도들을 박해한 왕조가 있어야 그들이 고향 아요디아를 떠난 것을 설명할 수 있다. 기원전 328년에 알렉산더 왕의 침입 때는 난다 왕조가 이 지역을 지배하였고 그 후 마우리아 왕조가 이 지역을 다스렸다. 이 책에서는 푸샤미트라가 마우리아 제국을 무너뜨리고 슝가 제국을 창건한 것이 불교도들로 하여금 인도를 떠나 유이민이 되게 한 단초로 본다.

11) 푸샤미트라는 그의 통치권을 정당화하기 위하여 여러 번 아슈바메다 캠페인을 벌인 것으로 기록되어 있다[Pushyamitra is recorded to have performed numerous Ashvamedha campaigns to legitimize his right to rule]. 슝가 제국의 비문이 아요디아[다나데바-아요

이렇게 마우리아 제국이 멸망했을 때 아요디아에 있던 도시 국가 아유타국의 왕족들 일부가 히말라야[雪山]을 넘어 양자강 상류 사천성으로 이주해 왔을 것으로 보인다. 그들은 불교도들이었기 때문에 브라만교 나라인 슝가 제국의 박해를 피하여 아요디아를 떠났을 것으로 추정된다.

허황옥이 말한 '저는 아유타국(阿踰陀國)의 공주입니다.'는 말은 코살라국의 초기 수도 아요디아와 불가분리의 관계를 맺고 있다. 왜냐하면 이 도시 아요디아를 제외하고는 이 세상 어디에도 아유타국이라고 불릴 만한 지역이 없기 때문이다. 아요디아에는 코살라국의 속국으로서, 코살라국이 망한 후에는 마가다국의 속국으로서, 마가다국이 망한 후에는 마우리아 제국의 도시 국가로서 아유타국이 존재하였을 것이다.12) 이 도시 국가 아요디아의 불교도들을 슝가 제국의 푸샤미트라 샤랏이 박해한 것이다.

디아 비문에서까지 발견되었고, 디뱌바다나는 푸샤미트라가 불교 승려들을 박해하기 위하여 군대를 서북 지방 펀잡 지역의 사칼래[시알콧]에까지 보내었다고 언급하고 있다[Inscriptions of the Shungas have been found as far as the Ayodhya (the Dhanadeva-Ayodhia inscription), and the Divyavadana mentions that he sent an army to persecute Buddhist monks as far as Sakala(Sialkot) in the Punjab region in the northwest]. 비록 일부 현대 학자들이 이 주장들에 대하여 회의론을 표하고 있긴 하지만, 불교 문서들은 푸샤미트라가 잔혹하게 불교도들을 박해하였다고 말하고 있다[The Buddhist texts state that Pushyamitra cruelly persecuted the Buddhists, although some modern scholars have expressed skepticism about these claims]. <위키피디아(Wikipedia), 푸샤미트라 슝가 (Pushyamitra Shunga)>. 여기 사용된 영어 단어 'persecute'는 복잡한 의미를 가진다. '군박(窘迫)하다'로 번역되다가 개역개정에서 사라진 단어이다. '窘迫'은 '적은 닥쳐오고 도망칠 길은 막힌 절체절명의 위기'를 뜻한다. 히브리어 '마루드'는 '추방당하여 유리하며 방황하다'는 뜻이고 '추르'는 성을 포위한다는 뜻이며, '달라크'는 '불 타오르다'는 뜻으로 '상대방을 멸시하고 핍박하는 것'을 의미한다. 이 박해를 피하여 디아스포라가 진행된다.

12) '승만사자후일승대방편방광경(勝鬘師子吼一乘大方便方廣經)'을 설(說)한 승만부인(勝鬘夫人, Snmala)이 코살라국[憍薩羅國]의 프라세나짓트왕[波斯匿王]과 말리카[Malika] 부인 사이에서 태어난 왕녀로서 아유타국(阿踰陀國, Ayodhya)에 출가하였다는 것을 보면 큰 도시 국가 아래 작은 도시 국가가 속국으로 있었던 것으로 볼 수 있다. 가비라국도 코살라국의 속국이었다.

아직은 분명하게 증명된 바가 없지만 한나라 시대[전한 기원전 206-서기 8년]에 대륙의 서남쪽을 지배하였던 남만족(南蠻族)은 인도에서 쫓겨난 아유타국을 비롯한 여러 도시 국가들의 유이민들이었을 것이다. 그들은 그곳에서 자신들의 종교인 불교와 생활 관습을 유지하며 제2의 아요디아를 이루어 살고 있었을 것이다. 그들은 그 나라도 예전에 살던 도시 국가 이름을 따서 아유타국이라 불렀던 것으로 보인다. 마치 유럽인들이 아메리카에 가서 케임브리지, 베를린, 더블린, 이타카, 라코니아, 레바논, 하노버 등 수많은 유럽 도시 이름을 가진 도시를 만들었듯이.

허황옥이 말한 '그 아유타국'은 기원전 6-5세기 경에 강가(恒河: 갠지스)강의 지류인 고그라[Gogra, Ghaghara]강 유역에 존재했던 그 나라, 코살라국의 도시 국가, 마가다국의 도시 국가, 마우리아 제국의 도시 국가 아요디아가 아니다. 슝가 제국의 푸샤미트라에게 정복당하여 브라만교가 강제되는 고향 아요디아에서는 불교도들인 그들이 종교의 자유를 누릴 수가 없었다. 박해를 피하여 고향 땅을 내어 주고 떠날 수밖에 없었다.

허황옥은 서력 기원 후인 서기 48년 5월에 고향 보주를 출발하여 항해에 나섰다가 파도 때문에 되돌아갔다. 그리고는 부왕의 지혜로 파사석탑(婆娑石塔)을 싣고 다시 출발하여 48년 7월 27일에 옛 창원군 웅동면 용원에 도착하였다. 그의 항해 기간은 길어야 2달 반이다. 서라벌을 떠난 사신이 당진을 거쳐 배를 타고 산동에 내려 당나라 장안의 조정에 나타나는 데에 평균 석 달이 걸린다. 그러므로 그 허황옥이 기원전 6-5세기의 아요디아에서 출발하였을 리가 없고, 기원전에 존재했던 코살라국, 마가다국이나 마우리아 제국의 아소카왕 시대에 아요디아를 출발했을 리도 없다. 더욱이 아소카왕의 왕자의 후예라면 '아유타국의 공주'라는 말을 할 까닭이 없다. 당당히 '마우리아 제국의 공주'라고 하였을 것이다.

허황옥이 말하는 고향 아유타국은 지금으로부터 약 2200년 전에 멸망한 마우리아 제국의 아요디아를 떠난 망명 유이민들이 설산(雪山)의 차마고도(茶馬高道)를[13] 넘어와 장가계, 원가계가 위치한 무릉도원 일대에 자리 잡고 살던 유이민 국가, 디아스포라이다. 허황옥의 선조들인 아요디아의 왕족들은 그녀가 가락 땅으로 온 서기 48년보다 약 230년 전에 종교의 자유를 찾아, 새 땅을 찾아 고향 땅 그 너머 히말라야를 넘어와서 새로운 삶의 씨를 뿌린 것이다.[14] 거기 살고 있던 선주민 또한 서로 동화되었을 것이다. 그곳이 사천성 남군의 보주, 파주, 무현 지역이다.

허 왕후의 선조들은 허 왕후가 한반도로 오기 약 230년 전에 인도의 아요디아를 떠나 양자강 상류의 파군, 남군 지역[오늘날의 사천성 남군 안악현 등]에 망명 유이민 국가를 이루고 살고 있었다. 그곳이 보주(普州)이다. 그것이 허 왕후의 아들 거등왕이 어머니의 시호를 보주태후(普州太后)라고 한 까닭이다. 그리고 서기 101년에 무현(巫縣)의 만족 허성이 다시 반란을 일으켜 무려 3년 동안 파군과 무릉 일대의 험난한 산악을 배경으로 후한과 싸우는 것을 보면 허황옥 일가도 강하로 가지 않고 보주에 있었던 것으로 보인다.

---

13) 차마고도는 실크로드와 함께 인류 최고(最古)의 교역로로 꼽힌다. 중국 서남부의 운남성, 사천성에서 티베트를 넘어 네팔, 인도에까지 이어지던 육상 무역로이다. 운남성, 사천성의 차와 티베트의 말을 교환하였다고 하여 차마고도라는 이름이 붙었다. 한나라 시대 이전에 형성된 것으로 알려져 있다. 길이 좁아 오척도(五尺道, 너비 1m 11cm)라 불리던 고개가 아직도 남아 있다.
14) 지금의 인도 아요디아에 살고 있는 왕족들의 후예들은 허 왕후의 동족들이 아니라 허 왕후의 선조들을 박해하고 쫓아낸 원수, 숭가 제국의 후예들일 가능성이 크다. 그들은 불교도가 아니라 힌두교도들이다. 그렇게 하여 인도에서는 불교가 흔적도 없이 사라지고 힌두교만 번창하고 있다.

파사석탑이 말할 것이다

이 지역, 사천성 촉군, 파군, 남군 지역에서 서기 40년대에 무슨 일이 있었던가? 서기 36년에 촉군, 파군을 근거지로 하는 공손술의 성가 왕국의 수도 성도가 후한의 오한에게 함락됨으로써 공손술이 죽고 신나라 왕망의 잔존 세력은 마지막 도피처를 잃은 군박(窘迫)의 처지에 놓였다. 그들이 어디로 갔을까? 갈 곳은 산악이다. 그 곳 장가계, 원가계, 무릉계곡을 걸어보라. '金湯失險'의 험지로 이보다 더 적절한 곳이 따로 있을까?

파사석탑은 허황옥이 배에 싣고 온 것이니 한반도 땅의 돌로 만든 것이 아니다. 이 돌이 어디 돌이겠는가? 이 파사석탑은 파도의 신을 잠재우기 위한 탑이다. 아마도 배의 무게 중심을 잡는 평형석의 일부일 것이다.

(3) 금관성 파사석탑[金官城婆娑石塔]

a. 금관 호계사의 파사석탑은 옛날 이 고을이 금관국이었을 때에 세조 수로왕의 왕비 허황후, 이름 황옥이 동/후한 건무 24년[서기 48년] 갑*{무의 잘못}*신년에 서역의 아유타국으로부터 싣고 온 것이다. 처음 공주가 양친의 명을 받고 바다에 떠 동으로 오려 할 때 파도 신의 노여움이 막아 이기지 못하고 되돌아가서 부왕에게 아뢰니까 부왕이 이 탑을 실으라고 명했다. 이에 건널 수 있었다[金官虎溪寺婆娑石塔者 昔此邑爲金官國時 世祖首露王之妃 許皇后名黃玉 以東漢建武二十四年甲 *{戊}*申 自西域阿踰陀國所載來 初公主承二親之命 泛海將指東 阻波神之怒 不克而還 白父王 父王命載玆塔 乃獲利涉].

b. 남쪽 바닷가에 와 닿았을 때 붉은 돛과 기가 주옥 같이 아름다웠다. 지금 (그 닿은 곳을) 주포라 하고, 처음 비단 바지를 벗은 언덕 위를 능현이라 하며, 기가 처음 바닷가에 들어온 곳을 기출변이라 한다 [來泊南涯 有緋帆旗 珠玉之美 今云主浦 初解綾袴於岡上處曰綾峴 旗初入

海涯曰旗出邊].

c. 수로왕이 그를 맞이하여 함께 나라를 다스린 지 150여년이 되었다. 그러나 그때 해동에는 절을 짓고 불법을 받드는 일이 없었으니 대개 불상과 교리가 오지 않아 토인들이 신복하지 않았다. 고로 본기에는 절을 세웠다는 글이 없다[首露王聘迎之 同御國一百五十餘年 然于時海東未有創寺奉法之事 蓋像教未至 而土人不信伏 故本記無創寺之文].

d. 제8대 질지왕 2년 임진년에 이르러 그 땅에 절을 세우고, 또 왕후사도 창건하였다*{눌지왕 때에 아도가 있었다. 법흥왕 이전이다.}*. 지금까지 복을 빌고 있으며 겸하여 남왜를 진압하고 있다. 자세한 것은 본국 본기를 보라[逮第八代姪知王二年壬辰 置寺於其地 又創王后寺*{在阿道訥祗王之世 法興王之前}* 至今奉福焉 兼以鎭南倭 具見本國本記].

e. 탑은 네모진 4면에 5층인데 그 조각이 매우 기묘하며 돌은 조금 붉은 색의 무늬가 있고 그 석질도 좋아서 우리나라 돌이 아니다. 본초에서 말한 바 닭 벼슬 피를 점 찍어서 시험한다는 것이 이것이다. 금관국은 또 가락국이라고 부르기도 한다. 본기에 자세히 실려 있다[塔方四面五層 其彫鏤甚奇 石微赤班*{斑}*色 其質良脆 非此方類也 本草所云點鷄冠血爲驗者是也 金官國亦名駕洛國 具載本記].

f. 찬하여 이르기를[讚曰],
　　누름돌 실은 붉은 돛 붉은 기 가볍고[載厭緋帆茜施輕]
　　신령께 바다 파도 놀람 막기를 빌어[乞靈遮莫海濤驚]
　　어찌 황옥만을 도와 바다 건넘이랴[豈徒到岸扶黃玉]
　　천고에 남왜도 막으려는 노한 고래이리라[千古南倭遏怒鯨].
　　<『삼국유사』 권 제3 「탑상 제4」 「금관성 파사석탑」>

파사석탑의 석질이 이상하다고 한다. 허황옥이 항해의 편안을 위하여 싣고 온 것이라면 어디서 온 돌인지에 따라 허황옥의 출발지가 정해지는 키 스톤이 된다. 인도의 강가[恒河] 근방의 돌일까? 그럴 수도 있다. 중국

사천성 보주 땅의 돌일까? 그럴 수도 있다.

다시 갈 수 있으리라 생각하고, 갠지스강 가 바라나시에 갔을 때 그곳 돌을 조사할 기회를 갖지 못하였고, 사천성 무릉에 갔을 때도 그곳 돌을 조사할 시간을 내지 못하였다. 사실은 지질학자와 함께 오겠다는 야무진 마음을 품고 있었다. 파사석탑 돌의 석질이 그 두 곳의 돌 중 어느 하나와 같을 것이라는 가설을 세워 두고 먼 훗날 지질학자가 해결해 주기를 기대한다. 사천성의 돌과 파사석탑의 돌이 가장 가까울 것이다. 지금도 하서회랑(河西回廊)의 장액(張掖, 장예)에 가면 '무지개 산'이 펼쳐져 있고 형형색색으로 빛나는 돌 가운데 붉은 빛을 발하는 돌이 번쩍이고 있다.

⟨**파사석탑:** 원래 호계사에 있던 것을 우여곡절을 겪고 지금 허왕후릉 동쪽 아래에 옮겨 놓았다. 붉은 색깔이 선명하다. 2020년 11월 12일.⟩

가장 중요한 것은 망산도에 있는 거북의 등 같이 갈라진 돌, 유주암이라 알려진 바닷속의 돌의 석질을 분석하여 그것과 사천성 양자강 유역의 돌의 석질과 비교하는 것이다. 비슷하면 허황옥은 사천성 보주에서 온 것이다. 만약 망산도, 유주암의 돌의 석질이 인도 갠지스 강가의 돌의 그것과 같다면 허황옥은 인도에서 온 것이다. 거기에 파사석탑의 돌이 어디돌과 가장 가까운지를 증명하면 된다.

그러나 섣불리 결론을 내어서는 안 된다. 파사석탑의 돌, 갠지스 강가의 돌, 사천성의 돌, 장가계, 원가계의 돌을 다 조사하고 나서도 섣불리 결론을 낼 수는 없다. 아유타국의 후예들이 고향의 돌들까지 탑으로 만들어 사천성으로 옮겨갔을 가능성도 배제할 수 없기 때문이다. 중앙아시아 까레이스키들의 집에 있는 농기구는 1937년의 스탈린에 의한 강제 이주 시에 극동에서 싣고 간 것이다. 그것을 중앙아시아의 농기구라고 보면 안된다. 디아스포라, 고향을 빼앗기고 남의 땅에 가서도 옛 고향에서 살던 때의 문화를 유지하는 인간의 본성은 끈질기다.

허황옥이 온 뒤로부터 훨씬 뒤인 서기 452년, 8대 질지왕이 즉위한 이듬해에 배필정고개 아래에 왕후사를 세웠다. 그 자리는 아마도 지금의 흥국사 터일 것이다. 김해 장유면의 장유폭포 위에는 허황옥의 오빠 장유대사(長遊大師)가 허 왕후의 일곱 아들과 함께 수도를 시작하였다는 장유암 터에 새로 지은 장유사도 있다.

(3d)에서 일연선사는 "눌지왕[417년-458년 재위] 때에 아도가 있었다. 법흥왕 이전의 일이다[在阿道訥祇王之世 法興王之前]."는 주를 달고 있다. 일연선사는 눌지왕 때 이국인 승려 아도[부: 조위인(曹魏人) 아굴마(我堀摩), 모: 고구려인 고도영(高道寧)]이 신라 불교의 기초를 놓았는데[阿道基羅], 가락에서도 비슷한 시기인 452년에 왕후사를 세웠음을 적어 불교가 공인된

법흥왕 이전의 전래 과정을 보이고 있다.

2. 신나라 멸망과 후한의 천하 통일

그동안 나는 서기 8년에 신나라가 섰으며, 23년에 신나라가 망하고 25년에 후한이 섰다는 그 연대에 너무 강하게 얽매여 있었다. 신나라가 망하고 왜 20년이나 지난 뒤인 서기 42년에 김수로가 가락 땅에 오는지를 설명하기가 어려웠다. 그리고 김수로가 온 후 6년이나 지나서 허황옥이 창원의 웅동 용원 땅에 오는 것도 설명하기 어려웠다.

그러나 역사란 그렇게 두부모 자르듯이 연대가 끊어지는 것이 아니다. 역사상의 연대는 편의상으로 구획된 것이다. 현실은 그 편의상의 연대보다 더 길게 구세력, 기득권 세력이 이어지게 되어 있다. 660년에 백제가 망하고도 백제 부흥군은 667년까지 활약하였다. 신라는 백제 땅을 다 가진 것도 아니었다.

그렇다면 왕망이 죽은 서기 23년에 신나라 세력이 절멸되었다고 생각할 필요가 없다. 후한이 건국된 25년에 신나라 세력이 완전히 절멸되고 천하에 후한 세력만 남았다고 생각할 필요도 없다. 서기 22년에 민란에 가담한 유수가 신나라 잔존 세력과 내전을 벌인 시간이 25년에 끝나는 것은 아니다. 서기 25년은 한창 내전이 진행되던 시기인데 유수가 자신들이 받들던 경시제를 폐하고 서둘러 제위에 오른 것이다.

왕망은 서기 23년에 죽었다. 그러나 그를 추종하는 신나라 잔존 세력이 최소 13년 이상 저항하면서 최후의 단계에는 사천성 성도로 들어가서 후한 군대와 맞서 싸웠다. 이것이 사천성 성도 공손술의 성가 왕국이 토벌된 서기 36년이 후한 광무제가 천하를 통일한 연대로 기록된 이유이다.

이 저항 세력의 주축은 누구일까? 왕망의 친인척일 가능성이 크다. 현재로서 알려진 왕망의 친인척으로는 왕망의 이종사촌인 투후(秺侯) 김당(當)이 있다. 그는 김일제의 증손자이다. 이 저항 세력 속에 김씨 일가가 없었을까? 흉노족의 후예, 말을 기르고 다루는 집안, 왕망의 이종사촌 집안, 그들이 호락호락 후한 유수에게 항복했을 것으로는 볼 수 없다. 그리고 김당의 8촌 김준(遵), 김당의 9촌 조카가 되는 도성후(都成侯) 김탕(湯)의 집안도 신나라 때 가장 현달한 집안이다.

공손술의 성도와 후한의 장안 사이에 외효(隗囂)의 농우(隴右)가 있었다. 그 외효에게 김단(金丹)의 가속들이 빈객으로 있었다. 그리고 서기 32년 후한의 내흡이 외효의 약양을 공격해 왔을 때 전사한 수비 장수는 김량(金梁)이었다. 외효의 아들 외순이 후한에 항복한 뒤 농우, 농서에 와 있던 옛 왕망의 세력들은 어디로 갔을까? 그들도 후한에 항복하였을까? 두융(竇融)은 항복하여 대대로 영화를 누렸다. 나머지 빈객들과 고위 귀족들은 어떻게 되었을까? 그들이 갈 곳은 공손술의 성도밖에 더 있었겠는가? 경우에 따라 성도의 공손술이 패망한 뒤에도 이 구 왕망 세력들은 저항을 계속하였을지도 모른다.

서기 40년대 사천의 남군에서 만족들이 연이어 반란을 일으켰다. 60여 년 뒤인 101년에 조세 불공평으로 대규모 반란을 일으킨 우두머리의 이름이 허성(許聖)으로 적혀 있다. 이로 보아 만족들 속에는 허씨 집단이 있었던 것으로 보인다. 그 종족은 47년에 무려 7천명이 사천의 남군에서 양자강 유역 강하군으로 강제 이주되었다.

그들과 한나라 선제의 장인, 원제의 외할아버지 평은후 허광한은 아무 관련이 없는 것일까? 장안에서 친하게 지내던 도성후 김안상의 후손과 허광한의 후손이 함께 후한 유수의 군대에 대항하여 왕망의 신나라, 공손술의 성가 왕국과 손잡고 싸웠을 가능성은 없을까? 그것이 증명된다면 그 허씨 집안과 김씨 집안끼리의 혼약이야 누대에 걸쳐서 이루어졌을 수도 있다. 틀림없이 이 김씨, 허씨 집안은 한나라 장안에서도 혼인하였을 것이다. 정권을 다투는 전쟁은 항상 혼맥과 연결된다.

서기 48년에 보주태후 허황옥이 도성후 김탕의 손자일 것으로 보이는 김수로왕을 찾아오는 것은 무엇을 의미하는가? 사천으로 패주해 온 왕망의 잔존 세력 속에 들어 있는 멸망한 흉노제국 휴저왕의 후예 김씨 세력과 230여년 전 인도에서 쫓겨 와 아유타국의 망명 유이민 나라를 이루고 있는 허씨 사이에 디아스포라의 동병상련의 아픔이 오간 것은 아닐까? 이때 흉노제국의 번왕 휴저왕의 후손 김씨 집안과 아유타국의 왕족 허씨 집안 사이에 혼약이 이루어졌을 것이다. 그러니 42년 3월 초에 김해 구지봉에 나타나 3월 보름에 나라를 접수한 7살(?) 김수로를, 48년 7월 27일에 허황옥이 양자강 유역의 보주로부터 찾아오지. 16살 처녀가 7살 아이를 찾아오다니? 이상하지 않은가?

물고기 두 마리

원 아유타국으로 추정되는 인도 강가(恒河)의 지류 고그라강 유역의 아요디아에는 물고기 두 마리가 가운데에 꽃을 두고 마주 보는 쌍어문양(雙魚紋樣)이 있다. 보주, 중국 사천성의 안악현에도 쌍어문양이 있다. 그리고 가락국 수로왕릉 정문인 '납릉정문(納陵正門)'에도 쌍어문양이 새겨져 있다. 김해에서는 쌍어문양을 몇 군데에서 더 볼 수 있다.

〈**김수로왕릉 입구인 납릉정문의 쌍어문양:** 코끼리 두 마리 사이에 코케레나 나무가 있고 탑이 있다. 그 탑 주위에서 두 마리의 물고기가 코케레나 나무를 지키고 있다.〉

이 쌍어문양은 멀리 지중해로부터 일본에 이르기까지 무역로를 따라 줄기차게 이어져 있다. 페르시아 신화에 기원을 두는 이 물고기 카라 휘쉬는 신비의 약초 코케레나를 지키고 있다. 가라 어(魚), 가라는 원래 물고기의 이름이었다(참고: 김병모(2018), 허황옥 루트, 고려문화재연구원). 김해에는 쌍어문양이 있는데 경주에는 쌍어문양이 없는 이유도 이해되지 않는가? 그것은 흉노족의 문양이 아니고 남만족의 문양이기 때문이다.

허황옥의 부모가 꿈에 황천(皇天)의 상제(上帝)를 만나 딸을 동방으로 보내라는 말을 들었다는 장치를 믿을 사람이 이 세상 어디에 있겠는가?

"황천의 상제가 어디에 있어?" 하면 이 건국사는 몽땅 거짓말로 치부된다. 그러나 황천의 상제 하나만 빼면 나머지는 다 현실 세계의 일이다. 그렇다면 황천의 상제는 고향을 잃은 이 기막힌 두 유랑 유이종족(流移種族)들의 혼약을 신성화시키기 위한 장치라 할 수 있다.

황천의 상제, 그것은 어디서 만든 장치인가? 고대 인도 철학에서 황천의 상제가 나올까? 하늘에 상제가 있고 천자는 그 상제의 명을 받아 지상의 인간을 다스린다. 그런 장치를 만든 사람들은 어디에 사는 사람들인가? 그런 사람들이 사는 곳에 허황옥의 부모가 살고 있었다. 그곳은 사천성 남군 양자강 유역이다.

제4장

「가락국기」 읽기의 반성

「가락국기」 읽기의 반성

1. 구늡봉이 아니라 구首봉이다

「가락국기」는 고려 문종 때인 1075년-1084년 사이에 편찬되었다. 주(註)에서 '문묘조 대강 연간에 금관지주사 문인이 지은 것이다[文廟朝 大康年間 金官知州事 文人所撰也]. 이제 간략히 하여 싣는다[今略而載之].'고 하였다.[1] 『삼국유사』 편찬이 1280년대에 이루어졌다고 보면 일연선사는 200년 뒤에 그 글을 옮겨 적은 것이다.

일연선사는 1289년에 이승을 떠났다. 『삼국유사』에 혼신의 힘을 쏟고 기진하여 완성 직후에 죽음을 맞이한 것으로 보인다. 아니면 죽은 후에 인각사의 제자들이 그 책을 간행하였는지도 모를 일이다. 목숨을 걸지 않고 이루어지는 일이 어떻게 가치 있는 일이 될 수 있겠는가.

---

[1] 고려 11대 문종(1019년-1083년)은 현명한 군주로 칭송받는다. 그는 인천 이씨 이자연(李子淵)의 딸 셋을 왕비로 맞았다. 인예태후, 인경현비, 인절현비가 그들이다. 인천{인주, 경원} 이씨가 이 시기의 실권자였다. 이 「가락국기」가 고려 문종 때에 편찬된 것은 이 인천 이씨들의 외척 권세와 무관하다 할 수 없다. 인천 이씨는 가락 허씨에서 분성(分姓)된 성이다. 즉, 「가락국기」는 허황옥 후손들이 관여한 기록이다.

「가락국기」에서 말하는 '가락'은 금관가야를 가리킨다. 다른 가야국들에 대해서는 언급하지 않았다. 「가락국기」에서 가장 이상한 것은 왕실 세계이다. 490년 동안에 10명의 왕이 다스린 것으로 처리하였다. 더욱이 1대 수로왕이 158년, 2대 거등왕이 55년을 다스린 것으로 끼어 맞추어 놓았다.

「가락국기」는 『화랑세기』를 보고 적었다

이러한 처리는 희한하게도 박창화의 필사본 『화랑세기』의 「15세 풍월주 김유신」의 세계와 정확하게 일치한다.

그 책은 「15세 풍월주 김유신」의 세계를 김유신의 고조 9대 감지왕으로부터 시작하고 있다. 감지왕이 신라 여인과 혼인하려 하는데 가락 출신의 어머니 방원이 허락을 하지 않아 어머니가 죽을 때까지 10년 이상을 기다렸다가 신라 출충 각간의 딸 숙씨와 혼인하였다는 이야기이다. 방원은 8대 질지왕의 며느리였으나 남편과 시어머니가 죽은 뒤 시아버지의 왕비가 되어 감지왕을 낳았다. 신라가 질지왕의 내정에 간섭을 하여 방원은 신라를 싫어했던 것이다. 그 뒤에 10대 구충왕/계화의 혼인과 신라에의 귀부, 무력/아양공주, 서현/만명의 혼인 관계를 적었다.

그러고 나서야 1대 수로왕과 허황옥의 혼인, 그 후계 2대 거등왕/모정, 3마품왕/호구, 4이품왕/아지, 5것미왕/정신의 혼인 관계를 적고 있다. 6대 좌지왕/복수 때부터 신라 여인이 가락국의 왕비가 된 사실들을 중요하게 처리하고 7대 취희왕이 진사 각간의 딸 인덕을 아내로 삼아 김유신의 5세조 질지왕을 낳았다고 적었다.

이러한 박창화의 『화랑세기』의 「15세 풍월주 김유신」의 세계는 「가락국기」의 금관가야 왕실 세계와 내용상으로 정확하게 일치한다. 「가락국기」의 금관가야 왕실 세계는, 내용은 「15세 풍월주 김유신」의 세계와 똑같으면서 순서만 수로왕부터 시작하여 10대 구충왕까지로 조정해 놓았다. 물론 「가락국기」의 내용이 박창화의 『화랑세기』의 「15세 풍월주 김유신」의 세계보다 훨씬 간소하다. 이 일치는 무엇을 의미하는가?

이것은 1075년-1084년 사이에 금관지주사 문인이 「가락국기」를 지을 때 김오기, 김대문의 진본 『화랑세기』를 보고 있었음을 의미한다. 그리고 이것은 김오기, 김대문 부자가 『화랑세기』를 지을 때인 680년대에 이미 금관가야의 사적이 신라에 제대로 전해오지 않았음을 보여 준다.[2] 그리하여 5대 정도가 실전된 가락국 왕실 세계를 신라 여인이 왕비로 가기 전의 세계는 극도로 부실하게 적고, 신라 쪽에 기록이 있는 신라 여인 왕비가 배출된 부분은 비교적 정확하게 적은 것이라 할 수 있다. 김유신 집안에

---

[2] 「가락국기」의 편찬자 금관지주사 문인은 금관가야 왕실의 세계(世系)를 김오기, 김대문의 진본 『화랑세기』의 김유신의 세계를 보고 작성하였다. 수로왕이 158년을 다스리고 거등왕이 55년을 다스렸다는 조작된 내용을 주도 붙이지 않고 적은 것은 진본 『화랑세기』의 김유신의 세계 앞부분이 소략하였기 때문에 어쩔 수 없었던 일이다. 일연선사는 그것을 그대로 옮겼을 따름이다.

이것은 박창화가 필사본 『화랑세기』를 상상으로 창작한 것이 아님을 보여준다. 1080년대의 금관지주사 문인도 정확하게 밝히지 못하여 진본 『화랑세기』를 베껴서 조작한 금관가야 왕실 세계를 1930년대의 박창화가 도로 복원하여 필사본 『화랑세기』의 김유신의 세계를 작성하였다는 것은 성립하기 어려운 가설이다. 박창화가 김오기, 김대문의 진본 『화랑세기』의 김유신의 세계를 보지 않고 「가락국기」의 금관가야 왕실 세계만 보고 필사본 『화랑세기』의 「15세 풍월주 김유신」의 세계를 지었다면 그는 천재이다. 그가 어찌 신라에서 금관가야로 시집온 왕비들과 그 아버지들의 이름을 알 수 있었겠는가?

1930년대에 일본 궁내성 도서료에는 김오기, 김대문의 진본 『화랑세기』가 있었음에 틀림없다. 그 책은 그들에게도 소중한 기록이다. 신라는 대한민국의 선조만이 아니고 대한민국의 조상들의 후손만도 아니다. 이 세상에 단일 종족은 없다. 선주족이 있었고, 끊임없이 유이민이 들어오고, 떠나고, 그렇게 흘러온 것이 한반도의 역사이다. 선주민들이 외부의 강력한 유이민에게 밀리면 유민이 되어 섬나라로 떠나는 것, 새로 들어온 강력한 유이민은 잔류 선주민들과 트기 종족을 만들어 새 세상을 이룬다.

도 수로왕 이후 초기의 선조들에 관한 기록은 소략했던 것으로 보인다.

그러니까 신라가 보유한 역사 기록 속에 여러 가야국의 역사가 들어 있지 않았고, 금관가야의 사적조차 최초로 신라 여인이 왕비로 간 좌지왕 정도부터 남아 있고 그 전 기록은 소략하였다. 수로왕이 158년을 다스리고 서기 199년에 158세로 승하하였다든가 49년생 거등왕이 199년 151세에 즉위하여 55년을 다스리고 205세에 승하하였다는 셈이 되는 기록은 사실(事實)을 적은 것이 아니라 역사 자료의 부족에서 오는 불가피한 일이었다. 이런 것 때문에 「가락국기」를 믿을 수 없다거나 허황하다는 말을 하는 것은 곤란하다.3)

금관가야가 저런데 다른 5가야야 더 말할 것이 없다. 가야의 역사가 사실이 아닌 것이 아니라 신라 시대에 이미 가야의 역사 기록이 거의 없었다. 더욱이 고려 문종 때 금관지주사 문인이 「가락국기」를 지을 때에는 김오기, 김대문의 『화랑세기』 외에는 금관가야의 왕실 세계마저도 제대로 정리할 수 없을 만큼 자료가 없었다. 역사 기록을 충실히 남겨야 하는 것이 중요하지만 그 기록이 증거가 되어 후손들이 화를 당할까 봐 기록 남기기를 꺼렸다는 선조들의 사정이 딱하기만 하다.

김수로의 출현

42년[후한 건무 18년] 3월 계욕지일에4) 김수로가 5명의 친척 아이들과 함께 김해의 구지봉에 나타났다. (1b)에는 「구지가」가 들어 있다.5) 여기서

---

3) 지금도 보통 사람들의 집안에서 200년 전 정도부터라도 할아버지와 할머니의 이름을 밝힌 족보를 만들라고 하면 당장 증조모 이름도 모른다는 사태가 더러 생길 것이다.
4) 계욕일은 3월의 첫 기일(己日)로 액(厄; 재앙)을 쫓기 위하여 물가에서 목욕하고 모여서 술을 마시는 날이다. 기일은 열흘마다 오므로 3월 1~9일 사이에 무조건 첫 기일이 들게 되어 있다.

부터는 한 글자 한 글자 면밀하게 읽어야 한다. 김수로왕 출현과 허 왕후 도래의 진역사가 적혀 있다.

(1) a. 서기 42년[후한 세조 광무제 건무 18년] 임인년 3월 계욕지일 에 그곳 북쪽 구지*{이는 봉우리 이름이다. 열 친구가 엎드린 모양 같 으므로 그렇게 불렀다.}*에 수상한 소리와 기운이 부르고 있었다[屬後 漢 世祖光武帝 建武十八年壬寅 三月禊浴之日 所居北龜旨*{是峯巒之稱 若十朋伏之狀 故云也}* 有殊常聲氣呼喚].

b. 서민 무리 2-300명이 이곳에 모였다[衆庶 二三百人集會於此]. 사 람 음성 같은 것이 있는데 그 모습은 숨기고 났다[有如人音 隱其形而 發]. 그 음성이 말하기를[其音曰], "이곳에 사람이 있는가 없는가[此有人 否]?" 9간 등이 말하기를[九干等云], "우리들이 있습니다[吾徒在]." 또 말 하기를[又曰], "내가 있는 곳이 어디인가[吾所在爲何]?" 대답하여 말하기 를[對云], "구지입니다[龜旨也]." 또 말하기를[又曰], "황천이 나에게 명하 기를 이곳에 와서 나라를 새롭게 하여 군휘[임금과 휘가 되라 하였다 [皇天所以命我者 御是處 惟新家邦爲君后]. 그러므로 이곳에 내려왔으니 너희들은 반드시 봉우리 정상을 파서 흙을 모으며[爲玆故降矣 儞等須掘 峯頂撮土],

---

5) 이 「구지가」에 관한 오래 된 추억 하나는 대학 입시 준비를 하던 1967년 12월의 일이 다. 「공무도하가(公無渡河歌)」 등과 함께 고대 시가를 외우며 지내던 시절 할머니께 「구 지가」와 「가락국기」를 요약하여 설명해 드렸더니 가락 허씨에서 나누어진 성(姓)인 '인천 이씨' 할머니는 '어릴 때 진정 할아버지께 많이 듣던 이야기를 손자에게 듣는구 나!' 하셨다. 그런데 그 「구지가」가 들어 있는 책『표준 국어(고전)』은 서울대학교 국 문학과의 정병욱 선생님 등이 집필하신 것이었고 고교 3학년 때 담임선생님이셨던 정 재관 선생님이 주신 책이었다. 이제 「구지가」의 내용을 내가 '김해 김씨' 외손녀 유민 에게 말해 주고 있다. 그 사이에 50년 이상이 흘렀다. 긴 역사로 보면 수유(須臾) 같이 짧은 세월이라고 한다. 이 이야기가 앞뒤로 7대 200년 이상 전승된 과정이다. 이렇게 열 번만 이어가면 2000년 전승되는 것이다.

거북아 거북아

머리 내어놓아라.

내어놓지 않으면

구워서 먹으리.

하고 노래하괴歌之云 龜何龜何 首其現也 若不現也 燔灼而喫也], 춤추면
[以之蹈舞], 즉 이것이 대왕을 맞이하여 환희 용약할 것이다[則是迎大王
歡喜踊躍之也].” 하였다.

c. 9간 등이 그 말대로 모두 즐겁게 노래하며 춤추다가 ‘얼마 아니하
여’ 쳐다보니 붉은 끈이 하늘로부터 드리워 땅에 닿았다[九干等如其言
咸炘而歌舞 未幾仰而觀之 唯紫繩自天垂而着地]. 끈 아래를 찾아보니 붉
은 (비단) 폭 속에 황금 합자가 보였다[尋繩之下 乃見紅幅裏金合子]. 열
고 보니 황금 알 6개가 있었는데 해와 같이 둥글었다[開而視之 有黃金
卵六 圓如日者]. 무리들이 모두 놀랍고 기뻐서 함께 100배 절하고 찾아
돌아와 아도의 집에 와서 탁상 위에 두고 무리들은 각자 흩어졌다[衆人
悉皆驚喜 俱伸百拜尋還 裏著抱特而 歸我刀家置榻上 其衆各散].

d. 새벽이 지나고 다음 날 아침에 마을 사람들이 다시 서로 모여 황
금 합자를 열어 보니 알 여섯이 화하여 동자가 되었는데 용모가 매우
위엄이 있었다[過浹辰 翌日平明 衆庶復相聚集開合 而六卵化爲童子 容貌
甚偉]. 이에 상에 앉히고 우매한 무리들이 절하며 경하하고 공경하였다
[仍坐於床 衆庶拜賀 盖恭敬止].

e. 나날이 자라 10여일을 지나면서 키가 9척이나 되니, 즉 은나라 천
을이요, 얼굴은 용과 같았으니 즉 한나라 고조이요, 눈썹의 팔채는 즉
당괴요 임금이요, 눈에 동자가 둘씩 있는 것은 우임금 순임금과 같았
다[日月而大 踰十餘晨昏 身長九尺 則殷之天乙 顔如龍焉 則漢之高祖 眉
之八彩 則有唐之高 眼之重瞳則 有虞之舜]. 그 달 보름날 즉위하였다[其
於月望日卽位也]. 처음 나타났다고 하여 휘를 수로*{혹은 수릉이라고도
한다*{수릉은 돌아가신 후의 시호이다.}*}*라 하고 나라를 대가락, 또

가야국이라 하였으니 즉, 6가야의 하나이다[始現故諱首露*{或云首陵* {首陵是崩後諡也}*}* 國稱大駕洛又稱伽耶國 卽六伽耶之一也]. 나머지 5인도 각각 가서 5가야의 임금이 되었다[餘五人各歸爲五伽耶主]. <『삼국유사』 권 제2 「기이 제2」 「가락국기」>

(1a)에서 제일 중요한 것은 '구지봉(龜旨峯)'이라는 봉우리의 이름이다. 이 이름이 이상하다. 처음 김해시 구산동(龜山洞)의 허왕후릉, 구지봉을 둘러보고 주차장에 섰을 때 나는 소스라치게 놀랐다. 동쪽의 분산성으로부터 흘러내리는 산세가 왕후릉의 뒤에서 급격히 낮아지며 구지 터널 위에서 잘록해졌다가 구지봉에서 살짝 머리를 들어 올리고 있었다. 여지없이 거북이였다. 왕후릉은 어깨쯤에 해당한다고 느꼈다.

〈**구지봉 입구 표석과 정상:** 구지봉 정상에는 '大駕洛國太祖王誕降之地'(대가락국태조왕탄강지지)라 새긴 비석이 서 있다. 2020년 11월 12일.〉

돌아와서 나는 '旨'에 머리의 뜻이 있나 하고 옥편을 뒤적이고 또 뒤적였다. 그러나 '뜻', '맛', '목적'이라는 의미가 주의미일 뿐, '머리'라 할 용법은 보이지 않았다. '匕首(비수)'에는 왜 '首'가 들어 있는 것일까? '匕'는 숟가락, 화살촉을 뜻한다. 여러 생각으로 머릿속이 복잡한데, '이번 답사에서 가장 큰 소득은 허왕후릉 뒷산이 거북이로 보인다는 것을 안 것입니다.'는 내 카톡에 김 선생의 답이 왔다.

"왕후릉에 대해 설명할 때~, 구지봉을 거북의 머리를 닮았다 하여 구수봉이라 하기도 합니다. 왕후릉과 구지봉 사이에 있는 구지터널이 거북의 목 부분에 해당하고 왕후릉이 있는 쪽이 거북의 몸체에 해당합니다."

내 답은 "구수봉이 옳은 듯합니다. '首'를 붓으로 흘려 쓰면 '旨'로 보일 수 있습니다."이었다. 구릅봉은 구首봉이 와전된 것이다. 허 왕후릉이 있는 분산과 구수봉은 지세가 거북이 엎드린 형국이다.

이 봉우리의 원래 이름은 구수봉(龜首峰)이었을 것이다. 그러니 「龜旨歌」가 '龜何龜何 首其現也'로 되어 있지. '거북아 거북아/ 머리 내어놓아라.'이다. 거북의 머리[龜首]. 이른바 귀두(龜頭). 고려, 조선 시대 양반들이 참 입에 올리기 거북한 말이었으리라. '龜旨峯'은 '龜首峯'의 '거북 머리'를 회피하여 외형이 비슷한 한자로 적은 것일까, 아니면 '首'를 '旨'로 잘못 읽었거나.[6] '旨'와 '首'는 초서로 쓰면 거의 같아 보인다. 전승 과정에서 오독이 있었을까. 사연이 있겠지. 「龜旨歌」도 「龜首歌」가 되어야 뜻이 통한다.[7] 그 동네 이름이 구산동이라는 것도 나중에야 알았다. 그 동

---

[6] 1969년 학부 2학년 '국문학사' 시간에 정병욱 선생님은 「구지가」를 해설하면서 '성기 숭배 사상[phallicism]'을 소개하였다(정병욱(1967) 참고). 그때 분위기가 좀 어색해졌는데 혹시 그런 심리 상태가 首를 旨로 적게 하였을까? 2014년 인도의 바라나시에 갔을 때 그런 모양의 조각품에 기도하는 힌두교도들을 많이 볼 수 있었다.

[7] 당연히 이 시 이름은 「구수가」이다. '旨'에 '머리'의 뜻이 없는 한 「구지가」라는 제목은

네 분들은 이미 그 산이 거북이라는 것을 다 알고 있는 것이다.

둘째로 중요한 것은 소리[聲, 音]이다. 무슨 소리? 하늘의 소리? 그런 거 곧이 들으면 안 된다. 언어학적 관점에서는 뜻이 통하는 인간의 소리이다. 누구의 소리일까? 알을 숨긴 사람들의 소리라고 해야지? 중국 말일까? 가야 말일까? 가야 사람들이 알아들었으니 가야 말일까? 통역이 있었을까? 알이 소리를 내지 않는 한 누군가가 있었다고 보아야 한다. 이때 사용된 말은 아마도 가야 말이었을 것이다. 가야 사람도 알아들어야 하니까.

이 말은 구지봉에 숨어서 모습은 보이지 않고 선주민들에게 말하고 있는 이들이 자기들끼리 사용한 말은 중국 말이 아니었을 것임을 암시한다. 그들이 사용하는 언어는 흉노어였을 것이다. 이 말이 한국어의 상층부를 형성한 알타이어이다. 신라의 공주가 가락국 왕비로 여럿 왔다. 가락국 왕과 신라 공주는 통역 없이 말이 통하였을 것이다. 왜? 그들은 흉노어를 사용하였을 것이니까. 변한 말[가락어]와 진한 말[서라벌어]가 같았다는 보장은 없다. 그러나 가락 김씨의 말과 신라 김씨의 말은 다르기 어렵다.

중요한 것은 알이 나타나기 전에 먼저 사람들이 있었다는 사실이다. '붉은 끈' 아래를 찾아보니 붉은 (비단) 폭 속에 황금 합자가 보였다. 끈 아래에 황금 합자가 달려 있었을까? 그런 말은 없다. 땅을 파고 찾아보았을까? '너희들은 반드시 봉우리 정상을 파서 흙을 모으며[儞等須掘峯頂撮土]' 「구지가」를 부르라고 했으니 땅을 팠다. 그러면 땅을 파고 황금 합자를 숨긴 사람도 있었겠지. 황금 합자를 열고 보니 황금 알 6개가 있었다. 거북의 알일까? 새의 알일까? 거북 알이지. 큰 알일까? 알이야 클 수도 있고 작을 수도 있지. 끈이 가리키는 아래 땅속에 누군가가 숨겨 둔 황금 합

의미가 없다. '거북 맛 노래?', '거북의 뜻 노래?' 아니지 않는가? 「거북 머리 노래」, 「구수가」, 그것이 이 시의 제목인 것이다.

자 속에 알 6개가 들어 있었던 것이다.

금인을 모시고 하늘에 제사 지내는 김씨의 자식 6명이 알처럼 생긴 황금빛 강보에 쌓여 황금 합자에 담겨 이 땅에 나타난 것이다. 안 그러면 6개의 알에서 하룻밤 사이에 6명의 아이가 나타난 것을 설명할 수가 없다. 열흘이 지나서 키가 9척[23.1.cm×9자=207.9cm]이나 되게 자랐고 그 달 보름에 왕위에 올랐다고 하였다. 그러니 열 살은 더 되었을 아이를 인조 알 속에 넣었다고 할 수밖에 없다. 그 외에는 달리 해석할 방법이 없다.

(2) a. 동쪽은 황산강, 서남은 푸른 바다, 서북은 지리산, 동북은 가야산, 남쪽이 나라의 꼬리가 된다[東以黃山江 西南以滄海 西北以地理山 東北以伽耶山 南而爲國尾].

b. 임시 궁을 짓게 하여 들었으나 질박하고 검소하려 하여 띠 지붕을 자르지 않고 흙 계단은 겨우 석자였다[俾創假宮而入御 但要質儉 茅茨不剪 土階三尺].

c. 2년 계묘 봄 정월에 왕이 말하기를[二年癸卯春正月 王若曰], 내가 서울을 정하려고 한다[朕欲定置京都] 하고, 이어서 임시 궁의 남쪽 신답평*{이는 예부터 빈 밭인데 새로 경작하게 되어 그렇게 불렀다. 畓은 우리나라에서 만든 글자이다.}*에 가서 사방으로 산악을 둘러보고 좌우를 돌아보며 말하기를[仍駕幸假宮之南新畓坪*{是古來閑田.新耕作故云也.畓乃俗文也}* 四望山獄 顧左右曰], 이 땅이 비록 여뀌 잎 같이 협소하나 산천이 수이하여 가히 16나한이 주할 만한 땅이다[此地狹小如蓼葉 然而秀異 可爲十六羅漢住地]. 하물며 어찌 1에서 3을 이루고 3에서 7을 이루어 일곱 성인이 살 만한 곳으로도 적합하니 강토를 개척하면 장차 좋은 곳이 되지 않겠는가[何況自一成三 自三成七 七聖住地 固合于是 托十開疆 終然允臧歟]? 주위 1500보의 나성과 궁궐, 전당과 여러 청사 호(武)고, 창름을 건축할 장소를 정하여 일이 끝난 뒤에 환궁하였다[築置

一千五百步周廻羅城 宮禁殿宇及諸有司屋宇 虎庫倉廩之地 事訖四宮]. 널리 국내의 장정, 인부들을 징발하고 그 달 20일에 금양에서 시작하여 3월 10일에 이르러 일을 마쳤다[徧徵國內丁壯人夫工匠 以其月二十日資始金陽 曁三月十日役畢]. 궁궐과 가옥은 농한기를 이용하여 건축하니 그해 10월 시작하여 갑진 2월에 완성하였다[其宮闕屋舍 俟農隙而作之 經始于厥年十月 逮甲辰二月而成]. 길일을 택하여 새 궁으로 이사하고 만기를 다스리고 서무에도 부지런하였다[涓吉辰御新宮.理萬機而懃庶務].
<『삼국유사』 권 제2 「기이 제2」 「가락국기」>

영토의 경계가 서북 지리산, 동북 가야산, 서남쪽 바다, 남쪽이 끝이다. 이것은 6가야의 영역을 합친 것이다. 금관가야가 나머지 여러 가야 소국들의 맹주였던 것이다. 동의 황산강은 낙동강으로 보인다. 이때 이미 신라가 건국하여 있었으니 대개 구 가야의 영토를 접수한 것으로 보인다. 임시 궁궐에 머무르다가 새 궁궐을 짓고 이사를 하였다. 나성(외성)이 1500보라 하니 1500×6자×23.1cm이면 20.8km쯤 된다. 사실에 부합한다.

탈해와의 가락국 왕위 쟁탈전

(3)은 김수로왕이 금관가야 왕위를 접수한 후에 탈해가 왕위를 빼앗으러 왔다는 것을 적었다. 이 속에는 두 가지 중요한 요소가 들어 있다. 첫째는 이 시기 김해 지방의 패권 다툼이 치열하였다는 점이다. 둘째는 김수로가 거느린 무력이 매우 강하다는 사실이다.

(3) a. 완하국 함달라왕의 부인이 아이를 배어 달이 차서 알을 낳았는데 알이 화하여 인간이 되었다[忽有琓夏國含達王之夫人妊娠.彌月生卵, 卵化爲人]. 이름이 탈해였는데 바다로부터 왔다[名曰脫解從海而來]. 키

가 3자이고 머리 둘레가 1자였다[身長三尺 頭圓一尺].

b. 어느 날 대궐에 와서 왕에게 말하기를[悅焉詣闕 語於王云], "나는 왕의 자리를 빼앗으려고 왔을 따름이다[我欲奪王之位 故來耳]." 하였다. 왕이 답하기를[王答曰], "하늘의 명이 나로 하여금 왕위에 오르게 한 것은 장차 나라 안을 안정시키고 국민들을 편안하게 하려 하는 것이니 하늘의 명을 감히 어기고 왕위를 내어줄 수 없으며, 또 내 나라 내 국민을 너에게 부탁할 수도 없다[天命我俾卽于位 將令安國中 而綏下民 不敢違天之命 以與之位 又不敢以吾國吾民 付囑於汝]." 하였다. 탈해가 말하기를[解云], "그와 같다면 그 술법을 겨루어 봅시다[若爾可爭其術]." 하였다. 왕이 좋다고 하였다[王曰 可也]. 순식간에 탈해가 매로 변하였다[俄頃之間 解化爲鷹]. 왕은 독수리로 변하였다[王化爲鷲]. 또 탈해가 참새로 변하였다[又解化爲雀]. 왕은 새매로 변하였다[王化爲鷂]. 그 사이는 촌음의 간격도 없었다[于此際也 寸陰未移].

c. 탈해가 본모습으로 돌아왔다[解還本身]. 왕도 또한 돌아왔다[王亦復然]. 탈해가 이에 항복하여 말하기를[解乃伏膺曰], "내가 술법을 겨루는 데 있어 독수리에 대한 매, 새매에 대한 참새가 되었는데, 잡히기를 면한 것, 이것은 대개 성인이 살생을 미워하는 어짊의 소이연이외[僕也 適於角術之場 鷹之鷲 雀之於鷂 獲免焉 此盖聖人惡殺之仁而然乎]. 내가 왕과 왕위를 다투는 것은 실로 어렵쇠[僕之與王 爭位良難]." 하고 절을 하고 나갔다[便拜辭而出].

d. 인근의 교외 나루터에 도달하여 중국에서 오는 배로 물길로 가려 하였다[到麟(隣)郊外渡頭 將中朝來泊之水道而行]. 왕은 그가 머무르면서 반란을 모의할까 봐 몰래 급히 선단 500척을 출발시켜 추격하였다[王竊恐滯留謀亂 急發舟師五百艘而追之]. 바다로 달아나 계림 땅의 경계에 들어가서 선단이 모두 돌아왔다[海奔入鷄林地界 舟師盡還]. 이 일을 적어 둔 바가 신라의 그것과 많이 다르다[事記所載多異與新羅]. <『삼국유사』 권 제2 「기이 제2」 「가락국기」>

키가 석자라고 한 것은 뭔가 잘못되었다. 3자x23.1cm=69.3cm밖에 안 된다. 머리 둘레가 1자라니 소인국 사람일까. 김수로왕이 알을 풀고 나왔을 때 9척이었다는 것과 비교된다. 이 기록은 연대도 이상하다. 신라 건국과 4대 임금 석탈해의 출현을 보면 이 탈해는 그 탈해가 아니다. 중요한 것은 이 시기에 한반도의 남해안 지역에 여러 세력들이 왕권을 차지하려고 서로 싸웠다는 것이다. 그것도 대규모 군사를 거느리고.

탈해가 가락국에 머무르면서 반란을 일으킬까 봐 수로왕은 그를 쫓아내려고 (3d)에서 보듯이 해군을 출동시켰다. 그런데 배가 무려 500척이다.[8] 가락국에 와서 즉위한 지 얼마 되지도 않았는데 무슨 해군력이 그렇게 강하였을까? 500척의 배에 10명씩의 병사가 탔다면 그 병력은 5000명이다. 20명씩 타면 1만 명이다. 그 좁은 나라에서 왕권을 접수한 지 얼마 되지도 않았는데 언제 저렇게 강력한 군사력을 갖추었을까?

저 배들은 어디서 만들었을까? 가락에서 만들었을까? 신나라에서 만든 것이 아닐까? 어쩌면 한나라에서 만든 것을 약탈하였을 수도 있고. 사천성 공손술의 성가 왕국에서 만든 것일 수도 있다. 500척의 배, 그것은 가락에서 제조한 것이 아니라 어딘가에서 몰고 온 것이다.

김수로가 서기 42년 3월 초에 구지봉 봉우리에 6개의 알 중 하나로 나타나서 3월 보름에 평화적으로 가락국 정권을 접수하였다는 말이 믿어지지 않는 까닭이다. 나머지 5개의 알에서 나온 5명의 아이들이 무슨 힘으

---

8) 15세기 중반 오스만 제국이 콘스탄티노플을 공격하기 위하여 마르마라해에서 골든혼에 이르는 수십 킬로미터의 산길에 통나무를 깔고 옮긴 전함의 숫자는 72척이었다. 갑자기 콘스탄티노플 앞바다에 나타난 선단에 비잔티움의 병사들은 허둥거리며 무너졌다. 프레베자 해전에 동원된 오스만 투르크 함대는 122척, 이에 맞선 크리스트교 국가의 연합 함대는 200여척이었다. 배의 크기야 차이가 있었겠지만 수로왕이 탈해를 추격하는 데 동원한 500척의 선단이 얼마나 큰 규모인지 알 수 있다.

로 5가야의 왕이 되었겠는가? 그들은 거대한 선단을 이끌고 무장한 병력을 거느리고 온 것이다.9) 어디서?

어딘가에서 나라를 세우고 상층부가 되어 권력을 누리고 살다가 천하를 건 전쟁에서 패배하여 모든 무기와 재산과 인력을 거느리고 군함을 타고 건너와 선주민들의 항복을 받아내고 정권을 탈취한 집단의 우두머리가 내세운 10여세의 왕이 김수로인 것이다. 그런 그에게서 웬만한 무력과 재주로는 왕위를 빼앗을 수 없다. 탈해가 가진 정도의 군사력과 전략으로는 정권을 빼앗을 수 없는 것이다.

막강한 군사력과 뛰어난 전술, 전략을 갖춘 집단이 어디에선가 김해로 왔다. 김수로의 배후에는 노회한 권모술수의 도사 할아버지가 있다. 그러니 『한서』에서 그렇게 현달했던 김씨 집안이, 한나라 멸망 직후의 역사를 적은 『후한서』 권1 상, 하 「광무제기」 제1 상, 하에 흔적도 없고, 광무제를 찬양한 '賛詩'의 '金湯失險(김탕실험)'으로 한 문장만 남아 있다.

그리하여 이 '金湯失險' 속의 '金' 자를 남기고 사라진 인물이 가속을 이끌고 김해로 왔을 것이라는 가설이 성립한다. 그 가설은 『후한서』 권13 「외효공손술열전」 제3에 있는 '杜陵의 金丹之屬이 외효의 빈객이 되었다.'는 문장의 '김단'과 약양성에서 목이 달아난 수비 장수 '김량(梁)'에 의하여 뒷받침된다. 『후한서』 권23 「두융열전」 제13의 '김문을 배척하는 자로 무리를 이루었다[以排金門者衆矣].'와 두융에게 있다가 후한에 항복한 것으로 보이는 김천(遷)도 이를 뒷받침한다. 그 인물이 한나라 마지막

---

9) 이로써 이제 다시 가야 역사는 미궁으로 들어간다. 김수로 알과 5개의 알이 나타나기 전에도 이미 한반도 동남 지역에는 수많은 소왕국들이 있었다. 변한이라 알려진 나라이다. 그 지역을 6가야로 재편한 것이 흉노족이다. 그들은 나중에 진한을 이은 신라마저 차지하였다. 그러므로 서기 42년 김수로가 가락국 왕권을 탈취하기 전의 가야 역사는 전혀 다른 관점에서 연구되어야 한다.

도성후 김탕(金湯)일 것이다.

탈해는 몇 척의 배를 거느리고 있었으며 몇 명의 군사를 통솔하고 있었을까? 재주 겨루기에 졌다는 것은 전투가 있었다는 말이다. 이 싸움에서 패배한 탈해는 계림으로 달아났다. 수로왕도 남의 나라 영해로까지의 추격은 막았다. 이미 계림에도 나라가 있어 국경선이 그어져 있고 바다에는 해안 경비대가 활동하고 있으며 끊임없이 침략하는 외적과의 전투가 이어지고 있었다. 그런데 이 탈해는 신라 4대왕 석탈해는 아닌 것으로 보인다. 그는 서기 8년에 남해차차웅의 사위가 되고 10년에 대보가 되어 42년에 나타난 수로왕과 가락국 왕권 쟁취 전쟁을 벌일 사정이 안 되기 때문이다.

배를 타고 와서, 많건 적건 군사를 거느리고 와서 서로 싸운다. 그리고 기존의 왕을 죽이고 그 자리를 차지하면 왕이 된다. 정복이다. 김수로왕도 그의 할아버지, 아버지가 그런 과정을 거쳐서 점령한 땅에 신성화한 아이로 둔갑시켜 왕위에 앉힌 왕이다. 개국이 아니라 정권 접수이다.

이곳에는 여러 나라가 군웅이 할거하는 양상을 보이며 서로 패권을 다투고 있었다. 그러니 가야의 수가 들쑥날쑥하지. 웅천현에도 거대한 가야 왕국이 있었을 것이다.[10]

---

10) '재:깨미'를 아십니까? 명절이나 제사를 앞두고 할머니, 어머니들은 놋그릇 광 내기에 바쁘다. 놋그릇은 '재:깨미를 짚에 묻혀서 닦는다.' 우리는 어릴 때 아랫들에 있는 (돌)담부렁[들판에 돌이나 기와 조각을 쌓아 둔 더미]에 가서 기와 조각을 주워 와 돌로 깨어 재:깨미를 만드는 심부름을 하였다. 그것이 가야 유물을 파손하는 문화재 훼손 범죄일 줄은 몰랐지. '재:깨미'의 '깨미'는 지금도 모르는 말이다. '가루'인데 혹시 '깸-이[갠 것]'일까? '재:'는 안다. 우리 동네에서는 기와집을 '재:집'이라 하였다. '재:'는 장음이다. 이 말은 중세국어의 /△/의 변화를 보여주는 '디새>디새>디애'의 후손이다. '디애'는 근대국어에서 /ㄷ/이 /ㅣ/ 앞에서 구개음화되어 '지애'가 되었다. '디'는 '질그릇'의 '딜'이 /ㅅ/ 앞에서 /ㄹ/ 탈락한 것이고 '새:'는 초가[茅屋]의 지붕을 잇는 '억새:'의 '새:'이다. '새:'로 이엉을 엮어 이은 집을 '새:집'이라 한다(이기문 (2013:43-44)). 그러니까 '지애'는 '흙으로 구운 새:'이다. 이 자명한 진리를 /ㄱ/이 구개음화된 것으로 잘못 이해하고 '기와'로 되돌려서 엉터리 표준어로 삼았다. 그런데

2. 허황옥의 신행길 답사

서기 48년 7월 27일에 16살의 허황옥이 옛 창원군 웅동면 용원에 나타나서 망산도 유주암에 배를 매었다. 여기서부터 허 왕후 도래의 참역사가 전개된다.

(4) a. 서기 48년[건무 24년] 무신년 7월 27일 9간들이 조회에서 알현할 때 아뢰기를[屬建武二十四年戊申七月二十七日九干等朝謁之次獻言曰], "대왕께서 내려오신 이래 좋은 짝을 얻지 못하였으니 청컨대 신들이 소유한 처녀들 가운데 가장 좋은 이를 골라 궁에 들여 배필이 되게 하소서[大王降靈已來好仇未得 請臣等所有處女絶好者選 入宮闈俾爲伉儷]." 하였다. 왕이 이르기를[王曰], "짐이 이곳에 내려온 것은 하늘의 명이라 짐에게 짝 지어 왕후를 삼는 것도 역시 하늘의 명이니 경들은 염려하지 마시오[朕降于玆天命也配朕而作后亦天之命卿等無慮也]." 하였다.

b. 드디어 유천간에게 가벼운 배를 거느리고 준마를 지니고 망산도에 이르러 서서 기다리게 명하고, 또 신귀간에게 명하여 승점*{망산도는 서울 남쪽 섬이고, 승점(乘岾[고개 점])은 가마를 내린 궐연하국(輦下國)이다.}*에 나아가게 하였다[遂命留天干押輕舟持駿馬 到望山島立待 申命神鬼干就乘岾*{望山島京南島嶼也 乘岾輦下國也}*]. 홀연히 바다 서남쪽 모퉁이에서 붉은 돛을 달고 붉은 기를 휘날리며 (배가) 북쪽을 향

우리 담안 '(돌)담부랑'에는 재: 조각이 왜 그리 많았을까? 닳고 닳아 내가 본 신라 시대, 백제 시대 재:보다 훨씬 더 오래 된 둥그스럼한 재: 조각이었다. 이 재: 조각은 언제 된 것일까? 옛날 이 들판에는 큰 도시가 있었을 것이다. 재:집이 많았겠지. 무너진 재:집 터를 논으로 개간하면서 재: 조각을 주워서 모아 둔 것이 저 (돌)담부랑일 것이다. 우리 고향 땅은 옛가야의 도읍이었을지도 모른다. 그러니 제2 안민터널 공사장에서 가야 무덤이 2000여기씩 발견되고, 굴암터널 근방에도 무수한 가야 유적들이 발굴되었겠지. 지금 그 땅은 다시 대도시화되고 있다. 지정학적으로 배와 비행기가 오가는 교통의 요지일 수밖에 없다. 나도 어느덧, 나도 모르는 사이에 디아스포라가 되어 있었다.

하여 오고 있었다[忽自海之西南隅 掛緋帆張茜旗而指乎北]. 유천 등이 먼저 섬 위에서 횃불을 들었더니 즉시 앞을 다투어 육지에 내려 다투어 달려왔다[留天等先擧火於島上 則競渡下陸爭奔而來]. 신귀가 그것을 보고 대궐에 달려 들어가 아뢰었다[神鬼望之走入闕奏之]. 왕이 듣고 기뻐하면서 9간 등을 찾아 보내어 목련나무로 만든 키와 계수나무로 만든 노를 갖추어 맞이하여 궐내로 데려오려 하였다[上聞欣欣 尋遣九干等 整蘭橈揚桂楫而迎之 旋欲陪入內]. 왕후가 이에 말하기를[王后乃曰], "나와 너희들은 평생 처음인데 어찌 가벼이 서로 따라가겠는가[我與[爾]等素昧平生 焉敢輕忽相隨而去]?" 하였다. 유천 등이 돌아와서 왕후의 말을 전하니 왕이 그렇겠다고 여겨 유사를 거느리고 거둥하여 대궐에서 서남쪽 60보쯤 되는 땅의 산 옆에 만전을 설치하고 기다렸다[留天等返達后之語 王然之率有司動蹕 從闕下西南六十步許地山邊設幔殿祇候]. <『삼국유사』 권 제2 「기이 제2」 「가락국기」>

그런데 (4a)는 매우 이상하다. 42년에 나타나서 즉위한 지 7년밖에 안 된 어린 왕에게 혼인을 권하다니? 거기에 왕이 자기의 배필은 하늘이 정할 것이라고 답하는 것도 이상하다. 7월 27일 아침에 이런 일이 있었는데 계산해 보면 그 날 오후 늦게 왕비 감이 나타났다. 왕은 27일 아침에 왕비 감이 통영쯤 오고 있다는 것을 어떻게 알았을까?

더 이상한 것은 (4b)이다. '유천간에게 가벼운 배를 거느리고 준마를 지니고[押輕舟持駿馬] 망산도에 이르러 서서 기다리게' 명하였다. 이 가벼운 배는 나중에 보는 대로. 긴요하게 사용된다. 준마는 연락병이 타고 오간 말이다. 또 '신귀간에게 명하여 승점(乘岾)에 나아가게' 하였다. 승점은 가마를 내린(輦下) 곳(國)이다. 가마를 내리다? '배에서 가마를 내린 곳'일 수도 있다. '허황옥이 가마를 내린 곳'일 수도 있다. 岾(점)은 고개, 재를 뜻한다. 이곳은 어쩔 수 없이 주포에서 두동으로 넘어가는 궁현[능현] 고개 근방이다. 그곳에서 허황옥이 배를 맨 망산도가 보여야 하니까.

궁에서 서남쪽으로 60보쯤 되는 산 옆에 첫날밤을 지낼 만전[幔殿, 유궁 (帷宮), 큰 천막]을 설치하고 기다렸다는 것도 이상하다. 100m도 안 되는 곳에 천막을 칠 필요가 있을까? 김수로왕은 허황옥이 올 길목을 미리 알고 영접할 신하들을 배치한 것이다.

이 (4b)를 잘 이해해야 한다. 김수로왕은 허황옥이 그곳으로 올 것을 어떻게 알았을까? 길도 그 길로 오는 것이 가깝고 편하다는 것을 어떻게 알았을까? 실제로는 가깝지도 편하지도 않은데. 구랑 쪽은 바다가 높아 땅이 질어서 가마가 오기에 적절하지 않았을까? 녹산의 수문이 만들어지기 전에는 바다가 더 높았을 것이다. 낙동강 따라 둔치도, 조만포로 들어오면 더 쉽지 않았을까? 김수로왕이 신성하고 전지전능하여 모든 것을 알고 있었다고 말하는 것은 곤란하다. 어린 아이가 알긴 뭘 알아. 모든 것을 다 어른들이 뒤에서 코치하고 있지. 왕망이 어린 사위 평제를 주무르듯이.

그 어른들은 어떻게 알았을까? 자기들도 그 길을 따라 왔으니까. 서기 42년 3월보다 앞선 어느 날 밤중에 김탕을 중심으로 한 일군의 유이민들이 많은 배에 나누어 타고 진해 웅동의 용원 땅에 상륙한 후, 김해 땅으로 스며들어 쫘악 깔려서 어떻게 하면 이 가야국을 접수할 수 있을까 하고 궁리를 거듭하고 있었다. 칠흑 같은 어둠을 타고 상륙하여 각지에 스며들어 지리와 천문을 연구하여 지형지물을 자유자재로 활용하는 막다른 골목에 처한 선진 외래인들을 무지몽매한 선주민들이 어떻게 당하겠는가?

(4b)에서 허황옥이 올 것으로 예측하고 김수로왕이 유천간을 보낸 망산도(望山島)가 어디일까? 현재의 창원시 진해구 용원동, 지금이라도 서울의 남부터미널에서 용원 가는 고속버스를 타고 가면 버스가 도착하는 바로

그곳에서 망산도를 볼 수 있다. 그곳에는 바닷가에 작은 정자가 있고 이 역사 유물을 설명하는 관광 안내도가 서 있다. 우리 어릴 때는 마을에서 섬까지 꽤 멀었는데 지금은 섬인지 육지의 일부인지 알기 어렵다.

그 망산도의 안내판과 많은 논저들에서 말하는 망산도와 유주암에 대한 설명은 무엇인가 아귀가 안 맞게 되어 있다.[11] 그것은 기록을 소상하게 읽지 않아서 생긴 일로 보인다. 실제로 (4b)를 면밀하게 읽어보면 그 당시의 상황을 재현해 낼 수 있을 정도로 상세하게 적었다.

지금의 유주암은 維舟嵒이 아니다

우선 지도부터 먼저 보기로 한다. 경남 창원시 진해구 용원동이다. 지금은 바다를 매립하여 현장은 물론 지도에서도 원 모습을 많이 잃어 버렸다. 바다는 다 매립되었지만 다행히 물길을 남겨 두어 옛 바다의 편린을 짐작할 수는 있다.

지도에서 용원동의 원북이라 쓴 마을 동쪽 해변에 있는 바위들이 모인 작은 섬이 망산도이다. 지금은 앞 바다가 매립되어 육지에 붙어 있는 것으로 보이지만 원래는 육지로부터 200m 정도 떨어진 섬이었다. 그 망산도로부터 동쪽 100m쯤 떨어진 바닷속에는 유주암이라는 바위가 있다.

---

11) 역사 유적지의 안내판과 돌에 새긴 글들을 볼 때마다 어딘가 틀린 것이 있을까 겁이 나서 마음이 졸아 든다. 전에는 맞춤법, 띄어쓰기, 한자를 보았는데 이제는 내용도 보고, 그러다가 영어로 번역해 둔 글도 읽는다. 여행길이 마음이 안 편할 때가 많다. 요새 세우는 저 많은 돌들이 또 천년 후에 얼마나 많은 오해를 불러일으키겠는가? 정보는 너무 많고, 배우는 이들은 면장하기 어려운 우리 시대의 한계이다. 면장은 면장(面長)이 아니고 『논어』의 면면장(免面墻:담장을 마주 한 것 같은 답답함을 면한다.)이다. 말과 글을 제대로 가르쳐야 하는데---. 나도 잘 하지 못했으니 할 말이 없다. 퇴직후에 읽은 동양 책들에는 모르는 한자가 너무나 많았고, 더욱이 그 한자의 그 시대음과 뜻은 알 길조차 없었다. 아무 것도 모르고 평생 말과 글을 가르치는 국어 선생을 하였으니 지은 죄가 얼마나 많겠는가?

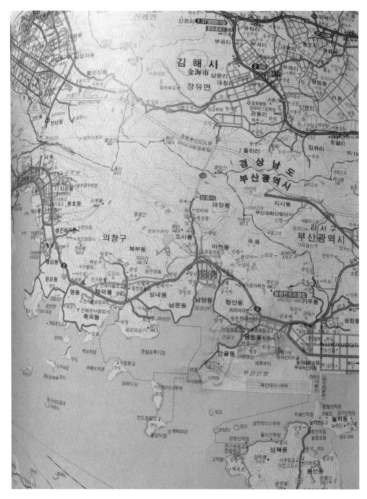

〈**망산도 부근 지도**: 지도의 오른쪽 아래 안골동 옆에 욕망산이 있고 용원동의 원북 마을 옆에 망산도가 있다. 서기 48년 7월 27일 저녁 망산도의 유주암에 배를 맨 허황옥은 이튿날 아침 가벼운 전마선으로 갈아타고 송정천을 따라 올라와 주포의 별포에 내렸다. 거기서 가마를 타고 서쪽으로 가서 궁현고개를 넘어 두동으로 갔다. 두동 벌판을 가로질러 마봉산과 보배산 사이의 두동고개를 넘으면 김해 장유 지사리이다. 그곳 흥국사 근방에 배필정고개가 있다. 48년 7월 28일 배필정고개 근방 만전에서 초야를 치른 수로왕 부부는 8월 1일 김해로 들어갔다. 2020년 11월 12일 종일을 보내며 김수로왕릉, 허왕후릉, 구지봉, 장유사, 창원, 진해, 안골포, 욕망산, 망산도, 유주암, 주포, 부인당, 배필정고개 등 불모산을 가운데에 두고 2000년 전으로 돌아간 허 왕후 신행길 답사 길은 단풍이 불타는 듯하였다. 2박 3일 서울서부터 내내 차를 몰고 숙식을 제공한 김정덕 친구, 사진 찍는 수고를 마다 않은 박석동 친구에게 감사드린다.〉

먼저 바닷속의 유주암(維舟岩: 배를 맨 바위)이라는 바위는 유주암이 아니다. 이 바위에는 배를 맬 수 없다. 어떻게 배를 바다 속에 있는 바위에 매겠는가? 바다 속의 이 돌덩이를 민간전승에서는 허 왕후가 타고 온 돌배가 깨어져 가라앉은 것이라고 한다. 그러나 (4b)에는 허황옥이 타고 온 그 배가 돌배였다는 말이 전혀 없다. 다른 데에도 그들이 돌배를 타고 왔다는 말은 없다. 그리고 허 왕후가 타고 온 배가 깨어졌다는 말도 없다. 돌배를 타고 오고 돌배가 깨어져 가라앉았다는 민간전승은 잘못된 전승이다. 그 이유는 다음과 같다.

나중에 (6b)에서 보는 대로 그 배를 타고 함께 왔던 뱃사공들 가운데 15명이 수로왕 내외가 혼인 첫날밤을 보낸 뒤에 고향으로 돌아갔다고 하였다. 그러면 그들이 타고 돌아갈 배가 있어야 한다. 그러니 그 배가 가라앉았다는 말은 틀린 말이다. 다음으로 돌배는 물에 뜰 수 없다. 얼마나 큰 돌을 파내어 배처럼 만들어 띄워야 황해 바다를 건너올 수 있었겠는가? 도대체 타고 온 배를 깨트려 가라앉히는 인간들이 어디에 있겠는가? 고물로 팔기라도 하지.

그러면 이 민간전승은 어떻게 하여 생긴 것일까? 나는 이 돌이 배의 무게 중심을 하부로 두기 위하여 싣고 다닌 누름돌이라고 생각한다. 그 이유는 다음과 같다.

첫째, 지금도 배는 무게 중심을 아래쪽으로 두기 위하여 배 밑 부분에 물을 싣는다. 화물도 대체로 아래 칸에 싣는다. 허황옥이 탄 배가 보주를 출발했을 때 파도 신이 험해서 되돌아갔다. 부왕은 파사석탑을 싣고 가게 하였다. 그 파사석탑도 배 무게 중심을 잡는 데 도움이 되었을 것이다.

둘째, 혼인 첫날밤을 보내고 김수로왕은 사공들에게 쌀 150석[15인×10

석], 베 450필[15인×30필]을 사례비 조로 주었다. 이 선물을 배에 실어야 했다. 그 선물을 실으니 배의 무게 중심이 하부로 안정되었다. 더 이상 다른 것을 실을 수 없었다. 파사석탑도 내려놓았다. 고향 사천성에서 싣고 온 돌들도 싣고 갈 수 없었다. 이제 이 누름돌도 필요가 없어졌다. 그래서 가라앉힌 것이다.

셋째, 돌은 상당히 크다. 배도 상당히 컸을 것이다. 배 밑 칸에 실려 있는 이 돌을 어떻게 버려야 할 것인가? 기중기도 없다. 인간의 힘으로는 도저히 들어 바다에 던질 수가 없다. 그러니 배 한쪽 벽을 뜯어내어야 하였다. 선복을 부수고 돌을 버리고, 다시 배를 모아 복원시켰다.

멀리 육지에서 바다 가운데서 벌어지고 있는 이 작업을 본 선주민들은, '아! 저 배는 돌로 된 부분도 있구나. 그 돌을 깨어서(사실은 뱃전을 뜯었는데) 저렇게 바다에 가라앉히는구나!' 그리고 발 없는 말은 입을 타고 흘러 흘러가서, '그들은 돌배를 타고 왔다. 그 돌을 깨어서 바다에 가라앉히더라. 내 눈으로 보았다.' 뭐 이렇게 스토리가 생성되는 것이 비문명 세계의 온갖 믿기 어려운 설화가 아니겠는가?

바닷속의 이 돌이 배를 맨 돌이 아니라면 배를 맨 돌을 달리 찾아야 한다. 유주암이 따로 있는 것이다. 유주암은 지금의 망산도라 불리는 섬에 있는 돌덩이들이다. 그 돌에 배의 밧줄을 매었다. 배를 댈 때는 고물 쪽의 닻은 바다에 내리고 이물 쪽의 밧줄을 육지의 돌에 맨다. 큰 배는 육지에 바로 접근하지 못하고 바다 가운데에 있다. 이 섬의 어느 바위가 바다 가운데에 배를 머물러 있게 한 유주암이다.

이 작은 섬의 서쪽 300미터 산자락 끝에 '대가락국 태조왕비 보주태후 허씨 유주지지(大駕洛國太祖王妃 普州太后許氏維舟之地)'라 새긴 비석이 모셔진 유주각이 있다. 물론 이 비석은 1908년에 건립되었으니 110여년 밖에 되지 않았다. 그러나 이 근방이 허 왕후가 타고 온 배를 맨 땅이라는 것은 증언하고 있다. 이 유주각의 정문에도 쌍어문양(雙魚紋樣)이 있다.

유주각에서 북쪽으로 부인당(夫人堂)이라는 286.3m의 산이 있다. 옛 두 동의 할머니들은 용원 가는 고개를 분당 고개라 하고 용원 장을 분당 장이라 하였다고 전한다. 부인당 고개, 부인당 장의 줄인 발음이다. 부인당은 허 왕후를 가락국 수로부인으로 지칭한 것으로 왕후를 모시는 당이 있었을 가능성이 있다.

망산도와 욕망산

서기 48년 7월 27일에 신하들이 조정에서 수로왕의 배필 없음을 걱정하였고 드디어 수로왕은 유천간 등을 망산도로 보내었다. 그러므로 허황옥의 도착 시점은 27일 늦은 오후이었을 가능성이 크다. 그때 김수로왕은 유천간에게 '가벼운 배와 준마를 가지고 망산도에 이르러 서서 기다리라.'고 지시하였다. 가벼운 배의 용도는 무엇이고 준마의 용도는 무엇일까? 빠른 말이야, 연락병이 타고 대궐과 현장 사이를 연결하는 도구일 것이다. 가벼운 배는? 깊은 바다 항해용이 아니고 얕은 바다나 강물에서 사용하는 landing boat[상륙선]이다. 어촌에서는 전마선(傳馬船)이라 부른다.

(4b)를 보면 '홀연히 바다 서남쪽 모퉁이에서 붉은 돛을 달고 붉은 기를 휘날리며 (배가) 북쪽을 향하여 오고 있었다.' 망산도에서 서남쪽을 보면 지금은 매립되어 아무 것도 보이지 않는다. 옛날에도 산이 가리어 서남쪽에서 오는 배가 보이지는 않았다. 그러므로 배가 오는 것을 보러 간 이들이 있다면 그들은 지금의 망산도에 간 것이 아니라 좀 더 서남쪽으로 내

려가야 한다.

망산도에서 2.5km 정도 남쪽으로 오면, 지도의 오른쪽 아래 부분 안골동에 욕망산(欲望山)이라는 186.3미터 높이의 산이 있다. 안골포의 남쪽에서 바다 쪽으로 돌출해 있다. 부산 신항 부두 터가 매립되기 전에는 바다 쪽으로 튀어나와 있어서 서남쪽에서 오는 배를 가장 먼저 볼 수 있는 위치였다.[12)

사실 망산도(山을 보는 섬)이라는 이름은 이 이야기의 내용에 어울리지 않는다. 욕망산(보려 한 산)이 딱 들어맞는 이름이다. 이 욕망산은 바다로 침범하는 왜구를 감시하는 초소 역할도 한 듯하다. 과거엔 성의 흔적도 있었다고 한다. 허 왕후의 도착을 보려 한 산과 큰 배를 유도하여 배 맬 곳(유주암)으로 안내하는(pilot) 과정이 압축되어 욕망산과 망산도라는 이름을 낳은 것으로 보인다. 그러니 망산도는 문맥에 따라서는 이 욕망산까지 포함하게 된다.

망산도에서 유천간 등이 바라본 붉은 돛, 붉은 기를 단 허황옥의 배가 나타난 서남쪽 바다, 붉은 기가 출현한 바닷가인 기출변(旗出邊)은 웅동 앞 바다 서쪽의 해변을 가리킨다. 아마도 건물이 없고 시야가 트였을 때는 지금의 망산도 자리나 욕망산에서 망산도 쪽으로 접근하는 배의 돛을 볼 수 있었을 것이다. 배가 아주 컸다고 할 수 있다.

---

12) 욕망산에서 서남쪽을 바라보면 옛 웅천현의 남쪽 끝과 거제도의 북쪽 끝 사이로 뱃길이 나타난다. 마산-진해-웅천-용원-가덕으로 이어지는 연안 뱃길을 따라 통영-부산을 오가는 여객선들이 다녔다. 용원과 가덕 사이에 흐르는 깊은 수로가 여객선이 오가던 뱃길인데 허황옥이 타고 온 배도 이 뱃길을 따라 온 것으로 추정된다. 세종 8년(1426년) 개항한 3포 가운데 하나인 내이포(乃而浦냉이개, 薺냉이 제浦)가 이 해변에 있다. '순풍에 돛을 달고 황혼 바람에/ 떠나가는 저 사공 고향이 어디냐'의 '황포돛대', '저 산마루 쉬어가는 길손아/ 내 사연 전해 듣겠소/ 정든 고향 떠난 지 오래고/ 내 님은 소식도 몰라요'의 '삼포로 가는 길'을 낳은 해변이다. 1967년 1월 14일 충남함이 한일호와 충돌한 곳이 이 근방이다. 그때 94명이 사망하거나 실종되었다.

'유천(간) 등이 먼저 (망산)도 위에서 횃불을 들었더니 즉시 앞을 다투어 육지에 내려 다투어 달려왔다.'는 문장은 달려온 주체가 빠져 있다. 누가 달려왔는지 알 수가 없다. 그래서 이 대목을 설명하기가 좀 어렵다. 배에서 육지에 내려 달려온 이들이 있는 것은 틀림없다. 이들은 누구일까?

  도착 시간과 가벼운 배, 이 두 가지를 연결하면 다음과 같은 상황이 설정된다. 이들이 도착한 시간은 밤이다. '횃불'은 야간용이고 낮에는 '깃발'을 사용한다. 허황옥은 아직 배에서 내린 것이 아니다. 뱃사공이나 수행원 몇몇이 배를 매러 망산도에 내렸다. 유천간 등과의 첫 대면이 이루어졌다. 이 상태에서는 허황옥이 배를 내렸다고 할 수 없다. 배를 내려 김수로왕을 만나러 가려면 다른 절차가 필요하다. 그것은 상륙 절차이다.

  서해를 건너온 큰 배는 육지에 바로 접안할 수가 없다. 큰 배는 바다 가운데에 두고 작은 배, 전마선으로 갈아타야 육지에 오를 수 있다. 이 망산도는 큰 배를 맨 유주암이 있는 곳이다. 이 망산도의 유주암에 맨 큰 배에서 가벼운 배로 갈아타고 육지에 상륙해야 한다. 그런데 시간이 늦은 오후이다. 그날 밤은 정박한 큰 배에서 묵고 내일 아침 이 배에서 내려 배필을 만나러 가야 한다.

  승점(乘岾)에서 허황옥 일행의 도착을 본 신귀간이 말을 달려 궁에 가서 수로왕에게 아뢰었다. 승점이 어디인지는 정확하게 말하기 어렵다. '가마를 내린 곳(乘岾: 연하국(輦下國))'이라 하였으니 두 군데 중 하나이다. 하나는 '배에서 가마를 내린 곳'이다. 그러면 주포의 별포 근방이다. 다른 하나는 '허황옥이 가마를 내린 곳'이다. 그런데 신귀간이 망산도 유주암에 큰 배가 닿는 것을 볼 수 있는 곳이어야 한다. 바다가 보이는 고개 근방, 능현[지금의 궁현]이 승점일 가능성이 크다.

왕이 9간 등을 보내어 바로 궐내로 데려오려 하였다. 그랬더니 허황옥이 "나와 너희들은 평생 처음인데 어찌 가벼이 따라가겠는가?" 하였다. 초면에 낯선 남자들을 따라갈 수 없다는 거지. 틀림없이 의사소통이 이루어졌다. 무슨 말로 하였을까? 가락어? 인도어? 중국어? 몸짓 말? 통역이 있었을 수도 있다. 이 장면은 아마도 7월 27일 저녁 망산도 근방의 장면일 것이다.

유천간 등이 그대로 전하니 왕이 그렇겠다고 여겨 마중 나와 대궐 서남쪽 六十步(?)쯤 되는 산 옆에 천막을 치고 기다린다. 60보라? 1보는 6척이다. 한나라 때의 1척은 23.1cm이고 당나라 때의 1척은 약 24.5cm이다. 그러니 1보가 대략 138.6cm, 또는 147cm이다. 60보는 한나라 자로는 60보×138.6cm=8316cm이니 83.16m이고, 당나라 자로는 60보×147cm=8820cm이니 88.2m이다. 마중을 100m도 안 되게 나와서 천막을 친다? 그럴 리가 없다.

김해 읍내 왕궁 터로부터 장유면의 지사리 배필정고개 근방까지는 서남 방향으로 20리[8km]가 넘는 거리이다. 그러므로 무조건 十이 틀린 것이다. 올바른 것은 무엇일까? 당연히 千이다. 六十步를 온 것이 아니라 '六千步'를 왔다.

한나라 때 자로 재면 6000보×138.6cm=831600cm이니 8316m이고, 당나라 때 자로 재면 6000보×147cm=882000cm이니 8820m이다. 20리, 8km가 넘는다. 정확하다. 「가락국기」는 고려 문종 때의 기록이니 아마 당나라 자로 六千步라고 적었을 것이다.

김해 읍내 왕궁 터에서 배필정고개 근방까지 8820m, 즉 8.82km 정도가 맞다. 그러니 千으로 되어 있던 것을 언젠가 十으로 잘못 적은 것이다. 首를 旨로 잘못 적었듯이. 六十步가 아니라 六千步이다.

가볍고 작은 배와 주포 상륙

왕이 마중 나온 뒤, (5a)에서 허황옥은 비로소 산 밖의 별포 나루머리에 배를 매고 육지에 올랐다. 이 허황옥의 상륙 장면은 아마 다음 날인 7월 28일 주포에서의 일을 적은 것으로 보인다. 그렇다면 수로왕이 마중 나온 것은 7월 27일 밤의 일로 보아야 한다. 천막으로 유궁(帷宮)을 만드는 시간도 고려해야 하니까. 하룻밤 내내 지사리의 배필정고개와 태정고개 사이에서는 공사가 벌어졌다.

(5) a. 왕후는 산 밖의 별포 나루머리에 배를 매고 육지에 올랐다[王后於山外別浦津頭維舟登陸]. 높은 산길에서 쉬면서 입고 온 비단 바지를 벗어 산령에게 폐백으로 바쳤다[憩於高嶠산길 刓解所著綾袴[바지 괴]爲贄[폐백 지]遺于山靈他]. 그 땅에서 시종해 온 잉신 2인의 이름은 신보와 조광이고 그 아내 2인은 모정과 모량이다[其地(他)侍從媵臣二員 名曰申輔趙匡 其妻二人 號慕貞慕良].13) 혹은 노비까지 포함하여 모두 20여 명이라고도 한다[或臧獲並計二十餘口]. 싸 가지고 온 금수능라비단, 의상필단, 금은주옥, 경(瓊: 루비), 구(玖: 옥돌), 옷, 놀이기구는 이루 다 적을 수 없었다[所齎錦繡綾羅 衣裳疋段 金銀珠玉 瓊玖服玩器 不可勝記].14)

b. 왕후가 점차 행재소에 가까이 오니 왕이 나아가 맞이하여 함께 유궁으로 들어왔다[王后漸近行在 上出迎之 同入帷[휘장 유]宮]. 잉신 이하 여럿은 계단 아래 나아가서 뵙고 즉시 물러갔다[媵臣已下衆人 就階下而見之卽退]. 왕은 유사에게 명하여 잉신 부처를 데려와서 말하기를 [上命有司 引媵臣夫妻曰], 각 인당 방 하나에 편안히 있고 이하 노비들

---

13) 허황옥을 비롯하여 등장하는 인물들의 이름이 모두 인도 말 이름이 아니다. 이들은 이미 한화된 인도인들이다.
14) 상당수의 인원을 데리고 많은 물자를 가지고 왔다. 이것은 허황옥이 부와 권세를 가진 집안의 후예임을 뜻한다.

은 1방에 5-6인이 있으라고 하괴人各以一房安置 己下臧獲各一房五六人安置], 난액[좋은 음료쉬와 혜세[좋은 술을 주괴給之以蘭液蕙醑], 문인[무늬 있는 자리]와 채천[채색된 자리]로 잠자게 하괴寢之以文茵彩薦], 심지어 의복, 비단 보화지류를 주괴至於衣服疋段寶貨之類], 군인 장부들을 많이 모아 보호하라 하였대[多以軍夫遴集而護之]. <『삼국유사』 권제2 「기이 제2」 「가락국기」>

(4b)와 (5a)의 이 두 장면을 연결지어 설명하기가 매우 어렵다. 그리고 (4b)에서는 망산도에서 배를 내렸는데 (5a)에서 왜 또 별포(別浦) 나루터에 배를 매는가? 앞에서 배를 매었다는 유주암은 무엇이고 여기서 배를 매는 별포는 또 무엇인가? 또 주포(主浦)는 어디이고, 고포(古浦)로 말을 달리고 배를 달렸다는데 고포는 어디인가? 등등의 의문이 제기될 수 있다. 그런 의문들은 이 기록의 신빙성을 낮추는 것이다. 그런데 그 의문들은 대체로 갯가에 사는 이들의 일상을 보면 이해가 된다.

유천간이 거느리고 온 가벼운 배[輕舟]의 용도가 이 의문들을 잠재우는, 그리고 이 두 장면을 연결시키는 핵심 고리이다. 이 가벼운 배는 유주암의 큰 배에서 허황옥을 주포의 별포에까지 싣고 간 상륙선이다. 고포는 옛날 허 왕후가 내리던 그 옛 나루터라는 말이다.

유주암에 맨 배는 사천성 남군에서 양자강을 타고 내려와 서해를 건너 용원까지 온 큰 배이다. 수로왕이 유천간에게 거느리고 가라고 한 가벼운 배는 작은 마중배다. 망산도 유주암에 큰 배를 매었으니 상륙하려면 당연히 landing boat를 이용할 수밖에 없다. 그렇다면 김수로왕은 큰 배를 맬 곳도 알았고 전마선을 타고 얕은 바다를 거슬러 올라와 그 작은 배를 맬 곳도 알았다는 말이다. 어떻게? 자신도 그 길을 통하여 어른들과 함께 이동하였으니까.

지도의 오른쪽 가운데쯤에 주포(主浦)가 보인다. 앞에서 본 「금관성 파사석탑」에서도 허 왕후가 처음 도착한 곳을 주포라 하였다고 하고, 뒤에 볼 「가락국기」의 (6b)에서도 처음 와서 닻줄[纜(람)]을 내린 나루터인 도두촌(渡頭村)을 주포촌(主浦村)이라 한다고 하였다. 이 지명은 님이 도착한 나루라는 뜻으로 '님 主, 개 浦'를 썼으니 '님개'이런만 아는지 모르는지 가동(佳洞)과 주포를 합쳐서 가주동(佳主洞)이라고 하고 있다.15) '古浦'는 옛날에 허 왕후가 배를 내렸던 '옛 나루터'라는 말이다.

그러니까 배를 매는 과정이 두 번 있었다. 한 번은 큰 배를 유주암에 매는 일이다. 그리고 그때 내린 이는 배를 매는 작업을 위하여 바닷물 속에 발을 담그거나 널빤지를 걸치고 뛰어 내리는 날렵한 뱃사공들이다. 허황옥은 내리지 않았을 수도 있다. 또 한 번은 작은 배를 시냇가에 대는 과정이다. 이때 내리는 이들에는 허황옥도 포함된다. 그리고 왕후는 가마를 탔다. 연하국(輦下國)이라 적힌 승점은 가마를 배에서 내린 이곳일 가능성도 있다. 가마는 어디에서 났을까? 상식적으로는 배에 싣고 왔다. 큰 배에서 작은 배로 옮겨 실었을 것이다.

만약 김수로왕이 내어준 가마라면 유천간 등이 망산도로 갈 때 지참물 속에 경주(輕舟), 준마(駿馬), 연(輦)이 있었어야 한다. 그런데 경주와 준마만 있다. 아유타국에서 허황옥이 집에서 나루터까지 갈 때에도 가마는 필

15) 그리하여 '아름다운 님'이 되었다. 이런 식의 고을 이름 짓기는 지명 연구자를 지치게 한다. 昌原이라는 이름이 창성할 언덕인 줄 알고 찾았더니 두 고을 義昌과 會原을 합쳐서 한 고을로 만들면서 한 글자씩 따왔다고 한다. 그러면 마산, 진해, 창원을 합친 큰 창원시를 산해원시(山海原市)로 했어야지. '산과 바다가 어울린 언덕에 있는 시'라는 뜻도 살아난다. 한 두 개가 아니다. 거기에 沙伐州를 尙州로, 꿈말을 夢村으로, 새절을 新寺로, 너의섬을 적은 汝矣島를 보면서 참 기가 찬다. 그러나 언어는 관습이므로 이미 정해진 약속이다. 그 약속을 이제 와서 누가 마음대로 변경할 수는 없다. 왕조가 바뀌면 지명을 깡그리 바꾼다. 정복지에 사는 기득권 세력들을 쫓아내기 위해서다.

요하였겠지. 요새는 landing boat도 싣고 다닌다.

7월 28일 아침 그 가벼운 배에 옮겨 탄 허황옥은 얕은 바다를 지나 송정천을 거슬러 주포 앞까지 올라왔다. 지금도 가동과 옥포 사이에는 부인당에서 흘러내리는 시내와 487.9m의 보배산에서 흐르는 시내가 252m 높이의 궁현(弓峴)에서 내려뻗은 산자락을 사이에 두고 주포 마을회관 남쪽에서 만난다. 송정천이 올라와 그 두 시내로 나누어지는 주포교 남쪽 3각형 꼭지점이 별포[別浦:나누어진 개] 나루터로 보인다.

허황옥은 이 별포 나루터에 가벼운 전마선 닻을 내리고 작은 배에서 내린 것이다. 이렇게 가벼운 배[輕舟]를 이용하여 허황옥의 상륙 과정을 상정함으로써 (4b)와 (5a)의 단락 연결도 무난하게 정리되었다.

가벼운 배에서 내려 육지에 오른 허황옥은 주포 나루터에서 가마를 타고 서쪽으로 향한다. 높은 산길[高嶠]에서 가마를 내려 쉬면서 비단 바지를 벗어 산신령에게 폐백으로 드렸다. 이 바지 벗는 폐백 관습은 인도의 관습이라고 한다. 허씨들이 아유타국을 떠나 사천성으로 가서도 고향의 관습을 유지하고 있었음을 알 수 있다. 배에서 내려 탄 가마를 오르막길을 거쳐서 처음 내린 이 높은 산길의 고개가 비단 고개, 즉 능현(綾峴)일 것이다. 지금은 궁현(弓峴)이라고 한다.

이 궁현고개를 넘으면 두동 전골 마을이다. 지금은 동아대 캠퍼스가 들어선 두동 들판을 가로질러 동북쪽으로 가면 마봉산과 보배산 사이에 잘록한 두동고개가 있다. 용원에서 여기까지는 창원시 진해구로 옛날의 창원군 웅동면이다.16)

---

16) 이 지역 일대는, 바다는 매립되고 육지는 부산 신항의 배후 도시로 곧 대도시화할 것이다. 그에 따라 안 그래도 부족한 가야사의 현장 자료는 완전히 사라질 것으로 보인다. 지금도 가르칠 수 있는 이가 몇 안 될 『삼국유사』의 「가락국기」를 읽으며 마지막 증언으로서 내가 어릴 때 보며 자란 곳, 지금 가서 확인할 수 있었던 역사의 현장을

두동고개를 넘으면 지사동(智士洞)이다. 원래 여기서부터 옛 김해군 장유면 지사리였다. 지금은 부산직할시 강서구가 되었다.

배필을 만난 배필정고개와 결혼기념일

지사동에는 배필정고개가 있다. 두 번째로 가마를 내린 승점(乘岾: 연하국(輦下國))이 이 배필정고개 골짜기이다. 배필(配匹)을 만난 곳이어서 배필정고개라는 이름을 붙였다고 하니 이는 2000년이나 된 이름이다.

이 배필정고개 곁에는 흥국사가 있다. 가마를 내린 골짜기, 연하곡(輦下谷)이 輦下國[가마를 내린 나라]로 와전되어 적힌 것은 아닐까 하는 생각을 하며 이 골짜기에 있는 절 흥국사를 찾았다. 석양에 흥국사에서 바라본 서쪽 내 고향 뒷산 불모산 자락은 노을[煙霞]이 불타는 듯하였다.

(5b)에서 왕후가 행재소에 다가오니 왕이 나와 맞이하여 유궁(帷宮)으로 들어갔다. 유궁은 천막, 즉 만전이다. 왕과 왕후가 처음 대면하였다. 악수도 포옹도 없었을까? 유천간 등에게는 초면의 남자들을 따라가지 않겠다던 허황옥이 초면의 수로왕을 따라서는 천막 안에까지 아무 망설임 없이 들어갔다. 이 둘은 초면이 아니었을 수도 있다. 아주 어릴 때 만난 적이 있었을까?

수로왕은 왕후를 모시고 온 잉신 신보와 조광 부부를 비롯하여 20명이 넘는 사공과 수행원들에게도 방을 내어 주어 쉬게 하였다. 많은 군사와 장부들을 인근에 모아 그들을 보호하게 하였다. 그러려면 행재소가 매우 넓었을 것이다.

비교적 자세하게 묘사해 둔다. 혹시 천년 뒤에 뜻있는 누가 있어 다시 이 길을 더듬을 때 작은 지남이라도 되었으면 좋겠다.

〈**흥국사:** 왼쪽으로 보이는 산이 보배산(478.9m)이고 뒤쪽 산이 마봉산(357.3m)이다. 그 너머가 웅동면이다. 이 지역 전체를 품고 있는 산은 불모산(佛母山: 801.1m)이다. 그 기슭에는 성주사, 성흥사, 장유사, 굴암 절터 등 오래 된 절들이 있고, 노힐부득 달달박박으로 유명한 남백월산 사자암, 화산, 팔판산이 있다.〉

흥국사에는 '駕洛國太祖王迎后遺墟碑(가락국 태조왕 영후 유허비)'가 서 있다. 1708년에 세운 것이라 한다. '왕후를 맞이한 옛터'라는 말이니 이 근방이 김수로왕과 허 왕후가 첫날밤을 보낸 빅 텐트 만전[幔殿(휘장 만, 큰집 전)]을 쳤던 곳이다.[17]

---

17) 8대 질지왕이 허 왕후의 명복을 빌기 위하여 원가 29년(452년)에 허 왕후와 수로왕이 첫날밤을 보낸 땅에 절을 세우고 왕후사(王后寺)라 하였다. 지금의 흥국사 터가 왕후사가 있던 터일 것이다.

〈흥국사의 駕洛國太祖王迎后遺墟碑(가락국 태조왕 영후 유허비)〉

　인근 태정 마을에는 배를 매던 큰 바위를 이용하여 마을 표지판을 세웠다. 그리고 태정고개 근방에 유궁(帷宮) 터가 있다. 이 유궁 터가 첫날밤을 보낸 텐트를 친 곳이라 할 수도 있다. 배필정고개, 흥국사와 태정고개는 2km 남짓이다. 경우에 따라 천막을 여러 개 쳐서 유궁 터가 꽤 넓었다고 볼 수 있다. 경호하는 군사들도 숙영을 했을 것이니까.

　흥국사에는 미륵전이 있다. 그 미륵전에는 링가(남근석, 인도의 힌두교의 숭배 대상, 시바 신의 상징)이 있다. 인도의 강가(恒河: 갠지스강) 곁의 도시 바라나시에서 본 여성 성기 형상의 접시 위에 꽂혀 있던 링가, 갓 혼인한 신부는 그 링가에 정액을 연상시키는 뿌연 유지방을 뿌리며 다산을 빌고 또 빌고 있었다. 이 성기 숭배 사상이 우리나라 곳곳의 남근석과 여근곡, 여근석으로 남아 있는데 왜 학부 2학년 때의 '국문학사' 시간에 정병욱 선생님께 배운 「구지가」의 Phallicism은 그렇게 낯설었을까?

〈흥국사의 링가와 사왕석〉

이 절의 칠성각을 건립할 때 나왔다는 사왕석(蛇王石)은 '허왕후전'에 모셔져 있다. 가운데에 부처님이 앉아 있고 좌우에 코브라 형상의 뱀이 부처님을 경호하고 있다. 이런 모양의 조각은 어디에 있을까? 코브라 뱀이 있는 땅이다. 그런 뱀이야 이 땅에는 없지. 링가류와 코브라 형상을 새긴 전형적인 유물은 캄보디아의 앙코르와트이다. 그 벽에는 왜 그리 많은 외설물이 새겨져 있는 것일까? 이 링가와 사왕석은 뒤에 인도에서 가져온 것일까? 아니면 허황옥이 올 때 가져온 것일까? 나는 답이 없다.

만약 전자라면 언제, 누가, 어디서 가져왔다고 적어 두어야 할 것이다. 만약 허황옥이 시집올 때 가지고 왔다면 그들은 '링가'와 '사왕석'을 아요디아에서 코끼리에 태우고 차마고도를 넘어 사천성으로 가져왔다고 보아야 한다. 그것이 종교적 유물이므로. 신앙을 지키려는 인간의 행위는 상당한 희생을 감수하기 마련이다.

허황옥과 김수로왕의 결혼기념일은 언제일까? 서기 48년 7월 27일에 신하들이 조정에서 수로왕의 배필 없음을 걱정하였다. 수로왕은 바로 유천간 등을 망산도로 보내었다. 그러니 허 왕후가 7월 27일에 용원에 도착한 것은 틀림없다. 그렇다고 그날 바로 혼인하였을까? 그렇지 않다.

(6) a. 이때 왕후가 왕과 함께 나라 침실에 들었을 때 조용히 왕에게 말하기를[於是王與后共在御國寢 從容語王曰], "저는 아유타국(阿踰陀國)의 공주입니다[妾是阿踰陀國公主也]. 성은 허, 이름은 황옥이고 나이는 2×8, 16살입니다[姓許名黃玉年二八矣]. 우리나라에 있을 때 금년 5월에 부왕이 황후와 더불어 저를 보고 말씀하시기를[在本國時今年五月中 父王與皇后顧妾而語曰], '아비, 어미가 어제 밤 꿈에 함께 황천의 상제를 뵈었는데 일러 말하기를[爺孃一昨夢中同見皇天上帝 謂曰], '가락국 원군 수로는 하늘의 내린 바 되어 대보를 가졌으니 이에 신성하기 그만한 이가 없다[駕洛國元君首露者 天所降而俾御大寶 乃神乃聖惟其人乎]. 또 새로 나라를 세워 짝을 정하지 못했으니 경 등은 공주를 보내어 배필이 되게 하라[且以新莅家邦未定匹偶 卿等須遣公主而配之].'고 말을 마치자 하늘로 올라갔다[言訖升天]. 잠이 깬 후에도 상제의 말이 아직 귀에 쟁쟁하니 너는 이 자리에서 곧 부모와 작별하고 그곳을 향하여 가라[形開之後 上帝之言 其猶在耳 儞於此而忽辭親向彼乎往矣].'고 하였습니다. 저는 바다에 떠서 찐 대추를 구하고 하늘에 가서 복숭아를 얻어 매미 머리로 외람되이 용안을 가까이 하게 되었습니다[妾也 浮海遐尋於蒸棗

移天夐赴於蟠挑 蟆首敢叨 龍顔是近]."

b. 왕이 답하여 말하기를[王答曰], "짐은 나면서부터 매우 신성하여 미리 공주가 멀리로부터 올 것을 알고 아래 신료들이 왕비를 들이라는 청이 있었으나 따르지 않았는데 이제 현숙한 그대가 찾아왔으니 짐의 다행이오[朕生而頗聖 先知公主自遠而屆 下臣有納妃之請 不敢從焉 今也 淑質自臻 眇躬多幸]." 하였다.

c. 드디어 동침하여 두 밤을 지내고 또 하루 낮을 지내었다[遂以合歡 兩過淸宵 一經白晝].

d. 이에 타고 온 배를 돌려보내는데 뱃사공 15인에게 각각 양경쌀 10섬, 포 30필을 주어 본국으로 가게 하였다[於是遂還來船 篙工楫師共 十有五人 各賜粮粳米十碩布三十疋 令歸本國]. 8월 1일 환가할 때 왕후와 함께 연(輦: 바퀴 있는 가마)를 타고 잉신 부처도 다 가마[駕]를 타고 그 한사잡물을 모두 싣고 천천히 대궐로 들어왔다[八月一日 廻鑾與后同 輦 媵臣夫妻齊鑣並駕 其漢肆雜物咸使乘載徐徐入闕].[18] 때는 정오에 가까웠다[時銅壺欲午]. <『삼국유사』 권 제2 「기이 제2」 「가락국기」>

(6a)에서 둘이 공식상으로는 처음 말을 섞었다. 그 말은 어느 나라 말이었을까? 둘이 말이 통하려면 인도 말도, 가야 말도 아니라야 한다. 제3국 언어이다. 김수로왕은 다문화 집안이어서 세 언어 가야어, 흉노어와 중국어를 썼을 것이다. 허황옥도 다문화 집안이다. 인도 말과 중국어를 썼다. 둘이 만나 주고받는 저 말은 중국어, 그것도 사천성 보주 방언이다. 그들은 사천성에서 태어나서 어린 시절을 거기서 보내었을 것이니까.

(6a)에서 가장 중요한 말은 허황옥이 전하는 아버지의 말 속에 들어 있는 '황천상제(皇天上帝)'라는 말이다. 이 말은 어떤 말인가? 황천에 상제가 있어 그 상제, 즉 천제가 지상 인류의 삶을 관장하고 있다. 이른바 천명(天

---

18) '한사잡물(漢肆雜物[한나라 가게 물건])'은 허황옥의 출발지가 한나라였음을 뜻한다.

命)의 시대, 하늘의 부명(符命)을 받아야 황제가 될 수 있다고 믿던 시대, 그런 시대는 언제이고 그런 것을 믿던 곳은 어디인가? 주지육림(酒池肉林)의 질탕한 술 문화를 벌인 주왕(紂王)의 은(殷) 나라를 뒤집어엎고 주(周) 나라를 세운 희(姬)씨들은 천명이 바뀌었다고 권모술수를 썼다.

이 철학, 이 문화는 어디 것인가? 이 사상은 어떤 사상인가? 인도 것인 가? 인도의 불교인가? 불교는 개에게도 불성이 있고, 누구나 깨달으면 부처가 될 수 있다고 인간을 앞세워 천제를, 상제를 부정한 종교이다. 이 상제가 인도의 개념일 수가 없다. 그러니 허황옥의 아버지의 정신세계는 인도의 것이 아니다. 그러므로 허황옥이 인도에서 왔다는 말은 이 '황천의 상제'라는 말을 설명하지 못하면 받아들이기 어려운 말이다. 허황옥은 중국에서 왔을 가능성이 더 크다.

(6b)에서 수로왕은 왕후가 올 것을 미리 알았다고 하였다. 어떻게 알았을까? 그 나이에 알긴 무엇을 알겠는가? 어른들이 알려 주었겠지. "너에게는 약혼녀가 있다. 네가 왕이 되면 그 약혼녀가 찾아올 것이다."

(6c)가 결혼기념일을 확정할 결정적인 정보를 준다. 2박 3일의 신혼을 치르고 8월 1일 환가하였다. 7월이 29일까지이니 7월 28일, 29일, 8월 1일, 이 3일 동안이 배필정고개 아래에서 혼인 잔치를 벌인 기간이 된다. 허황옥이 용원의 유주암에 배를 맨 날짜는 48년 7월 27일이다. 그리고 배에서 하룻밤을 보내고 28일에 전마선을 타고 주포에 상륙하여 궁현고개와 두동고개를 넘어 배필정고개 아래 만전에서 혼인한 것이다. 허 왕후의 결혼기념일은 음력 7월 28일이다.

(6d)에서 7월 29일에는 뱃사공 15명에게 각각 쌀 10섬, 베 30필을 주어 고향으로 돌려보내었다. 허 왕후는 다시는 고향으로 돌아갈 생각을 하지

않기로 하였다. 그는 돌아갈 배를 보내버렸다. 배수의 진을 친 것이다. 뱃사공들이 타고 간 배는 타고 온 것과 같은 배이다. 분명히 돌배는 없었다. 이 배 이름을 나는 '7월의 신부[July Bride]'라고 지었다. 지네들만 '5월의 꽃[May Flower]'를 가져야 할 까닭은 없으므로.

이렇게 2박 3일을 신랑, 신부가 함께 보내고 나서 신랑이 신부를 데리고 자기 처소로 가는 유형이 그대로 남은 것이 남해안 지방의 전통 혼례이다. 40년 전만 해도 우리 혼례는 신랑이 신부 집에 가서 예식을 올리고 초야를 보낸 뒤 2박 3일을 지내고 3일째에 우귀(于歸)하는 것으로 되어 있었다. 이때 신랑 집안의 어른이 상객으로 따라가는데 마치 장유대사가 누이동생의 혼례에 함께 온 것과 같은 유형을 보인다. 어쩌면 이 혼인 의식은 아유타국의 전통일지도 모른다.

뒤에 보는 (13)에 의하면 이 혼사를 기념하는 축제 행사가 매년 7월 29일에 열렸다고 한다. 그 날은 7월 28일 초야를 치른 다음 날인 잔칫날을 기념하는 것으로 보인다.

(7) a. 왕후는 중궁에서 살고, 잉신 부처와 사속에게는 빈 두 집에 나누어 들게 하고, 그 외의 종자들에게는 빈관 1채의 20칸에 인수에 따라 나누어 들게 하고, 날마다 풍부한 음식을 주고 그 싣고 온 진귀한 물건들은 내고에 저장하여 왕후의 4철 비용에 쓰게 하였다[王后爰處中宮 勅賜媵臣夫妻私屬 空閑二室分入 餘外從者以賓館一坐二十餘間 酌定人數 區別安置 日給豊羨 其所載珍物 藏於內庫 以爲王后四時之費].

b. 하루는 왕이 신하들에게 말하기를[一日上語臣下曰], "9간 등이 다 모든 관료의 장이지만 그 직위와 이름이 모두 소인야부의 이름이요 잠이직위의 칭호가 아니니 만일 외국에 전언되면 반드시 웃음거리가 될 것이다[九干等俱爲庶僚之長 其位與名 皆是宵人野夫之號 頓非簪履職位之

稱 儻化外傳聞 必有嗤笑之恥]." 하고, 드디어 아도를 아궁으로, 여도를
여해로, 피도를 피장으로, 오방을 오상으로, 유수와 유천의 이름은 윗
글자만 그냥 두고 아래 글자만 고치어 유공과 유덕으로 하고, 신천을
신도로, 오천을 오능으로, 신귀의 음은 바꾸지 않고 훈을 바꾸어 신귀
로 고쳤다[遂改我刀爲我躬 汝刀爲汝諧 彼刀爲彼藏 五方爲五常 留水留天
之名 不動上字改下字 留功留德 神天改爲神道 五天改爲五能 神鬼之音不
易 改訓爲臣貴]. 그리고 계림의 직제를 취하여 각간, 아간, 급간의 순서
를 두고 그 아래 관료는 주나라의 규례와 한나라의 제도에 따라 나누
어 정하였다[取鷄林職儀 置角干 阿叱干 級干之秩 其下官僚 以周判漢儀
而分定之]. 이것이 옛 것을 바꾸고 새 것을 세우며 관을 설치하고 직을
나누는 도리가 아니겠는가[斯所以革古鼎新 設官分職之道歟]?

c. 이에 나라와 집안이 질서 있게 되고 국민을 자식과 같이 사랑하니
그 교화는 엄숙하지 않아도 위엄이 서고 그 정치는 엄하지 않아도 다
스려졌다[於是乎理國齊家 愛民如子 其教不肅而威 其政不嚴而理]. 하물
며 왕후와 더불어 거처함이 마치 하늘이 땅을, 해가 달을, 양이 음을
가진 것과 같고, 그 공은 도산이 하를 돕고 당원이 교를 일으킴과 같았
다[況與王后而居也 比如天之有地 日之有月 陽之有陰 其功也 塗山翼夏
唐媛興嬌].

d. 빈년(이듬해)[19] 꿈에 웅비(熊羆[큰 곰])를 얻는 길조가 있더니 태자
거등공이 태어났다[頻年有夢得熊羆之兆 誕生太子居登公]. <『삼국유사』 권
제2 「기이 제2」 「가락국기」>

(7a)에서 관직명을 고치고 있다. 계림의 관등을 도입하고 주나라, 한나
라의 제도를 따른다고 하였다. 이를 보면 당연히 나라 이름도 연호도 새
로 지었을 것이다. 수로왕과 그의 섭정 어른들이 대륙의 제도와 인접 지

---

19) 빈년(頻年)에서 '頻'은 '자주, 연이어'의 뜻이다. 여기서의 '빈년'은 '연이은 해', 즉 '이듬
해'를 뜻하는 것으로 보인다.

역의 사정에도 밝았다고 보아야 한다. 새로운 정권이 수립된 것이다.

그리고 (7d)에서 이듬해인 새해 49년에 2대 왕이 되는 거등공이 태어났다. 태자가 태어난 것이다.

그들의 이상한 나이

세월이 흐르고 우리 역사상 그때까지는 가장 먼 신행길을 거쳐서 가장 기이한 세기적 국제결혼을 이룬 이 왕 부부도 인생의 덧없음을 이기지 못하고 이승을 떠나고 있다. 그나마 160여세 가까이 살았다고 하였으니 다행이긴 하다만 그렇게 오래 사는 것이 가능하였을까 하는 한 가닥 의구심을 가지게 한다. 「가락국기」는 (8)과 같이 이어진다.

(8) a. 서기 189년[영제 중평 6년] 기사년 3월 1일 왕후가 돌아가셨다
[靈帝中平六年己巳三月一日 后崩]. 나이가 157세였다[壽一百五十七]. 국
인이 땅이 꺼진 듯 탄식하였다[國人如嘆坤崩]. 구지봉 동북 언덕에 장사
지냈다[葬於龜旨東北塢]. 국민을 자식처럼 사랑한 (왕후의) 은혜를 잊지
않으려 하여 (국민들이) (그가) 처음 와서 닻줄을 내린 도두촌을 주포촌
[님개 마을이라 하고 비단 치마를 벗은 높은 고개를 능현이라 하고 붉
은 기가 들어오던 바닷가를 기출변이라 하였다[遂欲不忘子愛下民之惠
因號初來下纜[닻줄 람]渡頭村曰主浦村 解綾袴高岡曰綾峴 茜旗行入海涯
曰旗出邊]. 잉신 천부경 신보, 종정감 조광 등은 나라에 이른 지 30년
후, 각 2녀를 낳고 남편과 아내가 1-2년 차이로 모두 면신하였다[媵臣
泉府卿申輔宗正監趙匡等 到國三十年後 各産二女焉 夫與婦踰一二年而皆
抛信也]. 그 나머지 노비들은 온 지 7-8년에 자녀를 낳지 않고 고향을
그리워하는 슬픔을 안고 모두 머리를 고향으로 두고 죽었다[其餘臧獲之
輩 自來七八年間 未有玆子生 唯抱懷土之悲 皆首丘而沒]. 그들이 머물던

빈관이 텅 비었다[所舍賓館.圓其無人].

b. 시조 임금이 이에 늘 외로운 베개에 의지하여 많이 비탄해 하였
다[元君乃每歆[기울 의]鰥枕悲嘆良多]. 10년이 지난 뒤 199년[헌제 입*
{건}*안 4년] 기묘년 3월 23일에 승하하였다[隔二五歲 以獻帝立安四年
己卯三月二十三日而殂落]. 누린 수가 158세였다[壽一百五十八歲矣]. 나
라 안의 국민들이 마치 하늘이 무너진 것처럼 비통해 하기를 황후가
돌아간 날보다 더 심하게 하였다[國中之人若亡天只 悲慟甚於后崩之日].
대궐의 곤방[동쪽] 평지에 높이 1장 주변 300보의 빈궁을 짓고 장사지
내어 수릉왕묘라 이름하였다[遂於闕之艮方平地 造立殯宮 高一丈周三百
步而葬之 號首陵王廟也]. 상속자 거등왕으로부터 9대손 구충왕까지 이
묘에 배향하고 매년 정월 3일, 7일, 5월 5일, 8월 5일, 15일에 풍성하고
정결한 제전이 이어져 끊이지 않았다[自嗣子居登王 泊九代孫仇衝之享是
廟 須以每歲孟春三之日七之日 仲夏五之日 仲秋初五之日 十五之日 豊潔
之奠 相繼不絶]. <『삼국유사』 권 제2 「기이 제2」 「가락국기」>

여기서 주목할 것은 김수로왕과 허 왕후의 사망 시의 나이이다. (8a)에
서 허 왕후는 서기 189년에 승하하였다. 누린 수가 157세였다. 그러니 그
녀는 서기 33년에 출생한 것이다. 그러면 가락국 왕후가 되던 48년에는
16세이다. 다만 157세까지 살았다는 것이 이상하다. 구지봉 동북 언덕에
묻었다고 했으니 지금의 가락국 수로왕비 보주태후 허씨릉(駕洛國首露王
妃 普州太后許氏陵)이 있는 그 자리이다.

(8b)에서 김수로왕은 서기 199년에 158세로 승하하였다고 하였다. 이것
은 큰 문제를 불러일으킨다. 왕후는 189년에 죽고 왕은 199년에 죽었다.
왕후가 10년 먼저 죽은 것이다. 그런데 죽을 때 왕후 나이는 157세이고
왕의 나이는 158세였다. 1살 차이가 난다.

그렇다면 부인이 남편보다 9살이 많았다는 말이 된다. 연상의 여인, 연

하의 남자? 허황옥은 횡재를 하였을까? 서기 42년 이전에 대륙에서 혼약을 맺었을 터인데 그럴 리가 없다. 그런데 허황옥은 혼인할 때 16세였다. 그보다 9살 적은 수로왕은 몇 살인가? 7살이 된다. 일곱 살 된 꼬마 신랑이야 있을 수 있다. 그렇지만 그 일곱 살 꼬마 신랑이 48년 7월 28일에 혼인하여 49년에 태자(2대 거등왕)을 낳을 수는 없는 일이다.

인천 이씨의 유래

이 부부는 10명의 아들과 2명의 딸을 낳았다고 한다. 그 중 첫째 아들 거등공이 가락국의 2대 왕이 되었다. 그리고 두 아들*{혹은 다섯 아들}*이 어머니 성을 물려받았다. 수로왕이, 고향을 떠나 멀리 이 땅에 온 허 왕후에게 감사하여 그녀의 흔적을 남기기 위하여 사성하였다고 한다.[20]

이 허씨들 가운데 허기(許奇)라는 이가 (9)에서 보듯이 경덕왕 때인 756년에 당나라에 사신으로 가서 '안사의 난'으로 사천성 성도에 피난 와 있던 당 현종을 만난다. 이때 허기가 이용한 뱃길은 아마도 허황옥이 가락국으로 남편감을 찾아오던 길의 역방향이었을 것이다. 물론 김탕도 어린 손자들(김수로 등)을 데리고 이 뱃길을 타고 내려왔을 것이다. 허기는 이 사연을 알았을까? 이 사천 땅 성도가 딱 720년 전, 자신들의 먼 조상인 도성후 김탕이 공손술과 더불어 후한 유수의 군대와 맞서 싸우다가 성도가 함락되어 도륙을 당하던 그 비극의 땅이라는 것을.

---

20) 「인천이씨족보서」에 '李氏之先本駕洛國首露王之裔 王姓金 有子十人感后許氏言賜姓者二 卽許氏是也*{或云十子中五子爲許 或云生子累人 或有從母姓爲許者}*이씨의 선조는 본래 가락국 수로왕의 후예이다. 왕의 성은 김씨이다. 아들이 10명이었는데 왕후 허씨에게 감사하는 마음으로 성을 준 이가 2명이니, 즉 허씨가 이들이다*{혹은 열 아들 중 다섯 아들이 허씨가 되었다. 혹은 아들 낳은 자가 이었다. 혹은 어머니 성을 따른 이가 허씨가 되었다}*l.'라 하였다.

(9) a. 756년[경덕왕 15년] --- 왕은 현종이 촉에 있다는 말을 듣고 사신을 당에 보내어 강을 거슬러 올라 성도에 이르러 조공하였다[王聞 玄宗在蜀 遣使入唐 泝[거슬러 오를 소]江至成都朝貢]. 현종은 5언 10운 시를 친히 지어 써서 왕에게 주며 말하기를[玄宗御製御書五言十韻詩 賜 王曰], "신라왕이 해마다 조공하고 예악과 명분과 의리를 잘 실천하는 것을 기뻐하여 시 한 수를 준다." 하였다[嘉新羅王歲修朝貢 克踐禮樂名 義 賜詩一首]. ---(전략) 사신이 가면 풍교를 전달하고 사신이 오면 법 도를 익혀 갔다[使去傳風教 人來習典謨]/ 선비들 예를 받들 줄 알고 참 되고 미더운 인물들 선비를 존중할 줄 알았도다[衣冠知奉禮 忠信識尊 儒]/ 정성스럽도다, 하늘이 밝혀 보고, 어질도다, 덕은 외롭지 않다[誠矣 天其鑑 賢哉德不孤] ---(후략).

b. 선화[송 휘종 연호] 때에 입조사신 김부의[21]가 (당 현종의 시의) 각본을 가지고 변경으로 들어가 관반학사 이병에게 보이고, 이병이 황 제에게 올렸다[宣和中入朝使臣金富儀 將刻本入汴京 示館伴學士李邴 李 邴上皇帝]. 인하여 이를 양부 및 제학사들에게 보이고 뜻을 전하기를[因 宣示兩府乃諸學士訖 傳宣曰], 진봉시랑이 올린 시는 정말 당 명황의 글 이다 하고 상탄함을 마지 아니 하였다[進奉侍郎所上詩 眞明皇書 嘉嘆不 已]. <『삼국사기』 권 제9 「신라본기 제9」 「경덕왕」>

인용한 시의 마지막은 『논어』 「이인편」의 '德不孤必有隣[덕은 외롭지 않고 반드시 이웃이 있기 마련이다.]'를 응용한 '德不孤'이다.

756년 6월 이후 당 현종은 처참한 시기를 보내고 있었다. 안록산-사사 명의 난을 피하여 궁벽한 오지 사천성으로 도망칠 때 호위 병사들은 나라 를 망친 양귀비 일족을 죽이지 않으면 한 발짝도 나아가지 않겠다고 버티 었다. 할 수 없이 애첩 양옥환을 환관 고력사에게 내어 준 현종은 양귀비

---

21) 김부식의 동생이다. 그때도 김씨와 허씨 사이의 인연이 작동하고 있었을까?

의 죽음을 애써 외면하였다고 백거이는 「장한가」에서 읊고 있다.

(10) 고운 여인 굴러 떨어져 말 앞에서 숨 거두니/ 꽃 비녀 땅에 떨어져도 줍는 이 없고/ 비취 깃털, 공작 비녀, 옥 비녀마저 뒹구는구나/ 황제는 차마 못 보아 얼굴을 가리고/ 돌아보니 피눈물만 흘러내리네.

그때 양귀비 나이 38세였다. 예순을 바라보던 나이에 아들의 아내였던 23세의 양옥환을 빼앗아 해어화(解語花)라 부르며 꽃조차 부끄러워한다는 '羞花(수화)'와 즐긴 지 15년 만이었다. 다시 한 번 백거이의 「장한가」.

(11) 연꽃 휘장 속에서 보낸 뜨거운 봄 밤/ 봄 밤이 너무 짧아 해 높이 솟았구나/ 황제는 이날 이후 조회에도 안 나오네/ 후궁에 미인은 3천 명이나 되지만/ 3천명이 받을 사랑 한 몸에 다 받았네/ 금으로 치장한 궁궐 몸 단장 끝내고 기다리는 밤/ 백옥누각 잔치 끝나면 피어나는 짧은 봄 밤이여.

3천 궁녀의 어원이다. 한 찰나 지나간 봄꿈, 春夢이다. 황제의 꿈도 여유롭지 않다. 하기야 언제 죽을지 모르는 파리 목숨 같은 것이 황제의 목숨이니 살아 있는 동안 하고 싶은 거 다 하고 죽어야지.

사단은 역시 인사와 남녀관계에서 났다. 현종은 양귀비의 세 자매를 한국(韓國), 괵국(虢國), 진국(秦國) 부인으로 책봉하고 그의 6촌 오빠 건달 양소를 등용하여 국충(國忠)이란 이름까지 하사하였다. 양귀비는 투르크족인 안록산을 가까이 하였다. 안록산은 군졸로 시작하여 용맹으로 공을 세워 중앙 정계로 진출한 인물이다. 20대의 양귀비는 40대의 안록산을 수양아들로 삼고 가까이 하였다. 당 현종은 쥐뿔도 모르고 양귀비가 원하는 대로 안록산과 양국충의 벼슬을 높여 주었다. 인사가 엉망이 되었다.

양국충과 안록산 사이에 갈등이 생겼다. 한때는 양귀비를 사이에 두고 협조하며 황제의 입을 빌려 천하를 호령하던 그들도 권세에 취하면 더 큰 권세를 누리려고 사이가 틀어지게 되어 있다. 안록산의 권세에 위협을 느낀 양국충은 그를 제거하려 하였다. 이를 눈치 챈 안록산은 부장인 사사명과 더불어 변방에서 난을 일으켜 수도 장안으로 쳐들어왔다.

현종은 양귀비를 데리고 서쪽 옛 공손술의 성가 왕국, 유비의 촉한 땅으로 도망치려 하였다. 그 땅에 들어가서 이긴 영웅이 없는데 왜 중원을 버리고 서촉으로 갔을까? 천하는 무조건 중원을 차지하고 버티어야 자기에게 돌아온다.

이 도망의 와중이다. 성난 군졸들에게 양귀비 일족은 죽음을 강요당하였다. 다른 이들은 어떻게 죽었는지 모르겠고, 나라를 기울여 망칠 만큼 아름다웠던 여인 경국지색(傾國之色) 양수화(楊羞花)는 배나무에 비단 천으로 목을 매어 자진하였다. 자살 당한 것이다. 자살 당함은 동양의 유구한 전통이다. 목숨과 애첩, 둘 사이에서 현종은 한없이 비겁하였다. 그 후 6년 세월을 아들 숙종에게 모든 것을 맡긴 채 양귀비만을 그리워하며 지내던 현종이다. 762년 78세의 나이로 죽었다.

그때, 72세 때, '저 아이를 죽이려면 나를 죽여라. 그 아이에게 무슨 잘못이 있는가? 모든 것은 내 잘못이다.' 하고 당당히 죽었으면, 인천 이씨는 없었겠지만, 큰아버지 중종을 독살한 고모들을 죽이고 아버지 예종을 즉위시킨 사나이 이융기, 그 당 현종은 역사에 얼마나 멋진 사나이로 기억되고 있겠는가? 6년을 더 살 것이라고 그걸 못하다니. 그러나 나이는 어쩔 수 없다. 72세 된 늙은이에게 무슨 기개가 있었겠는가?

22세 풍월주 김양도(良圖)는 '사나이 대장부가 말가죽으로 시체를 싸야지 어찌 아녀자의 손길 아래 숨을 거둘 수 있겠는가?' 하고 큰 소리치고 당나라로 가서 옥에서 죽었다.[22] 젊을 때야 무슨 일을 못해. 김흠순은 살아서 돌아왔다. 김양도와 김군관이 당나라에 사신으로 가다가 점을 보았다. 점쟁이가 '두 분이 현달하겠으나 비명에 죽겠다.'고 하였다. 김군관은 소심해져서 조심하였으나 결국 69세에 '김흠돌의 모반'에 연루되어 개죽음 같은 자살 당함을 겪었다. 681년 8월 그믐이었다.

신라 문무왕이 승하한 681년으로부터 75년이 흐른 756년, 세월은 흘러 당나라는 태종-고종-중종-측천무후-다시 중종, 예종을 거쳐서 현종 말기에 이르렀다. 신라는 문무-신문-효소, 성덕-효성, 경덕왕에 이르렀다. 경덕왕이 문무왕의 증손자이고, 현종이 당 태종의 증손자이다. 아무리 할아버지가 목숨을 걸고 나라를 이루었지만 증손자쯤 이어가면 개판 5분 전에 이르게 된다. 그것이 황제나 왕이나 필부나 모든 인간의 삶이다.

이렇게 쫓겨 와서 시름에 젖어 있던 현종을 신라 사신 허기(許奇)가 찾아왔다. 이 고맙기 짝이 없는 신라 사신에게 현종은 자신과 일가가 되기를 청했던가 보다. 허기에게 황제의 성인 이씨 성을 주어 이허기로 만들었다.[23] 인천 이씨들은 처음 허씨에서 이씨로 된 허기를 득성조(得姓祖)라 부른다. 그리고 이 득성조 이허기가 허 왕후의 23세손이라고 한다.

---

22) 『화랑세기』 「22세 양도공」 조에 나오는 이 말 '大丈夫馬革裹尸 不死兒女子手 故當然也'는 『후한서』 권24 「마원열전」 제14에 나오는 '男兒要當死於邊野 以馬革裹屍還葬耳 何能臥床上在兒女子中邪(남아 의당 변방 야전에서 죽어 말가죽에 시체를 싸서 돌아와 묻힐 따름이지 어찌 능히 침상에 누워 아녀자 수중에 있겠는가?)'와 비슷하다. 신라 시대 화랑들이 무슨 책을 읽었는지 알 수 있다.

23) 「인천이씨족보서」에 '有○奉使入唐天子嘉之賜姓李 子孫徙居邵城縣○이 사신으로 당나라에 갔다. 천자가 이를 아름답게 여겨 이씨를 사성하였다. 자손이 소성현에 이사하여 살았다.'고 하였다. ○은 '奇'일 가능성이 있으나 '諱奇'가 올 자리이다.

척 보아도 이 23세손은 이상하다. 가락국 10대 구충왕이 법흥왕 때인 532년에 신라에 항복하였는데 경덕왕 때인 756년까지의 224년 사이에 13대나 흘렀을 리가 없다. 기껏해야 7-8대 정도가 흐르지 않았을까? 신라가 그 사이에 법흥-지소/입종-진흥-동륜-진평-천명/무열-문무-신문-효소, 성덕-효성, 경덕으로 10대밖에 흐르지 않았다.

그러나 인천 이씨 득성조 이허기가 허 왕후의 23세손이라는 것은 어김 없는 진실이다. 나라 역사는 잘못 적힐 수 있어도 집안 역사는 틀리기 어렵다. 나라 역사는 위정자들이 왜곡할 수도 있지만 집안 역사는 후손들이 허장성세로 꾸밀지언정 조상의 대수까지 속이지는 않는다. 왜 이허기가 허 왕후의 23세손인 것이 옳은지는 가락국 왕실 세계, 신라 김씨 세계를 모두 검증한 후에 다시 살펴보기로 한다(제7장, 제8장 참조).

이허기의 6세손인 이허겸(李許謙)[24]이 고려 때 소성[邵城, 인천의 옛 이름, 경원, 인주라고도 함] 개국○로 책봉되어 인천을 관향으로 삼고 인천 이

---

24) 이허기의 6세손인 이허겸이 김은부를 사위로 보았다. 공주 부사인 김은부는 거란의 침입을 받아 공주로 피난 온 고려 8대 현종(992년-1031년)을 극진히 대접하였다. 현종은 김은부의 딸 3명을 왕비로 삼았다. (고려 현종의 원혜왕비는 이허기의 8세손이 된다. 756년으로부터 240년쯤 흘렀다. 992년생 현종과 원혜왕비가 혼인할 수 있는 적절한 세대가 된다.) 현종과 원혜왕비 김씨의 셋째 아들인 11대 문종(1019년-1083년)은 외할아버지 김은부의 장인인 이허겸의 손자, 즉 어머니 원혜태후의 외사촌 이자연(1003년-1061년)의 딸 셋을 왕비로 들였다. 이 중 인예왕후 이씨의 아들이 12대 순종, 13대 선종, 14대 숙종, 대각국사 의천이다. 고려 문종의 어머니 원혜태후의 외가, 즉 문종의 외외가인 이 인천 이씨 집안이 아니었으면 오늘날 우리가 보는「가락국기」는 없었을지도 모른다.「가락국기」가 편찬된 문종 때의 최고 권문세가가 인천 이씨이다. 그들이 첫 할머니 허 왕후에 대한 기록을 남긴 것이「가락국기」이다. 이 기록이 없었으면 우리는 흉노제국의 번왕 휴저왕의 태자 김일제, 왕자 김윤의 후손들과 이 땅의 김씨들의 친연성(親緣性)을 연결지을 다리를 가지지 못하였을 것이고, 아유타국의 허씨와 사천성의 허성, 한 선제의 장인 허광한의 후손들을 연결짓는 거대한 프로젝트를 꿈꿀 수 없었을 것이다. 이 친연성이 앞으로 세계 속의 김씨, 허씨들과 어울려 나라와 종족을 융성시키는 유전인자가 될 것이다. 눈을 크게 뜨면 동유럽, 중앙아시아의 훈족, 투르크 족도 이 범주에 들어온다.

씨의 시조가 되었다.[25] 아마도 그 손자 이자연이 문종의 국구로 귀하게 된 뒤에 할아버지를 시조로 모셨을 것이다.

김수로/허황옥 커플의 나머지 일곱 아들은 장유암에 출가하여 외삼촌 장유대사의 지도를 받아 하동의 칠불암에서 성불하였다고 전해 온다. 그 아들들을 만나러 허 왕후가 자주 칠불암에 갔으나 오빠의 제지로 만나지는 못하고 그림자 비취는 못에서 승천하는 아들들의 영상을 보았단다. 이런 설화, 전설, 민담은 왠지 낡은 것처럼 보이고 과학적인 학문의 대상이 아닌 것처럼 보인다. 그러나 이 설화들 속에도 연구할 자료들이 들어 있다. 그냥 두고 내가 죽으면 「가락국기」도 그런 전설에 지나지 않게 된다. 그러나 「가락국기」는 전설이 아니라 역사이다.

이 7불을 낳은 어머니, 그리고 七佛이 수도한 땅을 기념하는 이름이 불모산(佛母山, 801.1m)이다. 불모산 동남쪽 기슭에 성흥사(聖興寺)가 있고 서북쪽 기슭에 성주사(聖住寺)가 있으며 북쪽 기슭에 장유사(長遊寺)가 있다. 이 산도 국립공원이 되고도 남을 만하다. 내가 돌아다닌 세상의 수많은 국립공원 중엔 이만한 스토리를 갖추고 있는 산도 드물었다.

---

25) 「인천이씨족보서」에 '仁川之李盖始於此 有諱許謙在高麗顯宗朝封邵城縣開國○ 食邑一千五百戶 是我鼻祖 子孫盛多世爲大官○麗○洛*{或云許氏至謙始得姓故曰李許謙云}*(인천의 이씨는 대개 이로부터 시작되었다. 휘 허겸이 고려 현종 조에 소성현 개국○로 책봉되어 식읍 1500호를 받았다. 이 분이 우리의 비조이다. 자손이 번성하여 여러 대에 걸쳐 높은 벼슬을 지냈다. ○려○락이라 한다*{혹은 허씨가 겸에 이르러 처음 성을 득한 고로 이허겸이라고 한다고도 하였다}*.'라 적었다. 고려 때의 허겸이 이씨 성을 득했다는 것은 적절한 설명이 아니다. 당나라 황제 성인 이씨 성은 당나라 현종 때 허기가 하사받았다. 고려 때 이허겸은 딸을 김씨에게 시집보내어 그 딸이 낳은 외손녀들이 현종의 왕비가 되어 소성[인천을 식읍으로 받고, 친손자 이자연의 딸들이 문종의 왕비가 됨으로써 새 집안을 창시한 중시조가 되었을 것이다. 이허겸 자신은 외손녀 잘 둔 것밖에 없고, 장원 급제하여 고위직에 오른 이자연이 할아버지를 중시조로 만든 것이다. '○麗○洛'은 '高麗駕洛'으로 보인다. 인천에는 이허겸을 모신 원인재(源仁齋)가 있다. 이자연의 손자 이자겸이 반란을 일으켜 집안이 몰락하였다.

「가락국기」를 다시 읽으며, 허 왕후가 큰 배를 맨 유주암으로부터, 가볍고 작은 배를 내려 첫발을 디딘 주포, 가마 타고 오르던 능현 고개, 첫날밤을 지낸 배필정고개, 8.8 km 떨어진 왕궁, 왕후의 왕릉을 보며, 어릴 때부터 듣고 살았던 고향의 허황옥 도래 설화가 사실(史實)이라는 것을 내 발로 직접 밟으며 확인한 것이 큰 소득이었다.

어느 날, 유주암에 맨 큰 배와 주포의 나누어진 갯가에 닻을 내린 유천간이 가지고 간 가볍고 작은 배의 구분이 강목 동생의 landing boat의 개념으로 명확하게 정리되었다. 왜 배를 유주암에도 매고, 또 별포에도 매었으며, 닻을 주포에도

〈**장유사(長遊寺)**: 지금의 '長有'라는 지명은 좀 이상하다. 원래는 '長遊'였다. 허 왕후의 오빠가 산에 들어가 오래 수도하며 나오지 않았다 하여 그런 이름이 붙었다.〉

내렸을까 하는 어리석은 의문이 50년 가까이 내 머릿속을 차지하고 있었다. 머릿속에 낡은 지식이 가득 찬 이는 진실을 보지 못한다. 아무리 비우려 해도 이미 들어찬 기존 지식을 벗어나기 힘들다. 그만큼 완고한 기존 학계를 설득하기도 어렵다.

김수로왕이 문무왕의 15대조일 리가 없다

(12a)에서는 문무왕이 김수로왕을 외가 쪽으로 자신의 15대조라 하고 제사를 잘 지낼 것을 당부하였다. 그러나 이 말을 그대로 믿기는 어렵다. 서기 42년에 김수로가 가락국 왕이 된 후 490년이 지난 532년[법흥왕 19 년]에 10대 구충왕이 신라에 항복하였다. 490년 동안에 왕위가 10대만 이 어졌겠는가? 금관가야의 역대 왕들의 재위 기간은 평균 49년이다. 그리고 수로왕은 158년이나 재위하였다. 이것은 후세인들이 조작한 것이다. 정말 로 금관가야가 490년 동안 존속했다면 1세대를 25-30세로 잡아도 왕위 를 이은 수로왕의 후손들은 17대-20대 정도 되어야 한다.

문무왕은 구충왕이 항복한 후로부터 '구충-세종-솔우-서운-문희'를 거쳐 625년에 태어났다. 문무왕이 수로의 15대조라면 어머니 문명왕후가 14대가 되어야 하는데 625년-42년=583년 사이에 14대밖에 안 흘렀을 리가 없다. 문무왕이 '수로왕이 나의 15대조라.'고 했을 리가 없다.

> (12) a. 신라 제30대 왕 법민이 661년[용삭 원년] 신유년 3월 일 조서
> 를 내려 말하기를[洎新羅 第三十王法敏 龍朔元年辛酉三月日有制曰], "짐
> 은, 가야국 원군의 9대손인 구충왕이 우리나라에 항복할 때 거느리고
> 온 아들 세종의 아들 솔우공의 아들 서운 잡간의 딸 문명왕후가 나를
> 낳았다[朕是 伽耶國元君九代孫 仇衝王之降于當國也 所率來子世宗之子率
> 友公之子庶云匝干之女文明皇后寔生我者].26) 이런 까닭으로 원군은 나에
> 게 15대 시조가 된다[玆故元君於幼沖人乃爲十五代始祖也].27) 그 나라는

26) 문무왕의 이 말은 김유신과 문무왕의 관계를 다시 생각하게 한다. 일반적으로는 '구
   충-무력-서현-유신, 문희'로 이어져서 문명왕후가 김유신의 동생이고 김유신이 문무
   왕의 외숙부라고 본다. 그러나 문무왕의 이 말처럼 '구충-세종-솔우-서운-문희'로
   이어진다면 김유신은 문명왕후의 7촌숙이 된다.
27) 이는 '1수로-2거등-3마품-4깃미-5이품-6좌지-7취희-8질지-9감지-10구충'에 '11세

이미 망했으나 그 사당은 아직도 남아 있으니 종묘에 합하여 제사를 이어지게 하라[所御國者已曾敗 所葬廟者今尙存 合于宗祧 續乃祀事]." 하였다. 이에 사자를 그 옛 궁터에 보내어 사당에 가까이 있는 제일 좋은 밭 30경을 제사를 마련할 토지로 삼아 왕위전이라 이름하고 본토에 부촉하였다[仍遣使於黍離之趾 以近廟上上田三十頃 爲供營之資 號稱王位田 付屬本土]. 왕의 17대손 갱세 급간이 조정의 뜻을 받아 그 밭을 중심이 되어 관장하여 명절마다 술, 감주, 떡, 밥, 차, 과일 등 여러 제물을 진설하고 해마다 빠트리지 않고 제사를 모셨다[王之十七代孫賡世級干祗稟 朝旨 主掌厥田 每歲時釀醪醴 設以餠飯茶菓庶羞等 冥年年不墜]. 그 제삿날은 거등왕이 정한 것으로 연중 5일을 잊어버리지 않게 하니 그 아름다운 효사가 이에 나에게까지 있게 되었다[其祭日不失居登王之所定年內 五日也.芬苾孝祀 於是乎在於我]. 거등왕 즉위 기묘년에 편방을 둔 후로 구충조의 말에 이르기까지 330년 중에 종묘 제례의 악이 오래 어긋남이 없었다[自居登王卽位己卯年置便房 降及仇衝朝末 三百三十載之中 享廟禮曲 永無違者]. 구충이 왕위를 잃고 나라가 없어진 후로 용삭 원년 신유년까지의 60년의 사이에는 묘향이 혹 궐하기도 하였다[其乃仇衝失位去國 逮龍朔元年辛酉 六十年之間 享是廟禮 或闕如也]. 아름답도다[美矣哉], 문무왕*{법민왕의 시호}*이여[文武王*{法敏王謚也}*]. 먼저 조상을 받들어 끊겼던 제사를 다시 행하니 효성스럽고 효성스럽도다[先奉尊祖 孝乎惟孝 繼泯絶之祀 復行之也].[28]

b. 신라 말에 충지 잡간이 있어 금관성을 쳐 빼앗아 성주 장군이 되었다[新羅季末 有忠至匝干者 攻取金官高城 而爲城主將軍]. 그러자 영규 아간이 장군의 위엄을 빌어 묘향을 빼앗아 음사를 지내더니 단오를 맞아 고사하는 중 대들보가 무고히 부러져 떨어져 압사하였다[爰有英規阿

종-12솔우-13서운-14문명-15문무'를 단순히 합친 것이다.

28) 문무왕을 법민왕이라 적은 것이 특이하다. 신문왕도 정명왕으로 적었다. 시호가 정해지기 전 생시에는 왕의 휘에 왕을 붙인다는 것을 볼 수 있다. 현재 확인된 것은 성덕왕을 융기대왕, 흥광대왕으로 적은 것, 혜공왕을 천운대왕으로 적은 것을 들 수 있다.

干 假威於將軍 奪廟享而淫祀 當端午而致告祀 堂梁無故折墜 因覆壓而死
焉]. 이에 장군이 혼잣말로 이르기를[於是將軍自謂], 다행히 전세의 인
연으로 성왕이 계시던 국성에 외람되이 제전을 올리게 되었으니 나는
마땅히 그 영정을 그려 모시고 향등을 바쳐 신의 은혜를 갚아야 한다
[宿因多幸 辱爲聖王所御國城之奠 宜我畫其眞影 香燈供之 以酬玄恩]. 마
침내 석 자 교견에 진영을 그려서 벽 위에 안치하고 조석으로 기름 불
을 켜서 경건히 받들었다[遂以鮫絹三尺 摸出眞影 安於壁上 旦夕膏炷瞻
仰虔]. 3일 만에 진영의 두 눈에서 피눈물이 흘러내려 거의 한 말이나
땅 위에 고였다[至才三日 影之二目 流下血淚 而貯於地上 幾一斗矣]. 장
군이 크게 두려워하여 그 진영을 모시고 사당으로 가서 불사르고 곧
왕의 종손 규림을 불러 말하기를[將軍大懼 捧持其眞 就廟而焚之 卽召王
之眞孫圭林而 謂曰], "어제도 불상사가 있었소[昨有不祥事]. 한결같이 어
찌 거듭 일어나는가[一何重疊]. 이는 반드시 사당의 위령이 내가 영정을
그려서 불순히 공양한 데 진노하신 것이오[是必廟之威靈 震怒 余之圖畫
而供養不孫]. 영규가 죽기에 내가 매우 이상하고 두려웠는데 이제 영정
을 태웠으니 반드시 음주를 받을 것이오[英規旣死 余甚愧畏 影已燒矣
必受陰誅]. 경은 왕의 진손이니 꼭 종전대로 제사를 이어 받드시오[卿是
王之眞孫 信合依舊以祭之]." 규림이 이어서 제전을 받들더니 나이 88세
에 이르러 죽었다[圭林繼世奠酵 年及八十八歲而卒]. 그 아들 간원 경이
이어받아 제사를 지냈다[其子間元卿 續而克禋]. 단오일 알묘지제에 영
규의 아들 준필이 또 발광하여 사당에 와서 간원의 제수를 걷어치우고
자신의 제수를 베풀더니 3헌이 끝나기도 전에 갑자기 병이 들어 집에
가서 죽었다[端午日謁廟之祭 英規之子俊必又發狂 來詣廟 俾徹間元之奠
以己奠陳享 三獻未終 得暴疾 歸家而斃]. 그런데 고인이 말하기를[然古人
有言], "음사는 복이 없고 오히려 재앙을 불러온다[淫祀無福 反受其殃]."
하였다. 앞은 영규의 경우가 있고 뒤는 준필의 경우가 있으니 부자의
일을 일컫는 것인가[前有英規 後有佼必 父子之謂乎]? 또 도둑들이 사당
에 많은 금과 옥이 있다고 하여 와서 훔치려 하였다[又有賊徒 謂廟中多

有金玉 將來盜焉. 처음 그들이 올 때, 몸에 갑주를 입은 용맹한 무사가 사당 안으로부터 나와 활에 살을 매겨 사방으로 비오듯이 쏘아서 7-8명을 맞혀 죽였다[初之來也 有躬擐甲胄 張弓挾矢 猛士一人 從廟中出 四面雨射 中殺七八人]. 도둑들이 달아났다가 수일 후에 다시 오니 번개 같은 눈빛을 한 길이 30여 자나 되는 큰 뱀이 사당 곁에서 나와 8-9명을 물어죽이니 겨우 죽음을 면한 이도 모두 엎드리어 달아났다[賊徒奔走 數日再來 有大蟒長三十餘尺 眼光如電 自廟房出 咬殺八九人 粗得完免者 皆僵仆而散]. 그러므로 능원 안팎에는 반드시 신물이 있어 보호하고 있음을 알 수 있다[故知陵園表裏 必有神物護之].

c. 건안 4년 기묘년에 처음 만든 때로부터 금상이 나라를 다스린 지 31년인 대강 2년 병진년까지 무릇 878년에 이르도록 봉분한 좋은 흙이 허물어지지 않았고 심어 놓은 좋은 나무도 마르지 않고 썩지 않았으니, 하물며 늘어놓은 여러 가지 옥 조각들이야 부서진 것이 있겠는가[自建安四年己卯始造 逮今上御圖三十一載 大康二年丙辰 凡八百七十八年 所封美土 不騫不崩 所植佳木 不枯不朽 況所排列万蘊玉之片片 亦不頹坼]? 이런 것으로 보면 신찬부가 말한[由是觀之 辛贊否曰], "예로부터 지금까지 어찌 망하지 아니 한 나라가 있으며 부서지지 않은 무덤이 있겠는가[自古迄今 豈有不亡之國 不破之墳]?"라는 말이, 다만 이 가락국이 옛날에 이미 망한 데 있어서는 찬부의 말이 들어맞았지만, 수로 묘가 허물어지지 않은 데 있어서는 찬부의 말이 충분히 믿을 수 있는 것은 아니다[唯此駕洛國之昔曾亡 則贊否之言有微矣 首露廟之不毀 則贊否之言未足信也]. <『삼국유사』 권 제2 「기이 제2」 「가락국기」>

문무왕의 보살핌으로 제사를 지내게 되었다. 그것으로 끝내었으면 좋았을 것을 무슨 귀신 이야기를 저렇게 길게 썼을까? 조상을 잘 모시지 않으면 벌 받는다는 것을 보이기 위한 것일까? 조상 모시기가 어렵긴 하지.

(13) 이 중에 또 놀이와 음악[戱樂]으로 (원군을) 사모하는 일이 있다 [此中更有戱樂思慕之事]. 매 7월 29일 이 지방인과 이졸들이 승점(乘岾: 가마 내린 곳)에 올라가서 유막을 설치하고 술과 밥으로 즐기고 떠들면서 동서로 서로 눈짓하고 건장한 인부들이 좌우로 나뉘어 망산도로부터 빠른 말굽으로 나는 듯이 육지로 달리고 뱃머리는 둥실둥실 물 위에 서로 밀리어 북으로 옛 나루터[古浦]를 향하여 다투어 달렸다[每以七月二十九日 土人吏卒 陟乘岾 設帷幕 酒食歡呼 而東西送目 壯健人夫 分類以左右之 自望山島駃蹄駿駿而競湊於陸 鷁首泛泛 而相推於水 北指古浦而爭趨]. 대개 이것은 옛적에 유천, 신귀 등이 허 왕후가 오는 것을 바라보고 급히 임금에게 고하던 (일의) 남은 흔적이다[盖此昔留天神鬼等 望后之來 急促告君之遺迹也]. <『삼국유사』 권 제2 「기이 제2」 「가락국기」>

(13)은 매우 소중한 기록이다. 우리 역사 기록에 어떤 지역에서 행해지던 축제가 이렇게 자세하게 기록된 경우는 별로 없다. 후세인들이 이 혼인 행사를 기념하여 매년 7월 29일에 축제를 벌였다는 기록이 눈길을 끈다. 가마를 내린 승점에 천막을 설치하고 술 마시고 밥 먹으며 망산도에서 옛날 허 왕후가 가볍고 작은 전마선을 타고 올라와 내린 옛날의 그 나루터[古浦], 주포까지 말 달리기, 배 달리기 시합을 한 것이다.[29]

이 기록을 토대로 좋은 축제를 고안할 수도 있을 것이다. 수로왕과 허 왕후의 혼인 설화가 생성된 땅은 제법 넓어서 용원 욕망산, 망산도, 주포 옛 나루터, 웅동 두동고개, 지사리 배필정고개, 태정고개 등으로 불모산좁게는 보배산을 둘러싼 지역 전체이다. 이곳을 국립공원으로 지정하고 7월

---

29) 이 고포(古浦)는 보통명사로서 옛 나루라는 뜻이다. 주포는 고유명사. 그렇지 않으면 주포의 나루가 물이 낮아져서 폐쇄되어 예전에 나루가 있던 터라는 뜻으로 '고포'라 하였을 수도 있다. 이 기록을 읽으며 나는 일본 구주에서 본 마쓰리를 떠올렸다. 배 달리기 시합은 그 땅 곳곳에 남아 있다. 조상 도래인의 모습을 재현하는 것이다.

27일의 조회와 마중, 도착과 배 매기, 7월 28일 첫날밤과 29일의 잔치 행사, 8월 1일의 우귀일까지 묶어서 가마 행렬, 말 달리기, 배 달리기, 격구(擊毬: 골프)를 위주로 '가야 문화 축전'을 확대할 필요가 있다.

경마(競馬)와 경주(競舟). 격구(擊毬), 그곳 지사동에 '부산-경남 경마장'이 들어선 것은 이 인연일까? 주포 바로 옆 금병산 아래 배가 지나가는 형상의 지세에서 이름을 땄다는 범방 기슭에는 정말 한국해양대학교의 서부산캠퍼스가 들어서 있다.[30] 배 달리기 카누 경기장도 만들 만하다. 김유신 장군이 김춘추와 즐겼을 전통 스포츠 격구를 할 용원CC도 그 옆에 자리하고 있다.

부산, 경남의 대표적 축제로 '허 왕후 혼인제(許王后婚姻祭)'가 '가야 문화 축전'의 중심이 되어 펼쳐질 날을 꿈꾼다. 시기는 음력 7월 27일부터 28, 29, 8월 1일까지의 기간이다. 우리는 캐나다 캘거리의 카우보이 축제 스탬피드보다 더 의미 있는 세계적인 페스티벌을 가지게 될 것이다.

모든 것은 2000년 전에 예지된 이름대로 약속의 땅에서 착착 이루어지고 있다. 전 세계로 통할 김해 공항과 바로 연결된 그곳은 앞으로 천하의 중심이 될 것이다. 이미 부산항의 주된 기능은 그곳으로 옮겨와 있다.

---

30) 그 서북쪽에는 너더리 고개가 있다. 서쪽에서 이 고개 넘어 4리를 더 가면 마을이 나온다고 '너데[四加리'라 했다는 속설이 있는데 가능성이 크다. 동쪽에서 이 고개를 넘으면 용추폭포가 있다. 나는 할머니 옛날 얘기에 나오는 '범방지슬'이 용추폭포 근방인 줄 알았는데 알고 보니 둔치도와 지사리 사이에 범방동이 있었다. 하물며 '지슬'이 '기슭'이라는 것을 어떻게 알았겠는가? 생활 속에 녹아든 방언은 이렇게 무의식의 세계에서 산다. 불모산 지슬에는 어릴 때 '이슬'이라 부르던 빨간 열매가 열리는 나무가 더러 있었다. 그 단어를 학부 2학년 때 일석 선생님의 '국어학 강독' 시간에 『두시언해』에서 보고는 매우 놀랐다. 그것은 이스랏[山櫻]이었다. '西蜀앳 이스라지 쏘 제블그니 미햇 사ᄅ미 서르 주니 대籠애 가독ᄒᆞ도다[西蜀櫻桃也自紅 野人相贈蒻蒟籠. <『두시언해』 15권 23a.>. 두보도 이때 서촉에 있었다.

(14) a. 나라가 망한 후에 대대로 (이곳의) 칭호는 일정하지 않았다[國亡之後 代代稱號不一]. 신라 제31대 정명왕이 즉위하여 개요 원년 신사년에 이름하여 금관경이라 하고 태수를 두었다[新羅第三十一 政明王卽位 開耀元年辛已 號爲金官京 置太守].

b. 그 후 259년 우리 태조가 통합한 후 대대로 임해현이라 부르고 배안사를 둔 것이 48년이 되었으며, 다음에는 임해군, 혹은 김해부라 하고 도호부를 둔 것이 27년, 또 방어사를 둔 것이 64년이 되었다[後二百五十九年 屬我太祖統合之後 代代爲臨海縣 置排岸使 四十八年也 次爲臨海郡 或爲金海府置都護府 二十七年也 又置防禦使 六十四年也].

c. 순화 2년에 김해부 양전사 중대부 조문선이 조사 보고장에 이르기를[淳化二年 金海府量田使 中大夫趙文善 申省狀稱], "수로릉 왕묘에 속한 밭의 결수가 많으니 마땅히 15결로 옛 관습에 따르도록 하고 그 나머지는 부의 역정에 나누어 주는 것이 좋겠습니다[首露陵王廟屬田結數多也 宜以十五結仍舊貫 其餘分折於府之役丁]." 하였다. 소사가 그 신장을 전하여 아뢰니[所司傳狀奏聞], 그때 조정에서 명하기를[時廟朝宣旨曰], "하늘에서 내려온 알이 변화하여 성군이 되어 왕위에 있어 나이가 158세나 되었으니 저 삼황 이후로 이에 견줄 분이 드물 것이다[天所降卵 化爲聖君 居位而延齡 則一百五十八年也 自彼三皇而下 鮮克比肩者歟]. 붕어한 후 선대로부터 사당에 소속시킨 전지를 지금에 줄인다 하는 것은 참으로 의아스러운 일이로다[崩後自先代俾屬廟之壟畝 而今減除良堪疑懼]." 하고 불허하였다[而不允]. 양전사가 또 아뢰니 조정이 그렇게 여겨 반은 전과 같이 능묘에 소속하게 하고 반은 그곳 역정에게 나누어 주게 하였다[使又申省 朝廷然之 半不動於陵廟中 半分給於鄕人之丁也]. 절사[양전사 치]가 조정의 뜻을 받들어 반은 능원에 소속시키고 반은 부의 요역하는 집 장정에게 지급하였다[節使(量田使稚也)受朝旨 乃以半屬於陵園 半以支給於府之徭役戶丁也]. 일이 거의 끝날 무렵에 (양전사가) 몹시 피곤하여 갑자기 어느 저녁 꿈에 7~8명의 귀신이 밧줄과 칼을 가지고 와서 말하기를[幾臨事畢而甚勞倦 忽一夕夢見七八介鬼神

執縲絏握刀劍而至云], "너에게 큰 잘못이 있으므로 참수하겠다[儞有大愆故加斬戮]." 하였다. 그 양전사가 형을 받고 고통을 호소하며 놀라서 깨었다[其使以謂受刑而 慟楚驚懼而覺]. 이로 하여 병이 들어 남에게 알리지도 못하고 밤에 도망쳤는데 그 병을 묻지도 못하고 관문을 지나다가 죽었다[仍有疾瘵 勿令人知之 宵遁而行 其病不問 渡關而死]. 이런 까닭으로 양전 도장부에 도장이 찍히지 않았다[是故量田都帳不著印也]. 후인 봉사가 와서 그 밭을 검사해 보니 11결 12부 9속이었다[後人奉使來 審撿厥田 才(十)一結十二負九束也]. 부족한 것이 3결 87부 1속이었다[不足者三結八十七負一束矣]. 이에 사입처를 추국하여 내외관에게 보고하고 칙명으로 풍족하게 지급하니 또 고금을 탄식하는 자가 있었다[乃推鞠(鞠)斜入處 報告內外官 勅理足支給焉 又有古今所嘆息者].

d. 원군의 8대손인 김질왕이 정사에 극히 근면하고 또 숭진에 간절하여 세조[거등왕]의 어머니 허 황후를 위하여 자산을 바쳐 명복을 빌기 위하여 원가 29년 임진년에 원군과 황후가 혼인한 땅에 절을 짓고 편액에 왕후사라 하고 사신을 보내어 근처의 밭을 측량하여 10결을 삼보에 공양하는 비용으로 삼았다[元君八代孫 金銍王克勤爲政 又切崇眞爲世祖母許皇后 奉資冥福 以元嘉二十九年壬辰 於元君與皇后合婚之地創寺額曰王后寺 遣使審量近側平田十結 以爲供億三寶之費].

e. 이 절이 생긴 지 500년 후에 장유사를 두니 바쳐진 밭과 땔감 터가 300결이었다[自有是寺五百後 置長遊寺 所納田柴幷三百結]. 이에 우사(장유사)의 3강이 왕후사가 장유사의 땔감 터 동남 표식 내에 있다고 하여 절을 폐하고 농장을 만들어 가을에 거두고 겨울에 저장하는 장소와 말 먹이고 소 기르는 외양간으로 만들었으니 슬픈 일이다[於是右寺三剛 以王后寺在寺柴地東南標內 罷寺爲莊 作秋收冬藏之場 秣馬養牛之廐 悲夫]. 세조 이하 9대 손의 역수는 아래에 기록하였다[世祖已下九代孫曆數委錄于下]. <『삼국유사』 권 제2 「기이 제2」 「가락국기」>

(14a)에서는 신문왕을 정명왕이라 칭하고 있다. 역시 시호가 아닌 휘에

왕을 붙인 명칭이다. 그가 이곳을 금관경이라고 이름 붙였다. 그 이름이 임해군, 김해부 등으로 바뀌었음을 적고 수로왕 제사를 위한 밭에 관한 사연, 왕후사, 장유사의 창건 등을 기록하고 있다. (14e)의 후손들의 왕위 계승은 뒤에서 자세히 보기로 한다.

명(銘)이 잘못 되고 잘못 읽혔다

이어지는 (15)는 '명(銘)'이다. 이 명은 앞에서 산문으로 적은 것을 간략히 하여 '찬(贊)'하는 운문이다. 『사기』, 『한서』, 『후한서』와 같은 기전체 역사 기술의 전형적 모습이다. 銘은 금석에 새긴 글자이다. 「가락국기」의 찬술자인 금관지주사 문인은 비석이나 종 같은 금석에 새긴 글을 보면서 이 글을 쓰고 있다. 김수로왕 비가 있었을까? 자료를 보지 않고서야 그가 1000년 전의 일을 어떻게 이렇게 자세하고 정확하게 적을 수 있었겠는가?

> (15) a. 명에 이르기를[銘曰], 천지가 열리고 예리한 눈 처음으로 밝았다[元胎肇啓 利眼初明]. 인륜이 비록 생겼으나 군위는 아직 이루지 못하였다[人倫雖誕 君位未成]. 중국은 여러 대를 거듭하였고 동국은 서울이 나뉘었다[中朝累世 東國分京]. 계림이 먼저 정해지고 가락이 후에 일어섰다[鷄林先定 駕洛後營]. 주재할 이가 없으니 누가 국민을 돌보랴[自無銓宰 誰察民氓].
>
> b. 여기에 천제가 저 창생 돌아보아 부명을 주어 특히 정령을 보내니 산속에 알이 내리고 안개 속에 형체를 감추었다[遂玆玄造 顧彼蒼生 用授符命 特遣精靈 山中降卵 霧裏藏形]. 안팎이 아득하고 어두워서 바라보매 형상은 없으나 들으면 소리가 났다[內猶漠漠 外亦冥冥 望如無象 聞乃有聲]. 무리가 노래를 부르고 춤을 바치니 7일 후에 일시에 평안해졌다[群歌而奏 衆舞而呈 七日而後 一時所寧]. 바람 불고 구름 걷히더니

푸른 하늘에서 둥근 알 여섯이 내리고 붉은 끈 하나 드리웠다[風吹雲卷 空碧天青 下六圓卵 垂一紫纓]. 다른 지방 다른 땅에 집들이 연접하고 보는 이들이 담과 같이 둘렀다[殊方異土 比屋連甍 觀者如堵 覩者如羹]. 다섯은 각 읍으로 가고 하나는 이 성에 있으니 같은 시기 같은 흔적이고 형, 아우와 같다[五歸各邑 一在玆城 同時同迹 如弟如兄].

c. 실로 하늘이 덕 있는 분 낳아 세상 위하여 법도를 만들었다[實天生德 爲世作程]. 보위에 처음 나아가니 천하는 청명하였다[寶位初陟 寰區欲清]. 화려한 구조는 고제에 의하였고 흙 섬돌은 오히려 평탄하였다[華構微古 土階尚平]. 만기에 힘쓰고 서정을 시행할 때 무편무당 오직 하나 정하게 하니 걷는 이는 길을 양보하고 농자는 밭 갈기를 양보하였다[萬機始勉 庶政施行 無偏無儻 惟一惟精 行者讓路 農者讓耕]. 사방이 고굉보좌 바치고 국민들은 형관을 맞이하였다[四方奠枕 萬姓迓衡].

d. 햇빛에 부추 위의 이슬과 같아 춘령을 보전치 못하였다[俄晞薤露 靡保椿齡]. 천지의 기운이 변하매 조야가 애통해 하였다[乾坤變氣 朝野痛情]. 금은 그 자취를 빛나게 하고 옥은 그 소리를 떨쳤다[金相其躅 玉振其聲]. 후손이 끊이지 않으매 제전이 오직 향기롭다[來苗不絶 薦藻惟馨]. 세월은 비록 흘러가나 법도는 기울지 아니 하였다[日月雖逝 規儀不傾]. <『삼국유사』 권 제2 「기이 제2」 「가락국기」>

(15b)의 부명(符命)은 「구지가」를 상기시킨다. 그런데 알과 붉은 끈[紫纓]이 적지 않은 문제를 불러일으킨다. 이 '紫纓[붉은 끈]'을 (1c)에서는 '紫繩[붉은 줄]'로 표현하였다.[31] 그리고 '끈의 아래를 찾아보니[尋繩之下]'라고 하였다. 6개의 알과 붉은 끈은 어떤 관계를 맺는가?

이 '명(銘)'은 끈과 알의 관계, 알의 출처에 있어서 「가락국기」 본문과 어긋나게 적었다. 본문에서는 '알이 하늘에서 내려왔다.'는 말이 선혀 없

---

31) '纓'은 '갓끈'에 가깝고 '繩'은 '새끼줄'에 가깝다. 이 책에서는 '새끼줄'의 이미지를 피하기 위하여 '끈'으로 번역한다. 나는 '햇빛[光線]'을 표현한 것으로 본다.

는데 '명'에서는 '바람 불고 구름 걷히더니 푸른 하늘에서 둥근 알 여섯이 내리고 붉은 끈 하나 드리웠다[風吹雲卷 空碧天靑 下六圓卵 垂一紫纓].'라고 제 마음대로 변화시켜 적었다. '푸른 하늘에서'는 거짓말이다. 이 거짓말이 김수로왕과 허황옥의 혼인 설화를 비현실적으로 만들었다. 이것이 「가락국기」의 비밀을 푸는 열쇠이다.

국문학계에서 김수로왕의 출현 장면을 설명하는 정설로 통용되는 것은 (16)과 같은 가설이다.[32] 제1장에서 길게 인용하였으니 여기서는 필요한 내용만 인용한다.

(16) a. 거북아 거북아/ 네 머리를 내놓아라/ 만약 내놓지 않으면/ 너를 구워서 먹겠다./ 龜何龜何 首其現也 若不現也 燔灼而喫也/

b. 이것은 『우리에게 임금을 내려달라.』는 뜻의 위압적이고 명령적인 노래이다. 고대 민족의 주술적인 노래일수록 강요와 협박의 성격을 띠고 있다. 이 노래를 삼백여 명의 민중이 미친 듯이 춤을 추며 불러댔다.

c. 이윽고, 하늘로부터 자색의 끈(紫繩)이 드리우더니 구지봉에 닿았다. 끈에는 붉은 천에 싸인 황금의 상자가 달려 있었다. 그 상자를 열어보니 황금 알卵 여섯 개가 마치 둥근 해처럼 가지런히 담겨 있었다. 민중들은 모두 놀랐으나 즐거웠다. 환성이 온 가락국에 울렸다. 그러면서도 하늘에서 내려온 기적의 알에 경배하기를 그치지 않았다. 추장들은 민중을 해산시키고 금상자를 높은 자리에 모셔 두었다.

d. 며칠 후 그 알들은 한결같이 귀여운 동자로 변했다. 그 중의 제일 큰 남자가 수로왕이요, 나머지 다섯 동자도 왕이 되었다. 이들이 곧 6가야의 왕들이다. 수로왕이란 『머리를 내놓았다.』고 해서 지어진 이름이라고 『삼국유사』는 풀이하고 있다.

---

32) '신화인가, 역사인가?'의 갈림길에 섰다. 글자 하나하나를 따지는 것은 그것이 역사이기 때문이다. 글자 하나하나를 보아야 모순이 드러난다.

e. 수로왕의 신화는 여기에서 머무르지 않고 또 그의 결혼까지 이야기하고 있다. 수로왕의 비는 아유타나라의 공주로 배를 타고 가락국에 왔다. <장덕순(1975, 1991 제7판), 『한국문학사』, 동화문화사, 68.>

지금까지 우리가 읽은 「가락국기」에 (16c)와 같은 말, 즉 '하늘에서 내려온 붉은 끈[紫繩]에 붉은 천에 싸인 황금의 상자가 달려 있었다.'는 말이 있는가? 없다. 유일하게 끈과 알이 연결될 만하게 오해하게 적은 문장이 (15b)의 (17)이다.

(17) 무리가 노래를 부르고 춤을 바치니 7일 후에 일시에 평안해졌다. 바람이 불고 구름이 걷히더니 푸른 하늘에서 여섯 개의 둥근 알이 내리고 붉은 끈 하나가 드리웠대風吹雲卷 空碧天靑 下六圓卵 垂一紫繩]. <『삼국유사』 권 제2 「기이 제2」 「가락국기」>

어떻게 (15), (17)의 문장에서 붉은 끈에 붉은 보에 싸인 황금의 상자가 달려 있다는 생각을 할 수 있는가? 6개의 알이 먼저 내리고 그 후에 붉은 끈이 드리운 것이다. 내려온 순서는 알이 먼저이고 끈이 뒤이다.

이 문장은 잘못 읽으면 마치 하늘에서 알이 내려온 것처럼 착각하게 되어 있다. 그러나 그 앞에서 '천제가 --- 부명을 주어 특히 정령을 보내니 산속에 알이 내리고'를 보면 알과 끈은 전혀 연결되어 있지 않다. 붉은 끈이 드리워졌다고 하였지 그 끈에 황금 합자가 달려 있고 그 속에 알이 들어 있었다고 하지 않았다. 그 알은 하늘에서 내린 것이 아니라 땅 속에 들어 있었다. 그 알은 새의 알이 아니고 거북의 알이다. 저 앞의 (1b, c)에서는 '구지봉 정상의 흙을 파서 모으는 일이 먼저 있고', 그 다음에 '하늘에서 붉은 끈이 드리워서 그 끈의 아래를 찾아보니', '붉은 비단 폭 속에 황금 합자가 있었고', '황금 합자를 꺼내어 열어 보니 그 속에 황금색 알 6 개가 들어 있었다.'고 적었다. 그러므로 6개의 알이 든 그 황금 합자는 끈에 달려 하늘에서 땅으로 내려온 것이 아니다.

하늘에서 왔든, 바다에서 왔든, 인공으로 만들어 묻었든, 그 알이 든 황금 합자는 끈에 달려 내려온 것이 아니다. 끈에 알이 든 황금 합자가 달려 있었다는 말은 아무 데도 없다. 이 (15)의 '명(銘)'을 통해서는 알과 끈의 형태는 전혀 알 수 없다. 더욱이 이 명에는 붉은 끈의 아래에 알이 담긴 황금 합자가 달려 있었다는 생각을 할 만한 단서가 조금도 없다.

(16d)의 '며칠 후'도 사실이 아니다. 저 앞의 (1d)를 보면 '過浹辰 翌日 平明[새벽이 지나고 다음날 아침에]'라고 알에서 아이들이 나온 시점을 명백하게 적고 있다. '며칠 후'는 알에서 아이들이 부화되는 과정을 연상하게 한다. 그러나 인조 알 속에 넣은 아이들이 배고프지 않게 한시라도 빨리 꺼내어야 하는 우리의 이론에서는 이튿날 아침 식사 전에는 아이들이 나와야 한다. 아이들을 '며칠'이나 굶길 수는 없는 것이다.

덧붙여서 '명(銘)'에서 말하는 (15b)의 '7일'도 근거 없는 말이다. 구지봉에 모여서 노래 부르고 춤 춘 후 7일 만에 평안해지고 알이 내리고 줄이 드리웠다니? 그런 말이 어디에 있는가? (1c)에서 가져 온 (18)을 잘 보라.

(18) 9간 등이 그 말대로 모두 즐겁게 노래하며 춤추다가 '얼마 아니하여' 쳐다보니 붉은 끈이 하늘로부터 드리워 땅에 닿았다. 끈 아래를 찾아보니 붉은 (비단) 폭 속에 금 합자가 보였다. 열고 보니 황금 알 6개가 있었는데 해와 같이 둥글었다[九干等如其言 咸忻而歌舞 未幾仰而觀之 唯紫繩自天垂而着地 尋繩之下 乃見紅幅裏金合子 開而視之 有黃金卵六 圓如日者]. <『삼국유사』 권 제2 「기이 제2」 「가락국기」>

(18)에 '7일'이 어디 있는가? 거기에는 '얼마 아니하여'가 있을 뿐이다. '얼마 아니하여'가 7일일 수도 있기는 하다. 그러나 '노래하며 춤추다가 얼마 아니하여 하늘을 쳐다보니'로 되어 있다. 춤을 춤과 하늘 쳐다봄이 거의 동시에 이루어지고 있다.

그 사이에 7일이 파고들 시간적 여유도 없고 7일 동안이나 노래하고 춤 출 알 숭배자들도 없었다. 「가락국기」를 지은 사람도 '본문'에서는 '未 幾[얼마 아니하여]'라고 해 놓고 '명'에서는 느닷없이 '七日而後[7일 후에]' 라고 말을 바꾸고 있다. 7일은 후세인이 지어내어 갖다 넣은 것이다. 이런 식으로 글을 읽고 거기에 윤색을 하면 더 뒤의 후세인이 그 글들을 통하 여 진실을 찾아갈 수가 없다. 글이 그만큼 현실과 멀어진 것이다.

'황금색 알이 든 황금의 상자가 붉은 끈에 달려 내려왔다.'는 저 가설은 어떻게 만들어진 것일까? 해방 직후 바쁘게 만든 임시 교재 속에 충분한 검토 없이 들어가서 고교 국어 시간, 대학 교양국어 시간에 입에서 입을 타고 전해 진 것이 아닐까? 그 가설은 '심승지하(尋繩之下)'를 잘못 번역 한 데서 생겨난 것이다. 이 말은 '끈의 아래를 찾아보니'라는 뜻이고 '끈의 아래'는 '끈이 가리키는 아래 땅속을 찾아보니'라는 뜻이다.[33] 그것을 '끈 의 아래 부분에 황금 합자가 달려 있었을 것'으로 착각한 것이 아닐까?

'끈의 아래 부분에 황금 합자가 달려 있었다면' '尋'이라 하여 '찾아보니'

---

33) 이 문제는 고전시가를 전공하는 성호경 교수와의 대화가 직접적인 동기가 되었다. 2010년경 성 교수는 "대학원에서 국어학을 전공하는 박미영 군이 수업 시간에 '끈에 황금 합자가 달려 있었다는 말이 없습니다.'고 하였다. 그래서 '아! 그 생각을 내가 논문으로 써도 되겠는가?' 하고 물었더니 '그래도 좋습니다.'고 하였다."고 전하였다. 창의적인 생각은 젊은이들의 머리에서 나온다. 고전 공부는 원전을 읽어야 한다고 '고전문헌해독' 과목을 맡고 있으면서 '尋繩之下'를 어떻게 가르쳤는지, 나는 통 기억 에 없었다. 그 뒤 성 교수는 이미 그런 주장을 한 논문이 있어서 그 주제로 논문을 쓰 지 않기로 하였다고 했다. 남이 썼어도 또 써야 하는데.

라는 표현이 있을 턱이 없다. 바로 눈앞에 있어서 뻔히 보이는데 뭐 하러 찾겠는가. 이 오해를 고치지 않으면 「가락국기」에 대한 해석은 영영 올바른 궤도에 오를 수 없다. 그러면 도대체 김수로왕은 어떤 방식으로 이 땅에 출현하였다는 말인가?

'하늘에서 끈이 내려오고 그 끈에 붉은 비단에 싸인 황금 합자가 달려 있었다.'는 것은 우리 시대의 윤색이다. 붉은 비단에 싸인 황금 합자는 땅속에 묻혀 있었다. 땅을 파고 붉은 비단을 풀자 자색 끈이 하늘로부터 내려왔다. 황금 합자의 황금 빛이 햇빛에 반사하여 하늘로 솟구친 것이다. 붉은 끈은 하늘에서 내려온 것이 아니라 땅에서 하늘로 솟았다. 그 끈은 광선(光線)이다. 알이 든 황금 합자를 땅에 묻은 사람들이, '그러므로 이곳에 내려왔으니 너희들은 반드시 봉우리 정상을 파서 흙을 모으며[爲茲故降矣 儞等須掘峯頂撮土], 노래하고 춤추면'이라고 한 것은 이 황금빛이 서광으로 보이게 연출한 것이다.

3. 금관가야 왕실 약사

세조[거등왕] 이하 9대 손의 역수는 (19)~(27)에 자세히 적혀 있다. (19)의 거등왕의 왕비 모정과 (20)의 마품왕의 왕비 호구에 대해서는 설명해야 할 문제들이 들어 있다. 이 두 혼인은 유이민끼리의 혼인이다.

(19) 2대 거등왕(居登王)
아버지는 수로왕이다. 어머니는 허 왕후이다. 입{건}안 4년[199년] 기묘년 3월 13일 즉위하였다. 39년 동안 다스렸다.[34] 가평 5년[253년]

계유년 9월 17일 붕하였다.[35] 왕비는 천부경 신보의 딸 모정이다. 태자 마품을 낳았다. 개황력에 말하기를, 성은 김씨인데 대개 나라의 세조[수로왕]이 금 알로부터 나와서 그 까닭으로 김을 성으로 삼았다[父首露 王 母許王后 立*{建}*[36]安四年己卯三月十三日卽位 治三十九年 嘉平五 年癸酉九月十七日崩 王妃泉府卿申輔女慕貞 生太子麻品 開皇曆云 姓金 氏 盖國世祖 從金卵而生 故以金爲姓爾].

(20) 3대 마품왕(麻品王)

또는 馬品이라고도 한다[一云馬品]. 김씨이다. 가평 5년[253년] 계유 년에 즉위하였다. 39년 동안 다스렸다.[37] 영평 원년[291년] 신해년 1월 29일 붕하였다. 왕비는 종정감 조광의 손녀 호구이다. 태자 것미를 낳 았다[金氏 嘉平五年癸酉卽位 治三十九年 永平元年辛亥一月二十九日崩 王妃宗正監趙匡孫女好仇 生太子居叱彌].

4대 것미왕은 아궁{도} 아간의 손녀와 혼인하였다. 아도는 김수로가 출현하였을 때의 9간의 1인이므로 선주민이다. 그러니 벼슬이 있는 귀족 이다. 이 혼인은 정상적이다. 5대 이품왕은 사농경 극충의 딸 정신과 혼인 하였다. 역시 관직이 있는 집안과의 혼인이다.

(21) 4대 것미왕[居叱彌王]

또는 금물이라고도 한다[一云今勿]. 김씨이다[金氏]. 영평 원년[291년] 에 즉위하였다[永平元年卽位]. 56년 동안 다스렸다[治五十六年].[38] 영화

---

34) 『삼국유사』 권 제1 「왕력」에는 55년 동안 다스렸다고 하였다. 이 39년은 마품왕의 재 위 기간이 잘못 들어온 것이다.

35) 가평 5년 계유년은 서기 253년이다. 그러므로 거등왕이 199년부터 253년까지 다스렸 으면 거등왕의 재위 기간은 39년이 아니라 55년이 맞다.

36) 고려 태조 왕건(建)의 휘가 '建'이어서 피휘하여 비슷한 뜻인 '立'으로 적었다.

37) 『삼국유사』 권 제1 「왕력」에는 32년 동안 다스렸다고 하였다.

3년[346년] 병오년 7월 8일에 붕하였다[永和二年丙午七月八日崩]. 왕비
는 아궁 아간의 손녀 아지이다[王妃阿躬阿干孫女阿志]. 왕자 이품을 낳
았다[生王子伊品].

(22) 5대 이품왕[伊尸品王][39]
　김씨이다[金氏]. 영화 2년[346년]에 즉위하였다[永和二年卽位]. 62년
동안 다스렸다[治六十二年].[40] 의희 3년[407년] 정미년 4월 11일 붕하였
다[義熙三年丁未四月十一崩]. 왕비는 사농경 극충의 딸 정신이다[王妃司
農卿克忠女貞信]. 왕자 좌지를 낳았다[生王子坐知].

　그런데 문제가 (23)의 6대 좌지왕 대에서 일어난다. 그는 용녀(傭女)를
아내로 취하였다. '傭'은 품팔이, 고용인이다. 하층 계급이다. 인도 식으로
말하면 수드라. 지금까지는 크샤트리아끼리의 혼인이었다. 좌지왕이 수드
라와 혼인하고 그 수드라 일족에게 관직도 주었으니 나라 안이 시끄러워
졌다. 계림국도 쳐들어올 계책을 세웠다.

(23) 6대 좌지왕(坐知王)
　또는 김질이라고도 한다[一云金叱]. 의희 3년[407년]에 즉위하였다[義
熙三年卽位]. 용녀에게 장가들고 그녀의 집안을 관리로 삼아 나라 안이
요란하였다[娶傭女 以女黨爲官 國內擾亂]. 수{계}림국이 정벌하려 모의
하였다[雞林國以謀欲伐]. 박원도라는 신하가 있어 간하기를[有一臣名朴
元道諫曰], 변변치 못한 풀이라도 있어야 또한 새와 벌레가 의지하여
깃들거늘 하물며 인간에게 있어서이리요[遺草閭閻亦含羽 況乃人乎]. 하

---

38) 『삼국유사』 권 제1 「왕력」에는 55년 동안 다스렸다고 하였다.
39) '주검 尸(시)'는 향찰에서 '-(으)ㄹ'을 적는 데 사용되었다. 이 왕의 시호는 '일품'일
　가능성이 있다.
40) 『삼국유사』 권 제1 「왕력」에는 60년 동안 다스렸다고 하였다.

늘이 무너지고 땅이 꺼져 (나라가 망하면) 국민이 어느 터에서 보전하 겠습니까(天亡地陷 人保何基)? 또 점쟁이가 점을 쳐서 해괘를 얻었으니 그 점사에 말하기를(又卜士筮得解卦 其辭曰), '解而拇朋至斯孚(소인의 엄지발가락을 자르면 그 붕당들은 후회하여 악을 고치고 항복한다).'라 하였으니 임금은 역괘를 보시지요(君鑑易卦乎). 왕이 감사하여 '가'하다 하고(王謝曰可), 용녀를 내쳐서 하산도에 귀양 보내고 정사를 고쳐 행하 여 길이 국민을 편하게 하였다(擯傭女 貶於荷山島 改行其政 長御安民 也). 15년 동안 다스렸다(治十五年).[41] 영초 2년[421년] 신유년 5월 12일 붕하였다(永初二年辛酉五月十二日崩). 왕비는 도령 대아간의 딸 복수이 다(王妃道寧大阿干女福壽).[42] 아들 취희를 낳았다(生子吹希).

신하 박원도가 간해서 할 수 없이 용녀를 내보내었다. 어디로 가라고? 하산도로 귀양 보내었다. 왜? 신분의 벽이 두껍다고 할 수밖에 없다. 선주 민 가운데 원래 관직이 있던 인물이나 왕비를 배출하지 하층 계급 수드라 의 딸은 왕비가 될 수 없다. 하물며 불가촉천민 출신이야.

수드라와 연애하여 수드라 처녀 용녀를 아내로 취한 하층계급 친화적 이었던 좌지왕도 그 후 결국은 수드라를 배신하고 드디어 크샤트리아인 도 령 대아간의 딸 복수와 혼인하였다.

(24) 7대 취희왕(吹希王)
또는 질희라고도 한다(一云叱嘉). 김씨이다(金氏). 영초 2년[421년] 즉 위하였다(永初二年卽位). 31년을 다스렸다(治三十一年).[43] 원가 28년[451 년] 신묘년 2월 3일 붕하였다(元嘉二十八年辛卯二月三日崩). 왕비는 진

---

41) 『삼국유사』권 제1 「왕력」에는 14년 동안 다스렸다고 하였다.
42) 『화랑세기』는 도령 아간(6등관위명)이라 하였다. 나중에 대아간(5등관위명)이 된 것으 로 보인다.
43) 『삼국유사』권 제1 「왕력」에는 30년 동안 다스렸다고 하였다.

사 각간의 딸 인덕이다[王妃進思角干女仁德]. 왕자 질지를 낳았다[生王子銍知].

(25) 8대 질지왕(銍知王)

또는 김질왕이라고도 한다[一云金銍王]. 원가 28년[451년, 눌지마립간 35년]에 즉위하였다[元嘉二十八年卽位]. 이듬해 세조수로왕과 허황옥 왕후의 명복을 빌기 위한 노자로 처음 세조와 합방한 땅에 절 왕후사를 지어 바치고 전 10결을 바쳐 충당하였다[明年 爲世祖許黃玉王后 奉資冥福於初與世祖合御之地 創寺曰王后寺 納田十結充之]. 42년을 다스렸다[治四十二年].[44] 영명 10년[492년, 자비 14년] 임신년 10월 4일 승하하였다[永明十年壬申十月四日崩]. 왕비는 김상 사간의 딸 방원이다[王妃金相沙干女邦媛]. (방원이) 왕자 감지를 낳았다[生王子鉗知].

(26) 9대 감지왕(鉗知王)

또는 김감왕이라고도 한다[一云金鉗王]. 영명 10년[492년]에 즉위하였다[永明十年卽位]. 30년을 다스렸다[治三十年].[45] 정광 2년[521년] 신축년 4월 7일 붕하였다[正光二年辛丑四月七日崩]. 왕비는 출충 각간의 딸 숙이다[王妃出忠角干女淑]. 왕자 구충을 낳았다[生王子仇衝].

(27) 10대 구충왕(仇衝王)

김씨[金氏]. 정광 2년[521년]에 즉위하여 42년을 다스렸다[正光二年卽位 治四十二年]. 보정 2년[562년] 임오년 9월 신라 제24대 임금 진흥왕이 군사를 일으켜 널리 정벌하였다[保定二年壬午 九月 新羅 第二十四君 眞興王 興兵薄伐]. 왕은 친히 군사를 지휘했으나 그쪽은 많고 우리는 적어 대전할 수 없었다[王使親軍卒 彼衆我寡 不堪對戰也]. 이에 동기 탈지 임금을 보내어 나라[서울]에 있게 하고 왕자(들), 상손 졸지곰솔우곰

---

44) 『삼국유사』 권 제1 「왕력」에는 36년 동안 다스렸다고 하였다.
45) 『삼국유사』 권 제1 「왕력」에는 29년 동안 다스렸다고 하였다.

등은 항복하여 신라에 들어갔다[仍遣同氣脫知爾叱今留在於國 王子 上孫 卒支公等 降入新羅].[46] 왕비 붖수이[桂凰?]의 딸 계화는 아들 셋을 낳았으니 1은 세종 각간, 2는 무도 각간, 3은 무득 각간이었다[王妃分叱水爾叱女桂花 生三子 一世宗角干 二茂刀角干 三茂得角干]. 개황록은 말하기를[開皇錄云], 양나라 중대통 4년[532년] 임자년에 신라에 항복하였다[梁中大通四年壬子降于新羅]고 한다.

(28) 논하여 말하면[議曰], 『삼국사』에 구충왕이 양나라 중대통 4년[532년] 임자년에 땅을 바쳐 신라에 투항하였다고 한다[案三國史 仇衡以 梁中大通四年壬子 納土投羅]. 즉, 수로가 처음 즉위한 동한 건무 18년[서기 42년] 임인년으로부터 구충왕 말년[532년] 임자년에 이르기까지 490년을 셈할 수 있다[則計自首露初卽位 東漢建武十八年壬寅 至仇衡末 壬子 得四百九十年矣]. 만약 이 기록대로 생각한다면 땅을 바친 것이 원위 보정 2년[562년] 임오년이 되니, 즉 30년을 고쳐서 모두 520년이 된다[若以此記考之 納土在元魏保定二年壬午 則更三十年總五百二十年矣]. 지금 두 기록을 다 실어 둔다[今兩存之]. <『삼국유사』 권 제2 「기이 제 2」 「가락국기」>

이 약사는 척 보아도 성립하기 어려운 역사이다. 그러나 「가락국기」를 작성한 고려 시대 인물 금관지주사 문인이 본 기록이 그렇게 되어 있었다니 어쩌겠는가? 일연선사는 금관지주사 문인의 「가락국기」를 보고 옮겨 적고 있을 뿐이다. 누구를 탓하리오? 나도 그냥 『삼국유사』에 그렇게 되어 있다 하고 넘어가면 그만인데 언어 분석 훈련을 받고 평생 그 일을 하

---

46) 상손(上孫) 졸지(卒支)공은 구충왕의 장손자 솔우(率友)공일 것이다. 글자가 비슷하다. 앞의 문무왕의 말 속에 자신이 '구충왕-세종 각간-솔우공-서운 잡간-문명왕후-문무왕'으로 이어진다고 했으므로 서운 잡간과 서현 각간이 동일인이라면 입양이 있었을 가능성이 있다. 만약 서운 잡간이 서현 각간과 다른 인물이고 문명왕후가 서운 잡간의 딸이라면, 문희는 유신의 누이가 아니라 7촌 질녀가 된다.

면서 살아서 불의한 말, 말이 안 되는 말을 보고는 참지를 못한다. 나도 일연선사를 본받아 일연선사 자신이 논한 것까지 포함하여 (19)-(28)까지 의 「가락국기」 전체에 대하여 다음과 같이 논한다.

「가락국기」의 거짓말들

이 약사에서 가장 큰 문제가 무엇인가? 이 기록 속에는 그 문제를 해명하지 않으면 소소한 다른 문제들은 논의할 필요도 없을 만치 치명적인 결함이 있다. 원래 글은 대부분 거짓말이다. 특히 역사에 관한 글은 거의 다 이긴 자들의 속임수이다. 그러니 그 속임수 글을 읽고 전체의 의미를 파악하여 글쓴이가 무엇을 숨기고 있으며 무엇을 거짓으로 주장하려 하는지를 찾아내어야 글 읽는 독자의 의무를 다하는 것이 된다.

첫째 문제는 나라의 존속 기간과 왕의 수가 일치하지 않는다는 점이다. 『삼국유사』 권 제1 「왕력」에 따르면 그 왕들은 (29)와 같이 이어지면서 나라를 다스렸다.

> (29) 1수로왕[158년 재위]-2거등왕[55년]-3마품왕[32년]-4것미왕[55년]-5이품왕[60년]-6좌지왕[14년]-7취희왕[30년]-8질지왕[36년]-9감지왕[29년]-10구충왕[13년]. 수로왕 임인년부터 구충왕 임자년까지 합 490년.
> <『삼국유사』 권 제1 「왕력」>

(29)의 재위 연수를 다 합치면 482년이다. 그러나 임인년에 시작하여 임자년에 끝났으면 만 490년이 맞다. 8년의 차이가 난다. 그 8년 차이는 어떻게 설명될 것인가? 253년부터 291년까지 39년 동안 다스린 마품왕을 32년 다스렸다고 한 7년과 451년부터 492년까지 42년 동안 다스린 질지

왕을 36년 다스렸다고 한 6년을 합치면 13년이 나온다. 그 13년을 더하면 482년+13년=495년이 된다. 거기에서 521년부터 532년까지의 구충왕 12년을 13년으로 한 것 1년과 전왕 승하년도와 신왕 즉위년도가 중복 계산된 것을 빼면 490년 정도 된다.

그런데 나라가 490년 존속했다면서 왕 이름은 10명밖에 밝히지 못하였다. 더욱이 158세까지 산 수로왕은 (29)에서 보면 158년 동안 왕위에 있었다. 태어나자 말자 왕이 되어 죽을 때까지 왕이었다는 말이다. 갓난아기가 나라를 다스리다니, 이것을 믿으면 안 되지. 그는 서기 42년에 태어난 것이 아니고 나타난 것이다.

수로왕은 서기 42년에 나타나서 왕위에 올라 158년 재위했으니 199년에 사망하였다. 수로왕의 태자 거등왕은 199년에 왕위에 올랐다. 그는 아버지, 어머니가 혼인한 48년 7월 28일의 이듬해인 서기 49년에 태어났다. 그는 몇 살에 왕위에 올랐어야 하는가? 199년-49년=150년, 거등왕은 151세에 왕이 되었어야 한다. 그리고 55년 동안 왕위에 있었으니 거등왕은 205세까지 살았다. 그래서 그의 승하년이 253년으로 되어 있다. 아버지, 어머니보다 몇 수를 더 두었다. 아무리 1979년 전 일이지만 있을 수 없는 일이다.

수로왕, 거등왕 두 왕이 213년 동안 다스렸다. 213년은 정상적으로라면 7명 정도의 왕이 다스린 기간이다. 여기까지만 보아도 (29)는 엉터리이다. 왜 이렇게 되었을까? 아마도 수로왕에서 거등왕을 거쳐 3대 마품왕으로 넘어갈 때 5대 정도가 실전(失傳)되었을 것이다. 5대 정도 역사가 실전되어 왕의 이름을 알 수 없다고 솔직하게 적지.[47] 왜 거짓말을 해서 이렇게

---

47) 조선 선조의 사돈이고 인조의 고모집인 약봉 서성 집안의 족보도 중시조 서한(閈)과 7대 서익진 사이의 2-6대가 실전되었다고 적고 있다. 영조비 정성왕후를 비롯하여 7

가락국 역사를 우스꽝스럽게 만들었을까?[48]

명의 영의정과 1명의 좌의정, 1명의 우의정을 배출하고 서종태-명균-지수의 3대 상신, 서유신-영보-기순의 3대 대제학, 서명응-호수-유구의 3대 학자를 배출한 집안의, 조선 숙종 때 영의정 서문중이 만든, 고려 중기 때부터 시작되는 족보가 그 정도이다. 그런데 고려 문종 때 금관지주사의 문인이 「가락국기」를 지으면서 서기 42년부터 시작되는 족보를 만들려니 자료가 제대로 있을 리가 없다. 없으면 없다고 하지, 뻔한 일을 가지고 거짓말을 하니 들통이 나지. 그런데 그 금관가야 왕실의 족보가 박창화의 필사본『화랑세기』의 「15세 풍월주 유신공」의 세계(世系)와 똑같다.

48) 이 이상한 역사를 남긴 이는『화랑세기』를 지은 김대문의 아버지 김오기이다. 그가 681년 7월 1일 문무왕이 죽고 7월 7일 신문왕이 즉위한 후 8월에 김유신 장군의 사위 김흠돌을 역적으로 몰아 죽였다. 그는 왜 김흠돌과 그 일파인 김군관, 그 아들 천관, 김진공, 흥원 등을 죽여야 했던가? 김유신의 딸 진광이 김흠돌의 처였고 그들의 딸이 신문왕의 왕비였다. 그 왕비에게는 아들이 없고 왕비의 4촌 흠운의 딸에게는 신문왕의 아들이 셋이나 있었다. 김흠운의 아내는 요석공주이다.

문무왕비 자의왕후는 김흠돌이 미웠다. 시어머니 문명왕후가 친정 생질인 흠돌과 손잡고 전횡하는 것이 미웠다. 상대등 겸 병부령 김군관은 아들 천관을 김흠돌의 딸에게 장가들였다. 화랑도 역대 풍월주가 23세 김군관, 26세 김진공, 27세 김흠돌, 29세 김원선, 30세 김천관, 31세 김흠언, 32세 김신공으로 김유신의 후계 세력에서 배출되고 있었다. 신문왕의 왕비 김흠돌의 딸이 아들을 낳으면 모든 권력이 가야파에게 집중되게 되어 있다.

28세 풍월주를 지낸 대원신통의 김오기 처지에서는 자신의 집안에서 만들어 경영해 온 화랑도를 가야파에게 빼앗길 상황이 되었다. 자의왕후 입장에서는 맏며느리가 될 뻔하였다가 맏아들이 죽는 바람에 홀로 되어 둘째 아들 신문왕과 밀통하여 아들을 셋이나 낳은 시누이 요석공주의 딸과 그 아들들이 불쌍하였다.

방법은 하나뿐이었다. 아들 못 낳은 왕비를 폐하고 아들을 셋이나 낳은 시누이의 딸을 왕비로 삼는 수밖에 없었다. 그러기 위해서는 당대의 실권자 김흠돌과 그 사돈 김군관을 제거해야 했다. 남편 문무왕이 살아있는 동안에는 그가 총애하는 신하들을 죽일 수 없었다. 문무왕이 죽자 말자 북원소경의 김오기에게 연락병을 보내었다. 원주의 군사들을 이끌고 서라벌로 와서 김흠돌 일파를 몰살시키라고

월성을 지키고 있던 호성장군 김진공과 원주의 북원소경을 지키고 있던 김오기의 군대가 서라벌에서 맞붙었다. 왕년의 전우들이 칼과 창을 들고 활을 쏘며 서로를 죽였다. 군대라는 것은 정권 최상부가 바뀌면 한 순간에 친정파와 반정파로 나뉘어 서로 싸우게 되어 있다. 원주의 북원소경을 지키던 김오기가 자의왕후의 여동생 운명의 남편이었다. 자의왕후는 제부를 이용하여 정권을 잡은 것이다.

이 싸움에서 아주 이상한 행동을 한 이는 김유신의 아들 삼광이다. 지면 가락 김씨의 후손들이 정권으로부터 배제될 것은 명약관화하다. 전 집안의 명운을 걸고 건곤일척의 전쟁을 벌였어야 한다. 그런데 그는 신문왕의 명을 받아 새 장가 가는 그를 위하여 날을 받으러 요석궁에 갔다. 왜 그랬을꺼? 자의왕후와 무슨 관계에 있었을까?

가락 김씨들은 자신들이 배를 타고 이 땅에 왔다는 사실을 숨겼다. 왜?
선주민을 속이고 정권을 접수하기 위하여. 그랬다가 나한테 적발되었다.
그 단서는 수로왕이 탈해를 추격할 때 출동시킨 군함 500척이었다. 그들
은 대륙에서 그 배들을 타고 온 것이다. 그 증거 때문에 선주민을 속이고
어린 수로를 왕으로 만든 권모술수까지 들통이 났다. 그나마 초대 왕비
허황옥이 어딘가에서 배를 타고 온 것은 숨기지 않고 적었으니 오늘날 이
런 연구가 가능하게 되었다.

490년 동안 나라가 존속하였으면 왕은 몇 명이나 있어야 하는가? 1인
당 평균 30년을 다스렸다고 쳐도 16-17명의 왕이 필요하다. 10명으로는
490년 지속된 나라를 다스릴 수 없다. 아마도 수로왕, 거등왕에서 마품왕
으로 넘어가는 기간에 5대 정도가 실전되었을 것이다. 수로왕 158년+거
등왕 55년=213년은 7명 정도의 왕이 다스릴 만한 기간이다. 그러니까 신
라에서 왕비를 보낸 좌지왕 때부터의 기록은 비교적 믿음직하지만 그 전
의 자료는 부실하였을 것이다.

고려 문종 때 금관지주사 문인이 「가락국기」를 지을 때 볼 수 있었던
가야사 자료에는 '수로왕-거등왕-마품왕' 사이에 있었던 5대의 왕 이름
과 행적이 사라지고 없었다. 그는 그것을 자료를 찾아서 채워 넣거나 '역
사가 전하지 않는다[失傳].'고 적지 않고 김오기, 김대문의 『화랑세기』에
따라 '1수로왕-2거등왕-3마품왕'으로 세계를 줄여서 적어 버렸다.[49) 서
기 680년대 김대문이 최종적으로 『화랑세기』를 손질할 때에도 금관가야
김유신 집안의 세계는 제대로 전해져 오지 않았던 것으로 보인다. 일세를

---

49) 질지왕은 신라 눌지마립간의 아우 미해[미사흔]의 딸 통리와 혼인하였다. 질지왕은
　원가 28년[451년], 눌지 35년에 즉위하여 영명 10년[492년], 자비 14년 임신년에 승하
　하였다. 이로 보면 질지왕 시기는 연대상으로 무리가 없다. 그러므로 마품왕 이후로
　는 재위 연수가 합리적이다. 문제는 수로왕 158년, 거등왕 55년에 들어 있다.

풍미한 김유신의 집안도 역사를 제대로 남기지 않았다.[50)]

이런 엄청난 거짓말을 지적할 생각은 안 하고, 일연선사는 구충왕이 신라에 항복한 때가 법흥왕 때인가, 아니면 진흥왕 때인가에 시비를 걸고 있다. (28)은 복잡하게 써져 있지만 기실은 (30a, b) 중에 어느 것이 옳은지 모르겠다는 것이다. 이것이 뭐 그리 중요한가? 『삼국사기』를 잘 보면 (30a)가 옳다는 것은 누구라도 알 수 있다. 그런 것 말고 왜 수로왕은 158년이나 왕 자리에 있었어야 했으며, 49년생 거등왕은 왜 150년이나 기다린 후인 199년 151세에 왕 자리에 올라 55년이나 통치한 후 205세나 된 253년에야 아들 마품에게 왕 자리를 물려줄 수밖에 없었는지, 그 놀라운 장수의 비결이 무엇인지 주석이라도 달아 주어야 하는 것 아니겠는가?

> (30) a. 532년[신라 법흥왕 19년, 양나라 무제 중대통 4년 임자년]에 구충왕이 신라에 투항하였다. 즉, 금관가야는 수로가 즉위한 서기 42년[후/동한 건무 18년 임인년]으로부터 구충왕 말년 임자년에 이르기까지 490년 동안 존속하였다.
> b. 562년[신라 진흥왕 23년, 보정 2년 임오년] 9월 신라 제24대 임금 진흥왕에게 정복당하였다. 구충왕은 521년[신라 법흥왕 8년, 원위 정광 2년, 양나라 무제 보통(普通) 2년]에 즉위하여 562년까지 42년을 다스렸다.

그리고는 만약 (30b)가 옳다면 구충왕이 신라에 항복한 것이 562년이

---

50) 『화랑세기』의 김유신의 세계에는 금관가야 왕실의 안 좋은 점이 부각되어 있다. 정적으로 몰아 처단한 집안의 역사를 잘 적어 줄 리야 없지. 역사 기록을 읽을 때 남아 전해오는 기록만 보고 판단하면 안 되는 까닭이다. 역사는 이긴 자의 기록이다. 정의로 웠지만 진 자의 말은 역사에 남지 않는다. 역사 기록에서 이상한 것은 불의한 자들이 이겨서 정의로운 이들을 불의한 것으로 몰기 위하여 조작하면서 생긴 현상이다.

니, 금관가야 존속 기간이 490년에 30년을 더하여 모두 520년이 된다는 것이다. 즉, 구충왕이 42년 동안 왕위에 있었는가, 12년 동안 왕위에 있었는가에 따라 나라 존속 기간이 30년 차이가 난다는 것이다. 구충왕의 재위 기간은 『삼국유사』 권 제1 「왕력」의 13년과 『삼국유사』 권 제2 「가락국기」의 42년 사이에도 차이가 있다. 그러나 521년에 즉위하여 532년에 항복하였으니 12년 재위한 것이 맞다. 그러니 시작[건국]도 이상하고 끝[망국]도 이상한 것이 금관가야이다.

그러나 (30b)의 562년[진흥왕 32년]에는 신라가 금관가야를 정벌한 것이 아니다. 그때의 정벌 대상은 대가야이다. 이 전쟁에 이사부(異斯夫, 苔宗)이 사령관, 사다함(斯多含)이 부장으로 출전하였다.[51] 먼저 사다함이 기병 5000을 거느리고 전단량(旃檀梁[栴檀門, 城門 이름, 梁은 釋訓]이 돌이어서

51) '독도는 우리 땅'에 나오는 이사부(異斯夫[苔宗(태종)])이다. 512년[지증마립간 13년] 아슬라주[명주, 현 강릉] 군주로서 전함에 나무로 만든 사자를 싣고 가서 우산국[울릉도]의 몽매한 토인들을 속여 복속시키는 권모술수를 썼다고 『삼국사기』 권 제4 「신라본기 제4」 「지증마립간」 조와 『삼국사기』 권 제44 「열전 제4」에 전해 온다[謀幷于山國 謂其國人愚悍 難以威降 可以計服 乃多造木偶師子 分載戰舡 抵其國海岸 詐告日 汝若不服 則放此猛獸踏殺之 其人恐懼則降]. 이 영웅의 이름 하나도 제대로 못 가르쳐서 대중이 한자음 그대로 읽고 있게 내버려 두었다. 혹시 성은 李, 이름은 士夫, 아니면 師父로 생각하는 아이들도 있을까? 우선 『삼국사기』 권 제44 「열전 제4」에 의하면 이사부의 성은 김씨이다. '宗' 자의 옛 새김[訓]은 '므ᄅ 宗'이다. '므ᄅ>마루'는 '산마루, 용마루[옥척(屋脊), 동(棟), 종마루]'의 '마루'로 남아 있다. 저자는 산마루는 산맥의 정상을 타고 흐르는 중심 줄기이고 용마루는 대들보 위의 기와로 지붕의 중심을 이루는 맥으로 이해한다. 나라나 집안의 중심 인물이다. 쳐지아비 뷔도 '집 아비'로 가장을 뜻한다. '苔'는 '잃 태'이다. 접미사 '-이'가 붙어 '잇기, 이끼'가 되었다. 苔宗은 '잃므ᄅ'에 가깝다. 오래 된 고가의 지붕 용마루에 이끼가 끼었을까? 조정 원로대신의 이름으로 '잃므ᄅ'만한 것이 없다. '이끼 낀 마루', 얼마나 멋진 이름인가? '늑대와 춤을', '머릿속의 바람', 이런 이름을 지금도 사용하고 있는 종족들이 북아메리카 대륙, 알라스카, 멕시코에 있다. 그곳도 모계 사회이다. 오래 전에 헤어져 베링 해협을 건너간 우리의 형제들이다. '異斯夫'는 '잃므ᄅ'의 '잃'을 '異斯'로 적고 '므ᄅ'를 '夫'로 적은 것이다. 이 영웅의 이름은 '김이끼마루'이다. 그것을 한자의 소리와 뜻을 이용한 표기법 향찰로 적은 것이 '金苔宗, 金異斯夫'이다. 언어가(言語家)가 할 일이 역사 기록에 많이 들어 있다.

돌 梁, 돌은 문의 뜻, 돌쩌귀의 돌])으로 쳐들어가 백기를 세워 놓으니 가야군이 어쩔 줄 모르고 당황해 하는 사이 이사부가 군사를 이끌고 쳐들어가서 항복을 받았다. 그때 사다함의 나이 16세였다. 전쟁에서 가장 큰 공을 세웠으므로 그 공을 기려 점령지의 포로 200명을 노비(奴婢[사내종과 계집종])으로 주고 좋은 밭을 주었으나 사다함은 포로들을 다 풀어 양인으로 만들고 밭을 전사(戰士)들에게 나누어 주었다.

이 전쟁에 출전하는 화랑도 5세 풍월주 사다함에게 신라의 경국지색 미실(美室, 고운 방)이 준 시 (31)이 『화랑세기』에 실려 있다(해독과 원문 판독은 이종욱(1999:74-75)를 참고하였다).[52] 해독 a는 김완진 선생이 제시한 것이고, b는 정연찬 선생이 제시한 것이다.

(31) 風只吹留如久爲都[a. 바람이 불되, b. 바람이 분다구 해도]
郎前希吹莫遣[a. 오래 도랑 앞에 불지 말고, b. 님 앞에 불지 말고]
浪只打如久爲都[a. 물결이 치되, b. 물결이 친다구 해도]
郎前打莫遣[a. 오래 도랑 앞에 치지 말고, b. 님 앞에 치지 말고]

52) 이 향가가 진짜 신라 시대 시인지 아니면 후세에 만든 가짜 글인지가 『화랑세기』가 진서를 필사한 것인지 아니면 가짜로 지어내어 쓴 것인지를 판가름하는 기준이 된 적이 있다. 서울대 국어학의 김완진 선생은 부정적이었고, 서강대 국어학의 정연찬 선생은 긍정적이었다는 것이 사계에 전해졌다[그것이 서울대 국사학의 노태돈 선생과 서강대 국사학의 이종욱 선생의 의견 대립에 어느 정도 영향을 끼쳤다(이종욱(1999:350) 참고)]. 그러나 향찰 표기는 그것을 가릴 기준이 될 수 없다. 향가 해독에 관여해 본 사람이면 누구나 향찰 표기법을 사용할 수 있다. 진실로 합리적인 기준은 『화랑세기』의 내용이 『삼국사기』나 『삼국유사』의 내용과 어그러짐이 없고, 또 두 사서가 차이가 나는 경우 『화랑세기』는 사실에 가까운 쪽으로 써진 내용이 많다는 것이 되어야 한다(서정목(2018:333-341) 참고). 물론 두 사서에는 없고 『화랑세기』에만 있는 내용은 그것이 역사적 사실이었음이 증명되어야 한다. 적어도 『화랑세기』의 혼습은 흉노족의 그것으로 『삼국사기』, 『삼국유사』의 혼습과 정확하게 일치한다. 그 외에도 수많은 사실들이 『화랑세기』가 박창화의 창작이 아니라 무엇인가를 보고 적은 필사본임을 말하고 있다. 그런 문헌이 일제 시대에 일본에 있었던 것이다. 그는 그것을 베낀 것이지 연구하여 지어낸 것이 아니다.

早早歸良來良[a. 일찍일찍 돌아오라, b. 일찍일찍 돌아오래
更逢叱那抱遣見遣[a. 다시 만나 안고 보고, b. 다시 만나 안고 보긔
此好郎耶執音乎手乙[a. 이 좋은 님아 잡은 손을, b. 이 좋은 님아 잡
은 손을
忍麽等尸理良奴[a. 차마 어찌 돌리려노, b. 차마 어이 돌리려노]53)

이 시「출정가」, 「풍랑가」]는 그 시대 신라 왕실 말로 짓고 한자로 적은
것이다. 문장의 중심이 되는 체언[명사]나 용언[동사, 형용사] 등 중요 단어,
실사(實辭)는 한자의 뜻을 빌려서 적고, 조사나 어미 같은 허사(虛辭)는 한
자의 소리를 이용하여 적었다. 문장의 어순이 '주어-목적어-동사' 순이다.
현대국어와 별 차이가 없다. 그러니 한국어는 신라 왕실 말이다.

신라 왕실은 흉노어를 사용하였을 것이다. 그러니 고대 한국어는 진한
계 말이 기층 언어를 이루고 그 위에 흉노어가 상층 언어가 되어 형성된
트기말일 가능성이 크다. 저 시 속의 조사나 어미는 거의 그대로 중세국
어로 이어졌다. (31)과 같은 방법, 즉 향찰로 표기된 시가 향가이다. 그러
니 향가는 흉노족의 노래라고 해도 과언이 아니다.

사다함이 돌아왔을 때 미실은 이미 고무신을 거꾸로 신고 궁중에 들어
가 6세 풍월주 세종전군(世宗殿君)의 부인이 되어 있었다. 세종은 지소태
후와 이사부의 아들이다. 지소태후는 법흥왕의 딸로서 삼촌인 입종(立宗)
과 혼인하여 진흥왕을 낳았다. 그 뒤에 그녀는 이사부와의 사이에서 세종
을 낳았다. 그러니 세종은 진흥왕의 이부동모 아우이다. 7세의 나이로 왕

---

53) 이 시 속에 사용된 향찰 글사 가운데 문제가 있는 것은 다음과 같다. '叱'는 주격 조
사를 적는 데 사용된 적이 없다. '是'가 주로 사용된다. '如久爲都'의 '-고'를 적은
'久'는 향찰에 용례가 없고 중세 국어에도 없다. 그래서 a는 끊어 읽기를 '如 久 都郞
으로 한 것이다. '執音乎手'은 「헌화가」에 그대로 나온다. 마지막의 의문 어미 '-노'
를 적은 '奴'도 용례가 없다.

위에 오른 진흥왕은 어머니 지소태후와 어머니의 둘째 남편 이사부의 보살핌을 받고 이부동모의 아우 세종전군의 도움을 받아 훌륭한 정복 군주로 이름을 남겼다.[54]

눈물을 머금고 사다함은 (32)의 시를 짓고 물러났다(번역과 원문 판독은 이종욱(1999:75-76)을 참고하였다).

(32) 靑鳥靑鳥[파랑새야 파랑새야]
彼雲上之靑鳥[저 구름 위의 파랑새야]
胡爲乎 止我豆之田[호위호 내 콩밭에 앉지 마라]

靑鳥靑鳥[파랑새야 파랑새야]
乃我豆田靑鳥[내 콩밭의 파랑새야]
胡爲乎 更飛入雲上去[호위호 다시 날아 구름 위로 가는구나]

旣來不須去又去爲何來[왔으면 가지 말지 또 갈 것을 왜 왔는가]
空令人淚雨[공연히 남을 울려]
腸爛瘦死盡[창자 문드러져 말라 죽게 하는구나]

(吾)死爲何鬼[(내) 죽어 무슨 귀신 될까]
飛入○○護神[날아들어 ○○ 보호신 되리]
朝朝暮暮保護殿君夫妻[아침마다 저녁마다 전군 부부 보호하여]
萬年千年不長滅[만년 천년 죽지 않게 하리]

---

54) 진흥왕도 나중에 누이 숙명공주와 혼인하였으나 이화랑에게 왕비 숙명공주를 빼앗겼다. 어느 여인이 매일 다른 여인과 갈아가며 잠자리를 하는 왕을 남편으로 데리고 살려 하겠는가? 그러나 이런 이야기 속에서 신라 왕실의 혼인 관습이 흉노족의 그것과 똑같아서 신라 김씨, 가락 김씨가 흉노제국의 후예들임이 더욱 분명하게 드러난다.

이 시[청조개]에는 조사나 어미가 적히지 않았다. 문장의 어순도 '주어-동사-목적어'이다. 이 시는 한문으로 지었거나 신라어로 지어서 한문으로 번역하였다. 이런 시는 향가라 부르지 않는다. 한시이다. 우리나라 인물이 지었으니 다 우리 시이다. (32)는 사다함의 시이니 남자가 지었다. (31)은 미실의 시이니 여자가 지었다. 남자는 한문을 사용하여 시를 짓고 여자는 우리 말을 사용하여 시를 지었다. 그것은 오랜 전통이다.

그 후 사다함의 낭도 무관랑이 밤중에 궁궐의 성을 넘다가 구지(溝池)에 떨어져 다쳐서 앓다가 죽었다.[55] 무관랑은 신분이 미천하여 공을 많이 세우고도 합당한 상을 받지 못하였다. 그것을 안타까워 한 사다함이 평소 그를 가까이 하여 위로하였다. 사다함의 어머니 금진낭주가 무관랑을 품었다. 사다함은 '네 탓이 아니고 어머니 탓이다.' 하며 무관랑을 용서하였다. 낭도들 중에 안 좋게 생각하는 이가 많았다. 그리하여 무관랑이 밤에 성을 넘어 도망가다가 구지에 빠진 것이다. 무관랑이 죽고 사다함도 7일 만에 죽게 되었다. 금진은 '나 때문에 아들이 죽게 되었다.'고 후회하였으나 사다함은 '어머니 은혜를 다 못 갚았으니 저승에 가서 갚겠다.' 하고 눈을 감았다(이종욱 역주해(1999:69-71).

지금까지 「가락국기」가 안고 있는 가장 큰 문제, 국가 존속 기간과 왕

---

55) 이종욱(1999:355)는 '溝池'가 박창화의 『화랑세기』에 나오는 것이 신라 시대의 진서를 필사한 것임을 보여 주는 증거라고 한다. 월성에 해자가 있었음이 밝혀진 것은 1985년이다. 1930-40년대에 필사된 『화랑세기』의 필사자 박창화가 월성에 구지가 있었음을 알았을 리는 없다. 그렇다고 그가 월성에 해자가 있었을 것이라고 상상하지 못할 리는 없다. 해자를 구지로 부르는 것은 『예기』에도 나오니 그가 구지라는 단어를 몰랐을 리도 없다. 구지도 박창화의 『화랑세기』가 진서 필사본이라는 진정한 증거가 될 수는 없다. 이종욱(1999:351-357)에 들고 있는 둘째부터 여섯째까지의 내용 근거들이 후세인이 도저히 상상해낼 수 없는 신라인들만 아는 것이라면 박창화의 『화랑세기』는 진서 『화랑세기』를 필사한 것이지 후세인이 지어낸 것이 아니다. 그런 내용이 너무나 많다. 특히 신라 김씨의 혼습(婚習)은 거의 흉노족의 혼습과 일치한다.

의 수 불일치를 살펴보았다. 최소 5명의 왕 이름이 실전된 것으로 보인다. 여기에 더하여 전체 기록에서 부정확하여 사료로서의 신빙성을 떨어뜨리는 예를 몇 가지 더 지적해 둔다.

둘째, 가락국은 김수로왕을 태조로 불렀다. '대가락국 태조왕비 보주태후 허씨 유주지지'나 '가락국 태조왕 영후 유허비' 등이 김수로왕을 가락국 태조라고 칭하고 있다. 그런데 (14)에 사용되는 세조라는 묘호가 어떤 때는 거등왕을 가리키고 어떤 때는 수로왕을 가리킨다. 왜 그런지 알 수가 없다. 원래 세조는 거등왕이고 태조가 수로왕일 것이다. 금관가야 국민들은 수로의 아버지를 고조로 생각하지 않았을까?

셋째, 구충왕이 신라에 항복한 것을 진흥왕대라고 하고 있는 것도 이상하다. 『삼국사기』 권 제4에는 532년[법흥왕 19년]에 금관가야 구충왕이 신라에 항복하였다고 되어 있다. 양나라 중대통 4년인 532년에 항복한 것이 옳을 것이다. 법흥왕대에 항복한 것이 옳다. 진흥왕대에는 대가야의 정벌이 이루어졌다.

구충왕, 멀쩡한 나라를 들어 신라에 항복한 저 자에 대하여 나는 할 말이 없다. 전형적인 매국노, 배신자일 뿐이다. 마지막 1인까지 싸우다가 도피한 12대조(아니 17대조쯤 되지) 김탕(湯) 할아버지를 저승 가서 어찌 뵈었을까?

가락 김씨, 가락 허씨, 인천 이씨들은 다른 이는 다 용서해도 저 구충왕만은 용서하면 안 된다. 아무리 처가 나라라지만 어찌 전쟁 한번 안 해 보고 나라를 그대로 신라에 갖다 바치는가? 아들 무력도 훌륭하고 손자 김유신은 더욱 위대하다. 못난 구충왕이 죽기만 하면 영웅들이 줄줄이 나올 수 있는 나라인데 왜 스스로 항복하였을까? 하기야 그들도 가락에 그냥 있었으면 그렇게 훌륭하게 되었을 리 없지. 시대와 장소가 인물을 낳는 것이니까. 다음 생은 좋은 때에 좋은 곳에서 태어나기를.

신라의 병사들이 너무 많아 중과부적(衆寡不敵)이었다고? 이게 임금이 할 소리인가? 부국강병이 나라가 존재하는 이유 아닌가? 신라 법흥왕이 특별히 부국강병을 한 왕도 아니다. 모든 기록이 다 중대통 4년[서기 532년]에 항복했다는데 왜 여기서만 진흥왕 때 항복했다고 했을까? 정복왕 진흥왕 때 항복했다 하면 좀 덜 창피할 줄 알고? 맹자(孟子)가 말한 오십보백보(五十步百步)이다. 나라 잘못 다스려 내부적으로 쇠약하게 해 놓고 적이 너무 강하다고 항복하다니.

넷째, (19)의 2대 거등왕이 천부경 신보의 딸 모정과 혼인하였다는 것은 이상하다. (20)의 3대 마품왕이 종정감 조광의 손녀 호구와 혼인하였다는 것도 문제다. 신보와 조광은 허황옥을 수행하여 사천성 보주에서 김해로 온 잉신들이다. 신씨와 조씨가 가락국의 오랜 신하임을 알 수 있다. 그들도 「가락국기」대로라면 대륙에서 온 것이다.

허황옥이 주포에 상륙한 날 기록은 (33a)처럼 되어 있다. 그리고 허 왕후가 사망한 후의 기록에는 (33b)처럼 되어 있다.

(33) a. 그 땅에서 시종해 온 잉신 2인의 이름은 신보와 조광이고 그 아내 2인은 모정과 모량이다[其地(他)侍從媵臣二員 名曰申輔趙匡 其妻二人 號慕貞慕良].

b. 잉신 천부경 신보, 종정감 조광 등은 나라에 이른 지 30년 후, 각 2녀를 낳고 남편과 아내가 1-2년 차이로 모두 면신하였다[媵臣泉府卿申輔宗正監趙匡等 到國三十年後各産二女焉夫與婦踰一二年而皆抛信也].

이러면 거등왕의 왕비가 천부경 신보의 딸 모정이라 한 것이 이상해진다. (33a)에서 신보의 아내 이름이 모정이기 때문이다. 거등왕은 서기 49년에 태어났다. 모정은 48년에 이미 신보의 아내로서 허황옥을 모시고 왔다. 신보의 아내가 모정이 아니거나 거등왕의 왕비가 모정이 아니다. 만약 둘 다 모정이라면 딸이 어머니의 이름을 물려받은 동명이인이 될 것이다. 나중에 보는 『화랑세기』도 거등왕의 왕비를 모정이라고 하고 있으므로, 아마 거등왕의 왕비는 모정이고 신보의 아내가 모정이 아닐 것이다.

거등왕의 왕비가 신보의 딸 모정이려면 (33b)를 잘 해석하여야 한다. '나라에 이른 지 30년 후'는 '딸을 낳다'에 걸리는 부사어일까, '면신하다(세상을 떠나다?)'에 걸리는 부사어일까? '면신하다'에 걸리는 부사어이다. '30년 후'가 '아이를 낳다'에 걸리면 모정이 첫 아이라도 78년에 태어난 것이고 그러면 그 아이가 49년에 태어난 거등왕과 혼인할 수 없다.

'30년 후'는 신보 부부, 조광 부부가 서기 48년에 이 땅에 와서 30년을 살고 78년에 세상을 떠났음을 증언하는 것이다. 그들이 30-40세쯤에 왔다면 죽을 때에는 60-70세가 된다.

이것은 김수로왕, 허 왕후의 나이 문제를 해결하는 데에 매우 중요한 논거가 된다. 신보 부부, 조광 부부가 이 땅에 올 때 30-40여세였다면 60-70여세에 세상을 떠난 것이다. 그런데 그들이 모시고 온 허 왕후는 어떻게 157세나 살았으며 김수로왕은 또 어떻게 158세나 살았겠는가?

신하와 왕, 왕비라서 수명이 차이가 날 수 있다고? 그래도 기껏해야 10년 정도지. 왕이 신하보다 더 오래 살지 못하는 것이 일반적이다. 동일 시대 사람들은 특별한 경우가 아니면 비슷한 수명을 누려야지. 그때도 인간 수명은 60-70세 정도이고 특별한 경우 100여세 가까이 산 것이다. 150년이 넘게 사는 것은 아직도 꿈만 같은 일이다. 100세만 넘겨도 장수다.

다섯째, 3대왕 마품이 종정감 조광의 손녀 호구와 혼인했다는 것도 기록을 그대로 두고는 설명되지 않는다. 조광은 딸만 두었으니 호구는 조광의 외손녀이다. 조광과 모량 사이에 딸이 51년쯤에 태어나고 그 딸이 15세쯤 되었을 때인 65년쯤에 호구를 낳아야 49년생 거등왕의 아들인 마품과 비슷한 나이가 된다. 마품과 그의 왕비 조광의 외손녀는 65년생쯤 되고 결혼은 80년쯤에 하는 것이 정상이다.

그러면 거등왕이 199년에 즉위하여 55년 다스리고 205세인 253년에 사망하여 3대 마품왕이 즉위하였고, 그가 291년까지 다스렸다는 저 (20)의 기록은 어떻게 되는 것일까? 마품왕도 291-65=226세쯤 되어서 죽었다고 할 것인가? 이에 대하여 이제 독자들은 누구나 답할 수 있게 되었다.

이때까지는 선주민과 이주민의 피의 혼효가 이루어지지는 않았다. 아궁 아간의 손녀와 혼인하는 5대 것미왕부터 혼혈이 되었다.

여섯째, 아궁[개명 전 아되의 손녀 아지가 수로왕의 증손자 것미왕과 혼인한다는 것도 합리적이 아니다. 42년 수로가 나타날 때 아도는 이미 어른이었다. 수로왕보다 나이가 더 많다. 아도의 손녀는 마품왕과 혼인할 만한 세대이다. 그런데 어떻게 158세나 산 수로왕과 205세까지 산 거등왕을 거치고 또 32년을 재위한 마품왕의 아들인 4대 것미왕이 아도의 손녀와 혼인할 수 있었겠는가? 것미왕은 서기 291년에 즉위하였다. 서기 42년에 이미 어른이었던 아도가 58년 뒤인 서기 100년에 손녀 아지를 보았다면, 그 아지는 192세에 왕비가 된 것이다.

왜 이런 현상들이 생겼겠는가? 이런 설명하기 어려운 일들은 「가락국기」의 사료로서의 신빙성을 떨어트리는 요소이다. 전체적인 흐름이 크게 사리에 벗어나 있다. 이런 현상들을 그대로 두면 「가락국기」는 제대로 된 역사 기록이 못 된다. 그러나 조금만 생각해 보면 이런 이상한 현상들이 생기는 까닭을 누구나 알 수 있다.

『화랑세기』가 문제의 근원이다

『삼국유사』의 「가락국기」가 말하는 금관가야의 역사와 놀라울 만치 일치하는 역사를 적고 있는 책이 있다. 그것은 박창화의 필사본 『화랑세기』이다. 『화랑세기』는 「15세 풍월주 유신공」에서 금관가야 왕실에 관하여 (34)와 같이 적고 있다. 지금까지 읽은 「가락국기」와 (34)를 대조하여 잘 읽어 보고 판단하기 바란다. 읽을 때 주목할 점은, 어느 것이 어느 것을 보고 베낀 것인지 판단하는 것이다. 베낀 것이 아니라면 아무 자료도 없는 데서 어떤 천재가 필사본 『화랑세기』를 지어내어 쓸 수 있는 것인지 판단해 보라.

(34f)가 가장 앞서니 (34f-h)를 먼저 읽는 것이 좋다. 독자들의 이해를 돕기 위하여 (34)에서 말하는 김유신 장군의 조상인 가락국 왕과 왕비의 세계를 간략한 도표로 보이면 (34-1)과 같다.

>   (34-1) 1수로왕/허황옥
>   2거등왕/모정[신보]의 딸
>   3마품왕/호구[조광]의 외손녀
>   여기까지에서 5대 정도 실전
>   4(9)것미왕/아지[아궁]의 손녀
>   5(10)이품왕/정신[극충]의 딸
>   6(11)좌지왕/복수[도령]의 딸
>   7(12)취희왕/인덕[진사]의 딸
>   8(13)질지왕/통리[미해]의 딸/방원[김상]의 딸, 납수공/계황

9(14)감지왕/숙씨[출충의 딸], 선통/방원[김상의 딸]

　10(15)구충왕/계화[납수공과 계황의 딸]

　11(16)무력/아양[진흥왕 딸]

　12(17)서현/만명[숙흘종과 만호의 딸]

　13(18)유신/영모, 유모, 지소공주[무열왕의 딸]

　(34) a. 세계(世系): (김유신의) 아버지는 서현 각간이고 할아버지는
무력 각간이며 증조부는 구충대왕이고 고조는 감지대왕이다.

　b. (9대) 감지왕은 5형제가 있었는데 모두 신라의 골품이 있는 여자
를 아내로 맞이하여 신라 조정에 복종하였다. 감지왕 원년56) (질지: 저
자 추가)왕의 조카[王姪]57) 납수공이 우리 덕지공의 딸 계황(桂凰)을 아
내로 맞았는데 매우 아름다웠다. (감지: 저자 추가)왕 또한 신라 여자를
원하였는데 왕의 어머니 방원이 허락하지 않았다.

　c. 처음에 감지왕의 아버지 8대 질지대왕이 영명하여 선정을 베풂으
로써 금관이 잘 다스려졌다. 질지는 백흔공의 손아래 누이 통리를 왕후
로 삼았으니 곧 미해공의 딸이다. 그 어머니는 제상공의 장녀 청아이
다. 서로 매우 사랑하였는데 아들이 없어 한이었다. 통리는 이에 백흔
공의 딸 하희를 데려다가 (질지왕의) 첩으로 삼았다. 하희도 딸을 낳고
아들을 낳지 못하였다. 얼마 지나 통리가 아들 선통을 낳아 질지가 매

---

56) 이종욱(1999:56)은 감지왕 원년에 (492)라고 추가 정보를 적었다. 이 492년은 질지왕
　승하년이고 감지왕 원년이며, 신라 소지마립간 14년이다. 『삼국사기』에는 '493년에
　백제 동성왕이 청혼하므로 (소지)왕은 이벌찬[각간] 비지의 딸을 보내어 혼인시켰다.
　--- 496년에 가야국에서 흰 꿩[白雉]를 보내왔는데 꼬리가 5자나 되었다.'고 적었다.
　비지 각간은 사다함의 증조부이다. 비지/묘양-비량공/벽화휘[소지왕비]-구리지/금진-
　사다함으로 이어진다.

57) 이종욱(1999:283)에는 "필사본에는 원래 '王弟'로 되어 있으나, 필사자가 후에 '王姪'
　로 고쳤다."고 주가 붙어 있다. '王弟'를 '王姪'로 바꾸었다면 그는 필사본 『화랑세기』
　를 지어낼 만한 인물이 아니다. 이 자리에는 '왕제'가 와야지 '왕질'이 오면 안 된다.
　박창화는 일본에 있는 어떤 자료를 보고 베끼고 자기가 베낀 것이 옳은지 그른지 고민
　하고 있는 것이다. 그가 지어 내었다면 이런 엉터리 고침이 나올 수 없다.

우 기뻐하여 태자로 삼았다.

　d. 선통은 말타기와 활쏘기를 좋아하였다. 들에서 사냥을 하다가 비를 만나 사간 김상의 집에 들어갔다. 김상은 좌지왕의 외손이었다. 김상의 딸 방원은 교태에 능하고 아름다웠는데 선통을 유혹하여 상통하였다. 1년 남짓하여 딸을 낳으니 통리가 듣고 거두어 태자비로 삼았다. 얼마 안 있어 통리와 선통이 모두 죽었다. 질지가 이에 (아들의 아내였던: 저자 추가) 방원을 왕후로 삼았다. <u>이에 앞서 방원은 (시아버지: 저자 추가) 질지와 밀통하였는데 이에 이르러 아들 감지를 낳았다.</u> 그러므로 질지가 크게 기뻐하여 왕후로 삼은 것이다. 방원은 ---을 좋아하였다. 질지는 늙어서 정사를 다스리지 않았다. (신라) 조정에서 사신을 보내어 책망하였다. 이 때문에 방원은 신라를 원망하여 감지가 신라에서 아내를 맞는 것을 허락하지 않았다. 감지왕 10년[501년]에 방원이 죽었다. 감지왕은 이에 (숙부: 저자 추가) 납수공을 보내어 청혼하였다. 조정에서는 출충 각간의 딸 숙씨를 허락하여 보내었다. 감지는 그 아름다움을 사랑하여 왕후로 삼고 구충을 낳았다.

　e. 구충은 계황(桂凰)의 딸 계화를 맞아 왕후로 삼고 무력과 무득을 낳았다. 모두 신라에 왔는데 조정에서 예로써 대접하였다. 무력은 진흥왕의 딸 아양을 아내로 맞아 서현을 낳았다. 서현은 만호태후(동륜태자 비, 진평왕 모, 진흥왕 이복동생 숙흘종과 사통)의 딸 만명을 아내로 맞아 유신공을 낳았다. 그러므로 유신공은 실로 진골, 대원, 가야 3파의 자손이다.[58]

　f. 금관가야는 수로청예왕에서 비롯하였는데 황룡국의 여자 황옥을

---

58) 김유신이 왜 위대한 지도자였는지 말해 준다. 그는 부계로는 가야파이다. 할머니는 진흥왕의 딸 아양공주이니 왕실 진골정통이다. 어머니 만명의 외할머니가 1세 풍월주 위화랑의 딸 금진이니 대원신통이다. 처도 하종의 딸 영모로 대원신통이다. 이른바 3파, 김씨 신라 왕실의 골간을 이루고 있는 이 세 파벌을 편 가르기 하지 않고 화합, 융합시켜 그 힘을 하나로 모으는 역량을 발휘한 것이다. 그는 진골정통 회무림공의 부제를 지내고 풍월주를 이어받았으며, 대원신통 보종공을 부제로 선발하여 풍월주를 물려주었다.

아내로 맞아 거등을 낳았다. 거등은 천부경 신보의 딸 모정을 아내로 맞아 마품을 낳았다. 마품은 종정감 조광의 손녀 호구를 아내로 맞아 것미를 낳았다. 것미는 아궁 아간의 손녀 아지를 아내로 맞아 이품을 낳았다. 이품은 사농경 극충의 딸 정신을 아내로 맞아 좌지를 낳았다.

g. 좌지는 색을 좋아하여 각국의 여자를 아내로 맞아 왕후로 삼았는 데 우리나라[신라]에서도 도령 아찬[6등관위명]의 딸 복수를 보내어 아 들 취희를 낳자 좌지가 크게 기뻐하여 정후로 삼았다. 금관에서 신라 여자를 왕후로 삼는 것이 이로써 비롯하였다.

h. 취희가 왕위에 오르자 복수는 태후로서 집정하여 신라인을 많이 등용하였다. 금관인 또한 신라에 많이 왔다. 사이좋게 친한 관계가 점 점 깊어졌다. 취희는 신라 진사 각간의 딸 인덕을 아내로 맞아 질지를 낳았는데 이 이가 유신공의 5대조이다. <박창화,『화랑세기』, 이종욱 역 주해(1999), 156-159.>

충분한 시간을 갖고 두 사서『삼국유사』의 「가락국기」의 왕들의 역수 (曆數)와『화랑세기』의 「15세 풍월주 유신공」의 세계를 비교하여 읽고, 같은 점과 다른 점을 찾아보라. 어느 것이 어느 것을 보고 베꼈는가? 박창 화의 필사본『화랑세기』는 그가 지어낼 만한 단순 정보를 포함하고 있는 것인가? 독자들도 충분히 판단할 수 있다.

내용상으로 박창화가 절대로 필사본『화랑세기』를 지어낼 수 없다는 증거는 (34b)의 '王弟[왕의 아우]'를 '王姪[왕의 조카]'로 바꾼 것이다. '납 수공(納水公)이 감지왕의 조카이겠는가? 아니면 아우이겠는가?' 절대로 조 카는 아니다. 납수공이 감지왕의 아우가 되기도 어렵다. 왜 그런가?

김유신의 세계를 보면 5대왕 이품까지는 (35a)처럼 가락국 내에서 왕비 를 들이고 신라 여인을 왕비로 들이지 않았다. 물론 이 사이에 5명의 왕 이름이 실전되어 수로왕의 승하 시 나이가 158세라느니, 거등왕이 205세까지 살았다느니 하는 이상한 역사가 되기는 하지만 그것은 별개 문제이다. 6대 좌지왕부터는 (35b)와 같이 신라에서 왕비가 왔다.

(35) a. 1대 수로/허황옥-2대 거등/모정[신보의 딸]-3대 마품/호구조광의 손녀]-4대 것미/아지[아궁의 손녀]-5대 이품/정신[극충의 딸]
   b. 6대 좌지/복수[도령 아찬의 딸]-7대 취희/인덕[진사 각간의 딸]-8대 질지/통리[미해(마사흔)공의 딸](/방원[며느리]), *(납수공/계황[덕지공의 딸]*-선통/방원[좌지왕 외손인 김상의 딸], 9대 감지/숙씨[출충 각간의 딸]-10대 구충/계화[계황의 딸]

(34b)의 감지왕 원년은 무슨 해인가? 서기 492년인 이 해는 9대 감지왕이 즉위한 해이면서 8대 질지왕이 사망한 해이다. 그러니까 질지왕이 죽기 전에는 질지왕 말년이고 죽은 후에는 감지왕 원년이 된다. 여기 나오는 '왕'이 질지왕일 수도 있고 감지왕일 수도 있는 것이다.

첫째, (34b)의 왕을 질지왕이라 보고 '王姪'을 그대로 두고 해석해 보라. 질지왕의 조카, 즉 감지왕의 사촌이 납수공이 된다. 사촌형이 먼저 신라 여인 계황(桂凰)과 혼인하고 그가 10년 후에 감지왕의 청혼을 하러 신라에 갔다는 말이 된다. 계황의 딸 계화(桂花)는 감지왕의 5촌 질녀가 되고 감지왕의 아들 구충은 6촌 누이와 혼인했다는 말이 된다.

둘째, (34b)의 왕을 감지왕이라 보고 '왕질'을 그대로 두고 해석해 보라. 감지왕의 조카 납수공이 감지왕보다 먼저 혼인하였다는 말이 된다. 감지왕에게 나이가 많은 형이나 누나가 있어야 가능한 일이다. 형으로는 선통이 있었으나 방원과의 사이에 딸 하나를 낳고 죽었다. 감지왕이, 질지왕과 방원 사이에 태어난 첫 아들이므로 일단 감지왕의 동복 형은 없다. 질지왕과 하희 사이에 딸이 있었으니 감지왕의 누나는 있다. 이 누나가 납수공을 낳았으면 나이가 감지왕보다 많기 어렵다. 그 어린 납수공이 아저씨 감지왕보다 먼저 혼인하고 10년 후에 아저씨 감지왕의 청혼을 하러 신라에 간다는 말이 된다. 그리고 납수와 계황 사이에서 태어난 계화는 감지에게 손녀 뻘이 된다. 그 손녀 뻘 계화가 아저씨 구충과 혼인한 셈이다.

셋째, (34b)에 '왕질'이 아닌 '왕제'를 두고, 왕을 질지왕이라 보고 해석해 보라. 질지왕의 아우 납수공이 신라 여인 계황을 아내로 삼은 것이 된다. 납수공은 감지왕의 숙부이고 계황은 감지왕의 숙모이다. 그러니까 감지는 숙모를 보고 신라 여인을 아내로 삼고 싶었던 것이다. 계황의 딸이 구충왕의 왕비 계화이다. 그러면 계화는 선통, 감지와 같은 항렬이다. 구충왕은 아버지 감지왕의 4촌 여동생이고, 자신의 5촌 고모인 계화와 혼인한 것이다. 큰집의 조카가 작은집의 고모나 아저씨와 혼인하는 것, 그것이 고대 왕실에서 가장 흔한 족내혼의 양상이다.

넷째, (34b)에 '왕질'이 아닌 '왕제'를 두고, 왕을 감지왕이라 보고 해석하면 어떻게 되는가? 감지왕의 아우 납수공이 신라 여인 계황을 아내로 삼은 것이 된다. 형은 아우 납수공의 아내 계황 같은 신라 여인을 아내로 삼고 싶었다. 아우가 형보다 먼저 혼인하고 형의 청혼을 하러 신라에 갔다는 말이다. 계황의 딸이 구충왕의 왕비 계화이다. 그러면 계화는 감지왕의 질녀가 되고 구충왕은 4촌 누이와 혼인한 것이다.

이 네 가지 경우 가운데 어느 것이 가장 비합리적인가? 둘째 해석이 가상 비합리적이다. 있을 수 없는 일에 가깝다. 그 다음 비합리적인 것은 넷째 해석이다. 왕실에서 왜 태자가 장가 들지도 않았는데 아우가 먼저 혼인하였겠는가? 또 '아우가 형의 청혼을 하러 간다.'가 말이 되는가? 그 다음은? 첫째 해석이다. 이 해석이 성립되려면 질지왕의 형이 있어야 가장 좋다. 그러면 그가 왕이 되어야지 '왜 질지가 왕이 되었어?'에 걸린다. 질지왕의 아우가 있고 그가 먼저 아들을 낳았으면 감지왕의 4촌 형이 있는 셈이다. 그가 납수공이라면 할 말은 없다. 그러나 조건이 붙기는 한다.

아무 조건 없이 성립되는 것은 셋째 해석이다. 태자 감지에게는 숙부 납수공의 아내, 숙모인 신라 여인 계황이 아름다워 보였던 것이다. 사춘기의 모든 청소년들이 가지는 로망, 그것은 갓 혼인한 숙모, 형수처럼 좋은 아내를 얻는 것이다. 숙모, 형수야 시댁 조카나 시동생에게 점수를 따야지. 큰집 조카의 청혼을 하러 숙부가 나서는 일이야 흔한 일이다. 계황의 딸 계화가 5촌 조카인 큰집의 왕세자 구충과 혼인하는 것이야말로 이 흉노제국 출신 김씨들의 족내혼의 가장 일반적인 패턴이다.

그러므로 (34b)의 그 자리에는 '王弟'가 오는 것이 옳다. 그리고 그때의 왕은 감지왕이 아니라 감지왕의 아버지 질지왕이다. '질지왕의 아우'가 되어야 뜻이 사리에 맞게 된다. 감지왕 원년은 질지왕 마지막 해이기도 하다. 질지왕이 살아 있던 그 해에 태자인 감지가 숙모 납수공의 아내 계황처럼 아름다운 신라 여인을 아내로 맞기를 원했다. 그러나 질지왕의 왕비인 어머니 방원이 막았다. 사신을 보내어 질지왕의 엉망진창인 정사를 나무라는 신라를 미워하여 방원이 신라 며느리를 꺼린 것이다.

신라가 질지왕의 통치 행위를 꾸짖은 이유 속에는, 며느리 방원과 간통하고 왕비 통리[신라 미사흔의 딸]와 아들 선통[미사흔의 외손재]가 의문의 죽음을 한 후[아마도 자살당하거나 타살되었을 것이다.] 며느리 방원을 왕비로 삼은 행위도 나무람의 대상으로 들어 있었을 것이다. 그러니 그 비판의 당사자인 며느리 출신 왕비 방원이 신라를 좋아하였을 리가 없다. 그러니까 태자 감지의 비가 신라로부터 오는 것을 막은 것이다. 그런 금관

가야 최고의 문제 여인 방원도 남편 질지왕이 죽은 492년으로부터 10년이 지난 501년에 죽었다.[59]

즉위 후 10년이나 신라 여자에게 장가를 들지 못하던 감지왕도 어머니가 죽고 나서 신라 출충 각간의 딸 숙씨를 맞이하여 왕비로 삼았다. 그리고 아들 구충을 낳았다. 감지왕은 아름다웠던 숙모 계황의 딸 계화를 며느리로 삼았다. 납수공과 계황이 결혼하고 바로 계화를 낳았다면, 어머니의 방해로 10년이나 더 후에 숙씨와 혼인한 감지왕이 낳은 구충과 계화가 혼인할 나이가 안 된다. 그러나 납수공과 계황이 혼인한 후 10년쯤 후에 계화를 낳았으면 계화가 구충과 결혼할 수 있다.

필사본 『화랑세기』는 창작이 아니다

박창화가 이런 사실도 따져보지 않고 '王弟'를 '王姪'로 고쳤다면(이종욱(1999:283)), 그런 인물이 어떻게 저 복잡한 필사본 『화랑세기』(D)를 지어낼 수 있었겠는가? 베끼기라도 제대로 하였을지 의심스럽다.[60] 박창화

---

59) 501년은 지증마립간 2년이다. 500년 9월 날이[영쥐에서 벽화 아가씨에게 빠진 소지{비처}마립간은 그녀를 궁궐에 데려와서 아들 하나까지 낳았다. 그 비운의 사랑은 3개월 뒤인 11월 소지마립간이 죽음으로써 끝이 났다. 그리고 할아버지 눌지왕의 외손자 지증이 왕이 되어 아들 원종{법흥왕}을 데리고 궁궐에 들어왔다. 『삼국유사』권 제1 「기이 제1」의 「사금갑」은 내전에서 향 피우고 수도하는 중이 왕비와 간통하다가 거문고 갑 속에 숨어서 왕이 거문고 갑을 화살로 쏘아 둘을 죽였다는 설화이다. 이 중은 고구려에서 왔을 가능성이 크다. 소지마립간이 데려온 벽화 아가씨와 함께 온 어머니 벽아 부인의 아들이 1세 풍월주 위화랑이다. 대원신통은 이 혈통이다.

60) 박창화는 김흠운과 요석공주를 염두에 둔 괴상한 소설 「영랑전」을 지었다(서정목(2016:174) 참고). 신목왕후의 어머니가 김춘추와 누구 사이에서 태어났는지, 어떻게 하여 김흠운과 혼인하였는지는 모르는 일이다. 그런데 그 「영랑전」에서 박창화는 '신목왕후의 어머니가 김춘추와 당나라 여인 사이에서 태어난 딸이고, 김흠운이 그녀의 호위무사로 당나라와 신라를 오갔는데, 해상에서 풍파를 만나 무인도에 표류하여 지내면서 서로 사랑하게 되었고, 그 사이에서 신목왕후가 출생하였다.'는 상상을 소설로 써 놓았다(신재홍(2013) 참고). 김춘추가 648년에 당나라에 간 것을 생각하면 655

는 무엇인가를 보고 베꼈다. 그것은 일본에 있는 진본『화랑세기』(A)이거나 적어도 그와 비슷하게 김유신의 세계를 정리한 기록이다.

이제 나머지 내용들에서 박창화가 필사본『화랑세기』를 지은 것이 아니라 무엇인가를 보고 베꼈을 것이라는 증거가 있는가? 박창화의 필사본『화랑세기』(D)의 「15세 풍월주 유신공」의 내용과『삼국유사』「가락국기」(C)의 내용이 같은가, 다른가? 다음에서 보듯이 김유신의 조상 금관가야 왕실에 관한『화랑세기』(D)와『삼국유사』의 「가락국기」(C)의 기술은 거의 일치한다.

어느 것이 어느 것을 보고 베꼈을까? 일제 시대 박창화가 작성한『화랑세기』(D)가 고려 시대 일연선사의『삼국유사』「가락국기」(C)를 베꼈으면 일본에 김대문의 진본『화랑세기』(A)가 없다. 고려 시대 일연선사의『삼국유사』「가락국기」(C)가 일제 시대의 박창화의『화랑세기』(D)를 베꼈다면 일본에 김대문의 진본『화랑세기』(A)가 있다. 왜? 금관지주사 문인이 지은 「가락국기」(B)도, 일연선사의『삼국유사』「가락국기」(C)도 일본에 있는 김대문의 진본『화랑세기』(A)를 보고 베꼈을 것이므로.

어떻게 판단할 것인가? 간단하다. 베낀 책이 베낌을 당한 책보다 더 자

년 2월에 전사한 김흠운의 아내인 신목왕후의 어머니가 648년 이후에 출생했다는 것은 틀렸다. 신목왕후의 어머니 요석공주는 늦어도 640년에는 태어났어야 한다. 그래야 655년 이전에 태어난 신목왕후를 낳을 수 있다. 요석공주의 어머니로 가장 먼저 떠올릴 수 있는 이는 문명왕후의 언니 보희이다.『삼국사기』권 제6「신라본기 제6」「문무왕 상」의 시작 부분에는 문명왕후의 매몽 기사가 있다. 김유신의 누이 보희가 꿈에 서형산에 올라 오줌을 누었더니 그 오줌이 나라 안(國內)[서라벌 안]을 가득 채웠다. 보희는 그 꿈을 비단 치마 한 벌에 동생 문희에게 팔았다. 문희는 치마 한 벌로 꿈을 사서 문명왕후가 되었고 문무왕을 낳았다. 그 보희가 누구와 혼인할 수 있었겠는가? 그도 별 수 없이 무열왕의 차비가 되었고 그가 요석공주를 낳았을 것이라는 추측이 가장 가능성이 크다. 필사본『화랑세기』에는 보희가 무열왕과의 사이에 지원, 개지문 두 아들을 낳은 것으로 되어 있다.

세할 수는 없다. C책에 없는 정보가 D책에 들어 있으면 C책은 D책을 보고 베낀 것이다. 나는 고려 시대 일연선사가 쓴『삼국유사』의 「가락국기」(C)가 일제 시대 박창화의『화랑세기』(D)를 베꼈다고 본다. 고려 시대인이 일제 시대 것을 보고 베꼈다니 말이 되나? 그러나 박창화가 일본에 있는 김오기, 김대문의『화랑세기』(A)를 보고 베꼈다면 가능하다. 고려 시대 금관지주사 문인도 김오기, 김대문의『화랑세기』(A)를 보고 베꼈으니까. 일제 시대 박창화의『화랑세기』(D) 속의 김유신의 족보, 금관가야 왕실에 관한 정보는『삼국유사』의 「가락국기」(C)의 정보보다 상세하다.『삼국유사』의 「가락국기」(C)에 없는 내용이 필사본『화랑세기』(D)에 가득 들어 있다. C와 D의 유사성은 어느 정도인가?

첫째, '유신-서현-무력-구충-감지-질지'로 이어지는 유신공의 5대조 질지왕까지의 계보가 정확하게 일치한다.

둘째, (34f)는 황옥을 황룡국의 딸이라 한 것이 특이하다. 황룡국도, 장가계, 원가계의 절경, 황룡 동굴, 백룡 동굴을 보고 온 나는, 사천성 무릉도원 일대의 만족 허씨 국가,『삼국유사』의 「가락국기」의 아유타국의 별칭이라고 생각한다.

셋째, 모든 왕들의 혼인 관계가 일치한다.『삼국유사』(C)의 (19)-(22)와 『화랑세기』(D)의 (34f)는 정확하게 일치한다. 거등왕이 신보의 딸 모정과 혼인했다는 이상한 말도 그대로이다. 두 사서가 같으므로 거등왕의 왕비는 모정이다. 이제 신보의 아내가 누구인가 하는 문제가 제기된다. 금관가야 2대 왕비 모정은 신보의 딸이니 그의 어머니는 누구인가가 화두가 되는 것이다. 어머니 이름을 딸이 물려받기도 한다면 동명이인이 된다. 마품이 종정감 조광의 손녀 호구를 아내로 맞은 것, 이품이 사농경 극충의 딸 정신을 아내로 맞은 것도 일치한다. 더욱이 연대상으로 불가능한 일인 수로왕의 증손자 것미가 아궁{아도} 아간의 손녀 아지를 아내로 맞았다는 이상한 가록까지 일치한다. (34h)의 취희와 진사 각간의 딸 인덕의 혼인도 『삼국유사』「가락국기」의 (24)와 일치한다. 무엇을 보지 않고는 이렇게 같으면서 다르게 적기도 어렵다.

넷째, 『삼국유사』「가락국기」의 (23)의 좌지왕이 용녀를 아내로 취했다가 하산도로 내보내고 신라 도령 대아간의 딸 복수와 혼인하였다는 것과 『화랑세기』의 (34g)의 좌지왕이 각국의 여자를 아내로 취했다가 신라의 도령 아간[6등관위명, 승진 전]의 딸 복수에게서 아들 취희를 얻고 그를 정비로 하였다는 것은 표현은 다르지만 내용은 같다. 신라 여자가 아니면 하층 계급으로 보았겠지. 각국의 여자라는 말로 용녀를 지칭하고 신라 여인을 골품이 있는 귀족으로 취급한 것이다.

다섯째, 『화랑세기』의 (34d)의 아버지 질지왕이 아들 선통의 아내 방원[사간(8등관위명) 김상의 딸]과 밀통하고 선통이 죽은 후 며느리를 왕비로 취한 사실은 매우 흥미롭다. 이는 관련된 『삼국유사』「가락국기」 (22)의 질지왕의 왕비는 '김상 사간의 딸 방원이다.'와 일치한다. 다만 시아버지와 며느리의 사연은 『삼국유사』의 「가락국기」(C)는 생략하였고, 『화랑세기』(D)는 질지왕이 죽은 아들 선통의 아내 방원을 취한(報) 것을 적고 있다. 질지왕은 당 현종처럼 며느리와 간통한 것이다.[61] 7대 조부모인 수로왕과 허 왕후의 명복을 빌며 왕후사를 짓던 질지왕이 어찌 이런 일을. 그 며느리 출신 왕비 방원이 시아버지였던 질지왕과의 사이에 감지왕의 5형

---

61) 당 현종은 60이 다 되어 23살의 며느리 양귀비를 아들로부터 빼앗아 왔다. 당나라 황족인들 별수 있으랴? 그들도 옛 흉노제국의 일원이었던 선비족의 후예이다. 죽은 아버지의 여자를 아들이 취하고, 죽은 형의 여자를 아우가 취하는 그런 혼습이 흉노족의 혼습이다.

제를 낳았다. 『삼국유사』의 「가락국기」도 본문과 (25)에서 8대 질지왕이 수로왕과 허 왕후를 위하여 그들이 첫날밤을 보낸 김해 장유 지사리 배필 정고개 아래에 왕후사를 지었다고 하였다. 『화랑세기』도 질지왕이 처음에 는 영명하게 금관을 잘 다스렸다고 하였다. 그 후 그는 아들 선통의 아내 방원과 밀통하였고, 아들 선통이 죽은 후 며느리 방원을 왕비로 삼아 아 들 감지왕과 그 아우들을 낳았다. 이 일이 두 사서에 똑같이 적혀 있다.

여섯째, 『화랑세기』(D)가 말하는 질지왕의 왕비 통리가 미해의 딸이고 또 통리가 데리고 온 친정 질녀 하희가 미해의 손녀이며, 통리와 그 오빠 백흔공이 미해와 제상의 딸 청아 사이에서 태어났다는 것은 놀라운 정보 이다. 이 정보는 『삼국유사』의 「가락국기」(C)에는 없다. 제상의 희생 위에 눌지왕의 동생 미해가 일본에서 도망 왔을 때 눌지왕이 제상의 딸을 미해 의 부인으로 삼은 것은 『삼국사기』, 『삼국유사』가 모두 적고 있다.[62] 이 에 관한 한 『삼국사기』가 가장 소략하며, 『삼국유사』가 그보다는 낫고, 『화 랑세기』는 이 두 사서보다 훨씬 상세하다. 내용상으로 두 책이 다른 것은 박제상인가 김제상인가 하는 것뿐이고 나머지는 『삼국유사』와 『화랑세기』 가 다 같다. 『삼국유사』가 김제상이라 쓴 까닭은 무엇일까?

---

62) 『삼국사기』 권 제45 「열전 제5」, 「박제상」 조에는 눌지왕이 미사흔[미해]에게 박제상 의 둘째 딸과 혼인하여 은혜를 갚도록 하였다고 되어 있다. 『삼국유사』 권 제1 「기이 제1」 「내물왕(奈勿王*{那密王으로도 적음}*) 김제상(金堤上)」 조에는 눌지왕이 제상의 부인을 국대부인으로 책봉하고 그 딸을 (일본에서 돌아온) 미해공의 아내로 삼았다고 되어 있다[王 --- 冊其妻爲國大夫人 以其女子爲美海公夫人]. 이 미해공의 부인이 제상 공의 딸인 청아이고, 미해와 청아 사이에서 이들 백흔공과 딸 통리가 태어난 것이다. 백흔공의 딸인 하희는 미해의 손녀이다. 선통은 미해의 외손자이다. 이 부분 기록은 『삼국사기』, 『삼국유사』와 『화랑세기』가 정확하게 일치한다. 그렇지만 『화랑세기』는 『삼국유사』보다 훨씬 더 많은 정보를 포함하고 있다. 박창화가 『삼국유사』를 보고 『화 랑세기』를 창작해 내었다면 미해의 딸, 손녀가 금관가야의 질지왕의 왕비, 첩이 되는 이 스토리를 어떻게 만들어 내었겠는가? 『화랑세기』가 진본을 필사한 것이지, 일제 시대에 한 개인이 창작해 낼 수 있는 위서가 아님을 이로써도 알 수 있다.

일곱째, (26)에서 감지왕의 왕비가 출충 각간의 딸 숙이고 왕자 구충을 낳았다고 하였다. (34b)도 감지왕이 신라 출중 각간의 딸 숙과의 사이에서 구충을 낳았다고 하였다. 똑같다. 신라에서 계속 왕비가 오고 있다. 가락국의 왕들은 신라의 사위, 외손자가 되었다. 그리고 그들은 원래 외가, 어머니의 권력을 중시하는 모계 혈통 사회였다.

여덟째, 가장 중요한 것으로 5-6대가 실전된 것에 대해서는 아무 말도 없이, 그 213년의 기간을 수로왕 158년, 거등왕 55년 통치로 줄이고 만 거짓말마저도 조금도 다르지 않고 일치한다. 김오기, 김대문의 진본『화랑세기』도 그러했을 것이다.

이렇게 금관가야 왕들의 행적이 두 책에서 거의 모두 일치한다. 더욱이 수로왕의 재위 기간과 나이, 거등왕의 재위 기간과 추산된 나이 등으로 보아 도저히 사실이라 할 수 없는 초기 두 왕의 행적마저 일치한다. 나는 5대 정도의 왕들의 이름과 행적이 실전되었을 것이라고 추정하였다. 김수로왕이 158년 재위하고 158세인 199년에 승하하였다는 저 엉터리 같은 역사 기록, 그리고 그로부터 추산되는 49년생 거등왕의 151세 즉위, 55년 재위, 승하 시의 나이 205세라는 이 기막힌 거짓말을 어찌『삼국유사』(C)와『화랑세기』(D)가 똑같이 적고 있다는 말인가?

어느 것이 어느 것을 보고 베꼈겠는가? 일제 시대의 박창화의『화랑세기』(D)가 고려 시대의『삼국유사』의「가락국기」(C)를 보고 베꼈겠는가? 아니면 고려 시대의 C가 일제 시대의 D를 보고 베꼈겠는가? 고려 시대의 C가 일제 시대의 D를 보고 베꼈다. 그것이 가능한 일인가? 불가능한 것 같지만 일제 시대의『화랑세기』(D)가 그 전부터 존재한 무엇인가를 보고 베낀 것이라면 가능하다. 일제 시대의 박창화는 무엇인가 다른 것을 보고 베낀 것이다. 박창화의 『화랑세기』(D)는 『삼국유사』의 「가락국기」(C) 정도를 보고 지어낼 수 있는 책이 아니다. 박창화가 일본에서 본 책은 김오기, 김대문의 진본 『화랑세기』(A)이거나 그와 비슷한 책이다. 그런 것이, '무엇인가'가 있는 것이다.

그러면 왜 이렇게 엉터리 역사 기록이 C와 D에 남게 되었을까? 누구나 이해할 만한 설명을 해야 한다. 내 설명은 (36)과 같다. 요점은 A가 그렇게 되어 있기 때문이 아닐까 하는 것이다.

(36) a. 김대문의 『화랑세기』(A)는 언제 지어진 책인가? 그 책은 빨라야 신문왕 시대에 이루어졌다. 왜냐하면 박창화의 『화랑세기』(D)에 '김흠돌의 모반'의 원인과 진행 과정, 결과가 자세하게 적혀 있기 때문이다. 김흠돌의 모반은 681년 8월 8일에 터졌다. 그 모반을 진압한 북원소경 야전군 사령부의 군주(軍主)는 김대문의 아버지 김오기이다. 김오기는 자의왕후의 동생 운명의 남편이다. 즉, 문무왕의 동서이고 신문왕의 이모부이다.

b. 『화랑세기』(A)는 어떤 성격의 책인가? 그것은 화랑도 풍월주들의 계보를 적은 책이다. 풍월주들은 어떤 인물들인가? 대원신통, 진골정통, 가야파의 세 파에서 배출되었다. 처음에는 파벌 고려 없이 출중한 인물을 골라 풍월주로 삼고 그 풍월주가 또 뛰어난 후배를 골라 부제로 선택하여 후임을 정하였다. 국가가 위기에 놓여 있고 젊은이들의 기여와 희생이 필요한 시기에는 이상을 높이 세운 젊은이들이 선공후사의 정신으로 자기 몸 안 돌보고 나라와 겨레를 위하여 온 힘을 쏟아 봉사하기 마련이다. 이것을 보여 주는 것이 임신서기석이다. 두 청년[화랑도의 일원으로 추정됨]이 맹서한 내용을 다음과 같이 74자로 적었다. "壬申年六月十六日 二人幷誓記[임신년 6월 16일에 둘이 더불어 맹서해 기록한다. 天前誓[하늘 앞에 맹서한다. 自今三年以後 忠道執持 過失无誓

[이제부터 3년 이후 충성의 도를 지켜나가며 허물이 없기를 맹서한다. 若此事失 天大罪得誓[만약 이 일을 잃으면 하늘에 큰 죄를 얻는 것이라 맹서한다. 若國不安大亂世 可容行誓之[만약 나라가 불안하고 대 난세가 되면 맹서한 바를 가히 행할 것이다. 又別先辛未年七月二十二日 大誓詩尚書禮傳倫得誓三年[또 따로 앞서 신미년 7월 22일에 시경, 상서, 예기, 좌씨전을 순서대로 3년 습득하기를 굳게 맹서하였다."[63] 그러나

63) 1934년 경북 경주시 현곡면 금장리 석장사 터 부근에서 발견되어 국립경주박물관에 진열되어 있다. 보물 1411호이다. 어떤가? 신라 청년들의 기상이 느껴지는가? 60년마다 돌아오는 임신년 가운데 이 임신년은 어느 해일까? 국어학의 지식으로 판정한다. 이 서기체 문장은 한문이 아니다. 어순이 '목적어+동사'로 되어 있어서 우리 말이나 흉노어, 알타이어의 어순으로 되어 있다. 사용된 한자는 모두 의미를 나타낸다. 어미나 조사 등 문법적 요소를 나타내는 것은 하나도 없다. 넷째 문장의 '之'가 이두에서 평서법 어미 '-다'를 적는 데 사용되긴 하지만 한문에서도 문장 끝의 '之'는 대명사가 아닌 경우 평서법으로 문장이 끝났음을 나타낸다. 향찰로 적은 문장이라면 훈독하여 우리 말을 나타낼 실사가 있어야 하고 음독하여 우리 말 조사나 어미를 적은 글자가 있어야 한다. 이두문이 되려면 어미나 조사를 적는 是, 乙, 厓, 隱, 爲古, 爲尼 등을 약자로 쓴 것이 있어야 한다. 하나도 없다. 한문 문장이 되려면 어순이 '동사+목적어'가 되어야 한다. 이 서기체 표기법은 이두 정착 전의 표기이다. 이두는 신문왕의 처남 설총이 정리하였다. 그러므로 이 임신년은 문무왕 이전의 해이다. 내용상으로도 화랑들의 정신 상태가 선공후사, 나라와 겨레를 위하여 헌신할 결의로 가득 차 있는 시기이다. 그런 임신년 1순위는 612년[진평왕 32년], 2순위는 672년[문무왕 12년], 3순위는 552년[진흥왕 13년]이다. 그 앞의 임신년은 492년[소지마립간 14년]으로 벽화후가 서라벌에 오기도 전, 화랑도가 생기기도 전이다. 벽화후는 500년에 서라벌에 왔다. 그 뒤의 임신년은 732년[성덕왕 31년]이다. 이미 삼국은 통일되었고 대당투쟁도 끝났다. 전쟁도 없고 정치는 이미 성덕왕의 처가 김순원, 진종의 집안이 전횡하여 화랑도는 운상인이 되어 구름 위로 날아간 후이다. 이때는 엄정왕후의 아들 승경과 소덕왕후의 아들 헌영이 왕위를 다투는 치열한 권력 투쟁을 벌이고 있을 때이다. 세월이 흘러 870년대에 '밤 들이 노니는 서라벌의 청춘 남녀에게' 울산 촌놈 처용이 '본디 내 것이지만은 빼앗긴 것을 어떻게 하겠는가?' 하고 체념하는 세상이 다가온다. 김유신이 595년생이다. 그가 15세에 풍월주가 되었으니 610년경이 화랑정신이 최고로 고양되었을 때이다. 611년 10월에 백제가 가잠성[충북 영동]을 공격하여 100일이나 포위하였다. 현령 찬덕이 굳게 지키다가 힘이 다하여 전사하고 성이 함락되었다. 612년 김유신은 백제를 정벌할 뜻을 품고 홀로 중악의 석굴로 들어갔다. 이때 난승을 만나 비법을 전수받고 수련하였다. 618년 북한산주의 군주인 변품이 가잠성 수복에 나섰다. 이때 찬덕의 아들 해론이 적진으로 달려들어 역전고투 하다가 전사하였다. 부자가 나란히 『삼국사기』권 제47 「열전 제7」에 이름을 올리고 있다. 나는 이 612년 임신년보다 더 임신서기석의 내용에 부합하는 임신년이 따로 없다고 본다.

백제, 고구려라는 외적이 사라지고 풍요와 안정 속에 배가 부르면서 쾌락과 돈을 추구하며 타락해 간다. 젊은이들도 나라와 겨레는 뒷전이고 사리사욕을 채우기 위하여 파당을 지어 패싸움으로 세월을 보낸다. 화랑도 풍월주도 자기 파벌에서 부제를 뽑으려 하였다. 화랑도가 내 편, 네 편 가르는 권력 투쟁의 도구로 전락하였다.

c. 화랑들의 정파는 어떠한가? 대원신통은 벽화 아가씨[소지왕(비처왕) 왕비]가 날이[영주]에서 올 때[500년] 그 어머니 벽아 부인이 데리고 온 아들 1세 풍월주 위화랑을 이어받는 혈통이다. 이 혈통은 위화랑-이화랑-보리-예원-오기[김대문 아버지]로 이어진다. 사다함, 설화랑, 미실 동생 미생랑, 미실 아들 하종, 보종 등이 이에 속한다. 아마 북방계 백색 종족일 것이다. 진골정통은 신라 왕실 김씨 출신이다. 법흥왕의 서자 3세 풍월주 모랑, 진흥왕 동생 세종, 법흥왕 서손자 비보랑, 용춘, 호림, 염장, 춘추, 선품, 군관 등이 이에 속한다. 가야파는 가락 김씨 왕실 후예들이다. 김유신, 흠순, 진공, 흠돌, 원선, 천관, 흠언, 신공 등으로 주로 후기에 화랑도를 이끌었다. 이 3파는 모계 혈통에 따라 분류되므로 아버지가 왕이라도 대원신통으로 가고, 가야 출신이라도 어머니가 공주이면 진골정통으로 간다. 여기서는 부계 중심으로 정리하였다. 이 가운데 가장 뚜렷한 부계 혈통은 대원신통의 위화랑에서 김오기에 이르는 집안이다.

d. 가야파는 왜 숙청되었는가? 가야파가 681년 8월의 '김흠돌의 모반' 때에 숙청되었다. 신문왕의 왕비인 김흠돌의 딸이 아들을 못 낳고, 신문왕의 죽은 형 소명전군의 약혼녀 김흠운의 딸이 신문왕과의 사이에서 아들을 셋이나 둔 것이 원인이었다. 김흠운은 655년에 백제와의 양산[충북 옥천 가는 길목] 전투에서 전사하였는데 그의 아내가 무열왕의 딸 요석공주였다. 숙청 주체는 진골정통인 자의왕후, 요석공주이고 이들이 이용한 무력은 북원소경[원주]에 있던 대원신통 김오기의 군사력이었다. 그때는 역대 풍월주를 가야파가 내리 배출하면서 이미 권력의 중심축이 김유신 집안에 몰려 있는 기울어진 운동장이었다. 이것을

일시에 뒤집어엎은 것이 681년 7월 1일 문무왕 사망 직후 8월 8일 벌어진 김오기의 쿠데타였다. 이 쿠데타 군은 금성 호성장군 김진공 군대를 쳐부수고 권력 실세 김흠돌, 진공, 흥원 등을 죽였다. 그리고 8월 28일 상대등[국회의장 격] 겸 병부령[국방장관 격] 김군관과 그의 아들 천관을 죽이고 정권을 장악하였다. 천관이 김흠돌의 사위로 김군관은 흠돌의 사돈이었다. 이 김오기의 쿠데타가 『삼국사기』에 '흠돌의 모반'으로 적혀 있다. 역사는 이긴 자가 진 자들을 역적으로 모는 것이다. 지면 역적이 되고 이기면 충신이 된다. 옳고 그름, 정의, 공정, 그런 것은 정치의 세계에는 애당초 존재하지 않는다. 힘을 가진 자가 힘없는 자를 적폐로 몰아 죽이면 그만이다. 그것이 숙청이다. 숙청은 전제왕권의 전유물만은 아니다.

e. 이렇게 정치적 배경을 알아야 『화랑세기』(D)가 왜 그렇게 되어 있는지를 알 수 있다. 『화랑세기』(D)의 발문에서 김대문은 "아버지 오기공이 향음으로 쓰기 시작한 화랑의 세보를 자기가 한문으로 이어 써서 완성하였다." 하고 있다. 왜 김오기는 『화랑세기』(A)를 쓰기 시작했을까? 원래 화랑도는 자기들의 집안 대원신통에서 시작했었다. 그런데 김유신을 거치고 삼국통일을 이루면서 가야파 문명왕후와 그 아들 문무왕이 김유신의 사위 김흠돌을 데리고 나라를 다스리고 있었다. 더욱이 신문왕의 왕비가 김흠돌의 딸인데 그 왕비가 아들을 낳으면 김흠돌이 왕의 외할아버지가 된다. 그러면 요석공주의 외손자들인 신문왕의 아들들이 왕위를 이을 수 없다. 자의왕후의 여동생 남편인 김오기 집안이 온전하기도 어렵다. 왜냐하면 자의왕후는 시어머니 문명왕후 밑에서 시집살이를 하였고, 또 자의왕후의 며느리가 문명왕후의 친정 세력인 김흠돌의 딸이어서 사이가 안 좋았기 때문이다. 그러니 대원신통과 진골정통이 손잡고 가야파를 제거하기로 한 것이다. 대원신통 김오기, 김대문은 자신들의 쿠데타를 정당화할 명분을 찾아야 하였고 자신들과 왕실과의 관계를 유구하고 돈독한 것으로 적을 수밖에 없었다. 소지마립간이 벽화 아가씨와 사랑을 나눈 지 석 달 만에 죽었고 64세의 지증

마립간이 즉위하였다. 뒤를 이은 법흥왕은 소지마립간이 영주에서 데려온 벽화 아가씨를 자기 여자로 만들었다. 법흥왕 이후 왕실과 대원신통은 한 집안이었는데, 김유신의 할아버지 무력이 진흥왕의 아양공주와 혼인하고, 무열왕이 문명왕후와 혼인함으로써 이 두 파의 사이에 가야파가 끼어 든 것이다. 이러한 정치적 상황은 『화랑세기』(D)의 「17세 풍월주 염장공(진흥왕 손자)」조의 "(염장)공은 부제로 6년 풍월주로 6년을 있었기에 11년간 실제로 낭정을 주관하며 3파를 화합시키는 데 힘쓰고, 서로 교혼(交婚)을 시켜 마침내 동화(同和)를 이루었다. 그러나 낭권(郎權)의 큰 것은 모두 가야파에게 돌아가고, 진골과 대원은 모두 그 안에서 소멸해 버렸으니, 또한 운명이다. 어떻게 하겠는가(이종욱(1999:166))."를 보면 잘 알 수 있다.

f. 김흠돌을 죽이고 나서 그의 딸이 폐비되고 이어서 683년 5월 김흠운의 딸이 신목왕후가 되었다. 신문왕이 죽고 나서 신목왕후(김흠운의 딸)의 아들 효소왕이 692년에, 성덕왕이 702년에 왕이 되었다. 이 두 왕은 각각 677년생, 681년생으로 김흠운의 딸이 왕비가 되기 전에 낳은 아들들이다(서정목(2019) 참고).

g. 김오기, 김대문 부자는 『화랑세기』(A)를 지을 때 역사 자료들을 보고 풍월주들의 족보를 만들었다. 그들은 680년대 중반에 『화랑세기』를 지은 것으로 보인다. 진골정통은 법흥왕의 서자부터 적으면 되었다. 왕실은 기록이 충실하였겠지. 법흥왕은 540년에 죽었다. 그러니 기껏 150여 년 전 일이다. 자기 집안인 대원신통의 자료도 충분히 볼 수 있었을 것이다. 대원신통은 위화랑부터 적으면 되었다. 위화랑은 500년에 서라벌에 온 인물이다. 그 전에는 날이[영주]에 살았다. 김오기, 김대문은 180년 정도 전인 자기 집안 대원신통의 족보는 다 외우고 있었겠지. 진골정통과 대원신통의 족보는 비교적 쉽게 작성되었다.

h. 그런데 가야파는 사정이 달랐다. 김유신이 15세 풍월주라 넣어야 했다. 그는 595년생이니까 간단하다. 100년 정도 전 인물이니까. 그런데 그만 『화랑세기』(A)가 실수를 하였다. 김유신이 금관가야 왕실 출신

이라는 것을 말하면서, 그의 선조를 언급한 것이다. 그것도 신라에서 시집 간 왕비들을 내세워 가락 왕들이 대대로 신라의 외손들이고, 김유신의 할아버지 무력의 아버지 구충왕이 신라 출신 왕비 숙씨[9대 감지왕비, 출충 각간의 딸]의 아들이며 구충왕의 어머니가 계화인대, 계화의 어머니가 신라 출신 계황이라는 것을 말하고 싶었다. 그래서 그것을 먼저 썼다. 그리고 시조 수로왕부터 쓰려고 보니 자료가 부족하였다. 수로왕은 서기 42년에 이 땅에 나타나 가락국 왕권을 접수한 인물이다. 김오기, 김대문보다 650여 년 전 인물이다. 전해 온 자료를 보아야 하는데 그게 부실하였다. 더욱이 가야파가 반란으로 몰리어 숙청된 판인데 그 집안에 자료가 제대로 남아 있었을 리가 없다. 그나마 좌지왕까지는 그럭저럭 적절히 거슬러 올라간 것 같다. 좌지왕까지만 해도 가야 멸망으로부터 120여년이나 거슬러 올라간 것이다. 그런데 좌지왕 앞의 370여년이 자료가 부실하고 마품왕 이전 213년은 자료가 없었다. 자료가 없으면 없다고 적고, '1대는 수로왕이고 2대는 거등왕이다. 그 후 마품왕이 나오는데 시대가 많이 뒤진다. 확실한 것은 우리 신라에서 시집간 왕비들이 있는 좌지왕 때부터이다. 그 중간의 대여섯 명의 왕의 행적이 전해지지 않는다.' 그렇게 적으면 된다.

    i. 이렇게 김오기, 김대문 부자가 자기들도 잘 모르는 남의 집안 족보를 오지랖 넓게도 가짜로 만들었다. 1대 수로왕, 2대 거등왕, 3대 마품왕으로. 그 기록이 『화랑세기』(A)의 「15세 풍월주 유신공」 조에 남았다. 그러면 수로왕은 158년을 다스렸고 거등왕은 55년을 다스린 것이 된다. 그것이 두 왕이 213년을 다스렸고, 수로왕은 158세인 서기 199년에 승하하였고, 49년생인 거등왕은 199년 151세에 즉위하여 55년 다스리고 나서 205세인 253년에 승하하였다는 엉터리 역사가 되었다. 역사는 조작하면 안 된다. 그런데 그런 역사 조작을 김오기, 김대문 부자가 이미 신라 때에 해 놓았다. 수로왕과 거등왕이 인간이 아니고 신인 것처럼. 그러니 대가락국은 신이 세운 가짜 나라처럼 되었다.

    j. 그런데 그것을 고려 11대 문종[재위 1046년-1083년] 때 금관지주

사 문인이 「가락국기」(B)를 작성하면서 그대로 베껴 놓았다. 그는 『화랑세기』(A)를 보았다. 『삼국사기』에 김부식[1075년-1151년]의 시대에 『화랑세기』(A)가 전해 온다고 되어 있다. 수로왕과 거등왕의 행적이 미심쩍어서 그랬는지 김부식은 『사국사기(四國史記)』를 짓지 않고 가락국을 빼고 『삼국사기(三國史記)』만 지었다. 잘못한 것이다. 그때 4국의 역사를 썼어야 그나마 지금 가락국에 대하여 말할 건덕지라도 있을 것 아닌가. 일연선사[1206년-1289년]은 이것이 참 아쉬웠던가 보다. 『삼국유사』에 「가락국기」(C)를 실었다. 그러나 금관지주사 문인이 지은 것(B)를 그대로 옮겨 실었다. 거짓말 안 하려고 금관지주사 문인은 김유신의 족보에 관한 한 『화랑세기』(A)를 베낀 것이고 일제 시대에 박창화라는 분이 일본의 왕실 도서관에서 촉탁으로 근무하며 우리나라 책들을 정리하였다. 그분이 『화랑세기』(D)라는 제목의 글을 적어 두었다. 그 글을 번역 주해하여 책으로 낸 것이 이종욱(1999)이다. 박창화는 무엇인가를 보고 베꼈을까? 아니면 가짜로 지어 내었을까? 곧 이 논란도 결판이 날 것이다. 일본에서 그 책을 공개하면 그만이다.

　k. 이제 『삼국유사』권 제2 「기이 제2」 「가락국기」(C)가 왜 저렇게 말도 안 되는 엉터리 역사를 적게 되었는지 드러났다. A가 그렇게 되어 있었기 때문이다. 김오기, 김대문 부자가 가락국 역사를 망쳤다. 그나마 그거라도 써 두었으니 일본이 가져가서 보물처럼 간직하여, 운 좋은 일제 시대의 박씨가 보고 베낄 수 있었다. 이 땅에 있었으면 벌써 뒷간 밑씻개로 찢어졌을 책이. 옛날 책 알기를 우습게 안 결과이다.

특별히 지적할 것은 김유신 집안의 가계에 불분명한 점이 있다는 사실이다.

첫째는 김유신과 문명왕후가 오누이인가, 숙질간인가 하는 것이다. 『삼국유사』권 제2 「기이 제2」 「김유신」 조는 (37a)처럼 되어 있다. 「가락국기」(C)의 문무왕의 말에는 (37b)처럼 되어 있다. 『화랑세기』(D)는 (37c)처럼 되어 있다. 『삼국사기』는 문명왕후가 김유신의 누이라고 적고 있다.

(37) a. 구충왕–무력–서현–유신, 문명왕후
b. 구충왕–제1자 세종–솔우–서운–문명왕후
c. 구충왕–무력–서현–유신

(37a)에서 김유신의 할아버지는 무력이고 (37b)에서 문명왕후의 할아버지는 솔우공이다. 무력은 구충왕의 아들이고 솔우공은 구충왕의 손자이다. 1대 차이가 난다. 김유신이 문희의 오빠가 아니라 7촌 당숙일 가능성이 크다. 김유신은 595년생이다. 무열왕은 603년생이고, 문무왕은 625년생이다. 김유신이 30세 정도에 15세 정도의 문희를 22세 정도의 김춘추에게 소개한 것이다. 춘추와 문희는 (624년에?) 만나자 말자 불을 튀겼고 1년 뒤 문무왕 법민이 태어났다.

만약 (37)대로 세종이 구충왕의 맏아들이고 무력이 막내아들이라면 큰집의 질녀와 작은집의 아저씨가 나이가 비슷해진다. 15세 정도의 차이면 오누이이기보다는 7촌 숙질간일 가능성이 크다. 혹시 김유신이 문희의 언니와 혼인함으로써 처제인 문희를 김춘추에게 소개한 것일까? 김유신의 부인들은 유모, 영모로 하종공의 딸들이다. 기록상 세 번째 부인은 무열왕의 딸인 지소공주이다. 그러나 김유신의 자녀들은 ○광, 원○, 장이(長耳) 등의 이름을 가졌다. 김유신의 아내가 넷이었을 가능성이 있다.[64]

---

64) 庶云 逆干이 舒玄 角干과 동일인일까? 잡간3등관위명=소판과 각간1등관위명=서불한이 관등 상으로 큰 차이가 있고 '구충–세종–솔우–서운–문희'로 가는 계통과 '구충–무력–서현–유신'으로 가는 계통이 뚜렷이 구분되므로 서운 잡간과 서현 각간은 동일인이라 하기 어렵다. 장자 세종과 셋째 아들인 무력에서 나누어졌다고 보아야 한다. 문희는 종가집 출신이고 유신은 막내집 출신일 가능성이 크다. 그렇다면 김유신과 문희는 7촌이 된다. 무력의 후손인 김유신이 작은집에서 큰집인 세종의 집안으로 입양되었을 가능성이 있다. 그 입양은 대체로 큰집의 딸을 작은집으로 시집보내는 것

둘째, 「가락국기」의 (27)은 계화가 세종(世宗) 각간, 무도(茂刀) 각간, 무득(茂得) 각간의 세 아들을 낳았다고 하였다. 茂刀의 刀는 武力의 力을 잘못 쓴 것이다. 『삼국사기』 권 제4 「신라본기 제4」, 「법흥왕」 조는 532년[법흥왕 19년]에 금관국왕 김구해(金仇亥)가 세 왕자 노종(奴宗), 무덕(武德), 무력(武力)과 더불어 귀부하였다고 적었다. 노종[弩里夫, 누리부, 누리 ᄆᆞ릭]가 '누리 世'의 훈을 이용하여 적은 世宗일 가능성이 크다. '宗=夫'는 우리 말 'ᄆᆞ릭[산마루, 용마루의 마루]'를 적는 훈차자이다. 그러나 『화랑세기』(34e)는 구충이 계황의 딸 계화를 왕후로 맞아 무력(武力)과 무득(武得)을 낳았다고 하였다. 이러면 세종[누리ᄆᆞ릭]가 어디로 갔는지 추적 대상이 된다.

구충왕의 세 왕자에 관한 정보는 『삼국사기』와 『삼국유사』가 일치하고 『화랑세기』가 '누리ᄆᆞ릭'를 적지 않았다는 점에서 부족한 면이 있다. (27)에서 구충왕이 신라에 항복할 때 왕자들[세종, 무력, 무득]과 상손 졸지공(卒支公)을 데리고 왔다고 했는데 상손을 장손으로 보고 졸지공을 솔우공(率友公)의 오식으로 보면[글자가 비슷하다], '구충-세종-솔우-서운-문희'라고 한 문무왕의 말이 옳을 가능성이 더 크다. 김유신은 '구충-무력-서현-유신'으로 이어지므로 유신은 문희의 7촌 아저씨이다.

셋째, 『삼국사기』, 『삼국유사』에는 김유신의 누이가 보희, 문희만 있다. 그러나 『화랑세기』에는 김유신의 또 다른 누이로 정희가 있다. 김달복의

으로 이루어진다. 윗대는 '무력/아양공주-서현/만명부인'이 짝을 이루었다. 김유신의 부인이 서운 잡간의 딸로서 문희를 처제로 보아 누이라고 김춘추에게 소개하였을 수도 있다. 3촌, 5촌, 7촌끼리 혼인하는 흉노족의 혼습에 따르면 혼인의 일반적 유형이다. 김유신의 부인 '유모, 영모'는 11세 풍월주 하종공의 딸이다. 삼광, 진광, 작광, 신광처럼 ○광 돌림자를 쓰는 아이들의 어머니가 '영모'일까, 유모일까? 원술, 원정처럼 원○ 돌림자를 쓰는 아이들의 어머니는 누구일까? 마지막 부인 지소공주는 장이를 낳았을까? 김부식도 김유신의 아버지 이름이 舒玄(서현)인지 逍衍(소연)인지에 헷갈리고 있다. 유신과 문희가 남매이니 유신의 아버지 舒玄과 문희의 아버지 庶云이 동일인일 것이라고 지레짐작하면 안 된다. 유신과 문희가 남매가 아닐 가능성이 크다.

아내이고 흠돌의 어머니이다. 이 집안은 김흠돌의 친가이므로 아마 그의 모반으로 멸문되었을 가능성이 있다. 김달복은 『삼국사기』 권 제44 「열전 제4」 「김흠운」 조에도 등장한다. 김흠운이 달복의 아들이다. 그러니 김흠돌과 김흠운이 형제이다. 흠돌이 김유신의 딸 진광과 혼인한 것으로 보아 정희가 세 자매 중 나이가 가장 많았을 것으로 보인다. 이 여인 정희가 신라의 불행을 낳은 어머니이다. 큰 아들 흠돌의 딸과 작은 아들 흠운의 딸, 즉 정희의 두 손녀가 신문왕의 왕비와 정부가 되어 사랑싸움을 벌이는 통에 문무왕 사후 신라 정국에는 피비린내 나는 정쟁이 일어났다.

문희는 태종무열왕비 문명왕후가 되었고 보희는 무열왕과의 사이에 요석공주를 낳은 것으로 보인다. 요석공주는 김흠운의 부인이었으나 655년 정월 흠운이 백제와의 싸움에서 전사하는 바람에 청상과부가 되었다. 그 후 원효대사를 만나 설총을 낳고 평생을 원효대사의 뒷바라지에 바친 것으로 알려져 있다. 그 요석공주/김흠운의 딸이 문무왕의 큰 아들 소명전군의 약혼녀였다가 소명전군이 일찍 죽어서 모녀 청상과부가 되었다.

신라 31대 신문왕은 681년 7월 7일 즉위하자 말자 장인 김흠돌을 모반으로 몰아 죽이고 왕비를 폐비시켰다. 김흠돌의 아내는 김유신의 딸 진광이었다. 폐비된 신문왕비는 김유신의 외손녀이다. 김유신의 외손녀는 혼인한 지 16년이 지나도록 아들을 낳지 못하였다. 딸 하나를 낳은 흔적은 있다. 이렇게 아내를 쫓아내고 683년 5월 7일 신문왕은 김흠운의 딸과 거창한 혼인식을 거행하였다.

김흠운의 딸은 요석공주의 딸이므로 무열왕의 외손녀이다. 김유신의 외손녀와 무열왕의 외손녀가 왕을 서로 차지하려고 싸운 것이다, 누가 이길까? 당연히 힘 센 이가 이긴다. 친정아버지의 힘은 김흠돌의 딸이 세었으나 외가의 힘은 김흠운의 딸이 세었다. 이 사랑싸움의 승리자가 무열왕의 외손녀 신목왕후이다. 신목왕후는 32대 효소왕, 33대 성덕왕의 어머니이다. 이 기이한 소재를 자세히 적은 책이 있다. 필사본 『화랑세기』이다.

『화랑세기』는 태자 법민과 자의 사이에서 태손 소명전군이 무열왕 생존 시, 즉 문무왕 즉위 이전에 태어났다는 사실을 (38)과 같이 적었다.

(38) 진공[622년 임오생]은 풍월주의 지위에 (652년 임자년부터) 5년간 있다가 흠돌[627년 정해생]에게 (656년 병진년에) 물려주었다[功居位五年而讓于突]. 그때 태손 소명전군이 이미 태어났고 무열제는 자의의 현숙함을 매우 사랑하였다[時太孫昭明殿君已生 武烈帝極愛慈儀之賢].
<이종욱 역주해(1999), 『화랑세기』, 「26세 풍월주 진공」, 218, 310.>

그리고 소명전군의 약혼녀였던 김흠운의 딸과 태자 정명 사이에 이공전군이 태어났다는 사실을 (39)와 같이 적고 있다. 형의 약혼녀와 사통하여 신문왕의 후계 왕이 태어난 것이다. 한편으로 생각하면 흉노족의 중요 혼습의 하나인 형사취수(兄死娶嫂)가 작용하고 있는 것으로 볼 수 있다.

(39) 이에 앞서 소명태자는 무열제의 명으로 흠운의 딸을 아내로 맞기로 약속하였으나 일찍 죽었다[先時 昭明太子以武烈帝命 約娶欽突女而早卒]. 흠운의 딸은 스스로 소명 제주가 되기를 원하였으며 자의후가 이를 허락하였다[欽運女自願爲昭明祭主 慈儀后許之]. 이를 일러 소명궁이라 한다[是謂昭明宮]. (정명) 태자가 모후와 더불어 자주 소명궁에 거둥하였다[太子與母后累幸昭明宮]. (정명) 태자가 소명궁을 총애하여 마침내 (677년에) 이공전군[효소왕]을 낳았다[太子悅之 遂生理恭殿君]. 후가 이에 소명궁에게 명하여 동궁[679년 창건, 월지궁, 안압지]에 들게 하고 선명궁으로 이름을 바꾸었다[后乃命昭明宮入東宮 改稱善明宮]. 총

애함이 흠돌의 딸보다 컸다[寵友於突女]. 흠돌의 딸이 투기를 하였다[突 女妬之]. <이종욱 역주해(1999), 『화랑세기』, 「32세 풍월주 신공」, 224- 225. 312-313.>

이때는 이미 태자 정명이 김흠돌의 딸과 혼인한 뒤이다. 김흠돌의 처지 에서는 태자비인 자신의 딸은 아들을 못 낳았는데 655년 정월에 백제와 의 전투에서 전사한 아우 김흠운의 딸이 사위인 태자 정명과의 사이에 677년에 이공전군을 낳았으니 기가 막힌 일이었다. 훗날인 693년쯤 오대 산에 들어가 스님이 된 봇내[寶川]이 679년쯤에 태어났고, 형 봇내와 함께 오대산 효명암[상원사]에서 수도하다가 702년에 서라벌로 돌아와 성덕왕 이 된 융기가 681년에 태어났다. 이 사실을 『삼국유사』는 (40)과 같이 적 고 있다(서정목(2016a, 2019) 참고).

(40) 살펴보면 효조*{照는 昭로도 적음}*는 천수 3년 임진년[692년] 에 즉위하였는데 그때 나이가 16세였으며, 장안 2년 임인년[702년]에 붕어했으니 누린 나이가 26세였다. 성덕이 이 해에 즉위하였으니 나이 22세였다. <『삼국유사』 권 제3 「탑상 제4」 「대산 오만 진신」>

효소왕이 되는 이공은 언제 출생한 것인가? (40)에 의하면 효소왕은 692년 즉위할 때 16세였다. 그러므로 그는 677년에 출생하였다. 성덕왕은 702년 즉위할 때 22세였으니 그도 681년생이다.

677년은 문무왕 17년이다. 문무왕 재위 시에 태자 정명이 효소왕의 어 머니와의 사이에 이공전군[효소왕]을 낳은 것이다. 665년 8월 정명이 태자 가 되고 혼인한 후로 12년이 지난 때이다. 그런데 효소왕의 어머니는 (41) 에서 보듯이 신목왕후이다. 그리고 그녀는 일길찬 김흠운의 딸이다. 흠운의 딸, 그녀는 바로 소명전군의 약혼녀, 무열왕의 외손녀였던 것이다.

(41) 692년[효소왕 원년] 효소왕이 즉위하였다. 휘는 이홍*{洪은 恭으로도 적음}*이다. 신문왕의 태자이다. 어머니 성은 김씨 신목왕후이고 일길찬 김흠운*{運은 雲이라고도 함}*의 딸이다. <『삼국사기』 권제8 「신라본기 제8」 「효소왕」>

이들의 나이를 한 번 따져 보자. (38)을 보면 656년 이전에 태손 소명전군이 태어났다. 정명은 665년 8월에 태자로 책봉되고 혼인하였다. 정명이 그때 13세쯤 되었다고 보면 그는 653년생쯤 된다. 그의 형 소명전군은 651년쯤에 태어났을 것이다. 655년 정월에 흠운이 전사했으니 흠운의 딸이 태어난 것은 654년쯤이다. 그러면 소명전군과 흠운의 딸의 나이 차이는 3살 이내가 된다. 665년 8월 정명태자가 흠돌의 딸과 혼인할 때 흠운의 딸은 적어도 12살이다.

정명이 태자가 된, 그리고 혼인한 665년 8월에 13세였다면 677년에 25세쯤 된다. 흠운의 딸이 654년에 태어났다면 677년에 24세이다. 흠돌의 딸도 665년에 13세 정도였다고 보면 677년에 25세이다. 기가 막히지 않는가? 이제 25세의 정명이 24세쯤인 고종사촌 누이, 형수 감이었던 흠운의 딸과 통정하여 효소왕이 되는 이공전군을 낳았다는 말이 나이 상으로는 큰 무리가 없는 말이 되었다.

(38), (39)의 내용을 담고 있는 필사본 『화랑세기』를 일제 시대 사람인 박창화가 『삼국사기』와 『삼국유사』를 보고 참고하여 상상으로 지어내었다고? 그렇게 믿을 사람은 믿으라고 하여라. 그러면 영원히 신라사의 비밀에는 접근조차 하지 못하고 '효소왕이 6살에 왕위에 올라 16살에 죽어

서 왕비도 없었고 왕자도 없었다.'는 헛소리나 하고 있을 것이다.[65]

그러면 716년에 쫓겨난 성정왕후는 어느 왕의 왕비인가? 714년에 당나라에 숙위 갔다가 717년에 돌아와서 719년경에 다시 당나라로 간 것으로 보이는 김수충은 누구의 왕자인가? 그가 지장보살의 화신으로 추앙받는 김교각이다. 김교각, 등신불은 안휘성 지주시 청양현의 구화산에서 75년 동안 수도하고 99세인 794년에 열반에 든 당나라 최고 승려이다. 그러면 그는 696년에 태어났다.

696년의 신라 왕은 누구인가? 효소왕이다. 김교각은 효소왕과 성정왕후의 왕자인 것이다. 그가 문무왕의 장증손자이다. 아버지 효소왕이 일찍 죽는 바람에 숙부 성덕왕에게 왕위를 빼앗기고 평생을 불교의 길에 바친 그가 남긴 시 한 수가 이 새벽 머릿속을 맴돈다(『당시집(唐詩集)』). (42)에는 고향을 그리워하는 애절한 정서가 담겨 있다.

　　(42) 送童子下山[동자 하산함을 보내며] 김교각[번역: 저자

---

65) 국사학계의 정설은 '효소왕은 6세에 즉위하여 16세에 죽었다.'는 것이다. 이는 687년 2월에 태어난 신문왕의 원자를 왕자 이홍[=이공]이라고 보고, 그가 691년 3월 1일 태자로 책봉되어 6살인 692년에 왕위에 올라 16살인 702년에 죽은 것으로 잘못 이해한 것이다. 그러나 원자와 왕자는 다르다. 이홍은 태어날 때 어머니가 왕비가 아니었으므로 적장자인 원자가 될 수 없다.
　　신문왕의 원자는 처음에는 684년생 김사종[=무상선사]이었다. 그러나 그가 700년의 경영의 모반에 연루되어 부군에서 폐위된 뒤에는 687년생 김근{흠}질이 원자가 되었다. 근{흠}질도 왕위를 버리고 당나라로 가서 불교에 귀의하여 석 무루(無漏)가 되었다. 골육상쟁의 피비린내 풍기는 왕위 쟁탈전을 벗어나 부처님의 세계로 도피한 것이다. 대륙에 가거든 딴 짓 하기 전에 먼저 신라 신문왕과 요석공주의 딸 신목왕후 사이에 태어난 왕자 출신의 두 고승 무상, 무루와 왕손 출신 지장의 족적을 찾아보아야 할 것이다(서정목(2019) 참고). 지장보살 김교각이 문무왕의 장증손자이다. 속세를 떠난 큰 인물들의 출가 이면에 어찌 범상하지 않은 인연이 없을 수 있겠는가? 모두 소설 한 권씩을 쓰고 산다.

空門寂寞汝思家[텅 빈 절집 적막하여 그대 옛집 생각 터니]
禮別雲房下九華[운방에 절로써 이별하고 구화산을 내려가네].
愛向竹欄騎竹馬[대 난간 사랑하여 죽마처럼 타고 놀더니]
懶於金地聚金沙[황금의 땅 금모래 모으기도 싫증났구나].
漆瓶澗底休招月[옻칠한 병 물에 달 떠오는 일 그만두고]
烹茗甌中罷弄花[차 달인 사발 속에 꽃 희롱할 일 없다네].
好去不須頻下淚[잘 가거라, 자주 눈물 짓지 말고]
老僧相伴有煙霞[늙은 중 내[烟]와 노을[霞] 있어 서로 벗하리].

'그대 옛집 생각 터니, 운방에 절로써 이별하고 구화산을 내려가네.'가 가슴을 저민다. 호랑이에 물리어 온 아이를 거두어 동자로 두었더니 그도 옛집 생각하여 구화산을 내려갔다. 텅 빈 절간에 홀로 앉아 돌아갈 고향, 고국마저 잃어버리고 왕위를 숙부와 사촌동생에게 빼앗긴 효소왕의 왕자 수충은 무엇에 마음을 붙이고 몸을 의지하여 75년을 버티었을까? 불법, 오로지 그 불법에 의지하여 삶을 지탱한 것일까? 연하(煙霞)가 있어 늙은 중의 벗이 되고 노승은 다시 연하의 벗이 되어 세월을 이겨 나간다.

이런 놀라운 책, 『화랑세기』를 박창화가 창작해 내었겠는가? 해방 이후 국사학이 70여년 이상을 연구해도 풀지 못한 '김흠돌의 모반', '효소왕의 죽음', '성덕왕의 즉위', '효성왕의 죽음', '경덕왕의 실정', '혜공왕의 죽음' 등, 그 역사의 혼돈이 이렇게 술술 실타래 풀리듯이 저절로 풀리고 있다. 나는 박창화에게 그런 천재성을 부여하기를 거부한다.

그의 시대에는 한국의 역사가 제대로 연구되지도 않았다. 하물며 그 시대에 누가 가락국과 신라가 흉노족의 후예가 와서 세운 나라라는 가설을 생각이나 했겠는가? 그런데 『화랑세기』는 신라 김씨와 가락 김씨가 흉노족의 후예라는 말은 한 마디도 하지 않았으면서 모든 혼인 예가 정확하게 흉노족의 혼습과 일치하고 있다. 모든 것이 이렇게 한 치의 빈틈도 없이 맞아떨어지고 있는 것이다.

미사흔의 딸 통리와 가락국 질지왕이 혼인하였다는 것을 박창화가 상상으로 창작해 내었다? 그에게는 그런 천재적 상상력이 없다. 필사본 『화랑세기』는 박창화가 창작한 것이 아니다. 그는 그것을 창작할 만한 천재가 아니다. 천재는 한 시대에 한 분야에 한 명밖에 나올 수 없다. 천재를 추월하는 것은 불가능하기 때문이다. 추월당한 천재는 천재가 아니다.

681년 7월 1일 문무왕이 승하하고 7월 7일 신문왕이 즉위하였다. 그리고 681년 8월 서라벌은 북원소경에서 회군한 28세 풍월주 김오기의 군대와 월성의 호성장군 26세 풍월주 김진공의 군대가 맞붙어 신라사 최대의 내전인 27세 풍월주 김흠돌의 모반이 벌어졌다. 그 당시 풍월주는 흠돌의 누나 흠신과 진공의 아들인 32세 풍월주 신공(678년에 풍월주가 됨)이었다.

제부 김오기를 이용하여 이 반란을 진압하고 자의왕후는 화랑도를 폐지하였다. 모든 화랑단원들은 병부로 소속을 옮겼다. 삼국 통일 전쟁에서 혁혁한 공을 세운 화랑단도 평화가 도래하자 사조직처럼 운영되다가 결국 해체되어 공조직으로 바뀌었다. 지방까지 뻗어 있던 조직의 말단 세포들은 개인적 수양에 전심하여 신선이 되기를 꿈꾸었고 그 우두머리 풍월주도 이름을 국선(國仙)으로 바꾸었다. 설악산, 금강산을 중심으로 최근세까지 신선을 추구하던 도학자들이 산천을 누비고 다녔다. 산에 사는 사람, 仙人이다.

결국 김유신 집안이 통일 신라를 멸망으로 내어몰아가는 중심 역할을 하였다. 人[남]과 人의 간격이 너무 가까워지면 결국 원수가 된다. 친해서 섭섭함이 쌓여 원한이 된다. 소원하면 섭섭할 것도 없고 원한이 맺힐 일도 없다. 그래서 외롭더라도 홀로 살아가라. 人을 믿었다가 人에 실망하면 다시 믿고 일어서기 힘들다. 1340년 전 681년에 가락 김씨들은 믿었던 신라 김씨들에게 배신당하고 원한을 쌓아 복수의 정쟁을 반복하지만 판판이 패배하여 몰락해 갔다.

가락국의 사적을 알 수 있는 정식 사료는 (43)이다. 별다른 정보가 없지만 그래도 『삼국유사』(C)나 『화랑세기』(D)의 내용이 이와 완전히 일치하는 것을 확인할 수 있다.

(43) a. 김유신은 왕경인이다[金庾信 王京人也]. 12대조인 수로왕은 어떤 인물인지 알지 못한다[十二世祖首露 不知何許人也].[66] 후한 건무 18년 임인년[서기 42년] 구봉[거북봉]에 올라 가락의 9촌을 바라보고 드디어 그 땅에 나라를 세우고 가야라 이름하였다[以後漢建武十八年壬寅 登龜峰望駕洛九村 遂至其地開國 號曰加耶]. 뒤에 금관국이라 고쳤다[後改爲金官國]. 그 자손이 왕위를 계승하여 9세손 구해*{해는 충 자의 잘못인가 한다. 역주를 보라. 또는 구차휴라고도 한다.}*에 이르렀는데 김유신에게는 증조이다[其子孫相承 至九世孫仇亥*{亥 恐是充字之訛 或云仇次休}* 於庾信爲曾祖]. 그런데 신라인들은 자기들을 일러 소호 김천씨의 후예라서 성을 김씨라고 한다고 하는데 김유신의 비석에도 또한 이르기를 헌원의 후예이고 소호의 영윤이라고 하였다[羅人自謂少昊金天氏之後故姓金 庾信碑亦云 軒轅之裔少昊之胤]. 즉, 남가야의 시조 수로왕은 신라와 같은 성이다[則南加耶始祖首露與新羅同姓也].

b. 할아버지 무력은 신주도행군총관이 되어 일찍이 군사를 거느리고

---

66) 수로왕이 김유신의 12대조라는 것은 이상하다. 이것은 『화랑세기』의 김유신 세계가 금관가야의 초기 왕을 1수로왕-2거등왕-3마품왕으로 3대로 줄인 것을 보고 계산한 것이다. 수로왕이 158년을 재위하고 거등왕이 55년을 왕위에 있었다는 『삼국유사』의 「가락국기」도 『화랑세기』의 김유신 세계를 보고 계산한 것이다. 서기 42년에 출현한 수로와 595년부터 673년까지 생존한 김유신 사이에는 600여년의 시대 차이가 있다. 3-40년을 1세대로 잡아도 17대조는 되어야 한다. 다섯 왕 정도가 실전되었다.

나가 백제왕과 그의 장수 4명을 사로잡고 군사 1만여명의 목을 잘랐다 [祖武力爲新州道行軍摠管 嘗領兵獲百濟王及其將四人 斬首一萬餘級]. 아버지 서현은 벼슬이 소판, 대량주 도독, 안무대량주제군사에 이르렀다 [父舒玄 官至蘇判 大梁州都督 安撫大梁州諸軍事]. 김유신의 비석을 살펴보면 아버지를 소판 김소연*{소연이 서현과 음이 비슷하여 둘로 썼을 따름인지, 서현이 이름을 고쳤는지, 혹은 소연이 자인지 알지 못하여 의심스러워 둘 다 적어 둔다}*이라 하였다[按庾信碑云 考蘇判金逍衍*{逍衍與舒玄音相似兩書之耳 不知 舒玄或更名耶 或 逍衍是字耶 疑故兩存之}*].

c. 처음에 서현이 길에서 갈문왕 입종의 아들 숙흘종의 딸 만명을 보고 마음으로 기뻐하여 서로 눈이 맞아 중매를 거치지도 않고 야합하였다[初舒玄路見葛文王立宗之子肅訖宗之女萬明 心悅而目挑之 不待媒妁而合]. 서현이 만노군 태수가 되어 막 만명과 함께 가려고 하였다[舒玄爲萬弩郡太守 將與俱行]. 숙흘종은 비로소 그 딸 만명이 서현과 야합한 것을 알고 이를 꺼려 별채에 가두고 하인에게 지키도록 하였다[肅訖宗始知 女子與玄野合 疾之囚於別第 使人守之]. 갑자기 문에 벼락이 쳐서 지키던 하인이 놀라 정신이 혼미한 틈을 타서 만명이 그곳을 빠져나와 드디어는 서현과 함께 만노군으로 가게 되었다[忽雷震屋門 守者驚亂 萬明從竇而出 遂與舒玄赴萬弩郡]. --- 하략 <『삼국사기』 권 제41 「열전 제1」 「김유신 상」>

『삼국유사』의 「가락국기」와 『화랑세기』는 소호 금천씨니, 헌원씨니 하는 말은 언급하지 않는다. 그런데 『삼국사기』가, 신화 시대로 치부하고 믿지도 않는 소호 금천씨, 헌원씨에 기대어 신라 김씨와 가락 김씨가 같은 성이라는 말을 하고 있다. 두 집안이 다 흉노제국 휴저왕의 후손들이라고 보면 같은 성일 수밖에 없다. 『한서』, 『후한서』의 김씨와 연결시키지 않은 것이 이상하다. 김부식은 신라 김씨와 가락 김씨가 같은 성이라는 것은 인정하지만, 흉노제국의 '祭天金人'에 유래하는 '金'씨 성, 한나라 무제가 김일제에게 하사한 성 金과는 연결짓지 않은 것이다. 문무왕 비문은 그때에도 없었을까?

(44)는 『삼국유사』에 있는 기록이다. 무력을 호력으로 쓴 것만 주목되고 가락국에 관한 특별한 정보가 없다.

> (44) 호력 이간의 아들 서현 각간 김씨의 맏아들은 유신이며 아우는 흠순이다[虎力伊干之子 舒玄角干 金氏之長子曰庾信 弟曰欽純]. 맏누이는 보희로 어릴 때 이름은 아해며 매제는 문희로 어릴 때 이름은 아지이다[姊妹曰寶姬 小名阿海 妹曰文姬 小名阿之]. --- 하략 <『삼국유사』 권 제1 「기이 제1」 「김유신」>

(44)에는 '정희'의 이름이 없다. 맏누이가 보희라고 했으니 김흠돌의 어머니 정희는 역적의 어머니가 되어 이름조차 지워졌나 보다. 김유신의 할아버지는 구충왕의 셋째 아들 무력(武力)이고, 문희의 할아버지는 솔우공이며 솔우공은 구충왕의 첫째 아들 世宗[누리무리]의 아들이라는 「가락국기」의 문무왕의 증언이 자꾸 생각난다. 김유신과 문명왕후가 친 오누이가 아니라는 것을 증명할 길은 없을까? 또 풀어야 할 새로운 과제 하나가 생겼다. 정희, 보희, 문희, 그리고 김유신, 김흠순이 이루는 집안. 태종무열왕, 문무왕과 가장 가까웠고 그로하여 자의왕후와 그 아들 신문왕에게 가장 믿보여 신문왕의 장인 '김흠돌의 모반'과 지장보살 김교각, 무상선사 김사종, 무루 김근질 등 고승들을 줄줄이 배출하는 '왕자들의 비극(?)'을 배태시킨 신목왕후의 혼외정사를 낳은 집안이다. 문희와 김춘추의 사랑 이야기는 『삼국유사』 권 제1 「기이 제1」 「태종춘추공」 조와 『삼국사기』 권 제7 「신라본기 제7」 「문무왕 상」에 자세하다.

박창화 『화랑세기』(D)의 김유신의 조상에 관한 기록은 『삼국유사』 권제2 「기이 제2」 「가락국기」(C)의 그것보다 더 자세하다. 『삼국유사』에 없는 정보도 꽤 포함하고 있다. C에는 없고 D에만 있는 가장 대표적인 정보는 (45)의 2가지이다.

(45) a. 질지왕의 왕비 통리는 신라 미해금[미사흔]의 딸이다.[67]

b. 질지왕의 왕비 방원은 원래 질지왕의 며느리였으나 왕비 통리[신라 출신]과 아들 선통이 죽은 후에 시아버지 질지왕의 왕비가 되어 감지왕을 낳았다. 그 왕비 방원은 아들 감지왕이 신라 여인을 왕비로 맞으려는 것을 막았다. 질지왕의 왕비가 방원이라는 것은 C에도 있다.

C와 D 양쪽에 다 있는 정보는 대동소이하다. 특별히 (46)의 도저히 납득할 수 없는 내용까지 일치한다.

(46) a. 수로왕의 사망 시[199년] 나이는 158세이고 재위 기간은 158년이다.

b. 49년생 거등왕이 서기 199년 151세에 즉위하여 55년 재위하였으므로 죽을 때[서기 253년] 그의 나이는 205세이다.

---

67) 현재의 기록에 따라 가락 김씨와 신라 김씨의 족보를 만들어 보면 가락 김씨 8대 질지왕과 미사흔의 딸 통리는 혼인하기 불가능한 세대에 속한다. 신라 김씨는 김일제의 7대인 1김알지 부-2알지-3세한-4아도-5수유-6욱부-7구도-8미추-9내물-10눌지, 미사흔-11통리로 이어져서 통리가 11대가 된다. 가락 김씨 8대 질지왕이 신라 김씨 11대 통리와 혼인하기 어렵다. 이것은 현전 가락국 김유신 세계가 5대가 실전되었고 신라 김씨 세계에서 미추임금과 내물마립간 사이에 3대가 실전되었기 때문에 나타난 현상이다. 질지왕이 미사흔의 딸 통리와 혼인한 것은 명백한 사실이다. 뒤에서 보는 대로 가락 김씨는 질지왕 앞에 5대를 더하여 질지왕이 가락 김씨의 13대가 된다. 신라 김씨는 8대 미추임금과 내물마립간 사이에 3대를 더하여 내물이 신라 김씨의 12대가 되고 통리가 14대가 된다. 그러면 가락 김씨 13대 질지왕과 신라 김씨 14대 통리가 혼인하기 딱 좋은 세대가 된다. 이것은 이 책에서 세운 가락 김씨 5대, 신라 김씨 3대가 실전되었다는 세대 실전 가설의 강력한 증거가 된다.

일반적으로 뒤에 나온 책이, 앞에 나온 책을 보고 베끼지 않고, 제대로 연구하여 이루어진 것이라면 그 두 책은 동일한 내용을 담기 어렵다. 앞에 나온 저작물의 오식, 오기, 오류 등 틀린 내용이 뒤에 나온 저작물에도 그대로 들어 있는 경우 거의 100% 표절 판정을 내려도 된다. 거등왕이 205세나 살았다는 것이 C와 D 두 책 모두에 적혀 있다. 보고 베낀 것이 아니라면 이런 현상은 나타날 수 없다. 금관지주사 문인이 「가락국기」(B)를 작성할 때 김오기, 김대문의 『화랑세기』(A)를 보고 베꼈다. 일연선사의 『삼국유사』「가락국기」(C)의 왕들의 행적은 금관지주사 문인의 「가락국기」(B)를 그대로 옮겨 쓴 것이다. 그러니 C도 김오기, 김대문의 『화랑세기』(A)를 보고 베낀 것은 아닐지 몰라도 그것을 보고 베낀 B를 베낀 것이다. 박창화는 일본에 있는 '무엇인가'를 보고 필사하여 D를 남겼다. 그 '무엇인가'는 '무엇'일까? D에는 B, C에 없는 내용도 들어 있다. 그 D는 김오기, 김대문의 『화랑세기』(A)를 보고 베낀 것일 가능성이 크다.

특히 미해[미사흔]과 혼인한 박제상의 딸 청아, 그리고 그들의 아들 백흔공과 딸 통리, 백흔공의 딸인 하희에 관한 얘기는 A에도 들어 있을 가능성이 크다. 더욱이 8대 질지왕이 아들 선통의 아내 방원과 밀통하였고, 아들 선통이 죽은 후 며느리 방원을 왕비로 삼아 아들 감지를 낳았다는 희한한 일도 A에 들어 있을 것이다. 마치 당 현종과 양귀비의 스캔들을 보는 듯하다. 당나라 황실도 흉노제국의 일원인 선비족이었으니 며느리를 시아버지가 빼앗아가는 것이야 흔한 일이었겠지.

제5장

김수로왕 출생의 비밀

김수로왕 출생의 비밀

1. 수로왕은 도대체 몇 살에 혼인하였을까

「가락국기」에는 인간으로서는 절대로 받아들일 수 없는 일이 하나 들어 있다. 지금까지 읽은 「가락국기」의 내용 가운데 가장 이상한 것은 무엇인가? 그것은 수로왕이 서기 48년에 16세의 허황옥과 혼인하여 이듬해인 49년에 아들을 낳았다는 것이다. 도대체 수로왕은 몇 살에 혼인하여 몇 살에 아들을 낳았다는 말인가? 즉, 가락국 시조왕과 2대 왕의 출생이 가장 이상하다.

서기 42년에 있었다는 「가락국기」의 수로왕의 난생은 연출된 것이다. 그는 그때 태어난 것이 아니다. 그냥 출현하였을 뿐이다. 누가 그를 출현시켰을까? 하늘이? 지나가는 개의 새끼도, 소도 하늘을 보고 웃을 일이다. 개나 소도 자신들의 새끼를 하늘에서 출현시켰다고 생각하지 않는다. 하늘이 어떻게 인간이 될 거북이 알을 땅 속에 묻어 두겠는가? '제 새끼를 하늘이 출현시켰다.'는 거짓말을 지어낼 수 있는 어미, 애비는 인간뿐이다. 그들은 수로를 왕으로 만들기 위하여 수로를 거북의 알에서 태어난 것처럼 꾸몄다. 그들은 누구일까?

수로를 데리고 이 땅에 나타난 이들. 그들은 그 당시로서는 최고의 권모술수를 익히고 있는 자들이다. 권모술수는 어디에서 나오는가? 정권 쟁탈전에서 나온다. 그리고 정권 쟁탈전 가운데 가장 수준 높은 권모술수는 황제의 제위를 둘러싸고 일어난 일들이다. 황제는 어디에 있는가? 대륙에 있다. 당연히 그들도 대륙에서 왔다.

수로왕 출생의 비밀을 푸는 단서는 수로왕의 나이이다. 「가락국기」의 수로왕 나이는 참으로 이상하다. 수로왕은 나이를 속였다. 아니 수로왕이 나이를 속인 것이 아니라 그의 부모, 동반자들이 출현 광경을 나이를 오판하게끔 신비롭게 조작하였다. 그 조작을 눈치 채지 못한 현대의 연구자들이 수로의 출현과 출생을 구분하지 못하고 나이를 잘못 파악하였다.

「가락국기」를 지은 이도 수로의 출현과 출생을 혼동하였다. 그런데 후세인들로 하여금 그 혼동을 일으키게 만든 것은 수로의 조상들, 도성후 김탕 일족이다. 앞에서 본 (1a)를 다시 보면 허황옥은 189년에 157세로 승하하였다. 그런데 (1b)를 보면 수로왕은 199년에 158세로 승하하였다. 남편이 아내보다 10년 뒤에 죽었다.

(1) a. 서기 189년[영제 중평 6년] 기사년 3월 1일 왕후가 돌아가셨다. 누린 나이가 157세였다. 국인이 땅이 꺼진 듯 탄식하였다. 구지봉 동북 언덕에 장사지냈다.

b. 시조 임금이 이에 늘 외로운 베개에 기대어 많이 비탄해 하였다. 2x5, 즉 10년이 지난 뒤 199년[헌제 입*{건}*안 4년] 기묘년 3월 23일 승하하였다. 누린 나이가 158세였다. <『삼국유사』 권 제2 「기이 제2」 「가락국기」>

10년을 더 산 남편이 누린 나이가 아내보다 겨우 한 살 더 많다. 이것은 아내가 남편보다 아홉 살이 더 많았다는 것을 뜻한다. 아홉 살 연상의 여인? 가능한 일일까? 그럴 수는 있다. 그러나 허황옥의 나이와 이듬해에 아들이 태어난 것을 보면 아홉 살 연상의 여인을 상정하는 것은 불합리한 일이다.

허황옥이 서기 48년 7월 27일 창원 웅동 용원의 유주암에 큰 배를 매고, 28일 주포 마을 앞 갈라진 개[別浦] 나루터에서 전마선을 내려, 가마를 타고 서쪽 뒷산 궁현[능현]고개에서 쉬면서 비단 바지를 벗어 산신령께 폐백을 드리고, 두동고개를 넘어 배필정고개에서 수로왕과 첫날밤을 보내고, 2박 3일의 신혼의 단꿈을 꿀 때 나이가 2x8 청춘 16세였다는 것은 다 안다. 그때 이미 가락국의 왕으로 즉위한 상태였던 수로왕은 몇 살이었을까? 만약 허황옥보다 수로왕이 9살 적었다면 그는 7살이다.

에이 말도 안 되지. 7살짜리 아이가 어떻게 2박 3일 동안 2x8청춘 16세 처녀와 신혼의 단꿈을 꾼다는 말인가? 쌍코피가 터지지. 손만 잡고 잤나 보지, 뭐. 이러면 안 된다. 둘이 손만 잡고 잤어도 신혼 첫날밤을 치렀다고 할 수야 있다. 그런데 웬걸, 이듬해인 서기 49년에 금관가야 2대 왕이 되는 태자 거등공이 출생하였다.

일곱 살짜리 소년이 16세 처녀를 잉태시킨다? 이것은 절대로 납득할 수 없는 거짓말이다. 인류 역사 이래 7살짜리 아버지 밑에서 태어난 아이는 없다. 그러므로 거등공이 서기 49년에 태어난 것이 거짓말이거나, 그것이 사실이라면 수로왕이 서기 48년 7월 28일에 결혼할 때 일곱 살이었다는 것이 거짓말이다.

거등공이 서기 49년에 태어난 것은 의심하기가 좀 어렵다. 16세 처녀가 혼인한 지 1년 뒤이면 아이가 태어나는 것 아닌가? 그러면 수로왕이 혼인할 때 7세라는 것을 의심할 수밖에 없다. 그러니까 199년에 수로왕이 죽을 때 158세라는 것이 거짓말인 것이다.[1)]

이것이 「가락국기」를 인간이 연출한 교묘한 사기극으로 해석하게 하는 가장 중요한 단서가 된다. 그것은 개인숭배를 위하여 꾸며 낸 개인 신성화 스토리이다. 그것도 정권 탈취를 위하여 수단과 방법을 가리지 않고 온갖 권모술수와 속임수를 동원한 정쟁의 이야기이다. 신비로움으로 도색하거나 하늘 따위를 들이대는 신화학적 연구 방법으로는 절대로 진실에 접근할 수 없다. 이 이야기는 하나에서 열까지 모두 인간의 관점에서, 거짓말을 할 줄 아는 유일한 동물의 관점에서, 사기 쳐서 남을 속일 줄 아는 간교한 인간의 관점에서 해석하여야 한다.

첫날밤에 허황옥은 자신이 16세임을 밝혔지만 수로왕은 자신의 나이를 밝히지 않았다. 그런데 말하는 것은 어른스럽게 "짐은 나면서부터 매우 신성하여 <u>미리 공주가 멀리로부터 올 것을 알고</u> 아래 신료들이 왕비를 들이라는 청이 있었으나 따르지 않았는데 이제 현숙한 그대가 찾아왔으니 나의 다행이오" 하였다. 이것이 어찌 7살 아이의 말이겠는가?

김수로왕이 혼인할 때 7세라는 것, 즉 199년 승하했을 때 158세라는 것은 어디서 나온 것일까? 그것은 김수로가 서기 42년 3월에 구지봉에 나타난 순간을 그의 출생 순간으로 착각하여 나이를 오산했기 때문이다. 이것은 현대의 연구자들의 잘못만은 아니다. 「가락국기」를 작성한 고려 문종 때의 금관지주사의 문인도 수로왕의 나이를 오산하였다. 신라 신문왕 때쯤 『화랑세기』를 지은 김오기, 대문 부자가 15세 풍월주 김유신의 세계

---

1) 이 나이 문제가 가락국의 역사, 이 땅의 김씨, 허씨, 인천 이씨들의 혈족사, 아니 이 땅의 고대사에 얼마나 큰 충격을 주는지 잘 보기 바란다.

(世系)를 작성할 때 213년 동안 수로왕, 거등왕이 다스렸다고 쓴 것 자체에서부터 배태된 숙명적 착각이다.

213년 동안을 두 왕이 다스렸다는 것이야 초대 왕과 2대 왕의 이름은 알지만 그 중간의 5-6명의 왕의 이름이 전해오지 않고 마품왕 때부터의 기록만 있는 유실된 역사 때문에 생긴 일이다. 그것은 하나도 이상한 것이 아니다. 시조와 중시조 이름만 알고 중간 선조들의 이름을 모를 때 족보에서는 그 사정을 실전(失傳)이라는 말로 나타낸다. 김오기, 대문이 김유신 집안의 족보를 쓸 때 이 관례를 따르지 않은 것이 원천적 잘못이다. 아무리 정적이라도 그렇지. 어떻게 213년 동안을 2명의 왕이 다스렸다고 적어? 그러고도 김대문은 역사가라고 이름을 남기고 있으니. 쯧쯧.

2. 출현과 출생이 같은가

나타난 순간[출현한 순간]과 태어난 순간[출생한 순간]이 같다는 보장이 어디 있는가? 그것은 같을 수도 있고 다를 수도 있다. 출현의 순간과 출생의 순간이 같으려면, 출현의 순간에 어머니의 산통도 있어야 하고, 아기의 울음소리도 있어야 하고, 탯줄을 자르는 할머니도 있어야 한다. 그러나 서기 42년 3월에 구지봉에 김수로가 출현할 때는 그런 것이 하나도 없다. 그러니까 「가락국기」는 김수로의 출현을 말했을 뿐 출생을 말하지 않았다. 그런데 그 출현한 것을 출생한 것으로 착각한 것이다.

김수로왕의 '출현과 출생이 다름'을 확인하기 위하여 (2)를 가지고 와서 김수로의 구지봉 출현 장면을 슬로우 비디오로 돌려 다시 보기로 한다.

(2) a. 서기 42년[후한 세조 광무제 건무 18년] 임인년 3월 계욕지일에 그곳 북쪽 구지*{이는 봉우리 이름이다. 열 친구가 엎드린 모양 같으므로 그렇게 불렀다.}*에 수상한 소리와 기운이 부르고 있었다.

b. 서민 무리 2-300명이 이곳에 모였다. 사람 음성 같은 것이 있는데 그 모습은 숨기고 났다. 그 음성이 말하기를, "이곳에 사람이 있는가 없는가?" 9간 등이 말하기를, "우리들이 있습니다." 또 말하기를, "내가 있는 곳이 어디인가?" 대답하여 말하기를, "구지입니다." 또 말하기를, "황천이 나에게 명하기를 이곳에 와서 나라를 새롭게 하여 군휘[임금과 휘가 되라 하였다. 그러므로 이곳에 내려왔으니 너희들은 반드시 봉우리 정상을 파서 흙을 모으며,

> 거북아 거북아
> 머리 내어놓아라.
> 내어놓지 않으면
> 구워서 먹으리.

하고 노래하고, 춤추면, 즉 이것이 대왕을 맞이하여 환희 용약할 것이다." 하였다. <『삼국유사』 권 제2 「기이 제2」 「가락국기」>

먼저 (2a)의 '龜旨峯'에 대한 설명이 이상하다. "구지, 이것은 봉우리 이름이다. 열 친구가 엎드린 모양 같으므로 그렇게 불렀다[龜旨*{是峯巒(뫼 만)之稱 若十朋伏之狀 故云也}*]." 이것은 무엇을 의미하는가? '봉우리 이름이다.'야 하나마나 한 말이다. 문제는 '십붕이 엎드린 형상'이다. 거기서 어떻게 열 명의 벗이 엎드려 있다는 이미지를 얻는다는 말인가? 분산(盆山) 전체를 척 보면 분산성이 있는 곳이 거북이 몸통 꼬리 부분이고 이곳이 '거북이 머리인데'. '거북 龜, 뜻 旨'로부터 어떻게 열 명의 벗이 엎

드렸다는 이미지가 나오는지 나는 모르겠다.

차라리 '구지는 거북이 머리이다. 본래 龜首峯인데 首가 외설적이어서 피하거나 와전되어 旨로 적혔다.' 이런 뜻을 가지게 '龜旨峯 本龜首峯也 旨者首之訛也'라 썼으면 얼마나 좋아. 그러나 그렇게 할 자유가 우리에게는 없다. 고전은 손대면 안 되기 때문에.

그러나 해석은 올바르게 할 수 있다. 혹시 '열 명의 벗이 엎드린 형국'이라는 말은 구봉에 숨은 김씨 집안의 어른들을 암시한 말일까? 十朋은 '무리 朋, 떼 朋'의 뜻을 고려할 때 미묘한 의미를 전달한다. 문헌을 문헌 대로 해석해도 '한 무리의 사람들이 숨은 것'을 간취(看取)할 수 있다.

이 김수로왕 출현지에 관한 가장 중립적인 표현은 『삼국사기』 권 제41 「열전 제1」 「김유신 상」의 (3)에서 보는 '龜峰'이다. '거북 봉우리, 거북 산', 옛말로 '거붑 뫼'. 首니 旨에 매달릴 일도 아니다.

> (3) 김유신은 왕경인이다. 12대조인 수로왕은 어떤 인물인지 알지 못한다. 후한 건무 18년 임인년[서기 42년]에 구봉[龜峰]에 올라 가락의 9촌을 바라보고 드디어 그 땅에 나라를 세우고 가야라 이름하였다. <『삼국사기』 권 제41 「열전 제1」 「김유신 상」>

망산도도, 분산도 거북이로 보인다. 한반도 곳곳에 거북처럼 생긴 봉우리가 넘쳐난다. 몸통이 좀 더 크면 노루목[獐項], 그보다 몸통이 좀 작으면 거북뫼이고 그것을 향찰로 적은 것이 '龜峰'이다. '구지봉'이라는 이름을 떠나는 순간 우리는 이 건국 설화가 철저히 지형지물을 이용하여 생성된 것임을 알 수 있다. 이 이야기는 천문지리(天文地理)에 통달한 전략가들이 지리(地利)를 최대한 활용하여 만들어 낸 개인 신성화 스토리이다.

서기 42년 3월 첫 기일(己日)에 구봉(龜峰)에 (누군가를) 부르는 수상한 소리와 기운이 있었다. 소리는 동물의 소리일 것이고 기운은 인기척일 것이다. 구봉에 '사람의 소리와 기척'이 있었던 것이다. 하늘의 소리, 하늘의 기운, 그런 거 믿으면 현대인이라 할 수 없다. 고대인은 믿었을까?

이어지는 (2b)는 '사람 음성 같은 것이 있는데', '그 모습은 숨기고', '낮다'고 한다. 왕왕 부명(符命)도 이렇게 형상은 숨기고 사람의 소리가 어딘가에서 들렸다는 식으로 꾸며져 내려온다. '隱其形', 그 모습을 숨겼다. 누가 모습을 숨겼을까? 알이? 그럴 수도 있다. 알이 모습을 숨기고 사람 소리를 내었을 수도 있다. 사람 음성이 나는데 모습은 보이지 않으니, 모습을 숨긴 것은 사람들이다. 숨어 있는 그들은 누구일까? 알 속에 숨은 이들일 수도 있고, 알들이 담긴 황금 합자를 땅에 묻은 사람들일 수도 있다.

그리고 "황천(皇天: 하늘)이 나에게 이곳에 와서 '나라를 새롭게 하라.'고 하였다." 하고 "내가 왕이 되러 왔으니 너희들은 봉우리 정상을 파서 흙을 모으며 노래를 불러라."고 하였다. '하늘의 명, 부명(符命)을 받아 왔다.' 어디서 많이 듣던 소리이다. 그렇다. 선양혁명(禪讓革命)이라는 이름 아래 어린 아이 유영(劉嬰, 선제의 현손)을 한나라 황태자 자리에서 쫓아내고 신나라를 건국한 왕망이 즐겨 사용하던 수법이었다. 그만 그런 것도 아니었다. 주나라를 세울 때 희(姬)씨들도 그렇게 하였다.

「구지가」는 '가락국의 왕이 되라.'는 부명(符命)을 노래로 바꾸어 토인들에게 부르게 한 것이다. '안한공 망은 황제가 되라[安漢公莽爲皇帝].'와 같은 차원인 것이다. 거북의 머리가 신이나, 희생이나, 남근을 상징한다는 그런 인류학적, 신화학적 학설이 통할 자리가 아니다. 「구지가」가 민중들이 지은 서사시라는 학설도 통하지 않는다.

그 노래 불러서 나타난 것은 황금 합자 속에 들어 있는 '거북의 알'이지, (산)신도 아니고 희생으로 죽인 거북의 머리도 아니고 욕망에 불끈 선 남근도 아니다. 이미 있는 나라를 하늘의 명으로 접수하여 새롭게 하기 위하여 왔지 새 나라를 건국하러 온 것이 아니다. 「가락국기」는 '건국 신화'가 아니다. 그것은 건국 신화가 아니라 있었던 일을 그대로 적은 역사 기록일 뿐이다.

아무럼 서기 42년이면 불과 1979년 전이다. 그때 김해평야에 나라가 없었다면 고조선도 마한, 진한, 변한도 다 없어야 한다. 인도에도, 중국에도, 일본에도 다 나라가 있었다. 서양에서는 이미 로마제국이 공화정 시대를 지나고 카이사르[기원전 100년-44년]의 양자 옥타비아누스[기원전 63년-서기 14년]가 귀족들을 숙청하고, 클레오파트라와 안토니우스의 연합군과 악티움 해전[기원전 31년]에서 승리하여 초대 황제 아우구스투스가 되어 공화정을 끝내고 제정을 펼칠 때였다. 그때 이 땅의 남해안에도 나라가 있었다. 그 나라를 구 가야라 부르자. 구 가야를 접수하여 신 가야로 재건시킨 인물이 김수로이다. 정권 교체가 정확한 표현이다. 정권 교체도 비정상적인 교체이면 건국이다.

그 목소리는 노래까지 가르쳐 주었다. 그러니 「구지가」는 군중들이 지은 노래가 아니다. 군중들은 누군가가 지어서 부르라고 한 노래를 시킨 대로 따라 불렀을 뿐이다. 「구지가」는 수로를 데리고 온 그 집안의 어른이 지은 것이다. 이 대목에서 '김탕'이 지었다고 하고 싶지만 그러려면 제2장의 가설이 증명되어야 한다. 그 가설에 따르면, 「구지가」는 김수로의 할아버지인 김탕이 지어서 가야 사람들에게 부르게 한 노래이다.

그 노래는 한역되어 한시처럼 되어 있다. 그러나 '龜何'의 '何'는 우리 말 호격 조사를 적은 것이다. 그것도 존칭의 호격 조사 '−하'를 적은 것이다. 현대국어의 '−이시여'에 해당한다. '首其現也'도 정상적 한문이라면 '現其首也'이라야 한다. 이 노래는 향가처럼 향찰로 표기되었던 것을 한문으로 바꾼 것이다. 그들이 가르친 노래는 우리 말 노래이다. 그들이 사용한 말과 선주민들이 사용한 말이 많이 다르지 않았다. 그것이 우리말이다.[2] 말을 배우려면 좀 시간이 걸린다. 그들이 이 땅에 온 것은 서기 42년보다 조금 더 앞선 시기이다. 그들과 이 땅의 선주민들 사이에 오가는 연락 수단, 통역이 있었을 수도 있다. 원천적으로 그들의 말은 같았을 수도 있다. 다 알타이어였을 것이므로.

이 김수로는 어디에서 왔을까? 여기가 신화와 역사의 갈림길이다. 하늘에서 왔다면 신화이다. 지상 어딘가에서 왔다면 역사이다. 하늘에서 줄에 달린 황금 합자 속의 알로서 왔다고? 다들 그렇게 말한다. 그러나 그렇지 않다. 기록을 잘 읽어 보면 알들이 들어 있던 그 황금 합자는 결코 하늘에서 오지 않았다.

(2b)에서 '봉우리 정상을 파서 흙을 모으며' 노래를 부르라고 하였다. 봉우리 정상을 파서 흙을 모으면 그 흙속에서 무엇이 나오겠는가? (4a)를 보면 붉은 끈이 하늘로부터 드리워[垂][3] 땅에 닿았다. '끈 아래[繩之下]를 찾아보니[尋]   붉은 비단 폭 속에 황금 합자가 있었다. 여기서 핵심은 '끈

---

2) 장가계, 원가계에 가면 토가족(土家族)의 설화가 있다. 그 토가족은 토착민이라는 뜻에 지나지 않는다. 그들은 이민족의 정복 전쟁에 맞서 마지막 한 명까지 싸웠다고 한다. 그곳이 옛 남만의 거점이다. 이 속에 김탕(金湯)의 부대도 있었을 것이다. 토인이라 하는 것은 선주민이라는 뜻이다. 누가 어느 땅의 토착민인지, 토인인지는 아무도 모른다. 어차피 죽이고 죽는 정복의 잔인한 과정이 전개되어 밀고 밀리기 때문이다.

3) 이 '垂'는 '드리울 수'이다. '내려오다'로 번역하면 안 된다. 하늘에 헬리콥터가 떠 있지 않는 한 하늘에서 끈이 내려오지 않는다. 누가, 어떻게 하늘에서 황금 합자를 단 끈을 드리운다는 말인가? '심승지하(尋繩之下)'를 잘 해석해야 한다.

아래'이다. 끈이 땅에 닿고 그 끈의 아래 땅속을 찾아본 것이다. 땅속을 찾아보려면 땅을 파야 한다. 구지봉 봉우리를 파서 흙을 모으는 과정은 이미 (2b)에 있었다. 그리고 그 끈과 땅이 맞닿은 것이다.

이것을 끈 끝 부분에 황금 합자가 달려 내려온 것처럼 착각하면 안 된다. 만약 황금 합자가 끈 아래 부분에 달려 내려왔다면, 끈 아래를 찾을 것이 아니라 황금 합자를 매고 있는 끈을 풀고 황금 합자를 내려서 열어 보아야 한다. 그런데 그런 과정이 없다.

> (4) a. 9간 등이 그 말대로 모두 즐겁게 노래하며 춤추다가 '얼마 아 니하여' 쳐다보니 붉은 끈이 하늘로부터 드리워[垂] 땅에 닿았다[九干等 如其言 咸炘而歌舞 未幾仰而觀之 唯紫繩自天垂而着地]. 끈 아래를 찾아 보니 붉은 (비단) 폭 속에 황금 합자가 보였다[尋繩之下 乃見紅幅裏金合 子]. 열고 보니 황금 알 6개가 있었는데 해와 같이 둥글었다[開而視之 有黃金卵六 圓如日者].
> b. 무리들이 모두 놀랍고 기뻐서 함께 100배 절하고 찾아 돌아와 아 도의 집에 와서 탁상 위에 두고 무리들은 각자 흩어졌다. <『삼국유사』 권 제2「기이 제2」「가락국기」>

그냥 하늘에서 끈이 드리워졌고 그 끈의 아래는 이미 토인들이 땅을 파고 흙을 모았고 노래하고 춤을 추고 있다. 그랬더니 땅 속에 붉은 비단 폭이 있고 그 속에서 황금 합자가 나왔다. (4b)에서 그 황금 합자를 아도의 집에 하룻밤 보관하였다.

왜 황금 합자가 땅 속에서 나타난 것일까? 황금 합자가 나타나기 전에 사람들이 먼저 있었기 때문이다.[4] 그들이 황금 합자를 가져온 것이다. 그

---

4) 합자(合子)가 중요한 의미를 지닌다. 한자가 다르긴 하지만 합자(盒子=盒)은 뚜껑이 있

들이 황금 합자를 붉은 비단 보에 싸서 구지봉 봉우리에 묻었다. 그들은 어디에서 왔을까?

그들은 대륙에서 왔을 것이다. 대륙 어디? 아마 사천성에서 왔을 것이다. 그때 사천성에서는 무슨 일이 있었는가? 서기 23년에 왕망이 죽고 신나라가 망하였다. 25년에 광무제 유수가 후한을 세웠다. 이때 왕망 아래 벼슬 살던 고관들이 많이 농우(隴右)의 외효에게 몸을 의탁하였다. 그 외효의 빈객 속에 (5a)에서 보듯이 '두릉의 김단의 가속'이 있었다. 그리고 서기 32년 후한 광무제가 보낸 내흡(來歙)이 외효의 약양을 공격할 때 죽은 수비 장수 이름은 (5b)의 '김량(金梁)'이었다. 김씨들이 농우, 농서에 와서 외효에게 의탁하였다.

(5) a. 두릉의 김단지속은 빈객이 되었다[杜陵金丹之屬爲賓客]. 이로 하여 이름 진 서주가 산동에 소문이 났다. <『후한서』 권13 「외효공손술열전」 제3>
b. (서기 32년) 외효의 수비 장수 김량을 참수하고 그 성을 확보하였다[斬囂守將金梁 因保其城]. <『후한서』 권15 「이왕등래열전」 제5>

이때 외효의 수하 인물로 두융(竇融)이 있었다. 두융은 왕망을 섬기다가 신나라가 패망한 후 경시제에게 항복하였다. 경시제가 망하자 외효의 장군이 되었다. 그리고 32년에 외효를 배신하고 광무제에게 항복하여 기주 목사를 지내고 36년에는 대사공에 이를 정도로 대우받았다.

(6d)의 '排金門[김문을 배척하다]'가 구체적으로 무엇을 말하는 것인지는 불분명하다. 나는 두융과 더불어 외효에게 의탁한 김씨들이 있었고 두융

는 둥근 놋그릇을 가리킨다. 크기가 다양하다.

이 후한에 항복함으로써, 많은 무리가 김씨 집안을 배척하고 후한에 붙었음을 말하는 것으로 본다. 그 문맥에 김윤의 아들 김안상의 손자 김천이 등장한다. 그는 무엇을 구달하고 다녔을까? 문맥상으로는 두융에게 안심하고 후한에 항복하라고 권하는 것으로 보인다. 김천도 집안의 배신자일까?

(6) a. 서기 32년[건무 8년] 여름 (천자의) 거가가 외효를 정벌하러 서쪽으로 갔다. 두융이 5군 태수 및 강족 포로 소월씨 등 보병 기마 수만과 치중 5000여량을 거느리고 고평 제1성에서 대군과 만났다. 두융은 먼저 종사를 보내어 회견의 예의 갖춤을 물었다.

b. 농촉 평정에 이르러, 두융이 5군 태수와 더불어 경사를 섬기겠다고 아뢰었음을 조서로 내렸다. 관속과 빈객이 뒤 따라 가마 수천 량에 타고 말, 소, 양이 들을 덮었다. 두융이 도착하여 낙양성문에서 보고 양주목 장액속국도위 안풍후 인수를 올렸다. 조서를 내려 사자를 보내어 후의 인수를 돌려주었다. 이끌어 보고 제후 위에 나아갔다. 상으로 은총을 주고 경사를 기울여 움직이기 몇 달, 기주목을 제수하였다. 10여 일 후 또 대사공으로 옮겼다.

c. 두융은 소심해서 오래 스스로 불안하여 여러 번 작위를 사양하였다. 시중 김천*{김천은 안상의 증손이다.[5] 김안상은 일제의 아우 윤의 아들이다. 천은 애제 때에 상서령이 되었다. 『한서』를 보라.}*이 구달하기를 지성으로 하였다.

d. 논하여 말한다. 건무 초에 영웅호길이 사방에 요란하였다. 범 놀란 소리가 연이어 울렸고 성으로 둘러싼 이들이 서로 바라보았다. 곤궁하여 나날이 먹을 것이 부족하였다. 이로써 김문을 배척하는 자가 무리를 이루었다. <『후한서』 권23 「두융열전」 제13>

---

5) 김천은 김안상(安上)의 증손자가 아니고 손자이다.

두융의 후손은 후한에서 대대로 높은 벼슬을 지냈다. 증손녀 장덕황후는 78년에 후한 제3대 황제 장제의 황후가 되었다. 제4대 화제(목종) 때는 태후로서 섭정함으로써 일문이 권세를 누렸다. 32년에 두융이 5군 태수를 거느리고 후한에 항복한 후 33년에 외효도 죽고 34년에 외효의 아들 외순이 후한에 항복하였다. 역사의 전환기에는 언제나 그런 자들이 생긴다.

두융에게 치명적 배신을 당한 외효는 33년에 울화병으로 죽었다. 그의 아들 외순이 왕위를 이어받았지만 그도 1년도 못 버티고 34년에 광무제에게 항복하였다. 외효에게 의탁하고 있던 왕망의 신나라 귀족들과 빈객 두릉의 김단의 가속들은 어디로 갔을까? 외효는 자칭 천자 공손술의 삭령왕이었다. 살았다면 이들이 도망칠 곳은 공손술의 사천성 성도밖에 없었다. 그곳에는 공손술이 성가 왕국을 세우고 후한에 맞서 있었다. 더욱이 공손술이 보낸 자객에 의하여 내흡이 암살당하자 후한 광무제는 공손술 토벌에 본격적으로 착수하였다.

서기 36년에 후한 광무제의 부하 오한과 장궁의 군대에 자칭 천자 공손술이 패망하고 성도가 함락되었다. 성가 왕국이 정복된 것이다. 『후한서』는 (7)과 같이 적었다.

(7) (서기 36년) -- 겨울 11월 무인일, 오한과 장궁이 성도에서 공손술과 전쟁하여 대파하였다. 공손술이 부상당하여 밤에 죽었다. 신사일, 오한은 성도를 도륙하고 공손술의 종족과 연잠 등을 멸족[夷]하였다.
<『후한서』 권1 하 「광무제기 제1 하」>

공손술과 연잠을 멸족하였다. 광무제는 포용 정책으로 천하를 통일하였다. 여기서는 그러지 않았다. 공손술이 보낸 자객이 내흡과 잠팽을 암살하

여 오한이 그 원수를 갚기 위하여 잔인하게 성도를 도륙한 것이다.

김수로가 5살쯤 되던 해이다. 공손술, 왕원 등과 힘을 합쳐서 후한 광무제의 부하 오한의 군사와 ---여기까지는 사실(史實)이다. 이하는 나의 상상력의 산물--- 맞서 싸우던 도성후 김탕의 군대도 패망하였을 것이다.[6] 그렇게 처절하게 도륙 당하고 나서 도성후 김탕의 군대는 어디로 갔을까? 그들은 사천성 남군의 안악현으로 갔을 것이다. 그곳은 보주(普州), 보주태후 허황옥이 서기 33년에 태어나 자라고 있는 곳. 서기 32년쯤에 태어난 5살짜리 김씨의 아들 모모(某某)도 어머니의 등에 업혀, 아니 흉노족의 후예답게 말 등에 올라 남하하여 남만의 허씨들이 한족의 정복에 저항하고 있는 장가계, 원가계의 험준한 무릉도원으로 도망쳐 갔을 것이다.

김씨와 허씨, 두 집안은 협력하여 한족의 남방 정복에 저항하였을 것이다. 두 집안의 어른들은 이제 막 너덧살 갓 지난 두 아이를 두고 이 전쟁에서 이기고 한족들을 물리치면 혼인을 시키기로 약속하였을 것이다.[7] 그

6) 도성후 김탕, 후 김준이 사천성 성도의 공손술의 성가 왕국과 함께 후한에 항거하였다는 것은 저자의 상상력의 산물이다. 그러나 이것을 설정하지 않으면 아무 것도 할 수 없다. 공손술의 배후에 왕씨가 있었던 것은 확실하다. 공손술은 왕망 아래 촉군 태수인 도강 졸정을 지낸 인물이다. 그러면 왕망의 이종사촌인 김당을 통하여 인척이 되는 도성후 김탕, 후 김준의 일족들도 공손술과 같이 있었을 가능성이 크다. 특히 도성후 김안상과 선제의 첫 황후인 허 황후의 아버지 평은후 허광한의 친분에 의하여 맺어진 '허/김 맹약'은 사천성 성도, 남군으로 이어져 갔을 가능성이 크다. 이 김씨들과 남군의 만족 허씨들이 동맹군을 편성하여 후한의 정복 전쟁에 맞섰을 것이다.

7) 내가 김수로의 할아버지와 허황옥의 할아버지가 그 피비린내 나는 사천성 성도나 남군의 전쟁터에서 이 두 아이의 혼약을 취중에(?) 맺었을 것이라는 희한한 생각을 한 것은 2010년대 초였다. 나는 그때 포천 솔모로의 약봉가(藥峯家) 종손 동성씨가 운영하는 골프 연습장에 가끔 갔다. 그 집안에는 혼약 설화가 하나 전해 온다. 충주목사 서고(徐固)가 청풍현감 이고(李股)와 가까이 지내면서 아들과 딸을 혼인시키기로 약속하였다. 이 혼약 후에 이고의 딸이 눈을 앓아 앞을 볼 수 없게 되었다. 첫날밤에 그것을 안 서해(嶰)는 부모가 한 약속을 어길 수 없다 하고 소경 아내를 맞아 약봉 서성(渻)을 낳았다. 잉태는 안동 고성 이씨 임청각의 우물방에서 하였고 약봉태실은 의성 일죽 소호정에 있다. 한때 이곳은 신혼부부들이 좋은 아이 낳기를 기원하는 인기 여행지였다.

러나 그것은 지킬 수 없는 약속이다. 이길 수 없는 싸움이기 때문이다.

다시 역사적 사실로 돌아가서--- 그 전쟁은 결코 이길 수 없는 전쟁이었다. 대륙에서 한족에 맞섰던 모든 소수 종족은 절멸을 면하지 못하였다. 숙신, 고구려, 여진, 몽골, 토번, 서하, 거란, 위구르, 타타르, 흉노, 돌궐, 어느 한 종족도 살아남지를 못하였다. 다 절멸하거나 서쪽, 동쪽으로 도망쳤다. 유럽에서는 아시아의 한 도시보다도 작은 제후국들이 독립 국가를 이루고 자신들의 전통을 이어가고 있다. 그러나 동아시아의 여러 종족들은 자신들의 나라를 지니지 못하였다. 58개 소수 종족들이 동화되어 녹아들었다. 기껏 중원으로 들어가서 정복하고 제국을 세운 선비족의 당, 몽골족의 원, 여진족의 청은 스스로 한족화하여 흔적만 남기고 대륙에서는 사라졌다. 저항하면 절멸하고 저항하지 않으면 속국으로 조공하며 비굴하게 살아야 하는 것이 동아시아의 비극적 숙명이다.

이 도피 장면이 『후한서』에는 적히지 않았다. 왜 그랬을까? 『후한서』도 역사 기록이니까. 역사 기록은 기록자가 기록할 소재를 취사선택한다. 그리고 기록자는 이긴 자이기 때문에 제게 좋고 유리한 것만 선택하고 마음에 들지 않는 것은 인멸하고 왜곡하기까지 한다. 사관은 바로 적었으나 후세에 손질된 것도 있을 것이다.

그렇게 인멸한 내용이, 지운 내용이 『후한서』에 (8)의 딱 '넉 자'로 남았다. 역사적 사실은 어딘가에 흔적을 남기기 마련이다. 앞에서 이미 보았지만 반복하여 음미한다.

(8) 金湯失險 車書共道[김탕이 험지를 잃고 수레와 책이 같은 길이 되었다. <『후한서』 권1 하 「광무제기」 제1 하>

이 김탕은 김단과 어떤 관계일까? 김량은 이들과 어떤 관련이 있을까? 왜 (8)이 남았을까? 이 네 글자는 『후한서』권1 하 「광무제기」제1 하의 끝 부분 '찬왈(贊曰)'에 들어 있다. 앞에 적은 산문을 보고 끝에 운문으로 칭송하는 시를 붙인 것이다. 『후한서』를 편찬할 때 권1 「광무제기」제1 속에나 『후한서』권86 「남만서남이열전(南蠻西南夷列傳)」제76 속에 김 탕의 사적(史蹟)이 적혀 있었을 가능성도 있다. 아마도 (7)의 서기 36년 말 의 기록과 (9)의 서기 42년 봄 사이의 어딘가에 김씨 일가의 용맹한 전투 상황이 적혀 있었지 싶다.

(9) a. 서기 42년[건무 18년] 봄 2월, 촉군 수장 사흠이 모반하여 대사 마 오한이 2장군을 거느리고 가서 토벌하게 하였다. 성도를 포위하였다.
b. 가을 7월 오한이 성도를 함락시키고 사흠 등을 참수하였다. 임술 일에 익주의 사형 이하 죄를 사하였다. <『후한서』권1 하 「광무제기」 제1 하>

그런데 후한 황실로서는 마지막까지 애를 먹인 김탕(金湯), 그리고 항복 도 하지 않았고, 전사한 흔적도 없고, 붙잡아 죽이지도 못한 전한 시대의 충신 집안이었다가 왕망의 신나라에 붙은 저 김일제, 김윤의 후손들의 흔 적을 남길 수가 없었다. 더욱이 그들은 동쪽으로 도망가서 요동을 근거로 하여 호호탕탕 힘을 기르고 있다는 소문이 자자하였다. 그래서 김씨와 관 련된 사항들, 그들이 신나라 군대를 이끌고 후한 유씨 황실에 저항한 기 록을 모조리 지워 버리지 않았을까?

그러나 어쩌랴. 이 책이 『한서』권68 「곽광김일제전」제38에서 김윤의 5대 미지막 도성후 '金湯'을 찾아내었고, 『후한서』권1 하 「광무제기」제 1 하에서 '金湯'失險[김탕이 험지를 잃었다]를 찾아낸 것을. 이 두 '김탕'은 같은 인물이다. 그 사건이 있은 후 약 650년 후인 서기 670년대에 당나라 측천무후의 황태자 이현(李賢)은 『한서』에서 전거를 대어 주를 다느라고 저 고생을 하고 있다.[8] '金城湯池'가 왜 失 險을 해?

'김씨가 사천성에 가서 허씨, 공손씨와 손잡고 후한 유수의 군대와 끝까지, 한 명이 남을 때까지 싸웠다.'는 역사적 사실은 이렇게 그 흔적을 남기고 있었다. 이것이 역사의 무서움이다. 어떤 사건도 잊힌 채로 사라질 수는 없다. 역사는 길이 기억할 것이다. 2000년의 비밀을 2021년 1월 18일 하룻밤 사이에 찾아내다니. 내 머리가 하얗게 새었겠지.

3. 아이를 비단에 싸서 땅속에 숨겼다

하늘에서 드리운[垂] '붉은 끈[紫繩]' 아래를 찾아보니 붉은 (비단) 폭 속에 황금으로 만든 합자가 보였다.[9] 끈 끝에 황금 합자가 달려 있었을까?

---

8) 『한서』 권45 「괴통전(蒯通傳)」 제15에 '金城湯池'가 나온다. 견고한 무쇠 성곽[金城]과 끓는 물로 된 해자[湯池]를 갖춘 난공불락의 성이다. '金湯'은 정말 '금성탕지'일까? '금성'이야 있겠지만 '탕지'도 있는 것일까? 해자에 끓는 물을 채우다니? 뜨거운 온천지 대일까? 그런데 그런 '금성탕지'가 험지를 잃다니? 언어학은 직관을 중시한다. 문장이 성립하는가 않는가는 토박이 화자의 직관에 의존한다. 내 직관은 '金湯失險'은 척 보아서 '김탕이 험지를 잃었다.'이다. 김탕이 인명(人名)이라야 '험지를 잃고' 패주하지. 당나라 측천무후의 차자인 황태자 이현(李賢)이 온 당나라 학자를 다 동원하여 단 주석이다. 그들은 신나라가 망하고 후한이 설 때 '金湯'이라는 인물이 있었다는 것을 몰랐을까? '金湯失險 車書共道'는 '김탕이 험지를 잃고 온 천하가 후한으로 통일되었다.'는 말이다(제2장 참고).

9) 자승(紫繩)이 역시 중요한 의미를 지닌다. '紫色[자주 빛]'은 제왕의 집의 색깔이다. '繩'은 줄, 새끼를 의미한다. '새끼줄'로 번역하면 볏짚으로 꼰 새끼가 떠올라 오해를 낳는다. 목수들이 사용하는 먹줄도 繩이다. 가는 끈도 승인 것이다. '자승은 자주빛 끈이다.' 고귀한 빛이 하늘에서 뻗어내려 황금 합자에 닿았다. 거꾸로 생각하면 황금 합자가 햇빛을 받아 하늘로 빛을 반사하고 있는 상황이 상정된다. 왕도 아무나 하는 것이

다들 그렇게 알고 있지만, 기록은 하늘에서 드리운 붉은 끈이 가리키는 아래를 찾아보니 붉은 비단에 쌓인 황금 합자가 나왔다고 했지 결코 황금 합자가 끈에 달려 있었다고 하지 않았다.

'너희들은 반드시 봉우리 정상을 파서 흙을 모으며[儞等須掘峯頂撮土]' 노래 「구지가」를 부르면서 춤을 추라고 했으니 당연히 땅을 파고 찾아보았다. '머리를 내어놓을' 거북은 어디에 있는가? 땅 속에 있지 무슨 하늘에서 거북이 머리가 내려오는가?

하늘에서 붉은 끈이 드리우기 전에, 아니 황금 합자에서 나온 빛이 하늘에 닿기 전에 더 먼저 구지봉 봉우리를 파서 흙을 모으라고 했다. 그 숨은 사람들은 황금 합자의 위치를 붉은 끈이 드리우기 전에 알았던 것이다. 그렇게 파 낸 그 흙 아래 붉은 비단 폭 속에 번쩍이는 황금 합자, 금 그릇이 들어 있었다. 그 황금 합자를 덮고 있던 비단을 들추는 순간 <u>황금 합자는 햇빛을 반사하여 빛을 발하여 태양에까지 뻗친다.</u> 그들이 이용한 것은 바로 이것이다. 구지봉 봉우리를 파서 흙을 모으며 춤추고 노래 부르는 데에 골몰해 있던 토인들이, 황금빛이 뻗어 올라간 순간, 그 빛을 하늘에서 드리운 끈처럼 착각하게 된다는 것을 이용한 것이다.

하늘에서 드리운 끈이 가리키는 곳의 흙을 판 것이 아니다. 흙을 판 곳으로 하늘의 빛이 비춰었을 뿐이다. 아니 흙을 파내어 모으자 붉은 비단이 나타났고 그 비단을 들추자 비단 속에 황금 합자가 있었으며 황금빛이 하늘로 반사한 것이다. 이것이 현대 과학이다. 그러므로 구지봉 정상의 흙을 파서 모으라고 한 그들은 황금 합자를 묻은 사람들이다. 황금 합자의 위치를 알고 있는 사람들이 숨어서 한 말이 봉우리를 파서 흙을 모으라는

아니다. 어딘가에서 왕이나 왕 바로 아래 고관이라도 해 본 집안이라야 왕을 배출한다.

것이었다.

그 황금 합자를 열자 그 속에 황금색 알 6개가 있었다. 자색 끈이 가리키는 땅 밑에 숨겨 둔 붉은 비단 폭 속의 황금 합자, 그 황금 합자 속의 황금색 알. 황금 합자는 얼마나 컸으며 알은 또 얼마나 컸을까?

(10a)에서 하룻밤을 지나고 아도(我刀)의 집에 가 보니 그 알들에서 동자(童子) 6명이 나왔다. 여기가 「가락국기」의 핵이다. 이 대목을 잘 읽어야 한다. '六卵化爲童子[알 여섯이 변화하여 동자가 되어 있었다.]'라 하였다. 동자가 출현하였는가? 출생하였는가? 이 날 김수로가 '출생한' 것인가, '출현한' 것인가?

> (10) a. 새벽이 지나고 다음 날 아침에 서인 무리들이 다시 서로 모여 황금 합자를 열어보니 알 여섯이 화하여 동자가 되었는데 용모가 매우 위엄이 있었다. 이에 상에 앉히고 서인 무리들이 절하며 경하하고 공경하였다.
>
> b. 나날이 자라 10여일을 지나면서 키가 9척이나 되니, 즉 은나라 천을이요, 얼굴은 용과 같았으니 즉 한나라 고조이요, 눈썹의 팔채는 즉 당고요 임금이요, 눈에 동자가 둘씩 있는 것은 우임금 순임금과 같았다. 그 달 보름날 즉위하였다. 처음 나타났다고 하여 휘를 수로*{혹은 수릉이라고도 한다*{수릉은 돌아가신 후의 시호이다.}*}*라 하고 나라를 대가락, 또 가야국이라 하였으니 즉, 6가야의 하나이다. 나머지 5인도 각각 가서 5가야의 임금이 되었다. <『삼국유사』 권 제2 「기이 제2」 「가락국기」>

암탉 A가 알을 낳았다. 열흘이 지나 그 알을 다른 암탉 B가 품었다. 그리고 21일이 지났다. 알이 부화하여 병아리가 나왔다. 이 병아리의 생일은 암탉 A가 알을 낳은 날인가, 아니면 암탉 B의 품에서 부화된 날인가?

이 병아리의 어머니는 암탉 A인가, 암탉 B인가?

난생에는 이런 문제가 생긴다. 인간도 알 상태로 잉태된 날이 생일인지, 어머니 자궁으로부터 밖으로 나온 날이 생일인지에 따라서 나이가 우리 나이인가, 서양 나이인가로 나누어진다. 김수로는 알에서 나온 날 출생한 것일까? 그렇다면 그로부터 열흘 정도 지나면서 키가 9척이나 되게 자라고, 그 달 보름에 즉위하였다는 (10b)의 말이 우스운 말이 된다.10)

알 속에서 하루 만에 아이들이 태어날 수 있을까? 6가야의 왕이 모두 같은 날 태어났다는 이 말을 믿을 수 있는가? 태어난 지 보름 만에 한 나라의 정권을 접수할 수 있을까? 알에서 아이들이 나왔다는 것이 이상하다. 그것을 믿느니 차라리 아이를 알에 집어넣었다는 것을 믿는 것이 더 쉽다. 아니 알에서 아이를 꺼내는 것보다 차라리 아이에게 껍질을 씌워 알로 만드는 것이 더 쉽다. 그 껍질은 부드러운 황금색 비단 강보가 좋을 것이다.

이 황금 합자 속의 황금색 알은 속임수이다. 이 알은 인간이 만든 인조 알이다. 포대기로 아이를 감싸고 황금빛 비단으로 두른 것이 황금색 알이다. 이 여섯 아이들은 더 큰 아이도 있고 더 어린 아이도 있었을 것이다. 아이들은 이미 10살 된 아이도 있고 5살 된 아이도 있었을 것이다.

단 한 가지, 황금 합자의 크기만 문제가 된다. 아이 6명을 넣으려면 좀 큰 황금 합자가 필요하다. 금인을 모시고 하늘에 제사 지내던 김씨들에게는 황금이 지천이었다. 대륙에서 후한 광무제 유수와 천자의 자리를 다투던 도성후 김탕, 그리고 그 친인척들 정도 지위의 인물들이면 황금 합자는 얼마든지 큰 것을 마련할 수 있다. 그 김탕과 그의 아들, 조카들이 김

---

10) 키가 9자라. 한나라 때의 도량형은 1자가 23.1cm 정도이다. 당나라 때는 24.5cm이다. 키가 아홉 자이면 207.9cm 정도라는 말이다. 이렇게 키 큰 인종이 살고 있는 땅이 있다. 동유럽이다. 그러나 그들도 태어나 열흘 만에 207cm 넘게 자라는 것은 아니다.

탕의 손자들을 알처럼 꾸며서 황금색 강보에 싸서 커다란 황금 합자 속에 넣어 구지봉에 묻었을 것이다. 그렇게 신성스럽게 보이게 수로를 출현시켰을 것이다.[11]

(10b)는 키가 크고 용모가 비상하였음을 적고 있다. 선주민들의 눈에 그렇게 보였겠지. 토인들과 다른 용모를 가졌다. 어떻게 생겼을까? 머리가 누렇고, 노란 눈은 움푹 들어갔고, 피부는 희고, 코는 우뚝 솟았고, 얼굴은 길쭉하고, 경주 괘릉의 무인상과 흡사한 모습이었을 것이다.

이들이 오기 전에 이 땅에는 누가 살았을까? 구지봉 봉우리를 파고 흙을 한 곳으로 모은 9간을 비롯한 그들, 구 가야의 선주민들은 어떤 모습이었을까? 그들은 얼굴이 동그랗고, 머리카락이 까맣고, 피부가 거무스럼하고, 코가 납작하고 콧구멍이 하늘로 들린 그런 얼굴? 우리 인구의 1/3쯤 되는 얼굴이 둥근 이들일까? 기원전 15세기, 유목민[Nomad] 아리아인들이 인도 북부에 쳐들어가서 선주민 드라비다 족, 타밀 족을 남쪽으로 몰아낸 것과 비슷한 상황을 떠올리면 된다.

(10b)는 나타나서 그 달 보름날에 즉위하였다고 적었다. 김수로왕의 즉위일은 42년 3월 15일이다. 3월 1일에 출현했으면 2주일만이고 3월 9일에 출현했으면 1주일만이다. 어쩐지 이 아이는 나타났을 때 10살은 더 되어 보인다. 그 정도는 되어야 왕위에 올라 한 나라를 다스리지.[12]

---

11) 생각했던 다른 가설 하나는 처음 구지봉에 황금 합자를 묻을 때는 거북 알이나 새 알을 넣었다가 밤중에 몰래 내용물을 바꿔치기 하여 황금 합자에 아이를 넣었다는 것이다. 너무 심한 속임수이어서 피하였다. 그러나 이것이 더 진실에 가까울 수도 있다. 그보다도 더 심한 권모술수에 속은 이들도 있었다. 자연석에 어찌 '安漢公莽爲皇帝'라는 붉은 글이 새겨져 있었겠는가? 하늘도 그런 일을 할 수는 없다. 예나 이제나 정권 탈취에는 어차피 말도 안 되는 온갖 거짓 쇼, 권모술수의 극치가 필요하다.
12) 하기야 왕망이 세운 유자 영은 2살배기였다. 그 2살배기도 전한 말기의 그렇게 혼란스러운 한나라를 다스린 통치자였다. 권력 실세는 당연히 왕망이었다.

나머지 5명의 아이들은 5가야의 왕이 되었다. 이들은 모두 금관가야에 왔다가 일정 시간 후에 각 지방으로 뻗어나가면서 추장이 다스리는 소국을 정복해 나갔을 것이다. 이들도 김탕 집안의 손자들이었을 것이다.

김수로가 금관가야에 오고 그의 친인척들이 주변의 5가야로 퍼져나간 지 18년{또는 23년} 정도 지나서, 서기 60년{또는 65년}에 김알지가 서라벌 계림에 나타났다. 그도 금관가야 주변의 어딘가{대가야, 아라가야, 비화가야, 성산가야, 소가야 등}에서 김씨 일족 무리들에 업혀 서라벌로 간 것일까? 아닐지도 모른다. 그들은 다른 길로 갔을 수도 있다.[13]

그 다른 길은 투후라는 그들의 봉호에서 찾을 수 있다. '투(秺)'는 산동성 성무현이라 한다. 김일제-김상이 투후였고 김일제의 증손자 김당이 서기 4년에 왕망의 주청으로 평제에 의하여 투후로 책봉되었다. 그들은 산동성으로 도망쳤을까? 그리고 거기서 바다를 건너온 것일까? 그럴 가능성도 배제되지는 않는다.

김수로와 김알지의 촌수는 어떻게 되나? 김일제와 김윤이 형제이다. 김일제의 아들 김건과 김윤의 아들 김안상이 4촌이다. 김건의 아들 ???과 김안상의 아들 김명이 6촌이다. ???의 아들 김당{김일제의 증손재}와 김명의 아들 김흠{김윤의 증손재}가 8촌이다. 이들의 고조부는 휴저왕이고 고조모는 연지이다. 김당의 아들과 김흠의 조카 김탕{김섭의 아들}이 10촌이다.

이 김당, 김흠, 김탕이 『한서』 권68 「열전」「곽광김일제전」 제38에 전

---

13) 이 두 갈래 길에서 나는 망설였다. 김알지의 조상인 투후 김당은 어디로 갔을까? 원고에는 도성후 김탕과 함께 사천성으로 갔고 거기서 함께 김해로 와서 6가야 중의 하나를 접수하였다가 그 다음 대에서 김알지를 서라벌 계림으로 이동시켰다고 적었다. 그러나가 교정 단계에서 지금처럼 투후 김당은 산동성의 투 지방으로 갔고 거기서 배를 타고 서해를 건너 서라벌로 한 발 늦게 왔을 수도 있다고 바꾸었다. 두 가설 중 어느 것이 나은지 모르겠다.

한과 신나라에서 최고의 권력을 누리던 귀족으로 기록된 그 집안의 최고위 인물이다. 그 외에도 김탕의 4촌, 6촌들의 이름들이 「곽광김일제전」에 수두룩이 등장하였다. 그런데 이 김씨들은 불과 20여년 뒤의 일을 적은 『후한서』 권1 상, 하 「광무제기」 제1 상, 하에는 왜 등장하지 않는 것일까? 아니 '金湯失險'의 '金湯'을 '금성탕지'가 아니라 '김탕'이라고 보면 딱 한 번 나타나기는 한다. 왜 그런 것일까?

그것은 자료의 성격 때문이다. 『후한서』의 「광무제기」에는 김씨가 등장할 일이 별로 없었다. 『한서』 「무제기」에도 휴저왕의 사망과 김일제 일족이 포로가 된 과정 1번, 김일제가 망하라의 반역 행위를 제압한 일 1번, 그리고 「소제기」에 황제의 고명대신이 된 일 1번 도합 3번 적혔다. 그 외에는 아무도 「제기」에는 적히지 않았다. 김일제조차도 2번밖에 적히지 않은 것이다.

『한서』의 「곽광김일제전」에는 김씨에 관한 정보가 저렇게 자세하게 적혀 있지만,[14] 「무제기」나 「소제기」에는 3번밖에 없는 것이나, 『후한서』의 「외효공손술열전」, 「이왕등래열전」, 「두융열전」에는 김씨의 흔적이 남았지만 「광무제기」에는 '김탕실험'을 제외하고는 거의 찾아볼 수 없는 것도 이와 같은 이치이다.

『후한서』에 김씨의 열전이 하나만 있었어도 그 속에 그 일족의 향방을 알 수 있는 정보가 들어 있었을 것이다. 그 김씨들은 『후한서』에 열전을 남기지

14) 『한서』 「곽광김일제전」의 그 수많은 정보들 가운데 이 책에서 가장 중시하는 정보는 '김일제의 조카 김안상이 죽었을 때 한 선제가 두릉에 묘지를 내려 주었다[薨 賜冢塋 杜陵].'는 것이다. 그것은 『후한서』 「외효공손술열전」의 '두릉의 김단지속'과 연결되어 후한 광무제에 맞섰던 외효에게 빈객으로 몸을 의탁한 김단이 김안상의 후손임을 증언해 준다. 두릉이 어디일까? 아마도 감숙성 무위시 인근일 것이다. 내 죽기 전에, 사랑하는 외손주들, 김해 김씨의 선조들이 묻힌 그곳에 한 번 가 볼 수 있을까? 역사는 이렇게 보일 듯 말 듯 흔적을 남기고 있다.

못하였다. 그러니 겨우 남의 열전 속에 보일락 말락 하게 흔적을 남겼다.

토벌 대상이었던 서주 상장군 외효의 열전인 「외효공손술열전」에 '두릉의 김단지속'으로 이름이 남은 이가 김단이고, 「이왕등래열전」에 이름이 남은 이가 김량이다. 외효의 부하 장수였던 「두융열전」에는 두융에게 항복을 권했던 김천의 이름이 남았다. 「두융열전」의 '排金門(김문을 배척하다)'도 현재로서는 두융과 더불어 외효에게 의탁한 김씨들이 있었고 두융이 후한에 항복함으로써 많은 무리가 김씨 집안을 배척하였다고 볼 수밖에 없다. 그 문맥에 김천이 등장하고 그에 대하여 '일제의 아우 윤의 아들 안상의 증손'이라는 주석을 붙인 것이 이를 보여 준다.

그만큼 그들의 배신이 유씨들에게는 큰 아픔이었을 것이다. 전한 무제 이래 150여 년, 7대의 황제를 거치며 여럿이 고위직을 지내고 제후, 공, 경으로 대우받은 김씨가 왕망의 신나라 편에 선 것이 유씨들에게는 뼈아픈 일이었을 것이다. 그러나 어쩌리오. 친인척이 정치권력보다 더 소중한 것을. 정치권력이 친인척보다 더 소중해진 세상보다는 그 세상이 더 낫다.

아예 흉노족 김씨가 존재하지 않았던 것처럼 처리해 버렸다. 한반도로 건너가 가락 땅에 숨어들어 왕이 된 그들을 추적하여 다시 전쟁을 하기에는 역부족이었겠지. 김씨 최초의 신라왕 미추임금은 262년에 즉위하였으니 후한의 헌제가 조조의 아들 조비에게 선양하여 망한 220년보다 40여 년이나 후의 일이다. 그러니 신라는 후한의 적은 아니었다.

이 사천성의 김씨들 가운데 몇 명이나 왔을까? 상당히 많은 숫자의 집단이 온 것으로 보인다. 김씨 아닌 병사들도 많았을 것이다. 김당의 손자들과 김탕의 아들, 조카들이 12촌이다. 김당의 증손자들과 김탕의 손자들, 종손자들이 14촌이다. 김탕의 손자들, 증손자들이 알 속으로 들어간 것이

다. 김알지는 김당의 증손자들 중 1명의 아들이다. 그러니 <u>김알지는 김수</u>
<u>로의 15촌 조카이다.</u>

　배를 타고 양자강을 내려와, 서해를 건너 창원 웅동의 용원 앞바다에
도달한 어른들은 도성후 김탕이 주축이었을 것이다. 김탕의 손자뻘이 김
수로이다. 김수로는 김윤의 7대이다. 김알지는 김일제의 8대이다. 그러면
김알지의 아버지가 문무왕 비문의 기록대로 투후 김일제로부터 7대가 된
다. 이 김알지의 아버지 7대까지는 대륙에서 전해졌다는 것이 '秅侯祭天
之胤傳七葉'이라는 문무왕 비문의 기록이다. 그 다음 8대 김알지는 이
땅에서 태어났다. 그 김알지의 7대인 미추왕이 문무왕의 15대조 성한왕이
다. 저자가 추정한 이 친척 관계의 직계를 도표로 나타내면 (11)과 같다.

　(11) a. 휴저왕-1김일제[투휘-2김상(賞)[투휘, 김건-3???-4김당[김건
　의 손자, 투휘-5???-6???-7???-8김알지
　b. 휴저왕-1김윤-2김안상[도성휘--3김상(常)[이휘, 김창, 김잠, 김명
　--4김흠[김명의 자, 도성휘, 김섭[김창의 재--5김탕[김섭의 자, 도성휘
　--6???-7김수로

　김수로는 알에서 태어난 것이 아니다. 그는 다만 어른들의 지시에 따라
형제, 친척 아이들과 함께 알처럼 생긴 인공 구조물 속으로 들어가 숨어
있었을 뿐이다. 이 권모술수는 어디에서 온 것일까? 대륙에는 그와 비슷
한 권모술수가 차고도 넘친다.15) 그들은 이 땅에 와서 무지몽매한 토인들
을 속이고, 무능하고 구태에 절은 구 가야 지배자들을 속이고, 구 가야국

---

15) 고대에는 하출도(河出圖) 낙출서(洛出書)라는 말도 있었다. 주나라 때 흰 꿩이 나타난
　것을 모방하여 왕망은 익주 오랑캐에게 흰 꿩을 바치게 하였다. 조선조에서는 조광조
　를 잡기 위하여 '走肖爲王'이라는 글자를 나뭇잎에 나타나게 한 권모술수가 돋보인다.

을 접수하여 신 가야국으로 쇄신하기 위하여 치밀한 계략 아래 오랫동안 모든 것을 준비하여 서기 42년 3월 계욕지일에 드디어 거사를 단행한 것이다. 그들이 한반도에 온 것은 김수로가 출현한 날보다 상당히 더 오래 전이다. 누가 그 아이들을 알로 만들고 황금 합자에 넣어 구지봉에 묻었을까? 김윤의 후예들이 그렇게 하였다.

모든 정권 쟁취의 이면에는 계략과 속임수가 들어 있다. 그것을 혁명(革命: 하늘의 명을 바꾸다)이니, 하늘의 명이 옮겨갔다니 하고 윤색하는 것은 인간이 왕왕 하는 짓이다. 왕망(王莽)이 전한을 멸망시키고 신나라를 건국할 때도 계략과 술수가 넘쳐났다. 그 권모술수의 극치는 흰 돌맹이에 붉은 글씨로 '안한공 망은 황제가 되라[安漢公莽爲皇帝].'고 쓴 것이다. 그 돌은 어디에서 나왔던가? 우물을 파다가, 즉 땅을 파다가 나왔다. 그 시대에 직접 정권 쟁탈 전략에 참여한 것이 투후 김당, 그리고 도성후 김탕, 김준, 김천이다. 땅을 파고 '安漢公莽爲皇帝'라는 붉은 글을 쓴 흰 돌을 묻는 것을 목격한 사람들이다. 대륙의 권모술수에 이골이 난 그들이다.

전한이 망하고 신나라가 서고 신나라가 망하고 후한이 서고, 공손술이 사천성 성도에서 천자를 자칭하며 성가 왕국을 만들어 후한 광무제 유수와 천자의 자리를 놓고 건곤일척의 싸움을 벌이던 그 풍운의 시대에 천하 대륙을 주무르던 투후 김당, 도성후 김탕과 그 후손들이 이 땅에 온 것이다.[16] 이 땅의 토인들은 아무도 그들의 권모술수에 대적할 수 없다.

---

16) 2016년 4월 17일부터 21일까지 고교 동기생들과 장가계, 원가계를 여행할 때였다. 장사(長沙) 공항에서 내려 무릉도원으로 이동하는 버스 속에서 안내원은 그곳의 토가족에 대한 소개를 길게 하였다. 무릉계곡 안의 어느 동굴에 가서는 이곳이 토가족이 마지막 1명까지 저항한 전쟁터라고 하였다. 그냥 소수 종족의 비애라고 생각하고 동성하는 마음을 품고 떠나왔는데 이제 보니 그곳이 심낭의 군대가 유수의 군대와 맞서 싸운 곳이었다. 최후의 일전이 끝나고 김씨들은 도피하였다. 왕망의 신나라 화폐 '화천(貨泉)'을 잔뜩 싣고서. 군대를 포함한 대규모 집단의 이주가 있었던 것이다. 가락국

서기 42년 3월 계욕지일은 김수로가 출생한 날이 아니다. 그 날은 김수로가 구지봉에 출현한 날이다. 언제 이 땅에 왔는지는 모른다. 김수로의 출생일은 구지봉에 출현하기 10여 년쯤 전이다. 아마도 그는 서기 32년쯤에 대륙의 사천성 성도 근방에서 태어났을 것이다. 그리고 11살쯤, 또는 그 이상 된 42년 3월에 구지봉에 출현하였다.[17] 허황옥과 배필정고개에서 첫날밤을 치르던 서기 48년 7월 28일에는 17세 이상이었다. 서기 33년에 태어난 허황옥보다 1살 이상 더 많은 것이다. 열일곱 살 이상의 머슴애와 열여섯 살의 처녀가 만나서 첫날밤을 치른 날이 서기 48년 7월 28일이다. 그 장소는 창원과 김해의 경계선인 배필정고개 아래 계곡이다.

　김수로와 5명의 아이들이 김해의 구지봉에 나타난 시기는 서기 42년 3월 초이다. 김알지가 경주의 계림에 나타난 시기는 60년 8월 4일, 또는 65년 3월이다. 왜 이 7명의 김씨들은 18년(또는 23년) 정도를 전후하여 한

에 침범하였다가 도망치는 탈해를 추격하러 김수로왕이 보낸 배가 500척이다. 악티움 해전에서 옥타비아누스와 안토니우스가 동원한 배가 각각 500척 정도이다. 수로왕이 거느린 배가 매우 많았음을 알 수 있다. 이 배들도 그때 양자강을 따라 내려온 배일 것이다. 그 집단 이주가 김수로, 김알지의 한반도 출현으로 기록된 것으로 보인다. 이것을 '신의 강림'이니 '희생으로 죽은 거북 머리'이니 '남근의 상징'이니 하는 것은 문헌 기록을 과도하게 벗어난 해석이다. 문헌 기록은 그 문헌의 시대에 맞게 현실적으로 해석해야 한다. 최초 문헌인 『화랑세기』가 작성된 시대는 680년대 통일 신라 김오기, 김대문 시대이다. 그것을 보고 11세기 말에 금관지주사 문인이 「가락국기」를 작성하였다. 일연선사는 13세기 말에 이 「가락국기」를 그대로 『삼국유사』에 옮겨 실은 것이다. 박창화는 일본에 있는 무엇인가를 보고 20세기 초에 필사본 『화랑세기』를 베꼈다. 이종욱은 20세기 말에 박창화의 필사본 『화랑세기』를 역주해하여 세상에 알렸다. 그러나 그들은 이 집단 이주를 『한서』, 『후한서』의 김씨, 허씨와 연결 지을 생각을 하지 않았다. 이 책 '「가락국기」: 너와 나의 뿌리를 찾아서'는 21세기 초에 서정목이 이 모두를 종합하여 연결하여 설명한 것이다. 이것이 참역사이다.

17) 이는 인도 바라내카스트 제도의 드비자(dvijal를 연상시킨다. 재생족(再生族)으로 번역되는 이 말은 브라만, 크샤트리아, 바이샤의 세 계급에 속하는 이들을 가리킨다. 그들은 성인이 되면 입문식을 하고 비로소 '베다'를 학습할 수 있고 이로써 새로운 종교 생활에 들어가 재생하게 된다. 열 살쯤에 다시 태어나는 사상이 작용하고 있다.

반도 동남 지방에 나타났을까? 김수로와 김알지의 출현이 18년{또는 23년} 차이가 나는 것은 김알지가 김수로보다 한 세대 후 인물임을 의미한다. 앞에서 본 대로 김알지는 김수로의 15촌 조카이다.

이들은 왜 아버지도, 어머니도 없이 김수로와 5명의 아이들은 황금 합자 속의 황금색 알 속의 아이로 나타나고, 김알지는 계림의 닭이 우는 곳, 나무 위의 황금 함에 든 아이로 출현하였을까? 이 출현 방식상의 차이는 출현 환경에 따라 개인 신성화에 유리한 방식을 선택함으로써 생긴 것이다.

황금 합자 속의 황금 알 속의 아이와 나뭇가지 위 황금 함 속의 아이의 차이는 무엇을 의미하는가? 흔히 남방 문화와 북방 문화의 차이로 설명한다. 김탕, 김준이 허씨와 더불어 대륙의 남쪽에서 후한과 싸웠으니 남방 문화를 익혔을 수도 있다. 만약 김당이 대륙의 북쪽 산동으로 도망쳤다면 북방 문화를 그대로 유지하고 있었다고 할 수도 있다. 그러나 그것은 증명하기 어려운 공허한 설명이다.

김수로와 김알지의 출현 방식의 차이는 지형지물의 차이를 반영한 것이다. 가락국은 바다 근방이다. 그리고 그곳에 구지{수}봉이 있었다. 거북이 알과 관련 짓는 것이 신성화의 첩경이다. 가덕도 연대봉의 봉화를 이어받아 밀양으로 전달하는 봉화대가 있던 거북이 형상의 분산의 서쪽 거북 머리 봉우리를 이용하는 것이 김해 선주민들을 속이는 데에 가장 유리하였다. 거기에 망산도마저 거북 형상을 하고 있고 유주암은 온통 거북이 등처럼 갈라져 있었다. 그러니 거북이의 황금 알을 활용한 것이다.

경주는 이와는 다르다. 계림이라는 신성시된 수풀이 있었다. 나무를 통하여 강림한 것으로 꾸미는 것이 개인 신성화, 우상화에 가장 유리하였다.

아버지, 어머니 없이 나타나는 것은 부모가 숨어 있다는 것을 의미한다.

보통 인간처럼 어머니 자궁을 통하여 태어나면 누가 신성하다고 하겠는가? 아이들을 내세우는 것은 어른들이 뒤에 있다는 뜻이다. 어린 최고 통치자를 세우면 정치하기가 쉽다. 모든 책임을 지워 죽일 수도 있으니까. 왕망은 평제도 죽이고 유자 영도 가두어 바보로 만들었다. 당장 아이들을 알 속에 집어넣고 알들을 황금 합자 속에 넣어 구지봉 봉우리에 파묻는 작업을 할 어른들이 필요하다. 누가 그 일을 하였겠는가?

김탕의 손자들이 알 속의 아이 연기를 하였고 그 연출은 김탕의 아들, 조카들이 하였다. 김탕은 시나리오 작가이다. 그들은 이미 전한을 멸망시키고 신나라를 세우는 과정에서 왕망이 연출하는 갖가지 권모술수, 특히 하늘의 부명(符命)에 가탁하는 신탁(神託, oracle), 어린[愚] 아이들을 황제로 세우고 어른들이 조종하는 호가호위(狐假虎威)의 전략, 전술을 몸에 익힌 정권 쟁취의 전문가들이었다.

허황옥은 16세의 꽃다운 처녀로서 먼먼 동방으로 큰 배를 타고 20여명의 수행원을 거느리고 48년 7월 27일에 남편감을 찾아왔다. 어떻게 알고서? 아버지, 어머니의 꿈에 황천(皇天)의 상제가 가락국 원군 수로가 새로 나라를 세웠으니 딸을 왕비로 보내라고 해서. 이것을 믿을 인간은 아무도 없다. 꿈도 웃기는 말이고 황천의 상제 같은 것은 없다.

이 허씨 부부는 알고 있었던 것이다. 자기들이 세상이 어떻게 변할지도 모르고 너덧 살 아이들을 두고 혼약을 했으나 야반도주하여 동이(東夷)의 나라로 도망친 사내아이 집안이 성공하면 딸을 데리러 올 것이라고. 아니 데리러 오지 않으면 찾아가야 할 것이라고 그러나 성공한 후에 옛날의 약속을 지키러 찾아오는 경우는 드물다. 아니 찾아갈 수가 없다. 이미 허씨들도 패망하여 강제 이주되어 다시 디아스포라가 되었고, 김씨는 이제 후한 땅에 발을 들여놓을 수 없는 반역자로 지명 수배되어 있었다.

김알지는 형 김일제의 8대이므로 큰집이고, 김수로는 아우 김윤의 7대이므로 작은집이다. 김일제의 후예들이 신라의 서라벌로 오고 김윤의 후예들이 가락의 김해로 왔다. 신라가 큰집이고 가락이 작은집이다. 숫자상으로는 김윤의 후예들이 많았을 것이다. 그들은 대륙에서 유방의 9대인 후한의 유수와 천자의 자리를 놓고 벌인 정치 전쟁에서 패배하여 도피한 유이민들이다. 전 세계에 흩어진 흉노제국의 후예들이 자기들 땅 그 너머[Dia-] 이 땅에 뿌린 씨앗[Spora]이다.

이렇게 할아버지의 품에 안기어 배를 타고 바다를 건너 목숨을 건지러 피난 온 김수로가 가락국 왕이 된 것은 「가락국기」에 적혀 있다. 그는 할아버지의 권모술수에 의하여 서기 42년 3월 계욕일에 황금색 인조 알에 싸여 황금 합자에 넣어져 땅속에 묻혔다가 이튿날 인조 알을 깨고 나와 재생하여 3월 보름에 가락국 정권을 탈취하였다.

그런데 '흰 닭'과 함께 황금 함에 누워 나무에 걸려서 계림(鷄林: 닭 우는 숲)에 나타난 김알지의 후손들은 어떤 방식으로 신라 왕위를 탈취하게 되었을까? 그것도 또한 권모술수에 의한 것이었을까? 물론이다. 그것은 훨씬 더 높은 수준의 권모술수, 가장 수준 높은 합법적 권모술수, 혼인계이다.

마가다국의 빔비사라왕은 바라나시 땅을 차지하기 위하여 코살라국의 프라세나짓트왕의 누이 데비와 혼인하였다. 유비의 형주를 빼앗으려고 오나라가 손권의 누이 손 부인을 현덕에게 시집보낸 주유의 혼인계는 실패하였다. 손권도 누이를 이용하여 유비를 죽이려 했으나 손 부인이 오빠를 배신하고 유비 편에 들어갔다.[18]

---

18) 조선 후기 당쟁도 혼인계를 중심으로 펼쳐졌다. 정성(貞聖)왕후가 승하한 뒤인 1759년에 66세의 영조는 경주 김씨 김한구(漢耉)의 딸 15세 정순(貞純)왕후를 계비로 들인

이로써 불가사의하였던 김수로왕의 나이가 해명되었다. 42년 3월 계욕지일에 '김수로왕이 하늘에서 내려온 끈에 달린 황금 합자 속의 황금알로 나타나고 이튿날 태어났다.'는 기존 통설은 「가락국기」를 잘못 읽어서 나온 것이다. 하늘에서 내려온 끈에 황금 합자가 달려 있었다는 말은 그 기록 어디에도 없다. 선주민들이 「구지가」를 부르며 땅을 파고 춤을 출 때 하늘에서 끈이 드리우고[垂] 그 끈 아래를 찾아보았더니[尋繩之下] 비단 보가 나오고 그 보 속에 황금 합자가 들어 있고 황금 합자 속에 6개의 알이 들어 있었다.

하늘에서는 어떤 경우에도 끈이 내려오지 않는다. 나무꾼과 선녀를 이어준 두레박 끈을 믿는 아이가 이 세상에 하나라도 있을까? 호랑이에게 쫓긴 남매가 나무에 올라갔을 때 하늘에서 동아줄이 내려와 두 아이를 구해 주었다는 이야기를 사실이라고 생각하는 아이들이 있겠는가? 그래도 '하늘에서 끈이 내려오고 그 끈 아래에 황금 합자가 달려 있었는데 그 속에 알이 여섯 개 들어 있었다.'고 가르치는 국문학과 설화 전공 시간은 좀처럼 바뀌지 않을 것이다. '하늘에서 끈이 내려왔다.'와 같은 말을 믿으면 안 된다. 과학적 합리성에 토대를 둔 창의성만이 세상을 향상시킨다.

하늘에서 드리운 붉은 끈은 황금 합자에서 뻗쳐 오른 광선이다. 햇빛이 황금 합자에 반사된 것이다. 이 황금 합자는 김수로의 할아버지, 아버지가

다. 사도세자와 정조의 비극이 배태된 정치 구도이다. 정순왕후의 친정은 노론이었다. 사도세자는 소론에 기울었다. 사도세자와 혜경궁 홍씨는 계모 정순왕후보다 10여세나 많았다. 1762년 사도세자는 뒤주에 갇혀 죽었다. 정순왕후의 오빠 김구주와 사도세자의 장인 홍봉한이 대립하고 정조 즉위 후 소론 서명선이 「명의록」을 지어 노론의 사도세자 모함을 밝혔다. 정순왕후의 친정 세력인 벽파와 시파가 대립하였다. 1800년 순조가 11세로 즉위하자 정순왕후는 수렴청정하며 친정의 김관주, 영의정 심환지 등을 이용하여 여제의 지위를 누렸다. 벽파의 방해에도 불구하고 시파 안동 김씨 김조순의 딸이 순조비로 간택됨으로써 벽파가 조정에서 숙청되었다.

미리 땅에 묻어 둔 것이다. 물론 인공 알 속에 아이도 넣었다. 그때 수로
는 11살쯤 되었다. 수로는 서기 32년경 사천성 성도에서 출생하였을 것이
다. 그는 42년 3월에 김해의 거북산[분성산] 머리 구지봉에 '출현'한 것이
지 '출생'한 것이 아니다. 드비재[재생족]의 의식이 치러진 것일까? 단 한
글자, 現과 生이 역사 해석을 이렇게 바꾸어 놓는다. 글자 하나가 얼마나
위대한가?

서기 48년 7월 28일 혼인할 때 김수로는 17세 정도, 허황옥은 16세였
다. 그러니 이듬해에 태자 거등공이 태어났지. 그리고 60여년쯤을 더 살
고 79세쯤 된 때인 110년경에 수로왕은 승하하였을 것이다.[19] 그보다 10
년 먼저 100년쯤에 허 왕후도 68세 정도에 이승을 떠났을 것이다.

그러므로 금관가야 2대 거등왕의 즉위는 늦어도 110년경이다. 49년생
인 그는 그때 이미 62세쯤 되었다. 18세에 아들을 낳은 수로왕이 정말로
158세까지 살았다면 그의 태자 거등공은 왕위에 올라 보지도 못하고 죽
어야 하는 팔자가 된다. 수로왕이 79세쯤 된 110년경에 이승을 떠나고 거
등왕이 즉위하였다. 거등왕은 80세까지 살았다면 128년경에 죽게 된다.

마품왕이 거등왕의 아들이라면 그는 128년경에 즉위하게 된다. 그러면
그 뒤의 왕들의 역사가 5대 정도 실전된 것이다. 490년 존속된 가락국의
왕이 10명만 있었을 리가 없다. 어디에선가 5대 정도가 실전되었다.

이렇게 '출현'과 '출생'을 구별함으로써, 구지봉의 사람 소리와 기운도,
구지봉 정상의 흙을 파서 한 곳으로 모은 것도, 붉은 끈이 하늘에서 내리

---

19) 『삼국사기』 권 제1 「신라본기 제1」 「파사임금」 23년[서기 103년] 가을 8월 음집벌국
(音汁伐國[안강])이 실직곡국(悉直谷國[삼척])과 영도 다툼을 하여 파사왕을 찾아와 판
결을 청하였다. 왕이 그것을 어렵게 여겨 말하기를 금관국 수로왕은 나이가 많고 지
식이 많으니 불러서 물어보자고 하였다. 수로가 의논을 바로 세워 다툼의 대상인 땅
을 음집벌국에 속하게 하였다. 수로왕은 103년에 이미 나이가 많은 원로 왕이다.

비친 것도, 황금 합자 속에서 6개의 황금 알이 나온 것도, 6개의 알 속에서 6명의 아이들이 나온 것도, 출현한 달의 보름에 즉위한 것도, 허황옥의 부모가 딸을 보낸 것도, 허황옥이 약혼자를 찾아온 것도, 김수로왕이 허황옥이 올 시기와 길을 예측한 것도, 둘이 혼인할 때의 나이도, 수로왕의 재위 기간도, 49년에 태자 거등공이 태어난 것도, 거등왕의 나이나 재위 기간이 수상한 것도, 거등왕의 아들 3대 마품왕이 할머니 허 왕후를 모시고 온 잉신 조광의 외손녀 호구와 혼인한 것도, 김알지가 나뭇가지에 걸린 황금 함 속의 아이로 나타난 것도 모두 의문의 여지를 조금도 남기지 않고 깔끔하게 설명되었다.

나도 가덕도의 천가국민학교 5학년 때에 품었던 한 평생의 의혹, '보주태후가 누구인가?'로부터 벗어났다. 온 세상을 두루 다녀보고 온갖 책들을 다 뒤적인 후에 유주지(維舟地)에 도달한 긴 항해[voyage]였다. 어차피 지금 내가 모르는 것은 손주들의 상상력에 맡기는 수밖에 없다.

제 6 장

신라 왕실 박씨, 석씨, 김씨

신라 왕실 박씨, 석씨, 김씨

1. 신라 왕위 계승 원리

신라는 박씨가 세웠고, 그 후 석씨, 김씨, 박씨 세 성이 왕위를 '번갈아' 차지하였다는 것은 잘 알려져 있다. 그러나 '번갈아'가 무슨 뜻인가? 어떤 방식으로 왕권, 정권을 교체하였을까? 선거도 없고 탄핵도 없었다. 신라는 쿠데타가 성공하여도 나라는 그대로 두고 왕권, 정권만 바꾸었다. 그러니 B.C. 57년 박씨 왕 1대 혁거세가 왕으로 즉위한 후 56대 김씨 경순왕이 나라를 들어 고려에 항복한 A.D. 935년까지 992년 동안 같은 나라가 계속된 것으로 보인다. 김씨들은 어떻게 신라 왕권을 차지하였을까?

'왕이 죽으면 왕의 아들이 왕이 되잖아요?' '그렇지.' '그런데 왕에게 아들이 없으면 어떻게 해요?' '사위가 이어받지.' '아! 그렇구나.' 유일한 수강생 초등학교 3학년 손녀의 물음에 할아버지는 그렇게 대답했지만 그러나 그 과정은 그렇게 간단하지가 않다. 사위가 왕위를 이어받는 경우 그 과정은 더 복잡하고 복잡한 경우에는 꼭 자세한 내용이 비밀에 싸여 있어 제대로 알 수도 없다. 차라리 다른 성씨가 왕위를 이었을 때 나라 이름을 바꾸었더라면, 이렇게 '1000년 왕국이 어쩌고저쩌고' 하는 기괴한 역사를 쓰게 되지는 않았을 것을. 세상에 천년이나 지속된 나라가 있는가? 왕이 56대나 이어간 나라가 있는가? 하기야 로마가 있기는 하지.[1]

신라 왕위 계승의 원리는 (1)과 같다. 그대로만 보면 아무 문제가 없다. 그러나 이것은 글이지 실제가 아니다. 아들이 왕위를 이으려면 어머니가 반듯하고 외할아버지가 고위 귀족이어야 한다.

(1) a. 앞왕의 아들이 잇는다.
b. 앞앞왕의 사위가 잇는다.

---

1) 로마는 그리스 쪽에서 배를 타고 지중해를 건너 온 종족의 버려진 아이가 세운 나라이다. 가락국이나 신라와 비슷하지 않은가? 버려진 형제 로물루스와 레무스는 늑대의 젖을 먹고 자랐다. 김해 구수봉에서 황금 합자 속의 거북이 알로 나타난 김수로와 계림에서 황금 함 속의 아이로 나타난 김알지는 누구의 젖을 먹고 자랐을까? 김수로도, 김알지도 누구의 젖을 먹고 자랐는지 밝혀져 있지 않다. 기왕 이야기를 창작하는 김에 호랑이의 젖을 먹고 자랐다고 했으면 더 좋았을 것을. 이 책에서 주장한 두 인물의 출현에 대한 이론에 따르면, 수로는 이미 젖을 떼어 밥을 먹고 자랐다는 것이고 알지는 자기 어머니의 젖을 먹고 자랐다는 것이다. 그러니까 늑대의 젖을 먹고 자랐다는 저 로마제국 건국 신화가 조금은 더 믿기 어려운 스토리가 되는 것이지. 그런데 이 나라 독자들은 대부분 『로마인 이야기』는 진실인 것으로 착각하고 일연선사의 『삼국유사』의 「가락국기」는 지어낸 이야기인 것으로 오해하고 있다. 그까짓 이탈리아 역사는 알아서 어디에 쓰려고? 제 조상의 역사에 대해서는 아무 것도 모르면서. 로물루스는 레무스를 죽이고 왕이 되었다. 기원전 753년이었다. 그로부터 기원전 509년까지 왕정기가 있었다. 기원전 510년부터 공화정이 시작되어 기원전 27년 첫 황제 옥타비아누스[아우구스투스, 시저의 양자, 시저는 황제가 된 적이 없다.]로부터 제정기가 시작되기까지 이어졌다. 네로 등 여러 폭군 황제들과 해외 정복 군인 황제들을 거쳐 기원후 395년 로마제국은 동, 서로 분열되었다. 서로마제국은 기원후 476년에 멸망하였다. 로물루스로부터 1229년이 지났다. 동로마제국은 1453년에 투르크 족에게 정복당했으니 1058년 동안 지속되었다. 이것이 인류 역사상 가장 오래 지속된 로마제국이다. 그 사이 몇 개의 나라가 교체되었지만 국명을 바꾸지는 않았다. 더욱이 공화정은 말할 것도 없고 왕이나 황제가 되는 자는 힘 센 자였지 아버지가 왕인 자가 아니었다. 동서양을 막론하고 한 왕조가 지속되는 세월은 200년 정도이다. 무인이 남의 나라를 빼앗고 두 번째 왕이 권력 암투를 정리하고 세 번째 왕이 통치의 기틀을 닦고 네 번째 정도부터 신하들에 휘둘리고 그 이후로 가면 유약한 왕들이 선조들의 유업을 말아먹기 시작한다. 그러면 후딱 200년이 간다. 사가(私家)도 마찬가지다. 그것이 흥망성쇠이다.

c. 앞왕의 딸이 잇는다.

d. 앞왕의 외손자가 잇는다.

왕위가 다른 성(姓)으로 바뀐 경우는 대체로 앞앞왕의 사위가 왕위를 이은 경우이다. 앞앞왕의 사위라? 앞앞왕의 사위는 누구인가? 앞왕의 매부이고 만약 왕에게 아들이 있으면 그 아이의 고모부이다. 그러나 그것만으로 이 왕위 승계 과정을 합리적으로 설명하기는 어렵다. 무슨 까닭으로 아들을 제치고 사위가 왕위를 이었는지를 설명할 수가 없다.

신라에서 앞왕과 성이 다른 이가 왕위에 오른 과정은 제대로 알려져 있지 않다. 보통은 3대 박씨 유리임금으로부터 4대 석씨 탈해임금으로, 또 12대 석씨 첨해임금으로부터 13대 김씨 미추임금으로 바뀐 두 경우만 기억하고 나머지는 잘 기억하지도 못한다.

더욱이 4대 석씨 탈해임금 다음에 또 5대 박씨 파사임금이 즉위하여 3명의 박씨 임금을 거쳐, 9대에 또 석씨 벌휴임금이 즉위하였고 그 후 3명의 석씨 임금을 거쳐, 13대에 김씨 미추임금이 즉위하였으며 그 후 다시 석씨 임금이 3대를 더 잇고, 17대 김씨 내물마립간이 즉위하였으며 이후에 김씨가 주욱 왕위를 이었다는 정도를 아는 사람은 드물다.

여기까지는 안다고 해도 다음과 같은 고도의 비밀을 아는 이는 거의 없고 알려고 하는 이도 없다.

(2) a. 3대 유리임금에게 어머니가 박씨인 일성과 어머니가 김씨인 파사 두 왕자가 있었는데 왕위를 두고 서로 싸워서 두 왕자의 고모부 탈해가 왕위를 이었다.

b. 11대 조분임금의 아우인 12대 첨해임금에게 아들이 없어 조분임금의 사위 13대 미추임금이 즉위하였다. 그때 조분임금에게 장자 유례

가 있었다. 조분임금의 왕비는 석씨 아이혜였는데 첨해임금의 왕비는 김씨 구도갈몬왕의 딸이었다. 미추임금은 구도갈몬왕의 아들이다. 유례는 미추임금이 죽은 후에 14대 임금으로 즉위하였다.

c. 16대 석씨 흘해임금 사후에 아들이 없어 다시 17대에 김씨 내물 마립간이 뒤를 이었다. 내물은 미추임금의 사위, 말구 각간의 아들이라 되어 있지만 사실이 아닐 가능성이 크다. 356년에 즉위하고 402년에 죽은 내물이 284년에 죽은 미추임금, 291년에 각간이 된 말구의 바로 다음 세대가 될 수는 없다.

d. 이어서 줄줄이 김씨 임금을 거쳐 53대에 박씨 신덕왕, 54대 경명왕, 55대 경애왕, 그 비운의 박씨 경애왕을 거쳐 56대 김씨 경순왕으로 왕의 성이 바뀌었다.

이 모든 과정은 잘 알려져 있지 않다. 기록 속에 자세히 보지 않으면 잘 드러나지 않는 비밀이 많이 들어 있기 때문이다. 이 각각의 과정을 모두 정확하게 밝히지 않으면 누구나, 평화적으로 사이좋게 서로 타협하여 왕위를 교대로 주고받은 것으로 오해하게 된다. 자라나는 아이들이 역사를 잘못 배우게 되는 것이다. 그러면 '2000년 전 선조들은 저렇게 서로 양보하면서 평화롭게 정권을 교체하였는데 요새는 왜 이리 싸우는가?' 하는 말도 안 되는 의문을 가질 수 있다.

그러면 그 다른 성(姓)들은 어떻게 왕위를 차지하였을까? '권력 다툼'을 통해서이다. 권력 다툼에서는 힘 센 자가 이긴다. 그러니 힘 센 자가 왕이 되었다. 신라 왕위 계승의 제1 원리는 "힘 센 자가 왕이 된다."이다. 아무리 앞왕의 왕자라고 하여도 힘이 없으면 왕위를 이어받을 수 없다. 아버지의 왕위를 이어받은 왕자는 다 힘이 세었다. 앞왕의 왕자가 아니면서 왕위를 물려받은 자들도 다 힘이 세었다. 그것이 왕위 계승의 제1 원리이다. 이렇게 되면 답을 할 수 없는 경우가 없다.

누가 힘이 센가? 아버지의 힘은 다 같다. 어머니, 할머니의 힘은 다 다르다. 결국 힘 센 자, 이긴 자는 어머니나 할머니, 하다못해 장모의 힘이라도 세어야 한다. 외갓집, 처갓집, 아버지의 외갓집 힘이라도 세어야 뭘 해 볼 수 있다. 어머니의 힘은 어디에서 오는가? 외할아버지의 힘에서 온다. 어느 여인이든 친정아버지나 오빠의 힘이 세어야 남편, 아들이나 사위를 왕위에 올릴 수 있다. 목숨을 건 피투성이 싸움만 있었지 공짜로 얻은 왕위는 하나도 없었다.

(3) a. 박씨로부터 석씨로 바뀐 때의 4대 탈해임금은 앞앞왕 2대 남해차차웅의 사위이다. 3대 유리임금에게는 일성과 파사라는 두 아들이 있었다. 두 왕자를 제치고 왕이 된 탈해는 왕자들의 고모부이다. 왜 그랬을까? 두 왕자의 힘은 비슷하였고 고모부는 현왕과 밀착되어 있었다.

b. 탈해임금 사후 왕이 된 5대 파사임금은 유리임금의 둘째 아들이다. 그는 어머니가 김씨 사요부인이다. 파사가 형 일성, 탈해의 태자 알지, 탈해의 아들 석구추를 제치고 왕이 되는 데에는 다소 시비가 있었다. 이렇게 탈해임금 사후 도로 박씨가 왕이 되어 파사임금의 아들 6대 지마임금, 유리임금의 첫아들 7대 일성임금, 일성임금의 아들 8대 아달라임금까지 왕위를 이어갔다. 그런데 일성임금의 어머니는 박씨 이간생부인이다. 유리임금에게는 박씨와 김씨의 두 왕비가 있었던 깃이다.

c. 다시 석씨에게로 왕위가 넘어간 때는 9대 벌휴임금 때이다. 벌휴는 탈해임금의 손자이다. 벌휴임금의 어머니도 김씨 지진내례부인이다. 그리고 벌휴임금의 손자 10대 내해임금, 내해임금의 4촌이자 사위인 11대 조분임금, 조분임금의 아우 12대 첨해임금까지 석씨가 왕위를 이었다. 조분임금과 첨해임금의 어머니는 김씨 구도갈문왕의 딸 옥모부인이고 첨해임금의 왕비는 김구도의 또 다른 딸이다.

d. 석씨로부터 김씨로 바뀐 때의 13대 미추임금은 11대 조분임금의 사위이고 12대 첨해임금의 처남이다. 왜 사위에게 왕위가 갔을까? 아들이 없었나? 아니다. 조분임금에게는 아들 유례가 있었다. 그 왕자 유례를 제치고 첨해가 왕이 되었고 또 미추가 왕이 된 것이다. 미추임금은 김구도의 아들이고 옥모부인의 형제이다.

e. 미추임금 승하 후에 도로 석씨에게로 왕위가 갔다. 14대 유례임금은 11대 조분임금의 장자이다. 어머니는 석씨 아이혜부인이다. 왕비는 석씨 내음의 딸이다. 이 왕은 외가도 처가도 석씨이다. 세력이 김씨에게 밀릴 수밖에 없다. 그런데 자신도 별로 똑똑했던 것 같지 않다. 15대 기림임금은 조분임금의 아들 걸숙의 아들이다. 16대 석씨 흘해임금은 10대 내해임금의 손자이다. 그의 아버지는 우로 각간이다.

f. 흘해임금 사후에 아들이 없어 다시 17대에 김씨 내물마립간이 뒤를 이었다. 내물마립간은 미추임금의 사위라 하지만 그럴 리가 없다. 미추임금은 284년에 승하하였다. 내물마립간은 356년에 즉위하였다. 장인이 죽은 지 72년 후에 사위가 왕이 된다? 그런데 다음 왕인 18대 실성마립간도 미추임금의 사위라 한다. 이러니 아이들을 제대로 가르칠 수가 없다.

g. 내물마립간은 석씨로부터 왕위를 찬탈한 역적일 것이다. 이긴 자는 왕이 되고 진 자는 멸족된다. 이 땅에 昔씨가 남아 있는가? 石씨는 있어도 昔이나 釋씨는 씨가 말랐다. 석가(釋迦)씨처럼 멸족된 것이다. 이 땅에 金씨는 이렇게 많은데 昔씨는 왜 거의 없는가? 흘해임금의 석씨 일족이 김씨 내물마립간 세력에게 멸족되었을 것이다.

h. 김씨로부터 박씨로 바뀐 때의 53대 신덕왕은 앞앞앞왕 49대 헌강왕의 사위였다. 그러고도 그는 제8대 아달라임금이 먼 조상이라고 내세웠다. 왕이 되려면 조상이라도 들고 나와야 했다. 49헌강왕-아우 50정강왕-누이 51진성여왕-헌강왕 서자 52효공왕을 거친 뒤이니 효공왕의 고모부가 왕위를 이은 것이다.

(3a-d)의 박씨 유리임금에서 석씨 탈해로, 석씨 첨해임금에서 김씨 미추로 간 경우는 바로 앞에 죽은 왕의 사위가 아니고 앞앞왕의 사위가 왕위를 이은 것이다. 결국 왕의 사위가 왕위를 이은 것이라기보다는, 죽은 왕의 아들의 고모부가 왕이 된 것이다. 즉, 승하한 왕의 매부, 상주가 된 왕자들의 고모부가 왕위를 이은 것이다. 그런데 그때 두 경우 모두 죽은 왕에게 아들이 있었다. 왜 왕의 아들이 왕이 못 되고 고모부가 왕이 되었을까?

그 외에 같은 성씨 사이에 왕위가 승계되어도 사위가 왕위를 이은 경우가 많다. 48대 경문왕이 47대 헌안왕의 사위이다. 24대 진흥왕의 아버지 입종갈몬왕은 왕이 되지는 못하였지만 아들이 왕이 되었다. 그는 23대 법흥왕의 아우이면서 사위이다. 24대 진흥왕은 23대 법흥왕의 조카이자 외손자이다. 법흥왕은 딸 지소를 아우 입종에게 시집보낸 것이다. 입종은 왕인 형의 딸을 아내로 맞이함으로써 아들이 왕이 될 엄마 찬스를 만들어 주었다. 아들 없는 법흥왕은 딸을 아우에게 시집보냄으로써 아우의 반란을 막고 왕위를 조카이자 외손자에게 승계시킬 수 있는 길을 찾았다.

22대 지증마립간도 19대 눌지마립간의 외손자 자격으로 즉위하였다. 눌지는 딸을 지증의 아버지 습보갈몬왕에게 시집보낸 것이다. 습보는 기보갈문왕의 아들이다. 기보는 눌지의 아우이다. 습보는 큰아버지 눌지의 딸과 혼인하여 아들 지도로가 왕이 될 수 있는 기회를 만들어 주었다. 이것은 운이다. 습보가 눌지의 딸과 혼인할 때는 눌지가 왕이 되기 전이었을 수도 있다. 설사 눌지가 이미 왕이 된 후라 하더라도 눌지의 손자 소지마립간이 벽화 아가씨와의 스캔들 끝에 그렇게 허무하게 죽을 줄 습보는 몰랐다. 그러나 큰아버지 눌지가 왕이므로 그의 딸과 혼인하면 많은 기회가 생길 수도 있다는 것이야 알았겠지.

왕위를 이어받기 위한 최고 수준의 권모술수, 그것은 바로 혼인계(婚姻計)이다. 아들은 없고 딸만 있는 경우 든든한 사위를 들여서 왕위를 물려주면 사후에 집안을 보전할 수 있다. 왕실 내의 어른이 죽은 왕의 어머니라면, 그 태후가 자신의 작은 아들을 죽은 왕의 공주 손녀에게 장가들여 왕위를 잇게 하거나 그들 사이에 태어난 외손자에게 왕위를 잇게 하면 자신은 대비, 왕대비, 대왕대비로 편한 노후를 보낼 수 있다. 이 달콤한 계책을 쓰지 않고 명분을 찾고 예를 따질 늙은 여인이 그 세상 어디에 있었겠는가? 족내혼을 나무라지도 말고 심지어 3촌, 4촌, 5촌, 6촌, 7촌 사이의 혼인도 논하지 말라. 문무왕과 자의왕후는 7촌이다.

그런데 이 권모술수는 딸 쪽에서 쓸 수도 있지만 아들 쪽에서 쓸 수도 있다. 공주에게 아들을 장가들여 왕위를 가져오는 방법이다. '왕에게 아들이 없으면'은 부수적 조건이지 본질적 조건은 못 된다. 왕에게 아들이 있어도 그 아들의 외가, 처가가 힘이 없으면 공주를 며느리로 들인 쪽에서 왕위를 빼앗아 가는 것이 일반적이다.

이렇게 왕의 아들, 딸, 사위, 외손자 가운데 후임 왕을 정하는 일은 누가 하였을까? 화백회의에서 한 것처럼 보이지만 실제 결정권자는 죽은 왕의 왕비이거나 그 앞왕의 왕비이다. 석탈해의 경우 남해차차웅과 유리임금의 의견이 반영된 것으로 기록되어 있다. 그러나 그 외의 경우 진흥왕이나 진평왕 등에서는 대부분 왕의 어머니나 할머니가 결정하였다. 파사임금 때는 그의 할머니 김씨 사요부인과 외할아버지이자 장인인 김허루의 입김이 작용하였고 지마임금 때는 장인 김마제의 힘이 작용하였다. 12대 첨해임금 때는 어머니 김씨 옥모부인과 외할아버지 구도갈문왕의 힘이 작용하고 있다. 13대 미추임금은 옥모부인의 형제로서 누나 덕택으로 왕위에 오른 것이다. 이에는 모계 사회적 질서가 작동하고 있는 것으로 보인다. 이것은 유목 종족들의 삶의 질서이다.[2]

이렇게 힘의 강약에 의하여 좌우되는 비정한 싸움이 왕위 쟁탈전이다. 이 왕위 교체 과정 뒤에는 치열한 권력 투쟁이 들어 있다. 그 권력 투쟁이 얼마나 잔인하게 진행되는지, 그리고 그것이 얼마나 무서운 권모술수에 의하여 이루어지는지를 가르쳐야 아이들이 속지 않는다.

그 권력 투쟁은 집안 세력의 힘, 무력과 경제력, 돈의 힘으로 결정된다. 군사력이 약하면 어떤 싸움에서도 이길 수가 없다. 이것을 가르치는 것이 권력을 유지하고, 나아가 정권을 유지하고, 나라를 지키는 길이다. 자국의 무력을 증강시키지 않고 약화시키거나 현상 유지한 왕은 한성 백제의 개로왕처럼 개죽음을 당한다. 개로왕에게 국방을 소홀히 하고 바둑이나 두면서 즐거운 인생을 추구하게 만든 이는 고구려의 세작 승려 도림이었다. 그런데 그런 것은 안 가르치고 평화적으로 사이좋게 다른 성 사이에 왕위 교체가 이루어진 것처럼 가르치는 것은 위선이다.

사위가 왕위를 잇는 혼인계가 낳은 가장 비극적인 경우를 20대 자비마립간에서 볼 수 있다. 나는 자비마립간이 너무 불쌍하다. 외할아버지 실성마립간을 죽인 어머니의 원수가 아버지 눌지라니. 얄궂은 운명이다.

17대 내물마립간과 18대 실성마립간은 둘 다 미추임금의 사위라고 되어 있다. 그러나 그럴 가능성은 매우 희박하다. 17대 내물마립간이 죽고 18대 실성마립간이 즉위하였다. 왜 멀쩡한 아들 눌지를 두고 내물마립간

2) 흉노족은 몽골족, 투르크족과 더불어 대표적인 유목민이다. 이 3 종족이 기원전의 흉노제국 시대부터 몽골제국을 거쳐 19세기 제1차 세계대전으로 붕괴된 오스만 투르크 제국까지 유라시아 대륙을 호령한 것이다. 신라 역사를 이 세계사와 유리시켜 생각할 수는 없다.

은 동서에게 왕위를 넘겼을까? 마음대로 할 수 없었으니까 그랬겠지.[3]

내물마립간은 어찌 된 까닭인지 392년에 동서인 실성을 고구려에 볼모로 보내었었다.[4] 실성이 돌아와서 왕이 된 뒤에 내물마립간의 아들 미사흔[미해]를 일본에 보내었고 또 복회[보해]를 고구려에 보내었다.[5]

실성은 내물이 자신을 고구려에 볼모로 보낸 것에 앙심을 품고 고구려에서 사귄 고구려인들을 이용하여 내물의 아들 눌지를 죽이려 하였다.

(4) 제18 실성왕

의희 9년[413년] 계축 평양주*{지금의 양주인 남평양이 아닐까 한다.}*에 대교가 완성되었다. 왕은 앞왕의 태자인 눌지가 덕망이 있는 것을 꺼려서 죽이려 하였다. 고구려 군사를 청하고 눌지를 속여서 환영하게 하였다. 고구려 군사들이 눌지가 어진 행동이 있음을 보고 창을 거꾸로 돌려 왕을 살해하였다. 눌지를 책립하여 왕으로 삼고 돌아갔다.
<『삼국유사』권 제1「기이 제1」「제18 실성왕」>

고구려 군사에게 신라로 오도록 청하고 영접을 눌지에게 맡긴 후 고구려 군사에게 눌지를 보면 죽이라고 하였다. 눌지를 죽이려던 고구려 군사

---

3) 이 시기에는 신라 내정이 고구려의 영향력 아래 있었을 가능성이 있다. 내물마립간의 즉위 과정은 신라 왕실의 비밀로 남았다. 『삼국사기』는 내물을 임금으로 칭하지만 『삼국유사』는 마립간으로 칭한다. 그의 즉위는 나라의 국체를 바꿀 정도의 사건이고 고대에 그러한 일은 찬탈이나 정복이다. 내물마립간의 즉위는 외부 정복 세력이 신라 왕위를 접수한 경우일 수도 있다.

4) 신라는 당나라에 숙위를 보내었는데 그것도 볼모, 인질의 일종이다. 병자호란 때 잠실 석촌 호수 호반의 삼전도에서 홍타이지에게 삼궤구고두(三跪九叩頭, 세 번 무릎 꿇고 아홉 번 이마를 땅에 찧음)를 하고 항복한 조선 인조는 소현세자와 그 동생 봉림대군[훗날의 효종]을 여러 왕족들과 함께 청나라로 보내었다. 인질이다. 그러고는 청나라와 친하다고 그 소현세자와 며느리를 죽였다.

5) 『삼국유사』권 제1「기이 제1」「내물왕 김제상」에는 미사흔을 일본에 보낸 것이 내물마립간으로 되어 있다.

들은 눌지의 인물됨을 보고 창을 거꾸로 돌려 실성을 죽이고 눌지를 왕위에 올린 뒤에 돌아가 버렸다.[6] 눌지는 이 왕위 쟁탈전에서 이겨 아버지 내물의 동서인 이모부 실성에게 빼앗긴 왕위를 되찾은 것이다.

그런데 19대 눌지마립간의 왕비는 실성마립간의 딸이다. 눌지는 이종 사촌 누이와 혼인한 것이다. 그리고 눌지는 이모부인 장인을 죽인 것이다. 눌지는 그 왕비와의 사이에서 20대 자비마립간을 낳았다. 자비는 실성의 외손자이다. 눌지가 실성을 죽인 것은 자비의 아버지가 자비의 외할아버지를 죽인 것이다. 자비의 입장에서는, 아버지 눌지가 외할아버지 실성에게 빼앗긴 왕위를 실성을 죽임으로써 되찾아온 셈이다.

자비의 어머니인 실성의 딸은 아버지를 죽인 남편 눌지와 살아야 했다. 자비는, 어머니의 원수를 갚으려면 아버지를 죽여야 했고 제 자신을 죽여야 했다. 그는 아무 것도 할 수 없었다. 자비는 아버지를 남편에게 잃은 어머니를 모시고 살아야 했다.

내물마립간이 동서 실성에게 왕위를 물려 준 일이 자신의 손자 자비의 불행의 원천이었다. 그래서 그런지 자비는 비교적 선정을 베풀었다. 여러 번에 걸친 왜적의 침입을 잘 막아 내었고 많은 성을 쌓아 국방을 튼튼히 하였다. 자비마립간은 474년 7월 고구려 장수왕이 백제를 쳐들어와서 개로왕이 구원을 청하므로 출병하였으나 이미 개로왕이 죽고 한성 백제는 멸망하였다. 왜 그에게 자비(慈悲)라는 시호를 붙였을까? 인생살이의 비극을 경험해 본 인물이 비극을 막으려는 의지가 강하니까.

---

6) 이 살해 과정이 『삼국사기』에는 조금 다르게 적혔다. 『삼국사기』에서는 고구려 군사는 실성이 눌지를 죽이려 한다는 것을 눌지에게 알려주고 돌아갔다. 이에 분노한 눌지가 실성을 죽이고 스스로 왕이 되었다. 이때는 고구려가 신라에 우위를 점하고 있어 내물 사후 눌지를 제치고 실성을 보내어 왕위에 앉히는 왕위 계승에도 관여하고 복호를 인질로 데려가기도 하였다.

자비마립간은 21대 소지[비처]마립간을 낳았다. 자비의 왕비는 서불한 미사흔의 딸이다.[7] 미사흔은 눌지의 아우이다. 자비마립간은 숙부의 딸, 즉 4촌 여동생과 혼인한 것이다.[8] 21대 소지마립간은 미사흔의 외손자이다. 소지마립간은 벽화 아가씨에게 빠져 날이[지금의 영주]에 드나들다가 벽화 아가씨를 궁궐로 데려와 아들 하나까지 낳았다. 그런 소지마립간이 그 석 달 동안의 꿈같은 사랑 후에 죽음을 맞이하였다.[9]

---

[7] 『삼국사기』에는 자비마립간이 461년에 미사흔의 딸을 비로 삼았다고 되어 있다. 『삼국유사』에는 자비의 왕비가 '巴胡葛文王女 一作 未叱[未欣]角干女[파호갈몬왕의 딸이다. 또는 미사흔 각간의 딸이라고도 적었다.'라고 되어 있다. 巴胡는 복회[보해]일 것이다. 이런 경우 첫 왕비는 복호의 딸, 둘째 왕비는 미사흔의 딸일 가능성이 크다.

[8] 미해[미사흔]의 아내는 박제상의 딸 청아이다. 이들의 딸이 지바마립간의 왕비이다. 박창화의 필사본 『화랑세기』에서 미사흔의 아들은 백흔공이고 백흔공의 누이 통리가 금관가야 8대 질지왕의 왕비이다. 자비마립간의 왕비와 질지왕의 왕비 통리는 자매지간이다. 그러니까 신라 자비마립간과 금관가야 질지왕은 동서이다.

질지왕이 통리와의 사이에 아들 선통을 낳았다. 선통이 사냥 나갔다가 만난 방원(邦媛)과 야합하여 딸을 낳은 후에 통리는 방원을 며느리로 삼았다. 질지왕은 며느리 방원과 밀통하였고, 왕비 통리와 아들 선통이 죽은 후 며느리 방원을 왕비로 삼아 아들 9대 감지왕을 낳았다. 감지왕의 아들이 10대 구충왕이다.

『삼국사기』에 의하면 418년 가을에 미사흔이 왜국에서 탈출하여 왔다. 미사흔의 사위인 자비마립간은 458년[무술년, 대명 2년]에 즉위하여 479년[기미년, 남제 건원 원년]에 승하하였다. 그의 아들 소지마립간은 479년에 즉위하여 500년[경진년, 영원 2년] 11월에 승하하였다. 『삼국유사』에서 금관가야 질지왕은 451년[신묘년, 원가 28년]에 즉위하여 42년을 다스리고 492년[임신년, 영명 10년] 10월 4일에 승하하였다. 그의 아들 감지왕은 492년에 즉위하여 521년[신축년, 정광 2년, 보통 2년] 4월 7일에 승하하였다. 신라 자비마립간[재위 458년-479년]과 금관가야 질지왕[재위 451년-492년]이 동서이고, 신라 소지마립간[재위 479년-500년]과 금관가야 감지왕[재위 492년-521년]이 이종사촌이라 해도 연대상으로 아무 무리함이 없다. 다만 가락 왕들이 더 오래 재위하였을 뿐이다. 그들은 동시대인들이다.

이 네 왕에 관한 한 『삼국사기』, 『삼국유사』, 필사본 『화랑세기』의 기록 사이에 모순점이 없다. 이것만으로도 금관가야의 후기 역사는 믿을 수 있고 『화랑세기』의 김유신의 세계도 금관가야의 왕비가 신라에서 간 이후의 것은 정확한 것이다. 공상으로 이렇게 짜 맞춘다는 것은 불가능한 일이다. 박창화의 필사본 『화랑세기』는 일본에 있는 무엇인가를 보고 베꼈지 절대로 지어낸 것이 아니다.

[9] 이 벽화 아가씨가 영주에서 올 때 어머니 벽아부인이 같이 왔다. 그때 온 벽아부인의 아들이 화랑도를 창시한 위화랑이다. 초대 풍월주이다. 그런데 이들이 산 날이[영주

소지마립간의 뒤를 이어 19대 눌지의 외손자 지증마립간이 왕위에 올랐다. 지증과 소지는 6촌이다. 소지와 벽화후 사이의 아들은 어찌 되었을까? 기록이 없다. 이 지증의 즉위 과정에도 음경이 너무 커서 장가를 못 들던 지증이 큰 똥 덩이를 눈 모량리 상공의 딸을 신부로 맞은 일, 지증의 아들 법흥왕이 벽화후를 차지하는 일 등 논의할 것이 많다. 같은 김씨 사이에서도 신라 김씨에서 가락 김씨로 바뀔 때 앞앞왕의 외손자가 왕이 된 경우도 있다. 37대 선덕왕이 대표적이다. 그는 성덕왕의 외손자이다.

2. 혁거세의 출현과 박씨 왕들의 왕비 성

이 절에서 제일 중요한 것은 박씨 왕으로부터 석씨 왕으로 왕위가 넘어가는 과정이다. 석씨 최초의 왕 탈해임금은 박씨 왕 2대 남해차차웅의 사위이다. 4대 탈해임금이 어떤 과정을 거쳐 3대 박씨 유리임금으로부터 왕위를 물려받는지 잘 보라. 유리임금에게 아들이 없어서라고? 턱도 없는 소리이다. 유리임금에게는 기록상으로도 아들이 둘이나 있다.

그리고 그 탈해는 왜 다시 자기의 태자 김알지도, 아들 석구추도, 유리의 장사 일싱까지도 제치고, 유리의 제2자 박씨 파사에게 도로 왕위를 넘겨주었는지 잘 보라. 왜 그랬을까? 제 아들도 있고, 제가 개구멍받이로 키워 똑똑하다고 태자로까지 삼은 김알지도 있고, 처남 유리임금의 맏아들도 있었다. 그런데 처남의 둘째 아들인 파사가 왕이 되었다. 이 과정에 작용하고 있는 힘은 무엇일까?

지방은 원래 고구려의 영향이 강한 지역이었다.

이해의 편의를 위하여 박씨 왕 시대의 왕비와 왕위 계승 과정을 간추리면 도표 (5)가 된다. 탈해왕을 제외하면 모두 박씨 왕들이다.

(5) 왕	『삼국유사』	『삼국사기』	재위기간
1혁거세	알영	알영	60
2남해	운제	운제(아루)	20
3유리[노례]	이간생부인 박씨[일지 딸]	박씨[일지 딸]	33
	사요부인 김씨[허루 딸]	김씨[허루 딸]	
4탈해	아로부인 박씨	아효 박씨	23
5파사	사초부인 김씨	사성 김씨[허루 딸]	32
6지마	애례부인[마제국왕 딸]	애례 김씨[마제 딸]	23
7일성	○례부인 박씨[지소례왕 딸]	박씨[지소례왕 딸]	20
8아달라		내례부인 박씨[지마왕 딸]	30

1대 혁거세거서간은, 그의 성(姓)도 왕비 알영의 성도 전해오지 않는다. 朴은 나중에 붙인 성이다. 2대 남해차차웅은 박씨이다. 왕비 운제부인의 성은 전해오지 않는다. 3대 유리임금에게는 두 왕비가 있었다. 첫째 왕비는 박씨 이간생부인[박일지의 딸], 둘째 왕비는 김씨 사요부인[김허루의 딸]이다. 4대 탈해의 왕비는 남해의 딸 박씨 아효부인이다. 5대 파사의 왕비는 김씨 사성부인[김허루의 딸], 6대 지마의 왕비도 김씨 애례부인[마제의 딸]이다. 7대 일성의 왕비는 박씨 ○례부인[박지소례의 딸], 8대 아달라의 왕비는 지마임금의 딸 박씨 내례부인이다.

박씨 왕비가 탈해왕비까지 4명, 김씨 왕비가 3명이다. 숫자상으로는 박씨 왕비가 많다. 그러나 탈해에서 파사[김씨 왕비 아들]로 왕위가 가고, 또 지마에게로 간 것을 보면 세력은 김씨가 강하다. 그리고 아달라의 왕비

내례부인 박씨는 어머니가 지마임금의 왕비 김씨 애례부인이다. 아달라는 애례부인 김씨의 외손자이다. 아달라가 왕이 되는 데는 외할머니 애례부인의 힘이 작용하고 있다. 아달라가 아들이 없으면 그 이후의 왕위가 어디로 가겠는가? 애례부인, 내례부인과 가까운 집안으로 갈 수밖에 없다. 이것이 성골의 진정한 의미이다.

<1 혁거세거서간/정씨(??) 알영>

혁거세의 출현에 대한 『삼국사기』의 기록은 (6c)와 같다. '이[즉위년인 기원전 57년]보다 앞서'라고만 하여 출현 시기를 정확하게 적지 않았다. 혁거세는 나정(蘿井: 미나리 우물, 미나리꽝?)에 나타났다. 그 얼마 후인 기원전 57년[전한 선제 오봉 원년]에 (6a)에서 보듯이 혁거세는 정권을 접수하였다. 그때 나이 13세였다.

(6) a. 시조 성은 박씨이고 휘는 혁거세이다. 기원전 57년[전한 선제 오봉 원년] 갑자년 4월 병진*{정월 15일이라고도 한다.}*에 즉위하였다. 칭호는 거서간이다.10) 그때 나이 13세이고 국호는 서나벌이다.

b. 이보다 앞서 조선의 유민이 산골짜기 사이에 나누어 살아 6촌을 이루었다.11) 1은 알천 양산촌이고, 2는 돌산 고허촌이고, 3은 자산 진지촌*{혹은 간진촌이라고도 함}*이고, 4는 무산 대수촌이고, 5는 금산

---

10) '居'에는 '깃들다'는 뜻이 있다. '西'는 ㅅ을 적었다. '居西干'은 '깃칸'을 적은 것일 수 있다. 독수리 깃으로 장식한 관을 썼을 것이다. 독수리를 통하여 황천(皇天)과 통한다고 하늘에 제시[祭尸]하는 제사장이 되었을 것이다. 뜻으로 읽으면 '서방에 웅거한 칸'이라는 뜻이 된다. 둘 다 유목민과 관련될 것이다. '서쪽에 웅거하는 칸'은 직접적으로 흉노족과 관련된다. '깃칸'도 시베리아 제사장의 이미지가 강하지만 흉노족과도 관련된다. 혁거세거서간이라는 칭호는 그가 흉노족이나 몽골족의 후예임을 보여 준다. 흉노족, 몽골족 모두 그 시대에는 흉노제국의 구성원이었다.

11) 조선은 고조선이다. 기원전 108년[전한 무제 34년(원봉 4년)]에 조선이 망하고 그 유민이 남하하였음을 적은 것이다.

가리촌이고, 6은 명활산 고야촌이다. 이것이 진한 6부가 되었다.

　　c. 고허촌장 소벌공이 양산 기슭을 바라보니 나정 옆 숲속에 말이 끓어 앉아 울고 있었다. 가서 살펴보니 홀연히 말은 보이지 않고 다만 큰 알이 있었다. (알을) 깨어 보니 어린 아이가 나왔다. 데려와 길렀는데 나이 10여세가 되니 유달리 숙성하였다. 6부 민들은 그 출생이 신기하여 모두 우러러 받들게 되었는데 이때 이르러 세워 임금으로 삼았다. 진한 인들이 瓠표주박 회를 박이라 하였는데 처음의 큰 알이 瓠와 같았으므로 朴을 성으로 삼았다. 거서간은 진한 말로 왕이다*{혹은 귀인을 부르는 칭호라고도 한다}*. <『삼국사기』 권 제1 「신라본기 제1」 「시조혁거세거서간」>

(6)에서 가장 중요한 것은 알이다. (6c)의 알을 가지고 온 것은 말이다. 말이 혼자 왔을까? 인간이 타거나 몰고 왔을까? 혼자 왔다고 보면 신비로워진다. 인간이 타고 왔다고 보면 현실적이 된다. 어느 것이 사실일까? 후자가 더 현실에 가깝다.

누군가가 알처럼 생긴 포대기에 아이를 넣고 말을 타고 와서 말 옆에 두고 숨었다. 그렇게 아이의 출현을 신비롭게 꾸미고 주변의 씨족들을 통합하여 왕으로 만들었다. 외부에서 온 자, 한 명만 왔을까? 그렇기는 어렵다. 어른들이 아이를 데리고 왔다. 혁거세도 유이민의 후예이다. 말을 타고 왔으니 기마 유목 종족이다. 알이 둥근 박처럼 생겼다고 '박'을 성으로 하였다.

혁거세가 왕위에 오르고 5년 후에 알영이 나타났다. 이하에서 시조 왕 시대의 중요한 일을 몇 항목 적었다.

　　(7) a. 기원전 53년[혁거세거서간 5년] 봄 정월 알영정에 용이 나타나

서 오른쪽 옆구리에서 여아를 낳았다. 한 노파가 보고 이상히 여겨 거두어 길러 우물 이름 알영으로 이름을 지었다. 자랄수록 덕스러운 모습이 있었다. 시조가 이를 듣고 들여 왕비로 삼았다. 어질고 덕행이 있어 내조를 잘 하였다. 그 시대인들이 2성이라 불렀다.

b. 기원전 37년[동 21년] 서울에 성을 쌓고 금성이라 불렀다. 이 해에 고구려 시조 동명왕이 즉위하였다.

c. 기원전 20년[동 38년] 봄 2월 호공을 마한에 보내었다. 마한왕 양(讓)이 호공에게 말하기를, "진변 두 한은 우리 속국이었는데 근년에는 공물을 보내지 않고 있소 사대의 예가 어찌 이와 같을 수 있소?" 대답하기를, "우리나라는 두 성인이 나라를 세운 후로부터 인사가 바로 잡히고 천시가 고르고 창고에 곡식이 가득하여 국민들이 공경하고 양보하니, 진한 유민으로부터 변한, 낙랑, 왜인에 이르기까지 두려움을 품지 않는 이가 없습니다.12) 그러나 우리 왕은 겸허하여 소신을 보내어 수교하시니 가히 과분한 예라 할 수 있겠는데 대왕은 도리어 노하여 군사로써 겁박하니 이는 어떠한 뜻입니까?" 왕이 분노하여 죽이려 하니 좌우가 간하여 멈추고 돌아가는 것을 허락하였다. 이보다 앞서 중국인들이 진나라 난리에 시달리다 동쪽으로 온 이들이 무리를 이루어 마한의 동쪽에 많이 살았는데 진한과 더불어 섞여 살았다. 이때 이르러 창성하여 마한이 싫어하여 책망한 것이다.13) 호공은 그 족성이 미상이다. 본래 왜인이었는데 처음에 허리에 박을 차고서 바다를 건너왔으므로 호공이라 불렀다.

d. 기원전 18년[동 40년] 백제 시조 온조가 즉위하였다.

e. 서기 4년[동 61년] 봄 3월 거서간이 승하하였다. 담*{담 자가 신

---

12) 辰韓 遺民(진한 유민)이라는 많은 진한이 서라벌에 정벌되었음을 암시한다.

13) 대륙에서 진(秦)나라가 천하를 통일할 때 많은 유이민들이 한반도의 동남쪽으로 이주해 와서 진한(辰韓)과 잡거하여 강성해졌고 거기에 박혁거세가 들어와서 서라벌이 강국이 되어 주변국들을 억누르고 있었음을 알 수 있다. 대륙으로부터의 유이민은 박혁거세 출현 전부터 있었던 일이다.

서(목판본)에는 빠졌다. 지금 보충한다}*암사 북에 있는 사릉에 장사지
냈다. <『삼국사기』 권 제1 「신라본기 제1」 「시조혁거세거서간」>

『삼국사기』의 알영의 출현에 관한 기록은『삼국유사』와 시기가 다르다.
용의 우협 탄생[『삼국유사』는 좌협 탄생]은 용을 무엇으로 보는가에 달려
있다. 우물 옆이라는 것이 용이 우물과 관련 있을 것으로 볼 수 있다. 뒤
에서『삼국유사』의 해당 기록을 읽고 생각해 보기로 한다. 알영의 성이
무엇인지는 현재로서는 알 수 없다.

이 일을『삼국유사』는 (8)과 같이 적고 있다. 6촌에 관한 기술은『삼국
사기』보다『삼국유사』가 훨씬 상세하다. 이씨, 정씨, 손씨, 최씨, 배씨, 설
씨가 신라의 선주민 성임을 적고 있다. 원래 진한을 이루고 있던 씨족들
과 관련될 것이다. 이들의 조상은 다 하늘에서 산을 통하여 내려왔다. 이
들도 언젠가는 외래 유이민이었다. 하늘에서 인간이 내려오는 법은 언제,
어디에서도 없다.

(8) 신라 시조 혁거세왕
 a. 진한 땅에 예전에 6촌이 있었다.
 1은 알천 양산촌이다. 지금의 담암사 남쪽이다. 족장은 알평이다. 처
음 표암봉에 내려왔다. 이 이가 급량부 이씨의 시조가 되었다. *{노례
왕 9년에 설치하여 이름을 급량부라 하였다. 본조 태조 천복 5년 경자
에 중흥부로 개명하였다. 파잠, 동산, 피상, 동촌이 이에 속한다.}*
 2는 돌산 고허촌이다. 족장은 소벌도리이다. 처음에 형산에 내려왔
다. 이 이가 사량*{梁은 훈독하면 도로 읽는다. 혹은 涿[두드릴 탁으로
도 적는데 음은 역시 도이다}*부 정씨의 조상이 되었다.}*[14] 지금의

---

14) 梁은 '돌 량'이다. 梁의 뜻이 '들보[梁], 교량, 징검다리, 돌다리 등'임을 생각하면 '돌,
   도라고 읽으라는 주가 이해된다. 서울의 노량진(鷺梁津)은 원래 '노돌나루'였다. 해오

남산부로 구량벌, 마등오, 도북, 회덕 등 남촌이 이에 속한다.*{지금이
라 한 것은 태조 때 두었다는 말이다. 아래 예도 같다.}*

3은 무산 대수촌이다. 족장은 구*{俱는 仇로도 적음}*례마이다. 처
음에 이산*{개비산으로도 적음}*에 내려왔다. 이 이가 점량*{량은 탁
으로도 적음}*부, 또는 모량부 손씨의 조상이 되었다. 지금은 장복부라
한다. 박곡촌 등 서촌이 이에 속한다.

4는 자산 진지촌*{빈지, 또 빈자, 또 빙지로도 적음}*이다. 장은 지
백호이다. 처음에 화산에 내려왔다. 이 이가 본피부 최씨의 조상이 되
었다. 지금의 통선부이다. 시파 등 동남촌이 이에 속한다. (최)치원이
본피부 인이다. 지금 황룡사 남쪽과 미탄사 남쪽에 옛터가 있고 이것이
최후의 고택이라 말하는데 틀림없다.

5는 금산 가리촌*{지금의 금강산 백률사의 북산이다}*이다. 족장은
지타(祇沱)*{只他로도 적음}*이다. 처음 명활산에 내려왔다. 이 이가 漢
기부*{韓기부로도 적음}* 배씨의 조상이 되었다. 지금 가덕부라 한다.
상하서지, 내아 등 동촌이 이에 속한다.

6은 명활산 고야촌이다. 족장은 호진이다. 처음에 금강산에 내려왔
다. 이 이가 습비부 설씨의 조상이 되었다. 지금 임천부, 물이촌, 구이
촌, 관곡*{갈곡으로도 적음}* 등 동북촌이 이에 속한다.

윗글에 의하면, 이 6부의 시조가 다 비슷하게 하늘로부터 내려왔다.
노례왕 9년에 6부 이름을 고쳤고 또 6성을 하사하였다. 지금 세상에서
중흥부를 어머니로, 장복부를 아버지로, 임천부를 아들로, 가덕부를 딸
로 부르는데 그 내용은 미상이다.

b. 전한 지절 원년[기원전 69년] 임자년*{고본에는 건호 원년[서기
25년] 또는 건원 3년[기원전 138년] 등이라 하나 틀린 것이다.}* 3월 초
하루 6부의 시조가 각각 자제들을 거느리고 알천 언덕 위에 모여 의논
하기를, "우리들이 위로 군주가 없이 국민을 다스려서 국민이 방자하여

라기 노는 돌 나루터라는 뜻이다. 가야의 성문을 전단량(旃檀梁)으로 적은 것을 보면
'문'의 뜻도 있었던 것 같다. '돌쩌귀'의 '돌'이 '門'을 뜻한다.

제 멋대로 하니 덕 있는 이를 찾아 군주로 삼아 나라를 세우고 도읍을 건설하는 것이 어떻겠는가?" 하였다. 이에 높은 곳에 올라 남쪽을 바라보니 양산 아래 나정 옆에 이상한 기운이 벼락 빛처럼 땅에 드리워 있고 백마 한 마리가 절하는 모습으로 있었다. 찾아가 살펴보니 붉은 알 *{푸른 큰 알이라고도 한다}*이 하나 있었다. 말은 사람을 보고 길게 울고 하늘로 올라갔다. 그 알을 가르고 남자 아이 하나를 얻었다. 모습과 태도가 단아하고 아름다워 놀랍고 기이하였다. 동천*{동천사는 사뇌야의 북쪽에 있다}*에서 목욕시키니 몸에서 빛이 났다. 새와 짐승이 따라 춤추고 천지가 진동하고 일월이 맑고 밝았다. 이로 하여 이름을 혁거세왕*{대개 향언이다. 혹은 불거내왕이라고도 적는데, 광명으로 세상을 다스린다는 뜻이다}*이라 하였다.[15] 논자가 말하기를, "이는 서술성모의 탄생이니 중국인들이 선도성모가 어진 이를 낳아 나라를 시작하였다고 찬양하는 말이 이것이다."고 하였다. 계룡이 상서로움을 보여 알영을 낳은 일도 또한 서술성모의 현신이 아닐까?

c. 왕위의 칭호는 거슬한이다[位號曰居瑟邯]. *{또는 거서간(居西干)이라고도 적는데, 처음 입을 열었을 때 스스로를 일컬어 '알지 거서간이 한 번 일어난다.'[16] 하였으므로 그 말로써 지칭한 것이다[或作居西

---

15) 혁거세는 '붉을 赫, 빛날 赫', '살 居', '누리 世'이다. '居'는 /ㄱ/을 적은 것이다. 관형형 어미를 적는 '隱'은 흔히 생략된다. '붉은 누리, 붉온 누리'를 적은 것이다. '弗炬內'는 이를 한자의 소리로 적은 것이다. '光明理世[광명으로 세상을 다스린다.'는 뜻이 적절하다.

16) 혁거세가 처음 한 말이다. 이 '閼智 居西干'은 김알지와는 아무 관련이 없다. '閼智'는 흉노어로 '연지' 정도로 읽힌다. 기원전 120년 곽거병에게 포로가 되어 한나라 장안으로 끌려온 휴저왕의 왕비 이름도 '휴저왕 연지[閼氏]'이다. 호한야 선우의 첩이 된 왕소군도 '영호 연지[閼氏]'로 봉해졌다. 연지는 왕비, 왕 등 고귀한 신분을 가진 이를 가리키는 흉노어 단어이다. 그곳에는 언지산[연지산, 알타이산(?), 金山(?)]도 있다. 그러므로 혁거세도 흉노제국와 무관할 수 없다. 저자는 오랫동안 居瑟邯, 居西干은 모두 '깃들 居'를 훈독하고 '瑟', '西'의 두음 'ㅅ'을 이용하여 '깃칸'을 적은 것이라고 생각하였다. 그러나 『한서』 권68 「열전」 「곽광김일제전」 제38의 '於是單于怨昆邪休屠居西方多爲漢所破[이때 선우는, 서방에 웅거하면서 한나라에 여러 번 패한 혼야왕, 휴저왕을 미워하여]'를 보면 생각을 달리 해야 할 필요가 있다. '거서간'은 '흉노의 서쪽 지역을 다스리던 칸'이라는 뜻일 수도 있다.

干 初開口之時 自稱云 閼智居西干 一起 因其言稱之]. 이후로는 왕의 존칭이 되었다[自後爲王者之尊稱].}* 사람들이 다투어 축하하여 말하기를, "지금 천자가 이미 내려왔다. 의당 덕이 있는 여군을 찾아 짝 지워야 할 것이다." 하였다.

d. 이 날 사량리 알영정*{아리영정이라고도 적음}* 옆에 계룡이 나타나서 왼쪽 겨드랑이에서 여자 아이를 낳았다*{혹은 용이 나타나 죽고 그 배를 갈라 얻었다고 한다.}* 자태와 얼굴이 구슬같이 아름다웠으나 입술이 닭 부리 같았다. 월성 북천에서 목욕시켰더니 그 부리가 떨어져 나갔다. 그래서 그 내의 이름을 발천(撥川)이라고 한다.

e. 궁실을 남산 서쪽 기슭*{지금의 창림사}*에 짓고 두 성스러운 아이를 받들어 길렀다. 남아는 알에서 났고 알이 표주박과 같고 향인들이 박을 박이라 하므로 성을 박으로 하였다. 여아는 나온 우물 이름으로 이름 지었다. 2성이 13세에 이르러 오봉 원년[기원전 57년] 갑자년에 남아는 왕이 되어 이어서 여아로 왕후를 삼았다. 국호는 서라벌, 또 서벌*{지금 京 자의 속훈이 서볼(徐伐)인데 이 까닭이다}*, 또는 사라(斯羅), 또 사로(斯盧)라고도 한다. 처음 왕이 계림의 나정에서 났으므로 혹은 계림국(鷄林國)이라고도 한다. 그것은 계룡(鷄龍)이 나타난 상서로움 때문이다. 일설에는 탈해왕 때 닭이 우는 숲 속에서 김알지를 얻었다고 하여 국호를 계림(鷄林)으로 고쳤다고도 한다. 후세에 드디어 신라라는 호를 정하였다.

f. 나라를 다스린 지 61년에 왕이 승천하였다. 7일 후에 유체가 흩어져서 땅에 떨어졌다. 왕후 역시 세상을 떠났다. 국인이 합장하려 했으나 큰 뱀이 좇아와서 방해하였다. 5체를 각각 장례 지내어 오릉이라 하였다. 또 사릉이라고도 한다. 담암사 북쪽 능이 이것이다. 태자 남해왕이 왕위를 이었다. <『삼국유사』 권 제1 「기이 제1」 「신라시조 혁거세왕」>

혁거세가 계림에 나타나서 왕위에 오른 때는 어떤 시대인가? 세계사는 어떻게 흘러갔을까? 이때는 전한 선제[재위: 기원전 74년-기원전 49년] 시대이다.[17] 혁거세의 출현 시기인 기원전 69년[지절 원년]은 전한 선제 즉위 5년이고 그가 왕위에 오른 기원전 57년[오봉 원년]은 전한 선제 즉위 17년이다. 전한 선제 시대에 대륙의 국제정치 정세는 어떠하였는가?

현군 선제의 선정으로 전한은 중흥기를 맞이하였다. 흉노제국은 전한무제 때에 위청, 곽거병에게 정벌된[기원전 129년 시작] 후 분열하여 귀족들 사이의 권력 쟁탈전으로 세력이 약해졌다. 천자인 선우가 다섯이나 되어 자기들끼리 싸우는 데에 여념이 없었다. 호한야 선우는 형 질지 선우에게 패하자 한나라와 화친을 맺고자 선제를 만나러 장안으로 왔다. 선제는 호한야를 잘 대접하였다. 두 나라는 대대로 서로 침범하지 않고 잘 지내기로 약속하였다.

기원전 69년에 말을 타고 한반도에 온 이들은 흉노제국의 일원일 가능성이 가장 크다. 흉노제국의 내전에서 패한 일군의 종족이 남하한 것이 혁거세의 출현으로 기록되었을 것이다. 그들은 김일제 종족과는 다른 계통으로 보인다.[18]

---

17) 전한 선제의 황후는 허광한의 딸 허평군이었으나 곽광의 아내의 사주를 받은 여의사 순우연에게 독살되었다. 그 뒤에 곽광의 딸 곽성군이 황후가 되었다. 김일제의 조카인 김안상은 곽광의 딸과 혼인하였으니 황후의 형부이다. 그러나 김안상은 나중에 곽광 집안이 반역할 기미가 있음을 눈치 채고 곽광의 딸과 이혼하였다. 안 그랬으면 곽광의 집안이 모반으로 절멸될 때 김안상의 집안도 멸족되었을 것이다. 김안상은 허광한과 친하였다. 김안상의 후손이 김수로이다.

18) 흉노제국, 훈제국은 어느 한 종족의 제국이 아니다. 선우라고 불리는 최고 통치자 아래 변왕들이 할거하는 여러 부족, 종족이 연합한 제국이다. 그 영역도 중아아시아에서 동아시아의 초원 지대를 망라하는 광활한 땅이다. 기원전 129년부터 한 무제가 위청, 곽거병을 보내어 빼앗은 흉노제국의 땅은 하서회{주}랑, 즉 무위, 주천, 장액, 돈황의 4군을 설치한 남흉노 지역이다. 그곳에 나중에 금성(金城)도 설치되었다. 지금의 감숙성(甘肅省) 무위시 근방이다. 김일제(金日磾)의 석상이 서 있는 곳이 무위이다. 이곳이 원래 동서교역을 관장하던 흉노족의 본거지이다. 이곳을 통하여 고승들이 서역에 가서 불경을 수입하였고 서역의 고승들[달마 등]도 동으로 왔다. 흉노제국의 영

기원전 48년 한나라 선제가 죽고 아들 원제가 즉위하였다. 호한야 선우는 세 번째로 장안에 와서 한나라 여인과 혼인함으로써 친선을 강화하고자 하였다. 원제는 후궁 가운데 알맞은 사람을 골라 시집보내기로 하였다. 왕소군이 자원하여 호한야 선우의 첩으로 간 것이 기원전 33년이다. 이 미인을 소재로 하여 당나라 측천무후 때의 시인 동방규는 '春來不似春'을 남겼다.

(8b)에서 유의할 것은 '붉은 알*{푸른 알}*'이다. 붉은 색*{푸른 색}*의 알로 상징될 수 있는 사물을 상상해야 한다. 포대기이든 고리짝이든, 아이가 들어 있는 사물을 알로 신성화한 것이다. '쪼갬, 가를 剖'라는 동사는 알의 부화와는 관련짓기 어렵다. 알을 칼로 가르면 어떻게 될까? 보통의 알이라면 익힌 뒤에나 쪼갤 수 있다. 생 알을 쪼개면 생명체가 부화할 수 없다. 가장 좋기는 태극 문양 같은 색으로 된 비단 천으로 만든 포대기에 아이를 쌌다고 보는 것이다.

혁거세는 출현 후 12년이 지난 기원전 57년에 즉위하였다. 출현을 출생으로 보면 13세에 즉위하였다. 알 속에 다 큰 아이를 넣었다고 보면 20세 정도에 즉위하였다. 61년 동안 다스렸으니 75-80세 정도에 사망한 셈이다. 그의 즉위 연도 기원전 57년은 『삼국사기』와 『삼국유사』가 일치한다.

그러나 알영의 출현 시기는 두 사서 사이에 차이가 있다. 『삼국사기』는 (7a)에서 기원전 53년[혁거세 즉위 5년]에 알영이 출현하였다고 하였다. 혁거세보다 16년 정도 후에 나타난 것이다. 이들의 출현이 출생이라고 보지 않지만 둘의 나이 차이가 많이 난다고 보아야 하지 않겠는가? 그리고 둘의 혼인 시기는 불분명하다. 이로 보아 『삼국사기』의 알영의 출현 시기는

역에서 서방, 즉 거서간(居西干: 서방에 웅거한 칸)이 다스리던 곳이다. 김일제, 김윤(金倫)의 고향이다. 김씨와 관련된 우리 모두의 고향이기도 하다.

어느 정도 합리적이라 할 수 있다. 살던 땅을 정복자에게 빼앗기고 목숨을 건지러 저 너머로 도망친 종족의 후손이 새로운 땅에 씨를 뿌리는 과정이다. 나이 든 유이민 전사가 선주민 처녀와 혼인한 것일 수도 있다.

『삼국유사』는 (8d)에서 '이 날'이라고 함으로써 알영이 혁거세와 같은 날 나타난 것처럼 적었다. 그리고 (8e)에서 남산의 남쪽 기슭에 궁궐을 짓고 두 아이를 같이 길러 13년이 지나 남아를 왕으로 즉위시키고 여아와 혼인시킨 것으로 적었다. 둘의 나이도 동갑인 13세라고 적어 출현한 날을 출생한 날로 간주하고 있다. 이것은 믿기 어렵다. 아마도 『삼국사기』의 기록대로 혁거세와 알영은 어느 정도 나이 차이가 있었을 것이다.

알영의 출현을 『삼국유사』는 '용의 좌협 탄생'이라 하고 『삼국사기』는 '용의 우협 탄생'이라 하여 차이가 있다. 용은 무엇일까? 알영정이라는 우물, 그 옆에 닭처럼 생긴 용이나, 뱀이나, 지렁이나, 도마뱀이 있었다. 계룡은 모르지만 확실한 것은 우물이다. 이름을 알영정에서 딴 알영으로 한 것을 보면 이 여아가 우물과 관련이 있을 것으로 볼 수 있다. 계룡이 우물에서 나왔다고 보는 것이 가장 정상적 사고이다.[19]

우물은 토착적 요소이다. 생명을 기르는 물을 낳는 여성의 상징이다. 우물은 말처럼 돌아다니지 않는다. 말 대 우물, 돌아다니는 산 짐승 대 지하의 물이 샘솟는 우물, 이 둘이 결합하였다. 말 남자와 우물 여자가 부부가 되었다. 이것은 상징이다. 기마 유목 유이민과 선주민 세력의 연합으로 한 지배 집단이 탄생한 것이다. 그것을 상징적으로 나타낸 것이 말과 우물이다.

알영의 성을 적었으면 6촌 중 어느 세력이 외래 유이민과 손을 잡았는지 알 수 있을텐데 아쉽게도 알영의 성은 알 수 없다. 아마 알영은 정씨일

---

19) 왕망은 새 우물을 파고 그것이 자신에게 황제가 되라는 하늘의 부명이라고 주장하였다.

것이다. 알영이 사량부의 알영정에서 태어났으니 1차적으로는 그 동네 처녀일 가능성이 큰 것이다.

<2남해차차웅/??씨 운제부인>

혁거세와 알영은 남해차차웅을 낳아 태자로 삼았다. 기마 유목 유이민과 우물 선주민 여성이 혼인하여 새로운 혼혈 종족을 탄생시킨 것이다. 그 혼혈 종족의 성이 박씨이다. 엄밀하게 말하면 혼혈아 남해차차웅부터 박씨이다. 남해차차웅 즉위 시의 기록은 (9a)와 같다. 왕비가 운제부인[또는 아루부인]이다. 성은 알 수 없다.

> (9) a. (서기 4년) 남해차차웅*{차차웅은 자충이라고도 한다. 김대문이 말하기를 방언으로 무당을 일컫는다. 세상 사람들이 무당이 귀신을 섬겨 제사를 받들므로 외경하였다. 따라서 존장자를 자충이라 한다.}*이 즉위하였다[南解次次雄立*{次次雄 或云慈充 金大問云 方言謂巫也 世人以 巫事鬼神 尚祭祀 故畏敬之 逐稱尊長者 爲慈充}*]. 혁거세의 적자이다[赫居世嫡子也]. 키가 크고 성품이 후덕하였으며 지략이 많았다[身長大 性沈厚 多智略]. 어머니는 알영부인이다[母閼英夫人]. 왕비는 운제부인*{또는 아루부인}*이다[妃雲帝夫人*{一云 阿婁夫人}*]. 아버지를 이어서 즉위하였다[繼父卽位]. 그 해를 원년으로 칭하였다[稱元].
> b. 서기 8년[남해 5년] 봄 정월 왕이 탈해의 현명함을 듣고 장녀를 그에게 출가시켰다[春正月 王聞脫解之賢 以長女妻之].
> c. 서기 10년[동 7년] 가을 7월 탈해를 대보로 삼고 군국 정사를 맡겼다[秋七月 以脫解爲大輔 委以軍國政事]. <『삼국사기』 권 제1 「신라본기 제1」「남해차차웅」>

박씨가 왕위를 이어가던 이 나라가 어느 날 석씨로 왕의 성이 바뀌었다. 4대 석탈해임금이 왕이 된 것은 그가 2대 남해의 사위이고 3대 유리의 매부이기 때문이다.

신라 측의 기록에서 탈해가 등장하는 시기는 남해차차웅 5년[서기 8년]이다. (9b)를 보면 그 해 봄 정월 남해차차웅이 탈해의 현명함을 듣고 장녀를 시집보내었다. (9c)에서는 서기 10년에 탈해를 대보로 삼았다.

「가락국기」에서 탈해가 금관가야에 와서 수로왕과 지혜를 겨룬 해는 서기 42년 3월 이후이다. 서기 8년에 남해차차웅의 사위가 된 탈해가 34년이나 지나 서기 42년 이후에 금관가야에 수로왕의 왕위를 빼앗으러 갔다는 것은 이해하기 어렵다. 두 탈해가 같은 사람이기 어렵다.

남해차차웅에 대하여 『삼국유사』는 (10)과 같은 기록을 남겼다. 왕비가 운제부인인데 그 성은 밝혀져 있지 않다.

(10) a. 제2 남해차차웅[第二 南解次次雄]
아버지는 혁거세이다[父赫居世]. 어머니는 알영이다[母閼英]. 성은 박씨이다[姓朴氏]. 왕비는 운제부인이다[妃雲帝夫人]. 갑자년에 즉위하여 20년을 다스렸다[甲子立 理二十年]. 이 왕의 위 역시 깃캔거서갠이라고도 한다[此王位亦云居西干]. <『삼국유사』권 제1 「왕력」>

b. 제2 남해왕[第二 南解王]
남해거서간*{차차웅이라고도 한다}*[南解居西干*{亦云次次雄}*]. 이 (차차웅)은 존장의 칭호이다[是尊長之稱]. 유일하게 이 왕의 칭호로만 쓰였다[唯此王稱之]. 아버지는 혁거세이고 어머니는 알영부인이다[父赫居世 母閼英夫人]. 왕비는 운제(雲帝)부인이다[妃雲帝夫人]*{雲梯로도 적음. 지금 영일현 서쪽에 운제산 성모가 있는데 가뭄에 기도하면 감응이 있다[一作雲梯 今迎日縣西有雲梯山聖母 祈旱有應]}*. 전한 평제 원시 4년 갑자[서기 4년]에 즉위하여 21년 동안 다스렸다[前漢平帝元始四年甲子卽位 御理二十一年]. 지황 4년 갑신[서기 24년]에 승하하였다[以地皇四

年甲申崩]. 이 왕을 삼황의 제1이라고 한다[此王乃三皇之第一云].

　　c.『삼국사』에 따르면[按三國史], 신라는 왕을 칭하여 거서간이라 하였다[新羅稱王曰居西干]. 진한[辰] 말[言]로 왕이다[辰言王也]. 혹은 귀인의 칭호라고도 한다[或云 呼貴人之稱]. 혹 차차웅(次次雄)이라고도 하는데 자충으로도 적는다[或曰 次次雄 或作慈充]. 김대문은 말하기를[金大問云], 차차웅은 방언으로 무당을 말한다[次次雄方言謂巫也]. 세인들이 무당은 귀신을 섬기고 제사를 모시기 때문에 경외하였으므로 드디어 존장자를 일컬어 자충이라 하였다[世人以巫事鬼神 尙祭祀 故畏敬之 遂稱尊長者爲慈充]. 혹은 말하기를[或云], 잇금은 이의 금을 말한다[尼師今言謂齒理也]. 당초 남해왕이 죽고 아들 노례가 탈해에게 왕위를 양보하였다[初南解王薨 子弩禮讓位於脫解]. 탈해가 말하기를[解云], "내가 듣기에 성스럽고 지혜로운 이는 이가 많다고 한다[吾聞聖智人多齒]." 이에 떡을 씹어 시험하기로 하였다[乃試以餅嚙(씹을 서)之]. 옛날부터 전해온 것은 이와 같다[古傳如此]. 혹은 말하기를 마립간*{立은 袖로도 적음}*)이라고도 한다[或曰麻立干*{立一作袖}*]. 김대문은 말하기를[金大問云], 마립은 방언으로 말뚝을 말한다[麻立者 方言謂橛(말뚝 궐)也]. 말뚝은 승인한 위를 표시하여 자리 잡는 것이다[橛標准位而置]. 즉, 왕 말뚝이 주가 되고 신하 말뚝은 그 아래에 줄을 선다[則王橛爲主 臣橛列於下]. 그로 하여 이름 지었다[因以名之列於下].[20] 사론에는 말하기를[史論曰],

---

[20] '麻立干'의 '麻立'을 '말뚝(橛)'으로 설명하였다. 왕의 자리, 신하들의 자리를 위계에 따라 말뚝으로 표시하였다고 하여 '마립'을 '말뚝'으로 본 것이다. 그러면 왕과 모든 신하를 다 '마립간'이라 해야지, 왕만 '말뚝-칸'이라 하는 것이 적절하지 않다. '마립간'은 『삼국유사』 권 제1 「왕력」에서는 내물, 실성, 눌지, 자비, 비처, 지증의 6명에게 사용되었고, 『삼국사기』에서는 눌지, 자비, 소지, 지증의 4명에게 사용되었다. '마립간'은 '잇금'을 뜻하는 '尼師今'을 대치하여 쓰인 왕의 칭호이다. '잇금'으로부터 '마립간'으로 바뀔 때에는 큰 정치적 변화가 있었을 것이다. 내물은 석씨 왕 시대를 끝내고 김씨 왕 시대를 연 왕이다. 김씨 눌지는 김씨 장인 실성을 죽이고 왕위에 올랐다. '居西干'이 '깃-칸' 또는 '서방 통치 칸'이고 '角干'이 '뿔-칸'이므로 '麻立干'도 '○○-칸'으로 이해해야 한다. ○○에 해당하는 말로는 'ᄆᆞ른(宗)', '머리(首)' 등이 적절하다. '마나님'으로 변한 '마루하님'의 '마루(宗)'도 관련이 될 것이다. 뜻은 '우두머리-칸', '머리-칸'일 것이다.

신라에는 거서간, 차차웅으로 칭한 이가 1명씩, 임금이 16명, 마립간이 4명이 있다[史論曰 新羅稱居西干 次次雄者一 尼師今者十六 麻立干者四]. 신라 말의 명유 최치원이『제왕연대력』을 지을 때 모두 무슨무슨 왕[某王]으로 칭하고 거서간 등으로 칭하지 않았다[羅末名儒崔致遠 作帝王年代歷 皆稱某王 不言居西干等]. 그 말이 비루하고 촌스러워 (왕을) 일컫는 데 부족하다고 생각해서일까[豈以其言鄙野不足稱之也]? 지금 신라의 일들을 기록함에 있어 그 방언을 그대로 두는 것이 역시 마땅할 것이다[今記新羅事 具存方言 亦宜矣]. 신라인이 모든 추봉왕을 갈문왕이라 하는데 미상이다[羅人凡追封者 稱葛文王 未詳].[21] 이 왕 시대에 낙랑국인이 금성을 침략해 왔는데 이기지 못하고 돌아갔다[此王代樂浪國人來侵金城 不克而還]. 또 천봉 5년[서기 18년] 무인년에 고구려의 비속 일곱 나라가 투항하였다[又天鳳五年戊寅 高麗之裨屬七國來投]. <『삼국유사』권 제1「기이 제1」「남해왕」>

(10c)에서 주목할 것은 밑줄 그은 남해차차웅의 아들 유리와 사위 탈해 사이의 왕위 양보 사건이다. 그런데 (10c)는『삼국유사』남해왕 조에 적힌 것이지만 그 앞에 "『삼국사』에 의하면"이라고 하였으니『삼국사기』에서

---

21) '葛文王'은 무슨 말을 적은 것일까? 1976년 대학원 강의 시간에 이기문 선생님은 화두를 던지셨다. 그 시간 선생님의 강의는 '藏'과 관련지어 '돌아가신 왕'이 아닐까로 귀결되었다. 그렇지만 내가 그런 말들을 연구할 것이라고는 꿈도 꾸지 않던 시기였기에 나는 다 잊고 살았다. 그만큼 고대국어 연구의 길은 국어학계에서는 힘 든 길로 알려졌다. 논문을 쓸 수가 없으니까. 그때는 현대국어 통사론이 가장 논문 쓰기 쉬운 분야로 보였다. 그래서 그 길로 갔다. 살고 보니 현대국어 통사론에서 백 마디 하는 것보다 고대국어에서 한 마디 하는 것이 더 중요하다. '葛침 갈文글월 문'은 '칡글'처럼 훈독할 수 없다. 음독할 표기이다. '葛文'에 가장 가까운 우리 말은 '곰-[藏]'의 관형형인 '골몬' 또는 거기에 선어말 어미 '-오/우-'가 통합된 '갈몬'이다. '갈몬왕'은 '갈무리해 둔 왕, 예비왕'을 가리킬 것이다. 주로 왕의 아우가 '갈몬왕'이 되었는데 그 아우의 아들이 왕이 되는 경우가 많아서 추봉한 아버지 왕들도 '갈몬왕'이라 칭한 것으로 보인다. 그러니 '갈문왕'이 아니고 '갈몬왕'이다. '葛文尼師今[갈몬임금]'은 없을까? '居西干, 次次雄, 尼師今, 麻立干, 葛文王' 등등은 흉노제국의 언어재로 보인다.

인용한 것이다. 그 인용 대상이 된 『삼국사기』의 내용은 권 제1 「신라본기 제1」 「유리임금」 조 (11a)이다.

석탈해가 왕이 된 까닭

<3유리임금/박씨 이간생부인[일지 딸], 김씨 사요부인[허루 딸]>

(11a)를 보면 서기 24년 남해차차웅이 승하하고 유리임금이 즉위할 때 매부 석탈해에게 왕위를 양보하려 하였다. 그러나 탈해가 지혜로운 이는 잇금이 많다고 하면서 떡을 씹어서 잇금이 많은 이가 즉위하기로 하였고, 그 결과 처남 유리가 즉위하였다.

> (11) a. (서기 24년) 유리임금이 즉위하였다. 남해의 태자이다. 어머니는 운제부인이다. 왕비는 일지갈몬왕의 딸이다[妃日知葛文王之女也]* {혹은 말하기를 왕비 성은 박씨이고, 허루왕의 딸이라고도 한다[或云妃姓朴 許婁王之女]}*.[22]
> b. 당초 남해가 승하했을 때 유리가 당연히 즉위해야 하나 대보 탈해가 덕망이 높다고 하여 왕위를 양보하였다[初南解薨 儒理當立 以大輔脫解素有德望推讓其位]. 탈해가 말하기를[脫解曰], "신기대보는 못난이가 감당할 일이 아니다[神器大寶 非庸人所堪]. 내가 듣기에 성스럽고 지혜로운 이는 이가 많다고 하니 떡을 씹어[噬(씹을 서)] 시험해 보자[吾聞 聖智人多齒 試以餅噬之]." 하였다. 유리가 잇발 금이 많았다[儒理齒理多]. 이에 좌우가 더불어 받들어 즉위시켰다[乃與左右奉立之]. 칭호를 잇금이라 하였다[號尼師今]. 예로부터 전해오는 것은 이와 같다[古傳如此].

---

22) 이 '妃 日知葛文王之女也 或云 妃姓朴 許婁王之女'는 제대로 된 표현이 아니다. 최소한의 필요한 뜻도 전달하지 못한다. 정상적으로 적으면 '妃○氏○○夫人 ○○葛文王之女也 或云 妃○氏○○夫人 ○○葛文王之女也'로 표현된다. 첫 왕비, 둘째 왕비가 있을 때 나타나는 기록이다. 보통은 최종 왕비만 적는다.

김대문이 말하기를[金大問則云], "잇금은 방언으로 이의 금이다[尼師今 方言也 謂齒理]. 옛날 남해가 죽을 즈음, 아들 유리와 사위 탈해에게 일러 말하기를[昔南解將死 謂男儒理 壻脫解曰], '내가 죽은 후 너희 박, 석 두 성은 나이 많은 이가 뒤를 이어라[吾死後 汝朴昔二姓 以年長而嗣位焉].' 하였다. 그 후 김씨 성이 또 일어나서 3성이 이와 나이로 서로 이어받아서 고로 잇금이라 칭한다[其後 金姓亦興 三姓以齒長相嗣 故稱尼師今]." 하였다.

　　c. 57년[유리임금 34년] 가을 9월 왕이 예측할 수 없어서 신료들에게 이르기를[王不豫 謂臣寮曰], "탈해는 몸이 나라의 인척으로 맺어져서 대보의 자리에 있어 공을 세우고 이름이 났다[脫解身聯國戚 位處輔臣 屢著功名]. 짐의 두 아들은 그 재주가 멀리 미치지 못한다[朕之二子 其才不及遠矣]. 내 죽은 후에 대위에 즉위할 수 없다[吾死之後 俾卽大位]. 나의 유훈을 잊지 말라[以無忘我遺訓]." 하였다. 겨울 10월 왕이 승하하여 사릉원 안에 장사지냈다[冬十月 王薨 葬蛇陵園內]. <『삼국사기』권 제1 「신라본기 제1」「유리임금」>

　유리와 탈해의 왕위 양보 문제는 (11b)가 원본이고 이를 인용한 것이 (10c)이다. 그러면 (11b)와 (10c)에서 그에 해당하는 내용이 같은지 비교해 보아야 한다.

　(10c)와 (11b)가 같은가? 다른가? 거의 같지만 조금 다르기도 하다. (11b)에서 남해차차웅이 처음 말한 것은 '너희 박, 석 두 성은 나이가 많은 이가 왕위를 이어라.'는 것이었다. 거기에 유리는 '탈해가 덕망이 높다.'고 하여 양보했으니 덕망을 추가하였다. 그리고 탈해가 '성스럽고 지혜로운 자는 잇발이 많다.'는 말을 추가하였다. 그런데 여기에 (11b)의 후반부에서 김대문이 '그 후 김씨 성이 또 일어나서 3성이 잇발과 나이로 서로 이어받아서 고로 잇금이라 칭한다[其後 金姓亦興 三姓以齒長相嗣 故

稱尼師今」.'고 하여 '잇발과 나이'를 말하고 '덕망, 성스럽고 지혜로움'이라는 조건은 말하지 않았다. 본말이 전도된 것이다.

(12) 김대문은 말하기를[金大問云], 차차웅은 방언으로 무당을 말한다[次次雄方言謂巫也]. 세인들이 무당은 귀신을 섬기고 제사를 모시기 때문에 경외하였으므로 드디어 존장자를 일컬어 자충이라 하였다[世人以巫事鬼神 尙祭祀 故畏敬之 遂稱尊長者爲慈充]. 혹은 말하기를[或云], 잇금은 이의 금을 말한다[尼師今 言謂齒理也]. 당초 남해왕이 죽고 아들 노례가 탈해에게 왕위를 양보하였다[初南解王薨 子弩禮讓位於脫解]. 탈해가 말하기를[解云], "내가 듣기에 성스럽고 지혜로운 이는 잇발이 많다고 한다[吾聞聖智人多齒]." 이에 떡을 씹어 시험하기로 하였다[乃試以餠噬(씹을 서)之]. 옛날부터 전해온 것은 이와 같다[古傳如此]. <『삼국유사』권 제1 「기이 제1」「남해왕」>

그래서 그런지 일연선사는 (12)에서 탈해의 말을 다시 강조하여 '성스럽고 지혜로운 이는 잇발이 많다.'로 조화롭게 표현하였다. 다시 '성스럽고 지혜로운, 잇발이 많은 이'를 조건으로 되살린 것이다.

(11b)의 후반부에 있는 김대문의 말, "옛날 남해가 죽을 즈음, 아들 유리와 사위 탈해에게 일러 말하기를, '내가 죽은 후 너희 박, 석 두 성은 나이 많은 이가 뒤를 이어라.' 하였다."가 왕위 계승의 중요 기준이다. 아들과 사위 중 덕망이 높은 이, 나이가 많은 이가 왕이 되라는 뜻이다. 그런데 후에 김씨가 왕이 된 후로 "그 후 김씨 성이 또 일어나서 3성이 이와 나이로 서로 이어받아서 고로 잇금이라 칭한다." 하여 '이와 나이'로 이어받으라고 하였다.

이가 많으면 덕망이 높다? 나이가 많으면 덕망이 높다? 곧이 들을 수 있을까? 남해야 아들, 사위 가운데 덕망이 높은, 나이 많은 이가 이어받으라고 했겠지. 그러나 김씨까지 포함하여 '덕망이 높은'은 빼고 이와 나이로 이어받는 것은 김대문의 말이다. 믿을 수 있을까?

이것이 신라의 왕위 계승 과정에 대하여 오해를 불러일으키는 원인 글이다. '성스럽고 지혜로우면 이가 많다.' 그러니 '이가 많은 이가 왕이 되어야 한다.' 즉, '성스럽고 지혜로운 이가 왕이 되어야 한다.'

그러면 7세에 왕위에 오른 진흥왕이나 8세에 왕이 된 혜공왕은 어떻게 되나? 나이가 어린 것은 분명하다. 성스러운 것이야 타고나는 것이라 모르겠지만 지혜로운 자들이 왕이 된 적이 있었을까? 김씨 17대 내물마립간이 왕위에 오른 후로는, 신라 말 박씨가 3대[신덕-경명-경애(경명의 아우)]를 이은 것을 빼고는, 김씨가 내리 왕위를 이었다.

이 원칙이 전혀 적용되지 않은 것이다. 이것은 김씨가 왕위를 차지한 것을 합리화하기 위한 변명이다. 그런데 그 말을 한 이가 탈해라고 적은 이는 김대문이다. 그리고 김부식이 그대로 가져다 놓았고, 김씨 일연선사도 그대로 인용하였다.

우리가 보는 『삼국사기』, 『삼국유사』의 신라 초기 왕위 계승 원칙 '聖智와 年齒'는 후대 김씨들의 작품이다. 김대문은 680년대에 활동한 인물이다. 681년 7월 1일 문무왕이 승하하였다. 7월 7일 즉위한 신문왕은 어머니 자의왕후의 지시에 따라 북원소경[원주]에 있던 이모부 김오기를 불러들여 681년 8월 할머니 문명왕후의 친정 조카사위 '김흠돌[김유신의 사위]의 모반'으로 김유신 세력을 제거하였다(서정목(2016a, 2019) 참고).

그 김오기의 아들이 김대문이다. 그가 쓴 기록은 철저히 김씨들의 관점에서, 특히 가락 김씨를 배제한 대원신통과 진골정통의 관점에서 작성되었다. 왜냐하면 그의 부계 혈통은 '김대문-오기-예원-보리-이화랑-위화랑'으로 이어져서 소지마립간 때 날이[영주]에서 온 벽화후의 친정 세력을 이어받았고, 법흥왕비 지소태후와 이사부의 사이에서 태어난 숙명공주[진흥왕의 첫 왕비]와 이화랑이 혼인하여 보리를 낳았으므로 모계로는 진골정통의 세력을 이어받았기 때문이다. 그러므로 남해차차웅의 태자 유리가 매부 탈해에게 왕위를 양보한 것은 단순히 '덕망(德望), 성지(聖智), 연치(年齒)' 그런 것 때문이 아니다. 이것은 후세의 기록자들이 윤색한 것이다. 특히 김씨들이 자신들 집안의 왕위 계승을 정당화하기 위하여 석탈해 때부터 그러했던 것처럼 꾸민 것이다. 그것을 어떻게 증명할 것인가?

그것은 탈해가 장인 2대 남해차차웅 뒤도 아니고, 처남 3대 유리임금 뒤를 이어 왕위에 오른 것이 어떤 이유에 의한 것인지를 밝히면 된다. 덕망, 성지, 연치 그런 듣기 좋은 말로 호도된 이 껍질 속에 들어 있는 참 역사를 밝히면 된다.

유리임금은 아들을 둘[일성과 파사]씩이나 제치고 제 사위도 아닌 아버지 남해차차웅의 사위 탈해에게 왕위를 이으라는 이상한 유언을 하고 있다. 유리임금의 아들 일성과 파사가 잇발 수도 세어 보지 않고 덕망과 성지의 정도를 재어 보지도 않은 채 고모부 탈해에게 왕위를 빼앗길 수밖에 없었던 것은 어떤 요인에 기인하는 것일까?

유리임금이 즉위하던 서기 24년은 아직 김수로도 김알지도 이 땅에 오기 전이다. (11a, b)의 서기 24년 유리임금의 즉위와 (11c)의 서기 57년 유리임금 승하, 탈해임금 즉위 사이에는 엄청난 일이 있었다. 그 일은 김수로가 서기 42년에 김해에 나타나 금관가야를 접수한 것이다. 김알지가 게림에 나타난 것은 60년{또는 65년}이다. 그러니 탈해임금 즉위 시에 김알지는 아직 서라벌에 나타나지 않았다.

(11)에서 나의 눈길을 가장 강하게 끈 것은 유리임금의 왕비에 관한 기록이다. 그의 왕비에 관한 기록이 이상하다. 그 이상한 기록을 다시 쓰면 (13)이다. (13)은 말이 안 된다.

(13) 왕비는 일지갈문왕의 딸이다[妃日知葛文王之女也]. *{혹은 말하기를 왕비 성은 박씨이고, 허루왕의 딸이라고도 한다[或云妃姓朴 許婁王之女]}*. <『삼국사기』 권 제1 「신라본기 제1」 「유리임금」>

이게 무슨 말인가? (13)을 단문으로 나누어 보면 (14)와 같은 의문이 제기된다. 유리임금에 관한 이 의문들에 대한 답을 찾아보자.

(14) a. 왕비가 일지갈문왕의 딸이고 박씨인가?
　　 b. 왕비가 허루왕의 딸이고 박씨인가?
　　 c. 허루왕의 딸이 박씨이면 허루도 박씨인가?
　　 d. 일지갈문왕은 허루왕과 같은 인물인가?

(14a)를 그렇다고 보자. (14b)는 (14a)와 양립할 수 없다. (14b)가 No이면 (14c)도 No이다. (14d)는 아닐 것 같다. 한 인물에 대한 기술이라면 이렇게 복잡할 리가 없다.

(13)에는 무엇인가 중요한 단어들이 빠졌다. 이 (13)에 들어 있는 비밀이 이 시기의 왕위 계승 문제의 수수께끼를 푸는 열쇠이다. (13)에 들어 있는 비밀을 파헤치기 위해서는 『삼국유사』를 보아야 한다. 유리임금[노례왕]에 관하여 『삼국유사』는 (15), (16)과 같은 기록을 남겼다.

(15) 제3 노례*{유례로도 적음}*임금[第三 弩禮*(一作儒禮)*尼師今]

아버지는 남해이다[父南解]. 어머니는 운제이다[母雲帝]. 왕비 사요는 허루왕의 딸 김씨이다[妃辭要 許婁王之女 金氏]. 갑신년[서기 24년]에 즉위하여 33년을 다스렸다[甲申立 理三十三年]. 尼叱今[잇금]은 尼師今[잇금]으로도 적는다[尼叱今或作尼師今]. <『삼국유사』권 제1「왕력」>

(16) 제3 노례왕[第三 弩禮王]

박노례임금*{유례왕으로도 씀}*[朴弩禮尼叱今*{一作儒禮王}*]. 처음에 왕이 매부인 탈해에게 왕위를 양보하였다[初王與妹夫脫解讓位]. 탈해가 말하기를[脫解云], 무릇 덕이 있는 자는 이가 많다[凡有德者多齒]. 의당 잇금으로 시험하여야 할 것이다[宜以齒理試之]. 이에 떡을 씹어 시험하였다[乃咬餅驗之]. (노례)왕이 이가 많아서 먼저 즉위하였다[王齒多故先立]. 그로 인하여 잇금이라 했다[因名尼叱今]. 잇금 칭호는 이 왕으로부터 시작하였다[尼叱今之稱自此王始]. 유성공 갱시 원년 계미년[서기 23년]에 즉위하였다*{연표에는 갑신년[서기 24년]에 즉위하였다고 한다.}*[劉聖公更始元年癸未 卽位*{年表云 甲申卽位}*]. 육부의 칭호를 고치고 이어서 6성을 하사하였다[改定六部號 仍賜六姓]. 도솔가를 짓기 시작하였는데[始作兜率歌], 차사가 있고[有嗟辭], 사뇌격이었다[詞腦格]. 보습을 제작하고 얼음을 창고에 저장하고 수레를 만들어 타기 시작하였다[始製犂耜及藏氷庫 作車乘]. 건호{무} 18년 이서국을 정벌하여 멸망시켰다[建虎十八年伐伊西國滅之]. 이 해에 고구려 군대가 쳐들어왔다[是年高麗兵來侵]. <『삼국유사』권 제1「기이 제1」「제3 노례왕」>

(15)를 보면 유리임금의 왕비는 사요(辭要)이고 허루왕의 딸 김씨이다. 허루왕도 김씨이다. 이 사요왕비가 기록상 김씨로서 최초로 신라의 왕비가 된 여인이다. 역사는 서기 262년에 왕이 된 13대 미추임금이 김씨로서 최초로 왕위에 오른 이라는 것을 강조하고, 또 강조한다. 그러면 서기 57년 이전에 이미 김씨로서 최초로 신라의 왕비가 된 이 사요왕비도 그만큼

주목받아야 공정하다. 어쩌면 김씨 왕 미추가 탄생한 데는 그녀가 200년도 더 전에 왕비로서 쌓은 공덕이 밑바탕이 되었을지도 모른다.

더욱이 신라 사회가 모계 사회적 성격을 띠고 있었다는 것을 생각하면 이 김씨 최초의 왕비에 주목하지 않을 수 없다. 왜냐하면 왕이 죽고 나면 새 왕을 지명하는 권리를 죽은 왕의 어머니나 왕비가 갖게 되고, 그 여인들의 처지에서는 제 아들이나 사위를 왕으로 선택하는 것이 제 일신과 친정의 안위를 보장하는 제일 좋은 방법이기 때문이다.[23] 남의 아들, 특히 전처의 아들에게 왕위가 넘어가면 자기, 자기 비속, 친정 식구들에게는 죽음이 찾아오는 것이 일반적이다.[24]

---

[23] 이것을 남자들의 처지에서 생각하면 이상하지만 여자들의 처지에서 생각하면 별 이상할 것이 없다. 남편과 아들이 죽은 후, 그리고 손자마저 무자한 채 죽으면, 할머니는 집안을 이어갈 후계자로 딸의 아들을 선택할 수밖에 없다. 오늘의 유교적 가부장제의 관점에서 생각하면 이상해 보일 것이다. 그러나 끊임없이 이웃 부족들과의 전투를 거치면서 초원을 옮겨 다니며 사는 북방 유목민의 삶에서 보면 이것이 조금도 이상하지 않다. 家(가)를 지킬 최고의 지도자를 선택해야 하고 그 후보는 한 단위의 가장 어른인 할머니의 아들들, 손자들, 딸의 남편(사위), 그리고 딸의 아들(외손재들)이 된다. 이 경우 이 할머니의 시숙이나 시동생은 제외되고 아들들이나 사위들, 그 자손들이 후보가 된다는 데에 유의해야 한다. 그러나 이 할머니가 죽으면 그 다음 지도자의 부인의 처지에서는 남편과 같은 항렬인 그 할머니의 아들이나 사위 및 그 자손들은 배제되고, 오로지 이 부인의 아들, 사위, 손자, 외손자가 후보가 된다.

[24] 조선 선조는 1602년 51세에 19세의 인목대비를 들였다. 1603년 인목대비의 첫아이 정명공주가 태어났을 때 광해군의 장인 유자신에게 대군 아기씨가 태어났다는 가짜 뉴스가 전해졌다. 실망한 유자신은 한 마디도 하지 않았다. 뒤늦게 공주가 태어났다는 진짜 뉴스가 전해지자 유자신은 반색을 하며 축하 예물을 올렸다. 1606년 영창대군이 태어났다. 광해군의 세자 자리가 위태로웠다. 1608년 선조가 죽었다. 영창대군은 겨우 3살이었다. 공빈 김씨의 아들인 광해군이 즉위하였다. 1613년 이이첨 등은 김제남 등이 영창대군을 추대하려 한다는 상소를 올렸다. 광해군은 아버지의 젊은 정비 법적 어머니를 서궁에 유폐시키고 어린 동생 영창대군을 강화도 곁의 교동도에 유배시킨 후 온돌을 달구어 삶아 죽였다. 인목대비의 아버지 김제남은 사사되고 연안 김씨 집안은 멸문이 될 뻔하였다. 그 김제남의 큰며느리가 서성의 제4자 서경주와 정신옹주 사이에서 태어난 서미생이다. 서미생의 어린 아들 하나가 외할머니 정신옹주 집에 피신하여 외할머니의 치마 속에 숨어서 찾으러 온 포졸들로부터 목숨을 건져 연안 김씨 집안의 대를 이었다.

4대 탈해임금은 왕비가 남해차차웅의 딸 박씨이다. 탈해가 왕위에 오른 것, 탈해의 아들이 왕위에 오르지 않은 것, 둘 다 많은 의문점이 있다. 그 자세한 사연은 석씨 왕들을 다루는 데서 보기로 한다.

<5파사임금/김씨 사성부인[허루 딸]>

탈해임금 다음 왕은 5대 파사임금이다. 이 파사가 고모부 탈해가 죽은 후 석씨로부터 왕위를 되찾아왔다. 탈해에게 아들이 없었을까? 그렇지 않다. 탈해에게는 석구추라는 아들이 있었다. 그런데도 그 고종사촌을 제치고 박파사가 왕위를 차지한 것이다. 그뿐이랴?

(17)을 보면 파사는 형인 적장자 박일성까지 제치고 왕위를 빼앗아 왔다. 그때에 어떤 이가 일성을 비토하고 파사를 지지하여 파사가 왕이 된 것이다. 이 장한 일을 한 신하는 누구일까? 그것을 '或'으로 적다니. ○○ ○○○이라고 적었으면 신라 최초의 간신배, 아양꾼으로 점 찍기에 부족함이 없을텐데. 이 혹자는 누구에게 잘 보이려고 저런 아첨을 떨었을까? 그 누구는 당연히 파사의 어머니이다. 파사의 어머니는 누구일까? 유리임금의 왕비이지 않겠는가?

(17) (서기 80년) 파사(婆娑)임금이 즉위하였다[婆娑尼師今立]. 유리왕 제2자이다[儒理王第二子也]. *{혹은 유리의 아우 내로의 아들이라고도 한다[或云儒理弟奈老之子也]}*.25) 왕비는 김씨 사성부인으로 허루갈몬

25) 나는 유리임금의 왕비 김씨 사요부인이 박씨 왕비의 아들 일성을 제치고 자기가 낳은 파사를 선택하였다고 본다. 그러나 만약 *{혹은 유리의 아우 내로의 아들이라고도 한다[或云儒理弟奈老之子也]}*가 옳다면 파사는 4촌형 일성을 제치고 왕위에 올랐다는 말이 된다. 그 경우라면 아들이 없는 사요부인이 자신의 여동생 사성부인의 남편 파사를 선택한 셈이다. 그만큼 유리임금과 사요부인의 나이 차이가 많다는 것을 알 수 있다. 두 경우 모두 사요부인과 사성부인의 친정아버지 김허루의 권력이 막강

왕의 딸이다[妃金氏史省夫人 許婁葛文王之女也]. 당초 탈해가 죽었을 때 신료들은 유리왕의 태자 일성을 즉위시키려 하였다[初脫解薨 臣僚欲立 儒理太子逸聖]. 어떤 이가 일성이 비록 적자이고 상속자이지만 위엄과 현명함에서 파사에게 미치지 못한다고 하여 드디어 (파사를) 즉위시켰다[或謂逸聖雖嫡嗣 而威明不及婆娑 遂立之]. 파사는 비용을 지출함에 있어 절약 검소하고 국민을 사랑하였다[婆娑節儉省用 而愛民]. 국인들이 그것을 아름답게 여겼다[國人嘉之]. <『삼국사기』권 제1「신라본기 제1」 「파사임금」>

서기 80년에 즉위한 5대 파사임금은 (17)에서 보듯이 유리임금의 제2자이다. 그를 유리임금 아우의 아들이라고 한 주가 이상하다. 파사의 즉위는 김알지가 출현한 지로부터 20여년 후의 일이다.

(18)에서 보는 대로 파사임금의 왕비 사성부인이 김씨인데 허루갈문왕의 딸이다. 허루가 김씨일 수밖에 없다. 그의 이름은 김허루인 것이다. 파사의 어머니와 왕비에 관한 기록은『삼국유사』도『삼국사기』와 같다.

  (18) 제5 파사임금[第五. 婆娑尼師今]
  성은 박씨이다[姓朴氏]. 아버지는 노례왕이다[父弩禮王]. 어머니는 사요로 허루왕의 딸이다[母辭要許婁王之女]. 왕비는 사초부인이다[妃史肖 夫人]. 경진년에 즉위하여 32년 다스렸다[庚津立 理三十二年]. <『삼국유사』권 제1「왕력」>

하였음을 보여 준다. 출현한 지 얼마 되지도 않았는데 왕비를 들이고 외손자를 왕으로 선택하는 무서운 힘을 지닌 집안이다. 그 힘은 무력일 것이다. 그런 무력을 지닌 집단은 그 당시에 대륙에서 도망온 흉노족밖에 없다. 흉노족 김씨 허루를 상정할 수밖에 없다. 혹시 김허루의 '김허'가 이미 '김씨'와 '허씨'의 혼인 동맹을 상징하는 것인지도 모른다.

(17), (18)에서 보듯이 파사임금의 어머니는 사요로 김허루의 딸이다. 유리임금의 왕비이다. 『삼국사기』와 같다. 왕비는 사초부인이다. 이 사肖부인은 (17)에서는 사省부인으로 적혔다. 같은 인물이다. 어머니도 김씨, 아내도 김씨인 왕이 파사임금이다.

　저 앞의 말이 안 되는 (13)은 유리임금의 왕비가 2명이었을 가능성을 함의(含意)하고 있다. (13)으로부터 우리는 유리의 왕비가 '박일지갈몬왕의 딸'과 '김허루갈몬왕의 딸' 둘이었다고 추정할 수 있는 것이다. 무엇인가가 빠져서 잘못된 (13)은 (19)와 같은 두 가지 해석 가운데 어느 하나일 수밖에 없다. 그 외의 다른 해석은 나올 수가 없다. (19b)의 해석이 더 타당할 것이다.

　(19) a. 유리임금의 왕비가 박일지의 딸 박씨이다. 그런데 김허루의 딸이라고 잘못 말한 데도 있다.
　　b. 유리임금의 왕비가 박일지의 딸 박씨이다. 그런데 나중에 또 김허루의 딸 김씨가 왕비가 되었다.

　(19)에서 보듯이 허루가 김씨이면, 일지는 박씨이다. 유리임금의 첫 왕비는 박씨이고 나중 왕비가 허루의 딸 김씨이다. 파사의 아버지 유리는 박씨 왕비와 김씨 왕비 둘을 두었다. 흥미진진한 구도가 이루어져 있다. 그러면 저 불완전한 (13)은 (20)이라야 한다. (13)에는 빠진 글자들이 있는 것이다.

　(20) 선비 박씨는 박일지갈몬왕의 딸이다[先妃朴氏 朴日知葛文王之女]. 후비 김씨는 김허루갈몬왕의 딸이다[後妃金氏 金許婁葛文王之女].

유리임금의 첫 왕비는 김씨이기 이렵다. 유리가 즉위할 때쯤 혼인하였다고 가정해 보자. 그가 즉위한 서기 24년에는 김수로도, 김알지도 이 땅에 출현하지 않았다. 그때는 서라벌에 김씨가 없었다고 보아야 정상이다. 유리가 아주 어려서 즉위하여 즉위 후 15년이 지난 서기 39년에 혼인하였다고 가정해 보자. 그래도 그때는 김수로, 김알지가 이 땅에 나타나지 않았다. 어떤 경우에도 유리의 첫 왕비는 김씨일 수 없다.

유리임금 즉위 후 18년이 지난 서기 42년 3월에 비로소 김수로가 출현하였다. 그러니 서기 42년 이전에 유리가 혼인할 때에는 이 땅에 김씨가 없었다. 유리임금은 첫 왕비로 김허루의 딸을 들인 것이 아니다.

김허루, 그가 김알지가 나타나지도 않은 서라벌에서 유리의 둘째 왕비를 배출하고 있다. 알지는 60년{또는 65년}에 나타났다. 사요부인 김씨는 김알지가 나타나기 전에 유리와 혼인하였다. 김알지가 나타난 때를 『삼국유사』처럼 서기 60년이라고 하여도, 그가 나타나기 전에 이미 김씨들은 신라의 왕비를 배출할 만큼 세력을 형성하고 있었다.

김허루는 아마 서기 30년대 말에 김탕 일족이 올 때 같이 온 김씨들 중 한 명일 것이다. 그렇다면 유리임금 때의 왕비 자리다툼, 박씨 왕비를 어떻게 하고 김씨 왕비가 들어서는 데에는 심각한 권력 투쟁이 있었을 가능성이 있다. 그것이 (17)에서 본 김씨 왕비의 아들 파사임금의 왕위 다툼 (21)로 보일락 말락 적혀 있다.

(21) 어떤 이가 일성이 비록 적자이고 상속자이지만 위엄과 현명함에서 파사에게 미치지 못한다고 하여 드디어 (파사를) 즉위시켰다. <『삼국사기』 권 제1 「신라본기 제1」 「파사임금」>

(21)에서 적장자, 상속자 일성이 배제되고 파사가 선택되는 데에는 단지 '위엄과 현명함[威明]'만이 작용하였을까? 처갓집의 힘, 외갓집의 힘은 작용하지 않았을까? '어떤 이[或]'라는 익명 뒤에 숨은 이가 김허루에게 아첨하고 있는 모습이 그대로 눈앞에 떠오르는 것은 나만의 착시 현상일까? 어떻게 저런 기록이 『삼국사기』에 남았을까?

이렇게 되면 (21)의 후반부 문장도 의심스럽게 된다. 정말로 파사임금이 좋은 임금이었을까? 혹시 아첨하는 신하들이 적어 놓은 아부의 말이 아닐까? 박씨 왕비를 뒤이어 딸을 왕비로 들인 김허루는 어떤 인물일까?

김알지 이전에도 서라벌에 김허루가 있었다

3대 유리임금 때부터 김씨들은 왕비 딸들을 통하여 왕권에 상당한 영향을 미치고 있다. 5대 파사임금이 형인 일성을 제치고 왕이 된 데에는 외가이면서 처가인 김씨 집안의 영향력이 미치고 있었다. 그 김씨 집안의 대표자가 김허루이다. 이미 이찬[2등관위명]에 올라 있다. 유리임금의 두 번째 왕비 사요부인이 자신의 아들 파사를 왕위에 올리기 위하여 무슨 일을 하였을까?[26]

김허루는 늙은 유리임금에게 젊은 딸 사요를 시집보낸 것으로 보인다. 첫 왕비 박씨와의 왕비 자리다툼은 전혀 알 수 없게 되어 있다. 그리고 그는 다시 유리임금의 둘째 아들 파사에게 딸 사성을 시집보내었다. 파사는 김허루의 사위인 것이다. 초원에 살던 흉노족의 혼습과 일치한다. 파사의 어머니가 사요이니 파사는 김허루의 외손자이기도 하다. 파사의 어머니

---

26) 대륙에서는 보통 앞왕비 박씨를 암살한다. 곽광의 처가 자기 딸을 황후로 만들기 위하여 전한 선제의 황후 허평군을 여의사 순우연을 시켜서 독살하듯이.

사요는 유리임금의 왕비 사요와 일치한다. 전형적인 혼인계이다.

그렇다면 유리임금의 장자 일성은 박씨 왕비의 아들일 수도 있다. 그것을 보여주는 것이 일성의 왕비가 박씨라는 사실이다. 그러면 일성과 파사는 이복형제이다. 일성의 외가, 처가 박씨 집안과 파사의 외가, 처가 김씨 집안 사이에 치열한 권력 쟁탈전이 벌어지고 있었다. <u>이 왕위 쟁탈 전쟁을 말하지 않고 석씨 탈해임금으로부터 평화로운 논의를 거쳐 박씨 파사 임금에게로 왕위가 넘어왔다고 말할 수 있겠는가?</u> 탈해임금의 아들은 또 어떻게 하고? 아버지가 왕이니 그에게도 왕위 계승권이 당연히 있다.

탈해가 사망했을 때 왕위 계승 후보는 태자 알지, 탈해 아들 구추, 유리 임금 장자 일성, 유리임금 2자 파사 등 4명이나 되었다. 누가 가장 강력한 세력을 등에 업고 있었을까? 우선 김알지는 외가가 밝혀져 있지 않다. 아웃이다. 석구추는 박씨 왕가가 외가이다. 일성은 왕실인 박씨 일지갈문왕 집안이 외가이다. 박씨는 힘이 없다. 파사는 김허루 집안이 외가이며 처가이다. 김씨 집안이 가장 강력하였다. 파사가 왕위에 올랐다.

잇발 많고 나이 많아年齒가 높아 덕망 높은 파사에게 왕위를 물려주었다고? 나이야 형 일성이 더 많지. 죽고 죽이는 왕권 다툼이 이복형제 사이에, 그리고 내외종 사이에 벌어지고 있었다. 그러니 어떻게 탈해의 개구멍 받이인 김알지가 명함이나 내어놓았겠는가? 스스로 물러났다. 아직은 김씨에게 왕비 배출 실력만 있지 왕 배출의 실력까지는 없다.

이것을 말하지 않으면 안 된다. '무슨 화백회의니, 국인의 뜻이니'를 말하는가? 이 세상 어느 곳, 어느 시대에서나 왕위 쟁탈전은 생명을 담보하는 것이다. <u>온 세상이 그렇게 권모술수 아래 서로 죽고 죽이며 땅과 여자를 빼앗고 있는데 서라벌 땅에서만 평화적 왕권 이양이 이루어지고 적대</u>

적 세력 사이에 평화적 공존이 있었다고? 세계사의 보편성을 크게 벗어난 역사 기술이다.

탈해임금이 죽은 후 파사가 왕위에 오를 때에도 이복형제인 일성과 파사, 거기에 탈해의 아들 구추[고종사촌], 똑똑하다고 개구멍받이로 들여 태자로 삼은 알지는 서로 난투극을 벌였다. 일성과 파사는 안 싸웠을지라도 그들의 외가 박씨 집안과 김씨 집안은 피투성이 싸움을 벌였을 것이다.

유리임금의 말년에도 차기 왕위를 두고 일성, 파사 두 왕자의 배후 세력들은 역시 권력 투쟁을 벌였을 것이다. 이 권력 쟁탈전에 물린 것이 유리임금이다. 그는 첫째 왕비 이간생부인 박씨의 아들 일성과 둘째 왕비 김씨 사요부인의 아들 파사의 왕위 다툼에 신물이 났을 것이다. 두 아들의 외가 박씨와 김씨의 틈바구니에서 이러지도 못하고 저러지도 못한 그는 왕위를 두 아들이 아닌 매부 석탈해에게 넘겨 버렸다. '이 문제를 결정하느니 차라리 매부가 임금 하는 것이 더 낫겠소.' 이것이 석씨 탈해가 처남 박씨 유리임금의 뒤를 이어 왕위에 오른 과정이다. 이것이 진역사이다. 이 진역사의 배경에는 두 왕비를 둔 유리임금의 여자 문제가 들어 있었다.[27] 그 결과는 아들 유리와 파사가 왕위를 놓고 이복형제끼리 싸우다가

---

27) 이와 똑같은 여자 문제를 겪은 이가 고구려 동명성왕 고주몽이다. 그는 22세에 연상의 여인 소서노와 혼임함으로써 그녀 아버지의 나라 졸본부여를 접수하여 기원전 37년[전한 원제 원소 2년] 고구려를 건국하였다. 고주몽이 동부여에 있을 때 예씨 여인에게 뿌린 씨앗이 싹을 틔워 자라서 일곱 모난 돌[七稜石] 위 소나무 아래의 반 토막 칼을 찾아 들고 기원전 19년 4월에 어머니 예씨와 함께 찾아왔다. 유리이다. 주몽은 유리를 태자로 책봉하였다. 이에 반발한 듯 소서노와 그녀의 아들들인 비류와 온조가 남쪽으로 떠났다. 이들이 나중에 백제를 건국한다. 두 아내와 아들들의 싸움에 상심하였는지 고주몽은 재위 19년 40세의 나이로 세상을 떠났다. 유리가 찾아온 지 불과 6개월 지난 기원전 19년 9월이었다. 광개토왕 비문에는 이를 '비류곡 홀본 서쪽 산 위에 성을 쌓고 도읍을 건설하였다[於沸流谷忽本西 城山上而建都焉]. 속세의 왕 노릇을 즐거워하지 않아 하늘이 황룡을 보내 내려와 왕을 모시려 하였다[不樂世位 天遣黃龍來下迎王]. 왕은 홀본 동쪽 언덕에서 용머리를 밟고 승천하였다[王於忽本東岡 履龍首昇

고모부에게 왕위를 빼앗긴 것이다.

(22)에는 가락국의 김수로왕이 음집벌국과 실직곡국 사이의 영토 분쟁을 해결하는 장면이 있다. 서기 42년 3월에 가락국에 나타났으니 나타난 때로부터 60년이 지난 시점이다. 수로왕은 음집벌국의 손을 들어주고 축하연에 이찬보다 낮은 자를 대표로 보낸 한지부 임금을 종을 시켜 죽였다. 파사임금은 그 종이 숨어들었다는 핑계로 음집벌국을 정벌하였다. 결국 파사임금은 음집벌국과 압독국을 접수하였다.

> (22) 103년[파사임금 23년] 가을 8월 음집벌국(音汁伐國[안강])이 실직곡국(悉直谷國[삼척])과 영토 다툼을 하여 왕을 찾아와 판결을 청하였다. 왕이 그것을 어렵게 여겨 말하기를 금관국 수로왕은 나이가 많고 지식이 많으니 불러서 물어보자고 하였다. 수로가 의논을 바로 세워 다툼의 대상이 된 땅을 음집벌국에 속하게 하였다. 이에 왕은 6부에 명하여 모여서 수로왕에게 잔치를 베풀게 하였다. 5부는 모두 이찬을 접빈주로 했으나 유독 한지부는 위가 더 낮은 자를 접빈주로 하였다. 수로가 노하여 종 탐하리(耽下里)에게 명하여 한지부 임금 보제를 죽이고 돌아갔다. 그 종이 도망하여 음집벌국 임금 타추간가(陀鄒干家)에게 의지하였다. 왕은 사람을 시켜 그 종을 찾았으나 타추간가가 보내지 않았다. 왕이 노하여 군사를 내어 음집벌국을 정벌하니 그 임금은 무리와 함께 스스로 항복하였다. 실직, 압독의 두 나라 왕이 와서 항복하였다. 겨울 10월 복숭아꽃, 오얏꽃이 피었다. <『삼국사기』 권 제1 「신라본기 제1」 「파사임금」>

지.'로 표현하고 있다. 불락세위? 황룡? 승천? 그런 게 어디 있어? 원한을 품은 소서노, 비류, 온조파에게 암살되었거나 유리파에게 제거되었겠지. 비유적으로 표현하면 아들이 아비를 죽인 것이다. 살부사(殺父蛇). 유리가 찾아오지 않았으면 왕위를 즐기지 않았을 리도 없고, 죽었을 리도 없고, 백제가 생겨 어머니 나라를 되찾겠다는 명분 아래 끝없는 전쟁을 벌이지도 않았을 것이다. 뿌린 대로 거둔 것이다. 광개토왕 비문의 판독은 권인한(2015:91)을 참고하였다.

결국 이 일은 신라의 이익으로 귀결되었다. 파사임금의 왕비가 김씨인 점이 수로왕의 재판에 영향을 미쳤을까? 수로왕은 집안(?) 딸이 시집간 신라의 편을 들지 않았을까? 파사임금의 딸이 김씨임이 주목되는 까닭이다.

(22)는 거의 사실에 가까울 것이다. 서기 42년에 11살쯤 되었고 32년쯤에 사천성 성도에서 태어났을 수로가 서기 103년에는 72세 정도 된다. 나는 이 나이 추정이 적절하다고 본다. 수로의 출생 시기를 더 이르게 잡으면 이 기록과 어긋날 수 있다. 나는 지금 짜 맞추고 있지만 역사 기록은 있었던 일을 그대로 적었으니 앞뒤 아귀가 저절로 맞게 되어 있다.

<6지마임금/김씨 애례부인[마제 딸]>

6대 지마임금은 파사임금의 적자이다. (23a)에서 보듯이 어머니가 사성부인이다. 파사임금의 왕비 사성부인은 김씨로 김허루의 딸이다. 그러니 지마임금은 김허루의 외손자이다. 이 지마임금의 왕비도 김씨 애례부인으로 마제 갈몬왕의 딸이다. 마제의 성도 김씨로 김마제이다. 이 애례부인이 태자 지마의 배필이 될 때 (23b)에서 보듯이 또 김허루의 딸이 경쟁 대상이 되었다.

(23) a. (112년) 지마임금*{지마라고도 함}*이 즉위하였다[祇摩尼師今立*{或云祇味}*]. 파사왕의 적자이다[婆娑王嫡子]. 어머니는 사성부인이다[母史省夫人]. 왕비는 김씨 애례부인이다[妃金氏 愛禮夫人]. 갈몬왕 마제의 딸이다[葛文王摩帝之女也].

b. 처음에 파사왕이 유찬의 못에 사냥을 나갔다[初婆娑王獵於楡湌之澤]. 태자도 따라갔다[太子從焉]. 사냥 후에 한기부를 지나는데 이찬 허루가 술과 음식으로 대접을 하였다[獵後 過韓歧部 伊湌許婁饗之 酒酣]. 허루의 부인이 젊은 딸을 이끌어['이끌어'는 신구본 모두 '문을 밀고

[推]'라고 적었으나 대개 携의 오류이다* 춤을 보이게 하였다[許婁之妻 携少女子出舞*{携 新舊本皆作推門 蓋携之誤也}*]. 마제 이찬의 부인도 역시 그 딸을 이끌어 나오게 했다[摩帝伊湌之妻 亦引出其女]. 태자가 보고는 기뻐하였다[太子見而悅之]. 허루는 기뻐하지 않았다[許婁不悅]. 왕이 허루에게 말하기를[王謂許婁曰], "이 땅을 대포라 이름 짓겠다[此地名大炮]. 공이 여기서 좋은 음식과 아름다운 술로 잔치를 베풀어 즐겁게 하니 의당 '스블칸[酒多]'을 주어 이찬의 위에 있게 하겠다[公於此 置盛饌美醞 以宴衛之 宜位酒多 在伊湌之上]." 하였다. 마제의 딸로써 태자에게 짝 지어 주었다[以摩帝之女 配太子焉]. 스블칸은 후에 각간이라고 하였다[酒多 後云角干].28) <『삼국사기』 권 제2 「신라본기 제2」 「지마임금」>

(23b)에서 김허루의 부인이 딸 자랑을 하자, 지지 않고 김마제의 부인

---

28) 이 1등관위명 각간(角干)은 이벌찬(伊伐湌), 주다(酒多), 서불한(舒弗邯), 각찬(角湌) 등으로 적힌다. 다 같은 말을 적은 것이다. 현대국어로는 '뿔칸'이다. 干, 邯, 湌은 모두 khan을 한자의 음으로 적은 것이다. '伊伐湌'이 제일 먼저 등장한다. 伊伐湌의 伊伐은 'eber'를 적은 것이다. 'eber'는 중세 몽골어 등 유라시아 유목 종족 말에서 'horn角'을 나타낸다. 伊伐은 외래어를 한자의 음으로 적은 것이다. '伊伐湌'은 'horn khan', 즉 '뿔칸'이다. 그 다음에 '술 酒, 많을 多'로 적은 '酒多'가 등장한다. '술'은 '스볼'을 거쳐 '스블'로 소급한다. 酒의 뜻으로 한자 角의 뜻을 적은 것이다. '多'는 뜻으로 '많을, 한'을 적었다. 한자의 뜻으로 khan을 적은 것이다. 그러므로 '酒多'는 '스블한/칸'으로 읽힌다. 이를 한자의 음을 이용하여 적은 것이 舒弗邯이다. 角은 중세국어에서는 '쓸'로 적힌다. 고대국어에서는 '스블'이었을 것이다. 角은 한자의 뜻으로 우리 말 '스블'을 적은 것이다. 그러니 角干도 '스블한/칸'을 적은 것이다. 이들은 모두 우리 말 '스블칸>쓸칸'을 한자의 음과 뜻을 이용하여 적은 것이다. 중세 몽골어 'eber'도 고대 몽골어에서는 어두에 /s/를 유지하고 있었을까? 개연성은 크지만 모를 일이다. '*seber', '스브르', '스블', 알타이어의 角이다. 우리 말 '스블'이 외래어였을 수도 있다. 그러면 이 '스블'은 신라 김씨 왕실이 흉노족의 언어에서 가지고 온 어휘 요소일 수 있다. 이 단어만 그렇겠는가? 우리가 고유어라고 알고 있는 거의 모든 언어 요소가 흉노어의 요소일 가능성이 크다. 그 말이 신라 왕실의 말이었고 고대 한국어이기 때문이다. 중세 한국어는 고대 한국어와 거의 같다. 그러므로 비교 언어학의 관점에서 보면 우리가 바로 흉노족이다. 흉노어는 몽골어, 투르크어, 퉁구스어가 나누어지기 전의 포괄적 알타이어를 말한다. 한국어가 알타이어족에 속한다는 말은 한국어가 흉노어라는 말이다.

도 딸 자랑을 한다. 파사임금의 어머니는 김허루의 딸 사요부인이고, 파사의 왕비는 김허루의 딸 사성부인이다. 이 둘은 자매지간이다. 김허루의 부인은 막내 딸을 두 언니들에 이어 지마의 태자비로 넣으려 했을까? 거기에 김마제의 부인이 발끈하여 더 어린 자신의 딸을 내보여 지마를 홀린 것일까?

여기서 가장 중요한 것은 김허루와 김마제의 관계이다. 나는 허루와 마제가 부자지간이라고 본다. 마제가 허루의 아들일 것이다. 그러면 김허루가 막내 딸을 태자비로 만들려고 이 잔치를 벌였는데, 며느리가 중간에 끼어들어 제 딸인 김허루의 손녀, 마제의 딸을 태자비로 만든 것이 된다.

현대적 편견으로는 받아들이기 어려운 가설이다. 그러나 초기 신라의 사정은 다를 수도 있다. 김허루가 파사를 공연히 모셨겠는가? 김허루에게는 목적이 있었다. 김허루가 파사임금을 모신 연회에 김마제의 가족이 함께 자리했다는 것은 허루와 마제가 매우 가까운 사이임을 의미한다. 김허루의 부인이 딸을 자랑하는 자리에 감히 김마제의 부인이 자기 딸을 내어 놓으려면 이 두 부인도 가까운 사이여야 한다.

이 사건을 해결하는 파사임금은 왜 하필 거기에 갔겠는가? 처가이고 외가이니까 갔지. 외할머니[김허루의 어머니]도 어딘가에 있을 것 같은데 안 보이고, 장모[김허루의 부인]이 처제를 내어놓고 '자네 며느리로 데려가게.' 하니까 좀 생뚱맞았을까? 파사는 즉답을 하지 않았다. 찬스가 왔다. 처남 김마제의 댁이 잽싸게 처질녀를 내보이며 '내 딸은 어때요?' 하고 바라본다. 아들 지마의 얼굴을 보니 '이모보다야 외사촌 여동생이 더 좋지요.' 하는 기색이다. 파사는 김허루를 달래어 '뿔칸[角干]'을 주기로 하고 이 혼사를 결정지었다.

이게 아니면 김씨 집성촌을 이루고 사는 가까운 두 집안이 태자비 자리를 놓고 경쟁했든가. 일단 두 처녀가 춤으로 미모를 자랑하고 태자는 더 마음에 드는 여인을 고르고 있다. 아마도 유목 생활하던 초원에서도 왕비를 고를 때 이런 절차를 거쳤을 것이다. 밤에 탑돌이 하며 배우자를 골랐다는 「김현감호」가 이와 비슷하다.

파사임금의 태자 지마가 김마제의 딸을 좋아하자 외할아버지 김허루가 기뻐하지 않았다. 파사임금은 태자비 경쟁에서 진 김허루를 쌀캔[酒多, 伊伐飡, 舒弗邯, 角干]으로 승진시키고 달랬었다. 유리임금, 파사임금의 왕비가 이미 김허루의 딸인데 또 지마의 태자비마저 김허루의 딸로 하기가 '무엇' 했을까?

그런데 (24)에서는 마제갈문왕을 마제국왕이라고 하였다. 마제는 국명이기도 하고 인명이도 한 것일까? 지마임금의 어머니[파사임금의 왕비]는 (18)과 같이 사초부인으로 적히고 있다. 史肖夫人과 史省夫人은 같은 사람이다. 肖와 省의 문제이다. 왕비가 ○례부인 또는 애례부인인데 '애례'가 맞은 것으로 보인다. 이 왕비 애례부인이 (23b)의 김마제 이찬[2등관위명]의 딸이다.

(24) 제6 지마임금[第六 祇磨尼師今]
　　지미로도 적는다[一作祇味]. 성은 박씨이다[姓朴氏]. 아버지는 파사왕이다[父婆娑王]. 어머니는 사초부인이다[母史肖夫人]. 왕비는 마제국왕의 딸 ○례부인이다[妃磨帝國王之女 ○禮夫人]. 또는 애례라고도 적는다[一作愛禮]. 김씨이다[金氏]. 임자년에 즉위하여 23년 다스렸다[壬子立 理二十三年]. 이 왕 시대에 음질국[지금 안강과 압량국[지금 경산]을 멸하였다[是王代滅音質國今安康及押梁國今慶山]. <『삼국유사』 권 제1 「왕력」>

그렇게 박씨 왕 '3대 유리-5대 파사-6대 지마' 3대 임금의 안방을 이어서 지켜 온 김씨 왕비의 친정에 위기가 닥쳤다. 지마임금이 아들 없이 죽었다. 애례부인 김씨가 아들을 낳지 못한 것이다.

<7일성임금/박씨 ○례부인[지소례왕 딸]>

그리하여 일성(逸聖)이 왕이 되었다. 7대 일성임금은 누구일까? 그에 대한 기록이 『삼국사기』에 (25), 『삼국유사』에 (26)으로 되어 있다.

(25) (134년) 일성임금이 즉위하였다[逸聖尼師今立]. 유리왕의 장자이다[儒理王長子]*{혹은 일지갈몬왕의 아들이라고도 한다[或云 日知葛文王之子]}*. 왕비는 박씨이다[妃朴氏]. 지소례왕의 딸이다[支所禮王之女]. <『삼국사기』 권 제2 「신라본기 제2」 「일성임금」>

(26) 제7 일성임금[第七 逸聖尼師今]

아버지는 노례왕의 형이다[父弩禮王之兄]. 혹은 지마왕이라고도 한다[或云祇磨王]. #{왕비는 ○례부인이다[妃○禮夫人]. 일지갈몬왕의 아버지이다[日知葛文王之父].}# @<○는 ○례부인이다[○ ○禮夫人]. 지마왕의 딸이다[祇摩王之女].>@ ${어머니는 이간생부인이다[母伊干生夫人]. 혹은 ○○왕 부인이라고도 한다[或云 ○○王夫人]. 박씨이다[朴氏].}$ 갑신년에 즉위하여 20년 다스렸다[甲申立 理二十年]. <『삼국유사』 권 제1 「왕력」>

왕의 신상명세서가 이렇게 복잡하고 엉터리인 경우는 따로 없다. 그는 (21)에서 본 대로 왕위 계승 순위가 파사보다 앞서는 적자이고 상속자였으니 유리임금의 장자이다. 그러니 지마임금은 큰아버지에게 왕위를 물려준 셈이다. 참 이상하다. 큰아버지가 조카의 뒤를 잇다니. 나이가 얼마나 되었을까?

그런데 (25), (26)은 일성임금의 아버지에 관하여 헷갈리게 적고 있다. 일지갈몬왕의 아들, 노례왕 형의 아들, 지마왕의 아들 셋으로 적혔다. 진짜 아버지 유리임금까지 치면 일성의 아버지는 네 사람으로 적힌 것이다. 설마 아버지가 넷은 아니겠지. 누가 그의 진 아버지일까? 하나하나 따져 보자.

첫째, (25)는 일성이 '또는 일지갈몬왕 아들'이라 한다. 말도 안 된다. 일지는 유리임금의 첫 장인 박씨이다. 정상적으로는 일성의 외할아버지이다. 이것은 틀렸다. 둘째, '일성이 지마의 아들'이라고? 말도 안 된다. 지마임금은 파사임금의 아들이다. 일성은 파사의 형이다. 일성은 지마임금의 큰아버지이다. 그러니 일성이 지마임금의 아들이라는 것은 틀렸다. 셋째, 일성임금이 '노례임금[유리임금]의 형의 아들'일 수 있을까? (17)에서는 파사를 유리임금의 동생의 아들이라더니 이번에는 일성을 유리임금의 형의 아들이라 한다. 그러려면 남해차차웅의 큰아들이 있고, 유리임금은 둘째고, 또 파사의 아버지는 셋째라는 것을 증명해야 한다. 가능성이 없다. 다른 곳에서 여러 번 적힌 대로 일성이 유리임금의 장자라고 보는 것이 타당할 것이다. 일성의 아버지는 유리임금으로 보이지만 의심스럽긴 하다.

이제 일성임금의 어머니에 대하여 어떻게 적었는지 보자. (26)에는 거의 정보가 없다. (26)의 ${어머니는 이간생부인이다[母伊干生夫人]. 혹은 ○○왕 부인이라고도 한다[或云 ○○王夫人]. 박씨이다[朴氏].}$는 이상한 말이다. 내용상으로 이것은 일성의 어머니를 적은 것이다. 그러려면 '어머니는 박씨 이간생부인이다[母朴氏 伊干生夫人]. 일지갈몬왕의 딸이다[日知葛文王之女].'가 되어야 한다. 이 이간생부인이 유리임금의 첫째 왕비 박씨이다. 그러면 (25)의 *{혹은 일지갈몬왕의 아들이라고도 한다[或云 日知

葛文王之子}*는 무엇을 잘못 쓴 것일까? 원래는 *{일지갈몬왕의 딸이다 [日知葛文王之女]}*라고 적어야 하는 것을 잘못 적었다. 앞 부분에는 '어머니는 박씨 이간생부인이다[母朴氏 伊干生夫人].'가 누락되었다.

이제 일성임금의 왕비를 볼 차례이다. (25)는 일성의 왕비가 '박씨이다. 지소례왕의 딸이다.'고 하고 있다. 그러면 (26)에서 #{왕비는 ○례부인이다[妃○禮夫人]. 일지갈몬왕의 아버지이다[日知葛文王之父].}#는 무조건 틀린 것이다. '아버지[父]'는 '딸[女]'의 오식이다. 일지의 딸은 3대 유리임금의 첫 왕비 박씨였다. 즉, 일지는 일성의 외할아버지이다. 7대 일성임금의 왕비를 확인하기 위해서는 그의 장자인 8대 아달라임금의 어머니에 관한 정보를 함께 볼 필요가 있다.

> (27) (154년) 아달라임금이 즉위하였다[阿達羅尼師今立]. 일성왕의 장자이다[逸聖王長子]. 키가 7자에 코가 우뚝하고 상이 기이하였다[身長七尺 豊準 有奇相]. 어머니는 박씨로 지소례왕의 딸이다[母朴氏 支所禮王之女]. 왕비는 박씨로 내례부인이다[妃朴氏內禮夫人]. 지마왕의 딸이다[祗磨王之女]. <『삼국사기』 권 제2 「신라본기 제2」 「아달라임금」>

(27)을 보면 아달라임금의 어머니는 '박씨이고 지소례왕의 딸'이다. 그러면 당연히 일성임금의 왕비가 박씨이고 지소례왕의 딸이다. 그러니 (26)의 #{왕비는 ○례부인이다[妃○禮夫人]. 일지갈몬왕의 아버지이다[日知葛文王之父].}#는 '왕비는 박씨 ○례부인이다. 지소례왕의 딸이다.'로 적어야 한다.

아달라임금의 왕비는 박씨이고 내례부인이다. 지마왕의 딸이다. 그러니 일성임금 항목인 (26)에 적힌 @<○는 ○례부인이다[○ ○禮夫人]. 지마왕의 딸이다[祗摩王之女].>@는 '비는 내례부인 박씨이다[妃內禮夫人朴氏].

지마왕의 딸이다[祇摩王之女].'로 확정하고 비어 있는 아달라임금의 항목으로 옮겨야 한다.『삼국유사』의「왕력」은 아달라임금에 대하여 시호만 적고 나머지는 다 비어 있다. 알 수 없는 내용인 '又興倭國相○○○嶺[또 왜 국상 ○○○嶺을 일으켜] 立峴今彌勒大嶺 是也[현을 세웠으니 지금의 미륵대령이 이것이다]'는 아무런 유효 정보가 되지 못한다.

　지금까지의 논의를 반영하여『삼국유사』권 제1「왕력」일성임금과 아달라임금의 항목에 기재되어야 할 사항을 재구하면 (28), (29)와 같다.

　　(28) 제7 일성임금[第七 逸聖尼師今]
　　노례왕의 장자이다[弩禮王之長子也]. 어머니는 이간생부인 박씨이다 [母伊干生夫人朴氏]. 일지갈몬왕의 딸이다[日知葛文王之女]. 왕비는 ○례부인 박씨이다[妃○禮夫人朴氏]. 지소례왕의 딸이다[支所禮王之女]. 갑신년에 즉위하여 20년 다스렸다[甲申立 理二十年]. <저자>
　　(29) 제8 아달라임금[第八 阿達羅尼師今]
　　일성왕의 장자이다[逸聖王長子]. 어머니는 ○례부인 박씨이다[母○禮夫人朴氏]. 지소례왕의 딸이다[支所禮王之女]. 왕비는 내례부인 박씨이다[妃內禮夫人朴氏]. 지마왕의 딸이다[祇磨王之女]. 갑오년에 즉위하여 30년 다스렸다[甲午立 理三十年]〈저자〉

　(28), (29)의 추정은 95% 이상으로 정확할 것이다.『삼국유사』권 제1「왕력」의 엉망진창인 일성임금의 신상명세서 (26)은 (28)로 대치되어야 한다. 그리고 텅 비어 있는『삼국유사』권 제1「왕력」의 아달라임금 항목은 (29)로 채워야 한다. 이것이 거짓 역사의 껍질을 깨고 숨은 참 역사를 찾는 과정이다. 다른 안이 있을 수 없다.

<8아달라임금/박씨 내례부인[지마 딸]>

6대 지마임금[부: 파사임금]과 8대 아달라임금[부: 일성임금]은 사촌이다. 아달라임금은 할머니가 박씨 이간생부인이고 어머니도 박씨 ○례부인이다. 왕비는 박씨 내례부인이다. 모계가 박씨인 것이다. 지마임금은 할머니가 김씨 사요왕비이고 어머니가 김씨 사성부인이다. 왕비는 김씨 애례부인이다. 모계로 할머니, 어머니가 다 김씨이다. 지마임금은 외할아버지와 진외할아버지[아버지 파사임금의 외할아버지]가 같은 김허루이다.

아달라임금은 박씨 지마임금의 딸 내례부인과 혼인하였다. 큰집의 5촌 당숙이 작은집의 5촌 조카딸과 혼인한 것이다. 아달라가 왕이 되는 데에는 아버지 일성임금의 외가나 처가 세력이 작용하였을까? 아니면 아달라의 외가, 처가 세력이 작용하였을까?

일성의 외가는 일지갈문왕 박씨의 집안이다. 일성의 처가는 지소례왕 박씨의 집안이다. 둘 다 박씨이다. 별 힘이 없었다. 아달라의 외가는 박씨 지소례왕의 집안이다. 그러나 아달라의 처가는 지마임금 집안이다. 왕실이다. 아달라는 지마임금의 사위이고 파사임금의 손서(孫壻)이다. 아달라가 왕이 된 것은 지마임금의 사위였기 때문일까, 일성임금의 아들이기 때문일까? 지마임금의 사위였기 때문일 것이다. 그 덕에 일성도 왕위에 올랐을 것이다. 아달라임금의 왕비 내례부인의 어머니는 지마임금의 왕비 김씨 애례부인이다. 김마제의 딸이다. 이 애례부인이 딸 내례의 남편으로 아달라를 선택하는 데에 결정적인 권한을 쥐었을 것이다. 당시의 최고 권력 실세이다.

혹시 내례부인의 할머니인 파사임금의 왕비 사성부인[김허루의 딸]이 생존해 있었다면 이 할머니의 발언권도 크다. 손녀의 배우자로 아달라를 선택하고 그 아버지 일성의 즉위를 용인한 것이 사성부인일 가능성도 있다.

파사임금, 그 아들 지마임금의 집안은 작은집이다. 이 집안의 할머니는 유리임금의 둘째 왕비 김씨 사요부인[김허루의 딸]이고 며느리는 파사임금의 왕비 김씨 사성부인[김허루의 딸]이다. 그리고 손부는 지마임금의 왕비 김씨 애례부인[마제의 딸]이다. 안방 권력 3대가 모두 김씨이다. 왕위를 도로 큰집으로 빼앗긴 데에는 아들을 못 낳은 애례부인의 책임이 크다.

일성임금, 그 아들 아달라임금 집안은 큰집이다. 이 집안의 할머니는 유리임금의 첫째 왕비 박씨 이간생부인[일지의 딸]이고 며느리는 일성임금의 왕비 박씨 ○례부인[지소례의 딸]이다. 그리고 손부는 아달라임금의 왕비 박씨 내례부인[지마임금의 딸]이다. 안방 권력 3대가 모두 박씨이다. 왕위를 작은집으로부터 도로 큰집으로 가져온 것은 아들을 작은집 지마임금의 딸[내례부인]에게 장가들인 혼인계 덕분이다. 작은집의 애례부인 김씨가 자신의 사위로 아달라를 선택한 것이다.

<문제점과 결론>

유리임금의 첫 왕비 박씨의 아들인 일성임금은 (21)에서 본 대로 유리임금의 둘째 왕비 김씨의 아들인 이복동생 파사임금에게 왕위를 빼앗겼다. 다행히(?) 작은집 조카인 지마임금[파사임금의 아들]이 아들을 못 낳아서 왕위를 되찾아왔지만 그 경위는 잘 알 수 없다. 일성임금의 아들 아달라가 지마임금의 사위가 된 것으로 보아 혼인계가 작동하고 있음에는 틀림없다. 이 혼인이 먼저인지 일성임금의 즉위가 먼저인지가 판단할 기준인데 현재로서는 알 수 없다.

지마임금에게 아들이 있었으면 지마의 사위 아달라가 임금이 될 수 없다. 따라서 아달라의 아버지 일성임금도 나올 수 없다. 그런데 지마에게 아들은 없고 딸만 있어 그 딸이 큰집의 백부 일성의 아들 아달라와 혼인하는 바람에 백부 일성도 임금이 되고 아달라도 임금이 되었다. 혼인계가 딸, 아들 양쪽에 훌륭하게 작동한 케이스이다.

그런데 작은집에 빼앗겼던 왕위를 다시 찾아오는 이 과정의 연대가 과연 적절할 것인가? 한번 따져 보아야 한다. (30)의 연대는 알지는 출현 시기이고 나머지 왕들은 즉위 시기이다.

(30) 서기 24   42   57   60{65} 80   112   134   154   184
     유리   수로 탈해   알지 파사 지마 일성 아달라 벌휴

유리임금[즉위: 24년]과 차자 파사임금[즉위: 80년]의 즉위 시차는 56년이다. 유리가 서기 57년에 죽었으니 파사는 부친 사망 후 23년만에 왕위에 오른 것이다. 파사는 32년 다스리고 지마에게 넘겨주었다. 지마임금은 할아버지 유리가 죽은 뒤 55년 만에 즉위하였다. 그리고 22년 뒤에 큰아버지 일성임금에게 왕 자리를 넘겼다.

유리임금이 죽은 57년으로부터 77년이 지나서 134년에 장자 일성이 왕위에 올랐다. 이것이 가능할 것인가? 유리임금이 즉위 직후인 서기 24년에 일성을 낳았으면 일성은 즉위 시에 110세가 된다. 20년 재위 후 154년에 죽을 때는 130세가 된다. 불가능하다. 유리가 즉위한 24년보다 더 일찍인 서기 14년에 일성을 낳았다면 10살씩 더하여 일성은 120세에 즉위하여 140세에 죽은 것이 된다. 있을 수 없는 일이다.

최대한으로 20년을 늦추어 유리가 일성을 44년에 낳았다면 일성은 즉위 시에 90세가 된다. 그리고 110세에 죽은 셈이다. 이것도 곤란하지 않

을까? 일성이 더 늦게 태어났다고 하면 된다고? 그건 안 된다. 유리의 제2자 파사가 일성 출생 직후인 서기 45년경에 태어났다고 보아도 죽을 때 67세 정도밖에 안 된다. 왜 큰 아들 일성은 저렇게 오래 살고 둘째 아들 파사는 그렇게 일찍 죽어야 하는가?

장자 일성을 44년생으로 보면 제2자 파사는 아무리 빨라도 45년 이후에 출생하였다. 수로가 42년에 출현하였으니 45년경엔 이 땅에 김씨가 있었다. 사요부인이 유리와 44년경에 혼인할 수 있다. 그러면 사요는 수로와 함께 온 이민 1세대 할머니이다.

파사가 지마를 65년경에 낳았다고 치자. 그러면 지마는 134년에 죽을 때 69세쯤 된다. 여기는 별 문제가 없다. 그러나 장자 일성의 출생년을 늦추어 잡으면 파사와 지마의 수명이 점점 줄어든다.

이 문제에 관하여 나는 5년쯤은 올려도 좋다고 본다. 일성이 39년생쯤 되고 파사가 40년생쯤 될 수도 있다. 김씨들이 여러 번에 나누어 황해를 건너왔을 것으로 보기 때문이다. 36년 사천성 성도에서 공손술의 성가 왕국이 무너진 이후 여러 차례에 걸쳐서 일부는 도피하고 또 일부는 계속 후한과 전쟁을 벌이면서 후퇴 작전을 수행하였을 것이다. 질서정연한 흉노제국의 기마군단은 후퇴 시에도 오합지졸로 흩어지지 않고 차례차례 순서에 따라 건제(建制)를 유지하면서 순차적으로 500여척의 배가 이 땅으로 왔을 것이다. 그럴 경우 파사의 수명은 72세, 일성의 수명은 105세가 된다. 그래도 일성은 너무 오래 살았다.

큰집의 당숙 아달라와 작은집의 질녀 내례부인이 혼인이 가능할까? 가장 정상적인 경우를 가정하여 따져 본다. 일성은 최대한 빨리 잡아도 40년생이다. 20여 세인 60년경에 아달라를 낳았다면 아달라는 184년에 죽을 때 124세쯤 된다. 매우 무리하다. 파사임금을 40년생으로 잡을 경우 지마임금은 60년생쯤 된다. 그가 딸 내례부인을 80년경에 낳았다고 보자. 내례부인과 남편 아달라와의 나이 차이가 20세 정도 된다. 공주를 20년 연상의 큰집 당숙에게 출가시킨다? 좀 무리하다. 작은집은 명이 너무 짧았고 큰집은 장수하였다고 하고 넘어가도 될랑가 몰라.

아무튼 신라 초기 왕위 계승 과정은 믿기 어려운 일들로 이루어져 있다. 3대 유리임금의 둘째 왕비인 김씨 사요부인의 아들 5대 파사임금, 그의 아들 6대 지마임금이 왕이 되었다가 그 후에 다시 첫째 왕비인 박씨 이간생부인의 아들인 7대 일성임금과 그의 아들 8대 아달라임금이 왕이 되는 것은 부자연스러운 일이다. 아무리 보아도 일성임금은 유리임금의 아들이 아닐 가능성이 크다. 아달라임금도 유리임금의 손자이기 어렵다. 박씨 왕 시대는 문제점이 많다. 이를 바로 잡을 근거가 어디에 있을까?

이제 혁거세거서간의 어머니를 제외한 모든 박씨 왕들의 어머니와 왕비가 다 밝혀졌다. 혁거세거서간은 어머니가 없다. 말이 알을 가져다 놓고 사라졌기 때문이다. 알 속에서 나오는 아이는 이미 가락국 김수로왕의 출현에서 다 설명하였다. 혁거세도 그와 비슷한 과정을 거쳐 나타났을 것이다. 혁거세의 할아버지, 아버지와 그 부하들이 말 옆에 숨어 있었다. 어머니는? 당연히 같이 있었을 것이다. 혁거세는 박씨가 아닐지도 모른다. 알이 박처럼 생겨서 朴을 성으로 삼았다지만 그것은 출현한 뒤에 붙인 성이고 원래의 성, 그의 할아버지, 아버지 성은 무엇이었을까? 그도 김씨였을까? 아니면 흉노제국의 어느 종족의 2자짜리 성을 사용하였을까? 부여(扶餘)씨가 원래의 2자 성을 고쳐서 외자 성인 여(餘)씨로 하였듯이 ○○씨를 박씨로 고쳤을까? 아버지 없는 아들을 인정하지 않는다면 혁거세에게

도 아버지 성이 있었을 것이다.[29]

박씨 왕들의 경우 혁거세와 남해 임금은 왕비 성이 밝혀져 있지 않다. 유리임금의 첫 왕비와 일성임금, 아달라임금의 왕비 성은 박씨이다. 유리임금의 둘째 왕비와 파사임금, 지마임금의 왕비 성은 김씨이다. 지금까지 살펴본 초기 신라의 왕비들에 관한 정보를 정리하면 앞에서 본 (31)과 같다.

(31) 왕　　　『삼국유사』　　　　　『삼국사기』　　　재위기간

1혁거세	알영	알영	60
2남해	운제	운제(아루)	20
3유리[노례]	이간생부인 박씨[일지 땔	박씨[일지 땔	33
	사요부인 김씨[허루 땔	김씨[허루 땔	
4탈해	아로부인 박씨	아효 박씨	23
5파사	사초부인 김씨	사성 김씨[허루 땔	32
6지마	애례부인[마제국왕 땔	애례 김씨[마제 땔	23
7일성	○례부인 박씨[지소례왕 땔	박씨[지소례왕 땔	20
8아달라		내례부인 박씨[지마왕 땔	30

(31)에서 보면 3대 유리임금의 왕비 사요부인, 5대 파사임금의 왕비 사성부인이 모두 김허루의 딸 김씨이다. 만약 (23b)에서 지마마저도 태자 시절 허루의 딸을 비로 선택하였으면 할아버지, 아버지, 손자 세 왕의 왕비

---

29) 투르크[돌궐(突厥)]족은 성이 없다. 터키의 아버지 '케말 파샤'의 '파샤'는 '장군'이라는 말이다. 그러니 '케말 파샤'는 '케말 장군'이다. '케말'은 이름이다. 그래서 터키의 국부가 된 뒤에 터키 국민은 그의 성을 '아타 튀르크'로 지어 주었다. '터키의 아버지, 투르크의 아버지'라는 성이다. 앙카라 국제공항이 '에어포트 아타튀르크'이다. 아직도 성 없이도 잘 사는 대표적 유목 종족이다. 그들은 13세기에 부족국가로 시작하여 15세기에 동로마제국의 콘스탄티노플을 정복하고 3대륙에 걸친 오스만 투르크 제국을 19세기까지 경영한 종족이다. 물론 그 제국의 영역에는 수많은 다른 종족이 섞여 살았다. 그 제국 황제의 칭호가 술탄이다. 이스탄불에 가면 술탄의 황궁이 있다.

가 자매지간이 될 뻔하였다. 파사임금이 이찬 허루를 각간으로 올려 주면서 달래고 마제 이찬의 딸을 며느리로 선택한 것이 이해된다.

중요한 것은 한지부를 배경으로 왕의 사냥 후 향응을 베푸는 김허루라는 외척이 있었다는 사실이다. 김허루는 파사임금의 외할아버지이고 장인이다. 이미 김씨들은 대대로 왕비를 배출하며 신라의 상층부에 편입되어 있었다. 마제도 김씨이다. 이 시대에 이미 3대에 걸쳐 김씨 왕비가 배출된 것이다. 이런 배경 하에 13대 미추임금이 등극하게 된다.

3. 탈해임금 출생의 비밀과 석씨 왕들의 왕비

<4탈해임금/박씨 아효부인[남해 딸]>

돌아볼 것은 왕위가 박씨에게서 석씨로 넘어간 사연이다. 석씨로서 처음 왕위에 오른 이는 4대 석탈해임금이다. 탈해가 왕위에 오른 사연을 보여 주는 3대 유리임금의 말 (32)가 기록에 남았다. 그런데 이 기록이 영 이상하다. 정말로 (32)로 왕위를 아들이 아닌 매부에게 넘기는 것이 정당화되겠는가?

(32) 유리가 죽음을 앞두고 말하기를, "선왕이 돌아가실 때 '내 죽은 후에 아들, 사위를 가리지 말고 나이 많고 또 현명한 이로써 왕위를 이어라.'고 하였다. 이로써 과인이 먼저 즉위하였다. 지금 마땅히 그(탈해)에게 왕위를 전할 것이다." 하였다. <『삼국사기』 권 제1 「신라본기 제1」 「탈해임금」>

혁거세거서간이 기원전 57년에 6부 촌장들에 의하여 추대된 뒤에 61년을 재위하고 서기 4년 아들 남해차차웅에게 왕위를 넘기고 이승을 떠났다. 그런데 2대 왕 남해차차웅이 이상한 일을 하였다. 어디서 왔는지도 모르는 탈해를 지혜롭다고 사위로 삼았다. 탈해가 한 일은 (35c)에서 보듯이 호공의 집 곁에 숯과 숫돌을 묻고 그 집이 대장장이인 자기 할아버지 집이라고 속여서 호공의 집을 빼앗은 것이다. 언뜻 보면 사기꾼 같은 짓이다. 그러나 그 당시 대장장이는 고급 야철 기술자이다. 철을 다듬어 무기를 만드는 집안이다. 탈해는 고급 기술을 가진 것으로 보인다. 남해차차웅은 그런 사위 탈해와 아들 유리를 앞에 두고 아들, 사위를 가리지 말고 나이 많은 이가 왕위를 이으라고 하였다. 아버지 입장에서야 딸의 남편이나 아들이나 거기서 거기다. 그러나 1대만 내려가 보아라. 사위의 아들 외손자가 아들의 아들 손자를 죽이는 일이 생길 수도 있다.[30]

유리가 잇금이 많아서 탈해를 물리치고 3대 왕이 되었다. 그런데 유리 임금이 제 아버지보다 한 수 더 떴다. 유리임금이 승하할 때 '두 아들, 일성과 파사가 왕위를 감당할 재목이 못된다.'고 제치고 아버지의 사위 탈해에게 왕위를 물려주었다. 말이나 되나? 늙은이가 젊은이보다 아는 것이 많고 경험이 풍부한 것이야 정한 이치이다. 젊은이도 나이 들면 왕위를 감당할 재목이 된다. 저렇게 할 수밖에 없는 사연이 있었을 것이다. 왜 두 아들이 미덥지 못하였을까?

유리임금에게는 박씨 왕비 이간생부인과 김씨 왕비 사요부인이 있었다. 큰 아들은 박씨가 낳고 둘째 아들은 김씨가 낳았으면, 어느 한 쪽으로 왕위를 넘겼다가는 피비린내가 난다. 더욱이 젊은 왕비 사요부인 김씨의 아

---

30) 실제로 33대 성덕왕의 사위 김효방의 아들 김양상은 성덕왕의 아들인 경덕왕의 아들 36대 혜공왕을 죽이고 37대 선덕왕이 되었다. 성덕왕의 외손자가 성덕왕의 손자를 죽인 것이다. 외할머니가 1명이라면 일어나지 않을 일이다.

버지 김허루가 예사 인물이 아니었다. 큰 아들 일성[박씨 왕비 소생]에게 왕위를 넘겼다가는 김허루의 칼날에 목이 달아날지도 모른다.

할 수 없이, 사기 쳐서 남의 집 빼앗아 제 것으로 만든 아버지의 사위, 자신의 매부에게 왕위를 맡겼다. 이렇게 한번 왕위가 다른 집안으로 가 버리면 다시 찾아올 수 있을까? 물론 찾아오기는 하였다.

『삼국사기』는 탈해의 즉위 시에 (33)과 같은 기록을 남겼다. 그의 왕비는 2대 남해차차웅의 딸 아로부인 또는 아효부인이니 박씨이다.

(33) a. (서기 57년) 탈해임금*{혹은 토해(吐解)라고도 한다.}*이 즉위하였다. 이때 나이 62세였다. 성은 석씨이고 왕비는 아효부인이다.

b. 탈해는 본디 다파나국(多婆那國) 소생이다. 그 나라는 왜국의 동북 1천리에 있다. 처음 그 나라 왕이 여국(女國) 왕의 딸을 취하여 아내로 삼았다. 임신한 지 7년만에 큰 알을 낳았다. 왕이 말하기를, "인간이 알을 낳는 것은 상서롭지 못하니 의당 버려야 할 것이다." 하였다. 그녀는 받아들이지 않았다. 알과 보물을 비단에 싸서 함 속에 넣어 바다에 띄어 그 가는 바에 맡겼다.

c. 처음에 금관국 해변에 이르렀는데 금관국인들이 이상히 여겨서 취하지 않았다. 또 진한 아진포구에 이르렀는데 이것이 시조 박혁거세 재위 39년이었다. 이때 해변의 늙은 여인이 새끼줄로 해안에 끌어매어 함을 열어 보니 작은 아이가 있어 그 여인이 취하여 키웠다. 자라서 키가 9척이나 되었고 풍채와 정신이 수랑하고 지혜와 식견이 남보다 나았다. 혹은 말하기를, "이 아이는 성을 모른다. 처음 함이 왔을 때 까치 한 마리가 날아 울면서 따라왔으니 의당 작(鵲) 자에서 (鳥를) 생략하여 석(昔)으로써 성을 삼고 또 함을 풀고 나왔으니 의당 이름을 탈해라고 하자." 하였다. 탈해는 처음 고기잡이와 낚시로 업을 삼고 그 (양)어머니를 봉양하여 일찍이 싫어하는 기색이 없었다. 그 어머니가 말하기를,

"너는 보통 사람이 아니다. 골상이 특별히 이상하니 의당 공부하여 공명을 세우라." 하였다. 이에 전심하여 학문에 정통하고 지리도 알았다. 양산 아래의 호공 집을 보고 길지라고 여겨 계략으로 속여 취하여 살았다. 그 땅이 훗날 월성이 되었다.

d. 남해왕 5년에 이르러 그 현명함을 듣고 딸을 시집보내었다. 7년에 이르러 등용하여 대보로 삼고 정사를 맡겼다.

e. 유리가 죽을 때 말하기를, "선왕이 고명에서 말하기를, '내 죽은 후에 아들, 사위를 가리지 말고 나이 많고 현명한 이로 왕위를 이어라.'고 하였다. 이로써 과인이 먼저 즉위하였다. 지금 마땅히 그(탈해)에게 왕위를 전할 것이다." 하였다

f. 2년 봄 정월 호공을 대보로 삼았다. 2월 친히 시조 묘에 제사지냈다. <『삼국사기』권 제1 「신라본기 제1」「탈해임금」>

성 昔이 '까치 鵲(작)'에서 '새 鳥'를 떼고 남은 '昔'이라 한다.『삼국유사』의 석탈해 관련 기록은 (34), (35)와 같다. (35)에서 주목되는 점은 석탈해가 가락에 온 해가 임인년이 아님을 논의하고 있다는 것이다.

(34) 제4 탈해*{토해로도 적음}*임금
석씨이다[昔氏]. 아버지는 완하국 함달파왕이다*{화하국 왕이라고도 적음}*. 어머니는 적녀국 왕의 딸이다. 왕비는 남해왕의 딸 아로부인이다. 정사년에 즉위하여 23년을 다스렸다. 왕이 승하하여 미소(?) 소정(천?)구에 수(화?)장하였다. 유골로 상을 빚어 동악에 안치하였다. 지금 동악대왕이라 한다. <『삼국유사』권 제1 「왕력」>

(35) a. 제4 탈해왕
탈해임금*{토해임금으로도 적음}*. 남해왕 때에 가락국 바다에 (어떤) 배가 있어 와 닿았다. *{고본에 말하기를, 임인년에 왔다 한 것은 오류이다. 가까운[남해왕 때보다 후라는 의미] 임인년이라면 노례왕 즉

위 초보다 뒤질 것인데 그렇다면 왕위를 다투거나 양보한 일이 있을 수 없다[近 則後於弩禮卽位之初 無爭讓之事]. 앞남해왕 때보다 더 앞 임인년이라면 혁거세왕 치세의 일이다[前則在於赫居之世]. 그러므로 (탈해가 온 것은) 임인년이 아님을 알 수 있다.}* 그 나라 수로왕이 신하와 국민들과 더불어 북을 치고 맞아들여 머무르게 하려 했으나 배가 곧 달아나 계림 동쪽 하서지촌의 아진포(阿珍浦)*{지금도 상서지(上西知), 하서지(下西知村) 촌이라는 이름이 있다.}*에 이르렀다[其國首露王與臣民鼓譟而迎 將欲留之 而舡乃飛走 至於鷄林東下西知村阿珍浦*{今有上西知下西知村名}*]. 그때 갯가에 한 노파가 있었는데 이름은 아진 의선이고 혁거세의 고기잡이 할머니였다. (그 배를) 바라보고 말하기를, "이 바다 가운데에 원래 바위가 없었는데 무슨 까닭으로 까치들이 모여서 우는 것일까?" 하고 배를 끌고 와서 살펴보니 까치가 배 위에 모여 있고 배 속에는 함이 하나 있었는데 길이 20자 너비 13자였다. 그 배를 끌어 수풀 아래에 두고 흉한 일인지 길한 일인지 알지 못하여 하늘을 향하여 맹서로 고하였다.

b. 조금 지나 함을 열어 보니 단정한 남자와 아울러 칠보와 노비가 그 속에 가득 차 있었다. (그들이) 대접 받은 지 7일 만에 말하기를. "나는 본래 용성국인이다[我本龍城國人]. *{또는 정명국이라고도 하고 완하국이라고도 하는데 완하는 화하국이라고도 적고, 용성은 왜의 동북 1천리에 있다[亦云正明國 或云琓夏國琓夏或作花廈國 龍城在倭東一千里]}*. 우리나라에 일찍이 28용왕이 있었는데 모두 인간의 태에서 나왔고 5세, 6세 때부터 왕위를 이어 만민을 가르쳐서 바탕과 명을 바르게 하였다. 8품의 성과 골이 있으나 가리지 않고 모두 큰 자리에 오른다[而有八品姓骨 然無揀擇皆登大位]. 그때 우리 부왕 함달파는 적녀국왕의 딸을 왕비로 맞았는데 오래 아들이 없었다. 기도와 제사로 자식을 구한 지 7년 후에 큰 알을 낳았다. 이에 대왕은 신하들을 모아놓고 묻기를, '인간이 알을 낳는 것은 고금에 없는 일이니 아마 좋은 일은 아니겠지?' 이에 함을 짜고 나와 칠보, 노비들을 넣고 배 안에 감추어 바

다에 띄우면서 빌어 말하기를, '맡기노니 인연 있는 땅에 도달하여 나라를 세우고 집안을 이루어라.' 하였다. 붉은 용이 배를 호위하여 이곳에 이르렀다."고 하였다.

c. 말을 마치고 그 동자는 지팡이를 짚고 종 둘을 거느리고 토함산 위에 올라 돌무덤을 만들고 이레를 머무르면서 성 안의 살 만한 땅을 찾으니 초사흗날 (초승)달 같은 봉우리 하나가 보였다. 산세가 가히 오래 갈 땅이어서 이에 내려가 찾았더니, 즉 호공의 집이었다. 이에 속일 계책을 세워서 몰래 숫돌[礪]과 숯을 그 (집) 곁에 파묻고 아침에 그 집 문에 이르러 말하기를, "이것은 우리 할아버지 때 가옥이다." 하였다. 호공이 아니라고 말하여 서로 다투었으나 결판이 나지 않아 관아에 고하였다. 관아에서 묻기를, "이것이 너희 집인 것을 무엇으로 증명하겠는가?" 아이가 말하기를, "우리는 본래 대장장이였는데 잠시 이웃 시골에 나간 사이에 남이 빼앗아 살고 있으니 청컨대 그 땅을 파서 검사해 보십시오." 하였다. 그 말에 따라 파 보니 과연 숫돌과 숯을 얻었다.[31] 이에 그 집을 취하여 살았다. 그때 남해왕이 탈해가 슬기로운 인물임을 알고 큰 공주와 혼인시켰으니 이 이가 아니부인이다.

d. 하루는 토해가 동악에 올라갔다가 돌아오는 길에 백의에게 명하여 물을 찾아오게 하여 마시려 했다. 백의가 물을 길어 오던 길에 맛을 보고 드리려 하였다. 그 뿔잔이 입에 붙어 떨어지지 않았다. 그로 하여 꾸짖었더니 백의가 맹서하여 말하기를, "이후는 멀고 가까움을 같이 감히 맛보지 않겠습니다." 하였다. 그 후에야 떨어졌다. 이로부터 백의가 두려워하여 감히 속이지 못하였다. 지금 동악 가운데에 우물이 하나 있고 세상에서 요내정이라고 하는데 이것이다.

e. 노례왕이 승하함에 이르러 광호{무}제 중원 6*{2의 잘못: 저자}*년 정사년[서기 57년] 6월에 이르러 왕위에 올랐다[及弩禮王崩 以光虎帝中元六年丁巳六月 乃登王位].[32] 옛날(昔)에 이것이 내 집이라 하고 남의

---

31) 이 대장장이 설화는 이미 신라가 철기 시대에 들어섰음을 보여 준다. 철을 다루는 기술은 고급 기술에 속했을 것이다.

집을 취하였으므로 성을 석씨로 하였다. 혹은 말하기를, "까치[鵲] 때문에 함[櫃]을 열었으므로 (鵲에서) 鳥 자를 제거하고 昔으로 성을 삼았다고도 하고, 함을 풀고 알에서 껍질을 벗고 나왔으므로 이름을 탈해라 하였다[因鵲開櫃 故去鳥字 姓昔氏 解櫃脫卵而生 故因名脫解]."고도 한다. 재위 23년 건초 4년 기묘년[서기 80년]에 승하하여 소천구에 장사지냈다[在位二十三年 建初四年己卯崩 葬疏川丘中]. 그 후에 (귀)신의 알림이 있어 내 뼈를 신중하게 묻어라 하였다[後有神詔 愼埋葬我骨]. 그 두개골[觸髏]의 둘레가 3자 2촌이고 신골[身骨]의 길이는 9자 7촌이며 이가 엉키어 하나가 된 듯하고[齒凝如一] 뼈마디가 모두 붙었으니 소위 천하무적 역사의 뼈라 할 것이다[其觸髏周三尺二寸 身骨長九尺七寸 齒凝如一 骨節皆連瑣 所謂天下無敵力士之骨]. 부수어 소상을 만들어 궐안에 안치했더니 (귀)신이 또 이르기를 내 뼈를 동악에 두어라 하여 여기에 봉안해 두었다[碎爲塑像 安闕內 神又報云 我骨置於東岳 故令安之]. *{일설에는 승하 후 27세 후손 문호왕 때인 조로 2년*{현경 5년의 잘못: 저자}* 경진년*{경신년의 잘못: 저자, 서기 660년}* 3월 15일 신유일 밤 태종에게 매우 사나운 모양을 한 노인이 현몽하여 말하기를—云 崩後二十七世文虎王代 調露二年庚辰三月十五日辛酉夜 見夢於太宗 有老人貌甚威猛 曰],33) "내가 탈해인데 내 뼈를 소천구에서 파내어 소상을 만들어 토함산에 안치하라[我是解脫也 拔我骨於疏川丘 塑像安於土含

---

32) 이 중원 6년은 중원 2년의 잘못이다. 광무제는 서기 25년 즉위하여 건무라 연호를 징하고 56년에 중원으로 연호를 바꾼 뒤 57년에 죽었다. 그러므로 중원은 2년뿐이다.
33) 이 '27세'는 4대 탈해왕으로부터 왕의 수를 헤아려서 30대 문무{호}왕 때라는 뜻이다. 그런데 660년은 현경 5년으로 29대 무열왕 7년 경신년이다. 경진년이 아니다. 그러므로 이 꿈은 무열왕이 죽기 1년 전에 꾼 것으로 보는 것이 옳다. 무열왕은 661년[현경 6년, 용삭 원년] 6월에 승하하였고 문무왕이 661년에 즉위하였다. 그러므로 661년이 문무왕 원년이 된다. 당나라도 현경에서 용삭으로 연호를 바꾸었다. 660년을 문무왕 때라 한 것은 이상하다. '조로[調露]'는 679년 한 해 동안 사용된 연호이다. 그러므로 '조로'는 이 조에 들어올 연호가 아니다. 이 조의 연대 '중원 6년'은 '중원 2년'으로, '조로 2년'은 '현경 6년 또는 용삭 원년'으로 써야 옳다. 연호와 숫자가 '중원 2년', '현경 6년'이 2는 6으로 현경은 조로로 헷갈린 것이다.

山." 하였다. 왕이 그 말을 좇았다. 그러므로 지금까지 나라 제사가 끊이지 않으니 즉, 동악신이라 한다[故至今國祀不絕 卽東岳神也云]}*. <『삼국유사』 권 제1 「기이 제1」 「제4 탈해왕」>

석탈해가 왕위에 오른 서기 57년[정사년]은 후한 광무제가 연호를 건무에서 중원으로 바꾼 해의 이듬해이다. 그 해에 광무제 유수도 죽었다. 그러니 57년은 중원 2년이다. 석탈해는 62세에 즉위하여 23년 재위했으니 85세에 승하하였다. 성 昔이 '옛날(昔)에 이것이 내 집이라' 한 데서 왔다는 설과 '까치 鵲'에서 '새 鳥'를 떼었다는 설 두 가지를 다 적었다.

『삼국유사』 권 제1 「기이 제1」 「제4 탈해왕」 조 (35a)는 '탈해가 임인년에 왔다.'는 데 대하여 논의하고 있다. 사실 남해차차웅 재위 기간인 서기 4년에서 24년 사이에는 임인년이 없다. 그러니 『삼국유사』는 당연히 임인년에 왔다는 것을 검토할 수밖에 없다.

제일 중요한 것은 석탈해가 서기 8년에 남해차차웅의 사위가 되었고 10년에 대보가 되었다는 사실이다. 그리고 서기 57년에 62세로 왕위에 올랐다. 57년에 62세라는 것이 확실하면 그는 기원전 5년생이다. 기원전 5년 이후의 첫 임인년은 서기 42년이다.

서기 42년 임인년에는 김수로왕이 가락 땅에 나타난 해이다. 탈해가 가락국에 나타나 수로왕과 왕위를 다투었다는 것은 이미 「가락국기」에서 보았다. 이때 탈해는 47세이다. 42년은 유리임금 19년이다. 그러므로 이때에 탈해가 한반도에 왔다면 남해차차웅의 사위가 될 수도 없고 유리임금이 그에게 왕위를 양보하였다는 이야기가 생길 수도 없다. 그러므로 42년에 가락국에 온 탈해는 신라 4대 왕 석탈해가 아니다.

그 앞 임인년은 기원전 19년으로 혁거세거서간 39년이다. (33c)에서

'이것이 시조 박혁거세 재위 39년이었다.'는 것을 보면 (35a)에서 『고본』의 기록이라고 한 것은 이를 가리키는 것으로 보인다. 이때는 기원전 5년 생인 탈해가 태어나기도 전이다. 그때는 김수로가 가락에 오기도 전이다.

서기 42년 다음의 임인년은 102년이 된다. 이 해는 5대 파사임금 23년이다. 탈해는 이미 서기 8년[13세]에 남해차차웅의 사위가 되었고 10년에 대보가 되었다. 이 임인년에 왔다고 하면 유리임금이 탈해임금에게 왕위를 양보하려 하였다는 일이 있을 수 없다. 그리고 파사임금 앞에 석탈해가 4대 왕이 될 수 없다. 물론 수로왕과 왕위를 다툴 수도 없다.

이로 보아 신라 4대왕 석탈해가 서라벌에 나타난 것은 임인년이 아닌 해로서 남해차차웅의 사위가 된 서기 8년보다 좀 앞선 해이다. 추측컨대 서기 2년인 임술년일 것이다. 그때 그는 7세쯤 되었다. 그의 출현 장면을 보면 어머니가 잉태한 지 7년 만에 알을 낳았다. 이것은 속임수이다. 7년 동안 어머니 뱃속에 있을 알이 어디 있겠는가? 그 알을 비단에 싸서 함에 넣어 배에 태워 떠내려 보내면서 인연 있는 곳에 가서 집안을 이루라고 하였다. 이것이 석탈해의 출생의 비밀을 푸는 열쇠이다. 그의 어머니 왕비는 왕 몰래 다른 남자와 사귀어 임신하여 아이를 낳아 7년 동안 비단 보에 싸서 숨겨 키우다가 적발되었을 것이다. '알을 낳았다.'는 것은 적발되었을 때 꾸며 댄 말이다. 왕은 내다 버리라고 하였고 왕비는 눈물을 머금고 아이를 온갖 보물, 종과 함께 배에 태워 보내었을 것이다.

제4장에서 본 대로 『삼국유사』 권 제2 「기이 제2」 「가락국기」에는 석탈해가 가락국에 와서 김수로와 왕위를 다투었다는 이야기가 들어 있다. 만약 이것이 옳다면 그 일은 서기 42년 이후에 일어난 일이라야 한다. 서기 42년에 가락국에 왔다는 탈해는 신라의 4대왕 석탈해가 아니고 또 다

른 탈해이다. 또 다른 탈해, 그는 누구일까?

여기서 중요한 사실은 이렇게 외부에서 한반도로 유입되는 세력이 있었고 그들이 지배 세력으로 자리 잡았다는 것이다. 특히 놀라운 것은 김수로왕과 탈해의 지혜 다툼에서 진 탈해가 배를 타고 도망치려 했을 때 그가 반란을 일으킬까 염려하여 체포하러 수로왕이 출동시킨 해군 군함이 무려 500척이라는 사실이다. 탈해는 계림으로 달아났고 수로왕도 남의 영해를 침범하지는 않았다. 이미 국경선이 그어져 있고 끊임없이 외부 세력과의 전투가 이어지고 있었다.

그 외부 세력은 북방에서 말을 타고 남하하는 주몽, 온조, 혁거세와 같은 대륙 세력과 배를 타고 서남쪽에서 바다로 들어오는 김수로, 김알지, 허황옥과 같은 세력, 그리고 동북쪽[감차카 반도 쪽]에서 바다로 들어오는 탈해와 같은 세력으로 대표된다고 할 것이다. 결국은 대륙에서 들어오는 세력과 해양에서 들어오는 세력이다. 정확하게 한반도의 지정학적 위치를 반영하고 있다. 국제정치 역학 관계가 작용하지 않을 수가 없다. 북해도나 사할린의 아이누 계통도 들어왔을 것이다. 그러나 그들은 지배족이 되기 어렵다.

외부에서 유입되는 세력은 어떤 세력일까? 제 나라, 제 고향에서 평안하게 잘 살 수 있다면 왜 그곳을 떠나 낯선 곳에 오겠는가? 그들은 그곳에서 살 수 없어서, 그곳이 평안하게 살 수 있는 곳이 못 되어 목숨을 걸고 탈출하여 왔다. 왜? 먹고 살 것이 없어서? 그런 인간들은 지배층이 못 된다. 그런 하층민들은 제 고향을 떠나 딴 곳으로 갈 배도, 말도, 돈도 없다. 그러니 그들이 올 리는 없다.

그러나 오면서 금은보화를 잔뜩 가지고, 노비까지 데리고 와서 지배족으로 군림하게 되는 이들은 어떤 사람들일까? 그들은 한때 최고 권력 근방에서 부귀영화를 누리다가 정치 전쟁에서 패배하고 목숨을 유지하기 위하여 모든 재산을 가지고 식솔을 거느리고 만만한 종족이 살고 있는 저 너머 땅으로 넘어오는 사람들이다. 이른바 난을 피하여 도망 온 사람들, 피난민, 난민이다. 혹은 탈해처럼 비정상적 상황에 처하여 쫓겨난 이들이다. 삶의 벼랑에 서 본 경험이 있어 수단과 방법을 가리지 않고 생명을 유지하였기에 생존 본능은 매우 강하다. 그들은 좀 고급하게 표현하면 정치적 박해, 종교적 박해를 피하여 모든 재산, 특히 황금과 화폐와 보물을 말 등에 얹거나 배에 싣고서 집단으로 이동의 길에 오른다. 그들은 권모술수에 이골이 나고 칼싸움, 활싸움에 길이 난 이들이다. 특히 말을 달리며 활을 쏘는 기동 공격력을 갖춘 기마 군단이다. 요새로 치면 전차를 앞세운 기갑, 보병 혼합의 기계화 군단이다. 한때는 다 정복자들이거나 정복자들의 앞잡이들이다. 이들은 당대에나 늦어도 한 대만 지나면 지배자가 된다. 우리는 앞에서 김허루가 그런 인물의 하나임을 보았다.

그나마 김수로는 허황옥이 나중에 찾아왔다. 석탈해나 김알지, 이들은 그런 흔적이 없다. 그래서 석탈해는 신라 왕실 박씨와 타협하여 남해차차웅의 딸을 취하였다. 김알지도 세{열}한을 낳았으니 서라벌에 와서 여자를 취하였다. 단군의 아버지 환웅인들 3천명의 무리를 이끌고 저 너머[디아] 이 땅에 올 때 그 무리 속에 여자가 몇 명이나 있었겠는가? 그러니 웅녀에게 씨 뿌려서[스포라] 단군을 낳을 수밖에 없었다.

모든 유이민 집단은 토착이나 선주민과 혼혈아를 만들 수밖에 없다. 그것이 디아스포라이다. 고향 땅을 떠나 저 너머에 씨를 뿌리는 것이다. 그 디아스포라, 종족의 이동이 가장 빈번하고 잔혹하게 이루어진 곳, 그곳이 흉노제국, 몽골제국, 돌궐제국이 차례로 건국된 스키타이 황금 문화 루트 초원의 유목지이다. 그곳에서는 인종청소가 예사로 일어났다. 가장 잔인한 군대가 몽골제국의 군대였고 흉노제국의 군대였다. 투르크제국도 뒤지지 않는다. 아시아의 비극적 역사이다. 그러니 중앙아시아에는 그렇게도 혼혈 종족이 많지.[34]

탈해가 죽고 왕위는 다시 박씨에게로 가서 5대 파사, 6대 지마, 7대 일성, 8대 아달라까지 이어졌다. 이는 박씨 왕들의 세계에서 이미 다 보았다. 그때도 왕실의 안방에는 김씨 여인들이 앉아 있었다.

<9벌휴임금/???>

9대 벌휴임금은 4대 탈해임금의 아들 석구추 각간의 아들이다. 즉, 벌휴는 탈해임금의 손자이다. 벌휴임금의 아버지 구추는 탈해임금 사망 후에 5대 파사임금, 7대 일성임금, 탈해의 태자 알지와 왕위를 다투다가 파사에게 왕위를 빼앗긴 탈해의 왕자이다.

벌휴임금은 184년에 왕위에 올랐다. 서기 57년 62세에 왕위에 오른 할아버지 탈해임금이 서기 80년 85세에 죽은 뒤 104년이 지났다. 할아버지 죽고 104년 뒤에 손자가 왕위에 오른다? 정상적으로는 불가능한 일이다.

벌휴임금의 어머니는 김씨 지진내례부인(只珍內禮夫人)이다. 벌휴임금의 즉위에도 외가인 김씨 집안의 배경이 작용하고 있었을 것이다. 벌휴임

---

34) 1992년 여름 처음 우즈베키스탄의 타슈켄트, 사마르칸트에 갔을 때 고려인 최스베틀라나 선생에게 '벡계[우즈벡인]'은 어떤 인종이냐고 물었다. 대답은 그게 불분명하다며, 여러 종족이 혼혈된 것 같다고 하였다. 2017년 2월 남미 페루에 갔을 때 유럽인과 토인 사이에 난 5:5 혼혈 종족을 메스티조(mestizo), 토인 1/4:유럽인 3/4을 카스티조(castizo), 토인 3/4:유럽인 1/4를 촐로(cholo) 등으로 구분하여 부르는 도표를 놓고 설명하는 박물관 직원을 보고 깜짝 놀랐다. 이 세상 어디를 가도 그렇게 인종청소 되어 사라진 종족의 슬픈 이야기가 넘쳐난다.

금의 왕비는 기록에 남아 있지 않다. 아마도 김씨일 것으로 생각된다.

8대 아달라임금이 죽은 후 아들이 없어 국인들의 추천으로 벌휴가 왕위를 이었다. 아달라임금의 왕비 내례부인은 박씨 지마임금의 딸이었다. 6대 지마임금의 왕비 애례부인[마제의 딸 김씨]도 아들이 없었다. 애례부인, 내례부인 모녀가 신라 왕실의 박씨 혈통을 잇지 못하였다. 이것이 박씨 임금에서 석씨 임금에게로 왕위가 넘어간 진정한 이유이다. 8대 아달라임금은 6대 지마임금의 사위이다. 7대 일성임금은 6대 지마임금의 백부이자 사돈이다. 왕위가 작은집으로부터 큰집으로 간 것이다. 왕위가 백부에게 간 것은 드문 일이다. 아들이 없어 사위 집으로 왕위가 가는 것은 흔한 일이다. 일성은 며느리를 잘 보아 왕이 된 것이다. 아들 아달라를 왕의 사위로 장가를 잘 들여 자신이 왕이 된 인물이 일성이다.

그런데 왜 아달라임금이 죽은 뒤에 석씨 벌휴가 왕위를 차지했을까? 벌휴임금이 아달라임금의 사위이라면 딱 좋은데, 그런 기록이 없다. 그러나 그 시기의 혼인 관계를 보면 석씨 벌휴가 박씨 아달라의 뒤를 이어 왕 자리를 차지한 이유가 드러난다. 다른 성씨가 왕 자리를 차지하는 권력 전쟁의 원리가 보인다. 석씨 임금들의 세계(世系)는 (36)과 같다.

(36) 4탈해/박씨 아효부인[2남해 딸]
　　석구추/김씨 지진내례부인
　9벌휴/???
　　골정/김씨 옥모부인[구도 딸]　　　　　　　　　이매/내례부인
11소분/석씨 이이혜[내해 딸], 12첨해/김씨[구도 딸]　10내해/골정 딸
13미추/광명랑, 14유례/석씨[내음 딸, 걸숙　　　우로/조분 딸, 내음
　　　　　　　　　　　　15기림　　　　　　16흘해

(36)에서 제일 중요한 사실은 탈해임금이 아들 구추의 아내로 지진내례부인 김씨를 선택한 것이다. 그리고 탈해의 손자 9대 벌휴임금도 아들 골정의 아내로 김씨 옥모부인을 선택하였다. 이 옥모부인이 김구도의 딸이다. 벌휴임금의 왕비는 기록이 없다. 그리고 골정의 아들인 12대 첨해임금의 왕비도 김구도의 딸이다. 탈해임금의 후손 3대[또는 4대]에 걸쳐서 김씨 집안에서 아내를 데려왔다. 그것도 김구도는 골정-첨해임금 부자를 사위로 삼았다. 이 김구도가 어떤 역할을 했을까?

<10내해임금/석씨[골정 딸]>

10대 내해임금은 196년에 왕위에 올랐다. 아버지는 벌휴의 2자 이매이고 어머니는 내례부인이다. 왕비는 벌휴의 1자 골정의 딸이다. 내해임금은 4촌 여동생과 혼인한 것이다. 9대 벌휴임금이 죽었을 때 그의 첫 아들 골정과 둘째 아들 이매가 다 죽고 없었다. 골정의 아들인 종손 조분이 너무 어려서 골정의 사위인 내해가 왕위를 이었다. 내해는 조분의 4촌이고 조분의 누나의 남편이어서 자형이다. 벌휴임금의 장자 골정도, 장손 조분도 오르지 못한 왕위에 골정의 사위가 오른 것이다.

내해임금이 죽을 때 사위 조분이 왕위를 이으라고 유언하여 조분이 왕이 되었다. 큰집의 종손에게 왕위를 돌려준 것이다. 그러나 내해임금에게 아들이 없었던 것은 아니다. 내해에게는 태자 석우로(于老)와 석내음(奈音[이음(利音)이라고도 함)이라는 출중한 아들들이 있었다.

석내음은 207년에 이미 이벌찬[각간]이 되어 내외병마사를 겸하였다. 209년에 태자 석우로와 이벌찬 석내음은 가라 왕자의 요청으로 가라를 침범한 포상팔국[蒲上八國: 골포(骨浦, 창녕(?), 마산), 칠포(漆浦, 漆原), 고사포(古史浦, 鎭海(鎭東, 鎭田, 鎭北)) 등 해안의 여러 국가들을 무찔러 가라를 구원하였다. 이벌찬 석내음은 220년에 죽었다. 충훤(忠萱)이 이벌찬이 되어 병마사를 맡았다. 석우로는 231년에 감문국(甘文國: 김천)을 토평하고, 233년 사도(沙道: 영덕)에서 왜적의 침범을 물리치고, 245년 마두책(馬頭柵)에서 침범해 온 고구려 군사를 방비하는 등 많은 전공을 세웠다. 244년 서불한(舒弗邯(伊伐飡의 딴 이름))이 되었다. 249년에 왜인에게 피살되었다. 석우로가 석씨로서는 가장 훌륭한 인물로 보인다. 그는 내해의 태자까지 되었었다. 그런데 왜 그 훌륭한 석우로가 왕이 되지 못하고 4촌에게 왕위를 빼앗겼을까? 여기에는 두 가지 요인이 있었다.

첫째 요인은 내해임금의 원려(遠慮)이다. 내해는 종손 석조분이 어려서 자신이 왕이 된 사정을 잘 이해하고 있었다. 자신의 사후 일들을 잘 관리하지 못하면 집안이 피바다가 된다는 것을 알았다. 그래서 미리 4촌 아우 종손 조분을 사위로 삼아 그의 반발을 누그러뜨렸다. 거기에 더하여 자신의 태자인 석우로를 조분의 딸에게 장가들였다. 종가집 딸을 며느리로 데려옴으로써 종가집과 작은집의 갈등을 미연에 방지한 것이다.

석우로는 석조분의 사위이다. 그의 아내가 조분의 딸 명원부인이다(16대 흘해임금의 어머니). 조분은 가장 강력한 라이벌인 앞왕의 아들 5촌 조카 석우로를 사위로 삼음으로써 정권도 안정시키고 석우로로 하여금 아름다운 이름을 남기게 하였다. 석우로의 팔자는 일반적으로 역적으로 몰려 죽게 될 운명이다. 그에게 아무 회한이 남지 않았을까? 종가와 작은집의 관계, 종손은 어리고 작은집의 4촌이나 6촌이 더 나이가 많은 경우 껄끄러운 일은 항상 있게 마련이다.

둘째는 내해임금 시대의 정치권력 구도이다. 아무리 내해가 미래를 내다보고 불행을 방지했다고 하더라도 태자 석우로가 말 안 들으면 쿠데타가 나게 되어 있다. 그런데 그는 왜 5촌 당숙에게 왕위가 가도록 순순히 받아들였을까? 그것은 석조분을 미는 세력의 무력이 강했기 때문이다. 조분이 누구인가? 골정과 옥모의 아들이다. 아버지 골정은 이미 죽은 힘없는 석씨이다. 중요한 것은 어머니 옥모부인이다. 옥모가 누구 딸인가? 조분의 외가가 어디로 가는가? 옥모의 아버지는 김구도이다.

김구도는 벌휴임금의 사돈이다. 내해임금의 할아버지가 벌휴이다. 그 할아버지의 사돈 구도가 버티고 있다. 석내해와 우로가 구도의 눈치를 안 볼 수 없다. 또 구도의 아들이 누구일까? 즉, 조분의 외삼촌이 누구이겠는가? 구도의 아들, 옥모의 형제가 버티고 있다. 이런 상태에서 큰집 큰어머니 옥모의 아들 석조분을 제치고 작은집 조카인 석내해가 제 아들 석우로를 고집할 수 없다. 석우로도 큰집 할머니 옥모부인을 거역할 수 없다.

이때 석우로의 어머니이고 내해의 왕비인 골정의 딸이 문제가 된다. 그녀가 남편 내해가 죽은 뒤 후사를 이을 왕으로 자신의 아들 석우로를 고집하면 어떻게 되겠는가? 분란이 일어난다. 그러니 그녀는 눈물을 머금고 아들보다 큰집 종손인 아우를 선택하였다. 그 종손 아우 석조분이 바로 그녀의 사위였다. 아들이 있는 데도 사위를 선택하였다.

그러나 이 경우는 유리임금이 자신에게 아들이 일성, 파사 둘이나 있는데도 아버지의 사위 탈해를 선택한 것과는 사정이 판이하다. (36)에서 '골정/구도 딸[옥모부인](할머니)-내해임금/골정 딸(고모)-조분임금/내해 딸[아이혜](외손녀)'로 이어지는 모계 혈통에서 옥모의 힘이 느껴진다. 후계 왕 선택권이 할머니에게 있는 것이다.[35]

---

35) 네이티브 아메리칸, 알라스카 인디언 사회는 레이번[가마귀]와 이클[독수리], 두 혈족으로 이루어져 있다. 레이번은 이클과만 혼인하고 이클은 레이번과만 혼인한다. 혈

<11조분임금/석씨 아이혜부인[내해 딸]>

11대 조분임금은 230년에 즉위하였다. 아버지는 석골정이다. 골정은 9대 벌휴임금의 장자이다. 벌휴는 석구추의 아들이다. 구추는 탈해의 아들이다. 조분은 탈해의 현손(玄孫)으로 석씨 집안의 종손(宗孫)이다. 왕비는 석씨 아이혜부인으로 10대 내해임금의 딸이다. 조분의 5촌 조카이다. 내해임금은 4촌 아우를 사위로 삼은 것이다.

조분임금은 '아버지 골정/어머니 옥모-사촌형 내해임금/누내골정 딸]-조분/왕비[내해 딸]'로 모계가 이루어진다. 거기에 또 자신의 딸을 내해임금의 아들 우로에게 시집 보내었으니 '내해임금/누나 부부'와 사돈이 되었다. 그리하여 조분은 10대 내해임금의 4촌이고, 사위이고, 처남인데 이제 사돈이 되었다. 겹겹으로 얽힌 족내혼[endogamy]이다. 족내혼, 혼인계의 장점이 잘 작동하고 있다. 이런 데서 분란이 일어나면 친족 간에 살육이 벌어진다.

(37)에서 조분임금이 왕위에 오르는 힘의 원천은 어디에 있는가? 조분

통은 여자를 통해서만 계승된다.

　한 집안의 할머니가 레이번이면 할아버지는 이글이고, 아버지, 고모는 모두 레이번이다. 레이번 할머니의 사위와 며느리는 모두 이글이다. 레이번 고모가 이글 남자와 혼인하여 낳은 외손주는 모두 레이번이다. 이글 며느리가 레이번 아버지와 혼인하여 낳은 친손주는 모두 이글이다. 레이번 혈통은 '레이빈 할머니-레이번 고모-레이번 외손녀'로 여자에 의하여 이어지고, 남자는 '이글 할아버지-레이번 아버지-이글 손자-레이번 증손자'로 한 대마다 다른 혈족이 된다. 이렇게 하여 남자는 장가를 가서 처가살이를 하고, 여자는 시가에 가지 않고 어머니 집[친정]에 앉아서 다른 혈족의 남자를 맞아 '할머니-고모-외손녀'의 혈족을 이어간다.

　이는 자녀가 어머니 성을 이어받는다고 생각하면 쉽게 이해된다. 김씨 할머니와 이씨 할아버지가 혼인하여 낳은 자식은 다 김씨이다. 이 김씨 가운데 여자들은 그 자녀들에게 김씨 성을 물려준다. 김씨 남자들은 자녀들에게 제 아내의 성에 따라 박씨, 손씨, 강씨 각각의 성을 물려준다. 김씨 딸들이 낳은 외손주들은 다 김씨인데 김씨 아들들이 낳은 친손주들은 어머니 성에 따라 제 각각의 성을 갖게 된다. 할머니에게는 같은 혈족인 외손주들이 다른 혈족인 친손주들보다 더 예쁘다.

의 어머니 옥모부인에게 있다. (36)에서 옥모의 힘은 어디에서 오는가? 시아버지 벌휴임금에게서? 그는 이미 죽었다. 시어머니 벌휴왕비에게서? 누군지도 모른다. 옥모의 힘은 친정에서 온다. 친정 아버지 김구도의 힘에서 온다. 조분은 김구도의 외손자이다. 김구도가 죽었으면 친정 오빠, 동생에게서 온다. 옥모의 친정 오빠, 동생은 누구일까? 아직 등장하지 않았다.

(37)   골정/김씨[옥모[구도 딸]   이매
     조분/석씨 아이혜[내해 딸], 첨해/김씨[구도 딸], 내해/석씨[골정 딸]
                                   우로/석씨[조분 딸]

그런데 조분임금이 죽은 후에 왕위를 이어받은 것은 그의 아우 첨해임금이다. 조분임금에게 아들이 없었을까? 아니다.

<12첨해임금/김씨[구도 딸]>

12대 첨해임금은 247년에 즉위하였다. 아버지는 석골정이다. 어머니는 김씨 옥모부인이다. 첨해는 조분임금의 동모제이고 김구도의 외손자이다. 그런데 첨해는 김구도의 사위이기도 하다. 첨해는 어머니 옥모의 여동생인 이모와 혼인한 것이다.[36]

---

36) 대마도에는 와타즈미 신사[和多都美 神社]가 있다. 거기에 가서 우가야후기아에즈노 미코토[鸕鷀草葺不合尊]가 그의 이모 다마요리히메노 미코토[玉依命]와 혼인하였고, 그들의 넷째 아들이 일본 초대 천황 신무[神武]라는 스토리를 듣고 나는 무슨 이런 혼습이 다 있는가 하였다. 그러나 신라에서 박씨 파사임금도 이모와 혼인하였고 석씨 첨해임금도 이모와 혼인하였다. 이 두 왕의 어머니와 이모는 모두 김씨이다. 그것은 바로 흉노족의 혼인 관습이었던 것이다.
　　와타즈미 신사는 거기서 우가야후기아에즈노 미코토를 낳은 부모인 히코호호데미노 미코토[彦火火出見尊]과 도요타마히메노 미코토[豊玉姫命]를 제신으로 한다. 음력 8월 1일 오 마쓰리[大祭]가 열린다. 공교롭게도 8월 1일은 김수로왕과 허 왕후가 배필 정고개 아래 천막 궁에서 2박 3일의 혼례를 치르고 왕궁으로 우귀한 날이다. 용원 망

조분이 죽고 첨해가 왕위를 이은 원동력은 어디에서 왔는가? 조분의 사위 석우로는 혁혁한 공을 세우고 이미 이벌찬이 되어 있었다. 조분에게 아들이 없었다면 당연히 사위 석우로가 왕이 되어야 한다. 그런데 겉보기에는 아무런 공도 세운 적이 없는 석첨해가 앞앞왕의 아들이고 직전 왕의 사위인 석우로를 제치고 왕이 되었다. 거기에 더하여 조분임금의 장자도 있었다. 그는 나중에 14대 왕이 되는 석유례이다.

이 이상한 왕위 계승 이후 첨해는 아버지 골정을 세신(世神)갈몬왕으로 봉하였다. '세상의 신'이라, 좀 그렇다. 차라리 天神이라 하지. 형 조분도 안 한 일을 하였다. 이에 관하여 김부식은 드물게 보는 바른 말을 하고 있다. 이 말이 바른 말일까, 후세인이 하는 넋두리일까?

(38) a. 논하여 말한다, 한나라 선제가 즉위하자 유사가 아뢰기를, 남의 뒤를 잇는 자는 그의 아들이 되는 것이다. 그러므로 굽혀서 그 낳은 부모를 제사 지내지 않는 것은 조상을 높이는 뜻이 있다. 이러한 까닭으로 황제의 소생부를 친이라 하고 시호를 도라 하며 어머니를 도후라고 함으로써 제후, 왕과 구분하였다. 이것은 경의에 합치하며 만세의 법도가 되었다. 그러므로 후한 광무제와 송나라 영종도 이를 법 받아 시행하였다.

산도에서 주포까지 말과 배 달리기 축제를 했다는 7월 29일의 바로 다음 날이다.

이 신사의 도리이는 다섯 개다. 그 도리이를 일직선으로 연결하면 거제도의 가라산에 닿는다. 가라산의 봉수대에서 피운 봉화는 가덕도의 연대봉을 거쳐 김해의 분성산으로 이어진다. 일본의 도래인들이 어떤 루트를 통하여 이동해 갔는지를 보여준다. 역으로 그 봉수대는 왜구들의 침략 루트를 보여주기도 한다. 거제도, 가덕도, 심지어 우리 고향 뒷산 굴암산, 웅산 기슭에서 동남쪽을 바라보면 대마도가 보인다.

일본 구주의 기리시마[霧島] 신궁은 신무천황의 4대 조부모를 모시고 있다. 거기에 도요타마히메노 미코토가 신무천황의 할머니로 적혀 있다. 이 신화를 따라 이동해 가면 대륙에서 출발하여 가락을 거쳐 대마도, 구주의 가고시마[鹿兒島], 기리시마, 미야자키[宮崎]를 지나 동정(東征)하여 나래[奈良]의 야마퇴[大和]에 이르는 일본 건국 신화를 관찰할 수 있다.

b. 신라는 왕의 친족으로부터 들어와 대통을 계승하는 임금이 그 아
버지를 높여 칭왕하지 않는 경우가 없다. 이와 같을 뿐만 아니라 그 장
인을 봉하기도 한다. 이것은 예가 아니니 실로 법 받아서는 안 될 일이
다. <『삼국유사』 권 제1 「기이 제1」 「제4 탈해왕」>

　이 논의는 첨해가 아버지 '골정'을 갈문왕으로 봉한 것을 비판한 것이
다. 그렇긴 하지. 참의도 못한 조상을 '증영의정'도 하는데 뭐. 갈문왕 자
체가 예비 왕이고 이미 죽은 아버지야 예비로도 못 쓰니 어떠랴.

　그러나 이 비판은 이상하다. (38a)의 논제는 '남의 양자로 들어가는 것
은 그 양부의 조상을 높이려는 것이다. 그러니 낮추어 자기 아버지에게
제사하면 안 된다.'이다. 그런데 (38b)의 논제는 '신라에서는 왕이 되면 아
버지를 갈문왕으로 추봉하는 관습이 있는데 이는 예가 아니라.'는 것이다.

　첨해가 추봉한 아버지는 골정이다. 골정은 아버지가 9대왕 벌휴임금이
었고 아들 조분이 11대 왕이 되었다. 골정의 제사를 모셔도 문제될 것이
없다. 갈문왕으로 추봉하여도 문제될 것이 없다. 10대 내해임금의 제사는
그 아들 석우로가 모시면 되는 것이고 형 11대 조분임금의 제사는 그 아
들 14대 유례임금이 지내면 되는 것이다.

　정작 중요한 것은, 형이 죽었는데 왜 아우가 왕위를 물려받는가이다.
그것을 물었어야지.37) 형 조분의 아들 석유례도 있고, 형의 조카이며 사

---

37) 이것은 한나라 말 평제의 조정에서 견한이 제기한 문제이다. 그때 왕망이 세운 평제
　　는 '10선제-11원제-12성제-13애제-14평제'로 이어졌다. 그런데 평제는 원제의 손자
　　이다. 원제의 손자인 평제가, 역시 원제의 손자인 애제의 뒤를 이어 황제가 된 것은
　　잘못된 것이다. 이렇게 평제 앞에서 평제의 황위 계승의 정통성 결여를 만천하에 공
　　개하도록 사주한 것이 왕망이다. 평제의 속은 타들어갔다. 결국 왕망은 사위인 평제
　　를 독살하고 2살짜리 유영을 황제의 자리에 앉혀 바보로 만들었다. 정권 쟁탈전의 비
　　정함과 권모술수의 잔인함을 볼 수 있다. 김당이 큰할아버지 김상의 후사가 되어 증
　　조부 김일제의 손자처럼 되는 것을 견한이 비판한 것도 이 맥락이다. 그로하여 도성

위인 석우로도 있다. 그걸 다 제치고 삼촌, 처삼촌인 첨해가 왕위를 차지하면 형의 제사를 어떻게 하나?

아버지 골정은 제사상에 큰 아들 조분과 나란히 앉아 둘째 아들 첨해의 제사를 받으며 '내 손자는 어딨어?' 하지 않을까? 조분은 아들의 제사를 받고 싶은데 아우인 첨해가 올리는 술잔을 무슨 맛으로 마시나? 이런 경우 첨해가 형 조분의 제사를 모시지 않고 아버지 골정의 제사부터만 모실지도 모를 일이다. 그러니 할아버지를 아버지라 하고 증조부를 할아버지라 하게 되지. 하기야, 제사가 무슨 상관이랴?

첨해가 왕이 된 이 과정도 그의 처가를 보지 않고는 설명이 안 된다. 그의 왕비도 김구도의 딸이다. 첨해는 어머니 옥모의 여동생인 이모와 혼인한 것이다. 이모의 힘이 어머니 옥모를 통하여 외할아버지 구도에게 연결되고 있다. 석우로는 비록 조분임금의 사위가 되었지만 처삼촌 첨해에게 밀려서 왕위를 이어받지 못하였다. 이 대목에서 쿠데타가 필요한데 조분의 사위 석우로도 조분의 장자 석유례도 눈물을 머금고 받아들일 수밖에 없었다. 김씨, 구도 집안의 힘이 얼마나 강력했는지 알 수 있다. 흉노 제국의 기마전술과 왕망과 더불어 전한을 멸망시키고 신나라를 건국한 권모술수가 서라벌의 왕권 정도 먹는 거야 식은 죽 먹기이지.

신라 왕위 계승의 제1 원리 "힘 센 자가 왕이 된다."는 이렇게 하여 실증적, 경험적으로 도출된 가설이다. 하기야 신라만 그러했겠는가? 어느 시대, 어느 곳에서나 "힘 센 자가 다 가지는 것이지."

261년 12월 첨해가 승하하였다. 이제는 석우로나 석유례에게 찬스가 왔을까? 아뿔싸, 이미 12년 전 249년에 우로는 죽었다. 첨해가 즉위한

후 김안상을 이어받은 김흠이 자살하고 김흠의 조카 김탕이 도성후를 이어받았다.

247년에 이미 우로는 연로하였다. 우로의 별은 조분이 즉위하던 230년 그 순간에만 빛났던 것이다. 인생에서 별을 보는 기회는 한 순간뿐이다. 그 순간에 별을 따야지 늦추면 그 별은 남의 별이 된다. 우로는 자기 별도 못 본 것 아닐까? 석내음은 이미 220년에 죽었다. 작은집으로 왔던 행운은 상처만 남기고 큰집으로 떠나갔다가 다시 16대 흘해임금 때 돌아온다.

김미추가 왕이 된 까닭

<13미추임금/석씨 광명랑(조분 딸>

262년이 되었다. 구랍(舊臘), 첨해임금은 이승을 떠났다. 왕위 계승은 어떻게 될 것인가? 조분임금의 아들 석유례에게 왕위가 갈 수도 있는 것 아닐까? 조분은 이미 247년에 죽었다. 그의 아들이 유복자라 하더라도 지금 15세이다. 15세면 왕도 되고 장가도 가고, --- 전쟁터에 가서 적군도 죽이고 다 할 수 있다. 그런데 국인들은 미추를 즉위시켰다. 13대 미추임금이다. 왜 그랬을까?

김씨는 어떻게 왕위에 올랐는가? 13대 미추임금이 첫 김씨 왕이다. 그는 석씨 왕 11대 조분임금의 사위이다. 그런데 조분임금은 미추의 누나 옥모부인과 9대 벌휴임금의 아들 골정 사이에서 태어났다. 따라서 미추는 조분의 외삼촌이다. 조분은 외삼촌을 사위로 둔 것이다.

12대 첨해임금은 조분의 아우이다. 그러면 미추는 첨해의 외삼촌이기도 하다. 그런데 첨해가 또 미추의 누이와 혼인하였다. 첨해는 어머니 옥모의 동생, 이모와 혼인한 것이다. 첨해가 아들 없이 죽어 미추가 즉위하였다. 미추는 매부 첨해의 뒤를 이은 것이다.

우연히 이렇게 되어서 미추가 왕이 되었다고 해도 옥모와 골정의 혼인이 이 행운을 지배하고 있다. 그런데 '김구도 딸 옥모/석골정, 김구도 딸/석첨해, 석조분 딸/김구도 아들 미추'의 이 3번에 걸친 혼인이 우연일 리는 없다. 여기에 누군가의 의도가 작용하였다면 그것은 무서운 정략이다. 혼인계이다. 누가 이 당시의 정권 실세이겠는가? 당연히 옥모와 구도이다. 미추가 왕이 되는 데에는 누나 옥모부인 김씨와 아버지 구도의 역할이 있었을 것이다. 김구도, 그는 누구인가?

김구도와 비슷한 혼인계를 썼던 인물로 사요부인[유리임금의 둘째 왕비]와 사성부인[파사임금의 왕비]의 아버지 김허루 갈문왕이 있었다. 김구도와 김허루는 무슨 관계에 있는 것일까? 지마임금의 왕비 내례부인의 아버지 김마제와는 어떻게 연결되는 것일까? 그들은 토착 김씨일까, 아니면 외래 유이민 김씨들의 후예일까?

파사임금, 지마태자, 김허루, 김마제가 함께 등장하는 장면이 지마태자의 태자비를 간택하던 그 장면이다. 이 장면은 지마가 즉위한 서기 112년 이전의 일이다. 나이는 김허루가 좀 많고 마제가 좀 적어 보인다.

5대 파사임금은 80년, 6대 지마임금은 112년, 7대 일성임금은 134년, 8대 아달라임금은 154년, 9대 벌휴임금은 184년에 즉위하였다. 왕이 5대를 이어가는 그 100여년 사이에 왕비족 김씨들은 몇 대를 이어왔을까? 김허루가 서기 57년 이전 기록에 나오고, 김알지는 60년 이후, 김마제는 112년 이전 기록에 나온다. 이들은 거의 동시대 인물들이다. 김허루와 마제는 한 세대 정도 차이가 있다. 구도는 170년대에 등장하니 마제보다 2세대 아래 인물로 보인다. 구도는 마제의 손자뻘이고 허루의 증손자뻘일 가능성이 크다. 100여년 동안 김씨들도 대략 5세대가 이어졌다.

그 5세대 사이에 김씨들은 이미 서라벌에서 강력한 세력 집단을 형성하였다. 그것이 어떻게 가능했을까? 김수로와 김알지가 아무 재산도 없이 홀홀단신으로 한반도에 나타났다면 불가능한 일이다. 기껏 자식들 낳아야 5세대 동안 몇 명을 낳았겠으며 재산을 모아야 얼마나 모았겠는가? 그들은 올 때 집단으로 왔고 많은 재물과 무기, 말을 배에 싣고 왔을 것이다.

서기 42년에 최초의 김씨 수로가 가락국에 출현한 후로 미추가 신라의 왕위에 오른 262년까지 220년이 흘렀다. 60년{또는 65년}에 알지가 서라벌에 출현한 후 200년이 흘렀다. 그 200년 동안 알지로부터 미추까지 7대가 이어졌다. 대략 30년이 1세대라는 것을 알 수 있다.

미추임금의 아버지 구도갈몬왕

석씨 왕 시대의 실권자 김구도는 어떤 인물일까? 『삼국사기』에서 그에 관한 기록을 보기로 한다. (39e, f)는 동일한 내용이 신라, 백제 두 나라 기록에 다 있어서 신빙성이 매우 높다. 서기 190년, 그 해는 구도의 영욕이 갈리는 순간이다.

(39) a. 172년[아달라 19년] 봄 정월 구도를 파진찬으로 삼고 구수혜를 일길찬으로 삼았다[十九年 春正月 以仇道爲波珍湌 仇須兮爲一吉湌]. <『삼국사기』 권 제2 「신라본기 제2」 「아달라임금」>

b. 185년[벌휴임금 2년] --- 2월 파진찬 구도와 일길찬 구수혜를 제수하여 좌우 군주로 삼고 소문국을 정벌하였다[二月 拜波珍湌仇道一吉湌仇須兮 爲左右軍主 伐召文國]. 군주의 명칭이 이때부터 시작되었다*{군주 이하 일곱 글자는 지증마립간 6년 조에도 보인다}*[軍主之名 始於此*{軍主以下七字 亦見智證麻立干六年條}*].

c. 188년[동 5년] 봄 2월 백제가 모산성을 공격하여 왔다[五年 春二月 百濟來攻母山城]. 파진찬 구도에게 명하여 출병하여 막게 하였다[命

波珍湌仇道 出兵拒之].

d. 189년[동 6년] 가을 7월 구도가 백제와 구양[옥천]에서 싸워 이겨 500여급을 죽이고 사로잡았다[六年 秋七月 仇道與百濟 戰於狗壤 勝之 殺獲五百餘級].

e. 190년[동 7년] 가을 8월 백제가 서쪽 국경 원산행[예천]을 습격하여 또 나아가 부곡성[군위]을 포위하였다[七年 秋八月 百濟襲西境圓山鄉 又進圍缶谷城]. 구도가 날쌘 기마 500을 거느리고 격파하였다[仇道率勁 騎五百擊之]. 백제군은 거짓 도망하였다[百濟兵佯走]. 구도가 추격하여 와산[보은]에 이르러 백제에게 패전하였다[仇道追及蛙山 爲百濟所敗]. 왕은 구도의 실책이므로 벼슬을 낮추어 부악성주로 삼고 설지를 좌군 주로 삼았다[王以仇道失策 貶爲缶谷城主 以薛支爲左軍主]. <『삼국사기』 권 제2「신라본기 제2」「벌휴임금」>

f. 190년[백제 초고왕 25년] 가을 8월 군대를 내어 신라 서쪽 국경 원 산행[예천]을 습격하고 나아가 부곡성을 포위하였다[二十五年 秋八月 出 兵襲新羅西境圓山鄉 進圍缶谷城]. 신라 장군 구도가 마병 500을 거느리 고 막았다[新羅將軍仇道帥馬兵五百拒之]. 우리 군사가 거짓으로 후퇴하 였다[我兵佯退]. 구도가 추격하여 와산에 이르렀다[仇道追至蛙山]. 우리 군대가 반격하여 크게 이겼다[我兵反擊之大克]. <『삼국사기』권 제23「백 제본기 제1」「초고왕」>

서기 172년에 파진찬이 된 김구도는 기마병을 거느리는 장군이었다. 무 력이 뒷받침되는 집안이다. 구도는 172년에 몇 살쯤 되었을까? 20세? 파 진찬이 그보다 어린 나이에 되기는 어렵다. 40세? 너무 많다. 한 30세쯤이 적절할 것이다. 구도는 143년생쯤이 된다. 143년은 일성임금 10년이다. 60년{또는 65년}에 나타난 김알지로부터 80여년이 되었다. 1알지-2세한 -3아도-4수유-5욱부-6구도로 이어지므로 구도 출생까지 5대가 이어오는 동안 80년밖에 흐르지 않았다. 1세대가 15년 남짓이다. 모두 16세에 혼인하여 17세에 첫아들을 낳아야 달성할 수 있는 기록이다.

190년 구도의 패전으로부터 73년이 지나서 미추임금이 즉위 2년[263년]에 아버지 구도를 갈몬왕으로 봉(封)하였다[追封이라는 용어를 쓰지 않았다]. 살아 있었으면 구도는 그때 몇 살일까? 143년생쯤이니까 121세이다. 안 되지. 미추임금이 아버지 구도를 갈몬왕으로 봉할 때 구도는 이미 세상을 떠났을 수도 있다. 안 그러면 152년보다 더 후에 태어나야 하는데 20세 이하에 파진찬이 된다는 것은 무리하다.

구도가 143년생쯤 되므로 구도의 딸 옥모는 아무리 빨라도 160년 이후에 출생해야 한다. 편의상 162년에 출생한 것으로 보자. 옥모를, 구도가 20세경에 낳은 첫아이로 간주한 것이다. 옥모가 석씨의 종손 조분을 20세에 낳았다고 치자. 그러면 조분은 빨라야 182년생이다. 조분이 광명랑을 첫아이로 20세에 낳았다면 광명랑은 빨라야 202년생이다.

미추는 몇 년생쯤 될까? 미추는 262년에 즉위하여 284년에 승하하였다. 190년생이라 치면 262년 즉위할 때에 73세가 되고 284년 승하 시에 95세가 된다. 너무 많다. 그래도 누나 162년생 옥모와 28세 차이가 나고 143년생 아버지 구도는 48세에 미추를 낳았어야 한다. 미추의 출생년을 더 앞으로 당길 수는 없다. 더 늦출 수는 있을까? 10년 늦추어 200년생이라 치자. 262년 즉위 시에 63세이고 284년 승하할 때 85세이다. 미추가 200년생이면 누나 옥모와 38세 차이가 나고 143년생 아버지 구도는 58세에 미추를 낳았어야 한다. 너무 늦다. 불가능한 것은 아니지만 58세에 아들을 낳기는 어렵다. 거기에 미추보다 후에 태어난 누이와 아우도 있다. 미추의 출생년은 190년으로 추정하는 것이 적절하다.

누나 옥모와의 나이 차이를 줄이면 아내 광명랑과의 나이 차이가 커지고, 아내와의 나이 차이를 줄이면 누나와의 나이 차이가 커진다. 아버지의 외손자 조분임금의 딸과 혼인하였으니 당연한 일이다. 미추임금은 매뀌골[정]과 누나[옥모]의 아들인 조분의 딸과 혼인한 것이다.

202년생쯤인 광명랑과 190년생인 미추 사이에 12세의 나이 차이가 있다. 광명랑이 18세에 혼인하였다 치면 미추는 30세이다. 이 경우 미추의 이 혼인이 초혼이기는 어렵다. 아내가 누나의 손녀이다. 홀아비 미추는 30여세가 넘어 누나의 어린 손녀와 재혼함으로써 왕이 될 수 있는 아내 찬스를 잡은 것으로 보인다. 이것은 미추와 광명랑의 혼인이 상당히 정략적 성격을 띠고 있었음을 의미한다. 그 정략결혼의 설계자는 누구일까? 당연히 미추의 아버지 김구도일 수밖에 없다. 구도는 이미 딸 옥모를 9대 벌휴임금의 아들 골정과 혼인시킴으로써 왕의 사돈이 되었다. 비록 골정이 죽어 옥모가 왕비가 되지는 못했지만 종손인 조분을 낳았다.

김알지가 60년{또는 65년}에 나타났고 미추가 262년에 즉위하였으니 (40)으로 이어오는 동안 약 200년이 흘렀다. 1대를 30년으로 보고 7대가 흐르면 210년쯤 된다. 적절한 세월과 대수가 지났다.

(40) 1알지-2세한-3아도-4수유-5욱부-6구도-7미추

13대 미추임금의 아버지는 김구도이다. 구도는 11대 조분임금의 외조부이고, 12대 첨해임금의 외조부 겸 장인이다. 구도가 신라 김씨가 왕위를 차지하게 한 권모술수의 도시인 것이다. 김씨의 권력 장악에는 구도의 딸 옥모부인이 큰 역할을 하였을 것이다. 역시 "힘 센 자가 왕이 된다."

김미추는 옥모부인의 동생이다. 그러니 조분의 외삼촌이다. 첨해에게도

외삼촌이며 처남이다. 13대 미추는 매부의 왕위를 이어받은 것이다. 거기에 미추의 아내는 조분의 딸 광명랑이다. 미추는 조분의 사위이기도 한 것이다. 외삼촌이자 사위, 좀 이상하다. 이 복잡해 보이는 가족 관계도 간단한 도표 하나면 명료하게 이해된다.

(41)에서 광명랑이 할머니 김옥모의 동생인 김미추와 혼인한 것이 이 모든 혼돈의 원인이다.

(41)　　　김구도
　　석골정/김씨 옥모[구도 딸], 13김미추/광명랑[조분 딸], 석이매
　　11조분/아이혜[내해 딸], 12첨해/김씨[구도 딸], 10내해/골정 딸
　　광명랑/13미추, 14유례/석씨[내음 딸], 걸숙,　　　우로/조분 딸, 내음
　　　　　　　　　　　　　　　15기림　　　16흘해

할머니에게 어린 남동생이 있어 광명랑이 할머니 따라 아버지의 외가[진외가, 할머니 친정]에 놀러갔다가 젊은 진외종조부와 사랑을 나누었을까? 아니면 할머니가 상처한 홀애비 동생에게 어린 손녀를 재취로 보낸 것일까? 이 두 케이스 외에도 많은 경우의 수가 있지만 아내를 잃은 김유신에게 누이(??) 문명왕후가 딸 지소공주를 시집보내어 외숙부(??)의 수발을 들게 한 사연을 보면 후자일 가능성이 크고 최대한 순수하게 설정하면 전자가 될 수도 있다. 나는 후자를 선택한다. 세상 모든 일은 권모술수와 정략에 의하여 움직인다.

김미추는 막강한 권세를 휘두르는 신라 초기의 측천무후격인 누나 김옥모 부인 덕택에 공주를 아내로 맞이하는 횡재를 누린 것이다. (41)의 도표는 고모, 이모, 3촌, 4촌, 6촌 친인척 사이에 혼인하였음을 보여 준다.

남편[석골정]이 먼저 떠난 김옥모는 아마 일찍 홀로 되었을 것이다. 역

사 기록상 두 아들 석조분, 석첨해와 딸 하나를 키워 사위 10대 석내해와 두 아들[11대 조분, 12대 첨해]를 왕으로 만든 신라의 철혈여인 김옥모, 그녀는 남편이 옥좌에 앉지 못했으므로 그 자신은 왕비가 되지 못하였다.[38] 그 김옥모 부인이 이제 친정 동생 김미추를 왕으로 만들려는 원대한 계책을 마련한 것이다. 이것이 13대 미추임금이 김씨로서 처음 왕위에 오르게 되는 백 그라운드이다.

아직도 즉위하지 못하고 있는 유례 왕자는 11대 조분임금의 아들이다. 조분임금의 경우, 왜 아들 석유례를 제치고 아우 12대 첨해임금이 즉위하게 하였으며, 첨해임금 사후에는 왜 석유례를 또 제치고 사위 김미추가 13대 왕위를 이어받게 했을까?

죽은 조분이 한 일은 아니다. 조분은 자신도 할아버지 돌아가신 후 작은집 4촌형 내해에게 왕위를 빼앗기고 와신상담(臥薪嘗膽)하였다. 이제 자신이 죽은 마당에 자신의 왕위는 아우 첨해와 사위 김미추에게 머물고 있고 아들 석유례는 다시 쓸개를 씹으며 목숨을 부지하는 데에 급급한 절치부심(切齒腐心)의 세월을 보내어야 했다.

당연히 김씨 구도의 세력이 강하였기 때문에 석유례의 외가인 조분의 처가 석씨가 김씨에게 패한 것이다. 그러나 11대 조분임금의 아들 석유례가 두 번씩이나 왕위를 빼앗기는 것은 이상한 일이다. 자신에게 귀책사유가 없을 리 없다. 석유례가 가진 약점은 무엇이었을까?

미추임금이 284년에 죽고 뒤를 이어서 왕위는 다시 석씨 임금인 14대 유례임금, 15대 기림임금, 16대 흘해임금으로 이어졌다.

---

38) 측천무후는 남편 둘[태종, 고종]이 황제이고 자신도 여황제이고, 아들 둘[중종, 예종]이 황제이고 손자[현종]이 황제였다. 이승에서 누린 권세가 이보다 더할 수는 없다. 그러나 그 여인도 사위와 친정 동생을 황제로 만들지는 못하였다.

<14유례임금/석씨[내음 딸]>

14대 유례임금은 284년에 즉위하였다. 11대 조분임금의 장자이다. 어머니는 아이혜부인 석씨이다. 내해임금의 딸이다. 왕비는 석씨로 내음(奈音)의 딸이다. 이 내음은 이음(利音)이라고도 하며 10대 내해임금의 아들로 석우로의 형제이다.

그러니 유례임금은 어머니와 아내가 석씨 내해임금의 딸과 손녀로 외가, 처가가 약한 것으로 보인다. 특히 장인인 내음이 220년에 죽어서 그 집안의 힘이 약하였을 것이다. 그나마 집안의 힘이었던 처 3촌[친가로는 6촌] 석우로도 첨해가 왕위에 오른 2년 후인 249년에 죽었다.

석유례가 두 번씩이나 왕위 쟁탈전에서 패한 것은 이러한 요인도 작용하였을 것이다. 그는 할머니만 김씨 옥모이고 어머니도 아내도 석씨이다. 며느리, 손부가 다 석씨인데 김씨 할머니가 며느리의 아들을 왕위에 올리려 하겠는가? 유례임금은 일본 정벌을 꿈꾸었다. 하도 왜인들의 해안 침범이 잦아서 시달리다가 '백제와 손잡고 쳐들어가서 왜국을 격멸하는 것이 어떻겠는가?' 한다.

> (42) a. 295년[유례임금 12년] 봄 왕이 신하들에게 일러 말하기를[春王謂臣下曰], 왜인들이 여러 번 우리 성읍을 침범하여 백성들이 편안하게 살 수가 없다[倭人屢犯我城邑 百姓不得安居]. 나는 백제와 모의하여 일시에 바다에 떠서 그 나라를 공격해 들어가려 하는데 어떤가[吾欲與百濟謀 一時浮海 入擊其國 如何?]
>
> b. 뿔칸 (김)홍권이 대답하여 말하기를[舒弗邯弘權 對曰], "우리 군사들은 수전에 익숙하지 않아 원정을 모험하면 예측할 수 없는 위험이 있을까 걱정입니다[吾人不習水戰 冒險遠征 恐有不測之危]. 하물며 백제는 속임수가 많아 항상 우리나라를 집어삼키려는 흑심이 있어 역시 함

게 모의함이 어렵지 않을까 합니다[況百濟多詐 常有呑噬我國之心 亦恐難與同謀]." 왕이 말하기를[王曰], "좋다[善]." 하였다. <『삼국사기』 권제2 「신라본기 제2」 「제14 유례임금」>

신하 중에 뿔칸 홍권이 있어 말한다. '첫째, 우리 군사는 해전에 약하다. 둘째, 백제는 믿을 수 없어 동맹을 맺을 수 없다.' 홍권은 미추임금 20년[서기 281년]에 이찬이 되었고, 유례임금 2년[서기 285년]에 서불한이 되어 기무(機務)를 위임받았었다. 산전, 수전, 기마전을 다 겪은 원로이다.

취약한 해군을 가지고 어떻게 해적질로 이골이 난 왜를 정벌할 수 있겠는가? 백제는 원교근공으로 왜와 친하며 신라를 먹으려 호시탐탐 노리고 있는데 백제와 손잡고 왜를 치자는 것이 정상적인 전략일까? 백제는 서기 283년[미추임금 22년]에 2번씩이나 군사를 일으켜 변방을 침입하고 서쪽 괴곡성을 포위하여 일길찬 양질이 가서 막았다. 284년 2월에는 연로한 미추임금이 직접 서쪽 변경의 여러 성을 순행하며 민심을 안정시켰다.

이런 판국인데 백제와 손잡고 왜를 치자 하니 신하가 말렸다. 국제 정세에 이렇게 어두워서야 할머니가 왕위에 앉힐 리가 없지. 그래도 뿔칸 홍권의 말을 듣고 일본 정벌을 멈추었다.

그의 재위 중인 297년 이서고국[청도]이 금성을 쳐들어와서 고전하는데 머리에 댓잎을 꽂은 군사들이 와서 적을 물리쳤고 떠난 뒤 죽현릉[미추왕릉]에 댓잎이 쌓여 있었다는 이상한 이야기가 적혀 있다. 이 이야기는 가락 김씨와 신라 김씨의 동맹과 갈등을 보여 주는 대표적 사례이다.

<15기림임금/???>
15대 기림임금은 298년에 즉위하였다. 아버지는 석걸숙이다. 걸숙은 조

분임금의 아들이다. 유례임금에게 아들도 딸도 없었는지 조분의 아들 걸숙의 아들인 기림이 왕위를 이었다. 기림임금은 310년에 죽었다.

<16흘해임금/???>

16대 흘해임금은 310년에 즉위하였다. 아버지는 석우로 각간이다. 우로는 내해임금의 아들이다. 어머니는 명원부인이다. 조분임금의 딸이다. 흘해임금은 내해임금의 손자이고 조분임금의 외손자이다. 그는 아버지 석우로 각간이 장차 우리 집을 일으킬 아이라고 할 정도로 총명하였다. 왕이 된 뒤에도 선정을 베풀었다.

즉위 21년인 330년에 벽골지(碧骨池, 김제)를 개척하였다. 언덕 길이가 1800보라니 1800보×6자=10800자×23.1cm, 약 25km이다. 그런데 신라가 왜 김제에 가서 벽골지를 개척했는지, 이 시기 국경선이 어떠했는지 문제가 된다.[39] 47년이나 왕위에 있음으로써 왕정을 안정시킨 것으로 보인다.

13대 미추임금[22년 재위]을 제외하면 9대 벌휴임금[186년-]으로부터 16대 흘해임금[-356년]까지 석씨 임금이 총 148년 동안 다스렸다. 그 중 1/3을 흘해임금이 다스렸다.

---

39) 신라와 백제의 경계 관문이었다는 나제통문(羅齊通門)은 전북 무주군 설천면 소천리에 있다. 그 터널은 후세[일제시대]에 신작로 내면서 뚫은 것이고 길은 가장 낮은 고개를 넘어가는 산길, 그 정상에 작은 성이나 초소가 있었을 것이다. 그 산등성이를 경계로 동쪽과 서쪽의 말이 전혀 다르다. 같은 소천리에 속하는 동쪽의 이남마을은 경상도 방언을 사용하고 서쪽의 신촌마을은 전라도 방언을 사용한다. 동쪽은 무풍현, 서쪽은 주계현이었는데 조선시대에 합쳐서 무주현으로 하였다. 무풍현은 신라의 무산현(茂山縣)으로 경덕왕 때 무풍현으로 고쳐 개령군[경북 김천에 소속시켰다. 주계현(朱溪縣)은 백제의 적천현(赤川縣)으로 통일신라 때 단천현(丹川縣)이라 하다가 고려시대에 주계현으로 고쳤다. 세 지명 모두 '붉은[朱, 赤, 丹]내'이다. 쇠[鐵]이 나는 곳이다. 경상도 방언과 전라도 방언의 경계를 알기 위하여 답사를 다니던 1960년대, 그곳의 민심은 따뜻하였다.

356년 16대 석씨 흘해임금에게 아들이 없어 17대 김씨 내물마립간이 왕위에 올랐다. 『삼국사기』는 그의 칭호를 '尼師今[임금]'이라 부르고 있다. 그러나 『삼국유사』 권 제1 「왕력」은 그의 칭호를 '麻立干[머리캔]'이라 하고 있다. 혁명이나 정복이 있었을까? 그런데 이 내물마립간의 신상명세서와 즉위 연도가 매우 불합리하다. 이 책의 신원 조회를 통과하기 좀 어렵게 되어 있다.

내물마립간의 신원진술서에는 그가 미추임금의 사위라고 되어 있다. 미추임금은 서기 284년에 승하하였다. 내물은 356년에 즉위하였다. 그대로라면 356-284=72, 장인이 죽고 나서 72년 후에 사위가 왕위에 올랐다. 이것이 가능한 일일까? "할아버지 돌아가시고 72년 후에 아빠가 왕이 되어요? 그때까지 살아 있기나 하겠어요? 할아버지는 아빠보다 30살밖에 안 많잖아요." 초등학교 3학년의 말이다.

4. 김알지의 출현

신라 김씨 왕실의 시조 김알지는 탈해임금 시대에 계림에 왔다. 그가 계림의 나뭇가지에 걸린 황금 함 속의 아이로 나타난 것은 지형지물을 이용한 것이다. 서라벌은 이미 계림, 시림이라는 신성한 수풀을 갖고 있었다. 그 숲의 나무를 이용하여 하늘에서 '하늘의 아들[天子]'가 내려온 것처럼 하는 것이 개인 신성화를 위한 가장 효과적인 방법이었다. 김알지로부터 7대를 이어와서 미추가 서기 262년에 신라 13대 왕이 되었다.

김알지의 출현을 알리는 설화는 『삼국사기』에도, 『삼국유사』에도 선명하게 남아 있다. 두 책은 이 사실을 약간 다르게 적었다. 가장 큰 차이는 시기가 서로 다르다는 점이다. 이야기의 세부 사항은 조금 다르지만 대동소이하다.

『삼국사기』는 김알지가 이 땅에 나타난 시점이 탈해임금 9년 3월이라고 한다. 서기 65년 3월이다. 『삼국유사』는 60년 8월이라 하여 5년 6개월의 차이가 난다. 왜 그렇게 되었을까?

(43) 서기 65년[탈해임금 9년] 봄 3월 왕은 밤에 금성 서쪽 시림 나무 사이에 닭이 우는 소리를 들었다. 이윽고 밝아서 호공을 보내어 보게 하였다. 나뭇가지에 작은 황금 함[櫝(함 독)]이 걸려 있고 흰 닭이 그 아래서 울고 있었다. 호공이 돌아와서 고하였다. 왕이 사람을 시켜 그 함을 가져와서 열어보니 작은 사내아이가 그 속에 있었다. 자태와 용모가 기이하고 위엄이 있었다. 임금이 기뻐 좌우에 이르기를, "이것이 어찌 하늘이 나에게 아들을 보낸 것이 아니겠는가?" 하고는 이에 거두어 길렀다. 장성하여 총명하고 지략이 많았다. 이에 이름을 알지라 하였다. 황금 함에서 나왔으므로 그 성을 김씨로 하였다. 시림도 이름을 계림으로 고치고 그로 하여 국호로 삼았다. <『삼국사기』 권 제1 「신라본기 제1」 「탈해임금」>

금성의 서쪽 시림 숲에서 닭 울음소리가 나는 것을 들은 이는 탈해임금이다. 닭 울음 소리는 '달기알'과 관련이 있다. 닭이 알을 낳았을 것 같은 예감이 든다. 탈해왕이 호공을 시켜 함을 가져 왔고 그 함 속에 사내아이가 들어 있어서 거두어 키웠다는 것이다. 황금 함에서 나왔으므로 성을 김씨로 하였다는 것이 특이하다. 여기에는 탈해가 알지를 아들처럼 길렀다고만 하고 태자로 삼았다는 말은 없다.

이 아이는 알과 같은 포대기에 싸여 흙 아래 두어진 것이 아니고 황금 함 속에 들어 나무에 걸려 있었다. 김수로의 출현 시보다는 조금 더 과감하게 하늘의 아들이 하늘로부터 나무를 타고 강림한 것처럼 연출하였다. 누가 이런 모습을 연출하였을까? 황금 함을 만들고 그 황금 함을 나뭇가지에 건 사람들은 누구일까? 설마 아이가 스스로 그 일을 했다고 생각하는 이는 없을 것이다. 그럼 닭이? 그러면 우스워진다.

황금 함이 드론처럼 스스로 날아서 나뭇가지에 걸려 있을 수는 없다. 황금 함에 아이가 들어 있었다는 것은 누군가가 아이를 황금 함에 넣었음을 의미한다. 아이가 혼자 황금 함에 들어갈 수야 없지. 그는 혼자서 온 것이 아니다. 누군가가 그 황금 함을 짊어지고 왔다. 그 사람들은 아이를 팽개치고 도망갔을까? 그럴 리가 없다. 계림 숲에는 그 황금 함을 지고 온 사람들이 있었다. 김알지의 동행인들은 아이가 든 황금 함을 걸어 놓고 그 아래에 흰 닭을 두고 주변 숲에 숨어서 지켜보고 있었을 것이다.

『삼국유사』는 김알지가 이 땅에 나타난 시점을 후한 명제 영평 3년 경신년 8월 4일이라고 하였다. 서기 60년이다.

(44) 김알지 탈해왕대[金閼智 脫解王代]

서기 60년[영평 3년] 경신년*{혹은 중원 6년이라고도 하나 잘못이다. 중원은 (56년부터 57년까지) 2년으로 끝났다.}* 8월 4일 호공이 밤에 월성의 서쪽 동네를 가다가 큰 빛이 시림*{계림으로도 적음}* 속에 있음을 보았다[永平三年庚申*{一云 中元六年誤矣 中元盡二年而己}* 八月四日 瓠公夜行月城西里 見大光明於始林中*{一作鳩林}*]. 붉은 구름이 하늘로부터 땅에 드리워 있는데, 구름 속에 황금 함[櫃(함 궤)]이 나뭇가지에 걸려 있고 빛은 함으로부터 나왔으며 또 흰 닭이 나무 밑에서 울고 있었다. 왕에게 이를 아뢰니 왕이 그 숲으로 갔다. 함을 여니 사내아이[童男]이 있었는데 누워 있다가 곧 일어났다. 혁거세의 고사와 같았다. 그러므로 그 말에 따라 알지라 이름을 지었다[故因其言 以閼智名之]. 알지는, 즉 향언인데 작은 아이를 가리킨다[閼智卽鄕言小兒之稱也]. 그 아이를 안고 대궐로 오는데 새와 짐승들이 서로 따르며 즐거이 뛰놀았다. 왕은 길일을 택하여 태자로 책봉하였으나 훗날 파사임금에게 양보하고 왕위에 오르지 않았다[王擇吉日 冊位太子 後讓於婆娑 不卽王位]. 황금 함에서 나왔으므로 성을 김씨라 하였다[因金櫃而出 乃姓金氏]. 알지가 열#{『삼국사기』는 勢로 적음}#한을 낳고 열한이 아도를 낳고 아도가 수유를 낳고 수유가 욱부를 낳고 욱부가 俱道*{仇刀로도 적음}*를 낳고 구도가 미추를 낳았는데 미추가 왕위에 올랐다[閼智生熱漢 漢生阿都 都生首留 留生郁部 部生俱道*{一作仇刀}* 道生未鄒 鄒卽王位]. 신라 김씨는 알지로부터 시작되었다[新羅金氏自閼智始]. <『삼국유사』 권 제1 「기이 제1」 「김알지 탈해왕대」>

시림 숲의 빛을 본 이는 호공이다. 황금 함이 나뭇가지에 걸려 있으며 빛은 그 함으로부터 나왔고 또한 흰 닭이 그 나무 밑에서 울고 있었다. 호공이 탈해임금에게 이를 아뢰니 임금이 그 숲으로 가서 함을 열었다. 어린 아이가 나왔다. 그 아이를 데리고 와서 <u>태자로 책봉하였다.</u> 알지는 나중에 유리임금의 둘째 아들 파사에게 양보하고 즉위하지 않았다.

이것은 탈해가 죽은 뒤 왕위 계승 문제가 순조롭게 풀리지 않았다는 것을 의미한다. 3대 유리임금 사후에 이복형제끼리 싸우다가 왕 자리를 고모부 탈해임금에게 빼앗긴 일성과 파사가 아직도 앙앙불락 권력 전쟁을 전개하고 있었다. 유리임금의 아들 일성, 파사와 탈해임금의 아들 구추가 싸우는 데에 태자 알지는 가지 않았다. 그때 그 싸움에 이겨서 파사가 왕이 되었다. 그때도 김씨가 파사의 외가, 처가였다.

7대를 이어와서 알지의 6세손인 미추가 드디어 석씨의 사위 자격으로 왕위에 올랐다. 오랜 계책, 권모술수가 성공하여 후손이 정권을 획득한 것이다. '미추 왕 만들기' 이면에 무엇이 있었는가? 혼인계가 있었다. 그 혼인계는 어떤 과정을 거쳤는가? 200년 전에 김허루가 기획하여, 150년 전에 김마제가 연출하고, 80년 전에 김구도가 실행에 나섰다. 장구한 세월이 흘렀다.

『삼국사기』에서 금성의 서쪽 시림 숲에서 닭 울음 소리가 나는 것을 들은 이는 탈해임금이다. 탈해임금이 호공을 시켜 황금 함을 가져 왔고 그 함 속에 사내아이가 들어 있어서 거두어 키웠다. 『삼국유사』에서는 호공이 월성 서리를 지나다가 큰 빛이 시림 속에 비침을 보았다. 붉은 구름[紫雲]이 하늘로부터 땅으로 뻗쳤는데 구름 한 가운데에 황금 함이 나뭇가지에 걸려 있었다. 빛은 그 함으로부터 흘러나오고 있었다.

김수로가 가락의 구수봉에 나타났을 때 황금 합에서 하늘로 뻗쳐오르던 붉은 끈, 줄과 무엇이 다른가? 똑같다. 하늘에서 끈이나 줄이 내려왔다는 말을 하면 안 된다. 하늘에서 끈이 내려오고 그 끈 아래에 황금 합이 매달려 있었다는 가설도 이제는 사라졌으면 좋겠다. 선조들은 감나무 아래서 뻔히 보이는 홍시 떨어지도록 입 벌리고 있는 자를 어리석은 이의 대표로 꼽았다. 하물며 황금 합이 달린 끈이 내려오기를 바라다니. 또한 흰 닭이 그 나무 밑에서 울고 있었다. 왕에게 이를 아뢰었다. 왕이 그 숲으로 가서 함을 열어 보니 어린 사내아이가 누워 있다가 곧 일어났다. 황금 함에서 나와서 성을 김씨로 하였다는 것은 두 책이 다 같다.

『삼국사기』는 김알지가 이 땅에 나타난 시점이 탈해왕 9년 3월이라고 한다. 서기 65년이다. 『삼국유사』는 김알지가 이 땅에 나타난 시점을 서기 60년[후한 명제 영평 3년] 경신년 8월이라고 하였다. 5년 차이가 난다.

아마 후자가 옳을 것이다. 뒤에 된 책은 앞의 책의 잘못을 고칠 여유가 있으므로. 그러나 논리적으로도 그렇다.

첫째 논거는 '중원 6년이라고도 한다.'이다. 중원은 후한 광무제의 두 번째 연호이다. 56년, 57년[중원 2년] 두 해 사용하고 광무제가 죽었다. 그러므로 중원 6년은 없는데, 있다고 치면 서기 60년이다. 영평 3년과 중원 6년이 탈해 즉위 4년으로 서기 60년이다. 60년에 나타났다는 것은 일연선사가 연대를 따져보고 『삼국사기』의 잘못된 65년을 고친 것이다.

둘째 논거는 가락국과의 관계이다. 서기 60년은 김탕의 손자가 서기 42년 3월에 구지봉에 나타나 가락국을 접수하고 나머지 5명의 김씨들이 5가야를 접수한 지로부터 18년 정도 흐른 때이다. 김윤의 5대 김탕의 일족들이 대륙에 떠돌던 김일제의 4대 김당의 일족을 불러들였다면 한 세대 정도의 시간이 필요했을 수도 있다. 김당은 김탕보다 한 세대 앞이다. 서기 4년에 투후를 이은 김당은 서기 60년까지 살아 있기 어렵다. 그의 9촌 조카 김탕은 42년 수로의 구지봉 출현 시에는 살아 있었을 것이다. 김탕과 김당은 같이 왔을까? 김탕이 김당의 후손들을 뒤에 불러들였을까? 나는 따로 왔다고 보는 것이 더 합리적이라고 생각한다. 김탕의 일족도 한꺼번에 온 것이 아니고 나누어 순차적으로 왔을 가능성이 크다. 그러면 수로의 15촌 조카 알지가 수로보다 18년 정도 뒤에 나타났다고 하는 것이 정상적이다.

알지는 어차피 탈해임금의 양아들처럼 되어 궁궐에서 자란 것이다. 투후 김일제, 그의 아들들이 한 무제의 농아가 되어 장안의 대궐에서 무제의 목을 끌어안고 재롱을 부렸다는 『한서』 권68 「곽광 김일제전」 제38의 기록이 떠오른다. 그 아들 김상, 김건이 8, 9세에 한 소제(昭帝)와 같이 자고 일어나며 함께 생활하여 소제가 곽광에게, 김상이 받은 투후의 인끈을

"김건에게도 주면 안 되겠는가?" 하고 묻던 그 기록이 판박이로 서라벌에서 반복되고 있었을 것이다.

유물과 언어로 본 가야와 신라

허황옥은 잉신 2부부, 시종, 사공 등 20여명과 함께 왔다. 그 중의 15명은 온 곳으로 돌아가고 일부는 이 땅에 남았다. 김씨들은 정말로 6명만 오고 나중에 1명만 왔을까? 그것도 알들과 아이로? 그럴 리가 없다.

김씨들이 알들이나 아이로 나타나는 이면에는 수많은 김씨 어른들이 있었다. 그것도 대륙의 궁궐에서 천자를 내시(內侍)하며 죽고 죽이는 권모술수와 계략, 무술, 검술, 승마에 능통하고 경서에까지 통달한 최고위 귀족, 도성후 김탕, 투후 김당을 중심으로 하는 일군의 유목 기마 정복 종족이 넘어온 것이다. 왕망의 신나라 화폐인 '화천(貨泉)'을 잔뜩 싣고서. 그들은 왕망의 화폐 개혁을 적극적으로 지지하여 화천을 상용한 집단이다. 그들이 정권을 탈취하여 후손들에게 물려주기 위하여 천자(손)강림의 신화를 꾸민 것이 「가락국기」와 김알지 출현의 기록으로 남았을 것이다.

원래 이 책에서는 고고학 발굴 성과를 언급하지 않으려 하였다. 문헌 기록을 통하여 그 유물들이 일치하는 근본적 원인을 찾으려 했기 때문이다. 그러나 '화천' 얘기가 나왔으니 이쯤에서 고고학에서 발견 보고한 유물들과 한국어의 언어적 특성에 관하여 언급하지 않을 수 없다.

가장 최근의 일인 창녕의 비화가야 묘 발굴에 관한 보도부터 보기로 한다. 2020년 10월 28일 조선일보 인터넷 판에는 「가야 무덤이라는 창녕 고분, 쏟아져 나온 건 신라 장신구(허윤희 기자)」라는 기사가 실렸다.

(45) a. 문화재청 국립가야문화재연구소는 창녕 교동과 송현동 고분군(사적 제514호)에서 도굴되지 않은 교동 63호분을 지난 1년간 발굴한 성과를 28일 발표했다. 높이 21.5cm의 금동관을 비롯해 관 좌우에 길게 늘어뜨린 장식인 금동 드리개와 금동 막대 장식, 굵은 고리 귀걸이 1쌍, 유리구슬 목걸이, 은반지 4점, 은 허리띠 등 '머리에서 허리까지' 장신구 일체가 나왔다. 연구소는 '신발이 발견되지 않았을 뿐 지난 9월 화제가 됐던 경주 황남동 신라 귀족 여성 무덤과 판박이 구성'이라고 했다." "연구소는 '장신구는 신라계 유물이지만 무덤 구조는 전형적인 가야 양식'이라며 '비화가야 지역이 신라에서 받은 위세품(威勢品-왕이 지방 세력 수장에게 힘을 과시하고 세력권에 편입하기 위해 하사하는 귀한 물품)을 묻었거나, 당시로선 가장 선진문물이었던 신라 스타일을 모방해 직접 만든 것일 수도 있다.'고 했다.

b. 하지만 학계에선 '금동관 등 장신구를 착장한 방식이 신라 무덤 양상과 일치한다는 건 창녕 일대가 이 시기에 이미 신라에 확실하게 편입됐다는 증거'라는 반론이 나왔다. 이한상 교수는 '창녕 교동과 송현동 고분군은 학계에서 가야냐 신라냐를 두고 논란이 계속돼 왔는데, 이번 발굴로 신라라는 것이 더 확실해졌다.'며 '무덤 양식은 가장 보수적인 것이라 신라에 편입된 이후에도 그 지역 고유의 풍습이 남아있을 수 있다.'고 했다.

c. 지난 3월 끝난 국립중앙박물관 특별전 '가야본성-칼과 현'에서도 창녕 유물을 죄다 '비화가야'로 소개해 논란이 됐었다. 국내 가야사 연구를 대표하는 김태식 홍익대 교수는 당시 본지와의 통화에서 '창녕 고분은 5세기 이후는 신라로 봐야 한다.'고 했다.

왜 가야 무덤과 신라 왕릉에서 똑같은 장신구가 출토될까? 그것은 그들이 같은 문화를 가진 동족이기 때문이 아닐까? 신라 무덤과 가야 무덤에서 동일한 장신구가 나오는 것은 그들이 흉노제국 휴저왕 이전 시대부터

가지고 있던 문화를 전한, 신나라를 거쳐 그대로 가야와 신라로 가져온 것일 가능성이 크다. 그러므로 정작 중요한 것은 왜 경주의 왕릉들이 견고한 적석목곽분임에 비하여 창녕 비화가야의 무덤이 뚜껑돌만 들어내면 도굴이 가능하게 소박한가 하는 점이다. 이것이 가야와 신라의 차이인지, 아니면 경주의 것은 왕의 무덤이고 창녕의 것은 가야 소국의 왕이나 귀족 무덤이어서 차이가 나는 것인지를 밝혀야 한다.

'가야인가, 신라인가?'는 논의의 본질이 될 수 없다. 신라의 돌무지덧널무덤[적석목곽분]과 유라시아 유목민 무덤의 일치는 폭 넓게 언급되고 있다. 천마총, 황남대총과 같은 적석목곽분은 흉노족의 무덤으로 흉노 기마 군단이 누비던 스키타이 황금 문화 루트를 따라 초원에 산재해 있다.

가야와 신라가 같은 김씨로 흉노족의 후예라면 창녕의 비화가야나 서라벌 등 한반도의 동남 지역에서 서기 40년대 이후에 만들어진 왕족들의 무덤에서는 다 같은 황금 장식 유물들이 발굴될 것이다. 40년대 이전에 형성된 고분에서는 그와 다른 유형의 유물들이 출토될 가능성이 크다.

둘째는 김해 대성동 29호, 47호 고분의 동복(銅鍑: 구리 솥, cauldron]이다. 이 청동 솥과 흉노족의 오르도스형 동복은 똑같이 생겼다. 오르도스는 하서 4군, 즉 무위, 주천, 장액, 돈황이 있는 지역이다. 이 지역은 한나라에 항복한 흉노제국의 혼야왕 종족들과 휴저왕의 종족들이 머물러 산 곳이다. 청동 솥은 제례 의식에서 고기를 삶을 때 주로 사용하였다. 스키타이형 동복은 좀 더 납작하고 다리가 달려 있다. 경복궁역에 설치된 기마 무사상의 모델인 경주 금령총 출토의 국보 91호 기마인물형 토기에서 무사 뒤에 실려 있는 둥근 솥은 스키타이형에 가깝다. 이 청동 솥은 이동이 필수적인 유목 생활에서 취사용으로 편리하게 사용되었을 것이다. 이 동복의 일치는 우연의 일치일 수 없다. 대륙에서 한반도로 가지고 온 것이다. 그 동복들이 신라가 금관가야를 합병한 후에 김해에서 신라로 유입되었거나 서라벌에서 김해로 유입된 것은 아니다.

셋째로 가야와 신라 지역의 순장 무덤과 유라시아 지역의 순장 무덤이 일치한다. 가야, 신라 왕릉의 부장품들과 스키타이 황금 장식들, 사슴 모양, 범 모양, 말 모양의 허리띠 장식물의 일치 등이 널리 알려져 있다. 1992년인가, 스키타이 황금 문화 전시회를 보고 그것과 신라 유물의 유사함에 놀라지 않은 사람이 있었을까?

넷째, 신나라 화폐 '화천(貨泉)'의 출토이다. 『한서』「식화지」에서 서기 14년[천봉 원년]에 처음 주조되어 광무제가 도로 오수전(五銖錢)으로 화폐를 바꾼 서기 40년까지 통용되었다고 하는 이 비운의 화폐 화천은 한반도의 남해안, 제주, 김해, 나주, 신안, 그리고 최근에 광주 복룡동 등에서 발굴되었다. 이들 지방 토호 세력과 신나라 사이에 교역이 있었을까? '화천'이 통용된 시기는 26년 정도이다. 그 돈으로 신나라와 한반도의 지방 세력이 교역하였을까? 왕망의 화폐는 짧은 기간에 4차례나 화폐 개혁을 거침으로써 신나라 내에서도 전대의 오수전과 병용되었다. 그 사정을 『한서』권99에 있는 (46)을 보면 어느 정도 짐작할 수 있다.

(46) a. (서기 9년[시건국원년]) 劉는 卯金刀로 되어 있다. 정월[卯月]에 만들어 허리에 차는 강묘[剛卯]와 금도(金刀)의 날카로움[利]는 일체 쓸 수 없도록 하였다. --- 도전(刀錢)도 없애 영리활동을 하지 말아서 --- 이에 다시 소전을 만들었는데 무게는 1수(銖, 1냥의 1/24)이고, 표면에 소전치일(小錢直一)이라고 새겼고 그 전에 나온 대전오십(大錢五十)과 아울러 썼다. <『한서』권99 중「왕망전」제69 중>

b. 이 해[서기 20년[지황 원년]에 대전, 소전을 없애고 다시 화포를

시행했는데 길이는 2,005분, 넓이는 1촌으로 가치는 화전(貨錢) 25에 상당했다. 화전은 직경이 1촌, 무게는 5수였고 1매의 값은 1,000이었다. 이 두 종류를 발행해 유통시켰다. <『한서』 권99 하 「왕망전」 제69 하>

이 '貨泉' 동전은 김씨들이 집단 이주하면서 배에 싣고 온 것으로 보는 것이 더 합리적이다. 교역에 의하여 한반도 남부에 신나라 '화천'이 유입 되었을 것이라고 보는 것은, 그러면 왜 오랫동안 사용된 정식 한나라 화 폐는 한반도 남부에 유입되지 않았는가 하는 질문에 답하지 못한다.

다섯째, 한국어의 기원이다. 신라어와 문법 구조에서 거의 동일한 한국 어가 알타이어 계통에 드는 것도 흉노족의 한반도 이주와 지배층 형성을 통하여 논의하는 것이 더 사실에 가깝다. 한국어의 특성은 인명에서의 성 과 이름의 순서, '주어+목적어+동사'의 문장 어순, 체언 뒤의 다양한 조 사의 존재, 용언 뒤의 다양한 어미의 존재 등이다. 마한, 변한, 진한이라는 한계(韓系) 여러 언어가 기층 언어[substratum]을 이루고 흉노어가 상층 언어 [superstratum]을 이루는 것이 고대 한국어의 모습이라 할 것이다.[40] 그런 데 이 상층 언어의 영향력이 매우 커서 진한, 변한의 언어재가 오늘날의 동남방언에도 거의 남아 있지 않다. 경주 말과 김해 말의 공통점은 흉노 어의 언어재이고 차이점은 진한어와 변한어의 언어재라고 일반적으로 말

---

40) 이기문(1961, 1972) 이래 부여-한 공통어에서 고구려어 중심의 부여계 언어와 신라어 중심의 한계 제어로 나누어졌다가 신라의 통일로 신라어가 상층 언어가 되고 다른 지역의 언어가 기층 언어가 되었다는 것이 일반화되었다. 그것이 고대국어이다. 고려 건국으로 중부 지역으로 언어의 중심이 넘어왔고 그 지역의 언어는 고구려어를 기층 언어로, 신라어를 상층 언어로 하는 이중 구조를 가졌을 것으로 설명된다. 고려-조선 중기까지의 언어가 중세국어이다. 이 책에서는 신라어 자체가 진한어, 변한어를 기층 언어로 하고 흉노어를 상층 언어로 하는 이중성을 지녔음을 말한 것이다. 고대국어에 서 고구려어와 신라어의 차이는 동북아시아의 퉁구스어 계열[고구려에]와 서북아시아 의 몽골어, 투르크어 계열[신라에]의 차이를 반영하는 것이다. 그 차이가 상당히 클 수밖에 없다.

할 수 있겠지만 실제 방언 연구에서 증명된 것은 거의 없다.

이 모든 일치는 자생적 우연의 일치가 아니다. 타지에서 수입된 문화와 토착 문화의 우연의 일치도 아니다. 흉노족이 후한의 정치적 박해를 피하여 한반도에 유입되면서 자신들의 문화를 그대로 가지고 온 것이다. 즉, 문화의 이식이다. 이 과정이 문헌 기록, 무덤 양식과 유물, 언어상의 특징 등으로 증명되면 한국 고대사도 유목 기마 종족의 이동이라는 거대한 세계사의 흐름에 부합하게 된다. 물론 현재의 한족(韓族)은 흉노족의 정착 후 선주민들과 피가 섞임으로써 새로운 종족으로 출현한 것이다. 이 한 종족의 피의 주류는 북방 기마 종족의 피이다.

이 세상 어디를 가도 모든 땅, 모든 왕국의 역사는 외래 정복 종족이 패망한 선주민 남성들을 절멸시키거나 노예로 부리면서 선주민 여성들을 빼앗아 트기, 혼혈 종족을 만드는 과정이다. 남미 인디오들도 스페인 정복자들에게 죽거나 쫓겨났다. 티베트, 신장 위구르, 내몽골, 야쿠트, 동유럽 어디를 가나 유이주 정복족들과 선주민 사이에 밀고 밀리는 소리 없는 전쟁이 벌어지고 있다.

가락국, 신라도 그런 나라, 유목 정복 기마 군단 흉노족의 디아스포라이다. 선주민 남성은 거의 절멸되고 흉노족과 선주민 여성 사이의 트기들로 이루어진 종족이 한(韓) 종족이다. 이제 우리는 이 종족이 가진 농경민의 특성 속에 은재(隱在)된 잔인성과 유랑기(流浪氣), 그리고 배신의 기질을 설명할 수 있게 되었다.

제7장

문무왕의 15대조 성한왕

문무왕의 15대조 성한왕

1. 문무왕의 15대조

김수로왕은 문무왕의 외가 15대조가 아니다

문무왕은 (1)에 들어 있는 조서에서 가야국 원군이 자신의 15대조라 하고 있다. 그런데 이것은 이상한 말이다. 절대로 김수로왕이 문무왕의 외가 15대조가 될 수 없다.

> (1) 신라 제30대 왕 법민이 용삭 원년[서기 661년] 신유 3월 일에 조서를 내려 말하기를, 짐으로 말할 것 같으면, 가야국 원군의 9대손인 구충왕이 우리나라에 항복해 올 때 거느리고 온 아들 세종의 아들 솔우공(率友公)의 아들 서운 잡간의 딸 문명황후가 나를 낳았다. 이런 까닭에 원군이 어리석은 나에게 15대 시조이다. 그 나라는 이미 망했으나 사당은 아직 남아 있다. 종묘에 합치어 제사를 계속하라. <『삼국유사』 권 제2 「기이 제2」 「가락국기」>

문무왕의 이 조서는 이상하다. 이 세계(世系)는 수로왕부터 구충왕까지의 10대에 세종, 솔우, 서운, 문명 4대를 단순히 더한 것이다. 그러면 문무왕이 15대가 된다. 이렇게 계산한 문무왕의 외가 쪽 15대는 (2)와 같다.

(2) 1수로[158년 재위]-2거등[55년 재위]-3마품[39년]-4것미[55년]-5이품[60년]-6좌지[14년]-7취희[30년]-8질지[42년]-9감지[29년]-10구충[12년]-11세종-12솔우-13서운-14문명-15문무

가락국을 10명의 왕이 490년 동안 다스렸다? 가능한 일인가? 김수로는 서기 42년 3월 보름에 김해의 구지봉 근방에서 가락국을 접수하여 왕이 되었다. 그의 즉위와 서기 48년 7월 28일에 보주에서 찾아온 허황옥과의 결혼은 『삼국유사』의 「가락국기」에 전하여 온다. 그 기록에는 그의 후손들이 왕위를 이어가다가 10대 구충왕이 532년[법흥왕 19년]에 나라를 신라에 넘겼다고 되어 있다.

문무왕은 625년에 태어나서 655년에 태자로 책봉되었고 661년에 신라 30대 왕으로 즉위하여 681년 7월 1일에 승하하였다. 수로왕이 출현한 42년으로부터 문무왕이 출생한 625년까지 몇 년이 흘렀는가? 583년이 흘렀다. 이 기간 동안에 어떻게 15대만 이어졌겠는가? 1대를 30년으로 잡아도 15대가 이어가면 450년밖에 흐르지 않는다. 130년 이상의 기간이 증발해 버렸다. 5대 정도가 사라진 것이다. 왜 이렇게 되었을까?

「가락국기」의 가장 불합리한 점은 수로왕과 허 왕후가 누린 나이이다. 허 왕후는 157세인 189년, 수로왕은 158세인 199년에 세상을 떠났다고 적었다. 수로왕이 10년을 더 살았다. 그러면 서기 48년 7월 28일 혼인할 때 허황옥은 16세이고 김수로는 7세이다. 그런데 이듬해에 어떻게 태자 거등공이 태어났겠는가? 김수로는 48년에 17세가 넘었다. 그러므로 대륙

에서 출생할 때는 서기 32년 이전이다.

「가락국기」에서 그 다음으로 불합리한 점은 수로왕과 2대 거등왕이 다스린 기간이다. 그 기간 수로왕 158년, 거등왕 55년을 합치면 213년이다. 213년을 어떻게 2명의 왕이 다스릴 수 있다는 말인가? 왕 1명이 30년을 다스렸다고 해도 213년이면 7명의 왕이 필요하다. 그러니 5명 정도 왕의 역사가 실전되었다. 그러면 문무왕은 외가로 수로왕의 20대쯤 된다.

(1)의 문무왕의 조서는 문무왕이 한 말이 아니다. 그것은 5대 정도의 실전을 감추고 수로왕과 거등왕이 213년을 다스렸다고 하고 있는 「가락국기」의 편자 금관지주사 문인이 한 말이다. 그는 무엇을 보고 「가락국기」의 왕 세계를 지었는가? 그는 김오기, 김대문 부자의 『화랑세기』 「15세 풍월주 유신공」 조의 세계를 보고 그대로 옮겨 적었다.

가락국 왕실 세계의 불합리성은 김오기, 김대문 부자의 책임이다. 그들 집안은 김유신 후계 세력의 정적이었다. 그들은 김유신의 사위 김흠돌 세력을 모반으로 처단하였다. 『화랑세기』는 가락국 각 왕들의 통치도 무성의하게 기록하였고, 1대와 2대가 213년을 다스린 것으로 역사를 압축하였다. 모르면 모른다고, 5대의 왕명이 실전되었다고 적었어야지.[1] 그러고도 김대문은 신라 최고의 역사가로 운위된다. 어처구니 없는 일이다. 내가 보기에는 그는 이 땅 역사 왜곡의 원조이다. 부끄러운 줄 알라.

---

[1] 역사를 조작하면 안 된다고 흔히 말한다. 있었던 사실을 객관적으로 적으라고 한다. 그러나 역사는 이긴 자만이 기록할 수 있다. 진 자는 죽고 없으므로 역사를 남길 수 없다. 인간 세상은 정의만이 이기는 곳이 아니다. 불의가 이긴 경우가 더 많다. 그럴 경우 남아 있는 역사 기록과 남을 역사 기록은 불의를 정의로 정당화해야 하는 운명을 지니게 된다. 실존하는 모든 역사 기록이 의심의 대상이 되듯이 실존하게 될 모든 역사 기록도 의심의 대상이 될 것이다. 그러므로 진실한 역사, 참역사를 가지려면 그 땅과 시대가 진실, 정의가 거짓, 불의에 이기는 땅과 시대가 되어야 한다. 진실하지 못한 역사를 남긴 땅과 시대는 암군, 폭군의 땅과 시대이고 거짓과 불의가 승리한 어둠의 땅, 시대이다.

무엇보다도『화랑세기』는 승자의 기록이다. 그 책은 (3)에서 보듯이 김대문 부자가 자신들이 쿠데타를 일으켜 김흠돌 세력을 숙청한 것을 정당화하기 위하여 쓴 책이다. 화랑도의 정통이 가야파에 있는 것이 아니라 대원신통에 있다는 것을 밝히고 자신들이 681년 8월 북원소경[원주]의 군대를 몰고 서라벌로 와서 월성을 함락하고 신문왕의 주변에 있는 간사한 무리 김흠돌, 그의 사돈 김군관, 흠돌의 사위 천관, 호성장군 김진공, 흠돌의 처남 흥원 등을 죽인 것이 정의를 세운 일이고 자의왕후의 밀명에 의한 것임을 주장하기 위하여 쓴 책이다.[2]

> (3) 선고께서 일찍이 우리 맏향찰로 화랑세보를 서술했는데 완성하지 못하고 돌아가셨다[先考嘗以鄕音述花郎世譜 未成而卒]. 불초는 공무의 겨를에 낭정의 큰 줄기를 모아 그 파맥의 옳고 그름을 밝힘으로써 아버지의 옛 일을 연구한 뜻을 잇고자 한다[不肖以公暇 撮其郎政之大者 明其派脉之正邪 以紹先考稽古之意]. 그것이 혹 화랑의 역사에 하나라도 보탬이 있을 것인가[其或於仙史有一補者歟]. <박창화,『화랑세기』, 이종욱 역주해(1999:227, 314),「발문」>

무열왕, 문무왕 때 충신의 표상으로 군대를 거느리고 백제, 고구려 정복 전쟁에 앞장서며 충성을 다하여 최고위 관등, 관직에까지 나아간 그들이 어떻게 681년 7월 1일 문무왕이 승하하고 7월 7일 신문왕이 즉위한 직후 8월 8일에 모조리 모반으로 몰리어 전방에서 병력을 빼어 서라벌로 창을 거꾸로 돌린 야전군 북원소경[원주]의 김오기 군대에게 토멸된다는 말인가? 정치적 숙청이라고 할 수밖에 없다. 어떡하겠는가? 아버지와 아

---

2) 이 필사본이 김오기, 김대문의 진본『화랑세기』를 베낀 것이라면 이 발문은 김대문이 쓴 것이다. '옳고 그름을 밝힌다.'고 하였다.

들 사이에 권력이 이양되어도 아버지의 신하, 할머니의 친정붙이들은 새 왕의 신하가 될 어머니의 친정붙이들에게 도륙을 면할 수 없다. 그렇게 정치의 세계는 예전에도 비정하였다.

김오기는 자의왕후의 여동생 운명의 남편이다. 그의 아들이 김대문이다. 김대문은 (4)에서 보듯이 김군관이 죽은 후 그 집안이 다스리던 한산주[지금의 서울, 경기 지역]을 빼앗았다.[3]

(4) 김대문은 본디 신라 귀한 집안의 자제로 성덕왕 3년[704년]에 한 산주의 도독이 되었다[金大問 本新羅貴門子弟 聖德王三年爲漢山州都督]. 전기 약간 권을 지었는데 그 중『고승전』,『화랑세기』,『악본』,『한산기』 는 아직 남아 있다[作傳記若干卷 其高僧傳花郎世記樂本漢山記猶存]. <『삼 국사기』 권 제46 「열전」 제6 「설총」>.

시어머니 가락 김씨 문명왕후와 며느리 신라 김씨 자의왕후의 고부갈 등이 신라 중대 정치 전쟁사에 이런 악영향을 끼쳤다. 며느리를 잘못 본 사람은 태종무열왕이었다. 그냥 가락 김씨 김유신의 딸 신광을 며느리로 삼지. 가야파와 대원신통파, 당파가 서로 다른 아내와 며느리를 두어서 어 쩌자는 것인가? 집안이 편할 날이 있었겠나?

이로 보면 고려 문종 때의 금관지주사 문인이 「가락국기」를 지을 때는 가락국에 관한 역사 기록이 김오기, 김대문의 『화랑세기』밖에 없었다고 할 수 있다. 『화랑세기』 「15세 풍월주 유신공」 조의 기록 (5)와 「가락국 기」의 기록은 기술 순서만 바뀌었을 뿐 그 내용은 똑같다.

---

3) 한산주 도독은 통일 전쟁 때 김군관이 맡았던 직책이었다. 백제, 고구려 정벌의 최전방 지역 군대였다. 정쟁의 결과가 이와 같다. 정적을 죽이면 그의 재산, 땅과 노비, 특히 첩들을 죽인 자가 차지한다. 이것도 유구한 유목민의 전통이다.

(5) a. 찬하여 읊는다[贊曰]. 가야의 마루이고 신국의 영웅이다[加耶之宗 神國之雄]. 삼한을 통합하여 우리 동방을 하나로 바루었다[統合三韓一匡吾東]. 혁혁한 공명 해 달과 나란히 같다[赫赫功名 日月並同]. --- 중략--

b. 구충은 계황(桂凰)의 딸 계화를 맞아 왕후로 삼고 무력과 무득을 낳았다. 모두 신라에 왔는데 조정에서 예로써 대접하였다. 무력은 진흥왕의 딸 아양을 아내로 맞아 서현을 낳았다. 서현은 만호태후(동륜태자 비, 진평왕 모, 진흥왕 이복동생 숙흘종과 사통)의 딸 만명을 아내로 맞아 유신공을 낳았다. 그러므로 유신공은 실로 진골, 대원, 가야 3파의 자손이다.

c. 금관가야는 수로청예왕에서 비롯하였는데 황룡국의 딸 황옥을 아내로 맞아 거등을 낳았다. 거등은 천부경 신보의 딸 모정을 아내로 맞아 마품을 낳았다. 마품은 종정감 조광의 손녀 호구를 아내로 맞아 것미를 낳았다. <이종욱 역주(1999: 56-58, 283-284.>

특히 '수로-거등-마품'으로 초기 3대를 압축한 (5c)를 그대로 받아들인 것은 있을 수 없는 일이다. 다른 자료가 있었으면 한 마디 주석도 없이 서기 189년에 허 왕후가 157세로 세상을 떠나고 199년에 수로왕이 158세로 세상을 떠났다거나, 수로왕과 거등왕이 213년을 다스렸다는 저런 이야기를 그대로 적어 놓을 수는 없는 일 아니겠는가?

앞에서 적은 수로왕과 허 왕후가 혼인한 이듬해[서기 49년]에 거등왕이 태어났다고 한 것을 고려하면 거등왕은 151세인 199년에 즉위하여 55년 동안 다스리고 205세인 253년에 사망하였다는 말이 된다. 그리고 3대 마품왕이 즉위하여 39년 재위하고 291년에 죽었다는 말을 하게 된다. 거등왕이 20세인 서기 69년에 마품을 낳았다 치면 마품은 291-69=222세쯤 되어서 죽었다. 이런 것을 계산이나 해 보았을까?

문무왕의 15대조 성한왕은 미추임금이다

동일한 논리가 문무왕 친가의 족보에도 적용된다. 서기 60년{또는 65년}에 출현한 김알지로부터 625년에 출생한 문무왕까지 몇 년이나 흘렀는가? 560년이 흘렀다. 560년에 몇 대나 흘렀겠는가? 1세대를 30년으로 잡으면 19대가 흘러야 한다. 그런데 문무왕 비문은 (6)처럼 적고 있다.

(6) 十五代祖星漢王降質圓穹誕靈仙岳肇臨[15대조 성한왕이 하늘로부터 내려와 신령스러운 선악에 태어나 시작하였다. <문무왕 비문>

문무왕 비문의 15대조 성한왕은 누구일까? 이 성한왕이 김알지라는 학설도 있고, 김알지의 아들 세{열}한이라는 학설도 있다. 그러나 절대로 알지나 세한이 문무왕의 15대조가 될 수 없다.

신라 김씨의 세계는 김알지의 출현을 기록한 『삼국유사』 권 제1 「기이 제1」 「김알지 탈해왕대」에 (7)과 같이 적히고, 『삼국사기』 권 제2 「신라본기 제2」 「미추임금」에도 (8a)처럼 똑같은 내용이 적혀 있다. 이로부터 김알지 이후의 신라 김씨의 혈통은 (8b)처럼 이어져 왔음을 알 수 있다.

(7) ---- 황금 함에서 나왔으므로 성을 김씨라 하였다. 알지가 열(熱)#{『삼국사기』는 勢로 적음}#한을 낳고 열한이 아도를 낳고 아도가 수유를 낳고 수유가 욱부를 낳고 욱부가 俱道*{仇刀로도 적음}*를 낳고 구도가 미추를 낳았는데 미추가 왕위에 올랐다[閼智生熱漢 漢生阿都 都生首留 留生郁部 部生俱道*{一作仇刀}* 道生未鄒 鄒卽王位]. 신라 김씨는 알지로부터 시작되었다. <『삼국유사』 권 제1 「기이 제1」 「김알지 탈해왕대」>

(8) a. (262년) 미추*{미조라고도 함}*임금이 즉위하였다. 성은 김씨

다. 어머니는 박씨로 갈문왕 이칠의 딸이다. 왕비는 석씨 광명부인이다.
조분왕의 딸이다. 그의 선조는 알지로 계림에 나타났다. 탈해왕이 데려
다 궁중에서 길렀는데 뒤에 대보 벼슬에 올랐다. 알지는 세한을 낳고,
세한은 아도를 낳고, 아도는 수유를 낳고, 수유는 욱보를 낳고, 욱보는
구도를 낳았는데 구도가 곧 미추의 아버지이다. 첨해임금이 아들이 없
어서 국인이[4] 미추를 임금으로 세웠는데 이는 곧 김씨가 나라를 맡게
된 시초이다. <『삼국사기』 권 제2 「신라본기 제2」 「미추임금」>

    b. 1알지-2세한-3아도-4수유-5욱부-6구도-7미추

    서기 60년{또는 65년}에 나타난 김알지로부터 미추임금까지는 7대가
흘렀다. 김알지가 문무왕의 15대조라 하려면 13대 미추임금으로부터 다
시 8대가 흘러 문무왕이 신라 30대 왕으로 즉위하였다는 말이 된다. 왕의
대수로 보면 13대로부터 30대까지 17대이다. 그것이 혈통으로는 어떻게
절반인 8대로 줄어서 미추에서 문무왕까지가 8대가 되고, 알지에서 문무
왕까지가 15대가 되겠는가?

    알지는 60년대 인물이다. 미추는 262년에 왕위에 올랐다. 200년이 흘
렀다. 7대가 이어질 만한 세월이다. 그런데 262년[미추임금 즉위년]으로부
터 661년[문무왕 즉위년]까지는 400년이 흘렀다. 앞 7대는 200년이 걸렸는
데 뒤 8대는 400년이 걸렸다. 이상하지 않은가? 무엇인가가 잘못되었다.
1대를 30년으로 잡으면 대략 210년이면 7대가 흐르는 것 아닌가? 후 8대,
즉 미추임금에서 문무왕에 이르는 400년이 8대라면 너무 길다. 정상적 세
월의 거의 2배나 된다. 400년은 8대가 아니라 15대 정도가 이어질 수 있
는 세월의 길이이다. 문무왕의 15대조를 김알지라고 하는 것은 틀렸다.

---

4) 이 국인은 거의 첨해임금의 어머니 옥모부인을 가리키는 것으로 보인다. 옥모부인은
   작은아들이자 사위인 첨해임금이 죽자 큰아들 조분의 사위이고 친정 동생인 미추를
   임금으로 지명한 것이다.

문무왕 비문이 말하는 '15대조 성한왕'은 절대로 김알지가 아니다. 그러면 성한왕은 누구일까?

부득불 문무왕의 친가 쪽 대수를 다시 헤아려 보는 수밖에 없다.[5] 문무왕부터 거꾸로 헤아려 보자. 그 이어온 과정은 (9)와 같다. 공주와 혼인하여 외손자가 왕이 된 경우는 A/B에서 공주를 A에 놓았다.

(9) 문무/자의-1무열/문명-2천명[진평 딸]/용수, 선덕, 진덕-3진평-4
동륜, 진지-5진흥-6지소[법흥 딸]/입종-7법흥-소지, 8지증-자비, 9조생
[눌지 딸]/습보-10눌지, 기보-미추 딸(?)/11내물-12미추-13구도

(9)의 문무왕에서 미추임금까지 12대가 나온다. 김씨로서 최초로 신라 왕이 된 인물, 시조대왕(始祖大王), 13대 미추임금이 떠올랐다. 그가 문무왕의 15대조 성한왕이 아닐까? 성한왕은 미추임금을 가리키는 말이 아닐까? 그러나 3대가 빠진다. 쉽게는, '아니야, 미추가 아니야, 미추의 아버지 구도의 할아버지, 즉 미추의 증조부 수유가 성한왕이야.' 하면 끝난다.

그러나 대한민국의 다빈치 코드를 지향하는 이 책은 거기에 안주할 수 없다. 어디에서 빠졌을까? 나이 차이가 큰 데서 3대가 실전(失傳)되었을 것이다. '284년 미추임금 사망-356년 내물임금 즉위' 사이의 72년이 의심의 대상이 될 수밖에 없다. 그 72년에 몇 대가 흐를까? 1대를 30년이라 쳐도 3대쯤 흐를 것이다. 1대가 24년쯤이라고 치면 정확하게 3대가 흐른다. 이 3대를 보태어야 미추임금이 문무왕의 15대조가 된다.

---

[5] 신라 왕의 세계를 헤아리는 데에는 두 가지를 유의해야 한다. 첫째, 외손자가 왕이 된 경우 그 어머니 공주를 한 대로 간주해야 한다. 둘째, 바로 앞대와 나이 차이가 많이 나는 경우 실전된 선조를 찾아 넣어야 한다. 당연한 말이지만 신라 왕의 대수와 신라 김씨 혈통상의 대수는 엄격히 구분해야 한다.

미추와 내물 사이에 3대가 더 있으려면 어떻게 되어야 하는가? 미추에 게는 아들이 없었다. 아들이 있었으면 그가 왕이 되었겠지. 일단 내물의 아버지라고 되어 있는 말구가 들어와야 한다. 말구가 들어오려면 그는 미 추의 사위일 가능성이 크다. '미추 딸/말구 부부'가 있었을 것이다. 그러려 면 말구가 미추의 조카일 것이다.[6] 이제 말구를 낳을 ZZ가 있어야 한다. 그 ZZ가 미추의 아우이다.

'미추 딸/말구 부부'가 XX를 낳았다. XX가 내물의 아버지 YY를 낳았 다. 그리고 YY가 내물을 낳았다. 이렇게 보면 미추와 내물 사이에 3대가 들어온 것이다. 이를 반영하여 문무왕의 15대 가계도 도표를 새로 그리면 (10a)가 된다.[7]

(10) a. 문무-1무열-2천명[진평 딸]/용수, 선덕, 진덕-3진평-4동륜, 진 지-5진흥-6지소[법흥 딸]/입종-7법흥-소지, 8지증-자비, 9조생[눌지 딸 /습보-10눌지, 기보, 보해, 미해-11내물-12YY-13XX-14미추 딸/말구- 15미추, ZZ-16구도

또 다른 가능성은 미추의 아우 ZZ가 미추의 딸과 혼인하고 '미추 딸 /ZZ 부부'가 말구를 낳은 경우이다. 그러면 (10a)의 말구 자리에 ZZ가 오

---

6) 미추와 말구가 형제라는 정보가 『삼국사기』, 『삼국유사』의 내물임금에 관한 기록에 있다. 말도 안 된다. 구도는 미추를 늦어도 190년에는 낳았어야 한다. 그때 구도는 38 세 정도로 추정된다. 말구는 291년에 각간이 되었다. 구도가 말구를 몇 년에 낳았어 야 하는가? 291년에 말구가 60세쯤이라 쳐도 구도는 230년에 말구를 낳았어야 하고 그때 구도는 78세가 된다. 말구는 절대로 구도의 아들이 아니다.
7) 18대 실성임금의 아버지 대서지 각간도 미추임금의 아우라고 되어 있다. 그리고 실성 이 미추임금의 사위라고 되어 있다. 그것도 어불성설이다. 미추임금은 284년에 승하 하였다. 실성은 417년에 사위 눌지마립간에게 시해되었다. 삼촌이 죽고 133년 뒤에 조카이자 사위가 시해된다? 내가 어떻게 나 죽고 134년 뒤에 죽을 사위, 조카를 둘 수 있겠는가?

고 말구가 XX 자리로 간 (10b)가 된다.

> (10) b. 문무–1무열–2천명[진평 딸]/용수, 선덕, 진덕–3진평–4동륜, 진
> 지–5진흥–6지소[법흥 딸]/입종–7법흥–소지, 8지증–자비, 9조생[눌지 딸]/
> 습보–10눌지, 기보, 보해, 미해–11내물–12YY–13말구–14미추 딸]/ZZ–15
> 미추, ZZ–16구도

자, 선택지는 둘이다. 미추는 조카 말구를 사위로 삼았겠는가? 아니면 미추는 아우 ZZ를 사위로 삼았겠는가? 즉, 말구는 미추의 조카일까, 외손자일까? 둘 다 가능한 케이스이지만 284년 95세쯤에 승하한 미추임금과 291년 60세 정도에 각간이 된 말구 사이의 나이 차이를 고려하면 둘 가운데 하나를 선택하기보다는 둘 다 성립시키는 것이 더 타당하지 않을까 싶다. 말구는 미추의 조카이기도 하지만 외손자이기도 한 것이다. 그러려면 미추는 말구를 사위로 삼은 것이 아니라 아우 ZZ를 사위로 삼았다.

결국 나는 말구가 내물의 아버지가 아니라 할아버지라고 말한 셈이다. 그렇다면 말구가 미추의 조카이고, 말구의 아버지이자 미추의 아우인 ZZ가 미추의 사위가 된 것이, 마치 말구의 손자인 내물이 미추의 사위가 된 것처럼, 그리고 말구가 미추의 아우인 것처럼 터무니없이 잘못 전해진 셈이다. 믿기 어렵지만 현재로서는 여기까지이다. 안 그러면 심한 역사 왜곡이 있었다고 하는 수밖에 없다. 그것이 더 진실에 가까울 것이다.

문무왕의 15대조를 미추임금으로 보려면 나이 차이가 큰 미추임금[262년–284년 재위]와 내물임금[356년–402년 재위] 사이에 3대 정도가 더 있어야 합리적 설명을 할 수 있다. 미추임금이 문무왕의 15대조일 가능성이 95% 이상이다.

미추임금의 바로 앞 12대 왕은 석씨 첨해임금이다. 미추임금이 김씨로 서는 최초로 신라 왕이 되었다. 남의 나라 왕 자리를 차지하는 것이 그렇게 쉬운 일은 아닐 것이다. 보통은 전쟁이 있고 그 전쟁에서 상대를 힘으로 제압해야 왕이 될 수 있다. 김씨는 알지가 서기 60년{또는 65년} 탈해임금 시대에 계림에 왔다. 알지의 7대인 미추가 신라 13대 왕이 되었다. 미추임금은 어떤 방법으로 신라 왕이 되었을까?

『삼국사기』에서 미추임금의 신상명세서는 앞에서 본 (8a)와 같다. 『삼국유사』는 미추임금에 관하여 (11)과 같이 적었다. 거의 같다. 미추의 아버지는 김씨 구도갈문왕이고 어머니는 생호*{술례}*부인이다. 술례부인은 박씨 이칠{비} 갈문왕의 딸이다. 미추는 친가가 강력한 세력을 갖춘 김씨이고, 외가가 왕실 박씨이다. 미추임금의 왕비는 석씨 조분임금의 딸 광명랑이다. 미추는 외가 朴, 처가 昔, 친가 金의 조건을 두루 갖추었다.

> (11) 제13 미추임금[第十三 味鄒尼師今]
> 미소, 미조, 미소로도 적는다[一作 味炤 又未祖 又未召]. 성 김씨로 처음 즉위하였다[姓金氏始立]. 아버지는 구도갈문왕이다[父仇道葛文王]. 어머니는 생호*{술례로도 적음}*부인이다[母生乎一作述禮夫人]. 이비갈문왕의 딸 박씨이다[伊非葛文王之女 朴氏]. 왕비는 조분왕의 딸 광명랑이다[妃諸賁王之女光明娘]. 임오년에 즉위하여 22년을 다스렸다[壬午立理二十二年]. <『삼국유사』권 제1 「왕력」>

그런데 미추는 장인 11대 조분임금 뒤를 이은 것이 아니라 12대 첨해임금의 뒤를 이었다. (8a)에서는 '첨해임금이 아들이 없어 미추가 이었다.'고 하였다. 그러면 미추의 장인 11대 조분임금도 아들이 없었을까? 그렇지 않다. 그에게는 아들이 있었다. 그 아들이 미추임금의 뒤를 이어 왕이 된 14대 유례임금이다. 당연히 석씨이다. 이 석씨 아들을 제치고 미추가 왕이 되었다. 그리고 그 사이에는 12대 첨해임금이 있다. 이들은 어떤 관계의 인물들일까?

미추의 아버지 김구도는 어떤 인물인가? 석씨 왕으로부터 김씨 왕으로 바뀌는 데에 결정적 역할을 한 그를 모르고서는 신라 상대 왕위 교체를 논의할 수 없다. 제6장에서 본 대로 박씨, 석씨 왕들에게 차례로 왕비를 들이던 김씨들이 드디어 어느 순간 아들을 왕으로 세웠다. 김씨들은 무슨 수로 줄줄이 왕비를 배출하였던가? 힘이 있어야 한다. 그 힘은 금력과 무력이다. 그 금력과 무력은 어디에서 왔을까? 金山. 금맥은 대륙의 알타이[金] 산으로부터 왔다. 거기에 혼맥을 연결시켜야 한다.

제6장에서 본 석씨 왕 집안의 가계를 도표로 나타내면 (12)가 된다. 이 도표는 『삼국사기』에 따라 그린 것이다.

(12) 4석탈해/박씨 아효부인[2남해 딸]
　　석구추/김씨 지진내례부인
9석벌휴임금/???　　　　　　　　　　김구도
　　석골정/김씨 옥모[김구도 딸], 13김미추/광명랑, 　　　석이매
11조분/내해 딸, 12첨해/구도 딸, 17내물/미추 딸(?), 10내해/골정 딸
광명랑/13미추, 14유례/내음 딸, 걸숙　　　　　　우로/조분 딸, 내음
　　　　　　　　　　15기림　　　　　　　16흘해

김구도는 딸 옥모를 석골정에게 시집보내었다. 그리고 또 다른 딸을 그 옥모가 낳은 외손자 첨해에게 시집보내었다. 11대 조분임금도, 12대 첨해임금도 아버지는 석골정이고 어머니는 구도의 큰딸 옥모부인이다. 첨해가 조분의 뒤를 이어 12대 왕이 되었다.

첨해는 구도의 작은딸, 즉 이모에게 장가 들었다. 첨해는 구도의 외손 자이면서 사위이다. 첨해가 조분의 아들 유례를 제치고 왕이 된 데에는 옥모부인의 힘이 작용하고 있다. 옥모는 둘째 아들이면서 제부인 첨해를 친손자 유례보다 더 유능한 것으로 보아 큰아들 조분에 이어 왕위에 올렸 다. 죽은 왕의 아내, 어머니나 할머니가 후계자를 정한다. 전형적인 모계 사회의 모습이다.

옥모의 동생 미추에게 첨해는 생질이면서 매부이다. 미추가 조분임금의 딸 광명랑과 혼인하였다. 미추에게 조분은 장인이고 조분의 동생인 첨해 는 처삼촌이 된다. 그러니 13대 미추임금은, 처삼촌이고 매부이고 생질인 12대 첨해임금의 뒤를 이어 왕위에 오른 것이다. 처삼촌이고 매부이고 생 질이라? 참 얽히고 설킨 혼맥이다. 이 복잡하고도 불가해한 혼인 관계를 해명하는 열쇠는 구도갈몬왕이 쥐고 있다.

김씨는 혼인계로 신라 왕이 되었다

구도는 사위를 잘 보았다. 구도는 9대 벌휴임금의 아들 골정에게 딸 옥 모를 출가시켰다. 석씨 벌휴임금과 김씨 구도가 사돈이 된 것이다. '구추 각간'과 지진'내례부인 김씨'의 혼인에 이은 '석/김 혼인 동맹'이다. 구도 는 외손자 1명[조분], 사위 1명[첨해, 외손자이기도 함], 아들 1명[미추], 손 자(????) 1명[내물]이 임금이 되었다. 구도는 석씨인 9대 벌휴임금의 아들 골정을 사위로 삼음으로써 딸 옥모를 통하여 희대의 킹 메이커가 되었다. 그가 이 시기의 권력 실세이다.

그런데 이 신라 상대 왕위 계승 도표에는 상식적으로 용납되기 어려운 점들이 있다. (12)에는 이상한 관계가 두 군데 있다. 복잡하게 생각할 것

없다. 부부자자손손, 할아버지는 할아버지 자리에, 아버지는 아버지 자리에, 손자는 손자 자리에 있는지 확인해 보면 된다.

첫 번째 이상한 관계는 '13미추/광명랑 부부'가 두 번 나오는데 한 번은 할아버지 대에, 다른 한 번은 손자 대에 나온다. 할아버지이기도 하고 손자이기도 하다? 이것은 미추임금이 광명랑과 혼인하여 조분임금의 사위가 되는 데에는 많은 전제 조건과 설명이 필요하다는 것을 의미한다.

두 번째 이상한 관계는 16대 흘해임금을 이은 17대 내물임금이 처가 촌수이긴 하지만 흘해임금의 할아버지뻘 항렬에 기록된 것이다. 이 이상한 관계는 내물이 미추의 사위라고 함으로써 생긴 것이다. 이것은 17대 내물이 13대 미추임금의 사위가 될 수 없음을 말한다. 내물이 구도의 손자(이거나 아들[『삼국유사』])이고, 미추의 사위라는 말은 연대를 보면 성립할 수 없는 말이다.

첫 번째부터 보기로 한다. 13대 미추임금과 11대 조분임금의 딸인 광명랑이 혼인할 수 있는 나이가 될까? 조분은 옥모부인의 아들이다. 옥모는 구도의 딸이다. 그러니 조분은 구도의 외손자이다. 구도는 미추의 아버지이다. 그러니 미추는 조분의 외삼촌이다. 그런데 미추가 조분의 딸과 혼인했다. 그러면 미추는 조분의 외삼촌이고 사위이다. 늙은 미추가 누나 옥모의 어린 손녀[조분의 딸]과 혼인한 것일까? 조분임금은 어린 딸을 자신의 늙은 외삼촌에게 출가시킨 것일까[8]

이상하지 않은가? 나이 상으로 가능한 일인가? 참 이상한 일이지만 미추와 누나 옥모의 나이 차이가 크다면 가능하다. 미추와 누나 옥모, 그리

---

[8] 태종무열왕도 어린 딸 지소공주를 60세도 넘은 공주의 외삼촌 김유신의 셋째(?) 부인으로 주었다. 조선 영조도 66세에 15세 경주 김씨 정순왕후를 계비로 들였다. 손자 정조보다 어린 할머니 왕대비가 어떤 역할을 했던가?

고 아내 광명랑과의 나이 차이는 얼마나 될까? 부모와 형제자매들의 관계에서 가장 상식적인 경우로 추정해 보는 수밖에 없다.

제6장에서 본 (13)에서 구도는 172년에 파진찬[4등관위명]이 되었다.

(13) a. 172년[아달라 19년] 봄 정월 구도를 파진찬으로 삼고 구수혜를 일길찬으로 삼았다[十九年 春正月 以仇道爲波珍湌 仇須兮爲一吉湌].
<『삼국사기』권 제2 「신라본기 제2」「아달라임금」>

구도는 그때 몇 살이나 되었을까? 20세쯤 되었을까? 그가 파진찬이 된 172년에 20세도 안 되었다고 보기는 어렵다. 30세쯤 되었을까? 180년대에 중요 전쟁을 치르고 190년에 백제와의 큰 전쟁에서 패배한 것으로 보아 더 많게 잡기도 어렵다. 구도가 172년에 40세라 치면 190년에 58세가 된다. 너무 많다. 172년에 30세가 적절할 것이다. 그러면 구도는 143년생쯤 된다.

구도가 190년에 미추를 낳았다고 치면 미추는 즉위 시인 262년에 73세가 되고 22년 동안 재위한 후 284년에 95세로 승하하게 된다. 좀 오래 산 것 같지만 장수한 인물도 있으니 받아들이기로 하자. 구도가 190년보다 더 앞에 미추를 낳았다고 볼 수는 없다. 미추의 나이가 더 많아지기 때문이다. 더 늦추어 잡는 것은 가능할까? 그것은 미추의 누나 옥모의 출생 시기 때문에 곤란하다.

143년생쯤인 구도가 190년에 미추를 낳았다면 48세 정도에 낳은 것이다. 구도가 옥모를 20세에 낳았다고 보면 옥모와 미추는 28세 정도의 나이 차이가 있다. 그 차이가 너무 많기는 하지만 최대한으로 잡아 두자. 그러면 구도는 20여세인 162년에 큰딸 옥모를 낳고, 48세 정도인 190년에 미추를 낳고, 빨라도 192년인 50여세에 12대 첨해임금의 왕비인 작은딸을 낳았다는 계산이 나온다. 그리고도 아들 1명을 더 낳아야 말구의 아버지가 될 미추의 아우가 있게 된다. 이 추정은 5년 정도의 가감이 있을 수는 있지만 크게 벗어나지는 않을 것이다.

10대 내해임금이 230년에 죽으면서 사위이자 사촌인 조분에게 왕위를 물려주었다. 조분의 어머니 옥모부인은 162년생쯤 된다. 옥모가 20세에 조분을 낳았다면 11대 조분임금은 182년생 정도이다. 조분은 49세쯤인 230년에 즉위하여 66세쯤인 247년에 승하한 것이다. 182년생쯤인 조분이 광명랑을 20세에 낳았으면 광명랑은 202년생쯤 된다. 광명랑이 18세에 미추와 혼인하였다면 그 해는 220년이다. 190년생쯤인 미추는 이때 30여세가 된다. 아내를 잃은 미추가 12살 아래의 광명랑을 새 아내로 맞이함으로써 왕위에 나갈 아내 찬스를 잡은 것으로 보인다.

서기 230년에 즉위한 조분임금이 247년에 승하하고 12대 첨해임금이 즉위하였다. 첨해는 조분의 동모제이다. 그러면 첨해의 어머니도 옥모이다. 그런데 첨해는 구도의 사위이다. 즉, 구도는 외손자를 사위로 삼았다. 아마 구도가 50여세인 192년경에 낳은 딸이 210년경 18세 정도에 첨해에게 시집갔고 그녀가 56세 정도 되었을 때인 247년에 남편 첨해가 즉위한 것이 된다. 190년생쯤인 미추는 220년에 30세, 247년에 57세쯤 된다.

광명랑이 18세인 220년에 미추와 혼인하였다면, 220년에 최소로 잡아 182년생 조분은 41세, 190년생 미추는 30세, 조분의 어머니 162년생 옥모는 69세, 옥모의 아버지 143년생 구도는 88세 정도의 나이로 볼 수 있다. 가능하긴 하다.

이런 것을 합리적으로 설명해야 첫 번째 이상한 관계, '미추/광명랑 부부'가 할아버지 대에도 적히고 손주 대에도 적힌 것을 받아들일 수 있다. 미추는 누나의 손녀와 혼인하였고 광명랑은 할머니의 남동생과 혼인하였으니 할아버지 대에도 적히고 손녀 대에도 적힌 것이다.

내물임금은 미추임금의 사위가 아니다

이제 두 번째 이상한 관계를 생각해 보자. 그것은 16대 흘해임금을 이은 17대 내물임금이 신라 상대 왕위 계승 도표 (12)에서 흘해임금의 할아버지 항렬에 놓여 있는 것이다. 왜 그 자리에 가 있는가? 그것은『삼국사기』가 내물이 미추임금의 사위라고 하였기 때문이다. 내물이 미추임금의 사위일 수 있을까? 불가능하다. 그 밖에도『삼국사기』의 내물의 신상명세서는 신뢰할 수 없는 정보들로 가득 차 있다.

17대 내물임금, 이 왕의 즉위 과정을 나는 제대로 설명하기가 어렵다. 왕이 되는 길은 정해져 있다. 왕의 아들, 왕의 사위, 왕의 딸, 왕의 외손자. 내물은 그 어떤 경우에도 해당하지 않는다. 그리고는 앞왕 16대 흘해, 앞앞왕 15대 기림, 앞앞앞왕 14대 유례를 다 건너뛰고, 앞앞앞앞왕인 13대 미추임금의 사위라고 프로필을 남겼다.

그가 남긴 프로필에는 (14), (15)처럼 '미추임금의 사위' 외에도 '말구의 아들'이라는 정보가 있다. 그러나 그러기에는 말구와 내물의 나이 차이가 너무 크다. 내물이 말구의 아들일 수는 없다.

(14) (356년) 내물*{나밀이라고도 한다.}*임금이 즉위하였다[奈勿*{一云那密}*尼師今立]. 성은 김씨이다[姓金]. 구도갈문왕의 손자이다[仇道葛文王之孫也]. 아버지는 말구 각간이다[父末仇角干]. 어머니는 김씨 휴례부인이다[母金氏 休禮夫人]. 왕비는 김씨로 미추왕의 딸이다[妃金氏

味鄒王女]. 흘해임금이 죽고 아들이 없어 내물이 이었다*{말구는 미추 임금의 형제이다}*[訖解薨 無子 奈勿繼之*{末仇味鄒尼師今兄弟也}*].
<『삼국사기』 권 제3 「신라본기 제3」 「내물임금」>

(15) 제17 내물마립간奈勿麻立干

○○왕으로도 적음[一作○○王]. 김씨이다金氏]. 아버지는 구도갈문 왕이다[父仇道葛文王]. (아버지를) 미소왕의 아우 말구 각간으로도 적었 다[一作未召王之弟末仇角干]. 어머니는 휴례부인 김씨이다[母休禮夫人金 氏]. 병진년에 즉위하여 46년 동안 다스렸다[丙辰立理四十六年]. 능은 점성대 서남에 있다[陵在占星臺西南]. <『삼국유사』 권 제1 「왕력」>

그런데 여기에서 한 술을 더 뜬 분이 일연선사이다. 무엇에 홀렸을까? 그 명철한 고승이. 있을 수 없는 일을 적고 있다. 『삼국유사』는 (15)에서 보듯이 '내물의 아버지가 구도갈문왕이다.' 하고 있다. 190년대에 주로 활 약하고 263년에 아들 미추임금이 갈몬왕으로 봉한 구도가 356년에 왕이 되는 내물의 아버지라니? 이것은 사실이기 어렵다. 그나마 주를 '(아버지 를) 미소왕의 아우 말구 각간으로도 적었다.'고 닮으로써 이 어리석은 중 생에게 '구도는 누이고, 말구는 또 누고?' 하는 의문을 갖게 하는 트리거 [trigger, 방아쇠, 연구 동기]를 마련해 주었다. 그렇지만 『삼국유사』가 그 책답지 않게 '내물왕의 아버지가 구도갈몬왕이다.'고 틀린 정보를 적은 것 은 사실이다. 내물마립간의 어머니가 김씨 휴례부인이라는 것은 두 책이 같다. 일단계로 '내물이 구도의 아들이라는 것은 틀린 정보이다.'

다음으로 내물이 아버지라고 적어 낸 말구에 대하여 조사해 보자. 말구 는 (16)에서 보듯이 291년[유례임금 8년]에 이벌찬[각간, 뿔칸]이 되었다.9)

9) 伊伐飡은 '뿔칸'을 적은 것이다. 角干이라고도 적고 舒弗邯이라고도 적는다. [ibul]은 角 을 뜻하는 흉노어 단어이다. 舒弗은 '스블'을 한자의 음으로 적었다. '스블'은 '쓸'을 거 쳐 '쑬'이 되었다. 표기가 '뿔'로 된 것은 1933년 합자병서 폐지 때문이다. 파사임금 때

뿔칸은 1등관이다. 김유신 장군이 대각간, 태대각간이 되었고, 김옹이 대각간이 되었지만 실제로는 뿔칸이 최고위 관등이다.

(16) (291년) 8년 봄 정월 말구에게 이벌찬을 제수하였다. 말구는 충성스럽고 곧으며 지략이 있었다. 왕은 항상 찾아가 다스림의 요체를 물었다[八年 春正月 拜末仇爲伊伐湌 末仇忠貞有智略 王常訪問政要]. <『삼국사기』 권 제2 「신라본기 제2」 「유례임금」>

말구가 이때 50-60세쯤 되었다고 상정해 보자. 그는 230-240년생쯤 된다. 90세까지 살았다고 보면 몰년은 320-330년쯤이 된다. 미추임금은 284년에 승하하였다. 그런데 서기 356년에 즉위한 내물이 230-240년생쯤인 말구의 아들일까? 그러기 어렵다. 내물은 402년에 죽었다. 내물이 90세를 살았다 해도 313년생이다. 즉위한 356년에 44세이다. 230-240년생쯤인 말구가 74-84세쯤인 313년쯤에 아들 내물을 낳는다? 말구와 내물의 나이 차이가 70-80여세이다. '내물은 말구의 아들이기 어렵다.'

(14)는 내물이 구도갈문왕의 손자라고 하였다. 그럴 수 없다. 190년대에 활동한 구도와 356년에 즉위한 내물이 '할아버지-손자'일 수는 없다. 생존 연대가 150년 이상 차이가 난다. 요새 같이 만혼이 일반적인 시대에도 손자는 할아버지보다 80세 정도밖에 적지 않다.

구도의 아들은 미추와 대서지[실성임금의 아버지, 이것도 쉽게 동의하기 어렵다.]가 있다. 그런데 미추는 190년생쯤 된다. 말구는 빨라야 230-240년생이니 미추보다 30-40여세 적다. '말구가 미추의 아우'라는 기록이 『삼국사기』의 (14)에도 있고 『삼국유사』의 (15)에도 있다. 그러나 이 정보는

는 '酒多'로도 적었다. '酒'는 '스블', 多는 '한'을 훈으로 한다.

믿을 수 없다. 구도가 미추를 48세쯤에 낳은 것으로 보이기 때문에 그로부터 30~40년 뒤에 구도가 또 말구를 낳았다는 것은 받아들일 수 없다.

구도가 연로한 후에 늦둥이 아들 말구를 낳아서 미추에게 나이 어린 아우 말구가 있었다는 것은 절대로 성립되지 않는다. 집안의 대들보 큰누나 162년생 옥모부인과 말구 사이에는 70세 이상의 나이 차이가 있다. 옥모, 미추, 첨해임금 비, 말구, 대서지 이 5명의 아버지가 구도라는 것은 있을 수 없는 일이다.

해결할 길은? '말구가 미추의 아우'라는 것은 '말구가 미추의 아우의 아들'이라는 말을 잘못 전한 것 아니겠는가? '末仇味鄒弟子'에서 '子'를 놓치면 그렇게 된다. 죽간이나 목간의 붓글 읽기가 까다롭다. 미추에게 아우가 있었다면 사위 감으로 안성맞춤이다. 미추에게 딸이 있었으면 그 아우를 사위로 삼았을 것이다. 삼(三) 촌(寸) 사이에 혼인한 '미추 딸/미추 아우 부부'가 있을 수 있다. 그 부부가 말구를 낳았을 것이다. 그러면 말구는 미추의 조카이자 외손자이다. 미추임금에게 아들이 없으면 왕위 계승 1순위가 될 수 있다. 지증마립간도, 진흥왕도, 무열왕도 이 케이스로 왕이 되었다.

그런데 말구의 아버지가 미추의 사위라면, 미추의 또 다른 사위이고 말구의 아들이라고 하는 내물은 아버지 말구의 고모이자 이모인 여인과 혼인하여 할아버지와 동서가 되었다는 말인가? 이건 받아들이기 어렵다. 실성도 미추의 사위라 하니 그는 고모와 혼인한 셈이다. 그럴 수도 있기는 하다. 그러나 미추와 내물, 실성을 옹서(翁婿) 관계로 묶어 놓은 이 땅의 역사는 상식을 벗어나도 한참 벗어난 거짓이다.

이제 (14)가 말하는 '내물의 왕비가 미추임금의 딸'이라는 거짓말을 검토해 보자. 이를 받아들이려면 미추에게 늦게 본 막내딸이 있었고 그 딸을 연하의 사나이 내물에게 하가(下嫁)시킨 것으로 설명해야 한다. 그러나 그것은 불가능하다. 왜 그런가?

미추의 이 막내딸은 아무리 늦게 태어나도 미추가 죽은 284년보다 1년 후인 285년까지는 태어났어야 한다. 그런데 앞에서 광명랑의 나이 때문에 미추임금은 승하한 284년에 95세쯤 된다고 하였다. 그러니 그의 딸은 284년보다 훨씬 전에 태어났어야 한다.

그 공주가 270년[미추임금은 80세?]에 태어났다고 치자. 내물은 356년에 즉위하여 47년 다스리고 402년에 승하하였다. 나이를 좀 적어 두지. 『삼국사기』는 임금의 나이 적기를 꺼렸다. 270년생 미추의 딸은 356년에 86세가 된다. 내물은 몇 살일까? 356년에 50세였다면 402년 죽을 때 97세이다. 356년에 86세인 미추 딸은 402년에 133세나 된다. 혹시 내물이 356년에 70세쯤 되어 16세쯤 더 많은 미추의 딸과 혼인하였을까? 그러면 내물이 47년 왕위에 있다가 죽은 402년에는 117세가 되고 그의 왕비는 153세나 된다. 백보 양보하여 그 공주가 유복녀라서 285년에 태어났다고 치자. 그래도 356년에 72세가 된다. 그의 남편 내물이 22세나 더 적어서 356년 왕이 될 때 50세였다고 치면 402년 죽을 때 내물은 96세가 된다. 미추의 딸이 아버지 죽은 후에 태어났다고 보아도 그녀는 내물과 혼인할 수 있는 나이가 못 된다.

내물의 왕비가 미추임금의 딸이라고 하려면 내물과 그 왕비의 나이 차이가 너무 많다는 이 비상식을 받아들여야 한다. 내물의 왕비가 김씨 미추임금의 딸이라고 적은 『삼국사기』의 저 기록은 거짓말이다.

정말로 내물이 구도의 후손이 맞다면 미추─내물 사이에 3대가 더 필요하다. 즉, 말구를 포함하여 3명이 필요하다. 말구는 이름이 전해 오니까 내 논리대로 하면 말구 아버지 이름과 내물 아버지의 이름이 실전되었다. 말구의 아버지 ZZ가 230-240년쯤 말구를 낳고 말구가 270-280년경에 내물의 아버지 YY를 낳고, YY가 313년경에 내물을 낳았다고 하면 어쩌면 될 것 같다. 그것이 앞에서 본 (10b)에서 일부를 가져온 (17)이다.

(17) 11내물[313년생]-12YY[270-280년생]-13말구[230-240년생]-14미추 딸/ZZ[190년대생]-15미추[190년생], ZZ[190년대생]-16구도[143년생]

이것은 『삼국사기』의 (14)가 말하는 '내물이 말구의 아들', '내물이 미추의 사위'라는 기록을 의심할 수밖에 없게 한다. 내물은 말구의 아들이기 어렵고 '미추의 사위'이기 어렵다.[10] 내물은 구도가 할아버지, 미추가 장인, 말구가 아버지라고 하면서 세상을 속였을 것 같은 의심이 든다.[11]

---

[10] 『삼국사기』의 내물임금 이전의 기록을 믿지 않는 경향이 있다. 그러나 조작된 것으로 의심할 만한 것은 일성임금과 아달라임금, 내물임금의 경우이다. 그 외는 거의 다 납득할 수 있다. 내물임금의 경우 그와 그의 장인으로 적힌 미추임금 사이에 3대가 소실되었다는 것을 인정하면 올바로 잡힌다. 그 3대의 소실이 인정되지 않으면 내물은 석씨 왕 흘해임금의 왕위를 찬탈한 자일 수도 있다. 그러면 그가 구도갈문왕의 손자라느니, 또는 구도의 아들이라느니, 미추임금의 사위라느니, 말구 각간의 아들이라느니 하는 것은 날조된 것이다. 『삼국유사』가 내물마립간, 실성마립간, 눌지마립간으로 왕의 칭호를 마립간으로 바꾼 이 왕들은 구도나 미추의 후예가 아니고 찬탈자일 수도 있다. 눌지가 장인 실성을 죽이는 것도 예사로 보이지 않는다. 흉노 중의 흉노가 와서 신라를 정복하였을 수도 있다.

[11] 자로가 공자에게 '위나라 임금이 선생님을 기다려서 정사를 행하신다 하니 선생님은 무엇을 먼저 하시겠습니까[衛君待子以爲政子將奚先?' 하고 여쭈었다. 공자 가로되 '반드시 이름을 바로 잡을 것이여[子曰必也正名乎]' --- '이름이 바로 잡히지 않으면 말이 순순히 나오지 않으며, 말이 순순히 나오지 않으면 일이 이루어지지 않고, 일이 이루어지지 않으면 예악이 일어나지 않으며, 예악이 일어나지 않으면 형벌이 들어맞지 않으며, 형벌이 들어맞지 않으면 국민이 손발을 둘 곳이 없어지느니래[名不正則言不順 言不順則事不成 事不成則禮樂不興 禮樂不興則刑罰不中 刑罰不中則民無所措手足]. <『논어』「자로편」>. 그때 위나라에서는 영공(靈公)의 손자 괴첩(蒯輒)이, 쫓겨난 아버지 세

『삼국유사』가 내물, 실성 두 임금에 대하여 『삼국사기』와는 달리 '尼師今'을 사용하지 않고 '麻立干'을 사용하는 것은 16대 흘해임금과 17대 내물의 왕위 교체가 비정상적인 과정을 거쳤음을 시사하는 것이다. 내물은 석씨 임금 시대를 끝내고 김씨 마립간 시대를 연 찬탈자일 가능성이 크다. 그러니 구도의 손자니, 미추의 사위니, 말구의 아들이니 하는 것은 모두 조작된 역사이다. 내물 이후의 신라 김씨 왕실은 김알지의 후손이 아니거나 김알지의 후손이라 하더라도 '구도-미추-말구'를 이어받는 혈통이 아닐 가능성이 크다.[12]

2. 신라 김씨 왕실의 특급 비밀

17대 내물마립간은 어떻게 왕위를 잇게 되었을까? 내물은 16대 흘해의 사위도 아니다. 그렇다고 15대 기림의 사위도 아니다. 더 나아가 14대 유례의 사위도 아니다. 내물은 자신이 왕위에 오른 356년보다 72년 전인 284년에 죽은 미추임금의 사위라는 명분으로 왕위에 올랐다. 그리고 자신이 죽은 402년보다 70년-80년 전에 죽은 말구를 아버지라 하고 있다.

이것은 거짓말이다. 부당하게 쿠데타를 일으켜 불법적으로 왕권을 탈취한 산적 같은 내물 세력이 자신들의 정권 탈취를 정당화하기 위하여, '내

자 괴외(蒯聵)를 아버지라 하지 않고 할아버지를 아버지 사당에 모시고 '指祖爲父'하는 행태를 보여 이름과 실제가 문란해졌다. 공자는 정치를 맡으면 가장 먼저 말의 혼란을 바로 잡겠다고 한 것이다. 이름은 소리와 뜻이 합쳐진 기호[sign, symbol]로서의 단어이다. 노자의 '道可道非常道 名可名非常名'의 名이다. 정명론이다.

12) 그런 의미에서 『삼국유사』가 내물, 실성에 대하여 麻立干을 사용한 것이 『삼국사기』가 尼師今을 사용한 것보다 더 타당한 태도일 수 있다. 앞으로의 기술에서 이 두 왕을 임금이 아닌 마립간으로 칭하기로 한다.

물이 말구의 아들이라느니, 미추의 사위라느니, 구도의 손자라느니.' 하고 조작한 것이다. 자료가 부족하여 잘못 기술한 것이 아니라 의도적으로 거짓 역사를 지어낸 악랄한 정치 집단이 내물 세력이다.

미추임금의 신상명세서는 앞 (8a)와 (11)에서 이미 보았다.『삼국사기』, 『삼국유사』 두 사서가 똑같다. 즉위년은 262년, 승하년은 284년이다. 미추임금의 신상명세서는 믿을 수 있다.

이제 앞에서 본 내물마립간의 신상명세서 (14), (15)를 다시 보자. 이것이 그야말로 엉망진창이다. 내물이 구도의 손자라니? 구도는 170년대부터 190년대까지 활약하였다. 170여 년 뒤인 356년에 손자가 왕위에 오를 수 있겠는가? 내물의 왕비가 미추왕의 딸이라고? 284년에 죽은 미추임금이 72년이 흐른 뒤인 356년에 왕이 되는 내물을 사위로 두었다고? 이런 말을 기록이라고 그대로 믿어도 되는가? 말구가 아버지라고? 291년에 각간이 된 말구가 어떻게 402년에 죽는 내물을 낳을 수 있다는 말인가? 거짓말을 해도 좀 아귀가 맞게 해야지 씨알도 먹히지 않을 거짓말을 하고 있다.

이 거짓 기록의 책임은 누구에게 있는가? 얼핏 생각하면 김부식에게 있는 것 같다. 그러나 그렇지 않다. 그는 가짜 뉴스를 보고 베낀 것이다. 그 가짜 뉴스를 만든 이들이 누구일까? 아마 내물을 왕위에 올린 자들일 것이다. 그들이 급하게 내물을 신성화하려다가 실수한 것으로 보인다. 앞뒤 안 따져 보고 '김비어천가'를 부른 것이다.

284년 미추임금이 죽고 다시 석씨가 왕이 되었다. 미추임금에게 아들이 없었나 보다. 11대 조분임금의 장자인 14대 유례임금이 왕위에 올랐다. 15대 기림임금은 유례임금의 조카이고 16대 흘해임금온 기림임금의 8촌 아우이다. 그런데 흘해임금은 10대 내해임금의 태자 석우로의 아들이다.

각간 석우로는 조분임금의 사위이다. 그러니 흘해는 조분의 외손자이다. 왕 될 자격이 있다. 이렇게 석씨들이 왕위를 이어왔다.

그러다가 흘해가 재위 47년만인 356년에 죽었다. 내물마립간의 신상명세서에 흘해가 죽었는데 아들이 없어 내물이 이었다 하였다. '흘해가 아들이 없어 흘해의 사위가 왕 자리를 승계하였다.'가 되어야 정상이다. 그런데 '흘해의 사위'는 어디 가고 갑자기 '미추의 사위'가 나오고, 턱도 없이 '내물이 구도의 손자'라고 하고 있다. 먼 후손이야 되겠지. 그러면 증손(曾孫)이나 현손(玄孫)으로 적어야 한다.

이렇게 이상한 왕위 승계가 이루어진 경우, '흘해가 아들이 없어 국인이 내물을 세웠다.'로 적는 것이 보통이다. 그때 국인은 대체로 전왕의 어머니나 왕비이다. 그야말로 '나라의 주인'이다. 그런데 여기서는 '국인'이 세운 것이 아니다. 흘해의 어머니나 왕비가 내물을 세운 것이 아니다. 내물은 자립하였거나 강탈하였을 것이다.

미추-내물 사이에 3대가 실전되었다

왕이 될 자격이 없는 사람이 연로한 흘해임금을 죽이고 왕 자리에 앉아서 없는 근본을 속여서 만들려 했을까? 연대도 안 따져 보고 신라인들이 떠받드는 '김구도-미추-말구'의 족보에 갖다 붙이고 김씨 혈통을 이었다고 속이고 있는 것 아닐까?

내물의 아버지 말구도 김씨의 딸과 혼인하였다. 김씨 아들 내물도 김씨 미추의 딸과 혼인하였다. 그런데 내물 다음에 왕위에 오른 실성마립간도 미추의 딸과 혼인하였다고 되어 있다. 그러면 내물과 실성은 동서이다.

(18) (402년) 실성임금이 즉위하였다[實聖尼師今立]. 왕은 알지의 후손으로 대서지 이찬의 아들이다[閼智裔孫 大西知伊飡之子]. 어머니는 이리부인*{이는 기로도 적음}*으로 석등보 아간의 딸이다[母伊利夫人 *{伊一作企}*昔登保阿干之女]. 왕비는 미추왕의 딸이다[妃味鄒王女也]. --- 내물왕이 승하하고 그 아들이 어리므로 국인이 실성을 받들어 왕위를 계승시켰다[奈勿薨 其子幼少 國人立實聖 繼位]. <『삼국사기』 권 제3「신라본기 제3」「실성임금」>

(19) 제18 실성마립간[第十八 實聖麻立干]

실주왕으로도 적는다[一作實主王]. 또 보금이라고도 한다[又寶金]. 아버지는 미추왕의 아우 대서지 각간이다[父味鄒王弟大西知角干].[13] 어머니는 예생부인 석씨로 등야 아간의 딸이다[母禮生夫人昔氏 登也阿干女也]. 왕비는 아류부인이다[妃阿留夫人]. 임인년에 즉위하여 15년을 다스렸다[壬寅立 治十五年]. 왕은 치술의 아버지이다[王卽鵄述之父]. <『삼국유사』 권 제1「왕력」>

이 시기에 김씨들은 미추임금의 사위라고 하여야 신원조회에서 통과되었나 보다. 거기에 실성은 미추의 아우 대서지의 아들이다. 그러면 미추, 말구, 대서지가 형제이다. 내물마립간과 실성마립간은 사촌이고 둘 다 미추임금의 딸과 혼인하였다. 이런 기록은 전혀 신빙성이 없다.

내물의 아들인 눌지마립간의 어머니 보반부인[내례길포, 내례희]도 미추임금의 딸이라고 적혀 있다. 그러니 내물의 왕비가 미추임금의 딸이라고 적는 것은 신라 역사의 일관된 태도이다. 그러나 이곳에 비밀이 있다.

---

13) 현전 역사 기록에 따르면 17대 내물마립간은 13대 미추임금의 아우 말구의 아들이고 미추의 사위이다. 그리고 18대 실성마립간은 미추의 아우 대서지의 아들이고 미추의 사위이다. 그러면 내물과 실성은 구도의 손자로 사촌 사이이고 또 미추의 사위로 동서 사이이다. 미추는 두 딸을 조카에게 시집보낸 것이고 형제끼리 사돈이 된 것이다. 전형적인 족내혼이다. 내물의 아들 눌지는 5촌 당숙 겸 장인인 실성을 죽인 것이다.

(20) (417년) 눌지마립간이 즉위하였다[訥祇麻立干立]. --- 내물왕의 아들이다[奈勿王子也]. 어머니는 보반부인*{내례길포라고도 함}*으로 미추왕의 딸이다[母保反夫人*{一云內禮吉怖}*味鄒王女也]. 왕비는 실성왕의 딸이다[妃實聖王之女]. <『삼국사기』 권 제3 「신라본기 제3」 「눌지마립간」>

(21) 제19 눌지마립간[第十九 訥祇麻立干]

내지왕으로도 적는다[一作內只王]. 김씨이다[金氏]. 아버지는 내물왕이다[父奈勿王]. 어머니 내례희부인은 김씨로 미추왕의 딸이다[母內禮希夫人 金氏 味鄒王女]. 정사년에 즉위하여 41년을 다스렸다[丁巳立 治四十一年]. <『삼국유사』 권 제1 「왕력」>

눌지마립간의 왕비는 실성의 딸이다. 그러니 눌지는 부계로는 6촌이며 모계로는 이종사촌인 여인과 혼인한 것이다.

신라와 흉노의 혼습

이들이 가까운 친인척 사이라는 것을 알았는지 내물 조에서 김부식은 (22)와 같이 '신라의 혼습도 중국에 비하면 예(禮)에 크게 어그러졌지만 흉노는 그보다 더 심하여 어머니와도 혼인하고 아들과도 혼인한다.'고 신라의 혼습에 관하여 논하고 있다.

(22) 논하여 말하노니, 아내를 취함에, 같은 성을 취하지 않음은 그럼으로써 인륜의 분별을 두터이 하기 위함이다. 이런 까닭으로 노공이 오에서 아내를 취하고 진후에게 사희가 있음을 진나라 사패, 정나라의 자산이 심하게 나무랐다. 신라처럼 같은 성을 아내로 취하는 데 그치지 않고 형제의 자식[조카], 고종, 이종 자매까지 모두 맞이하여 아내로 삼는 것은 비록 외국이라 각자 다른 풍속을 가졌다 하더라도 중국의 예

로써 따져보면[責] 크게 어그러진[悖] 것이다. 흉노의 어머니를 죽손위를 범함하고 자식을 뵈손아래를 범함하는 습속 같은 것은 이보다 더심한 것이다[若匈奴之烝母報子 則又甚於此矣]. <『삼국사기』 권 제2 「신라본기 제2」 「내물마립간」>

그게 무슨 큰 일이라고, 진정 큰 일은 '내물이 미추의 사위이기 어렵다.' '말구가 미추의 아우이기 어렵다.' '내물이 말구의 아들이기 어렵다.'가 아니겠는가? 논할 것을 논해야지 왜 신라의 혼습을 논해? 앞뒤 안 맞는 말을 해 놓고, 엉뚱하게 신라 왕실의 혼습을 비판하다니?

무슨 중국의 예가 그렇게 하늘의 법이라도 된다고, 흉노제국의 순혈유지를 위한 족내혼을 비판하고 있어. 유목 생활을 하면 그렇게 살 수밖에 없지. 신라 왕실의 박씨도, 석씨도, 김씨도, 심지어 고려의 왕씨도, 부처님 나라의 석가씨도 존중해 마지않던 동성동본 아니라, 동고조 8촌 내에서도 조건만 맞으면 혼인하는 저 놀라운 세계를 흠집내고 있어.

"혼인에는 어떠한 제한도 없다."는 것이 인류사의 법칙이다. 그래야 전쟁에서 이긴 전사들에게 정복지의 여인들을 상으로 주어 인종청소를 할 수 있다. 인종청소가 이루어져야 진정한 정복이 완성된다. 인류사를 만만하게 보면 안 된다. 인간은 전쟁터에서도 인간의 생명을 존중하고 인권을 보호하며 상호 협의 하에 성 생활을 하는 성인군자들이 아니다. 로마군에게 점령당한 카르타고의 참상을 보라. 수준 높은 문명국이었던 로마 제국의 신사 군대도 약탈과 민간 여인 욕보이고 죽이기를 심하게 하였다.

신라 왕실의 혼습이 3촌, 4촌, 5촌, 6촌, 7촌 사이에, 심지어 오누이 사이에도 혼인하는 신구의 도를 추구하고 있었음은 김오기, 김대분의 『화랑세기』를 읽으면 누구나 알 수 있다. 고려 시대 김부식은 흉노와 신라가 예에서 구분된다고 생각한 모양이다. 그는 문무왕 비문을 보지 못했을 것이다. 이때 이미 '秺侯祭天之胤傳七葉'은 김씨에게도 잊혀진 문구였을까?

흉노제국과 신라 왕실은 혼인 풍습에 관한 한 오십보백보다. 같은 유형의 혼인이 반복되고 있다. 왕이 딸을 아우에게 시집보내는 유형이다. 대표적인 경우가 법흥왕의 아우 입종이 법흥왕의 딸 지소와 혼인하여 진흥왕을 낳은 것이다. 진흥왕은 법흥왕의 조카이면서 외손자이다.

이것을 비례라고 비난하지 말라. 유목 생활을 하면 가장 믿을 수 있으면서도 믿을 수 없는 것이 형제이다. 언제 아우에게 왕위를 빼앗길지 모른다. 아우를 사위로 삼고 아우의 아들이 외손자쯤 되어야 왕위를 빼앗겨도 덜 억울하지. 아들이 없으면 그게 가장 좋은 후계자 선택의 道이다.

흉노제국의 호한야 선우가 죽자 그 애첩인 왕소군은 호한야의 본처의 아들인 복주루약제와 혼인하여 딸 둘을 낳았다. 어머니가 자식과 혼인한 것이다. 아니, 아버지가 죽고 나면 아버지의 여인은 아들 차지가 된다가 정확한 표현이다. 그러나 이것은 흔한 일이다.

가라국 질지왕은 아들 선통의 아내 방원과 밀통하다가, 아내 통리와 아들 선통이 죽고 나서[왜 죽었을까? 자연사?] 며느리 방원과 혼인하여 아들 감지왕을 낳았다. 감지왕은 어머니가 형수였던 셈이다. 감지왕이 김유신의 고조부이다. 가락 왕실의 혼습도 흉노족 혼습과 전혀 다를 바가 없다.

당 고종은 아버지 당 태종의 후궁이었던 측천무후와 혼인하였다. 당 현종은 아들의 아내 양귀비를 빼앗아 비로 삼았다. 그들도 원래 흉노제국의 일파인 선비족이었다.

김춘추는 5촌 당숙인 선품의 아내 보룡과의 사이에 당원을 낳은 것으로 보인다. 형이 죽으면 형수를 아우가 물려받는 것도 흔하다.[14] 형 소명전군이 죽자 아우 정명전군이 형의 약혼녀 김흠운의 딸과 밀통하여 효소왕, 봇내, 성덕왕을 낳았다. 그리고 681년 즉위하면서 장인 김흠돌을 모반으로 몰아 죽이고 그 딸인 왕비를 폐비시킨 뒤 김흠운의 딸과 재혼하였다. 그 왕비가 신목왕후이다. 김흠돌, 흠운은 김유신의 누이 정희의 아들로서 김유신의 생질들이다. 김흠돌은 김유신의 사위이고 김흠운은 태종무열왕의 사위이다. 신라 왕실의 혼인 풍습이 흉노의 그것과 다른 점은 없다.

김양도는 이부동모의 누나와 혼인하였다. 어머니 양명공주(진평왕의 딸)은 '신국에는 신국의 도(道)가 있다. 어찌 중국의 도로 하겠는가?' 하였다 (이종욱(1999:191-192)). 신국이 어느 나라일까? 신라일까? 그 道는 어느 나라의 도일까? 이것이 성골의 본모습이다. 이것이 신라 왕실의 본모습이다. 이것은 바로 석가씨가 순혈 유지를 위하여 석가씨끼리만 혼인하던 풍습과 일치한다. 자장법사가 중국 오대산에서 문수보살을 만나 들었다는 신라 왕족은 '천축 찰리족'이어서 '동이 공공족'과는 다르다는 말은 이런 것을 가리키는 것이다.

진성여왕이 숙부 각간 김위홍과 공공연하게 간통하고 위홍에게 지시하여 대구화상(大矩和尙)과 함께 향가집 『삼대목』을 편찬하게 하였다. 이 책이 있었으면 『萬葉集』이 부럽지 않았을 것을.

2000년 전 일이라 '전설의 고향' 같은 지어낸 이야기라고 말하지 말라. 그 시절 서구에서는 전 세계인이 읽는 『로마인 이야기』가 전개되고 전설 같은 시저의 영국 정복에 이어 지은 목욕탕이 아직도 잉글랜드 서부의 Bath라는 도시에 엄연히 남아 있다. 예수가 활동한 시대가 그 시대이다.

---

14) 차마고도를 넘나드는 마방들은 형제공처(兄弟共妻)가 기본이다. 3형제가 한 아내를 공유하는 경우도 있다. 말을 몰고 언제 죽을지 모르는 오척도(五尺道)를 곡예사처럼 넘나드는 그들이 집을 떠날 때 아내를 아우나 형에게 맡기는 것이 얼마나 합리적인가? 아이가 누구의 아이인지는 구분할 수 있을까? 불필요한 일, 어차피 모계 중심 사회다.

이 시기 대륙에서는 전한이 망하고 왕망의 신나라가 섰고, 후한 광무제가 다시 후한을 세웠으며 그 후한의 말세에 유비, 조조, 손권이 천하를 다투는 『삼국지연의』가 펼쳐진다.

이 나라에 『삼국지』를 안 읽은 이가 어디 있겠는가? 그것도 사자성구를 다 풀어서 읽는 맛을 반감시킨 『삼국지』를. 七縱七擒(칠종칠금), 제갈량이 남만(南蠻)의 맹획(孟獲)을 7번 사로잡아 7번 풀어 주고 항복을 받았다는 그 실화의 무대 운남성 보산 지구가 바로 사천성 남쪽 남군, 파군, 무현 등과 인접하여 있다. 그곳이, 신나라 패잔병 김씨 군대와 후한 광무제의 군대가 싸우던 서기 36년경에 허 왕후와 김수로왕의 부모들이 다섯 살 정도의 두 아이들의 혼약을 맺은 만족 허씨들의 고향, 보주이다.

미추임금에서 문무왕까지

말구는 미추의 형제가 아니고 조카일 것이다. 내물은 당연히 구도의 손자가 아니며, 미추의 사위도 말구의 아들도 아니다. 미추임금 사후 72년이나 지나서 즉위한 내물을 미추의 사위라고 한 데에는 특별한 이유가 있을 것이다. 그것은 신라 김씨 왕실이 숨긴 특급 비밀이다. 이 비밀을 어떻게 풀 것인가? 16대 석씨 흘해임금을 이어받은 17대 김씨 내물마립간은 정말로 수상하다. 『삼국유사』 권 제1 「왕력」은 내물부터 마립간을 사용하였다. 이것은 혁명적 상황이 있었음을 시사하는 것 아닐까?

이것이 사실이라면, 그리고 내물이 그 일족 김씨들과 더불어 어떤 권모술수를 썼든 왕위 찬탈이 아니고 이긴 자로서 왕이 된 것이라면, 우리는 그것을 추인할 수밖에 없다. 그렇다면 그의 신상명세서도 좋게 써서 새로운 『삼국사기』, 『삼국유사』에 기록해 둘 수밖에 없다. 안 쫓겨나고 47년이나 다스리고 402년에 죽었다니까 국민들의 지지는 받았겠지. 그러고도 역사 하나 바로 기술하지 않고 죽다니. 이 역사를 바로 잡아 그나마 합리적이게 하려면, 그것은 최소한 (23) 정도가 되어야 한다.

> (23) (356년) 17대 내물마립간이 즉위하였다[十七代奈勿麻立干立]. 김씨이다[金氏]. 고조는 구도갈몬왕이다[高祖仇道葛文王]. 증조는 미추임금의 아우 ZZ이다[曾祖味鄒尼師今弟ZZ]. 조부는 말구 각간이다[祖末仇角干]. 부는 말구 각간의 아들 YY이다[父末仇角干子YY]. 증조모는 미추임금의 딸이다[曾祖母味鄒尼師今女]. 어머니는 김씨 휴례부인이다[母金氏休禮夫人].[15) ○○의 딸이다[○○之女]. <저자>

(14)와 (15)는 원래 (23)으로 쓸 것을 잘못 썼거나 (23)으로 쓴 것을 잘못 베껴 쓴 것일 수도 있다. 신라 17대 내물마립간을 김구도의 뒤를 잇는, 즉 알지의 뒤를 잇는 정통 신라 김씨로 만들려면 (23)과 같이 『삼국사기』와 『삼국유사』를 고쳐야 한다. 그것은 '말구는 미추의 사위인 아우의 아들이고, 내물은 말구의 손자'라는 것이다. 미추부터 내물 사이에 미추의 딸, 미추의 외손자 말구, 말구의 아들을 넣어야 제대로 된 세계가 작성된다.

내물마립간 이후의 신라는 그 전과는 완전히 다른 새로운 나라가 되었다. 53대 신덕왕 때까지 왕위가 김씨를 벗어난 적이 없다. 그러니 『삼국유사』 권 제1 「왕력」이 내물부터 '麻立干'을 사용한 것이 상당한 의미를 갖게 된다. 법흥왕 때부터 '王'을 사용하였다. 황제 아래 제후국 왕처럼 되

---

15) 이제 휴례부인이 누구의 딸인지가 관건이 된다. 미추임금의 딸이면 그는 말구의 아내이고 내물의 증조모가 된다. 단 한 마디, '어머니는 휴례부인이다. ○○의 딸이다.'에서 ○○이 빠지는 바람에 신라사를 어지럽힌다. 휴례부인의 아버지를 찾아라. 그 ○○이 미추임금이면 휴례부인이 내물마립간의 어머니가 될 수 없다. 그 ○○이 미추가 아니면 (23)이 옳다.

어 버린 것이다. 계속 '잇금'과 '머리칸[麻立干]'을 썼어야 주체적 나라라 할 수 있다. 53대 신덕왕은 김씨로부터 박씨로 왕위 계승이 이루어졌지만 기록상으로는 신덕왕이 헌강왕의 사위이므로 흔히 있는 패턴이다. 석씨 왕으로부터 김씨 왕으로 교체되면서도 아무런 정당성이 확보되지 않는 17대 내물마립간의 경우는 기록을 그대로 두고서는 설명할 수 없다.

(10a, b)의 가장 큰 특징은 딸을 아우나 4촌 동생에게 시집보내어 태어난 아이를 조카가 아닌 외손자로 본다는 점이다. 조카는 부계로 헤아린 것이다. 모계로 헤아리면 외손자가 된다. 외손자를 왕위에 올린 경우 그 딸을 한 대로 보는 것이다.16)

이를 이해하기 위해서는 김씨 신라 왕실의 세계를 헤아린 (24)에서 법흥왕과 진흥왕의 관계를 살펴볼 필요가 있다.

(24) (540년) 진흥왕이 즉위하였다[眞興王立]. 휘는 삼맥종*{심맥부로 도 적음}*이다[諱三麥宗*{或作深麥夫}*]. 그때 나이 7세였다[時年七歲]. 법흥왕의 아우 갈몬왕 입종의 아들이다[法興王弟葛文王立宗之子也]. 어머니는 ○○부인 김씨이다[母 夫人金氏].17) 법흥왕의 딸이다[法興王之女]. 왕비는 박씨 사도부인이다[妃朴氏思道夫人]. 왕이 어려서 왕태후가 섭정하였다[王幼少王太后攝政]. <『삼국사기』 권 제5 「신라본기 제5」 「진흥왕」>

---

16) 이것은 무엇을 의미하는가? 신라가 모계 사회였다는 것을 의미한다. '할머니-고모-외손녀'로 이어지는 아메리카 인디언의 혈통을 생각하면 된다. 흉노족, 그 혈통을 이어받은 아메리카 인디언, 신라 김씨, 가락 김씨가 같은 대물림의 원리를 가지고 있었다. 알래스카 원주민 마을의 토템 폴(Totem Pole)은 머리에 독수리와 까마귀가 새겨져 있는 것만 빼면 우리 고향 마을 입구를 지키던 천하대장군, 지하여장군과 흡사하다.

17) 일반적으로는 '母○○夫人金氏[어머니는 ○○부인 김씨이다. ○○○○之女[○○ ○○의 딸이다.]'로 적는다. 『삼국유사』를 보면 여기서는 母 뒤에 只召가 누락된 것이다.

540년에 즉위한 진흥왕의 아버지는 입종갈몬왕이다. 입종(立宗)은 『삼국사기』, 『삼국유사』 모두에서 23대 법흥왕의 동생이다. 진흥왕은 법흥왕의 조카이고, 법흥왕은 진흥왕의 큰아버지이다. 아들 없는 큰집이 종손으로 삼기 위하여 작은집에서 조카를 양자로 데려오는 것이야 우리 전통사회에서는 흔한 일이었다. 부계로는 진흥왕이 법흥왕의 조카이다.

그러나 그것은 현대적 편견이다. 신라 시대에는 그렇게 생각하지 않았다. 진흥왕의 어머니 ○○부인은 법흥왕의 딸이다. 그 공주는 3촌인 입종과 혼인하였다. 입종은 씨만 내렸을 뿐이다. 그 씨를 난자로 받아 수정하여 길러[養] 싹 틔워 세상 밖으로 보내고 젖을 먹여 키운[育] 이는 법흥왕의 딸 김씨이다. 그 김씨가 삼촌 입종과의 사이에서 진흥왕을 낳은 것이다. 그러면 진흥왕은 법흥왕의 외손자이기도 하다. 그런 관점, 즉 모계로 보면 진흥왕은 법흥왕의 조카가 아니라 손자이다. 조카는 가부장적 친가가 중심이 된 유교 사회에서 쓰는 말이다. 외가에 가면 조카가 아니라 손자이다. 1대가 늘어난다. 그것은 딸이 1대를 감당한다는 뜻이다.

그런데 진흥왕의 어머니에 관해서는 두 가지 서로 다른 기록이 있다. 이것은 좀 따져 볼 필요가 있다. 『삼국유사』는 진흥왕에 대하여 『삼국사기』(24)와는 달리 (25)처럼 적고 있다. (25)에서는 진흥왕의 어머니 지소부인이 박씨인 것처럼 보인다.

(25) 제24 진흥왕[第二十四 眞興王]
이름은 삼맥종*{심맥부로도 적음}이다*[名三麥宗*{一作 深麥夫}*].
김씨이다[金氏]. 아버지는 즉 법흥왕의 아우 입종갈몬왕이다[父卽法興王弟立宗葛文王]. 어머니는 지소부인_____*{식도부인으로도 적음}*은 박씨이다[母只召夫人_____*{一作息道夫人}*朴氏]. 모량리 영사 각

간의 딸이다[牟梁里英史角干之女]. <『삼국유사』 권 제1 「왕력」>

　그러나 『삼국사기』와 비교해 보면 '식도부인'은 박씨이고 진흥왕의 왕
비인 사도부인으로 보인다. 그러면 (25) 기록은 '母 只召夫人[어머니는 지
소부인]' 뒤 밑줄 그은 곳에 '金氏 法興之女也 妃思道夫人[김씨이다. 법흥
왕의 딸이다. 왕비 사도부인은]'이 누락된 것이다. 진흥왕의 어머니는 지소
부인으로 김씨이고 법흥왕의 딸이다. 진흥왕의 왕비는 사도부인{식도부
인} 박씨로 모량리 영사 각간의 딸이다. 진흥왕은 법흥왕의 외손자이다.
진흥왕의 즉위 결정을 누가 했겠는가? 법흥왕이 죽은 뒤이니 당연히 진흥
왕의 큰 어머니이자 외할머니인 법흥왕의 왕비 보도부인이 했을 것이다.
　(10a, b)에서 또 하나 유심히 보아야 할 것은 소지마립간과 지증마립간
의 관계이다. 이것은 대가 겹치는 현상을 보인다. 서기 500년에 즉위한
지증마립간은 눌지의 조카인 습보갈문왕과 눌지의 딸 조생부인 사이에 태
어났다. 습보와 조생은 4촌끼리 혼인한 것이다. (26)에서 보듯이 지증은
내물왕의 증손자이고 습보의 아들이다. (27)은 습보로 적을 것을 그의 아
버지인 기보로 잘못 적었다. 일연선사가 이런 데에서 헷갈리다니.

　　(26) 지증마립간이 즉위하였다[智證麻立干立]. 성은 김씨이다[姓金氏].
　　이름은 지대로*{혹은 지도로, 또 지철로라고도 함}*이다[諱智大路*{或
　　云智度路 又云智哲老}*]. 내물왕의 증손이다[奈勿王之曾孫]. 습보갈문왕
　　의 아들이다[習寶葛文王之子]. 조지왕의 재종제(6촌)이다[照知王之再從弟
　　也].[18] 어머니는 김씨 조생부인이다[母金氏 鳥生夫人]. 눌지왕의 딸이다

---

18) 照는 측천무후의 이름 자이다. 피휘 대상이 되었다. 照 자는 거의 모두 昭, 炤 자로 바
　　뀌어 적혔다. 소지[=비체마립간은 원래 조지마립간으로 시호를 정하였으나 후에 照
　　를 피휘하여 炤知로 적은 것이다(서정목(2016a) 참고).

[訥祇王之女]. 왕비는 박씨 연제부인이다[妃朴氏 延帝夫人]. 등흔 이찬의 딸이다[登欣 伊飡女]. <『삼국사기』권 제4 「신라본기 제4」「지증마립간」>

(27) 제22 지증마립간第二十二 智證麻立干

지철로 또 지도로로도 적는다[一作 智哲老 又智度路]. 김씨이다[金氏]. 아버지는 눌지왕 아우 기보갈몬왕이다[父訥祇王弟期寶葛文王]. 어머니는 오생부인이다[母烏生夫人]. 눌지왕의 딸이다[訥祇王之女]. 儉攬代漢只(?) 등허*{○○으로도 적음}* 각간의 딸이다[登許一作○○角干之女]. 경진년에 즉위하여 24년을 다스렸다[庚辰立 理二十四年] <『삼국유사』권 제1「왕력」>

(26)이 말하듯이 지증마립간이 내물의 증손자이고 조지마립간의 6촌[재종제]가 되려면 『삼국사기』(26)이 옳고 『삼국유사』(27)이 틀린 것이다. 거기에 (27)은 지증의 어머니[오생부인, 눌지의 딸] '鳥生'을 '烏生'으로 잘못 적고 왕비 정보에 오식을 내었다. 무슨 말인지 알 수 없는 '儉攬代漢只(?)'에는 '妃朴氏○○夫人[왕비는 박씨 ○○부인이다.]'가 와야 한다.

이때 지증마립간은 눌지의 외손자이므로 눌지의 손자인 조지와 같은 대를 이룬다. 물론 눌지의 딸인 조생부인은 눌지의 아들인 자비와 같은 대를 이룬다. 외손자 지증이 친손자 조지의 왕위를 이어받은 것이다.

후세의 많은 김씨 왕들의 경우 내물마립간으로부터 대수를 헤아린다. 이것은 매우 이상한 일이다. 정상적으로라면 김씨 최초의 신라 왕 미추임금으로부터 헤아려 '미추임금 몇 대이다.'로 따지는 것이 합리적이다. 거기에 6대만 더하면 김알지로부터 헤아리는 것도 간단하다. 왜 대단한 것 같지도 않은 내물로부터 대수를 헤아리는가?

그것은 1차적으로 내물을 미추임금의 후손으로 보아서는 올바르게 계대가 되지 않기 때문일 것이다. 당장 내물이 미추의 몇 대인지도 모른다.

내물이 미추의 사위면 내물마립간 12대는 미추임금의 13대가 될 것 아닌가? 그렇게 하지 못하는 것이 '미추임금-미추 딸/??-말구-??-내물'의 뼈 아픈 ??이다. 이 ??는 경우에 따라 내물이 미추와 혈통상 연결되지 않음을 뜻할 수도 있다. 내물은 족보 갖다붙이기를 한 것일 수도 있다. 이것이 신라 왕실이 감추고 싶었던 특급 비밀이다.

2차적으로는 '내물의 장자 눌지-자비-조지'로 이어지던 (28)의 종손(宗孫)이 조지에서 끊어졌기 때문이다. 조지가 죽고 지증이 즉위하였다. 조지가 날이에서 데리고 온 벽화 아가씨가 낳은 아들, 살았으면 그가 종손이다. 그 아이는 어찌 되었을까? 그것도 신라 왕실의 특급 비밀이다. 여기에는 '지증-법흥'의 즉위 정당성 확보 문제가 개입된다. 이 비밀을 풀 음어나 암호가 있을까? 지증은 (29)로 이어진다.

> (28) 17내물-19눌지-20자비-21조지-??
> (29) a. 17내물-19눌지, 기보-조생눌지 딸/습보-22지증-23법흥-지소
> [법흥 딸]/입종-24진흥-동륜, 25진지-26진평-27선덕, 28진덕, 천명[진평 딸]/용수-29무열/문명왕후-30문무
> b. 내물-기보-조생눌지 딸/습보-지증-법흥-지소[법흥 딸]/입종-진흥-동륜, 진지-진평-천명[진평 딸]/용수-무열-문무

(29a)가 후세의 왕통이다. 지증은 눌지의 동생인 기보의 손자인데 후세 왕들이 지증의 후손이므로 (28)의 혈통은 보지 않고 (29b)로 대수를 헤아리는 것이다. 이 혈통이 신라 김씨의 중심이다. 내물의 아들들인 눌지, 기보, 보해, 미해에서 김씨 집안이 분화한 것이고 그 중심이 '눌지-자비-조지'가 아니라 '눌지의 아우 기보-습보-지증-법흥'에게로 간 것이다.

너와 나의 핏속에 흐르는 기마 유목의 인자

제4장에서 「가락국기」의 금관가야 왕실 세계(世系)에는 수로왕[서기 42년-199년 재위]-거등왕[199년-253년 재위]-마품왕[253년-291년 재위] 3명만 기록된 시기에 5대 정도가 실전(失傳)되었음을 밝혔다. 제7장에서는 신라 김씨 세계에는 미추임금[262년-284년 재위]-내물마립간[356년-402년 재위] 사이에 3대가 실전되었음을 밝혔다. 이것은 각 왕의 재위 기간을 보면 누구나 알 수 있는 일이다. 이에 대한 증거로 현재까지 저자가 발견한 것은 다음의 세 가지이다.

첫째 증거는 신라 눌지마립간의 아우 미해[미사흔]와 박제상의 딸 청아 사이에서 태어난 통리가 가락국 8대 질지왕의 왕비가 되었다는 사실이다. 눌지의 아들 자비마립간도 미해의 딸과 혼인하였다. 통리는 신라 자비마립간의 처제이고 4촌 여동생이다. 질지왕은 451년에 즉위하여 42년을 다스리고 492년 10월 4일에 승하하였다. 그의 아들 감지왕은 492년에 즉위하여 521년 4월 7일에 승하하였다. 자비마립간은 458년에 즉위하여 479년에 승하하였다. 그의 아들 소지마립간은 479년에 즉위하여 500년에 승하하였다. 질지왕과 자비마립간이 동서이고, 감지왕과 소지마립간이 이종사촌이라 해도 연대상으로 아무 무리함이 없다. 그러므로 질지왕이 통리와 혼인한 것은 의심의 여지가 없이 정확한 역사적 사실이다.

현전 역사 기록에 따르면 (30a)와 같이 통리는 '신라 김씨 김알지'의 10대가 되고 질지왕은 '가락 김씨 김수로왕'의 8대가 된다.

(30) a. 1알지-2세한-3아노-4수유-5욱부-6구도-7미추-8미추 딸/내물-9눌지, 미해-10자비, 눌지 딸/습보, 통리[미해 딸]-11소지, 지증-12법흥

b. 1수로-2거등-3마품-4것미-5이품-6좌지-7취희-<u>8질지</u>-9감지-10구충

김알지는 김수로의 15촌 조카이다. 김수로의 14촌인 김알지의 아버지로부터 헤아리면 통리가 신라 김씨 11대가 된다. 신라 김씨 11대와 가락 김씨 8대가 혼인할 수 있는 세대가 될까? 통리가 증조부 뻘 질지왕과 혼인할 수는 없다. 무엇이 잘못 되었을까? 5대 실전과 3대 실전이 핵심이다.

가락 김씨에 5대를 더하면 질지왕이 가락 김씨 13대가 되고 신라 김씨에 3대를 더하면 통리가 신라 김씨 14대가 된다. 이제 흉노제국의 혼습에 따라 큰집의 조카딸 통리가 작은집의 아저씨 질지에게 출가하여 질지왕이 미해[미사흔]의 사위가 되었다는 말을 할 수 있게 된다.

나아가 이 혼인은 이 책의 가장 거대한 가설, 신라 김씨는 형인 투후 김일제의 후손이고 가락 김씨는 아우인 김윤, 그의 아들 도성후 김안상의 후손이라는 가설을 증명하는 강력한 증거가 된다. 휴저왕부터 헤아리면 (31)과 같은 흉노계 두 왕국의 거대한 세계가 작성된다. 큰집 신라 김씨의 20대 통리가 작은집 가락 김씨의 19대 질지의 왕비가 되었다.

(31)a. 큰집: 휴저왕-1김일제[투후]-2상[투후], 건-3??-4당[투후, 건의 손자]-5??-6??-7??[7대까지 대륙 출생, 8대부터 한반도 출생]-8알지-9세한-10아도-11수유-12욱부-13구도-14미추-15미추 딸/??-16말구-17??-18내물-19눌지, 미해-<u>20자비</u>, 눌지 딸 조생/습보, 통리[미해 딸]-21소지, 지증-22법흥-23지소[법흥 딸]/입종-24진흥-25동륜, 진지-26진평-27천명[진평 딸]/용수-<u>28무열</u>/문명왕후-29문무
  b. 작은집: 휴저왕-1김윤-2안상[도성휘]-3상(常)[이휘], 명(明)-4흠(欽)[생부 명, 도성휘, 섭(涉)-5탕(湯)[생부 섭, 도성휘-6??-7김수로/허황옥[7대까지 대륙 출생, 8대부터 한반도 출생]-8거등-9마품-10??-11??-12??

-13??-14??-15것미-16이품-17좌지-18취희왕-<u>19질지/통리</u>-20감지-21

구충-22세종, 무력-23솔우, 서현-24서운, 유신-<u>25문명왕후</u>-26문무

둘째 증거는 가락국 구충왕이 신라 법흥왕 19년[서기 532년]에 항복하였
다는 사실이다. 구충왕과 법흥왕이 동시대인이 되어야 한다. 신라 법흥왕
은『삼국사기』를 따라 헤아려 보면 (30a)와 같이 김알지로부터 12대이다.
『삼국유사』「가락국기」에서 알지와 같은 대인 거등왕으로부터 헤아리면
구충왕이 9대이다. 어찌 해서 같이 출발한 두 왕실이 3대나 차이가 난 후,
532년에 항복하면서 그 후손들이 만난다는 말인가? 구충왕은 증손주 뻘
인 법흥왕에게 항복한 것일까? 그럴 리가 없다.

가락국 왕 세계에 5대를 더하면 구충왕은 거등왕으로부터 14대이다. 신
라 김씨 세계에 '미추 딸/??-말구-??'의 3대를 더하면 법흥왕은 김알지로
부터 15대가 된다. 이들은 아저씨와 조카인 것이다. (31a)에서도 법흥왕은
김일제로부터 22대이다. (31b)에서 구충왕은 김윤으로부터 21대이다. 정
확하게 이 둘은 숙질간으로 같은 시대 사람이다. 두 왕실의 세계를 (31)처
럼 헤아려야 구충왕이 법흥왕에게 항복한 사실이 연대상, 세대상으로 합
리적으로 설명된다.19)

19) 2021년 추석 연휴를 지나고 최종 교정을 보면서 이 두 단락을 추가한다. 공부란 다
해 놓고 보면 참 간단한 것이다. 그 혼란스럽던 의문어미, '-고, -가, -노, -나, -은
고, -은가, -어, -지, -소/오, -습니까'도, 10년 걸려 겨우 책 한 권 썼지만, 정년을
앞둔 때는 대학원에서 1시간에 가르칠 수 있을 만큼 간단해졌다. 어지럽기만 하던
가락국 왕실 세계, 신라 김씨 세계도, 이 책 완성하고 나서 법흥왕과 구충왕을 맞추
어 보니 심플해졌다. 작은집 아저씨 구충왕이 큰집 조카 법흥왕에게 항복한 것이다.
현대에도 살림나서 평생 고투하며 살다가 말년에 고향 큰집 조카에게로 귀향, 귀농
하는 삼촌들이 많다. 참 뻔한 것을 가지고 가락 왕실 세계의 황당함과 신라 김씨 세
계의 앞뒤 안 맞음에 너무 오래 매달렸다. 신라 김씨 세계는 미추의 승해284년과
내물의 승해402년을 보면 둘 사이에 3대가 빠졌다. 가락국 왕실 세계는 수로왕, 거
등왕의 재위 연수 합계 213년을 보면 5대 정도가 빠졌다. 이 두 가지 사실부터 바로

셋째 증거는 인천[경원, 인줘] 이씨의 득성조(得姓祖) 허기(許奇)가 경덕왕 때[756년] 당나라에 사신으로 갔다는 사실이다. 허기와 경덕왕은 동시대인이어야 한다. 인천 이씨들은 경덕왕 때 당나라 현종으로부터 이씨 성을 하사받아 인천 이씨의 득성조가 된 이허기가 허 왕후의 23세손이라 한다. 허 왕후로부터 24대라는 말이다. 거등왕으로부터 23대이다.

그런데 가락 김씨에서 신라 김씨에게로 시집온 문명왕후가 (31b)에서 허 왕후로부터 19대이다. 이후 '20문무–21신문–22효소, 성덕–23효성, 경덕–24혜공'으로 이어졌다. 경덕왕이 허 왕후로부터 23대로 허 왕후의 23세인 허기와 같은 시대 인물이 된다. (31b)처럼 가락 김씨, 허씨의 대수를 헤아리는 것이 타당함을 알 수 있다.

이제 나는 인천 이씨 사촌댁 할머니로부터 우리 아버지에게로 유전된 하얀 피부, 큰 키와 우뚝한 코, 음주가무 재능에 유랑의 기질까지가 흉노족 후예 도성후 김탕의 유전 인자였음을 말할 수 있게 되었다. 나아가 유년 시절 여름방학만 되면 초원을 누비던 굴암산 해목이[日項]의 방목 목동 생활이 지금도 꿈에 나타날 만큼 그립고, 노년이 되어 먼 조상들이 살았던 여주, 이천 야전에서의 격구(擊毬)가 그렇게 낯설지 않은 이유도 알게 되었다. 50년도 넘는 도회의 삶에 적응하지 못하는 어쩔 수 없는 야생 본능이다. 더불어 주변 친척들의 유랑적 삶의 궤적도 이해하고 사랑할 수 있게 되었다. 그 모두는 어쩌면 바로 머언 먼 유목 생활의 잠재의식 기억[subconscious memory]와 관련될지도 모르는 일이다.

잡고 한국 고대사를 재편해야 한다.

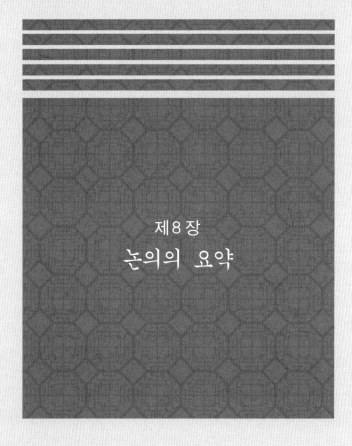

제 8 장

논의의 요약

논의의 요약

이 책은 가락 왕실 김씨, 허씨와 신라 왕실 김씨의 유래를 밝히려 하였다. 이 두 왕실의 정체가 밝혀지지 않으면 우리 고대사는 영원히 올바로 해명되지 않는다. 이 연구의 출발지점은 문무왕 비문이다. 그 비문은 (1)과 같은 내용을 담고 있다.

(1) a. 秺侯祭天之胤傳七葉

b. 十五代祖星漢王降質圓穹誕靈仙岳肇臨[15대조 성한왕이 하늘로부터 내려와 신령스러운 선악에 태어나 시작하였다.]

(1a)의 '秺侯祭天之胤傳七葉'은 무슨 뜻일까? 그것은 문무왕의 선조가 '하늘에 제사 지내는 종손으로서 투후로 책봉된 뒤에 대륙에서 7대를 이어 왔다.'는 의미이다. 투후의 8대는 이 땅에서 태어났다. 이 땅에 처음 태어난 투후의 후예는 김알지이다. (1b)는 문무왕의 15대조인 미추임금이 처음으로 왕업을 시작하였다는 뜻이다.

연구의 다음 경유지는 (2)에서 보는 허황옥을 가리키는 '보주태후'라는 말이다. 김수로왕의 왕비인 허황옥은 사후의 시호가 보주태후이다.

(2) a. 駕洛國首露王妃 普州太后許氏陵

   b. 大駕洛國 太祖王妃 普州太后 許氏 維舟之地[배를 맨 땅]

'普州'는 무슨 말인가? 척 보면 지명이다. 이 땅 보주는 어디인가? 왜 금관가야 조정은 승하한 왕후의 시호를 '보주태후'라고 지었을까? 이 시호는 누가 지은 것일까? 수로왕은 허 왕후가 승하한 뒤 10년을 더 살았다. 그가 아들 거등왕에게 "네 어머니 시호는 보주태후로 하라."고 하였을 것이다. 수로왕은 보주가 어디인지, 보주와 허 왕후가 어떤 관계에 있는지를 알았다. 그가 구지봉에서 알로 태어났다면 그것을 어떻게 알았겠는가?

보주는 사천성 안악현의 옛 이름이다(김병모(2008)). 수로왕과 허 왕후는 보주와 떼려야 뗄 수 없는 관계를 맺고 있다. 마치 분성댁 배씨, 성주댁 배씨처럼. 분성은 김해의 옛 이름이고 성주는 달콤한 참외의 고향이다.

제2장은 김씨의 유래를 밝힌 것이다. 이 세상에서 김씨에 관한 최초의 기록은 (3)이다. (3a)는 김씨의 선조 휴저왕의 죽음을 적었고, (3b, c)는 그의 아들 김일제의 이름을 적었다.

(3) a. 기원전 120년 가을 흉노 혼야왕이 <u>휴저왕</u>을 죽이고 무리 도합 4만여명을 아울러 거느리고 항복하여 왔다. 5속국을 설치하여 그에 살게 하고 그 땅을 무위군, 주천군이라 하였다.

  b. 기원전 88년 여름 유월 시중 복야 망하라가 아우 중합후 통과 더불어 모반하였다. 시중 부마도위 <u>김일제</u>와 봉거도위 곽광, 기도위 상관걸이 토벌하였다. <『한서』 권6 「무제기」 제6>

  c. 대장군 곽광이 정권을 잡아 영상서사가 되고 거기장군 <u>김일제</u>, 좌장군 상관걸이 보좌하였다. <『한서』 권7 「소제기」 제7>

『한서』「제기」는 저렇게 딱 세 번만 김씨에 대하여 적었다. 나머지 자세한 정보들은 「열전」에 들어 있다.『한서』권68 「곽광김일제전」 제38은 한 무제 이후 이 집안이 높은 충성도와 뛰어난 능력으로 눈부신 활약을 하여 왕씨에 버금가는 집안을 형성하였음을 상세하게 적고 있다.

「곽광김일제전」에 의하면 이 세상에 투후는 3명뿐이다. 김일제, 그의 아들 김상, 김일제의 증손자 김당이 투후이다. 김일제는 흉노제국 휴저왕의 태자였다가 곽거병에게 포로로 붙들려 한나라에 온 흉노 디아스포라의 원조이다. 금으로 만든 금인을 모시고 하늘에 제사한다고 하여 한 무제로부터 김씨 성을 하사받았다. 김일제가 기록상 이 세상 최초의 김씨이다.

서기 4년 한나라 안한공 왕망의 전략에 따라 왕망의 이종사촌 김당이 증조부 김일제의 제사를 모시려고 큰할아버지 김상(賞)의 후사를 이어 투후로 책봉되었다. 그 후 그 집안이 어떻게 되었는지는 기록에 없다.

작은집인 김일제의 아우 김윤의 후예들은, 아들 김안상이 도성후, 손자 김상(常)이 이후, 증손 김흠이 도성후, 현손 김탕이 도성후로 책봉되었다. 김흠이 큰아버지 김상의 양자가 되어 도성후로 책봉된 것도 서기 4년으로 역시 왕망의 전략에 의한 것이었다. 그 뒤부터는 이 집안의 족적도 역사 기록에 남아 있지 않다.

이 책은, 한나라 마지막 도성후 김탕이 왕망의 신나라에서 고위직을 지내다가 서기 23년 왕망이 죽고 신나라가 망하자 농서의 서주 대장군 외효의 빈객으로 있었고, 33년 외효의 사후 사천성 성도의 공손술의 성가 왕국에 가서 협력하였으며, 36년 공손술이 죽고 성도가 함락되어 유씨에 의한 김씨의 도륙이 시작되자 군사들 이끌고 남쪽으로 내려가 남군, 파군, 무릉, 무현 등에서 만족 허씨들과 손잡고 최후의 전쟁을 벌였고, 그 전쟁에서 패배하여 한반도로 도피하였을 것이라는 가설을 세우고 그것을 증명하려 하였다. (4)는 전한이 망하고 신나라가 서는 시기 김씨들의 모습이다.

(4) a. 이 세상 최초의 김씨는 김일제이다. 김일제는 기원전 86년 투후로 책봉되었다. 김일제가 죽은 후 그의 아들 김상이 투후가 되었다. 김일제의 아우 김윤의 아들 김안상이 한 선제[재위 기원전 74년-49년] 때에 곽씨의 반란을 진압할 때 공을 세워 도성후가 되었다. 김안상은 한 선제의 장인인 허광한과 친하였다. 김안상의 아들 상이 이후가 되었고, 손자 창, 잠, 명 등이 고위직을 지냈다.

b. 서기 1년 왕망이 9살 평제를 옹립하고 자신의 딸을 황후로 넣었다. 서기 4년[한 평제 4년] 왕망의 주도 하에 김일제의 둘째 아들 김건의 손자 김당이 투후로 책봉되어 증조부의 제사를 이어받았다. 왕망은 김윤의 증손자 김흠이 도성후 김안상의 후사를 이어받게 하였다. 흠이 자살한 후 김윤의 증손자 김섭의 아들 김탕이 마지막 도성후가 되었다.

c. 서기 5년 왕망은 사위 평제를 독살하고 2살배기 유영을 황태자로 삼았다. 서기 9년 유영을 정안공으로 강등시켜 쫓아내고 왕망이 천자가 되었다. 왕망이 한나라 황위를 찬탈하고 신나라를 세운 것이다.

이렇게 전한이 망하고 신나라가 섰다. 신나라 황제 왕망의 어머니 공현군과 김당의 어머니 남이 동모 자매였다. 왕망의 이종사촌이 투후 김일제의 증손자 투후 김당인 것이다. 김당의 8촌이 도성후 김흠이다. 김흠을 이어받은 도성후 김탕은 김당의 9촌 조카이다.

『후한서』는 후한 광무제 유수의 건국 과정을 적고 있다. 유수는 22년 민란에 가담하여 23년에 왕망의 군대를 물리쳤다. 왕망은 장안의 미앙궁에서 부하에게 찔려 죽었다. 서기 25년 유수가 즉위하여 후한을 세웠다.

왕망이 죽은 뒤에도 신나라 추종 세력과 후한은 치열한 내전을 벌였다.

이 내전에 관한 기록이 『후한서』 「제기」에 상세히 남아 있다. 그러나 김씨들에 관한 기록은 『후한서』의 「제기」에는 거의 없다. 『후한서』 「제기」에 김씨가 등장하는 유일한 기록은 (5)이다.

(5) a. 金湯失險 車書共道

b. 『한서』에 이르기를, 무쇠로 성벽을 쌓고[金城] 끓는 물로 해자를 한[蕩池] 성은 공격할 수 없다. 금으로 견고함을 비유하고 탕은 그 뜨거움을 취하였다. 광무가 공격한 바 되어 모두 그 험하고 견고함을 잃었다. 『예기』에 이르기를, 천하는 수레의 궤도가 같아지고 책의 글이 같게 되었다. <『후한서』 권1 하 「광무제기」 제1 하>

(5a)의 '金湯'을 어떻게 읽는가에 따라 이 책의 운명이 달라진다. 이 '金湯'은 '김탕'일까, '금탕'일까? 저자는 '金湯'을 사람 이름으로 본다. '김탕'으로 보는 것이다. '金湯失險'은 '김탕이 험지를 잃었다.'이다.

그러면 (5b)의 당나라 장회태자 이현의 주석이 부적절한 것으로 판정된다. (5b)는 이 '金湯'을 '金城湯池'라고 풀이함으로써 '金湯失險'을 '견고한 성이 험지를 잃었다.'는 해석이 나오게 하였다. 이 해석은 사리에 맞지 않다. 험지에 쌓은 성이 금성탕지가 될 수는 있다. 그러나 금성탕지가 함락되어도 험지는 남는다. 험지는 자연이라 영원하고 인간이 쌓은 금성탕지는 세작에 의하여 하룻밤 사이에도 무너질 수 있다. 김탕/금탕이 흔적도 없이 사라진 무릉도원에는 오늘도, 앞으로도 영원히 남을 험지가 굳건히 남아 있다. '견고한 성은 무너져도 험지는 영원히 남는다.'

'車書共道'는 후한의 천하 통일을 가리킨다. '금성탕지가 험지를 잃으면 천하가 통일되는가?' 이 시구가 등장하는 문맥은 (6)과 같다. 이 문맥에서 '金湯失險'이 어떤 의미를 가지겠는가? 문자와 언어와 문학과 역사가 만나는 광장에 섰다.

> (6) a. 炎正中微 大盜移國[한나라 중기에 큰 도둑이 나라를 훔쳤다]로 시작되는 이 '찬시(贊詩)' 속에는
> b. 왕심과 왕읍의 백만 대군을 비호 같이 공격하여 오합지졸로 만들었다는 '尋邑百萬 貔虎爲群'이 있고
> c. 신도후 왕망이 장안에서 죽었음을 나타내는 '英威旣振 新都自焚'과 공손술이 성도에서 도륙되었음을 읊은 '虞劉庸代 紛紜梁趙[용과 대가 죽임의 땅이 되고 양과 조가 반역의 땅이 되었다.'가 있다.
> d. 그에 이어지는 시구가 '金湯失險 車書共道[김탕이 험지를 잃고 천하가 통일되었다.'이다.

'金湯失險'의 앞에는 왕망의 신나라의 멸망, 공손술의 성가 왕국의 패망이 있다. 이어지는 역사적 사실은 30-40년대의 만족들과의 마지막 대회전이고 사천성에서 최후까지 후한에 맞섰던 김탕의 패전이다. 그것이 '金湯失險[김탕이 험지를 잃었다.'로 표현된 것이다.

'金城湯池'가 후한 광무제의 전공을 기리는 시 속에 왜 들어오겠는가? 최후까지 항복하지 않고 마지막 한 명이 죽을 때까지 싸우다가 그 나라가 멸망해야 천하가 후한에 의하여 통일되지. 이 문맥은 『한서』 권45 「괴통전」 제15의 '金城湯池 不可攻矣'가 나올 수 있는 문맥이 아니다.

金湯은 '金城湯池'의 준말이 아니다. 金湯은 김윤(金胤)의 5대, 한나라 마지막 도성후 김탕이다. 그가 만족들과 함께 마지막까지 사천성 남군 일대에서 후한 광무제의 군대에 맞섰음을 알 수 있다. 그리고 김씨들은 흔적도 없이 사라졌다.

저자의 이 해석을 뒷받침해 주는 기록으로 현재까지 찾은 것은 (7)이다.

『후한서』에는 김씨 인물에 관한 열전이 없다. 역적으로 몰려 쫓기는 신세가 되었기 때문이다. 그러니 그들에 관한 상세한 기록이 없다. 그러나 몇몇 인물의 열전에 김씨들에 관한 기록이 이렇게 보일락 말락 남았다. (7)은 신나라 저항 세력 속에 흉노제국 출신 김씨가 있었음을 보여 준다.

> (7) a. 두릉(杜陵)의 김단지속은 빈객이 되었다. 이로 하여 이름 진 서주가 산동에 소문이 났다. <『후한서』 권13 「외효공손술열전」 제3>
>
> b. 외효의 수비 장수 김량을 참수하고 그 성을 확보하였다[斬囂守將金梁因保其城]. <『후한서』 권15 「이왕등래열전」 제5>
>
> c. 논하여 말한다. 건무 초에 영웅호걸이 사방에 요란하였다. 범 놀란 소리가 연이어 울렸고 성으로 둘러싼 이들이 서로 바라보았다. 곤궁하여 나날이 먹을 것이 부족하였다. 이로써 김문을 배척하는 자가 무리를 이루었다[以排金門者衆矣]. <『후한서』 권23 「두융열전」 제13>

(7a)는 30년대 초반에 농서, 농우 지역을 지배하며 후한에 맞섰던 서주 대장군 외효의 빈객으로 두릉의 김단 일족이 있었음을 증언한다. '두릉'은 한나라 도성후 김안상이 죽었을 때 한 선제가 묘지로 내려 준 땅이 있는 곳이다. 김안상의 증손자 도성후 김탕이 도피하여 갈 수 있는 최적의 장소가 두릉이었을 것이다. 김단은 김안상의 후손으로 두릉에 살다가 후한 광무제의 군대를 피하여 도망 온 김탕 일족을 이끌고 서주 대장군 외효에게 의탁하였을 것이다. 외효가 끝까지 후한 광무제에게 항복하지 않고 싸우다가 죽는 것도 김탕, 김단 일족의 영향일 것이다. 33년 외효가 죽고 광무제가 '득롱망촉(得隴望蜀)'을 외치던 시기에 김탕 일족은 파촉(巴蜀) 땅 사천성 성도의 공손술의 성가 왕국으로 도망친 것으로 보인다.

(7b)는 32년 내흡에 의하여 외효의 약양이 함락될 때 외효의 수비 장수

로 김량이 있었음을 증언한다. 김량이 김탕의 부하이지 않을까?

(7c)는 외효의 수하였다가 후한 광무제에게 항복한 두융의 열전이다. 32년 두융이 후한에 항복할 때 '김문(金門)을 배척한 사람이 무리를 이루었다.'는 구절이 들어 있고 두융과 그 아우로 하여금 후한 광무제로부터 후로 책봉되는 것을 구달하는 김천(김일제의 조카 김안상의 손자가 나온다.

서기 36년 사천성 성도의 공손술의 성가 왕국이 토벌되면서 공식적으로 후한 광무제가 천하를 통일한 것으로 기록되었다. 사천성 성도의 성가 왕국과 김당, 김탕의 관계에 관한 분명한 기록은 없다. 시대는 전한이 망하고 후한이 서던 격동의 시대였다. 그때 대륙을 호령하며 지배한 나라는 '王/金 연합국' 신나라, 대륙의 서쪽을 지배한 '金/隈 연합국' 서주, 서촉을 지배한 '金/公孫 연합국' 성가 왕국이었다. 그러나 卯金刂씨의 명분에 밀리어 세상의 정의는 후한에 있었고 金씨에 있지 않았다. '金門'을 배척하는 자가 무리를 이루었다.

천하를 건 대전에서 패한 김씨들은 사천성 남군의 험지로 이동하였다. 서기 40년대 사천성 남군에서 만족들이 연이어 반란을 일으켰다. 사천성 만족이 끈질긴 저항 전쟁을 벌인 것이다. 42년 3월 김수로가 김해 구지봉에 나타났다. 47년의 반란 후 만족들은 양자강 유역의 강하군으로 강제 이주를 당하였다. 그 만족은 허씨가 주축이었다.[1] 48년 7월 27일 허황옥이 탄 배가 창원 진해 웅동의 용원에 나타났다. 이 두 사람의 인연은 언제, 어디에서 맺어졌을까?

제3장은 허씨의 유래를 밝힌 것이다. 석가모니 시대에 인도 북부의 강가(恒河, Ganges강) 유역에는 유목민 아리아인들이 세운 16개 영역 국가가

---

[1] 101년 허성(許聖)의 반란 후에 또 강하로의 강제 이주가 있었다. 사천성 남군의 만족의 중심이 허씨였음을 알 수 있다.

정복 전쟁을 벌여 간지스강 중부 유역의 코살라국과 동부 유역의 마가다국으로 양립되었다. 코살라국의 초기 수도는 아요디아였고 후에 슈라바스티로 천도하였다. 아요디아는 작은 도시국가로 남았다. 허황옥이 말한 '저는 아유타국(阿踰陀國)의 공주입니다.'는 말의 '아유타국'은 코살라국의 초기 수도 '아요디아'와 뗄래야 뗄 수 없는 관계를 맺고 있다.

코살라국의 프라세나짓트왕은 석가모니와 친해진 후 가비라국에 자신의 왕비 감으로 석가씨 처녀를 보내 줄 것을 요청하였다. 그러나 순혈을 지키기 위하여 석가씨끼리만 혼인하는 가비라국은 석가씨 처녀를 보낼 수 없었다. 그 대신에 석가모니의 사촌 마하나마왕과 하녀 사이에서 태어난 딸을 석가씨라고 속여서 보내었다. 프라세나짓트왕과 그 하녀 비사바카티야 사이에서 비두다바가 태어났다. 비두다바는 어릴 때 외가 가비라국에 가서 하녀의 아들이라는 수모를 당한 데에 앙심을 품고 부왕이 석가모니를 만나러 간 사이에 왕위를 찬탈하였다. 그리고는 가비라국을 정벌하여 석가씨들을 멸족시켰다.

마가다국의 빔비사라왕은 3년을 못 기다리고 설산의 선인을 죽이고 늦게야 정비에게서 아들 아자타샷투를 얻었다. 아자타샷투는 설산 선인이었던 전생의 원한을 갚으러 16살이 되던 해에 아버지를 칼로 위협하여 폐위시키고 지하의 감옥에 유폐시켰다.

코살라국과 마가다국은 기원전 492년경부터 간지스강 중부 유역의 패권을 놓고 치열한 전쟁을 벌였다. 이 전쟁에서 이긴 마가다국은 기원전 476년에 코살라국을 합병하였다.

ㄱ 후 마가다국은 샤이슈나가 왕조를 거쳐 기원전 345년 마하파드마난다가 세운 난다 왕조가 지배하였다. 마가다국은 기원전 321년경 찬드라

굽타[재위 기원전 322년-기원전 298년]에 의하여 멸망하고 마우리아[孔雀] 제국[기원전 322년-기원전 185년{또는 180년}경]으로 통합되었다.

찬드라 굽타의 손자 아소카왕[阿育王, 재위 기원전 268년-기원전 232년]은 마우리아 제국의 3번째 황제로 인도 반도의 대부분을 정복하여 통일 제국을 세웠다. 그는 정복 전쟁의 비참함에 염증을 느끼고 불교를 전 세계에 포교하려는 활동을 벌였다. 마우리아 제국은 아소카왕의 사망으로 세력을 잃고 기원전 185년{또는 180년}경 최후의 황제인 브리하드라타 마우리아가 군 사령관 푸샤미트라 슝가에게 살해되고 멸망하였다.

푸샤미트라 슝가는 브라만 계열의 가문에서 태어났다. 그는 기원전 185년{또는 180년}경에 고향인 비디샤를 수도로 정하고 삼랏으로 즉위하여 슝가 제국[기원전 185년{또는 180년}경-기원전 73년]을 개창하였다. 슝가 제국은 북인도 서부의 야바나계 왕국들을 정벌하고 브라만교를 후원하며 불교도들을 박해하였다. 이때 아요디아에 있던 도시 국가 아유타국의 왕족들이 히말라야를 넘어 양자강 상류 사천성으로 이주하였을 것이다. 아요디아 불교도들이 슝가 제국의 박해를 피하여 디아스포라가 된 것이다.

한나라 시대[전한 기원전 206-서기 8년]에 대륙의 서남쪽을 지배하였던 남만족(南蠻族)은 인도에서 쫓겨난 아유타국을 비롯한 여러 국가들의 유이민들이었을 것이다. 허황옥의 선조들도 그곳에서 자신들의 종교인 불교와 생활 관습을 유지하며 살고 있었다. 그들은 그 나라도 예전에 살던 도시 국가 이름을 따서 아유타국이라 불렀을 것이다. 지금으로부터 약 2200년 전에 아요디아를 떠난 허씨들이 이룬 양자강 상류 사천성 파군, 파주, 무현의 망명 유이민 국가, 그 곳 남군의 안악현이 보쥬(普州)이다.

허황옥이 말하는 고향 아유타국은, 기원전 180년경에 멸망한 마우리아 제국의 아요디아를 떠난 망명 유이민들이 설산의 차마고도를 넘어와서 장가계, 원가계, 무릉도원 일대에 자리 잡고 살던 디아스포라이다. 허 왕후의 선조들은 그녀가 가락으로 온 서기 48년보다 약 230년 전에 인도를 떠나 사천성 남군 일대에 자리잡고 있었다. 그들이 떠난 후에 인도의 아요디아에 자리잡은 왕족의 후예들은 힌두교도이다. 그들은 불교도인 허씨들을 아요디아에서 쫓아낸 정복자들의 후손이다. 현재의 아요디아 인들과 허 왕후를 연결 짓는 것은 원수를 허 왕후의 선조로 뒤바꾼 셈이 된다.

허황옥은 서기 48년 5월에 제2의 고향 보주를 출발하여 항해에 나섰다가 파도 때문에 되돌아갔다. 부왕의 지혜로 파사석탑을 싣고 다시 출발하여 48년 7월 27일에 창원 웅동 용원에 도착하였다. 허황옥이 이 땅에 온 때는 47년 남군의 만족들이 반란을 일으켜 7000명이 강하로 강제 이주된 그 다음 해이다. 101년에 무현(巫縣)의 만족 허성이 반란을 일으켜 무려 3년 동안 파군과 무릉의 험난한 산악을 배경으로 후한과 싸우는 것을 보면 허황옥 일가도 강하로 가지 않고 보주에 있었던 것으로 보인다.

사천성 보주에서 허황옥이 김수로를 찾아오는 것은 도성후 김안상의 후예 김탕 일족이 평은후 허광한의 후예들과 손잡고 사천성까지 가서 후한에 저항하였음을 보여준다. 그때 김씨와 허씨 사이에 혼약이 맺어졌을 것이다. 평은후 허광한 집안과 만족 허씨들의 관계는 현재로서는 알 수 없다. 허황옥의 가락국 도래는 사천성 남군(보주는 현재의 안악현), 파군 등에서 30년대 말에 부모들이 맺었을 혼약을 성사시킨 약속의 이행이다. 대륙의 '김/허 동맹'이 가락으로 넘어온 것이다.

이것이 허황옥이 첫날밤에 자신이 아유타국의 공주라고 한 까닭이고, 박창화의 필사본『화랑세기』가 허황옥을 황룡국의 딸이라고 한 까닭이며,

허 왕후의 아들 거등왕이 어머니의 시호를 보주태후라고 한 까닭이다.

제4장, 제5장에서는 「가락국기」를 정밀 분석하였다. (8)은 그 내용이다.

(8) a. 서기 42년 3월 계욕일 가락 사람들이 「구지가」를 부르며 구수봉 정상의 흙을 긁어모았다. 하늘에서 붉은 끈이 비췄다. 그 끈 아래를 찾아보았더니 황금 합자가 나타났다. 황금 합자 속에는 알 6개가 들어 있었다. 이튿날 알에서 6명의 아이들이 나타났다. 수로는 그 달 보름에 가락국 왕위를 접수하였다. 36년 사천성 성도가 후한 군대에 함락되어 성가 왕국 천자 공손술이 죽은 뒤로부터 6년 뒤의 일이다.

이 일은 개인숭배를 유도하기 위한 신성화 작업이다. 그 알들은 대륙에서 황위 쟁탈전을 벌이던 권모술수의 달인 김씨들이 황금색 비단 강보로 싸서 여섯 아이를 숨겨 둔 인조 알이었다. 안 그러고는 하룻밤만에 여섯 개의 알에서 아이 여섯이 부화하여 나올 수 없다. 「구지가」는 김수로의 조부모, 부모 등 어른들이 부명(符命)처럼 지어서 가락 사람들에게 부르게 한 노래이다.

b. 서기 48년 7월 27일 허황옥이 남편 감 김수로를 찾아 배를 타고 창원 웅동 용원의 망산도 유주암에 나타났다. 이튿날인 7월 28일 가볍고 작은 배를 타고 송정천을 거슬러 올라 주포 앞 나누어진 나루터에 닻을 내렸다. 거기서 가마를 타고 궁현고개와 두동고개를 넘어 지사리 배필정고개 아래에서 마중 나온 김수로왕을 만나 첫날밤을 보내었다. 그때 허황옥은 자신이 아유타국의 공주이고 나이는 이팔청춘 16세라고 소개하였다. 이듬해에 태자가 태어났다.

c. 허 왕후는 서기 189년에 157세로 승하하였고 김수로왕은 199년에 158세로 승하하였다고 되어 있다. 남편이 10년 뒤에 죽었는데 1살 차이니 아내가 9살이 더 많다. 허 왕후는 48년에 16세이다. 남편이 9살 적으니 김수로왕은 48년에 7세이다. 7세 아이가 16세 처녀와 혼인하여 이듬해인 49년에 거등왕을 낳았다? 불가능하다.

수로왕의 이 나이는 '출현'을 '출생'으로 착각하여 계산한 나이이다. 김수로는 32년경 사천성 성도 근방에서 태어났을 것이다. 그때 그의 할아버지, 아버지, 친척들은 후한 광무제의 군사들과 건곤일척의 전쟁을 벌이고 있었다. 그 전쟁에 패하여 다시 흉노 디아스포라의 길에 올랐다. 수로는 42년 3월 알에서 나올 때 11살쯤 되었다. 그러니 그 달 보름에 즉위하였지. 48년 7월 혼인할 때 17세가 넘었을 것이다.

d. 「가락국기」의 가락 왕실 세계는 치명적인 결함을 안고 있다. 490년 지속된 나라를 10명의 왕이 통치한 것으로 적었다. 서기 42년 3월 보름에 즉위한 1대 수로왕이 158년 다스리고 199년 158세로 승하하였고, 서기 49년생인 거등왕은 199년 151세로 즉위하여 55년 동안 다스리고 205세 되던 253년에 승하한 것으로 적었다. 그리고 3대 마품왕이 253년에 즉위하여 291년까지 39년 동안 다스린 것으로 적었다.

이 이상한 세계는 5대 정도가 실전되었을 때 나타나는 현상이다. 1대 수로왕에서 3대 마품왕까지 사이에는 5명 정도의 왕이 더 있었을 것이다. 「가락국기」의 왕 세계와 같은 내용을 보여 주는 것이 박창화의 『화랑세기』의 「15세 풍월주 김유신」의 세계이다. 거기에는 가락국 왕비가 신라에서 온 6대 좌지왕 이후의 역사는 자세하게 적었다. 그 이전 왕들에 관한 기록은 소루하다. 고려 문종 때의 「가락국기」는 김오기, 김대문의 『화랑세기』를 그대로 옮긴 것이고 680년대 『화랑세기』를 편찬할 때에도 가락국의 초기 역사 자료는 거의 없었다고 할 수 있다.

후한 세조 광무제는 서기 36년 사천성 성도를 도륙하고 40년대에 사천성 남군의 만족(蠻族) 반란을 유상과 마원을 보내어 무자비하게 진압하였다. 이 도륙을 피하여 반란 세력들, 역적으로 몰린 신나라 귀족들은 도망을 쳤다. 이 도망자들과 관련이 있을 수밖에 없는 6명의 김씨가 서기 42년 3월 계욕일에 김해의 구지봉에 나타났다. 김수로는 유목민 흉노제국의 번왕인 휴저왕의 둘째 아들 김윤의 5대인 김탕의 손자이다.

서기 30년대 말에서 40년대 초에 김씨들은 사천성 남군의 양자강 상류에서 배를 타고 남하하여 황해를 건너 한반도로 온 것으로 보인다. 대선단을 이루어 질서정연하게 퇴각하였을 것이다. 그 결정적 증거는 수로왕이 왕위를 빼앗으러 온 탈해를 추격할 때 보낸 군함이 500척이었다는 것이다. 이 배들은 대륙에서 올 때 타고 온 배들일 것이다. 그들은 한반도 남해안 곳곳에 자신들의 흔적으로 신나라 동전 '貨泉'을 남겼다.

그렇게 패주한 대선단의 지도자가 김탕이었을 것이다. 김탕은 김해에 와서 손자인 김수로를 앞세워 서기 42년 3월 보름 가락국을 접수하였다. 6가야의 시조가 다 이 김씨 집안 출신이다. 당시로서는 이 세상에서 가장 권력 투쟁에 능했던 권모술수의 도사들이다. 그리고 18년{또는 23년} 후에 또 한 명의 김씨 알지가 60년 8월 4일{또는 65년 3월}에 경주의 계림에 나타났다. 김알지는 김탕의 현손이다. 그의 할아버지, 아버지가 어디서 어떤 과정을 거쳐 이 땅에 왔는지는 아직 모른다. 산동의 투(성무현) 지방에서 왔을 것이다. 이들의 출현은 날짜까지 정확한 역사적 사실이다.

6인과 1인의 아이들의 출현지는 김씨들의 성지로 잘 보존되고 있다. 문제는 허씨들의 성지이다. 욕망산, 망산도, 유주암, 주포 등은 충분한 돌봄을 받지 못하고 언제 훼손될지 모르는 처지에 놓여 있다. 김씨들은 할아버지, 아버지들의 보호 아래 많은 재물을 가지고 집단으로 도피해 왔다. 그러나 허씨, 허황옥은 사정이 다르다. 그는 비록 올 때 잉신 두 부부와 시종, 사공들 20여명을 거느리고 왔지만 본질적으로 유이(流移)의 주체가 되어 10여년 전 부모들이 맺은 혼약을 지키기 위하여 외롭고 의로운 항해를 하였다. 그가 이 땅에 나타난 것은 다른 유이민들이 나타난 것과는 차원이 다르다. 그를 기념하는 성지는 더 중요하고 의미가 있으며 세상을

감동시킬 만한 스토리를 담고 있다.2)

제6장에서는 이렇게 유이주한 김씨가 신라 왕위를 차지하는 계책을 살펴보았다. 그 핵심 계책은 혼인계였다. 박씨에서 석씨로, 석씨에서 김씨로 왕의 성이 바뀌는 과정에는 김씨와의 혼인에 바탕을 둔 치열한 권력 다툼이 있었다. '지혜롭고 나이 많아 잇금이 많은 이가 왕이 되었다.'는『삼국사기』,『삼국유사』의 기록은 사실이 아니다. 역사적 진실은 "(처가나 외가의) 힘이 센 자가 왕이 되었다." 한 마디로 끝난다. 제7장은 문무왕의 15대조가 13대 미추임금임을 논증하였다.

(9) a. 기원 전 70년경의 혁거세의 출현은 외부로부터 유이민들이 들어오는 과정을 보여 준다. 알영은 선주민 여성의 상징이다. 이 두 세력이 만나서 혼혈 종족을 만들었다. 그 혼혈 종족의 성이 박씨이다. 기원전 57년 혁거세가 즉위하였다.

b. 서기 2년(?)경에 나타난 탈해도 외부에서 유입된 유이민이다. 그는 남해차차웅의 사위가 되었다. '박/석 동맹'이다. 유이민과 선주민 여성의 결합에 의하여 새 혼혈 종족 석씨가 탄생한 것이다.

c. 3대 유리임금 대에 왕자들 사이에 왕위 다툼이 있었다. 유리임금에게는 왕비가 둘 있었다. 박일지 갈몬왕의 딸 이간생부인과 김허루 갈몬왕의 딸 사요부인이다. 박씨 부인의 아들은 일성이고 김씨 부인의 아

---

2) 다시 제1장에서 말한 Plymouth Rock을 생각한다. 그곳은 1620년 네이티브 아메리칸들의 살육이 시작된 곳이다. 그런 곳이 어찌 꼭 가 보아야 할 세계 역사 유적 1001에 들어갈 가치가 있겠는가? 지금으로부터 1973년 전인 서기 48년 7월 27일에, 먼 대륙의 전쟁터에서 10여년 전 부모들이 맺은 혼약을 지키기 위하여 16살 소녀가, 도망가서 가락국 왕이 되었다는 17살쯤의 약혼자를 찾아와서 가락 김씨와 가락 허씨, 인천 이씨들의 첫 할머니가 되었다는 이 의리와 순정의 땅이야말로 꼭 가 보아야 할 세계 역사 유적 1001에 들어가야 하지 않겠는가! 이곳은 그러기에 부족함이 없는 스토리를 지닌 성지이다. 전 세계의 허씨, 가락 김씨, 인천 이씨들이 이곳을 성지 순례할 날이 곧 올 것이다. 그 날을 하루라도 앞당기는 것이 이 책의 사명이다.

들은 파사이다. 두 집안은 자신들의 외손자를 왕위에 올리기 위하여 다투었다. 유리임금은 서기 57년에 매부인 석탈해에게 왕위를 넘겨버렸다. 4대 석씨 임금이 탄생한 정치적 배경이다. 김수로가 가락에 나타난 해가 42년이고 탈해임금이 즉위한 해가 57년이다. 김허루는 40년~50년대에 이미 왕비를 배출하여 57년 왕위 쟁탈전에서 외손자 파사를 내세우며 박씨와 맞설 정도의 강력한 세력을 구축하고 있었다.

d. 탈해임금 때인 60년 8월{또는 65년 3월} 계림에 김알지가 나타났다. 그는 투후 김일제의 증손자 김당의 현손이다. 김일제의 8대이다. 석탈해는 알지를 태자로 삼았다. 알지의 배후에도 만만치 않은 세력이 있었다. '박/석 동맹'이 약화되고 '석/김 동맹'이 세력을 확대하였다. 80년 탈해임금 사후 왕위 쟁탈전은 더욱 복잡해졌다. 탈해임금의 태자 김알지, 탈해임금의 아들 석구추, 유리임금의 장자 박일성, 차자 박파사 4명이 왕위를 다투었다. 이 싸움에서 태자 김알지가 박파사와 후보 단일화를 하였다. 파사가 5대 왕으로 즉위하였다. 파사의 어머니 김씨 사요부인, 외할아버지 김허루의 힘이 박씨의 힘과 석씨의 힘을 압도하였기 때문이다. 파사임금의 왕비 사성부인은 김허루의 딸이다. 김허루는 외손자 파사를 사위로 삼은 것이다. 탈해의 태자였으나 왕위를 양보한 김알지도 벼슬이 대보에 이르렀다. 또 김씨는 석씨를 사위로 삼음으로써 '석/김 동맹'을 강화하였다. 석구추의 아내가 김씨 지진내례부인이다.

e. 파사임금의 아들 지마의 태자비 간택 잔치가 열렸다. 김허루의 딸이 제1 후보였다. 여기에 도전한 것이 김마제의 딸이다. 지마가 마제의 딸을 선택하였다. 파사임금은 이찬2등관 김허루를 스블핸角干, 酒多, 1등관으로 승진시켜 달래었다. 112년 즉위한 6대 지마임금의 왕비는 김씨 애례부인으로 마제갈몬왕의 딸이다.

f. 134년 지마임금이 죽고 그의 사위인 아달라의 아버지 일성임금이 7대 왕으로 즉위하였다. 유리임금의 장자 일성은 어머니가 이간생 부인으로 박일지 갈몬왕의 딸이다. 8대 아달라임금은 왕비가 지마임금의 딸인 내례부인 박씨이다. 내례부인의 어머니는 김씨 애례부인으로 김

마제의 딸이다. 이 두 박씨 왕의 신원과 재위 연대는 믿을 수 없다. 이 당시의 왕실 안방 권력은 유리 왕비 사요, 파사 왕비 사성, 지마 왕비 애례 등 김씨 왕비들이 차지하고 있었다. 외척 실세는 김허루, 김마제이다. 겉으로 박씨를 왕으로 하고 속으로는 김씨가 실권을 차지함으로써 '박/김 동맹'이 이루어졌다. 파사임금 때에 가락국의 수로왕이 토지 분쟁을 해결해 주는 등 가락과 신라의 협조 체제는 원활하였다.

g. 아달라임금이 죽고 석탈해의 손자 9대 벌휴임금이 즉위하였다. 벌휴임금은 아버지가 석구추이고 어머니가 지진내례부인 김씨이다. 탈해의 며느리가 김씨인 것이다. 지진내례부인 김씨는 첫손자 골정의 배우자로 김구도의 딸 옥모부인을 선택하였다. 골정이 왕위에 오르기 전에 죽어서 골정의 사위 10대 내해임금벌휴임금의 둘째 아들 이매의 아들이 즉위하였다. 내해는 죽을 때 사위 조분에게 왕위를 물려주었다. 조분임금은 골정과 옥모부인의 첫아들이다. 11대 조분임금이 죽고 그 아우인 첨해가 즉위하였다. 첨해임금의 왕비도 김구도의 딸이었다.

h. 12대 첨해임금이 죽고 처남인 김미추가 262년에 왕위에 올랐다. 김알지 출현 후 200년, 미추가 김씨로서는 처음 신라왕으로 즉위하였다. 미추는 김구도의 아들이다. 그의 왕비는 11대 조분임금의 딸 광명랑이다. 석씨 임금 시기는 철저한 '석/김 동맹'의 시기이다. 이 시기 왕실의 안방 권력은 옥모부인, 첨해 왕비 김씨 등이 쥐고 있다. 외척은 김구도이다. 석씨 왕비를 둔 왕은 외척이 친척과 같아지니 단일 세력뿐이다. 외척이 김씨인 왕, 왕자들의 힘이 셀 수밖에 없다. 이렇게 오랫동안 왕비를 배출하며 실력을 기른 김씨가 드디어 신라의 왕권을 쥐었다.

i. 미추임금 사후에 조분임금의 아들 14대 유례와 조분임금의 손자 15대 기림을 거쳐 내해임금의 손자인 16대 흘해가 왕위를 이었다.

j. 356년에 다시 김씨인 내물마립간이 즉위하였다. 17대 내물마립간은 어머니도 김씨 휴례부인이나. 이세 왕실의 혼인은 가비라국의 식가씨처럼 '김/김 족내혼'으로 이루어졌다. 서라벌에서는 '박/석 동맹'도, '박/김 동맹'도, '석/김 동맹'도 힘을 잃고, '김/김 동맹'만 번성하였다.

k. 이것이 초기 신라 왕실 권력 구도 변화의 참역사이다. 그 긴 역사의 이면에는 서기 40년-50년대부터 유리임금의 왕비 사요부인을 비롯한 왕비 배출의 실권을 잡은 유목민[Nomad] 흉노족의 후예 김허루, 김마제, 김구도의 점진적 세력 확대 전략이 작용하고 있다.

l. 내물은 왕위를 승계할 명분이 없다. 『삼국사기』에는 '내물이 미추임금의 사위'라고 되어 있지만 사실이 아니다. 미추임금은 284년에 죽었다. 미추의 딸은 늦어도 285년 이전에 태어나야 한다. 그러니 356년에는 적어도 72세이다. 미추임금에게 356년에 즉위한 내물의 아내가될 딸이 있기 어렵다. 나이로 보면 거의 할머니뻘이다. 내물의 비도 미추의 딸, 실성의 비도 미추의 딸이라고 적은 『삼국사기』의 기록은 사실이 아니다. 『삼국사기』는 또 '내물이 말구의 아들'이라고 한다. 말구는 291년에 이벌찬[각간]이 되었다. 그런 그가 356년에 왕이 될 아들을둘 수 없다. 내물이 미추의 아버지인 '구도의 아들'일 수도 없다.

m. 내물이 구도 집안 인물이라면 길은 하나뿐이다. 미추와 내물 사이에 3대가 더 들어와야 한다. 구도가 미추와 미추의 아우를 낳고, 미추의 아우가 미추의 딸과 혼인하여 말구를 낳고, 말구가 내물의 아버지를 낳아야 된다. 그래도 내물이 어떠한 친인척 관계도 성립되지 않는 16대 흘해임금의 뒤를 이어 왕위에 오를 명분은 확보되지 않는다. 내물마립간은 찬탈자이거나 외부 정복자일 가능성이 크다.

n. 356년 내물이 즉위하고 392년에 동서이자 4촌인 실성을 고구려에 볼모로 보내었다. 402년 내물이 죽고 동서 실성마립간이 즉위하였다. 실성은 내물의 왕자 미해[미사흔]을 일본으로, 보해를 고구려로 인질로 보내었다. 서기 417년 장인인 18대 실성을 죽이고 왕위에 오른 19대 눌지마립간은 내물의 장자이다. 눌지는 418년에 볼모로 간 아우들을 데려오느라 박제상을 희생시켰다. 눌지 사후 20대 자비, 21대 소지에 이르러 대가 끊어졌다. 내물의 증손자 22대 지증마립간이 뒤를 이었다. 지증의 어머니는 눌지의 딸인 조생부인이다. 지증의 아버지 습보갈몬왕은 기보의 아들이고 기보는 눌지의 아우이다. 지증은 눌지의 외손자

이고 앞왕 소지마립간의 재종제[6촌 아위이다.

문무왕의 15대조 성한왕은 누구일까? 내물마립간이 미추임금의 사위일 수 없으므로 그 사이에 3대를 기워 넣어야 한다. 한 대는 미추의 조카이자 외손자인 말구가 담당한다. 그러면 문무왕의 가계는 (10)처럼 된다.

(10) 문무-1무열-2천명[진평 땔/용수, 선덕, 진덕-3진평-4동륜, 진지 -5진흥-6지쇠법흥 땔/입종-7법흥-소지, 8지증-자비, 9조생[눌지 땔/ 습보-10눌지, 기보-11내물-12내물 뷔말구 아들-13말구-14미추 땔/말 구 뷔미추 아위-15미추, 말구 부-16구도

이렇게 헤아려야 262년에 즉위한 미추임금이 661년에 즉위한 문무왕의 15대조가 된다. 공주가 3촌, 5촌에게 시집가서 낳은 아이는 왕의 조카가 아니라 외손자, 즉 손자대로 간주된다. 무열왕은 진평왕의 외손자이고, 진흥왕은 법흥왕의 외손자이다. 지증은 눌지의 외손자이므로 눌지의 손자인 소지와 같은 대이다. 눌지의 딸 조생부인도, 법흥의 딸 지소부인도, 진평의 딸 천명부인도 1대를 차지하는 것이다. 이것은 모계 사회의 질서이다.

신라 김씨의 시조왕은 미추임금으로 신라 김씨를 대표한다. 금관가야의 마지막 왕[거등왕의 14대] 구충왕이 김알지의 15대 법흥왕 때인 532년에 신라에 항복해 옴으로써 신라 김씨와 가락 김씨가 하나의 나라를 이루었다. 새 '김/김 동맹'이다. 이 '김/김 동맹'은 긴긴 유래를 가진다. 신라 김씨와 가락 김씨는 조상이 같다. 흉노제국의 거서 번왕 휴저왕의 큰아들 한나라 투후 김일제가 신라 김씨의 선조이다. 휴저왕의 둘째 아들, 김일제의 아우 김윤이 가락 김씨의 선조이다.

서기 42년 3월 초 김해 구지봉에 김수로와 5명의 김씨 아이들이 나타

났다. 김수로는 휴저왕의 둘째 아들 김윤의 후손이다. 김윤의 아들 김안상이 도성후가 되었고 손자 김상이 이후, 증손 김흠, 현손 김탕이 도성후를 이어받았다. 사천성에서 한반도로 건너온 김탕이 손자 김수로를 신비롭게 출현시켜 앞세우고 가락 왕권을 접수하였다. 김수로는 김윤의 7대이다.

서기 60년 8월{또는 65년 3월} 계림에 김알지가 나타났다. 그는 휴저왕의 태자 투후 김일제의 후손이다. 김일제의 아들 김상이 투후를 이어받았고 증손자 김당이 마지막 투후가 되었다. 김알지는 김일제의 8대이다. 김수로와 김알지는 15촌 숙질간이다. 김알지 집안이 산동성 투 지방에서 온 것인지 사천성 남군에서 온 것인지는 분명하지 않다. 200년 후 김알지의 7대인 미추가 서기 262년에 김씨로서는 처음으로 신라왕이 되었다.

서기 30년대 말에서 40년대 초에 이 땅에 온 이 김씨들의 딸들과 박씨왕의 혼인이 '박/김 동맹'을 이루었다. 김허루, 김마제가 김알지 출현 이전에 이미 신라 왕비를 배출하고 있다. 신라 9대 벌휴임금의 어머니는 지진내례부인 김씨이다. 13대 미추임금의 아버지 김구도는 딸 옥모를 석씨 벌휴임금의 며느리로 넣었다. '석/김 동맹'이다. '석/김 동맹'의 상징이 석씨 11대 조분임금의 사위인 13대 김씨 미추임금이다.

가락국이 쇠하여 구충왕이 아들 셋과 장손 솔우{졸지}를 데리고 법흥왕 19년에 신라에 귀부하였다. 첫째 아들 세종은 솔우를 낳고 솔우는 서운을 낳았다. 서운의 딸이 문희이다. 셋째 아들 무력이 진흥왕의 딸 아양공주와의 사이에 서현을 낳았다. 서현이 진흥왕의 조카딸 만명과 야합하여 김유신을 낳았다. 김유신은 가락 김씨와 신라 김씨의 피를 다 이어받았다. 김유신은 '가락 김씨/신라 김씨 동맹'을 대표한다. 김유신이 조카(누이?) 문희를 김춘추에게 소개하여 둘 사이에서 법민이 태어났다. 문무왕 법민도 신라 김씨와 가락 김씨의 피를 다 이어 받았다. 법민왕은 신라 김씨와 가락 김씨의 융합의 상징이다. '김/김 동맹'이다. 모든 동맹은 혼인에 의하여 맺어졌다. 이것은 유목민의 전통이다. 무열왕, 문무왕, 김유신이 협력하여 백제, 고구려를 정복하고 통일 신라를 이루었다.

「가락국기」의 가락 왕실 세계에는 '김수로왕-거등왕-마품왕'을 거치는 기간에 5명의 왕이 실전되었다. 『삼국사기』 신라 김씨 왕실 세계에는 미추임금과 내물 사이에 3대가 실전되었다. 이를 보여 주는 증거가 셋 있다.

첫째 증거는 눌지마립간의 아우 미해의 딸 통리가 가락국 질지왕의 왕비가 된 사실이다. 현전 기록대로 하면 통리는 알지로부터 10대이고, 질지왕은 거등왕으로부터 7대이다. 통리가 질지의 증손녀 뻘이 된다. 혼인하기 어렵다. 그러나 가락 왕실 세계에 5대를 더하면 질지왕은 12대가 되고 신라 김씨 왕실 세계에 3대를 더하면 통리는 13대가 된다. 큰집의 조카딸이 작은집의 아저씨에게 시집간 것이다. 이것은 유목민의 혼습이다.

둘째 증거는 가락 10대 구충왕이 532년 신라 23대 법흥왕에게 항복한 사실이다. 가락 왕실 세계에서 거등왕부터 구충왕이 9대이다. 여기에 실전된 5대를 더하면 14대가 된다. 신라 김씨 왕실 세계에서 김알지로부터 법흥왕이 12대이다. 여기에 3대를 더하면 15대가 된다. 구충왕과 법흥왕은 숙질간으로 서로 만날 수 있는 같은 시대 사람이다.

셋째 증거는 경덕왕 때 당 현종을 성도까지 찾아간 사신 허기의 존재이다. 허기는 당 현종으로부터 황실 성인 이씨 성을 하사받아 이허기가 되었다. 그가 인천 이씨 득성조이다. 그는 허 왕후의 23세손이라 한다. 가락 왕실 세계에 5대를 더하면 허 왕후로부터 문명왕후가 19대이다. 문무왕이 20대이다. 그 후대는 '21신문-22효소, 성덕-23효성, 경덕-24혜공'으로 이어졌다. 이렇게 해야 이허기가 왜 경덕왕 시대 사람인지가 설명된다.

「가락국기」는 고려 문종 때 이루어졌다. 문종은 인천 이씨 이자연의 딸 셋을 왕비로 두었다. 그 시대 최고의 권문세가가 인천 이씨 집안이다. 그 집안은 이자연의 조부 이허겸이 소성[인천] 개국○로 책봉된 후로 인천을 관향으로 하고 이허겸을 시조로 하였다. 「가락국기」가 문종 때 편찬되었다는 것은 가락 허씨의 핏줄을 이은 이 집안이 그 일에 관여하였음을 시사한다. 그들은 첫 할머니 허 왕후의 족적을 그렇게 상세하게 적어서 남겼다. 그만큼 이 책에서 살펴본 「가락국기」의 허 왕후 신행길은 리얼하다.

인류 삶의 족적은 언제, 어디서나 정복과 절멸, 노예화, 혼혈 동화의 과정이다. 지금까지 살펴본 한반도 고대사도 이와 조금도 다르지 않다. 이리하여 한국 고대사에 대한 우리의 이해도 인류 역사에 대한 보편적 이해와 같은 궤도에 올랐다. 지배족의 혈통으로만 따지면 흉노제국 번왕의 후예 김씨 신라의 백제, 고구려 정복은 서융, 북적 계통의 외래 종족이 선비족의 후예 당나라와 손잡고 동이 공공족을 정복한 것으로 볼 수 있다. 신라 왕실 김씨, 가락 왕실 김씨는 동이족이 아니라 북적, 서융 계통이다. 가장 가까운 혈통이 몽골과 투르크, 위구르이다. 허황옥은 남만 계통이다.

이어질 이야기, 『통일 신라 망국사』는 그렇게 번성하였던 통일 신라가 왜 그렇게 허망하게 무너졌는지를 살펴본다. 찬란한 문화를 꽃 피운 동방의 아테네 통일 신라도 문약과 내부 정쟁으로 분열하면서 서서히 쇠약해져 스스로 고려에 항복하였다. 이리하여 이 땅에 김씨가 왜 이렇게 많은지도 해명되었다. 가락 김씨는 신라에 항복하여 다 살아남았다. 신라 김씨도 고려에 항복하여 다 살아남았다. 실로 끈질긴 생명력이다. <끝>

참고문헌

곽철환(2003), 『시공 불교사전』, 시공사.

국사편찬위원회(1998), 『한국사 9』「통일신라」, 탐구당.

권덕영(1997), 『고대 한중 외교사』, 일조각.

권인한(2015), 『광개토왕비문 신연구』, 박문사.

권중달 옮김(2009), 『자치통감』 22, 도서출판 삼화.

김병모(2008), 『허황옥 루트: 인도에서 가야까지』, 역사의아침.

김수태(1996), 『신라 중대 정치사 연구』, 일조각.

김열규(1961), 「가락국기고-원시연극의 형태에 관련하여」, 『국어국문학지』 3, 부산대 국
　　　　어국문학회, 7-16.

김완진(1980), 『향가 해독법 연구』, 한국문화연구총서 21, 서울대 출판부.

김완진(2000), 『향가와 고려가요』, 서울대 출판부.

김종권 역(1975), 『삼국사기』, 대양서적.

김종권 역(1988), 신완역『삼국사기』, 명문당.

김태익(2009), 「신라 김씨와 흉노 왕자」, 조선일보(2009.4.24.), 만물상.

박지홍(1957), 「구지가연구」, 『국어국문학』 65, 국어국문학회, 3-17.

박창화, 『화랑세기』, 이종욱 역주해(1999), 소나무.

박해현(2003), 『신라 중대 정치사 연구』, 국학자료원.

서정목(2014a), 『향가 모죽지랑가 연구』, 서강학술총서 062, 서강대 출판부, 368면.

서정목(2014b), 「효소왕의 출생 시기 관련 기록 검토」, 『진단학보』 122, 진단학회, 25-48.

서정목(2015), 「『삼국사기』의 '원자'의 용법과 신라 중대 왕자들」, 『한국고대사탐구』 21, 한
　　　　국고대사탐구학회, 121-238.

서정목(2016a), 『요석-「원가」에 대한 새로운 생각』, 글누림, 700면.

서정목(2016b), 「신라 제34대 효성왕의 계비 혜명왕비의 아버지에 관하여」, 『진단학보』 126,
　　　　진단학회, 41-68.

서정목(2016c), 「신라 제34대 효성왕의 생모에 관하여」, 『한국고대사탐구』 23, 한국고대사탐
　　　　구학회, 105-162.

서성목(2016d), 「입당 구법승 교각[지장], 무상, 무루의 정체와 출가계기」, 『서강인문논총』
　　　　47, 서강대 인문과학연구소, 361-392.

서정목(2017a), 『삼국시대의 원자들』, 역락, 390면.

서정목(2018), 『삼국유사 다시 읽기 12-효성왕의 후궁 스캔들』, 글누림, 366면.

서정목(2019), 『삼국유사 다시 읽기 11-왕이 된 스님, 스님이 된 원자들』, 글누림, 404면.

성호경(2007), "사뇌가의 성격 및 기원에 대한 고찰", 진단학보 104, 성호경(2008) 소수.

성호경(2008), 『신라 향가 연구』, 태학사.

신동하(1997), 「신라 오대산 신앙의 구조」, 『인문과학연구』 제5집, 동덕여대 인문과학연구소

신재홍(2013), 『영랑전 역주』, 태학사.

신종원(1987), 「신라 오대산 사적과 성덕왕의 즉위 배경」, 『최영희선생 화갑기념 한국사학논
   총』, 탐구당, 91-131.

안병희(1987), 「국어사 자료로서의 「삼국유사」」, 『『삼국유사』의 종합적 검토』, 한국정신문화
   연구원, 안병희(1992) 소수.

안병희(1992), 『국어사 자료 연구』, 문학과지성사.

양주동(1942/1965/1981), 증정 고가연구, 일조각.

이기문(1970), 「신라어의 「福」(童)에 대하여」, 『국어국문학』 49-50합병호, 국어국문학회,
   201-210.

이기문(1971), 「어원 수제」, 『해암 김형규 박사 송수기념 논총』, 일조각.

이기문(1972), 『개정 국어사 개설』, 민중서관.

이기문(1998), 『신정판 국어사 개설』, 태학사.

이기문(2013), 「어원 연구의 뒤안길(2)」, 『한국어연구 10』, 도서출판 역락.

이기백(1974a), 『신라 정치사회사 연구』, 일조각.

이기백(1974b), 「경덕왕과 단속사, 원가」, 『신라 정치사회사 연구』, 일조각.

이기백(1986), 「신라 골품체제하의 유교적 정치이념」, 『신라 사상사 연구』, 일조각.

이기백(1987a), 「부석사와 태백산」, 『김원룡선생 정년기념 사학논총』, 일지사.

이기백(1987b), 「『삼국유사』 「탑상편」의 의의」, 『이병도선생 구순기념 사학논총』, 지식산업사.

이기백(2004), 『한국고전연구』, 일조각.

이병도 역(1975), 『삼국유사』, 대양서적.

이병도, 김재원(1959/1977), 『한국사』, 고대편, 진단학회, 을유문화사.

이숭녕(1955/1978), "신라시대의 표기법체계에 관한 시론", 서울대 논문집 2. 국어학연구선서
   1, 탑출판사.

이영호(2003), 「신라의 왕권과 귀족사회」, 『신라문화』 22, 동국대 신라문화연구소.

이영호(2011), 「통일신라시대의 왕과 왕비」, 『신라사학보』 22, 신라사학회, 5-60.

이재선 편저(1979), 향가의 이해, 삼성미술문화재단.

이재호 역(1993), 『삼국유사』, 광신출판사.

이종욱(1986), 「『삼국유사』 죽지랑조에 대한 일고찰」, 『한국전통문화연구』 2, 효성여대 한국 전통문화연구소

이종욱(1999), 『역주해, 화랑세기』, 소나무.

이종욱(2017), 「『화랑세기』를 통해 본 신라 화랑도의 가야파」, 『한국고대사탐구』 27, 한국고 대사탐구학회, 485-527.

이한우 옮김(2020), 『한서』, 21세기북스

이현주(2015a), 「신라 중대 효성왕대 혜명왕후와 '정비'의 위상」, 『한국고대사탐구』 21호, 한 국고대사탐구학회, 239-266.

이현주(2015b), 「신라 중대 신목왕후의 혼인과 위상」, 『여성과 역사』 22.

이홍직(1960/1971), 「『삼국유사』 죽지랑 조 잡고」, 『한국 고대사의 연구』, 신구문화사.

장덕순(1975 초판, 1991 제7판), 『한국문학사』, 동화문화사.

장은수 옮김(2014), 『후한서』 본기, 지은이: 범엽, 주석: 장회태자 이현, 새물결 출판사.

정렬모(1947), 「새로 읽은 향가」, 『한글』 99., 한글학회.

정렬모(1965), 『향가연구』, 사회과학원출판사.

정병욱(1967), 「한국시가문학사 상」, 『한국문화사대계』 권5, 고려대 민족문화연구소 704-770.

정 운(2009), 「무상, 마조 선사의 발자취를 찾아서, 2. 사천성 성도 정중사지와 문수원」, 『법 보 신문』 2009. 11. 09.

정재관 선생 문집 간행위원회(2018), 『문학과 언어, 그리고 사상』, 도서출판 경남.

조길태(2000), 『인도사』, 민음사.

조범환(2010), 「신목태후」, 『서강인문논총』 제29집, 서강대 인문과학연구소

조범환(2011a), 「신라 중대 성덕왕대의 정치적 동향과 왕비의 교체」, 『신라사학보』 22, 신라 사학회, 99-133.

조범환(2011b), 「왕비의 교체를 통해 본 효성왕대의 정치적 동향」, 『한국사연구』 154, 한국 사연구회.

조범환(2012), 「화랑도와 승려」, 『서강인문논총』 제33집, 서강대 인문과학연구소

조범환(2015), 「신라 중대 성덕왕의 왕위 계승 재고」, 『서강인문논총』 43, 서강대 인문과학 연구소, 87-119.

진기환(2018), 역주 『후한서』 1, 2. 명문당.

『역주 한국고대금석문 3』, 1992.

『한국 금석문 종합 영상정보 시스템』

『한서』, 『후한서』, 『구당서』, 『신당서』, 『자치통감』, 『법구경』.

찾아보기

ㄱ

ㅈ

ㅊ

서기	신라왕 연 월 일	일어난 일
기원전 5세기 전반		인도에서 마가다국이 코살라국[속국 아유타국]을 합병
	300년경	찬드라 굽타의 마우리아 왕조에 마가다국 멸망
	180년경	마우리아 왕조[아소카왕 이후] 멸망
	180년{또는 185년}	슝가 왕국 건국, 불교도 탄압
	미상	아유타국의 허씨들 사천성으로 이주 추정
	120	휴저왕의 왕자 김일제, 윤, 왕비 연지 포로로 한나라에 옴
	86	김일제 투후 책봉
한 선제 때		김안상[김윤의 아들, 김일제의 조카] 도성후 책봉
	57	1박혁거세 즉위
서기 2(?)		석탈해 출현
	4	2남해차차웅(박) 즉위
	4	김당[김일제 증손자, 왕망의 이종사촌] 투후 계승
	4	김흠[김당의 8촌] 도성후 계승
	미상	김탕[김흠의 5촌 조카] 도성후 계승
	9	왕망 신나라 건국
	22	유수 민란 가담, 신나라와 후한의 패권 전쟁 시작
	23	왕망 피살
	24	3유리임금(박) 즉위, 선비 이간[생부인 박씨, 일지갈몬왕 딸
	25. 4.	공손술 사천성에서 성가 왕국 건국,
	25. 6.	광무제 유수 후한 건국
	36	사천성 성도 공손술 성가 왕국 패망
	40	사천성 남군의 만족 반란
	42. 3. 초순	김수로 김해 구지봉 출현, 김씨들 '구지가' 창작
	미상	유리임금 차비 사요부인 김씨, 허루갈몬왕 딸을 들임
	47	사천성 남군 만족 반란, 7000명 강하 이주
	48. 7. 27	허황옥 창원 진해 웅동 용원 망산도 출현
	48. 7. 28.	김수로, 허황옥 김해 장유 지사리 배필정고개 혼인
	57	4탈해임금(석) 즉위
	60{65}	김알지 계림 출현
	80	5파사임금(박) 즉위, 사요부인[허루 딸] 김씨 아들
	미상	김허루 서불한이 됨

486 『가락국기』: 너와 나의 뿌리를 찾아서

1. 김수로와 김알지의 가계도

큰집[신라]: 휴저왕(休屠王)-1김일제(金日磾)[투후(秅侯)]-2김상(賞)[투후], 김건(建)-3??-4김당(當)[건 손자, 투후]-5??-6??-7??-8김알지 [7대까지 대륙, 8대부터 한반도 출생]

작은집[가야]: 휴저왕-1김윤(倫)-2김안상(安上)[도성후(都成侯)]-3김상(常)[이후(夷侯)], 김명(明)-4김흠(欽)[생부 명, 도성후], 김섭(涉)-5김탕(湯)[생부 섭, 도성후]-6??-7김수로-8거등왕 [7대까지 대륙, 8대부터 한반도 출생]

2. 문무왕의 친가 쪽, 외가 쪽 가계도

친가: 1김알지-2세한-3아도-4수유-5욱부-6구도-7미추, 말구-8내물, 실-9눌지, 기보-10자비, 습보-11소지{비처}, 지증-12법흥, 입종-13진흥-14진지, 동륜-15진평, 용수-16무열-17문무 [『삼국사기』에 의함]

수정: 1김알지-2세한-3아도-4수유-5욱부-6구도-7미추, 말구 부-8미추 딸/말구 부-9말구-10내물 부-11내물, 실성-12눌지, 기보, 미해, 복호-13자비, 눌지 딸 조생/습보, 통리[미해 딸-14소지{비처}, 지증-15법흥-16지소[법흥 딸]입종-17진흥-18진지, 동륜-19진평-20천명[진평 딸]/용수-21무열-22문무 [저자, 3대 실전, 미추임금이 문무왕의 15대조]

외가: 1수로왕/허황옥-2거등왕/모정[신보 딸-3마품왕/호귀[조광 손녀-4것미왕/아지[아궁 손녀-5이품왕/정신[극충 딸-6좌지왕/복귀도령 딸-7취희왕/인덕[진사 딸-8질지왕/통리[미해 딸/방원[김상 딸], 납수공/계황-선통/방원[김상 딸], 9감지왕/숙씨[출충 딸-10구충왕/계화[납수공과 계황의 딸-11무력/아영[진흥왕 딸-12서현/만명[숙흘종과 만호의 딸-13유신/영모/유모/지소공[귀무열왕 딸], 문명왕후-14문무왕 [『삼국유사』「가락국기」에 의함]

수정: 1수로왕/허황옥-2거등왕/모정-3마품왕/호귀[조광 외손녀-4??-5??-6??-7??-8??-9것미왕/아지-10이품왕/정신-11좌지왕/복수-12취희왕/인덕-13질지왕/통리[미해 딸/방원, 납수공/계황-선통/방원, 14감지왕/숙씨-15구충왕/계화-16세종-17솔우-18서운-19문명왕후-20문무왕[저자, 5대 실전, 김수로는 대륙 출생, 거등왕부터 한반도 출생]

발문(跋文)

2018년에 '『삼국유사』 다시 읽기 12-「원가」: 효성왕의 후궁 스캔들'을 낼 때만 해도 '설마 제1, 2, 3권을 쓰게 되겠는가?'고 생각하였다. 그야말로 苦大事가 기다리는 古代史에 얽혀들기 싫었기 때문이었다.

원래 향가 때문에, 국어 연구자가 향가를 손대지 않을 수 없고, 향가는 신라사를 모르면 한 마디도 할 수 없는 세계라서, 향가가 집중적으로 분포된 신라 중대 사회를 보지 않을 수 없었다. 신라 중대에만 머무르겠다는 야무진 다짐을 하며 8권부터 14권까지 낼 생각을 하고 신라의 역사와 그 주변을 쓰기 시작하였다. 「가락국기」는 혜공왕 때의 「미추왕 죽엽군」을 쓸 때 김유신 장군 혼령의 원한이 어디에서 오는 것인지 그 밑뿌리로 제시하려 간단히 처리하였다. 그래서 「가락국기」는 '『삼국유사』 다시 읽기 13-통일 신라 망국사' 속에 건국의 고단함을 보이는 소재로 들어 있었다.

그러나 「가락국기」에도 할 일은 너무 많았고 제13권의 분량은 훌쩍 600면을 넘어 버렸다. 제13권을 둘로 쪼개었다. 그래서 이 제2권이 독립된 책으로 세상에 나오게 되었다. 이 책에서는 「구지가」의 주인공인 이 땅의 김씨, 허씨들이 어디에서 왔는지를 추적하였다. 그들이 서기 20-40년대에 대륙에서 후한의 광무제 유수와 천하를 다투다가 패배하고 도피한 디아스포라, 전한과 신나라의 도성후 김탕의 후예들이라는 가설을 세우고 그것을 증명하려 하였다. 현재 전해오는 기록들을 최대한 충실하게 반영하여 추정하면 그렇게 된다.

또 결국 가볍고 읽기 좋은 책을 쓰지는 못하였다. 모든 것이 부실하다 하더라도 다음의 4가지 새로운 사실(史實)을 얻은 것에 보람을 느낀다. 이 4가지 수제가 모두 세상에 처음 나오는 것인 만큼 제대로 입증되려면 각각 책 한 권을 이

룰 만한 연구 주제가 된다.

첫째 수확은 김수로왕의 '출현'과 '출생'을 구분함으로써 「가락국기」의 불가사의한 그의 나이를 해명하고 금관가야 왕 세계에 5대 정도가 실전되었음을 밝힌 것이다. 42년 3월 계욕지일 가락국 사람들이, 숨어 있는 김씨들이 시키는 대로 「구지가」를 부르며 땅을 파고 춤을 출 때, 하늘에서 끈이 드리우괴[垂] 그 끈 아래를 찾아보았더니[尋繩之下] 비단 보가 나오고, 그 보에 싸여 있는 황금 합자 속에 6개의 알이 들어 있었다. 하늘에서 드리운 붉은 끈은 황금 합자에서 뻗쳐 오른 광선이다. 햇빛이 황금 합자에 반사된 것이다. 이 황금 합자는 김수로의 집안 어른들이 미리 땅에 묻어 둔 것이다. 인공 알 속에 아이도 넣었다. 그때 수로는 11살쯤 되었다. 수로는 서기 32년경 사천성 성도에서 출생하였을 것이다. 그는 42년 3월에 김해의 龜峰 머리 龜首峰에서 '나타난 것'이지 '태어난 것'이 아니다. 48년 7월 28일 혼인할 때 김수로는 17세쯤, 허황옥은 16세였다. 이듬해에 태자 거등공이 태어났다. 「가락국기」는 490년을 10명의 왕이 다스리고, 특히 수로왕과 거등왕이 213년을 다스렸다고 한다. 그것은 고려 문종 대에 금관지주사 문인이 「가락국기」를 지을 때 금관가야 왕실 세계를 『화랑세기』의 김유신의 세계에 맞추어 작성하여 나온 결과이다. 박창화의 『화랑세기』도 김유신의 세계는 「가락국기」의 왕실 세계와 내용이 같다. 680년대에 김오기, 김대문이 『화랑세기』를 지을 때 김유신의 초기 가계에 관한 사료를 충분히 확보하지 못한 것이다.

둘째 수확은 문무왕의 친가 쪽 15대조가 13대 미추임금이고 미추임금과 내물마립간 사이에 3대가 실전되었다는 가설을 세운 것이다. 356년에 즉위한 내물은 284년에 죽은 미추임금의 사위가 될 수 없다. 291년에 각간이 된 말구가 356년에 왕이 되어 402년에 죽은 내물을 아들로 둘 수도 없다. 내물이 미추의 아버지 구도의 후손이 되려면, 내물은 말구의 손자이고, 말구는 미추의 조카이며, 미추의 딸이 미추의 아우와 혼인하여 말구를 낳아야 한다. 말구는 미추의 외손자이고 조카일 것이다. 말구의 아들이 내물의 아버지여야 연대가 맞는다. 이때 대를 헤아릴 때 조카이자 외손자인 경우 딸도 한 대로 보아 손자 대로 헤아린다. 내물마립간이 석씨 왕 16대 흘해임금으로부터 왕위를 이어받은 것은 찬탈이나 정복에 가깝다. 평화적 정권 교체가 아니다.

셋째 수확은 어릴 때부터 듣고 살았던 고향의 허황옥 도래 설화가 사실이라는 것을 내 발로 밟으며 내 눈으로 읽으며 직접 확인한 것이다. 특히 유주암에 맨 큰 배와 주포의 나누어진 갯가에 닻을 내린 유천간이 가지고 간 가볍고 작은 배의 구분이 landing boat의 개념으로 명확하게 정리되었다. 김수로왕과 허 왕후의 혼인 설화가 생성된 땅은 제법 넓어서 용원 욕망산, 망산도, 주포 옛 나루터, 웅동 두동고개, 지사리 배필정고개, 태정고개 등으로 불모산(좁게는 보배산을 둘러싼 지역 전체이다. 이곳을 국립공원으로 지정하고 7월 27일 저녁 도착, 28일 첫날밤과 29일의 잔치 행사, 8월 1일의 우귀일까지 엮어 가마 행렬, 말 달리기, 배 달리기, 격구(擊毬)를 위주로 '가야 문화 축전'을 확대할 필요가 있다. 그러면 우리는 캐나다 캘거리의 카우 보이 축제 스탬피드보다 더 의미 있는 세계적인 페스티벌을 가지게 될 것이다. 그곳에는 '부산-경남 경마장'이 들어서 있고 용원CC가 있으며 범방 기슭에는 한국해양대학교가 서부산캠퍼스를 두고 있다. 2000년 전에 일어난 역사적 사건과 비슷한 환경이 만들어지고 있는 것일까?

넷째 수확은 『후한서』 권1 하 「광무제기」 제1 하의 '金湯失險 車書共道'에 대한 당나라 장회태자 이현의 주석이 부적절함을 찾아낸 것이다. 그 주석은 이 '金湯'을 '金城湯池'라고 풀이함으로써 '견고한 성이 험지를 잃었다.'는 해석이 나오게 하였다. 이 해석은 사리에 맞지 않다. '견고한 성은 무너져도 험지는 영원히 남는다.' '車書共道'는 후한 유수의 천하 통일을 말하는 것이다. 그 앞에는 왕망의 신나라의 멸망, 공손술의 성가 왕국의 패망, 서촉 험지 만족들의 반란이 적혀 있다. 이에 이어지는 말은 당연히 사천성 남쪽의 험지 무릉 일대에서 최후까지 유수의 군대에 맞섰던 김탕의 패전이 기록되어야 한다. 그것이 '金湯

失險[김탕이 험지를 잃었다.'로 표현된 것이다.

2020년 2월 19일, 1969년 대학 2학년이 된 이래 50년도 훨씬 넘게 지도교수로 모신 이기문 선생님께서 세상을 떠나셨다. 서강대학교 사학과의 이기백 선생님과 더불어 국사학과 국어학 두 분야를 이끄시는 형제분을 바라보던 1960년대 말 동숭동은, 없는 듯 있었던 학문과 3선 개헌 반대 데모의 거대한 소용돌이가 범벅이 된 난장판이었다.

그 소용돌이 속에서도 유라시아 대륙의 유목 종족사와 한국 고대사, 국어사를 융합하여 깨우쳐 주시던 선생님의 모습이 지금도 선연(鮮然)하다. 그때 선생님의 그 웅혼한 학문의 넓이와 깊이에 매료되지 않았더라면 평생을 어찌 살았을지 모른다. 그러나 선생님은 그런 광대한 역사에 관한 글을 남기지 않으셨다. 아마도 충분히는 실증되지 않기 때문에 제대로 된 학자가 저술로 남길 주제는 되지 못한다고 여기셨을 것이다. 남기신 것은 새외(塞外)의 유목민[Nomad]들이 거의 모두 음소문자 계열의 문자를 소유하였고 훈민정음 창제도 그 연장선상에서 생각해야 한다는 글이었다.

선생님은 만주어를 중심으로 알타이어들을 비교하고 중세국어를 중심으로 국어의 역사를 연구하는 언어사가이고 시인이셨다. 1960년대 초반에 하버드대에서 Cleaves 교수와 몽고비사(蒙古祕史)를 읽었으며 워싱턴 주립대학의 Poppe 교수와 알타이 제어를 논의하셨다. 함부르크대학의 우크라이나 출신 Pritsak 교수[투르크학 전공] 등과도 교유하셨다. 거기에 가학(家學)인 우리 역사와 유라시아 대륙의 여러 유목 종족의 역사와 언어에 관하여 폭넓은 지식과 관심을 가지고 계셨다. 이제는 이 세상에 그런 강의를 하실 분이 없는 것 같다.

젊은 날부터 많은 시를 쓰신 것으로 알려져 있는데 그 시들을 발표하지 않으셨다. 그런 선생님께서도 '故鄕'이라는 수필집 하나만은 남기셨다. 1947년 4월 중학생 때 떠나온 고향 평안북도 정주에 대한 한없는 그리움을 담은 수필집을.

그 수필집에서는 어릴 때 고구려의 후예라는 생각이 머릿속에 자리 잡았다고 하셨다. 고구려어에 대한 조예도 깊었다. 선생님 집안은 남강 이승훈 선생 집안이다. 독립운동 얘기만 나오면 한번도 '남강이 우리 집안 분이다.'는 말씀을 하지 않으신 선생님이 생각난다.

그래서 나는 국어학 이외의 글을 쓰면 안 되는 줄 알았고 국어학 이외의 지식이나 집안을 드러내면 안 되는 줄 알고 살았다. 내 가슴속에는 고교 진학으로 떠나온 고향에 대한 애틋한 그리움과 미안함이 늘 앙금처럼 남아 있었다. 이 그리움이 아버지의 외가 첫 할머니 허황옥에 대한 애착으로 남았는지도 모를 일이다. 이 책에서 국어, 국문, 국사 연구서 성격을 벗어난 부분은 나의 '고향에 대한 수상록'에 가깝다. 선생님 보셨으면 '확증된 것은 하나도 없군.' 하셨을 이런 글들을 뒤늦게 써서 지도받지도 못한 채 출간하며 진작 이 일을 시작하지 않은 데 대한 아쉬움과 후회의 만감이 교차한다.

부족한 이 보고서나마 이런 공부를 할 수 있는 능력을 길러 주신 선생님 영전에 삼가 바칩니다.

2021년 2월 19일
서정목 재배

서정목

1948.11.15. 경상남도 창원군 웅동면 대장리 45번지 출생
1965.3.-1968.2. 마산고등학교 졸업
1968.3.-1987.8. 서울대학교 국어국문학과 문학사, 문학석사, 문학박사
1983.3.-2014.2. 서강대학교 국어국문학과 조교수, 부교수, 교수, 현재 명예교수
2009.3.-2011.2. 국어학회 회장
2013.10.-2019.10. 문화체육관광부 국어심의회 위원장
2014.2. 황조근정훈장 수예
2017.6.9. 제15회 일석 국어학상(일석학술재단) 수상

저서 : 1987. 국어 의문문 연구, 탑출판사, 438면.
　　　1994. 국어 통사구조 연구 1, 서강대학교 출판부, 450면.
　　　1998. 문법의 모형과 핵 계층 이론, 태학사, 330면.
　　　2000. 변형과 제약, 태학사, 276면.
　　　2014. 향가 모죽지랑가 연구, 서강대학교 출판부, 368면.
　　　2016. 요석(공주), 글누림, 702면.
　　　2017. 한국어의 문장 구조, 역락, 590면.
　　　2017. 삼국 시대의 원자들, 역락, 390면.
　　　2018. 삼국유사 다시 읽기 12-원가: 효성왕의 후궁 스캔들, 글누림, 368면.
　　　2019. 삼국유사 다시 읽기 11-왕이 된 스님, 스님이 된 원자들, 글누림, 404면.
　　　2021. 삼국유사 다시 읽기 13-통일 신라 망국사, 글누림, 출판 예정.
역서 : 1984. 변형문법이란 무엇인가(이광호, 임홍빈 공역), 을유문화사.
　　　1990. 변형문법((이광호, 임홍빈 공역), 을유문화사.
　　　1992. GB 통사론 강의, 한신문화사.